Carl A. DeWitt
Die Krone von Lytar

*Buch*

Ein Land ohne Herrscher. Eine Krone ohne König. Nur das Banner – ein Greif auf goldenem Grund – und eine Prophezeiung ...

Das ist alles, was von Lytar, der einstigen Hauptstadt des alten Reiches, und seiner großen magischen Macht übrig geblieben ist, bevor es dem Erdboden gleichgemacht wurde. Nur wenige überlebten, und ihre Nachkommen glaubten sich im Laufe der Zeit von der Welt vergessen. Jahrhunderte später werden sie jedoch von ihrer eigenen Vergangenheit eingeholt: Krieger einer fremden Macht überfallen ihr Dorf. Sie sind auf der Suche nach einem magischen Artefakt, das den Legenden zufolge für die Zerstörung des alten Reichs verantwortlich war und über unsagbare Macht verfügen soll – die Krone von Lytar.

Auf Geheiß des Ältestenrates verlassen die Freunde Tarlon und Garret, die Halbelfin Elyra und der Zwerg Argor die Dorfgemeinschaft und ziehen nach Lytar, wo sie nach Objekten längst vergessener Magie suchen, um sie im Kampf gegen den übermächtigen Feind einzusetzen. Doch bei der Erforschung Alt Lytars erfahren sie mehr über die Geschichte des alten Reiches und die Grausamkeit ihrer Vorfahren, die ihre Macht nutzten, um die Welt mit Krieg unter ihre Herrschaft zu zwingen. Eine Geschichte, die sich niemals wiederholen darf, denn dann, so die Prophezeiung, wird es in Lytar niemals mehr Frieden geben ...

*Autor*

Carl A. DeWitt wurde 1958 in Frankfurt am Main geboren. Nach der Ausbildung zum Flugzeugmechaniker absolvierte er ein Studium der Elektrotechnik und Informatik. Vielseitig interessiert, arbeitete er neben seinem Beruf als Systemprogrammierer zeitweise auch als Tankwart und Postauslieferer und widmete sich außerdem noch seiner großen Leidenschaft: der Restauration von Autos und Motorrädern. Am liebsten begibt sich der passionierte Rollenspieler jedoch auf die Reise ins Land der Phantasie. Er schreibt vorzugsweise in der Nacht, um dann in fremde Welten einzutauchen, wie sie ihn auch zu seinem Roman »Die Krone von Lytar« inspiriert haben.

*Weitere Titel sind in Vorbereitung.*

Carl A. DeWitt

# Die Krone von Lytar

Roman

blanvalet

**FSC**
**Mix**
Produktgruppe aus vorbildlich
bewirtschafteten Wäldern und
anderen kontrollierten Herkünften

Zert.-Nr. SGS-COC-1940
www.fsc.org
© 1996 Forest Stewardship Council

Verlagsgruppe Random House FSC-DEU-0100
Das für dieses Buch verwendete FSC-zertifizierte Papier
*Holmen Book Cream* liefert Holmen Paper, Hallstavik, Schweden.

2. Auflage
Taschenbuchausgabe Januar 2009
bei Blanvalet,
einem Unternehmen der
Verlagsgruppe Random House GmbH, München
Copyright © der Originalausgabe 2007 Carl A. DeWitt
Copyright © der Originalausgabe 2007 fredebold&partner gmbh
Umschlaggestaltung: HildenDesign, München
Umschlagillustration: Martin Lisec
UH · Herstellung: RF
Satz: DTP im Verlag: Maria Krahmer
Druck: GGP Media GmbH, Pößneck
Printed in Germany
ISBN 978-3-442-26587-9

www.blanvalet.de

*... und dann zerrissen die Mächte der Finsternis den Himmel, und Lytara, so schön, so mächtig, war nicht mehr ...*

# Prolog

*»Es ist lange her, Exzellenz, aber wenn Ihr es wünscht, kann ich Euch die Geschichte der Krone erzählen.«*

Lamar di Aggio, der Abgesandte des Reiches und Mitglied des Ordens von Seral, seufzte leise. Er war den langen Weg nicht geritten, um nun wieder umzukehren, und der alte Mann hatte sicherlich gehört, wie er nach jemandem gefragt hatte, der die alten Geschichten und Legenden über Lytar kannte. Und wie er, Lamar, den Fehler begangen hatte zu erwähnen, dass er extra deswegen hierher gereist war.

*»Ja, das wünsche ich. Oder was meint Ihr, weshalb ich Euch danach fragte? Es wird Euer Schaden nicht sein.«*

*»Das ist eine lange Geschichte, mein Herr, und ich habe eine trockene Kehle, aber wenn Ihr vielleicht ...«*

Lamar antwortete nicht, sondern gab dem Wirt ein Zeichen. Dieser eilte eifrig herbei und schenkte den beiden Wein ein. Während Lamar nur nippte, nahm der alte Mann einen tiefen Schluck aus seinem Becher, wischte sich den Mund mit einem nicht allzu sauberen Hemdsärmel ab und nickte dann zufrieden.

*»Guter Wein.«*

Damit hatte er, zu Lamars Überraschung, recht. Der Wein

war wirklich gut. Nur war er nicht hier, um sich über Wein zu unterhalten.

»Erzählt mir von der Krone von Lytar, alter Mann. Ihr habt Euren Wein, also ...«

»Gemach, es ist, wie ich schon sagte, eine lange Geschichte, und der Abend ist noch jung. Jedenfalls seid Ihr an den Richtigen geraten, denn ich bin der Einzige, der Euch diese Geschichte erzählen kann. Jedenfalls der Einzige, der von damals noch lebt.« Er nahm einen weiteren tiefen Schluck.

»Nun, es fing alles hier an. Hier, damit meine ich, draußen beim Brunnen auf dem Marktplatz. Habt Ihr ihn gesehen?«

»Er ist kaum zu übersehen! Wofür braucht ein Kaff wie dieses solch einen großen Brunnen?«

»Wenn ich Euch das sagen würde, würde ich ein Geheimnis verraten, und das wollen wir doch nicht, oder?«

Lamar seufzte wieder. Laut, tief und deutlich. »Euer Brunnen interessiert mich nicht. Alter Mann ...«

»Gemach, gemach, wir sind doch schon mitten in der Geschichte.« Der alte Mann leerte seinen Becher in einem Zug und hielt ihn hoch. Der Wirt warf Lamar daraufhin einen fragenden Blick zu, aber dieser nickte ergeben. So wie er den alten Mann einschätzte, schien es Lamar günstiger, ihm den Gefallen zu tun. Abgesehen davon, kostete der Wein nur ein paar Kupfer.

Als der Wirt kam, um dem alten Mann den Becher aufzufüllen, nahm ihm dieser einfach die Flasche aus der Hand und schenkte sich selbst ein, danach stellte er die Flasche in Reichweite auf den Tisch und zog sie schützend an sich heran, als der Wirt nach ihr greifen wollte.

»Es ist eine lange Geschichte«, wiederholte er, worauf

*Lamar dem Wirt nur ein Zeichen gab und dieser sich mit einer leichten Verbeugung zurückzog.*

*»Dann wäre es wohl angebracht, endlich mit ihr anzufangen«, gab Lamar zurück. Er klang etwas irritiert.*

*»Ich war gerade dabei ... Ihr seid ungeduldig, mein Herr.«*

*Lamar sah ihn nur an.*

*»Es fing wirklich alles hier an. Dort an dem Brunnen, als Holgar, der Schmied, aus seiner Schmiede heraustrat. Das war zehn Tage vor dem Mittsommernachtsfest im Jahre der Herrin 2781.«*

*»Was soll das denn für eine Jahreszahl sein?«*

*»So zählen wir hier die Jahre, Herr«, antwortete der alte Mann mit einem Lächeln.*

*»In Ordnung.« Lamar holte tief Luft. »Und was für ein Jahr haben wir jetzt?«*

*»Warum? Es ist natürlich das Jahr der Herrin 2867.« Eine buschige Augenbraue hob sich fragend. »Ich dachte, die Zeit wäre überall gleich?«*

*»Ja, richtig.« Lamar zwang sich zur Ruhe. »Erzählt einfach weiter.«*

*»Seht, damals war es den Händlern nur zur Zeit des Sommerfestes erlaubt, in unser Tal zu kommen, und das auch nur für vier Tage. Holgar hatte als Schmied die Aufgabe, sich um unsere Pferde zu kümmern. Sie leben frei, in den oberen Tälern, nahe der Eisenberge, aber schon vor langer Zeit beschlossen die Ältesten, dass man den Pferden ab und zu neues Blut zuführen sollte. Also hatte sich Holgar im Jahr zuvor einen Zuchthengst von einem der Händler ausgeliehen. Das war ein absoluter Ausnahmefall, denn üblicherweise werden die Pferde, die wir für die Zucht einsetzen wollen, von uns gekauft, aber dieses Tier war dem Händler zu*

*wertvoll gewesen, als dass er sich für immer von ihm trennen wollte. Und so war man übereingekommen, dass der Hengst für eine fürstliche Summe Goldes, wie ich anmerken darf, ein Jahr lang hierbleiben sollte und der Händler ihn dann bei seinem nächsten Besuch wieder mitnehmen würde. Da nun das Sommerfest vor der Türe stand, begab sich Holgar also in die oberen Täler, um das Pferd ins Dorf zurückzubringen. So weit klar?«*

*»Alter Mann, ich bin nicht schwer von Begriff. Doch Ihr strapaziert meine Nerven mit Eurem Geschwätz. Kommt endlich zur Geschichte!«*

*»Herr, Ihr zahlt meine Erzählung mit Wein, was wollt Ihr da erwarten?«*

*»Zumindest keine Frechheiten.«* Lamar nahm nun selbst einen Schluck Wein, schloss die Augen und zählte langsam bis zehn. *»Fahrt einfach mit Eurer Geschichte fort.«*

*»Es ist der Wein, der meiner Zunge Flügel verleiht, manchmal in die falsche Richtung, aber habt Geduld mit mir, Herr, und trinkt etwas von dem Wein, er ist wirklich gut! Wirt, noch eine zweite Flasche!«*

Der Wirt eilte herbei und stellte die Flasche wie gewünscht vor Lamar auf den Tisch. Sofort zog sie der alte Mann zu sich herüber und stellte sie neben die andere. Schon sah sich Lamar genötigt, deutlicher zu werden, aber noch bevor er etwas sagen konnte, sprach der alte Mann bereits weiter.

*»Gut, Holgar suchte den Hengst vergebens, wie Ihr Euch sicherlich schon gedacht habt. Es war eine prekäre Situation, so kurz vor dem Fest. Da es nur noch ein paar Tage waren, bis die Händler kommen würden, und Holgar keine Zeit hatte, hinter dem Tier herzulaufen, musste jemand anders nach dem Tier suchen. Schließlich hatte Holgar ein Versprechen gegeben, und er war ein Mann, der seine Versprechen*

*hielt. Also ging er des Mittags hinüber zum Brunnen, wo sich meist die Kinder und Jugendlichen unseres Dorfes aufzuhalten pflegten und wo er an diesem Tag auf vier Jugendliche traf, die etwas abseits standen und sich unterhielten. Die Götter alleine wissen über was, aber das ist jetzt auch nicht wichtig, oder?«* Der alte Mann sah Lamar fragend an.

»Ich glaube nicht«, gab dieser zur Antwort und rollte dabei mit den Augen.

»Gut. Wo war ich? Ach ja, richtig. *Nun, da sie schon fast erwachsen waren, entschied sich Holgar, sie zu fragen, ob sie bereit wären, das Pferd für ihn einzufangen und zurückzubringen.*

*Da war zum einen Garret, ein langer schlaksiger Bursche mit blondem Haar, wachen graublauen Augen, einem strahlenden Lächeln und dem einzigartigen Talent, seine Arbeit stets so angenehm wie nur möglich zu verrichten. Das bedeutete, dass er so oft wie möglich zum Fischen ging. Garret war der Sohn unseres Bogenmachers, und er schnitzte seine Pfeile überall. Auch beim Fischen. Man sagt, dass er damals schon recht gute Pfeile fertigen konnte. Wenn er denn welche fertigte. Vielleicht weil ihre Eltern Nachbarn waren, hingen er und der Sohn unseres Radmachers, Ralik Hammerfaust, so gut wie immer zusammen. Da Ralik ein Zwerg war, ist es sicherlich keine große Überraschung für Euch, dass auch sein Sohn Argor einer war.«*

»Nein, nicht wirklich. Aber fahrt fort. Ich bin fasziniert.«

»*Nun, Argor war ein ruhiger Junge, immer bereit, allen zu helfen, und seinem Vater eine große Unterstützung. Er hatte auch ein Talent für Steinarbeiten, und obwohl er gerne Gedichte las, verlor kaum jemals irgendjemand ein Wort darüber. Schließlich hatte er große Hände.*«

»Na und? Was hat denn das eine mit dem anderen zu

*tun?«, warf Lamar ein und verfluchte sich im gleichen Moment für seine Frage.*

*»Nun, Argor war ein lieber Junge, der sich selten aufregte. Aber wenn man ihn ärgerte oder ihn beispielsweise wegen seiner Gedichte hänselte, dann fand man schnell heraus, dass sein Familienname so etwas wie eine Warnung darstellte. Nun, wie auch immer ... Mit von der Partie war auch Tarlon. Tarlons Familie hatte mit der Holzproduktion zu tun.«*

*»Nette Bezeichnung für einen Holzfäller.«*

*»Wenn Sie es sagen, mein Herr. Dieser einfache Holzfäller war verantwortlich für unser Holz. Für all unsere Wälder hier im Tal. Er entschied, wo geschlagen und wo gepflanzt und welches Holz wofür verwendet wurde. Tarlon selbst war groß für sein Alter, sogar noch größer als Thomas, der Lehrling des Schmieds. Er hatte breite Schultern und war fast so mächtig gewachsen wie die Bäume, die er so sehr liebte. Er hatte eine sorgfältige Art, die Dinge anzugehen. Tarlon war bedächtig in seinem Tun, aber wenn er etwas tat, dann tat er es richtig. Ich erinnere mich, dass er rotes Haar hatte, rot wie die Flammen eines Lagerfeuers. Aber keiner zog ihn deshalb auf. Bis auf Garret natürlich, aber der konnte auch rennen. Meine Güte, was konnte Garret flitzen ... doch das musste er auch, wenn er Tarlon wirklich ärgerte. Tarlon hatte einen Tick. Er legte immer einen kleinen Stein an die Stelle, an die der Baum, den er fällen wollte, hinfallen sollte. Und tatsächlich fiel niemals ein Baum daneben.«*

*»Beeindruckend«, meinte Lamar mit einem ironischen Unterton in der Stimme und nahm einen weiteren Schluck Wein.*

*»In der Tat«, stimmte der alte Mann zu. »Dann war da noch Elyra. Elyra war die Tochter, nein, Stieftochter unserer*

*Heilerin, der Sera Tylane. Sie war so etwa neunzehn Jahre vor dem Tag, an dem unsere Geschichte anfängt, von einer Gruppe Händler, die auf eine überfallene Karawane getroffen war, gefunden worden. Sie hatten die Schreie eines Kleinkindes gehört, das sie dann unter dem Körper seiner toten Mutter hervorgezogen. Und nachdem die anderen Reisenden allesamt tot gewesen waren, nahmen sie es mit und brachten es zu uns ins Dorf. Die Herrin Tylane war nur zu glücklich, die Kleine bei sich aufnehmen zu können und für sie zu sorgen. Sie liebte sie wie ihre eigene Tochter, und für uns Dorfbewohner war das Mädchen das auch.*

*Elyra war damals noch ein zierliches Nichts von einem Mädchen, ruhig, aber bestimmt, ein äußerst angenehmer Anblick mit ihrer Stupsnase, ihrem langen rotblonden Haar und ihren kleinen spitzen Ohren. Sie hatte stets einen ernsthaften Ausdruck im Gesicht, stellte Fragen über Fragen und saß meist irgendwo in der Sonne, wo sie entweder in einem alten staubigen Buch las oder sich mit den Vögeln, Hasen oder Schmetterlingen unterhielt. Abgesehen davon, konnte sie auch noch großartig mit ihrer Schleuder umgehen.«*

»Sie war eine Elfin?«

»Eine Halbelfin, aber das interessierte niemanden. Für uns war sie einfach Elyra, eine von uns, das war alles, was zählte.«

»Damit hätten wir also die vier Jugendlichen, die Holgar am Brunnen antraf. Und Ihr, alter Mann, wo wart Ihr?«

»Irgendwo. Ich bin nicht wichtig.«

»Hhm.«

»Wie auch immer, Holgar fragte unsere Freunde, ob sie bereit wären, sich auf die Suche nach seinem Pferd zu begeben, woraufhin die vier rasch übereinkamen, Holgar diesen Gefallen zu tun. Warum auch nicht, und schließlich gab es, *wie Garret sagte, irgendwo auf der Strecke auch sicher die Möglichkeit, fischen zu gehen.«*

»Das blöde Pferd ist in Richtung Alt Lytar abgehauen«, erklärte der Schmied und runzelte dabei die Stirn. »Fragt mich nicht, warum, wo doch sonst alle Tiere diese Gegend meiden, aber genau so ist es.«

»Das bedeutet, dass wir uns in die Nähe der alten Stadt begeben müssen?«, fragte Tarlon in seiner ernsthaften Art.

»Sieht ganz so aus«, sagte Garret und grinste. »Ich wollte schon immer mal wissen, wie gut man da jagen kann!«

»Niemand jagt in der Nähe der alten Stadt«, erwiderte der Schmied bestimmt und sah Garret durchdringend an. »Dort sind alle Tiere von einer seltsamen Krankheit befallen, und wenn man sie isst, wird man selbst krank und stirbt. Elendiglich. Also keine Jagd dort! Schau mich an und hör mir gut zu, Garret, ich meine es ernst! Ihr dürft dort unter keinen Umständen jagen!«

Garrets Stirn legte sich in Falten, aber er sagte nichts. Schließlich nickte er dem Schmied sogar zu, als dieser ihm weiterhin streng in die Augen sah.

»Nun, wenn das Pferd nach Alt Lytar abgehauen ist, werden wir ungefähr fünf Tage lang marschieren müssen«, überlegte Argor. »In diesem Fall gehe ich wohl besser ein paar Sachen zusammenpacken.«

»Vielleicht finde ich ein paar Kräuter auf dem Weg«, meinte Elyra freudestrahlend. »Ich will mal Mutter fragen, ob sie irgendwelche Kräuter braucht!«

*»Wie Ihr sehen könnt, Herr, waren es gute Kinder.«*
*»Ja, alter Mann, die nettesten im ganzen Reich. Ganz sicher. Erzählt einfach weiter.«*

# 1

*Ein Sommerspaziergang*

Elyra hatte zunächst befürchtet, dass sie sich während der Reise langweilen würde. So gerne sie die anderen auch mochte und mit ihnen zusammen war, so teilten sie doch nicht die gleichen Interessen miteinander. Außerdem wollte Elyra sich nicht andauernd unterhalten müssen. Aus diesem Grund begab sie sich kurz vor Anbruch ihrer Reise zu dem kleinen Haus hinter dem Gasthof, wo wir schon immer die Bücher des Dorfes aufzubewahren pflegten, und suchte in den alten Texten, Büchern und Folianten, bis sie etwas Interessantes entdeckte. Ein Buch, dessen Sprache sie nicht verstand, dessen Bilder sie aber auf Anhieb faszinierten. Daher beschloss sie, das Buch mitzunehmen. Eine der Zeichnungen, die sie besonders interessierte, zeigte einen jungen Mann, der in der Luft über einem Brunnen schwebte und eine Krone hochhielt, während eine lächelnde Menschenmenge um ihn herum versammelt war.

Die vier brauchten nicht lange, bis sie marschbereit waren. Sie alle waren es gewohnt, durch das Tal zu wandern, also hatten sie mehr oder weniger alles, was sie brauchten, griffbereit. Sie schulterten ihre Rucksäcke und ihre Waffen. Garret trug seinen Bogen und zwei Köcher voller Pfeile, Tarlon hatte ebenfalls seinen Bogen und seine große, zweiblättrige Holzfälleraxt, auf die er so stolz war, mitgenommen, und Argor war mit einer Armbrust und seinem

Hammer ausgerüstet. Elyra hatte dagegen nur ihre Schleuder und einen Beutel mit glatten Steinen dabei, nahm aber auch selbst gepflückte Kräuter und angerührte Salben mit.

»Für den Fall, dass einer von uns hinfällt und sich verletzt«, erklärte sie ernsthaft, als Garret zweifelnd ihren Rucksack ansah. Er schien ihm zu schwer für sie zu sein. »Ich habe einfach alles mitgenommen, was wir brauchen könnten, sollte jemand zu Schaden kommen.«

»Dagegen ist nichts zu sagen«, meinte Tarlon bedächtig und nickte zustimmend. »Man kann ja nie wissen.«

Garret musterte den Rucksack seines Freundes, der allein schon so groß wie die der drei anderen zusammen war, verkniff sich aber, seinen Freund danach zu fragen, was er alles dabeihatte. Er wusste, dass Tarlon ihm sowieso nur »dies und das« antworten würde.

Garret selbst hatte von allen den leichtesten Rucksack. Etwas Brot, etwas Käse und ein paar Angelschnüre. Mehr, dachte er, würde er nicht brauchen. Schließlich war er oft genug allein im Tal unterwegs und wusste, wie man sich in freier Natur von den Gaben der Götter gut ernähren konnte. Außerdem gab es immer Hasen, die ihm vor die Pfeilspitzen liefen.

Es war ein warmer Sommertag mit blauem Himmel. Kein Wölkchen war zu sehen, und es ging ein leichter, angenehmer Wind. Man konnte sich kaum einen besseren Tag für einen Ausflug vorstellen. Aber schon bald wurde klar, dass sich Elyra mit ihrem Gepäck tatsächlich zu viel zugemutet hatte, und so bot ihr Tarlon an, etwas von ihrer Last zu übernehmen. Widerwillig stimmte sie zu, danach ging die Reise weiter.

An diesem ersten Tag geschah nicht viel. Unsere Freunde

genossen die schöne Zeit und machten sich weiter keine Gedanken. Weshalb hätten sie auch?

Kurz bevor die Sonne unterging, suchten sie einen Rastplatz und fanden auch bald einen angenehmen Ort, an dem sie ihr Nachtlager aufschlugen. Sie zündeten ein Lagerfeuer an und grillten ein paar frische Fische, die Garret mitgenommen hatte, über dem Feuer. Zufrieden und satt wickelten sie sich im Anschluss in ihre Decken und schliefen den Schlaf der Gerechten. Keiner von ihnen verschwendete auch nur einen Gedanken daran, eine Wache aufzustellen.

*»Das war nicht sehr klug!«*
*»Seid versichert, sie lernten es noch.«*

Garret, der ein guter Spurenleser war, fand am nächsten Morgen ohne Schwierigkeiten die Spur des vermissten Pferdes. So wie es aussah, hatte es sich verletzt und hinkte.

»Weshalb bist du sicher, dass es sich dabei um unser Pferd handelt?«, fragte Elyra.

»Weil ich seine Spuren letztes Jahr schon einmal gesehen habe«, erklärte Garret. »Ich vergesse so etwas nicht.«

Und so folgten sie in den nächsten zwei Tagen der Spur des Pferdes, bis sie schließlich den Rand des Waldes erreichten, der an Alt Lytar grenzte. Das Pferd sei müde, erklärte ihnen Garret mit einem Blick auf die Spuren, die ihm verrieten, dass das Tier vor nicht allzu langer Zeit an dieser Stelle vorbeigekommen sein müsste.

»Kein Wunder«, bemerkte Argor. »Dieses Herumgerenne macht mich ebenfalls müde.«

»Das liegt an deinen kurzen Beinen«, erklärte ihm Tarlon freundlich. »Und dass du bereits rennen musst, während wir noch immer gehen.«

»Danke«, sagte Argor und warf Tarlon einen schwer zu deutenden Blick zu. »Das wäre mir sonst nie aufgefallen.«

Holgars Warnung noch gut in Erinnerung, näherten sie sich dem Wald um die ehemalige Hauptstadt des Reiches nur sehr vorsichtig. Jeder von ihnen kannte die Wälder um ihr Heimatdorf Lytara herum, aber dieser Wald hier kam ihnen seltsam vor.

»Der Wald macht mich nervös«, erklärte Garret, als sie tiefer in den Wald eindrangen. Die anderen nickten nur.

»Jetzt weiß ich erst, wie sehr ich Vögel liebe«, meinte Elyra leise. »Sie fehlen mir.«

»Ich weiß genau, was du meinst«, antwortete Tarlon. Er war unruhig geworden und schob das Gewicht seiner Axt auf seiner Schulter hin und her. Erst jetzt fiel den anderen auf, dass es hier keine Vögel gab und kein einziges Zwitschern zu hören war.

Dennoch folgten die Freunde der Spur des Pferdes tiefer in den Wald hinein, so lange, bis sie an den Rand einer Lichtung kamen.

Dort blieben sie wie gebannt stehen und starrten auf das Bild, das sich ihren überraschten Augen bot.

»Sieht so aus, als hätten wir das Pferd gefunden«, stellte Argor schließlich fest.

»Ja, sieht ganz danach aus«, stimmte Tarlon zu und fasste seine Axt fester.

»Das wird Holgar aber gar nicht gefallen«, meinte Garret und nahm seinen Bogen von der Schulter, um einen Pfeil auf die Sehne zu legen.

»Das ist eklig«, sagte Elyra nur.

Vorsichtig traten sie näher. Vom Körper des Pferdes war gerade noch genug übrig, um das Tier als solches erkennen zu können. Der größte Teil von ihm war jedoch bereits verschwunden und knapp hinter den Schulterblättern komplett abgetrennt worden.

»Ich frage mich, was hier wohl passiert sein mag«, begann Tarlon langsam und sah sich sorgfältig um. Doch alles blieb ruhig, nichts regte sich. Es war *zu* ruhig.

»Als ob jemand etwas von unserem Pferd abgebissen hätte.« Garret musterte eine tiefe Furche im Boden.

»Hier ist noch eine zweite.« Tarlon wies auf eine weitere, parallel verlaufende Furche. Beide Furchen liefen auf das Pferd zu und endeten kurz vor dem Kadaver. Im weiten Umkreis war das Gras mit Blut besprizt, das Tier selbst lag in einer riesigen Lache aus Blut, das bereits schwarz zu werden begann. Unmengen von Fliegen stoben auf, als Garret näher herantrat.

»Sieht wirklich wie abgebissen aus«, stellte Garret fest. »Aber wer oder was wäre dazu in der Lage?«

»Es kann außerdem nicht länger als zwei oder drei Stunden her sein.« Tarlon lehnte sich bedächtig auf den Stiel seiner Axt. »Und das bedeutet, dass, wer oder was auch immer es gewesen ist, noch in der Nähe sein kann.«

»Ich höre immer noch keine Vögel«, flüsterte Elyra. Sie hatte ihre Schleuder in der Hand, und ihre Augen suchten nervös den Waldrand ab. »Ich möchte nicht länger hierbleiben.«

Sie sah, dass Argor an ihr vorbei mit starren Augen nach Westen blickte. »Argor?«

»Ich glaube, ich sehe, was unser Pferd gefressen hat«, stieß er hervor, und Elyra folgte seinem Blick. »*Rennt!*«

Die Dringlichkeit in der Stimme des Zwerges ließ sie, ohne lange zu überlegen, losrennen. Sie folgten dem Zwerg, der auf einmal wieder überraschend schnell sprinten konnte, und warfen sich mit ihm zusammen am Waldrand in den Schutz des dichten Unterholzes. Keine Sekunde zu früh. Auf Garrets fragenden Blick hin zeigte Argor nur mit dem Finger nach oben, ein Lufthauch ging durch die Bäume über ihnen ... und dann sahen sie es.

»Göttin, steh uns bei!«, flüsterte Garret ehrfürchtig. Direkt über ihnen kreiste das unheimlichste Tier, das sie jemals gesehen hatten. Es sah aus wie ein Echse, hatte aber Flügel und war so groß wie ein Haus.

»Ich glaube das nicht.« Sogar Tarlon klang beeindruckt. »Es hat einen Reiter.« Die anderen starrten indessen nur stumm nach oben. Das Biest war geschuppt, und seine Schuppen waren von einem Rot, dessen Nuancen vom hellen Rot einer offenen Flamme bis hin zum dunklen Glühen von Metall reichten. Auf Nase und Stirn trug es Hörner, die allein schon größer waren als Tarlon. Hinter dem Nacken war ein seltsamer Sattel befestigt, auf dem ein Mann in einer schwarzen Plattenrüstung saß. Er sah auf dem Rücken der riesigen Kreatur wie eine Spielzeugpuppe aus. Das Biest besaß vier mächtige Läufe mit enormen Pranken, an denen die Krallen ein- und ausfuhren wie bei einer Katze. Die mächtigen Flügel, die in weitem Umkreis das Laub aufwirbelten und sogar die Bäume ins Wanken brachten, waren wie die einer Fledermaus und schienen im Licht der Sonne blutrot.

»Es ist wunderschön!«, hauchte Elyra.

»Es hat uns gesehen!«, rief Argor. »Weg hier!«

Aber bevor sie auch nur eine Bewegung machen konnten, zog das Biest bereits majestätisch einen Kreis, schoss im Tiefflug auf sie zu und drückte sie mit der Wucht seiner Flügelschläge fest zu Boden. Neben dem dumpfen Wooop-

Wooop der Flügelschläge war von fern, aber klar nur noch das Lachen des Reiters zu hören. Ein dunkler Schatten flog über sie hinweg, dann waren das Biest und sein Reiter verschwunden, und das Geräusch der mächtigen Flügel verlor sich im Wald hinter ihnen.

»Ich dachte schon, das wär es gewesen«, keuchte Argor. »Götter, war das Vieh groß!«

»Psst!«, zischte Elyra. »Nicht, dass es uns noch hört.«

»Es ist weg«, erklärte Tarlon, trotzdem verharrten sie noch eine Weile unter den Büschen, bevor sie sich schließlich wieder ins Freie hervorwagten.

Tarlon erhob sich und klopfte seine Kleider ab. »Was, bei den sieben Höllen, war das?«, fragte er dann so leise, als ob er mit sich selbst sprechen würde.

»Ich glaube, wir haben soeben unseren ersten Drachen gesehen«, antwortete Garret und stand ebenfalls auf. Stirnrunzelnd blickte er in den leeren Himmel über ihnen.

Argor war nun gleichfalls wieder auf den Beinen und hielt Elyra seine Hand hin, um sie hochzuziehen, dann blickte er auf den Kriegshammer in seiner Hand und anschließend wieder in den Himmel. Er sagte nichts, nur sein Blick war sehr, sehr nachdenklich.

»Drache?«, wiederholte Elyra ungläubig und wurde kreidebleich. Damit war sie nicht allein, denn keiner der Freunde konnte in diesem Moment eine gesunde Gesichtsfarbe sein Eigen nennen.

»Erinnerst du dich an letzten Sommer? Als uns die Sera Bardin eine Geschichte über so ein Biest erzählt hat«, meinte Garret. »Ich glaube wirklich, dass es ein Drache war.«

»Ich dachte immer, das wären nur Geschichten.« Elyra sah sich um und fing dann an zu lächeln. Sie hielt eine Hand an ihren Mund und ahmte einen Vogelruf nach. Sofort antwortete ihr aus einem Baum nicht weit von ihnen entfernt ein Spatz. Elyras Lächeln wurde breiter, und sie atmete erleichtert auf. »Die Vögel sind wieder da«, teilte sie den anderen erfreut mit. »Das heißt, das Biest ist wirklich weg!«

»Es ist spät geworden«, stellte Tarlon fest und blickte missbilligend zu dem Pferdekadaver hinüber. »Das Pferd ist hinüber. Wir haben hier nichts mehr verloren und sollten zusehen, dass wir den Wald wieder verlassen, bevor die Sonne untergeht. Ich traue diesem Wald nicht. Egal, ob die Vögel singen oder nicht, irgendetwas ist hier nicht in Ordnung. Auf keinen Fall will ich hier übernachten müssen.«

»Nun«, antwortete Garret, »da wir es eilig haben, sollten wir die alte Handelsstraße nehmen, zumal sie nicht weit entfernt sein kann.«

Seit ihrer Kinderzeit hatte man sie immer davor gewarnt, in die Nähe der alten Stadt oder der Straße zu kommen. Aber Garret hatte recht. Die alte Handelsstraße würde sie zwar weiterhin durch den Wald und über die alte Zollbrücke führen, ihren Rückweg aber erheblich verkürzen.

»Auf der Straße können wir die Nacht außerdem durchmarschieren«, fügte er hinzu und steckte seinen Pfeil wieder zurück in den Köcher.

»Glaubst du wirklich, dass du das Vieh damit hättest verletzen können?«, fragte ihn Argor zweifelnd.

Garret sah zu ihm hinunter und zuckte die Schultern. »Ich hätte es zumindest versucht!«

*»Na, das hätte ich gerne gesehen«, lachte Lamar. »Ein Junge und sein Spielzeugbogen gegen einen roten Drachen.«*

*Der alte Mann lachte ebenfalls und zeigte dabei überra-*

schend weiße Zähne. »Vielleicht hätte er Euch ja überrascht, Eure Exzellenz.«

»Exzellenz? Warum auf einmal so förmlich?«

»Weil die Flasche leer ist, mein Herr. Und weil mein Vater immer sagte, dass man höflich zu jemandem sein soll, wenn man etwas von ihm haben will.«

»Ein wohlerzogener Säufer also ... warum nicht?« Lamar war mittlerweile besserer Laune, denn die Geschichte fing an, ihn zu interessieren. Er blickte sich nach dem Wirt um, der aber nirgendwo zu sehen war. Nur eine Schankmagd bediente an einem der Nachbartische.

»Mädchen, noch eine Flasche Wein für meinen Freund hier!«

Sie nickte mit einem Lächeln und ging davon. »Ich frage mich, wie sie wohl im Bett ist«, sinnierte er, als er ihr hinterhersah.

»Das werdet Ihr nie herausfinden«, antwortete der alte Mann mit harscher Stimme, worauf ihn Lamar überrascht ansah.

»Keines unserer Mädchen ist für die Betten von Reisenden!«, erklärte ihm der alte Mann, und es lag Stahl in seiner Stimme. »Wenn Ihr ein Haus der Freuden sucht, so seid Ihr hier am falschen Ort.«

»Regt Euch nicht auf, alter Mann. Seht, hier kommt auch schon Euer Wein. Ich habe noch nie jemanden belästigt. Wenn die Magd mein Gold oder meine Gesellschaft nicht will, werde ich sie gewiss nicht bedrängen.«

»So sollte es auch sein«, funkelte der alte Mann, entspannte sich daraufhin aber sofort und nickte zustimmend, als das Mädchen kurz darauf wieder zu ihnen an den Tisch kam.

»Ihr habt recht, sie sieht gut aus. Genau wie ihre Großmut-

*ter vor langer Zeit.« Die Augen des alten Mannes schweiften in die Ferne. »Götter, war das eine Frau ...« Er schüttelte den Kopf, dann kehrte sein Blick wieder zu Lamar zurück. »Nun, um auf die Geschichte zurückzukommen ...«*

# 2

*Die Brandschatzung von Lytara*

Als die vier Freunde die alte Handelsstraße endlich erreichten, war die Sonne bereits untergegangen. Erleichtert hielten sie einen kurzen Moment inne. Von nun an würden sie schneller vorankommen.

Die alte Straße war einst von Handwerkern Alt Lytars für die Ewigkeit gebaut worden. Sie hatten die großen Platten aus hellem Stein mit äußerster Präzision verlegt, sodass man selbst heute, nach all der Zeit, mit einer Messerklinge kaum zwischen die Spalte zweier Platten gelangen konnte. Dennoch konnte selbst die alte Handelsstraße auf Dauer nicht gegen die Zeit bestehen, und so hatte die Natur sie im Laufe der Jahre unter einer dicken Schicht von Erde, Moos und Gras begraben. Noch immer verlief ihr Straßenbett jedoch erhöht und gerade und war einwandfrei auszumachen.

Die Freunde wollten im Dunkeln weitergehen, um den ihnen bedrohlich erscheinenden Wald so schnell wie möglich hinter sich lassen zu können.

Aber so wie es aussah, waren sie heute nicht die Ersten, die den gleichen Gedanken gehabt hatten. Es war Tarlon, der die Spuren ausmachte.

»Hm«, meinte er, als er die alte Straße erreichte und stirnrunzelnd auf etwas zu seinen Füßen herabsah. »Argor, würdest du dir das bitte mal ansehen?«

Der Zwerg kletterte geschickt zum Straßenbett hoch und kam Tarlons Aufforderung nach. In dieser Nacht standen beide Monde nur als schmale Sicheln am Himmel, und die hohen Bäume zu beiden Seiten der Straße schluckten fast jedes Licht. Aber der Zwerg konnte im Dunkeln sehen, eine Fähigkeit, auf die sowohl Garret als auch Tarlon etwas neidisch waren. Elyra nicht, denn auch sie konnte im Dunkeln sehen, nur war das bislang noch nie jemandem aufgefallen.

»Wagenspuren«, stellte Argor schließlich fest. »Es müssen eine Menge Leute gewesen sein.«

Das Erdreich und das Moos waren an einigen Stellen so aufgerissen, dass der helle Stein der Straße teilweise sichtbar war. Ein einzelner Mann oder ein Pferd hätten dies nicht vermocht, dafür bedurfte es schon Dutzender oder vielleicht sogar Hunderter von Männern.

»Und neun Wagen«, erklärte der Zwerg.

Sogar Garret, der der beste Spurenleser in der Gruppe war, vorausgesetzt, es war hell genug, wusste nicht, woher Argor das wissen wollte, aber Argor war der Sohn eines Radmachers, und Wagenräder waren sein Geschäft.

»Jeder eiserne Reifen hat seine Eigenarten«, erklärte der Zwerg, ohne dass ihn jemand danach gefragt hätte.

»Wenn du es sagst«, antwortete Garret, wählte sorgfältig zwei Pfeile aus seinem Köcher aus und überprüfte danach die Sehne seines Bogens. Als er bemerkte, dass ihn die anderen dabei beobachteten, zuckte er die Schultern. »Ich bin eben gerne vorbereitet.« Erneut sah er stirnrunzelnd auf die Spuren am Boden.

»Wie viele sind es?«, wollte Elyra wissen. Auch sie hatte ihre Schleuder griffbereit, und ihre linke Hand spielte mit zwei glatten Flusskieseln.

Garret kniete sich hin, legte Bogen und Pfeile zur Seite und untersuchte sorgfältig die Spuren.

»Soll ich uns Licht machen?«, fragte Tarlon, der seine Zunderbüchse bereits herausgekramt hatte, aber Garret schüttelte den Kopf.

»Licht kann man nachts sehr weit sehen ... besser nicht.« Garret ließ sich Zeit und schnüffelte sogar an dem Pferdekot. Schließlich griff er wieder nach Pfeil und Bogen und stand langsam auf. Nachdenklich blickte er nun die Straße entlang.

»Ich würde sagen, dass hier etwa dreihundert Mann zu Fuß entlangmarschiert sind. Dazu noch einmal etwa hundert Reiter. Mit schweren Pferden, deren Hufe beschlagen sind.« Er runzelte die Stirn. »Es ist schon ein paar Tage her.«

Nachdem Lytaras Pferde in freier Wildbahn lebten und nur selten beschlagen wurden, bedeutete dies, dass es sich um Fremde handeln musste.

»Es können keine Händler gewesen sein. So viele sind niemals zusammen unterwegs«, bemerkte Elyra, die ebenfalls besorgt die alte Straße vor ihnen musterte.

»Wer auch immer sie sind, sie kamen aus der Richtung der alten Stadt. Aus Alt Lytar«, fügte Tarlon nachdenklich hinzu. »Händler stoßen normalerweise erst etwas weiter nördlich auf die Straße, dort, wo diese einen weiten Bogen macht.«

»Das ist richtig«, stimmte ihm Argor zu. »Aber das hier waren gewiss keine Geister. Die reiten nämlich ganz sicher nicht auf Pferden, die mit kaltem Eisen beschlagen sind«, fügte er hinzu, der Gedanke schien ihn sichtlich aufzumuntern.

»Ich habe ein schlechtes Gefühl bei der ganzen Sache«,

sagte Elyra leise. Sie starrte noch immer die dunkle Straße entlang.

»Ich glaube, dafür gibt es auch einen triftigen Grund«, bestätigte Garret leise und streckte seine Hand aus. Die anderen folgten seinem Blick und sahen am Horizont nun ein leichtes rötliches Flackern, das zunehmend stärker wurde, bis das orangerote Leuchten kaum mehr zu übersehen war.

Eine schwarze Rauchfahne stieg nun in den Himmel auf. Dies konnte nur eines bedeuten.

»Dort liegt Lytara! Lytara brennt!«, rief Elyra und rannte los.

Jeder Gedanke an eine Rast war damit vorüber. Die alte Handelsstraße war deutlich im Halbdunkel zu erkennen, und sie beschlossen, den Rest der Nacht durchzulaufen. Das Dorf war zu weit weg, um es schnell erreichen zu können, aber je früher sie da wären, desto besser, und umso mehr könnten sie helfen. Argor murmelte etwas vor sich hin, aber als ihn die anderen daraufhin fragend ansahen, schüttelte er nur den Kopf. Er rannte.

Sie alle rannten, aber nicht so schnell, wie sie es gerne getan hätten, denn obwohl sich Argor bis an seine Grenzen verausgabte, konnte er einfach nicht so schnell laufen wie die anderen. Dafür besaß er mehr Ausdauer, und selbst Garret, der als der Flinkste der Freunde galt, musste nach einer Weile zugeben, dass er Schmerzen in der Seite hatte.

Argor hingegen verlor kein Wort, er sah nicht einmal von der Straße auf. Er hatte den Kopf zwischen die Schultern gezogen und lief, doch sein Atem klang wie das Zischen eines überkochenden Topfes. Und es sah nicht so aus, als ob er so bald damit aufhören würde.

»Stopp!«, rief Elyra leise, als es Morgen zu werden begann.

Augenblicklich hielten die anderen inne, keuchend und froh, Luft holen zu können.

»Was ist?«, fragte Tarlon schnaufend. Er hatte sich nach vorn gebeugt, stützte die Hände auf seinen Knien ab und versuchte, wieder ausreichend Luft in seine Lungen zu bekommen. Seinen Freunden ging es ähnlich. Garret hatte sich einfach fallen lassen und lag nun schwer atmend auf dem Rücken.

»Ich sehe Lichter. Und Fackeln auf der Straße vor uns«, antwortete Elyra, die bemerkenswerterweise kaum außer Atem war.

»Lichter?«, erkundigte sich Garret und stand mühsam wieder auf.

»Lasst uns die Straße verlassen«, forderte Elyra sie auf und ging auch schon auf den Waldrand zu.

»Sie hat recht«, bekräftigte Tarlon. »Wer auch immer da kommt, ich glaube nicht, dass wir ihm offen entgegentreten sollten!«

Hastig folgten die Freunde der Halbelfin, um sich gemeinsam zum zweiten Mal an diesem Tag in einem dichten Gebüsch am Waldrand zu verkriechen.

»Gerade noch rechtzeitig«, flüsterte Garret und versuchte, sein schweres Atmen zu unterdrücken.

»Hört nur …«

Es war das gleiche Geräusch, der gleiche schwere Flügelschlag, den sie heute schon einmal vernommen hatten. Gleich darauf landete der Drache unter ihren ungläubigen Blicken keine vierzig Meter von ihnen entfernt auf der Straße. Die Schuppen des Biestes glühten in der Dunkelheit, und es gab einen seltsamen Laut von sich, der fast wie ein Wimmern klang.

»Er ist verletzt«, wisperte Elyra.

»Kann er uns sehen?«, fragte Garret flüsternd.

»Vielleicht kann er uns riechen«, gab Elyra zur Antwort und pflückte ein paar Blätter von einem der Büsche, unter denen sie sich versteckt hatten. Sie zerdrückte sie in ihren Händen und schmierte sich danach deren dickflüssigen klaren Saft über ihre Ledersachen. Die anderen taten es ihr nach. Der Geruch war intensiv, aber nicht unangenehm. Es roch nach …

»Wald«, meinte Argor.

»Passt auf, dass es nicht mit irgendwelchen Kratzern in Berührung kommt«, warnte Elyra.

»Warum?«, wollte Garret wissen.

»Weil meine Mutter sagt, dass diese Blätter einen schlimmen Ausschlag verursachen, sobald sie in offene Wunden geraten. Es muss fürchterlich jucken«, gab Elyra flüsternd zurück.

Die Fackeln waren nun näher gekommen, und auch die Sicheln der beiden Monde standen nun so hoch am Himmel, dass sie sehen konnten, wer ihnen auf der Straße entgegengekommen war. Es waren Soldaten. Soldaten in Kettenhemden, die alle das gleiche Wappen auf ihren Waffenröcken trugen.

Aber wenn es sich bei ihnen um dieselben Männer handelte, deren Spuren sie zuvor auf der Straße entdeckt hatten, musste unterwegs etwas geschehen sein, denn nun kehrten kaum mehr vierzig Mann Infanterie und gerade einmal drei Dutzend Berittene zurück. Tarlon war fasziniert von den Reitern. Sie saßen auf den größten Pferden, die er jemals gesehen hatte, und waren alle mit schweren Plattenrüstungen geschützt.

»Ich frage mich, ob das Ritter sind«, flüsterte er.

»Das bezweifle ich. Sie sehen alle gleich aus und haben

alle das gleiche Wappen auf ihren Schildern«, antwortete Elyra abwesend und sah wie gebannt auf den Drachen.

»Woher willst du das wissen?«, fragte Garret.

»Ich höre eben zu, wenn die Sera Bardin bei uns ist, und frage nach, sobald ich etwas nicht verstehe.«

Garret zog es vor, das Thema nicht zu vertiefen.

Die Männer waren noch weit entfernt, aber ihre hoch erhobenen Stimmen wurden bis zu den Freunden hinübergetragen. Wer auch immer da etwas rief, schien nicht gerade erfreut zu sein.

»Die meisten sind verwundet«, stellte Elyra fest, als die Marschierenden plötzlich in respektvollem Abstand zum Drachen anhielten. Dessen Reiter stieg nun ab, wobei er sich geschickt seinen Weg über den rechten Flügelansatz und den erhobenen Vorderlauf des riesigen Biestes suchte.

Gleichzeitig löste sich eine hochgewachsene Gestalt in Plattenrüstung aus der Gruppe der Soldaten, kam dem Reiter entgegen und salutierte vor ihm. Danach gab er ein Signal. Unverzüglich zerrten zwei Soldaten eine schlanke Gestalt vor den Drachenreiter.

»Mutter!«, rief Elyra entsetzt, und Tarlon konnte sie gerade noch davon abhalten, aufzustehen und zu ihr zu eilen. Tatsächlich handelte es sich bei der Frau um die Herrin Tylane, die Heilerin von Lytara, der jeder im Dorf mit dem größten Respekt begegnete und die so gut wie von allen Menschen im Tal geliebt wurde.

Als sich das weitere Geschehen nun vor ihren entsetzten Augen entfaltete, war Tarlon froh darüber, Elyra rechtzeitig fest- und ihr den Mund zugehalten zu haben. Der Drachenreiter stellte eine Frage, und selbst auf die Distanz konnten die Freunde das bittere Lachen der Sera Tylane hören. Dann spuckte sie ihm ins Gesicht, woraufhin der Drachenreiter kurzen Prozess machte. Er zog sein Schwert und enthauptete die Sera mit einem mächtigen Streich.

Elyra bäumte sich in Tarlons Armen auf, und ihrer Kehle entrang sich unwillkürlich ein gedämpfter Laut, dann sackte sie lautlos in sich zusammen. Garret reagierte als Erster. Er ging in die Knie, zog in einer einzigen fließenden Bewegung einen Pfeil aus seinem Köcher und beschmierte ihn mit den Resten des Blättersaftes. Anschließend legte er ihn auf die Sehne, zog den schweren Bogen elegant aus und ließ den Raben fliegen.

Es war ein unmöglicher Schuss in fast vollständiger Dunkelheit, zwischen Ästen und Gebüsch hindurch und an zwei Soldaten vorbei, dennoch traf Garret sein Ziel, und der Drachenreiter schrie auf. Der leichte Jagdpfeil hatte sich in seine Seite gebohrt. Er war genau in einen Spalt seiner Rüstung zwischen Front- und Rückenplatte knapp unter seiner Achselhöhle eingedrungen.

»*Treffer!*«, rief Garret und sprang auf. Schon legte er den nächsten Pfeil auf.

»Guter Schuss«, sagte Tarlon abwesend und ließ Elyra los. Nachdem Garrets Schuss den Soldaten ihre Anwesenheit verraten hatte, war es jetzt auch nicht länger nötig, sie ruhigzustellen. Tarlon war der festen Überzeugung, dass Garret einen Fehler gemacht hatte, den sie nicht überleben würden. Trotzdem konnte er ihm keinen Vorwurf machen. Er selbst hätte nicht anders gehandelt, wenn ihm wegen Elyra nicht die Hände gebunden gewesen wären.

Elyra, die wieder zu sich gekommen war, hatte sich mit steinernem Gesicht erhoben und ließ nun ihre Schleuder pfeifen, konnte aber auf diese Entfernung keinen Treffer landen.

»Lauft!«, rief Argor, denn in diesem Moment gab der Reiter, mit einer Hand den Pfeil in seiner Seite haltend, seinem Drachen ein Signal, woraufhin der große Kopf des Untiers langsam in ihre Richtung schwenkte. Eines seiner Augen war geschlossen, aber allein der Blick aus dem anderen Auge, voller Bosheit und Hass, reichte aus, um Tarlon einen Schauer über den Rücken zu jagen. Das Biest richtete sich auf und breitete seine gewaltigen Flügel aus.

»Rennt, was ihr könnt!«, schrie nun auch Garret.

Wie auf Kommando fingen sie an zu laufen. So schnell sie nur konnten, drangen sie immer tiefer in den Wald ein. Argor stolperte und wäre beinahe der Länge nach hingefallen, hätte ihn Tarlon nicht im letzten Moment am Kragen gepackt und wieder auf die Beine gezerrt. Hinter sich vernahmen sie den Flügelschlag des Biestes, gefolgt von einem lauten schaurigen Schrei, der ihnen durch Mark und Bein fuhr. Danach kam ein Rauschen auf, als ob ein mächtiger Wind wehen würde. Leise zunächst, wurde es immer gewaltiger, bis die Bäume hinter ihnen schließlich in einem gewaltigen Feuerball explodierten, dessen Hitze über sie hinwegfegte und Gras und Laub um sie herum entflammte.

»Zur Hölle mit dem Vieh! Verdammt in alle Ewigkeit soll es sein!«, keuchte Garret und wischte brennendes Laub von seinem Lederzeug.

Sei es, dass sie zu schnell für das Biest waren, sei es, dass der dichte Wald sie vor seinem Blick schützte. Oder aber, dass sie einfach nur Glück hatten. Jedenfalls schoss der Drache seitlich an ihnen vorbei, wo er einen weiteren Teil des Waldes in Flammen setzte. Die Freunde entkamen dem Inferno lebend, obwohl sie die Hitze des Feuers mehr als einmal in ihren Nacken spürten und der Wald hinter ihnen lichterloh brannte.

Minuten später vernahmen sie erneut den Schlag der mächtigen Schwingen über sich, aber diesmal schien das Biest sie nicht zu jagen, sondern in die Richtung der alten Stadt Lytar zu fliegen.

Keuchend ließen sich Elyra und Argor zu Boden sinken, Tarlon und Garret lehnten sich an den nächsten Baumstamm und sahen dem Feuer zu, das in der Ferne noch immer wütete. Sie hatten Glück im Unglück, denn mittlerweile war ein leichter Wind aufgekommen, der das Feuer von ihnen wegtrieb, sodass sie sich ohne Gefahr eine Weile ausruhen konnten. Elyra hatte noch immer kein Wort gesprochen. Ihre Augen waren feucht, aber sie weinte nicht, und Garret fand es erschreckend, wie hart und erwachsen sie auf einmal wirkte. Obwohl sie einige Jahre älter war als er, hatte sie bis zum heutigen Tage stets wie ein junges Mädchen auf ihn gewirkt. Zwar hatte Garret immer gewusst, dass ein Teil von ihr unsterblich war, dennoch war ihm nie richtig klar gewesen, was das eigentlich bedeutete. Jetzt wusste er es. Elyra würde sich selbst dann noch an diese Nacht erinnern, wenn er, Garret, schon lange nicht mehr auf dieser Welt verweilen würde. Sie würde auch die schlechten Erinnerung über all die Jahre hinweg mit sich tragen müssen. Garret schauderte.

Wortlos erhoben sich die Freunde wieder und rannten weiter.

Und während sie liefen, wurden sie erwachsen.

*»Gut gesagt, alter Mann«, lobte Lamar. »Ihr habt die Seele eines Poeten. Und den Durst eines Schmiedes. Aber fahrt fort. Ihr spinnt hier einen feineren Faden, als ich es je für möglich hielt.«*

*Lamar sah sich um. Ohne dass er es bemerkt hatte, hatte*

sich der alte Gasthof gefüllt. Dennoch war es überraschend ruhig in der Stube, denn die meisten der Gäste lauschten der Geschichte des alten Mannes andächtig. Unter ihnen befanden sich eine Menge Kinder, ein Umstand, den Lamar von seinen bisherigen Gasthofbesuchen nicht kannte. Aller Augen waren auf den alten Mann gerichtet, auch der Wirt wirkte nachdenklich.

»Kenne ich Euch nicht, alter Mann?«, fragte der Wirt schließlich nach einer Weile.

Worauf dieser nur langsam den Kopf schüttelte und lächelte. »Ich glaube nicht, guter Wirt.«

»Erzähl die Geschichte weiter, Großvater!«, rief ein Junge mit leuchtenden Augen. »Wie ging es weiter?«

»Lasst mich erst einmal wieder zu Atem kommen«, wehrte der alte Mann ab, und Lamar schnaubte. »In Eurer Geschichte sind sie gerannt. Ihr hingegen seid hier nur herumgesessen und habt Wein getrunken.«

»Es ist die Erinnerung.«

Lamar warf ihm einen scharfen Blick zu. »Ich dachte, Ihr wärt nicht dabei gewesen?«

»War ich auch nicht«, antwortete der alte Mann und nahm dankbar einen gefüllten Becher entgegen, den er sofort an die Lippen führte. »Guter Wein«, meinte er dann mit einem Nicken zum Wirt hin, der ihm den Becher unaufgefordert gereicht hatte.

»Ein guter Wein gegen eine gute Geschichte«, antwortete der Wirt. »Es ist mein bester«, verkündete er stolz.

»Das passt«, gab der alte Mann mit einem breiten Grinsen zurück. »Es ist auch meine beste Geschichte.« Er sah vom Wirt zu Lamar und den anderen hinüber, die ihn gespannt beobachteten. »Ihr wollt mehr hören? Also gut ... Wo war ich? Ach ja. Ihr müsst verstehen, Herr, dass das Dorf

*Lytara bis zu diesem Zeitpunkt vierhundert Jahre lang nur Frieden gekannt hatte.«*

*»Es gibt keinen einzigen Ort in den Reichen, in dem vierhundert Jahre lang Frieden geherrscht hat!«, widersprach Lamar bestimmt.*

*»Nun, aber hier war es so. Wir lagen ja ein wenig abseits, dennoch endete das ruhige Leben, wie es uns bisher beschieden gewesen war, an diesem Sommertag im Jahre der Sera 2781. Das Dorf war mit den Vorbereitungen zum Mittsommerfest beschäftigt, Girlanden wurden entlang der Straßen aufgehängt, die Straßen selbst wurden gefegt und die Fensterläden neu angemalt. Überall waren Blumen dekoriert, und die Frauen wuschen sorgfältig ihre besten Kleider, während die Herren ihre besten Hosen herausholten. Es war ...«*

*»Ich kann es mir vorstellen«, unterbrach ihn Lamar.*

*Der alte Mann verzog sein Gesicht. »Wer ist derjenige, der hier die Geschichte erzählt?«*

*»Ihr. Gut, fahrt also fort.«*

*»Vielleicht habt Ihr sie ja gesehen, als Ihr an ihr vorbeigeritten seid. Neben dem Tor zur Schmiede hängt eine große Triangel an einem Haken. Sie wird bei Alarm geschlagen, aber in all den Jahren wurde sie sehr selten verwendet.*

Als Ralik die Triangel anschlug, war ein jeder überrascht, nichtsdestoweniger liefen alle Dorfbewohner, so schnell sie konnten, auf dem Marktplatz zusammen. Als sie eintrafen, stand der Bürgermeister bereits auf dem Brunnenrand. Mit ernster Miene wartete er, bis die meisten da waren, dann hob er eine Hand, und die Leute wurden still.

»Wir haben soeben erfahren, dass die Horato-Farm überfallen und niedergebrannt wurde. Soviel wir wissen, gab es keine Überlebenden. Die Farm wurde von einer Armee angegriffen, die sich jetzt auf uns zubewegt. Sie werden auch uns angreifen.«

Stimmengemurmel hob an. Die Bewohner von Lytara waren angesichts dieser Nachricht geschockt und bestürzt. Das konnte einfach nicht stimmen.

»Warum sollte uns jemand angreifen?«, rief eine Frau ungläubig. »Wir haben doch niemandem etwas getan!«

Der Bürgermeister blickte in die Runde. Die Leute seines Dorfes waren nun fast alle um den Brunnen herum versammelt. Es war wie in jeder Dorfgemeinschaft, nicht jeder konnte jeden leiden, aber sie bildeten eine Gemeinschaft. Als der Bürgermeister nun von einem entsetzten Gesicht zum anderen sah, war ihm sehr wohl bewusst, dass er manch eines von ihnen sicher zum letzten Mal sehen würde. Dieses Wissen schwang auch in seiner Stimme mit, deren Tonfall allein schon klarmachte, wie ernst die Lage war.

»Ich weiß es nicht, gute Frau, niemand weiß es. Dennoch verhält es sich so. Eine Armee kommt auf uns zu, um uns anzugreifen. Und wie wir an der Horato-Farm gesehen haben, kennt sie keine Gnade. Wir werden kämpfen müssen. Ich möchte daher, dass ihr euch in eure Häuser begebt, auf die Dachböden steigt und die Waffen heraussucht, das Stroh befeuchtet, die Fenster schließt und die Straßen räumt. Die Kinder müssen in die tiefen Keller gebracht werden. Danach sollen die Frauen Leinen kochen, während jeder, der einen Bogen besitzt, eine gute Verteidigungsposition bezieht. Die Armee wird die Straße hochkommen, alle anderen Zugänge zum Dorf sind für einen Kavallerieangriff zu eng oder zu dicht bewaldet.«

»Kavallerie?«, fragte jemand überrascht.

Der Bürgermeister nickte. »Schwere Kavallerie. Etwa

hundert Reiter. Dazu noch an die dreihundert Fußsoldaten.«

»Bei Mistral! Die Göttin steh uns bei, das ist ja wirklich eine Armee!«, rief jemand entsetzt.

Der Bürgermeister nickte nur. »Es würde daher nicht schaden, wenn wir heute tatsächlich um Mistrals Hilfe bitten würden. Es sieht nicht gut aus.«

»Nun, warum nicht? Schließlich haben wir sie in der Vergangenheit nicht oft um etwas gebeten«, meinte Pulver. Er stand wie üblich etwas abseits, was nicht daran lag, dass man ihn nicht mochte, sondern der Tatsache geschuldet war, dass er der Alchemist und Glasbläser war und einer von den Leuten, die nie etwas ernst nehmen konnten. Ein lustiger Geselle. Meistens mussten die Leute niesen, wenn sie ihm zu nahe kamen, oder die Augen begannen ihnen zu tränen.

»Vielleicht erhört sie uns sogar«, fuhr er fort, »wenn sie sich erst einmal von der Überraschung erholt hat, wieder einmal etwas von uns zu hören!«

Trotz der ernsten Lage gelang es ihm mit seiner Bemerkung wie erhofft, ein paar der Versammelten zum Schmunzeln zu bringen.

»Schaden wird ein Gebet jedenfalls nicht«, pflichtete der Bürgermeister ihm bei. »Aber man kann auch beten, während die Hände fleißig sind.« Er richtete sich auf. »Jeder weiß demnach, was er zu tun hat. Also fangen wir an. Nur noch eines. Die Männer mit mehr als zwei Kindern ... euer Platz ist nicht an der Front. Wir müssen an später denken.«

»Gut!«, rief Pulver und klatschte erfreut in die Hände. »Das verspricht interessant zu werden! Es hätte mich aber auch allzu sehr geärgert, wenn ich mir das alles von hinten hätte ansehen müssen!« Und als ihn die Lytarer daraufhin allesamt etwas befremdet ansahen, wurde sein Grinsen noch eine Spur breiter. »Ich habe da ein Pülverchen, das ich schon immer einmal ausprobieren wollte!«

»Oh, Götter, jetzt weiß ich nicht mehr, wovor ich mehr Angst haben soll: vor seinem Pulver oder vor den Angreifern!«, murmelte Ralik, denn Pulver war berüchtigt für seine alchemistischen Experimente.

Es dauerte länger, als sie gedacht hatten, aber die Angreifer kamen. Sie hörten sie, noch bevor sie sie sahen. Es war ein seltsam donnerndes Geräusch, das selbst den Erdboden zu erschüttern schien. Sie kamen mit der Abendsonne im Rücken, grimmig aussehende schwarze Schatten, vollkommen schweigsam bis auf einen gelegentlichen Ruf oder einen Befehl und das Rasseln ihrer schweren Rüstungen. Die Kavallerie stürmte die steile Straße hinauf wie eine Wand aus Fleisch und Stahl, und nichts schien sie aufhalten zu können! Doch dann wurde der Himmel auf einmal schwarz vor lauter Pfeilen. Dutzende, Hunderte, eine ganze Wolke aus schwarzen Raben stieg in die Luft, senkte sich wieder ab und schlug pfeifend in die Kavallerie ein. Mann und Tier brüllten auf, als sich die scharfen Spitzen durch Metall und Leder in ihr Fleisch bohrten. Sie schrien und fielen, noch bevor sie ihren Angriff ins Dorf hineintragen konnten. Kopfgroße Steine, die nun auf sie geworfen wurden, ließen die Pferde straucheln. Die Steigung und die Kurve nahmen ihnen zudem den Schwung, und als die Pferde in den vorderen Reihen fielen, kam der Angriff der hinteren Reihen ebenfalls zum Erliegen. Und noch immer regneten ganze Wolken von schwarzen Raben auf die Angreifer hernieder und trafen Mensch und Tier. Nur knapp zwei Dutzend Reiter vermochten es, den Angriff bis hoch ins Dorf zu treiben, ihre Schilder dick mit Pfeilen bespickt.

Dann aber geschah das Unfassbare. Ein kleines Mädchen rannte auf die Straße. Die Herrin Tylane sah es und lief ebenfalls los. Sie wollte das Kind retten, aber es war zu spät. Die Reiter ergriffen sie, das Kind erschlugen sie mit einem Schwertstreich. Daraufhin trat Vanessa, Tarlons Schwester, mit versteinertem Gesicht und einem Bogen in der Hand aus dem Schutz eines Hauseingangs und streckte den Mörder nieder. Ein wahrer Hagel von Pfeilen ging nun auf die Reiter herab. Bevor sie schließlich davonritten, schleuderten sie brennende Fackeln auf die Dächer. Die Hälfte der Feinde fiel jedoch noch aus den Sätteln, bevor sie in der Ferne entschwinden konnten. Gerade ein Fünftel der gesamten Kavallerie überlebte diesen ersten Angriff.

Dann aber kamen die Fußsoldaten. Nie zuvor hatten wir etwas Ähnliches gesehen. Die Angreifer rückten vor, die Spieße hoch erhoben, im Takt der Trommelwirbel und zum Klang der Trompeten, und marschierten direkt in den Regen aus schwarzen Pfeilen hinein. Es war, als ob eine Sense durch sie hindurchginge, doch sie marschierten ungerührt weiter und weiter, obwohl sie zu Dutzenden von einer Welle schwarzer Raben nach der anderen niedergemäht wurden. Erst als nur noch wenige von ihnen standen, brachen sie ein und wandten sich zur Flucht. Das Ganze hatte kaum mehr als fünf Minuten gedauert, danach standen wir da, sahen das Schlachtfeld mit all den Toten und Sterbenden und konnten noch immer nicht richtig fassen, was gerade geschehen war.«

*»Ihr wollt mir also erzählen, dass die Leute des Dorfes fast eine ganze Armee von professionellen Soldaten vernich-*

*tet haben?«* Lamar zog ungläubig eine Augenbraue nach oben.

*Der alte Mann zuckte mit den Schultern.* »Nun, jeder von uns versteht es, einen Langbogen zu nutzen. Das ist so eine Art Tradition bei uns. Als die Armee kam, standen ihnen dreihundert Langbogenschützen und -schützinnen entgegen. Im Nachhinein denke ich, dass die Angreifer einfach nicht einzuschätzen wussten, was ein guter Lytarer Langbogen alles zu leisten vermag. Zudem habt Ihr selbst gesehen, dass das Dorf auf einem Plateau liegt und wie sich die Straße, die zu uns hinaufführt, windet. Unsere Vorfahren haben sich bei der Anlage und Gründung sehr wohl etwas gedacht.«

»*Aber bei dieser Armee, so wie Ihr sie beschreibt, muss es sich doch um professionelle Soldaten gehandelt haben.*«

»*Und dennoch hat es sich genauso abgespielt. Was soll ich sonst sagen? Aber es war noch nicht vorbei. Denn ...*«

… die Armee war nicht das eigentliche Problem. Bis jetzt hatten wir Glück gehabt. Nur neun unserer Männer waren tödlich getroffen worden, an die zwei Dutzend verletzt. Doch nun war es die Pflicht des Radmachers, das zu tun, was getan werden musste. Ralik Hammerfaust ging auf das Schlachtfeld hinaus, mit grimmigem Gesicht und seinem schärfsten Dolch, und sandte die Verletzten zu ihren Göttern. Ohne unsere Heilerin blieb uns auch gar nichts anderes übrig, denn wir konnten sie nicht versorgen. Nachdem er seiner Aufgabe nachgekommen war, trug Ralik nacheinander drei feindliche Soldaten, die den Pfeilhagel schwer verletzt überlebt hatten, in seine Werkstatt. Keiner von uns wollte wissen, was sich nun genau in der Schmiede abspielen würde. Wir wussten nur, dass wir Fragen an die Angreifer hatten und auf diese Fragen Antworten wollten.

Dann kam jedoch der Drache. Es war ein großer Drache. Zuerst flog er hoch über uns hinweg und ließ ein Feuer auf uns herabregnen, das das halbe Dorf entzündete. Wie ein Dämon aus der Hölle fegte er über uns hinweg. Es brannte überall, Flammen und Rauch stiegen auf, und mit jedem Flügelschlag des Drachen stiegen Angst und Panik unter den Leuten an. Sogar Ralik wich einen Schritt vor der Bestie zurück. Dennoch bekämpften einige von uns ihre Furcht und richteten nach einer Weile ihre schweren Bogen auf das Monster. Pfeil um Pfeil schoss nach oben und traf das riesige Tier, aber die meisten Pfeile prallten harmlos an seinen Schuppen ab. Allein die Flügel des Drachen schienen verletzbar zu sein, weshalb er nun auch so schnell flog, dass man nicht mehr gut auf ihn zielen konnte. Und immer wieder brach Feuer aus seinem furchterregenden Maul und setzte Haus um Haus in Brand.

Als schon alles verloren schien, trat auf einmal Gernut, Garrets Großvater, mitten auf die Straße. Er war einer der Ältesten der Stadt und schon so alt, dass er fast nur mehr in seinem Schaukelstuhl zu sitzen und über seinen Enkel den Kopf zu schütteln pflegte, obwohl es hieß, dass Garret seine Liebe zum Fischen von ihm geerbt hatte. Gernut vermochte sich nur noch mit Krücken zu bewegen, aber an diesem Abend stand er da, einen Pfeil in der linken Hand, seinen mächtigen Bogen, den er seit zwanzig Jahren nicht mehr gespannt hatte, in der rechten. Er stand ohne Krücken da, mitten auf der Straße, und sah dem Biest gefasst entgegen, als sich dieses auf das einsame Opfer stürzte. Erst als Gernut das Feuer schon in den Nüstern des Untiers aufleuchten sah, spannte er den mächtigen Bogen so leicht, als ob er noch ein junger Mann wäre, und schoss seinen einzigen Pfeil ab. Geradewegs ins Auge des Untiers, so tief, dass er bis zu den Federn am Schaftende darin verschwand. Eine Wolke aus Feuer umhüllte Garrets Großvater, aber der Drache stieß einen Schmerzensschrei aus, der voller Wut und Hass über das ganze Tal hinweg hallte. Mit angehaltenem Atem sah ein jeder von uns zu, wie sich das Tier wieder zu fangen versuchte. Wir hofften darauf, dass es tödlich verletzt sein würde, doch es gewann rasch wieder an Höhe und flog schließlich davon. Geschlagen, nicht von einer Armee, sondern vom Pfeil eines einzigen alten Mannes.

Von Garrets Großvater war jedoch außer den schweren Stiefeln und dem Bogen, der wie durch ein Wunder nicht verbrannt, aber nun schwarz wie die Nacht war, nichts übrig geblieben. Sein Opfertod war jedoch nicht umsonst gewesen, denn der Drache war weg, zumindest im Moment.

Ganz Lytara war erschüttert und entsetzt. Die Armee hatte uns kaum geschadet, doch dieses Untier hatte allein beinahe das ganze Dorf verwüstet. Allein die Tatsache, dass viele unserer Dächer mit gutem Schiefer gedeckt waren, kam uns nun zugute. Trotzdem, der Preis war hoch. Wir bauen hier aus Stein, deshalb hatten selbst die Häuser, die Feuer gefangen hatten, nur das Dach verloren. Dennoch lagen am nächsten Morgen vierzig Tote in einer Reihe auf dem Marktplatz, und wir zählten unzählige Verletzte. Wir verfluchten die Angreifer, die uns unsere Heilerin genommen hatten, und beteten für Sera Tylane, denn jeder von uns ging davon aus, dass wir sie nie wiedersehen würden.

Die Ältesten riefen uns am Brunnen zusammen, und jeder, der gehen konnte, leistete dem Aufruf Folge: Garen, Gernuts Sohn und Garrets Vater, Ralik und all die anderen. Es war das erste Mal, dass Pulver, seitdem man ihn kannte, ohne ein Lächeln auf den Lippen dort auftauchte. Der Geruch von Rauch hing noch immer in der Luft, und viele versorgten ihre Wunden, während sie darauf warteten, dass der Bürgermeister zu sprechen anfing. Es war ein bedrückender Morgen, und obwohl so viele Menschen um den Brunnen herumstanden, war es dennoch still. Keiner sprach ein einziges Wort. Es war gespenstisch.

Endlich ging ein Raunen durch die Menge, und einige Leute deuteten auf das Dach des Wirtshauses, denn dort sah man etwas, das man seit Menschengedenken nicht mehr gesehen hatte. Auf dem Flaggenmast des alten Wirtshauses, des ältesten Gebäudes unseres Dorfes, wehte eine Flagge, die wir vom Hörensagen kannten, aber noch nie mit eigenen Augen gesehen hatten. Trotzig und stolz entfaltete sich das alte Banner und knatterte im leichten Wind. Es war das Banner von Lytara, das einen aufrecht stehenden Greif auf goldenem Grund zeigte. Die eine Klaue ruhte auf dem Knauf eines Schwertes, dessen Klinge nach unten gerichtet war, die andere hielt eine Sichel in die Höhe. Unter seinem Körper lag eine besiegte Schlange.

Jedermann sah zu der Flagge hoch, die uns daran erinnerte, dass Lytara immer noch ein Königreich war, auch wenn es vor langer Zeit unterging und keinen König mehr hatte. Aber es galt, was Pulver einmal so trefflich formuliert hatte: Selbst nach all der Zeit floss immer noch das königliche Blut unserer Vorfahren in unseren Adern, und damit waren wir in übertragenem Sinn alle Könige.

Dieses Banner erinnerte uns daran, dass wir einst ein mächtiges Reich gewesen waren, uns nach dessen Untergang aber, wenn die Legenden wahr berichteten, von Machtgier, Neid und Krieg abgewendet hatten. Das nach unten gekehrte Schwert und die erhobene Sichel waren das sichtbare Zeichen unseres friedlichen Lebens. Wir hatten uns vom Krieg abgewandt und der Macht entsagt, aber wir waren noch immer eine Nation und ein Reich, und dieses Banner gab uns unseren Stolz zurück.

Aber nun war der Krieg zu uns gekommen.

Es war an diesem Morgen, dem Morgen nach der Schlacht, als unsere Freunde wieder ins Dorf zurückkehrten, müde und wund, denn sie waren die ganze Nacht über gerannt. Als sie sahen, was geschehen war, wurden ihre Mienen noch düsterer.

Garret bahnte sich einen Weg durch die Menge und sprang auf den Brunnenrand. Danach zog er Elyra zu sich nach oben, und diese erzählte uns mit tonloser Stimme, was mit Sera Tylane geschehen war. Die Nachricht traf uns hart, denn die meisten von uns verehrten und liebten die Heilerin, die ihr ganzes Leben stets in den Dienst der Menschen hier im Tal gestellt hatte.

Dann kam Ralik, der Radmacher, aus seiner Werkstatt, und seine Gesellen schleiften die drei Gefangenen herbei. Auf dem Marktplatz war etwas errichtet worden, das man seit Jahrhunderten hier nicht mehr gesehen hatte. Es war ein Galgen, der seinen Schatten drohend über den Marktplatz warf, und als die Gefangenen ihn sahen, wurden ihre Gesichter noch bleicher, als sie eh schon waren. Ich glaube, nicht alle ihre Wunden rührten von der Schlacht her, aber niemand äußerte sich dazu.

Ralik stieg mühsam auf den Brunnenrand, und augenblicklich kehrte Stille ein. Es ist bei uns Tradition, dass jeder, der etwas zu sagen hat, dies vom Brunnenrand aus tut. Obwohl Ralik einer des Ältestenrats war, war er jedoch noch nie auf den Brunnen gestiegen, denn er hatte wie die meisten Zwerge eine Abneigung gegen Wasser und Höhe, und der Brunnen kombinierte beides. Nur etwas Außergewöhnliches konnte unseren Radmacher dazu bringen, auf seinen Rand zu klettern, und daher sahen nun alle gespannt zu ihm hoch.

»Freunde«, erschallte seine Stimme über den Marktplatz. »Wir haben ein Problem.«

»Wer hätte das gedacht!«, rief Pulver zurück und hielt sich dabei seinen Arm, der ihm in der Schlacht bis auf den Knochen hinunter aufgeschlitzt worden war. Noch immer war die Blutung nicht ganz zum Stillstand gekommen, aber er war bei Weitem nicht der Einzige, dessen Verletzung nicht fachgerecht versorgt worden war.

Der Zwerg ignorierte ihn zu Recht und sprach einfach weiter.

»Die Männer, die uns angegriffen haben, kommen aus einem Königreich, das sich Thyrmantor nennt. Sie wurden von ihrem Magierkönig ausgesandt, einem Mann, der zuvor auch ihr Reich usurpiert hat und es mit eiserner Hand und gestützt durch schwarze Magie regiert. Er hat seine Armee zu uns geschickt, um nach der Krone von Lytar zu suchen!«

Einen Moment lang herrschte Schweigen, dann ging das Geschrei los!

*Ihr müsst wissen, dass es bei uns eine Legende gibt. Und zwar die Legende um die Krone von Lytar. Diese besagt, dass die Krone den Schlüssel zur Macht des alten Reiches darstellt und eine Magie beherbergt, die mächtiger ist als alles, was man sich vorstellen kann. Mächtig genug, um selbst den Göttern die Stirn zu bieten. Es waren diese Krone und der Kampf um ihren Besitz und ihre Macht, so heißt es, die das alte Reich in Chaos, Tod und Verwüstung stürzten. Es war die Macht der Krone, die das alte Lytar zerstörte und in Untergang und Verdammnis führte. Es war die Krone, die den Himmel zerreißen ließ und die Götter gegen uns erzürnte. Und wie jeder wusste, wurde sie, den Göttern sei Dank, bei diesem Kataklysmus mit zerstört.*

*Ob wahr oder unwahr, eines war jedenfalls sicher: Wir besaßen diese Krone nicht mehr. Seit vierhundert Jahren war sie vernichtet, und die Welt war ein besserer Ort ohne sie.*

»Aber wir haben die Krone nicht!«, rief auch prompt jemand aus der Runde, und Ralik nickte düster.

»Das mag wohl so sein, aber wie nachdrücklich ich die Gefangenen auch befragte, über eines waren sie sich einig: Dieser Magierkönig wird nicht eher ruhen, als bis er die Krone gefunden hat. Er wird uns nicht glauben, wenn wir ihm sagen, dass sie nicht mehr existiert! Seine Leute hatten den Auftrag, jeden von uns bis zum Tode zu foltern, um die Krone zu finden!«

Erneut setzte erregtes Gemurmel ein, und schon bald wurde laut darüber diskutiert, was man nun am besten tun sollte. Da stieg der Bürgermeister auf den Rand des Brunnens, und Ralik wirkte sichtlich erleichtert, nicht mehr allein dort oben stehen zu müssen. Der Bürgermeister hob die Hand, und augenblicklich wurde es wieder ruhig.

»Leute«, begann er. »Wir wissen alle, dass es die Krone nicht mehr gibt. Aber ich befürchte, dass Ralik recht hat und uns dieser König nicht glauben wird. Bevor wir also darüber sprechen, was wir als Nächstes zu tun haben, müssen wir noch etwas Unangenehmes erledigen.« Sein Gesicht war unbewegt. »Bringt die Gefangenen nach vorne!«

So geschah es. Jeder der Gefangenen wurde von zwei kräftigen Männern gepackt und zum Brunnen gebracht. Einem der Gefangenen, einem großen Mann mit stolzer Haltung, gelang es trotzdem, sich loszureißen. Aber er versuchte nicht zu flüchten, sondern drehte sich herum und bedachte die Menge vor ihm mit einem verächtlichen Blick.

»Ich bin Lord Meltor! Ich bin von Adel, und ich verlange ...«

Aber wir erfuhren nie, was er verlangte, denn in diesem Moment trat einer der Gesellen des Schmieds hinter den Mann und schlug ihm mit dem Stiel seines Schmiedehammers an den Hinterkopf, worauf Lord Meltor bewusstlos in sich zusammensank und fortan keinen weiteren Ton mehr sagte.

Der Bürgermeister räusperte sich. »Ich beschuldige diese drei Männer, unrechtmäßig Krieg gegen unser friedliches Lytara geführt zu haben. Sie wollten uns zu ihrem eigenen Nutzen erschlagen, uns plündern und brandschatzen. Sie waren bereit, sich an uns und unserem Leid zu bereichern. Gibt es hier jemanden, der für sie sprechen will?«

*»Ihr müsst wissen, dass das bei uns so üblich ist. Erhebt jemand am Brunnen einen Vorwurf gegen einen Dritten, dann hört sich der Bürgermeister oder einer der Ältesten diesen Vorwurf an, wobei jeder von uns vortreten und für oder gegen den Angeklagten sprechen kann. Danach entscheiden die Ältesten, was geschehen soll. Wie auch immer ihr Urteil ausfällt, wird es vollstreckt. Aber bedenkt, bislang hatten wir den Galgen noch nie zuvor eingesetzt.«* Der alte Mann kratzte sich nachdenklich am Hinterkopf. *»Wie gesagt, jeder kann vortreten und für oder gegen die Angeklag-*

ten sprechen. In diesem Fall wollte sich jedoch niemand für die drei verwenden. Aber unsere Tradition verlangt auch, dass mindestens einer von uns den Angeklagten zu verteidigen hat.«

Der Bürgermeister sah deshalb zu Ralik, dem Radmacher, hinüber. Dieser seufzte und holte dann tief Luft. »Ich gebe zu bedenken, dass diese Männer dem Befehl ihres Königs folgten und dass sie für ihr Reich kämpften, wie es jeder tapfere Mann tun würde.«

»Aber habt Ihr mir nicht auch berichtet«, fragte der Bürgermeister, »dass diese Männer sich bereichern wollten? Dass sie hofften, in diesem Feldzug reich zu werden? Dass sie geplündert, gebrandschatzt, gemordet und vergewaltigt haben?«

»Das ist richtig. Sie erzählten von einem Schatz, der sich hier befinden und ihre Beute werden sollte. Außerdem erwarteten sie, Gewinne zu machen, indem sie unsere Überlebenden, hauptsächlich die Frauen, als Sklaven verkaufen wollten.«

Es wurde still auf dem Marktplatz, keiner sprach auch nur ein Wort. Jeder sah die Männer nur schweigend an.

»Und was sagt Ihr selbst zu diesen Anschuldigungen?«, fragte der Bürgermeister schließlich die Gefangenen.

Der eine sagte nichts, der andere zuckte nur die Schultern und meinte dann: »Macht, was ihr wollt. Ihr werdet jedenfalls nicht mehr lange genug leben, um es bereuen zu können.«

Der Bürgermeister nickte nur und sprach dann das Urteil. »Hängt sie auf!«

Und so geschah es.

»*Götter, das waren Kriegsgefangene!*«, protestierte Lamar. »*Wenn einer der Gefangenen ein Adliger war, konnte er zu Recht erwarten, gegen eine gute Summe Goldes ausgetauscht zu werden! Das ist die übliche Vorgehensweise!*« Lamar war offensichtlich wirklich entsetzt. »*Auf jeden Fall durfte man ihn nicht einfach aufhängen! Er hätte zumindest enthauptet werden müssen!*«

Der alte Mann zuckte die Schultern. »*Was auch immer er erwartet hat, er wurde enttäuscht. Niemand hat uns je die Regeln der Kriegsführung erklärt. Wir wussten nur eines: dass kein vernünftiger Mann und keine vernünftige Frau freiwillig Krieg führen wollten. Aber da der Krieg nun schon einmal über uns hereingebrochen war, wollten wir ihn wenigstens richtig führen. Und im Hinblick auf das Urteil bedeutete das, von nun an drei Feinde weniger zu haben.*«

# 3

*Kriegserklärung*

Nachdem wir die Gefangenen aufgehängt hatten, ließen wir sie noch eine halbe Stunde lang hängen, um sicherzugehen, dass sie auch wirklich tot waren. Anschließend wurden ihre Körper heruntergenommen, außerhalb des Dorfes begraben und der Galgen in aller Eile wieder abgebaut.

Der Bürgermeister stieg erneut auf den Brunnenrand und hob zum zweiten Mal an diesem Tag die Hand, um für Ruhe zu sorgen. Aller Augen richteten sich auf ihn. Er rückte sein Wams zurecht, holte tief Luft und hob zu sprechen an.

»Wie es aussieht, befinden wir uns mit dem Königreich Thyrmantor und dessen König im Krieg. Die Verluste, die wir der Armee dieses Königs beigebracht haben und die sicher höher sind, als er es erwartet hat, werden zur Folge haben, dass er noch mehr seiner Leute gegen uns schicken wird, um an sein Ziel, die Krone von Lytar, zu kommen. Der Rat hat daher beschlossen, verschiedene Dinge zu tun. Aber das Wichtigste zuerst. Hat jemand von euch eine Ahnung, wer oder was der ›schlafende Mann‹ ist?«

»Ich glaube nicht, dass damit mein Ehemann gemeint ist, oder etwa doch?«, rief eine der Frauen, worauf alle auf dem Marktplatz in schallendes Gelächter ausbrachen.

»Wie auch immer«, fuhr der Bürgermeister fort, nachdem das Gelächter etwas abgeklungen war. »Wir müssen ihn finden. Die alten Legenden erzählen von einem Depot, in dem unsere Vorfahren verschiedene Dinge eingelagert haben sollen. Wir wissen nicht, um was für Dinge es sich dabei handelt, aber Lytar war einst ein mächtiges Reich, und vielleicht kann uns etwas von dem, was im Depot gelagert ist, in unserer Not helfen!«

»Und was genau ist nun dieser ›schlafende Mann‹?«, fragte jemand.

Der Bürgermeister zuckte mit den Schultern. »Wir wissen es nicht. Wir glauben, dass es etwas ist, das früher jeder kannte, etwas so Geläufiges, dass die alten Schriften es nicht für nötig befunden haben, es gesondert zu erklären.«

»So in etwa wie unser Gasthof. Wenn ich sage, ich bin im Gasthof, weiß meine Frau auch ohne weitere Beschreibung, wo sie mich finden kann!«, lachte einer der älteren Männer.

Sogar der Bürgermeister erlaubte sich ein leichtes Schmunzeln. »Wie gesagt, wir müssen das Depot finden. Es muss irgendwo in der Nähe der alten Stadt liegen. Das ist der erste Schritt. Der zweite Schritt ist herauszufinden, wie man Söldner anheuert und wie viel man für sie bezahlen muss.«

»Was sagen denn die alten Bücher darüber?«, wollte eine junge Stimme wissen.

Sie gehörte Elyra, die nun an den Brunnenrand herantrat, aber keine Antwort auf ihre Frage erhielt, bis sich der Bürgermeister schließlich räusperte. »Das wissen wir nicht, Elyra. Die Bibliothek ist heute Nacht abgebrannt. Alle unsere Bücher wurden vernichtet.«

Das war den meisten neu, und nicht nur Elyra gab einen erstickten Laut von sich. Die Nachricht war ein weiterer schwerer Schlag für uns, denn genauso wie jeder von uns mit dem Bogen umgehen kann, war es auch Tradition, dass ein jeder von uns Wort und Schrift beherrschte. Außerdem war es Sitte, dass jeder ein Buch über sein Leben, seine Gedanken, Wünsche und Hoffnungen schrieb, das dann nach seinem Tod in unsere Bibliothek gebracht wurde. Auf diese Weise wurde gewährleistet, dass sein Wissen denen erhalten blieb, die nach ihm kamen. All dies war nun vernichtet, und für viele war dies ein unvorstellbarer Verlust.

Elyra sah aus, als ob sie gleich in Tränen ausbrechen würde, dann aber erinnerte sie sich an etwas und begann, in dem Packen, den sie bei sich trug, zu kramen. Zum Vorschein kam das Buch, das sie vor einigen Tagen aus der Bibliothek mitgenommen hatte. Sie schlug eine bestimmte Seite mit einem Bild auf und drehte es danach in Richtung des Bürgermeisters.

»Ist das vielleicht die Krone, die der König haben will?«, fragte sie, und ein Raunen ging durch die Menge.

Der Bürgermeister beugte sich zu ihr herab und nahm das Buch ehrfurchtsvoll aus ihren Händen entgegen. Lange musterte er das Bild, dann nickte er langsam. »Ich glaube, ja.« Vorsichtig gab er das Buch wieder an Elyra zurück.

»Das Buch deiner Mutter befindet sich noch bei euch zu Hause. Es ist unbeschädigt«, fügte er dann leise hinzu, und Elyra nickte. »Wenn wir dieses Depot finden, werden wir dort sicher auch noch weitere Bücher finden«, fuhr er fort, und Elyras Miene hellte sich wieder etwas auf.

»Wirklich?«, meinte sie hoffnungsvoll.

»Wirklich. Die Legenden sagen, dass dort das Wissen, aber nicht die Weisheit des alten Reiches liegen würde.«

»Und wie verhält es sich mit der Weisheit?«, fragte Elyra weiter, und der Bürgermeister musste unwillkürlich lächeln. »Die, so sagen die Legenden, liegt allein in unseren Herzen und in der Gnade Mistrals.«

»Das ergibt Sinn«, erklärte Elyra. »Aber ich hoffe dennoch, dass wir viele Bücher finden werden.«

»Wir müssen zudem noch herausfinden, wie man eine Kriegserklärung schreibt«, mischte sich Pulver ein. »Es wäre nur höflich.«

Einige Leute blickten unsicher zu ihm hinüber, um sich zu vergewissern, ob er nicht nur wieder einen seiner Scherze machte, doch Pulver schien seine Bemerkung todernst zu meinen.

»Können wir nicht einfach Frieden einhalten?«, warf Elyra ein, worauf der Bürgermeister entschieden den Kopf schüttelte. »Ich befürchte, das wird der Gegner nicht zulassen.«

»Dann müssen wir das Depot eben finden«, sagte Garret und trat näher an den Brunnen heran. »Ich werde es jedenfalls versuchen.«

»Nicht sofort, mein Junge«, entgegnete der Bürgermeister. »Zunächst solltest du zu deinem Vater gehen, denn er braucht dich jetzt.«

Garret sah zu seinem Vater hinüber, der ihm zunickte, und dann wieder in die Runde. »Wieso? Und wo ist eigentlich Großvater? Warum ist er nicht hier?« Bevor ihm jedoch jemand antworten konnte, hatte er bereits verstanden. »Er wurde getötet, nicht wahr?«

Der Bürgermeister nickte. »Aber davor hat er noch den Drachen erwischt.« Und mit knappen Worten erzählte er Garret, wie sein Großvater mit einem einzigen Schuss den Drachen beinahe vom Himmel geholt hatte.

Garret schwieg eine Weile, dann wischte er sich über die Augen und lächelte etwas schief. »Typisch Großvater.

Einen solchen Schuss kann man kaum noch übertreffen!« Dann drehte er sich um und ging langsam zu seinem Vater hinüber.

Der Bürgermeister wandte sich wieder an Elyra, die ein Bild zum Herzerweichen abgab, wie sie mit ihren grünen traurigen Augen dastand und ihr kostbares Buch an sich drückte.

»Möchtest du nach all den Strapazen nicht endlich nach Hause gehen, mein Kind?«, fragte er freundlich. »Das Haus deiner Mutter gehört jetzt dir.«

Aber Elyra schüttelte nur den Kopf. »Ich habe kein Zuhause mehr«, antwortete sie leise und wandte sich ebenfalls um, um zu Garret hinüberzugehen.

*»Armes Mädchen«, kommentierte Lamar, der bereits einige Schluck Wein getrunken hatte und dem die Geschichte des alten Mannes so gegenwärtig war, dass er das junge Mädchen zu sehen glaubte.*

*»Elyra.« Der alte Mann lächelte und schüttelte dabei leicht seinen Kopf. »Sie wirkte so zerbrechlich, dabei war ihre Seele aus bestem lytarianischem Stahl. Ich denke, dass der Mord an Sera Tylane der größte Fehler unseres Gegners war.«*

Lytara war einst von sieben Familien gegründet worden, deren Nachkommen alle den Fall der alten Stadt überlebt hatten. Die Familien von damals waren wahre Clans gewesen. Zum größten Teil hatte es sich bei ihnen um Adelige gehandelt, die zusammen mit ihren Gefolgsleuten an die fünfzig Leute oder mehr umfassten. Diese Familien, die den Glanz und die Glorie des alten Lytar wie auch dessen Untergang herbeigeführt und gesehen hatten, waren dieselben, die sich dann nach dem Kataklysmus in Lytara neu ansiedelten und sich entschlossen, der Macht und dem Kampf für immer zu entsagen.

Niemand von uns wusste, was diese Menschen gesehen, gewusst und zu ihrer Zeit in besagtes Depot verfrachtet hatten. Aber wir konnten uns denken, dass es uns, wie der Bürgermeister schon sagte, in diesem Krieg von Nutzen sein konnte.

Seit dem Fall von Lytara waren nunmehr neunhundert Jahre vergangen, aber die Gründerfamilien existierten noch immer. Ebenso wie auch die Erbstücke dieser Familien noch existierten, weil sie stets an die nachfolgende Generation weiter vererbt worden waren.

Es waren sieben Schwerter, Langschwerter, um genau zu sein, geschmiedet aus einem dunklen, fast schwarzen Metall, das scharf genug war, um Stein zu schneiden. Selbst für Holgar, unseren Schmied, stellten sie ein Mysterium dar, denn trotz intensiver Nutzung war an keinem der Schwerter auch nur eine einzige Scharte zu finden.

Natürlich wussten auch unsere Freunde von diesen Schwertern, denn sie hingen im Haus der jeweiligen Familien, teils an den Kaminen, oder sie waren in einer Kiste auf deren Dachboden verwahrt. Natürlich kam immer irgendwann der Zeitpunkt, an dem ein Neugieriger das Schwert entdeckte und mit ihm herumspielte, sich daran verletzte und von den Eltern deswegen gescholten wurde. Dann wanderten die Schwerter wieder an ihren ursprünglichen Platz zurück, wo sie blieben, bis die nächste Generation sie erneut hervorholte.

Dass Schwerter nicht gut für uns waren, wusste jeder in Lytara. Man gebrauchte sie nur höchst selten, und als Waffe bediente man sich allein des Bogens.

Zudem gab es nur noch ein paar Menschen im Dorf, die

mit einer solchen Waffe überhaupt umzugehen verstanden. Hernul, Tarlons Vater, war einer der wenigen, die diese Kunst noch beherrschten. Tarlon selbst hatte allerdings noch nie Interesse daran gezeigt, den Umgang mit dem Schwert von seinem Vater zu erlernen. Die Waffe erschien ihm zu leicht, und er zog es daher vor, mit seiner Axt die Bäume zu fällen.

»Schwerter sind Waffen. Sie dienen nur einem einzigen Zweck: zu töten«, hatte er einmal verlautbart. »Ich ziehe da ein Werkzeug vor. Meine Axt, auch wenn sie einen Baum fällt, schafft damit Raum für neues Leben, zudem kann ich mit ihr Dächer und Pfosten zimmern. Was will ich also mit einem Schwert?«

Seine Einstellung wurde von vielem hier im Dorf geteilt und passte außerdem zu dem einheimischen Sprichwort: Man braucht nur dann ein Schwert, wenn man nicht gerade schießen kann.

Demnach wurden die Schwerter als Erinnerung daran aufgehoben, dass man sich vom Kampf abgewendet hatte. Sie waren nicht mehr als fast vergessene Erbstücke.

Dennoch, etwas Besonderes war an diesen Klingen. Abgesehen davon, dass sie so schwarz waren wie die Nacht finster und nie stumpf wurden, waren außerdem noch Erbtitel an sie gebunden. Garrets Vater, Garen, zum Beispiel, hatte den Titel des Ersten Lords, Champion von Lytar, geerbt. Doch niemand kümmerte sich um diese Titel, bei den meisten wusste man nicht einmal mehr, was sie einst bedeutet hatten. Garen war einfach Garen, ein Handwerksmeister und der beste Bogenmacher im ganzen Tal, vielleicht sogar des ganzen Landes, jetzt, da sein Vater Gernut nicht mehr lebte. Das war alles, was zählte.

Aber die Schwerter existierten, und als die vier Freunde

nun die Aufgabe übernahmen, das alte Depot ausfindig zu machen, griffen sie wortwörtlich zu ihren Schwertern.

Als sie sich für die Gedenkfeier trafen, sahen sie, dass sich ein jeder von ihnen gewappnet hatte. Elyra, Garret und Tarlon mit den schwarzen Schwertern ihrer Familien, Argor mit dem silbrig glänzenden Kriegshammer, den man bisher immer nur in der Schmiede am Kreuzbalken des Dachs hatte bewundern können. Ein Hammer, der sich schon rein äußerlich von einem einfachen Werkzeug unterschied.

Da es mitten im Sommer war, hatten die Älteren davor gewarnt, dass Tod und Pestilenz bald unwillkommene Gäste wären, würde man die Gefallenen nicht schleunigst begraben. Also hatte das Dorf den gesamten Tag damit zugebracht, den feindlichen Soldaten ihre Rüstungen und Waffen auszuziehen und Gräber zu schaufeln. Ein großes Sammelgrab für die toten Feinde, das sich ein gutes Stück außerhalb von Lytara befand, und mehrere einzelne auf dem Tempelhügel des Dorfes, wo die Gefallenen bei ihren Ahnen ruhen würden.

Die Überlebenden standen an den Gräbern, unterhielten sich miteinander, erzählten sich Anekdoten über die Verstorbenen oder verfluchten sie einfach nur, weil sie gestorben waren.

Der Grabhügel war riesig, da in ihm alle Verstorbenen des Dorfes seit dessen Gründung bestattet worden waren, und so wirkte der kleine Tempel mit dem blauen Stern Mistrals auf dem Dach auf dem weiten Feld etwas verloren, doch genau hier kam die Dorfgemeinschaft seit jeher zum Leichenschmaus zusammen.

Der Bürgermeister machte einen Schritt nach vorn und kniete vor dem Schrein der Göttin nieder.

»Mistral, Herrin des Lebens, ich grüße Euch. Ich weiß, dass wir über all die Jahre nicht sehr viel für Euch getan haben, aber andererseits haben wir Euch auch keinen Ärger gemacht. Herrin, ich bitte Euch, nehmt Euch nun der Seelen dieser braven, tapferen Männer und Frauen an. Seid freundlich zu ihnen, denn obwohl sie wie wir alle fehlerhaft waren, sind sie doch unsere Väter, Mütter und Kinder, Brüder, Schwestern und Freunde, und wir lieben sie.«

Elyra, in ihrem hellblauen Kleid, trat neben ihn und sah zu dem blauen Stern auf dem Dach des Tempels hoch. Mit geschlossenen Augen fing sie laut zu singen an.

Es war ein altes Lied, vorgetragen in der alten Sprache, und kaum jemand wusste noch, was seine Worte bedeuteten.

Jeder wusste, dass Elyra eine schöne Stimme besaß, dennoch war es für die meisten das erste Mal, dass sie Elyra singen hörten, und als der erste Ton erklang, war es, als ob das ganze Tal innehielt, um ihr zu lauschen. Niemals zuvor hatte man eine solche Stimme gehört, und niemals zuvor war die alte Weise mit so viel Inbrunst gesungen worden. Wenn überhaupt jemals eine Bitte um Gnade die Göttin erreichen würde, dann die Elyras, deren Stimme wohl selbst eine Gabe der Götter sein musste.

Als schließlich der letzte Ton verhallt war und Elyra zurücktrat, gab es in der ganzen Gemeinschaft kein Auge, das trocken geblieben war.

Lange Zeit sagte niemand ein Wort, alle knieten nach wie vor andächtig und still vor dem Schrein, als ob die Melodie noch immer in ihren Seelen nachschwingen würde.

Dann räusperte sich Pulver.

»Mistral, Herrin, wenn Ihr die Zeit haben solltet. Ich

meine, wenn es Euch recht ist, wäre es schön, wenn Ihr uns verzeihen könntet. Wir haben Euch nicht absichtlich vernachlässigt. Es gibt nur immer so viel zu tun. Was ich sagen will, Herrin, ist, dass jeder von uns an Euch glaubt und Euch liebt. Daher wäre es schön, wenn Ihr uns helfen könntet. Und uns vielleicht einen Weg zeigt, wie wir unsere Schwierigkeiten bewältigen können. Danke fürs Zuhören, Herrin.«

»Woher willst du wissen, dass sie uns zugehört hat?«, fragte ihn Elyra kurz darauf, als sie ihn zusammen mit einem Freund an einem der Gräber stehen sah.

Pulver strich ihr sachte über das Haar und lächelte dabei leise. »Warum sollte sie nicht? Wir haben es schließlich ernst gemeint mit unseren Gebeten.« Er wandte sich wieder seinem Freund, dem Gerber, zu. »Erinnerst du dich, wie Taslin mit dem Bären gerungen hat?«

»Natürlich«, grinste der Gerber. »Er sagte, er habe vorher mit seiner Frau trainiert.«

Sie lachten und hoben ihre Becher auf ihren Freund. Elyra war jedoch nicht zum Lachen zumute. Sie musste an den kleinen Stein mit dem Wappen ihrer Familie denken, der ein Grab zierte, das einen leeren Sarg enthielt.

Auch Garret war still und in sich gekehrt. Er stand mit seinem Vater am Grab seines Großvaters. Garen hatte ihm gerade dessen Bogen übergeben, der nun schwarz wie die Nacht war und matt glänzte. Garret versuchte nicht daran zu denken, dass der Sarg nicht viel mehr als ein Paar verkohlte alte Stiefel enthielt.

»Weißt du, Garret«, erklärte ihm sein Vater leise, »es gab schon immer diese Legende, dass man Firanholz im Odem eines Drachen härten könnte. Doch als mir mein Vater früher davon erzählte, habe ich immer nur gelacht und gemeint, dass ich mir das beim besten Willen nicht vorstellen könnte.«

Er seufzte. »Nun, Vater hatte recht. Dieser Bogen hier ... ich habe so etwas noch nie gesehen.«

»Er ist nicht spröde geworden?«, fragte Garret beeindruckt.

Sein Vater schüttelte den Kopf. »Spanne ihn«, forderte er ihn auf, und zu Garrets großer Überraschung war er kaum imstande, dem mächtigen Bogen die Sehne aufzuziehen.

»Ich kann mir keinen stärkeren Bogen vorstellen«, sagte Garen leise. »Schon vorher hatte er weit über hundertvierzig Pfund Zug, und jetzt ...« Er zuckte die Schultern. »Ich bin bereits zu alt für diesen Bogen, aber du wirst noch lernen, mit ihm umzugehen.«

Ein Bogen mit weniger Zug wäre für Garret sicher vernünftiger gewesen, das wussten sie beide, aber es war eine Frage der Ehre und des Stolzes, weshalb Garret den Bogen, ohne zu zögern, von seinem Vater entgegennahm.

Da zog ihn jemand am Ärmel, und er drehte sich um. Es war Vanessa, Tarlons Schwester.

»Ich wollte dir nur sagen, dass ich ihn vermisse«, meinte sie ernsthaft, und Garret nickte.

Er wusste, wie oft sie bei seinem Großvater in der Werkstatt gesessen und seinen Geschichten zugehört hatte. Vanessa war knapp ein Jahr jünger als Tarlon und genau wie dieser von hohem Wuchs, fast so groß wie Garret. Aber sie war, den Göttern sei Dank, bei Weitem nicht so wuchtig gebaut wie ihr Bruder, sondern rank und schlank. Sie wirkte stets ruhig und in sich gekehrt, aber aus irgendwelchen Gründen erinnerte sie Garret stets an eine Wölfin. Wenn er ehrlich war, hatte er erst vor Kurzem festgestellt, dass sie zu einer jungen attraktiven Frau herangewachsen war, und sogar schon mit dem Gedanken gespielt, sie zu küssen. In diesem Moment war sie jedoch nicht mehr als eine Freundin für ihn, jemand, der seine Trauer mit ihm teilte und den alten Mann ebenfalls vermissen würde.

»Ich würde euch gerne begleiten«, meinte Vanessa in ihrer ernsthaften Art, die Garret an ihren Bruder erinnerte, »aber ich muss bei den Verwundeten helfen.«

»Das ist eine wichtige Arbeit.«

Sie sah ihn an, und Garret fand es bemerkenswert, dass sie dabei nicht zu ihm aufsehen musste wie die meisten anderen jungen Frauen hier im Dorf. Sie wirkte traurig.

»Ich weiß«, antwortete sie. »Sie versuchen alle tapfer zu sein, aber sie haben Schmerzen, und ich kann es kaum ertragen, sie leiden zu sehen.«

»Wer nicht?«

Sie nickte nur, dann wandte sie sich ab und eilte davon, doch Garret hatte noch gesehen, dass ihr Tränen in die Augen getreten waren.

Als sie das Dorf am nächsten Morgen bei Tagesanbruch verließen, fühlten sie sich bei Weitem nicht so unbeschwert wie beim letzten Mal. Argor und Tarlon trugen dicke Lederkleidung, die fast an Rüstungen erinnerte, und sie alle waren bewaffnet. Sogar Elyra, die das Langschwert der Herrin Tylane auf ihrem Rücken trug. Auf dem gesamten Weg zur alten Handelsstraße war die Stimmung der Freunde gedrückt. Auch das Gewicht der Schwerter an ihren Hüften war ungewohnt, doch bald achteten sie nicht mehr darauf. Tarlon hatte neben seinem Schwert auch noch seine schwere Axt mitgenommen, und Garret fiel auf, dass sein Freund deren Schneide gefährlich scharf geschliffen hatte.

»Sagt mal, weiß einer von euch, wie man mit diesen Dingern umgeht?«, fragte Elyra, als sie das erste Nachtlager aufschlugen und sie ihre Klinge mit einem Seufzer der Erleichterung ablegte.

»Nun, sie haben einen Griff, und ich vermute, dass das die Stelle ist, an der man sie greift«, erklärte Garret hilfsbereit.

Elyra warf ihm einen bösen Blick zu. »Danke sehr, Garret. Darauf wäre ich nie gekommen.« Sie nahm das Schwert wieder auf und wog es in ihrer Hand. »Ich weiß gar nicht, warum ich es mitgenommen habe, aber es schien mir irgendwie angebracht. Allerdings habe ich nicht die Absicht, es zu benutzen.«

»Warum nicht?«, fragte Garret. »Wenn wir Ärger bekommen, ist es immer noch besser als ein Messer.«

»Es gab schon genügend Tote«, erklärte Elyra ernsthaft. »Ich will nicht, dass noch jemand stirbt. Nicht einmal einer unserer Feinde.«

»Sie haben uns angegriffen«, beharrte Argor.

»Man muss sich verteidigen können«, sagte Tarlon.

Doch Elyra schüttelte den Kopf. »Wenn ich die Krone hätte, würde ich sie diesem König geben, damit Friede ist.«

Neugierig sah sie zu Tarlon hinüber, der es sich an einem großen Stein bequem gemacht hatte und der nun ebenfalls langsam den Kopf schüttelte.

»Ich glaube, das würde nicht helfen«, meinte er in seiner bedächtigen Art. »So wie ich den Bürgermeister verstanden habe, ist dieser König ein machthungriger Mensch. Er würde die Krone nur dazu verwenden, Leid und Elend über andere Menschen zu bringen. Nein, wir müssen uns wehren. Und wenn es die Krone noch gäbe, dürfte sie unter keinen Umständen in seine Hände fallen.«

»Ich für meinen Teil bin froh, dass die Krone zerstört ist«, bekräftigte Argor und rollte sich in seine Decke ein, den Hammer griffbereit neben sich. »Eine solche Waffe darf niemals in die Hände eines Verrückten gelangen.«

»Woher willst du wissen, dass er verrückt ist?«, entgegnete Elyra schläfrig und gähnte. Argor stützte sich auf seinen Ellbogen und sah sie überrascht an.

»Er muss verrückt sein, wenn er uns den Krieg erklärt. Und den Worten des Bürgermeisters nach haben wir Krieg. Ich sage dir eines, Elyra, dieser Wahnsinnige wird den Tag noch bereuen, an dem er Lytara mit Krieg überzogen hat!« Die Bestimmtheit, mit der er diese Worte äußerte, verursachte eine Gänsehaut auf Garrets Rücken. An diesem Abend wurde nicht mehr viel gesprochen. Die Freunde legten sich bald nieder und hielten abwechselnd Wache.

Doch es war eine ruhige Nacht, und ruhig blieb es auch, bis sie am nächsten Tag die Wälder von Alt Lytar erreichten. Es war ein wunderschöner sonniger Tag, und Garret konnte sich nur schwer vorstellen, dass es irgendwo auf der Welt Krieg geben konnte, wo die Welt so schön war und sich von ihrer besten Seite zeigte.

Doch dieses Gefühl verflog sofort, als sie zum zweiten Mal innerhalb kürzester Zeit tiefer in den Wald hineingingen. Wieder hatten sie das ungute Gefühl, dass etwas mit diesem Wald nicht stimmte. Elyras Gesicht hatte alle Farbe verloren, aber sie setzte tapfer Schritt vor Schritt. Tarlon betrachtete die Bäume um ihn herum äußerst nachdenklich und schüttelte traurig den Kopf. Garret blieb ebenfalls stehen und fingerte nervös an seinem Schwertgriff herum. Die Gefährten sahen sich gegenseitig an.

»Ich würde den Wald lieber umgehen«, sagte Elyra leise.

»Sehr große Lust, weiter hineinzugehen, habe ich auch nicht«, stimmte Garret zu.

Argor nickte nur und umfasste seinen Hammer fester. Tarlon setzte seine Axt ab und suchte den Waldrand, die Sträucher und Bäume nach einer möglichen Gefahr ab. Dann trat er an einen Baum heran, schloss die Augen und ließ seine Fingerspitzen sanft über die Rinde gleiten. Nach einer Weile öffnete er seine Augen wieder und sah seine Freunde an.

»Was auch immer es ist, es geht nicht von den Bäumen aus. Sie erhalten ihre Kraft von Mutter Erde, und diese ist wie immer gütig und vergebend. Ihr wurde hier vor langer Zeit eine schwere Wunde zugefügt, aber sie tut, was sie immer tut, sie heilt. Langsam und über viele Jahre hinweg. Es ist noch etwas anderes hier ...«

»Woher weißt du das?«, wollte Garret wissen, während Elyra den Sohn des Holzfällers mit großen Augen ansah.

»Ich fühle es«, antwortete Tarlon einfach. »Was hier nicht in Ordnung ist, kommt nicht aus der Natur.«

»Man sagt, die Götter hätten die alte Stadt Lytar für ihren Hochmut bestraft«, sagte Garret stirnrunzelnd. »Meinst du, dass es etwas damit zu tun haben kann?«

»Ich weiß nicht, was ich von Göttern halten soll, die dergestalt strafen«, erwiderte Tarlon.

»Ich würde nicht die Götter dafür verantwortlich machen«, warf Argor ein. »Mein Vater sagt, dass die Menschen das größte Leid immer selbst über sich bringen.«

»Sind die Zwerge denn besser?«, wollte Garret wissen und klang dabei ein ganz klein wenig pikiert.

Argor warf ihm einen kurzen Blick zu. »Mein Vater macht keinen Unterschied zwischen Mensch, Elf und Zwerg. In dieser Beziehung sind wir alle gleich.« Er verlagerte seinen

Hammer in die andere Hand und atmete tief durch. »Gehen wir jetzt weiter. Wurzeln schlagen hat noch niemandem geholfen.«

Nach etwa einer halben Stunde hörten sie plötzlich einen Hund heulen. Er musste ganz in ihrer Nähe sein.

»Götter«, hauchte Garret. »Habt ihr das gehört? Das hört sich seltsam an.«

»Ich bin ja nicht taub«, grummelte Argor. »Und seltsam ist das falsche Wort. Schrecklich passt besser.«

»Er muss krank sein«, sagte Elyra mit Überzeugung. »Vielleicht können wir ihm ja helfen?«

»Ich glaube nicht.« Tarlon ließ seine Blicke schweifen. »Das war ein Jagdruf. Von einer Meute.«

»Und ich habe da auch schon eine gewisse Ahnung, wer das ist.« Garret sah sich ebenfalls argwöhnisch um und legte dann einen Pfeil auf die Sehne seines Bogens. »Wollen wir hoffen, dass ich mich täusche.«

»Wohl kaum«, antwortete Tarlon und starrte auf etwas, das sich direkt hinter Garrets Rücken befinden musste.

Langsam drehte sich Garret um.

Es waren sechs. Und ein Tier sah schlimmer aus als das andere. Sie sahen »falsch« aus, wie Tarlon später sagte, irgendwie nicht wie Hunde, krank oder nicht krank. Ihre Augen waren rot und vereitert. An manchen Stellen hatten die Tiere ihr Fell verloren, und wo die nackte Haut sichtbar war, war sie überall von großen, hässlichen Geschwüren überzogen.

Die Hunde griffen lautlos an. Keine weitere Vorwarnung, kein Knurren, nichts. Sie griffen einfach an, mit einer Wildheit und Gezieltheit, die unsere Freunde überraschte. Dennoch hatte Garret Zeit, zwei seiner Pfeile abzuschießen. Die stählernen Jagdspitzen trafen zwei der Tiere jeweils ins linke Auge, beide Tiere wurden von der Wucht des Einschlags noch im Sprung niedergestreckt.

Doch dann waren die anderen vier Biester auch schon heran.

Argor hob gerade seinen Hammer, als Tarlon von einem Tier angesprungen wurde. Er schwang seine Axt in weitem Bogen, aber der Angriff des Tieres brachte ihn ins Wanken, wodurch die Schneide seiner Axt unglücklicherweise Argors Rücken streifte. Der mächtige Streich durchbrach ohne Schwierigkeiten das stabile Leder und drang tief ins Fleisch des Zwerges. Argor gab einen dumpfen Grunzlaut von sich und stolperte nach vorne, sein eigener Angriff verfehlte dadurch ebenfalls sein Ziel, dafür sprang jedoch ein anderer Hund direkt in die Schneide des silbrig glänzenden Hammerkopfes. Es gab ein schreckliches knirschendes Geräusch. Der Hund zuckte noch ein letztes Mal, dann lag er bewegungslos auf dem Boden.

Elyra hatte nicht einmal mehr die Zeit dazu gefunden, einen Stein in ihre Schleuder zu legen, als sie der Angriff des ersten Hundes zu Boden warf. Das Biest schlug seine Fänge in ihr Bein und ließ sie nicht mehr los, bis Garret es mit seinem Dolch angriff. Garrets Klinge fand das Auge des Tieres und tötete es auf der Stelle. Allerdings stürzte auch er, als ihn ein weiterer Hund von hinten ansprang. Tarlon kam ihm mit seiner Axt zu Hilfe, doch dann fiel auch er, denn der Hund ließ zwar sofort von Garret ab, verbiss sich dafür aber so fest in Tarlons Bauch, dass er ihm die Bauchdecke aufriss. Noch im Fallen brach Tarlon dem Biest das Genick, dann verlor er das Bewusstsein.

Es war vorüber, nur Argor stand noch auf beiden Beinen, und ein letzter Hund. Das überlebende Biest war wohl der

Anführer des Packs, denn es war fast doppelt so groß wie die anderen Hunde. Obwohl Argor es bereits mehrfach getroffen hatte, sah es nicht so aus, als ob es aufgeben wollte. Der Zwerg war nur zweimal gebissen worden, doch er blutete stark aus der Axtwunde, die ihm Tarlon versehentlich beigebracht hatte, und er wusste, dass er nicht mehr lange durchhalten konnte. In diesem Moment sprang plötzlich ein siebter Hund aus dem Unterholz hervor, der fast so groß wie Argor war und schwarz wie die Nacht. Aber er griff nicht Argor an, der andere Hund war das Ziel seines Angriffs. Der riesige Hund warf Argor zwar nieder, jedoch nur, um die letzte Bestie attackieren zu können. Ein fürchterliches Knirschen war zu hören, als er sie mit einem einzigen Biss in den Nacken zu Tode brachte. Danach blieb er stehen und sah Argor aus roten Augen an.

Argor fühlte sich schwach und völlig hilflos. Er konnte kaum mehr seinen Hammer halten und nichts anderes mehr tun, als dem riesigen Hund in die Augen zu sehen und zu beten. Er würde kämpfen, wenn er ihn angriff, aber er war sich sicher, dass dies sein Ende bedeuten würde.

Da ertönte aus dem Wald heraus ein leiser Pfiff, und das Tier warf seinen Kopf herum und rannte in mächtigen Sprüngen zu einem großen Mann hinüber, der in diesem Augenblick zwischen den Bäumen hervortrat. Er trug die lederne Kleidung eines Waldläufers und einen lytarianischen Langbogen in seiner rechten Hand. Argor hatte ihn noch nie zuvor gesehen.

Erschöpft sah Argor zu, wie der Mann mit langsamen, aber großen Schritten näher kam. Neben sich konnte Argor Tarlon röcheln hören, sein großer Freund war wieder zu sich gekommen. Er lebte noch, aber sie wussten beide, dass seine Wunde tödlich war.

Als der Waldläufer näher kam, sah Argor, dass dieser einst fürchterliche Verbrennungen erlitten haben musste und nun eine lederne Maske vor dem Gesicht trug. Der Anblick der Maske erschreckte Argor, denn die darauf gemalten Gesichtzüge, vor allem die Augen, verliehen ihr einen müden, resignierten, wenn auch leicht amüsierten Ausdruck.

»Das sieht nicht gut aus«, begann der Mann schließlich mit rauer Stimme zu sprechen. Er räusperte sich mehrmals, so als habe er seit Langem nicht mehr gesprochen.

Der Hund des Waldläufers hatte mittlerweile Elyra gefunden. Immer wieder stieß er sie mit seiner Nase an und winselte auffordernd. Der Mann sah zu ihm hinüber, nickte und ging dann ohne ein weiteres Wort zu Elyra und Garret, die zwischen zwei Hunden auf dem Boden lagen. Er kippte die Tierkadaver einfach zur Seite und kniete neben den beiden nieder.

Tarlon warf er nur einen Blick zu. »Zuhalten«, sagte er zu ihm, und der junge Holzfäller nickte. Tarlon hatte sowieso vor, die Wunde so lange zuzuhalten, wie er konnte, auch wenn er wusste, dass es letztlich vergeblich sein würde.

Der Mann legte währenddessen jeweils eine Hand auf die Stirn von Garret und Elyra, seufzte, als hätte er die Last der Welt allein auf seinen Schultern, und fing danach in einer Sprache zu singen an, die Argor genauso vertraut wie fremd vorkam.

Während der Waldläufer sang, glaubte Argor, dass die Sonne heller schiene, der Wald lebendig und nicht tot wäre und der Wind den Geruch von Sommer und nicht den von Krankheit und Verwesung in sich tragen würde.

Mit einem weiteren Seufzer erhob sich der Mann wieder und trat nun an Tarlon heran. Auf eine Geste des Mannes hin ließ Tarlon seine Hände sinken, und Argor schluckte. Seine eigenen Wunden brannten wie die Hölle, aber die seines Freundes war entsetzlich. Die Bauchdecke war komplett aufgerissen, und nur mühsam hielt sein Freund seine blutig glänzenden Innereien zusammen.

Der Waldläufer zog einen mörderisch aussehenden Dolch aus seinem Gurt, und Argor schluckte erneut. Sein Vater hatte ihm früher viele Geschichten erzählt, darunter auch die eines Mannes, der seinen besten Freund tötete, um ihn von seinen Schmerzen zu erlösen, genauso wie es sein Vater auf dem Schlachtfeld vor Lytara mit seinem besten Freund getan hatte.

Doch der Mann verwendete seinen Dolch nur, um Tarlons ledernes Wams aufzuschlitzen und einen besseren Blick auf die Wunde zu haben. Danach steckte er seinen Dolch wieder weg und legte sachte eine Hand auf die tiefe Wunde. Erneut fing er in der seltsamen Sprache an zu singen.

Vor Tarlons und Argors ungläubigen Augen begannen sich die Wundränder langsam zu schließen, bis zuletzt nichts mehr von der Wunde zu sehen war. Tarlon sah sprachlos zu dem Mann hoch, schüttelte einmal den Kopf und sackte dann in sich zusammen.

Argor wollte etwas sagen, aber in diesem Moment richtete sich Garret unter lautem Stöhnen auf. Als er jedoch den großen, ihm unbekannten, schlanken Mann mit der ledernen Maske sah, verstummte er augenblicklich. Neben Garret begann sich nun auch Elyra zu strecken und etwas zu murmeln.

Als Letztes kümmerte sich der Mann um Argor, dem er eine Hand auf die Stirn legte und sie dort eine Zeit lang ruhen ließ. Der Zwerg fühlte, wie eine wohlige Wärme durch seinen Körper hindurchströmte, die ihn sowohl schläfrig machte als auch mit einem Gefühl tiefen Friedens erfüllte.

Der Mann gab seinem Hund ein Zeichen, dieser löste sich daraufhin widerwillig von Elyra und eilte zu ihm zurück. Der Mann nickte ihnen noch einmal kurz zu, dann drehte er sich ohne ein weiteres Wort um und ging wieder in den Wald hinein.

»Ser …?«, rief Garret, der noch immer neben Elyra saß, ihm respektvoll nach. »Wir danken Ihnen. Könnten Sie … Möchten Sie vielleicht …« Er zögerte, was so ganz und gar nicht seine Art war. Argor hatte noch niemals zuvor gehört, dass Garret irgendjemanden »Ser« genannt hatte, doch nun schien er sich wieder gefasst zu haben.

»Würdet Ihr unsere Einladung zum Abendessen annehmen?«

Der Mann hielt inne und drehte sich wieder zu ihnen um. Einen Moment lang stand er nur da, dann kam er zurück.

»Ihr könnt in diesem Wald kein Fleisch essen«, belehrte er sie. »Und alles andere muss so lange gekocht werden, bis es zweimal tot ist. Ihr solltet zum Essen vielleicht besser mit zu mir kommen. Aber ich sage euch, es ist lange her, dass ich Gäste zum Abendbrot hatte, und ich führe keinen Gasthof.«

»Aber ich wollte Euch einladen. Als Dank für Eure Hilfe. Das ist das Mindeste, was wir tun können«, erwiderte Garret enttäuscht.

Der Hund richtete sich plötzlich auf und sah an Garret vorbei, während der Mann seinen Kopf zur Seite drehte und lauschte. Er zog einen Pfeil aus seinem Köcher, legte ihn mit einer Bewegung auf die Sehne seines Bogens, die noch eleganter aussah als bei Garret, spannte den Bogen und schoss. Der Pfeil flog so nahe an Garret vorbei, dass dieser den Luftzug spürte, dann hörten sie hinter den Büschen einen dumpfen Einschlag, gefolgt von einem Winseln, das gleich darauf erstarb. Das Ganze war so schnell vonstattengegangen, dass Garret den Bewegungsablauf im Einzelnen nicht hatte verfolgen können.

»Ich danke für die Einladung, mein Junge, aber ich glaube dennoch, dass es besser ist, wenn ihr alle mit zu mir kommt«, meinte der Waldläufer, als wäre nichts geschehen, und Tarlon glaubte einen amüsierten Unterton in seiner Stimme zu vernehmen. »Glaubt mir, es ist besser so. Kommt jetzt.«

»Ja, Ser!«, rief Garret und half Elyra, die noch immer benommen wirkte, auf die Beine. Auch Tarlon erhob sich schweigend und griff nach seiner blutigen Axt.

»Es tut mir leid, dass ich dich vorhin getroffen habe«, wandte er sich an Argor, aber der Zwerg zuckte nur mit den Schultern.

»So etwas kann passieren, außerdem hast du es ja schließlich nicht mit Absicht getan.«

Die Freunde folgten dem Mann und seinem Hund einen unsichtbaren Pfad entlang, wobei Garret den Waldläufer die ganze Zeit über unauffällig beobachtete. Irgendetwas an dem Mann stimmte nicht. Etwas Seltsames war an ihm.

Es war nicht die Tatsache, dass er offensichtlich blind war, eine Ledermaske ohne Augenlöcher trug und sein Ziel dennoch auf eine Entfernung von vierzig Schritt nicht verfehlte. Es war eher die Art, wie er sich bewegte, elegant und kraftvoll zugleich, zudem war er überdurchschnittlich groß und schlank.

»Ihr seid ein Unsterblicher!«, platzte Garret heraus.

»*Ein Unsterblicher?*«, lachte Lamar. »*Das wird ja immer besser!*«

*Inzwischen hatte sich der Gasthof, den er für diesen kleinen Ort als viel zu groß erachtet hatte, bis auf den letzten Platz gefüllt. Jeder Tisch, jede Bank und sogar die Treppe zu den oberen Zimmern und die Galerie waren voll besetzt. Die Fenster und Türen des Raumes waren weit geöffnet, ein leichter Wind trug die Gerüche des Sommers herein, und gut ein Dutzend Schankmägde eilten geschäftig, aber leise zwischen den Gästen hin und her. Denn ein jeder hier im Saal lauschte der Geschichte des alten Mannes, die einen seltsamen Zauber auf die Leute auszuüben schien.*

»*Ein Elf!*«, grinste ein junges Mädchen und zeigte dabei ihre Zahnlücke. »*Habe ich nicht recht, Großvater?*«

»*Ja, du hast recht, Saana*«, antwortete der alte Mann und strich ihr liebevoll über den Kopf. *Dann klopfte er seine Taschen nach seiner Pfeife und seinem Tabakbeutel ab, zündete die Pfeife an und grinste breit, als er versuchte, Rauchringe auszustoßen. Beim dritten Versuch gelang ihm ein perfekter Ring, der langsam hoch zur Decke stieg. Die Kinder oohten und aahten, und die Erwachsenen lächelten.*

*Lamar rollte mit den Augen.*

*Doch der Geschichtenerzähler grinste nur und fuhr mit seiner Erzählung fort.*

»*Da wir hier etwas abseits vom Wege liegen …*«

»*Etwas*«, schnaubte Lamar, *aber der alte Mann ließ sich nicht beirren.* »*Und auch etwas isoliert sind …*«

»*Etwas!*«

»*… haben wir nicht sehr oft Besucher bei uns empfangen. Wir wussten nur, dass Elfen ewig leben, obwohl die Sera Bardin immer laut auflachte, wenn sie einen von uns darüber sprechen hörte.*«

*»Das tut sie immer noch«*, warf der Wirt ein und schenkte dem alten Mann unaufgefordert Wein nach.

*»Sie stießen also auf einen Elfen, und wie ging es danach weiter?«*, fragte Lamar etwas spitz.

# 4

*Der schlafende Mann*

Die lederne Maske drehte sich zu Garret um, die aufgemalten Augen schienen ihn direkt anzusehen. Für einen Moment stand der Elf vollkommen regungslos da, dann seufzte er.

»Glaube mir, mein Junge, ich bin nur zu sterblich.« Mit diesen Worten ging er weiter und ließ einen verwirrten Garret zurück.

Tarlon beschleunigte seinen Schritt und schloss zu seinem Freund auf, der tatsächlich rot geworden war.

»Das war nicht besonders höflich von dir«, tadelte er ihn leise.

»Tut mir leid, aber der Gedanke kam mir so plötzlich … Ich meine, er ist ein richtiger Elf!«

Tarlon nickte, er wusste, was Garret meinte.

»Aber die Sera Bardin kommt doch auch jeden Sommer zu uns. Warum bist du also so überrascht, einen Elfen zu sehen?«

»Ich dachte, sie wäre die Einzige, die noch übrig ist!«, antwortete Garret, und Tarlon musste unwillkürlich lachen.

»Sie ist viel zu hübsch, um allein zu sein.«

Garret nickte, aber Tarlon hatte den Eindruck, als ob sein Freund mit seinen Gedanken bereits wieder ganz woanders war, nämlich bei den Füßen des Elfen.

Aber es dauerte eine Weile, bis Garret sich erneut ein Herz fasste.

»Ser Elf?«, rief er, woraufhin der Angesprochene augenblicklich innehielt und sich zu Garret umdrehte. Sein Hund ließ sich zu Boden sinken und musterte Garret mit heraushängender Zunge, seltsamerweise fast schon amüsiert, und auch die lederne Maske des Elfen vermittelte den Eindruck, als ob sie die Gefühle ihres Trägers aufnehmen und nach außen hin zeigen könne. Es war, als wolle sie seufzen.

Tarlon war beeindruckt. Noch nie zuvor hatte er bemerkt, wie viel man mit der Sprache des Körpers aussagen konnte. Und die lederne Maske schien geradezu über ein Eigenleben zu verfügen. Tarlon sah noch einmal genauer hin, aber da war nur Leder.

»Ja, mein Junge, was ist?«

»Ser, mir fiel auf, dass Ihr keine Spuren auf dem Boden hinterlasst! Wie ist das möglich?«

Nun seufzte der Elf tatsächlich. »Wenn du ein paar Jahre Zeit hättest, könnte ich dir zeigen, wie es geht, aber so ...«

»Mein Großvater sagte immer, es ist nie zu spät, etwas Neues zu lernen«, beharrte Garret, und Argor hüstelte.

Garret warf ihm daraufhin einen bösen Blick zu, aber der Zwerg sah ganz unschuldig zurück, während Tarlon schmunzelte und Elyra leise lachte. Denn sie alle kannten Garrets eigene Antwort auf den Spruch seines Großvaters, nämlich, dass dann immer noch genug Zeit wäre, um vorher in aller Ruhe fischen zu gehen.

»Nun denn«, meinte hingegen der Elf. »Gehe nicht gegen das Land und kämpfe niemals gegen es, sondern bewege dich mit ihm, fließe in ihm. Es kommt mit der Zeit, und mit der Zeit kommt das Verstehen, und das Verstehen kommt wiederum von innen.«

Er drehte sich um und ging weiter. Der Hund sah Garret an, schien ihm zuzuzwinkern und erhob sich dann wieder, um seinem Meister zu folgen.

»Geh mit dem Land ...«, wiederholte Garret und beobachtete den Gang des Elfen intensiv. »Geh mit dem Land ...«

Doch es blieb ihm nicht mehr viel Zeit, es auszuprobieren, denn bald darauf hatten sie ihr Ziel erreicht. Zuerst hielten die Freunde das Heim des Elfen für ein einfaches Loch in einem Hügel. Etwas später bemerkten sie jedoch, dass es ein Teil einer größeren unterirdischen Anlage sein musste, die irgendwann eingestürzt war und nun nur noch aus einem einzigen zugänglichen Raum bestand.

Dunkelheit umgab sie. Kein Wunder, dachte Elyra, schließlich war der arme Mann ja blind. Aber schon bald nahmen sie wahr, dass genau an der Stelle, an der sich auch eine einfache Feuerstelle befand, etwas Licht durch einen Riss in der Decke ins Innere fiel.

Getrocknete Kräuter hingen von der Decke herab, dichte Felle bedeckten den Boden, und ein überraschend schöner Tisch aus Kirschholz mit mehreren Stühlen markierte den Mittelpunkt des Raumes. Das Holz des Tisches und der Stühle war so glatt poliert, dass es glänzte und Farbe und Form der Maserung voll zur Geltung brachte.

Obwohl es düster war, empfand Tarlon den Raum durchaus als gemütlich. An einer Wand hingen etliche Köcher, gefüllt mit Pfeilen, während an einer anderen Wand ein Paar übereinandergekreuzter Langschwerter und ein Rundschild mit einem ihm unbekannten Wappen hingen. Die Klingen der Schwerter waren leicht gekrümmt und wirkten alt.

Der Elf entspannte seinen Bogen und lehnte ihn gegen die Wand. Garret trat etwas näher heran, um sich den Bogen genauer anzusehen.

»Das ist einer der Bogen meines Großvaters!«, rief er überrascht.

Der Elf hatte sich bereits auf einen der Stühle gesetzt und war dabei, Gemüse in eine tönerne Schüssel zu schneiden. Nun sah er zu Garret auf, und wieder vermittelte die Maske den Eindruck, als ob sie lächelte.

»Wahrscheinlich ist er eher vom Großvater deines Großvaters«, meinte der Elf schlicht und griff nach einer Karotte, die er in feine, gleichmäßige Scheiben zerschnitt.

Dafür, dass er nichts sehen konnte, dachte Tarlon erneut, war er wirklich mehr als geschickt.

»Also stammst du aus dem Geschlecht der Grauvögel und bist ein neuer erster Lord?«

»Von einem ersten Lord weiß ich nichts«, gab Garret mit einem Schulterzucken zurück. »Aber ich heiße tatsächlich Garret Grauvogel.«

»Sieht so aus, als wäre die Zeit gekommen, sich vorzustellen«, antwortete der Elf.

Mit einer Geste lud er die Freunde nunmehr dazu ein, sich zu ihm an den Tisch zu setzen. Er füllte eine Schüssel mit Wasser, das er aus einer Flasche goss, und stellte die Schüssel danach auf eine steinerne Platte in die Mitte des Tisches.

»Ich habe, wie gesagt, selten Gäste. Ihr müsst meine unzulänglichen Manieren daher entschuldigen.« Er zögerte einen Moment lang, bevor er fortfuhr. »Mein Name ist Ariel.«

Die vier Freunde nannten ihrerseits ihre Namen, waren aber nicht ganz bei der Sache, sondern blickten fasziniert auf die tönerne Schüssel, von der nun auf einmal Dampf aufstieg.

Der Elf schien es zu bemerken und machte eine nachlässige Geste. »Ein kleiner Trick, der im Winter ganz nützlich ist, mehr nicht.« Er schien irgendwie erleichtert.

»Wenn Ihr es zu lange kocht, verliert es seinen Geschmack«, sagte Elyra, die den Elf unablässig beobachtete.

Wenn man von der Sera Bardin absah, war er der erste Elf, den sie kennenlernte. Doch im Gegensatz zur Sera Bardin, die meist freundlich, wenn auch etwas distanziert ihr gegenüber war, nahm dieser Elf sie so, wie sie war. Obwohl er fürchterlich entstellt und blind war, zweifelte sie keinen Moment daran, dass er wusste, dass sie eine Halbelfin war. Er war blind, dennoch stand für sie außer Frage, dass er eine Möglichkeit gefunden hatte, anderweitig zu sehen. Ariel bewegte sich einfach zu geschickt und zu sicher, als dass es sich anders verhalten konnte. Wahrscheinlich handelte es sich dabei um einen weiteren kleinen »Trick« von ihm.

Ariel nickte. »Ja, leider. Aber es ist notwendig, denn wir befinden uns am Rand des verdorbenen Zirkels. Deswegen muss Gemüse hier stets bis zum Tod kochen, um es gefahrlos essen zu können, während ihr Fleisch überhaupt nicht zu euch nehmen dürft, wollt ihr nicht qualvoll daran sterben.«

Er stellte eine paar kleinere irdene Schüsseln vor die Freunde auf den Tisch und füllte ihnen ein, ohne dass auch nur irgendetwas danebenging. Dann setzte er sich ebenfalls und sprach ein paar kurze Sätze in der gleichen unbekannten Sprache, in der er im Wald gesungen hatte. Für Tarlon hörte es sich nach einem Gebet oder einer Segnung an, doch es war nicht Mistral, die der Elf anrief, sondern etwas, das wie Mieala klang. Vielleicht war das aber auch nur das elfische Wort für Essen, und Tarlon entschied, dass es nicht weiter wichtig war. Beherzt griff er zu, denn er hatte großen Hunger.

Obwohl das Gemüse tatsächlich vollkommen zerkocht war, schmeckte es dennoch überraschend gut und war äußerst schmackhaft gewürzt.

»Jedes Fleisch?«, nahm Tarlon etwas später das Gespräch wieder auf.

»Jedes Fleisch«, bekräftigte der Elf. »Die Magie vergiftet sogar das getrocknete Fleisch, das ihr mitgebracht habt.«

Worauf sich Tarlon sofort seinen Rucksack griff und ihm mehrere Rationen der Wegzehrung entnahm.

»Was sollen wir damit tun?«, fragte er.

»Verbrennt es bei nächster Gelegenheit. Nur nicht hier drinnen«, antwortete Ariel.

»Wie lange bist du schon hier, Ariel? Und was weißt du über das alte Lytar?«, fragte Garret neugierig, worauf der Elf herumwirbelte und ihm eine schallende Ohrfeige gab.

»Ich bin älter als du, mein Junge«, sagte er in einem schneidenden Tonfall. »Und ich habe dir mit keinem Wort das Recht zu dieser Vertrautheit gegeben!«

Garret erhob sich ohne ein weiteres Wort, griff nach seinem Rucksack und verließ den Raum. Elyra eilte ihm nach und fand ihn gegen den steinernen Eingang gelehnt, wo er gedankenverloren in den Wald hinausstarrte.

»Du brauchst keine Angst zu haben, dass ich mich auf und davon mache«, meinte er, während er seinen Kiefer hin- und herbewegte und mit der Zunge seine Zähne abtastete. »So verrückt bin ich nicht. Geh zurück zu Ariel. Vielleicht erzählt er euch ja noch etwas.«

»Komm wieder herein«, bat Elyra, aber Garret schüttelte den Kopf.

»Ich möchte lieber einen Moment lang allein sein.«

Zögernd machte sich Elyra wieder auf den Weg. Es war eine ungute Situation.

»Ser«, sagte Tarlon vorsichtig. »Bitte entschuldigt Garrets Verhalten. Aber wir befinden uns auf einer wichtigen Mission, bei der uns alles, was Ihr wisst, helfen kann. Er wollte nicht unhöflich sein, er war nur neugierig und vorschnell.«

Der Elf wiegte den Kopf. »Es tut mir leid, dass ich ihn geschlagen habe. Sagt ihm das. Ich bin den Umgang mit Menschen einfach nicht mehr gewohnt, und zudem habt ihr mich, nachdem euch die Hunde angegriffen haben, gezwungen, etwas zu tun, das ich nie wieder tun wollte.«

»Darf ich fragen, was das ist?«, fragte Tarlon vorsichtig. »Wenn Ihr uns das sagen wollt?«

Ariel nickte. »Ich habe euch geheilt.«

»War das Magie?«, wollte Elyra aufgeregt wissen, und ihre Augen leuchteten.

»In gewisser Weise, ja«, antwortete Ariel langsam, und Tarlon kam es so vor, als käme dem Elf die Anwort nicht leicht über die Lippen. »Meine Herrin gab mir einst die Gabe zu heilen. Ich dachte, sie habe mich verstoßen, so wie ich sie verstoßen habe, aber als ich euch dort liegen sah, überlegte ich nicht lange, sondern handelte einfach, und sie erhörte mein Gebet.«

»Die Herrin der Ewigkeit?«, flüsterte Elyra.

»Mystrul?«, sagte der Elf und verwendete dabei den alten Namen der Göttin. Er schüttelte den Kopf. »Nein, meine Herrin ist Mieala, die Herrin des Waldes und des Lebens.«

Die Freunde sahen sich gegenseitig an. Diesen Namen hatten sie noch nie zuvor gehört. Sie wussten zwar, dass es auch andere Götter als die ihren gab, aber jeder Lytarianer diente allein Mistral, der Herrin der Ewigkeit und der Magie.

»Ich hörte, wie Ihr ihren Namen eben sagtet«, lächelte

Tarlon. »Aber ich dachte, es wäre elfisch für ›ich danke für das Essen‹.«

Ariel lachte, aber Tarlon achtete nicht mehr darauf. Er hatte soeben ein niedriges Regal entdeckt, auf dem Dutzende von hölzernen Tierfiguren standen. Nur ein Meister der Schnitzkunst konnte sie gefertigt haben, denn sie waren so detailgetreu und lebensecht gearbeitet, dass Tarlon nicht verwundert gewesen wäre, wenn die Tiere plötzlich lebendig geworden und davon gesprungen wären.

Bei jedem einzelnen war die Maserung des Holzes in die Formgebung einbezogen worden. Sie verschmolz mit der Körperhaltung der Tiere und schuf dadurch eine Lebendigkeit im Ausdruck, die diese Stücke einzigartig machten. Blind zu sein und dennoch die Struktur des Holzes zu sehen und sie zu nutzen, war eine wahre Kunst. Und ihr Gastgeber war ein wahrhaft beeindruckender Mann, wenn auch etwas seltsam, dachte Tarlon.

»Womit ihr recht haben mögt«, antwortete der Elf, als habe er Tarlons Gedanken erraten. »Aber um die Frage eures Freundes zu beantworten: Ja, ich kannte das alte Lytar, als es noch stand. Aber ich sah nicht, wie es fiel. Ich war ...«, er zögerte, »unabkömmlich, als es geschah.«

Er stand abrupt auf und begann das Geschirr abzutragen.

»Nun lasst mich euch umgekehrt eine Frage stellen. Was bringt euch an den Rand dieses verfluchten Waldes?«

»Wir suchen den ›schlafenden Mann‹«, begann Argor, der sich bis jetzt nicht an dem Gespräch beteiligt hatte. »Was immer das auch ist. Wir vermuten, dass sich dort ein Depot befindet, das mit Gegenständen aus der alten Zeit gefüllt ist. Wir hoffen, dass sie uns nützlich sein können. Wir brauchen sie, weil wir vor ein paar Tagen angegriffen wurden. Lytara befindet sich im Krieg«, erklärte Argor und erzählte dem Elfen, was geschehen war.

»Also habt ihr eure Schwerter wieder erhoben«, meinte der Elf leise. »Nach all dieser Zeit befindet sich Lytar wieder im Krieg.« Es klang resigniert und bitter.

»Aber sie haben uns angegriffen. Sie haben meine Mutter ermordet«, erklärte Elyra.

»Das tut mir leid«, erklärte der Elf. »Aber ich werde euch nicht helfen. Manche Dinge sollten besser für immer vergessen bleiben.« Er stand unvermittelt auf. »Ihr solltet jetzt besser gehen und zusehen, dass ihr außerhalb des Waldes ein sicheres Lager für die Nacht findet. Es ist Mittsommer, der längste Tag des Jahres ist nah. Wenn ihr euch beeilt, schafft ihr es noch vor Einbruch der Dunkelheit.«

»Und?«, wollte Garret wissen, als die Gefährten wieder aus dem Heim des Elfen heraustraten.

Argor schüttelte den Kopf. »Nichts. Er will uns nicht helfen.« Er kickte einen Stein weg. »Dabei bin ich mir sicher, dass er das Land hier wie seinen eigenen Handrücken kennt.«

»Aber er wird uns auch nicht behindern«, fügte Elyra hinzu. »Er ist traurig. Und die Erinnerung an früher schmerzt ihn.«

»Vielleicht machen ihm seine Verbrennungen immer noch zu schaffen.« Garret schüttelte sich. »Götter, muss das wehgetan haben.«

Elyra schüttelte den Kopf. »Nein, das ist es nicht. Es tut ihm weh, dass er sich von seiner Herrin abgewendet hat.«

»Woher willst du das wissen?«, fragte Tarlon und nahm ein Stück Holz vom Boden auf. Er betrachtete es eingehend und drehte es mehrfach hin und her. Wenn sich darin tatsächlich die Form eines Tieres verbarg, sah er es jedenfalls nicht.

»Ich weiß es einfach«, gab Elyra mit Überzeugung zurück, und selbst Garret ging nicht weiter darauf ein. Er sah zum Himmel, noch war es früh, noch hatten sie Zeit, und so gingen sie weiter. Und Garret versuchte immer, den geschmeidigen Gang des Elfen zu imitieren.

Knapp eine Stunde später gelangten sie an ein Tor. Der Torrahmen hatte die Form eines Trapezes, das Tor selbst bestand aus einem mächtigen Steinblock. Sowohl der Rahmen wie das Tor waren vollständig mit Moos überzogen. Es war reiner Zufall gewesen, dass sie es gefunden hatten.

»Sieh mal einer an«, bemerkte Garret und trat an den Stein heran, um das Moos abzukratzen.

Unter seiner Hand kam das Relief eines Greifen, das königliche Symbol von Alt Lytar, zum Vorschein. Der Greif war fast so groß wie Garret, und seine steinernen Augen schienen den jungen Mann prüfend zu mustern.

Garret blickte nach oben und bemerkte auf einmal, dass der Stein, in dem sich das Tor befand, wie der Absatz eines Stiefels geformt war.

»Der schlafende Mann!«, rief er und wies die anderen stolz auf seine Entdeckung hin.

Sie hatten das Depot gefunden! Im ersten Moment war es schwierig zu erkennen, mit all den Bäumen und Sträuchern, aber wenn man genau hinsah, war deutlich zu erkennen, dass der Hügel, der vor ihnen lag, die Form eines schlafenden Mannes besaß.

»Und Ariels Höhle befindet sich im anderen Absatz!«, rief Elyra. Sie lachten, wurden dann aber schnell wieder ernst.

»Er wusste es«, grummelte Garret vorwurfsvoll.

»Ja, aber er hat uns auch gesagt, dass er uns nicht helfen will«, erinnerte ihn Tarlon. »Er hat nie gesagt, dass er es nicht könnte.« Er begutachtete das steinerne Tor nachdenklich. »Außerdem denke ich, dass er damit gerechnet hat, dass wir es bald finden würden.«

»Nun gut, wir haben es gefunden«, entgegnete Garret und kratzte sich am Hinterkopf. »Aber wie bekommen wir es auf?«

»Lasst mich mal sehen«, meinte Argor und musterte den steinernen Torrahmen sorgfältig. »Es muss irgendeinen Mechanismus geben, um es zu öffnen. Allerdings kann ich ihn nicht erkennen. Wartet einmal!« Er schlug sich mit der flachen Hand an die Stirn. »Was bin ich doch für ein Idiot. Ich bin gleich wieder da!«, rief er dann, drehte sich um und rannte davon.

»Was ist denn nun wieder?«, fragte Garret überrascht.

»Ariels Heim«, erklärte ihm Tarlon, der soeben auf die gleiche Idee gekommen war wie Argor. »Es könnte die gleiche Art von Türe besitzen. Ich habe nicht darauf geachtet, aber ich denke, Argor will dort nach dem Mechanismus sehen, der die Türe verschließt.«

»Natürlich!«, rief Garret. »Ariels Türe. Ich glaube mich daran erinnern zu können, Stangen im Stein gesehen zu haben.« Er warf einen skeptischen Blick auf den Stein vor sich. »Das wird ein hartes Stück Arbeit werden.«

Sie hatten zwar gut eine Stunde gebraucht, um den Eingang zu finden, dennoch war der andere »Stiefelabsatz« keine fünf Minuten Wegs von ihnen entfernt, und Garret hatte keinen Zweifel, dass das Heim des Elfen ein Teil des Depots war. Der gesamte Hügel beherbergte ein- und dieselbe unterirdische Anlage. Allerdings war diese, wie sie wussten, zumindest teilweise eingestürzt, und wenn sie sich durch die verschütteten Gänge hindurchgraben müssten, konnte dies Wochen dauern. Vorausgesetzt, der Elf ließe es überhaupt zu.

Da kam Argor auch schon wieder zurückgerannt, und auf seinem Gesicht lag ein breites Grinsen.

»Es ist eine Schiebetüre. Und sie ist, wie es aussieht, von innen verbarrikadiert!«

»Von innen?« Garret war entsetzt. »Wie sollen wir denn dann hineinkommen? Und warum grinst du so?«

»Weil es kein Problem für uns sein wird hineinzugelangen«, antwortete der Zwerg, der die Situation ganz offensichtlich zu genießen schien. »Vertraut mir einfach! Ich habe genau das Passende dabei.« Er wühlte in seinem Rucksack herum und zog schließlich einen Satz Meißel und einen Fäustling heraus. »Seht ihr?«

»Das hast du die ganze Zeit mit dir herumgeschleppt?«, fragte Garret fassungslos.

Argor nickte und trat an das Tor heran. »Wir Zwerge haben immerhin einen Ruf zu verteidigen. Stein ist unser Leben, und mein Vater riet mir immer, niemals ohne Meißel aus dem Haus zu gehen. Und er hatte recht, das Werkzeug hat sich schon oft als nützlich erwiesen.« Konzentriert und mit angespannter Miene begann Argor die Türe abzutasten.

»Etwa hier«, murmelte er und setzte den Meißel an. Dann holte er aus und schlug zu. Der mächtige Schlag hallte durch den Wald und ließ die Vögel protestierend aufsteigen. Steinsplitter flogen durch die Luft, und selbst Garret war von der Wucht, mit der sein stämmiger Freund den Hammer schwang, beeindruckt. Ein halbes Dutzend Schläge später trat Argor zurück und betrachtete zufrieden sein Werk.

»Und nun?«, fragte Garret und musterte neugierig das

riesige Loch, das der Zwerg genau über dem verrosteten Ende eines Stahlriegels in den Stein geschlagen hatte.

Argor kramte erneut in seinem Packen und kam mit einer stumpfen Stahlstange wieder, deren Ende er nun gegen das Ende des innen liegenden Riegels setzte. Dann holte er mit dem Hammer aus und schlug zu.

Mit einem lauten Quietschen schoss die verrostete Stange des Riegels aus ihrer Verankerung heraus und schlug dumpf auf dem Boden auf.

»So«, nickte der Zwerg zufrieden. »Den Stein können wir jetzt bewegen. Das Tor selbst ist noch zu, aber das kriegen wir auch noch auf.« Zuversichtlich säuberte er seine Werkzeuge und verpackte sie vorerst wieder sorgfältig in seinem Rucksack. »Kein Problem.«

Doch damit irrte er gewaltig. Denn als sie sich gemeinsam gegen das Tor stemmten, gab es gerade einmal einen Zentimeter nach, ließ sich danach jedoch um keinen Deut mehr bewegen.

»Es hat sich verklemmt!«, stellte Garret fest und fluchte leise.

Die vier Freunde versuchten alles Mögliche. Sie kratzten das Moos ab, ließen Lampenöl in den Spalt am Fuße des Tores tropfen und säuberten sogar die ganze Fläche, sodass der Greif des alten Königreichs zuletzt in seiner ganzen Pracht zu sehen war. Aber es half alles nichts, das Tor bewegte sich nicht.

»So kommen wir nicht weiter«, bemerkte Elyra, die es sich mit ihrem Buch im Schoß auf einem Stein bequem gemacht hatte. Sie war damit beschäftigt, einen Kranz aus Blumen zu flechten, und sah ab und zu zum Himmel hoch. Bald würde die Sonne untergehen. Und das bedeutete, dass sie die Nacht in diesem unheilvollen Wald verbringen mussten. Jeder wusste es, aber niemand verlor ein Wort darüber. Doch Elyra war nicht die Einzige, die den Sonnenstand begutachtete.

»Du könntest uns helfen«, keuchte Garret.

»Das würde ich gerne, du musst mir nur sagen, wie.«

Garret seufzte. Wo sie recht hatte, hatte sie recht. Tarlon sagte nichts, sondern musterte währenddessen nur nachdenklich das Tor und sah immer wieder zu einem kräftigen Baum hinüber, der nicht weit davon entfernt stand.

»Hast du eigentlich deine Schlageisen dabei, Argor?«, wandte er sich plötzlich an seinen Freund.

Der Zwerg nickte. »Natürlich. Warum?«

»Dann schlage jeweils zwei davon hier in das Tor und zwei weitere dort in den Rahmen«, bat ihn Tarlon.

Argor fragte nicht lange nach, sondern tat, wie ihm geheißen, während Tarlon nach seinem Rucksack griff und einen kleinen, aber dennoch massiven Flaschenzug aus ihm herauszog.

Garrets Augen weiteten sich ungläubig. »Du hast dieses Ding die ganze Zeit mit dir herumgeschleppt?«, fragte er entsetzt.

Sein Freund zuckte mit den Schultern. »Ich gehe nie ohne ihn aus dem Haus. Wenn etwas passiert, ist es immer praktisch, einen Flaschenzug dabeizuhaben.« Tarlon förderte zudem noch schweres Seilzeug und eine massiv gearbeitete Öse aus seinem Rucksack hervor und ließ einen sprachlosen Garret zurück. Er hatte schon immer gewusst, dass sein Freund stark war und über unglaubliche Kräfte verfügte, aber dass er dieses ganze Gewicht und außerdem noch einen Teil ihrer gemeinsamen Ausrüstung ohne jedes Anzeichen von Erschöpfung die ganze Zeit über getragen hatte, überraschte selbst Garret.

»Hast du das alles denn schon jemals gebraucht?«, wollte Garret schließlich nach einer Weile wissen, denn sein eigener Rucksack war bis auf ein Paar Angelköder, einen Umhang, einen Laib Brot und einen Kanten Käse leer.

Tarlon sah ihn überrascht an. »Nein, wieso?«

»Und wie lange schleppst du das Zeug schon mit dir herum?«

»Seit ein paar Jahren. Seitdem ich Bäume fälle.«

»Und du hast es nie gebraucht?«

Tarlon sah Garret verständnislos an. »Ich weiß nicht, was du hast, schließlich brauchen wir es jetzt«, teilte er ihm mit und schulterte seine Axt. Er blickte von einem Baum zum anderen, und dabei legte sich eine gewisse Vorfreude auf sein Gesicht.

»Und das soll funktionieren?«, fragte Garret etwas später und nahm Tarlons Konstruktion etwas misstrauisch in Augenschein.

Massive Seile, doppelt geschlungen, führten von den zwei Haken, die Argor ins Tor geschlagen hatte, zu denen im Torrahmen und von dort aus zu dem mächtigen Baum. Es blieb ihnen nicht mehr viel Zeit, denn mittlerweile hatte bereits die Dämmerung eingesetzt.

»Das wird es«, versicherte Tarlon und trat an einen kleineren Baum heran.

»Wenn dieser zweite Baum hier fällt, öffnet er uns die Türe. Ganz sicher.« Er bückte sich, nahm einen Stein auf und musterte den Baum noch ein letztes Mal. Dann legte er den Stein an der Stelle zu Boden, auf die seiner Überzeugung nach der Baum fallen würde.

Er nahm seine Axt auf und bedeutete den anderen mit einer Geste zurückzutreten.

Garret hatte schon oft gesagt bekommen, wie mühelos und elegant es aussähe, wenn er mit seinem Bogen schoss. Aber ein Bogen war auch durchaus eine elegante Waffe. Was er bisher jedoch nicht gewusst hatte, war, dass eine schwere zweischneidige Holzfälleraxt in den richtigen Händen ebenfalls ein elegantes Werkzeug sein konnte.

Jedem Schlag Tarlons ging eine Drehung in leicht angesetztem Bogen voraus, wodurch sich die schwere Axt derart präzise ins Holz eingrub, dass die einzelnen Schläge stets in ein und dieselbe Kerbe trafen und jedes Mal ein sauber geschlagenes Stück Holz dabei heraussprang.

Beim Anblick dieser Schläge erahnte Garret erstmals das wahre Ausmaß der Stärke seines Freundes. Niemand sonst hätte den Stahl so tief in den Baumstamm treiben können, und bei keinem anderen hätte es so elegant ausgesehen.

Tarlon trat ein paar Schritte zurück, um sein Werk zu begutachten. Der Baum stand noch, die Kerbe war eine hell aufscheinende Wunde in seinem Holz. Er musterte den Baum kritisch, dann nickte er zufrieden.

»Und nun?«, fragte Garret.

Tarlon ging um den Stamm herum und begann genau an der Stelle, die der Kerbe gegenüberlag, zu drücken.

Es knarzte und knackte, schließlich knickte der Baum zur Seite und sank exakt dort, wo Tarlon zuvor den Stein platziert hatte, zu Boden.

»Und nun?«, kam es erneut von Garret.

Tarlon warf ihm daraufhin nur einen vielsagenden Blick zu, trat wieder an den Baum heran und begann Ast um Ast abzuschlagen, bis zuletzt nur noch der nackte Stamm vor ihnen lag. Zuletzt kappte Tarlon die Spitze, legte seine Axt zur Seite und nahm den Baumstamm vor den ungläubig dreinschauenden Freunden vom Boden auf.

»Steht nicht herum«, forderte er sie auf. »Helft mir lieber. Als Nächstes müssen wir die vorbereiteten Schlingen um den Stamm herumlegen!«

Erst jetzt verstand Garret, was Tarlon überhaupt vorhatte.

»Aaah ...«, rief er, und Tarlon musste unwillkürlich lächeln.

»Richtig«, meinte er. »Es ist schlichtweg unmöglich, dass das Tor zubleibt, wenn wir einen Hebel ansetzen. Und den haben wir jetzt.«

Er brachte das eine Ende des Hebels am Stamm des ersten Baumes in Position und stemmte sich dagegen. Die anderen halfen ihm, indem sie gleichzeitig das Seil um den kleineren Baum herumwanden. Die schweren Seile strafften sich und begannen zu vibrieren. Schließlich war die Spannung so groß, dass sich eines der Schlageisen aus dem Stein löste und wie ein Geschoss direkt neben Garrets Kopf in den Stamm des Baums einschlug. Es gab einen mächtigen Ruck, der die Freunde beinahe zu Fall brachte, dann spannte sich das Seil und ließ das Tor bis zu der Stelle, an der das verbliebene Schlageisen steckte, unter lautem Gerumpel in seinen steinernen Rahmen zurückgleiten. Das Tor war offen!

*»Ihr wollt mir doch wohl nicht erzählen, dass sie die Türe zu diesem Depot allein mittels eines Hammers, eines Meißels und eines Baumes geöffnet haben?«, fragte Lamar ungläubig. »Falls das ein Scherz sein soll, erinnert Euch daran, wer hier den Wein bezahlt!«*

*Doch bevor ihm der alte Mann antworten konnte, trat auch schon der Wirt an Lamar heran. »Exzellenz, Ihr werdet für den Wein nichts bezahlen müssen«, teilte ihm der*

*Wirt mit. »Denn die Geschichte eines Barden ist in Lytara noch etwas wert!«*

*Worauf einige Männer und Frauen zustimmend nickten. »Bitte fahrt fort«, bat eine junge Frau den alten Mann mit einem gewinnenden Lächeln. Lamar wurde von ihr hingegen mit einem vernichtenden Blick bedacht, der ihm deutlich zu verstehen gab, dass seine Einwürfe als störend empfunden wurden.*

*Lamar war seinerseits sichtlich empört.*

*Doch der alte Mann lachte nur und hob begütigend seine Hand. »Immer mit der Ruhe, meine Geschichte ist noch lange nicht zu Ende, und ich habe großen Durst, so wahr ich hier sitze!«*

*»Das kommt vom vielen Reden«, lachte ein grauhaariger hochgeschossener Mann in der Kleidung eines Waldläufers, der sich irgendwann zu ihnen gesellt hatte. »Das geht mir genauso, wenn ich hier sitze und alte Geschichten erzähle.«*

*Seine Frau, eine schlanke Frau mit grauem Haar, das hier und da noch seine ursprüngliche rote Farbe besaß, lachte ebenfalls. »So, das ist also der Grund, weshalb man dich so oft hier findet!«*

*»Von dir kriege ich ja schließlich keinen Wein!«, konterte dieser, worauf nun fast jeder im Gasthaus lachte.*

*»Hier ist anscheinend jeder ein Komödiant«, grummelte Lamar vor sich hin, aber schon hatte der alte Mann den Faden wieder aufgenommen.*

# 5

*Die Dame im Brunnen*

Der Gang hinter dem Eingang war in der gleichen Trapezform gebaut worden wie das Tor. Argor erklärte den anderen, dass eine solche Konstruktion dem Gewicht der Erde am besten standhielt, aber niemand hörte ihm wirklich zu.

Der Gang war dunkel und roch nach alter Erde und Moder. Er führte tief in den Hügel hinein, sein Ende war nicht in Sicht, und es war bereits später Abend.

»Wenn wir Ariels Gastfreundschaft nicht noch einmal in Anspruch nehmen wollen«, meinte Tarlon bedächtig, während er sein Seil sorgsam zusammenrollte, »sollten wir unser Lager hier aufschlagen. Der Eingang ist leicht zu verteidigen.«

Plötzlich ließ er das Seil fallen und hechtete nach seiner Axt. Er schleuderte sie so nah an Elyras Kopf vorbei, dass sie den Luftzug spürte und erschrocken aufschrie. Nur wenig später schlug die Axt mit einem schmatzenden Geräusch in den Schädel eines Hundes ein. Der Aufprall riss das Tier von seinen Beinen und schleuderte es gut drei Schritt weit nach hinten. Elyra verstummte mitten im Schrei und blickte entsetzt auf das blutige Axtblatt und den Körper des Hundes hinunter, der noch immer zuckte.

»Wo kam denn der auf einmal her?«, fragte Elyra mit bleichem Gesicht, die Augen starr auf das tote Tier gerichtet.

»Ich weiß es nicht«, sagte Garret, der das Tier angewidert betrachtete. »Jedenfalls hoffe ich, keinem weiteren mehr zu begegnen.«

Ähnlich wie Elyra erinnerte er sich nur noch allzu gut an ihre erste Begegnung mit den Biestern. Ohne Ariels Hilfe hätte niemand von ihnen den Angriff der Meute überlebt.

»Ich schlage vor, wir bauen eine Barrikade vor der Türe auf, um die Hunde abzuhalten«, schlug er daher vor und griff seinen Bogen.

Tarlon stimmte zu, während er am Stiel seiner Axt zerrte. Aber die scharfe Schneide steckte fest. Elyra wandte sich schaudernd ab.

»Ich denke, dass wir eher versuchen sollten, das Tor wieder gängig zu machen«, erklärte Argor. »Das wäre wohl das Allerbeste!«

Tarlon stemmte seinen Fuß gegen den Schädel des Hundes und zog an seiner Axt. Endlich gelang es ihm, sie herauszuziehen. Mit einem lauten Knirschen löste sie sich aus dem Schädel. Nichtsdestoweniger hätte Tarlon darauf schwören können, dass sich der Hund noch immer bewegte.

»Wisst ihr was?«, meldete er sich schließlich zu Wort und wich vorsichtig einen Schritt zurück, ohne den Hund dabei aus den Augen zu lassen, denn er hatte soeben etwas bemerkt, das ihn frösteln ließ. Hinter dem Ohr des Tieres ragte eine Pfeilspitze heraus, bei der es sich eindeutig um eine von Garrets Spitzen handelte. Folglich konnte es nur einer der Hunde sein, die Garret schon zuvor im Wald einmal mit einem Pfeil abgeschossen hatte. Er hätte tot sein müssen.

»Wisst ihr was?«, wiederholte er. »Das halte ich für eine sehr gute Idee. Lasst uns in den Gang gehen und das Tor schließen. Morgen früh können wir uns immer noch Gedanken darüber machen, wie wir es wieder aufbekommen.«

Er schlug seine Axt in den Stamm, der ihnen vor Kurzem noch als Hebel gedient hatte. »Brennholz«, erklärte er und bewegte sich dann rückwärtsgehend auf den Eingang zu, wobei er den Stamm hinter sich her schleifte. Wachsam musterte er den Wald, in dem er hier und da eine Bewegung wahrzunehmen glaubte. Er hatte recht gehabt, die Hunde kamen!

»Rein!«, rief Tarlon den anderen zu, griff seine Axt mit beiden Händen und rannte.

Er zog den Stamm gerade noch rechtzeitig hinter sich durch den Eingang, denn schon stemmten sich Garret und Argor gegen das Tor und schoben es mit aller Kraft zu. Keine Sekunde zu spät. Von draußen hörten sie einen dumpfen Schlag auf den Stein, dann hob ein mehrstimmiges Heulen wie von Tausenden verlorener Seelen an, das ihnen kalte Schauer über den Rücken jagte.

»Das war knapp«, meinte Argor und wischte sich den Schweiß von der Stirn.

Er hatte zuvor noch großzügig Lampenöl auf die steinernen Rollen, auf denen das Tor lief, gegossen und hoffte, dass sich das Tor in Zukunft leichter bewegen lassen würde. Auf jeden Fall war es zugegangen.

»Ich frage mich, wie es Ariel geht«, meinte Elyra auf einmal leise.

»Wie auch immer es ihm geht, ich denke, dass er im Gegensatz zu uns ein paar Tricks kennt, mit denen er sich vor den Hunden schützen kann«, sagte Tarlon. »Schließlich lebt er schon seit Langem hier.«

Das Heulen wurde lauter.

»Sie sind genau auf der anderen Seite«, murmelte Elyra und trat einen Schritt vom Tor zurück. »Ich kann sie durch den Stein hindurch spüren. Sie sind nicht einfach nur krank. Da ist noch etwas anderes, Schreckliches.«

Unwillkürlich musste Tarlon an den Hund denken, den er soeben erschlagen hatte und den Garret schon einmal getötet hatte, aber er sagte nichts.

»Es müssen Dutzende sein«, hauchte Garret, und Argor flüsterte: »Sie hören sich geradezu gespenstisch an.«

»Vielleicht sind diese Wesen genau das«, antwortete Elyra leise.

»Ich hoffe nicht«, sagte Argor und schlug eines seiner Eisen in das Tor, damit man es nicht mehr aufschieben konnte. »Durch diesen Eingang kommen sie auf jeden Fall nicht mehr herein.«

Von draußen war das Scharren von Krallen auf dem Stein hören.

»Ich glaube, ich kann sie sogar sabbern hören«, gab Garret angeekelt von sich. Er stand auf und tastete mit seinen Händen die Wand ab. »Götter, ist das dunkel hier drinnen.«

Hinter ihm zischte etwas, und als sich Garret umdrehte, sah er, wie eine Stichflamme in Tarlons Händen aufschoss, dann knisterte es, und eine Fackel entzündete sich.

»Ich fasse es nicht«, wunderte sich Tarlon und sah erstaunt auf das Kästchen in seiner Hand hinab, das noch immer leicht rauchte.

»Was ist das?«, erkundigte sich Argor vorsichtig.

»Pulver hat es mir gegeben.« Tarlon hielt die Fackel etwas höher, damit sie Pulvers Geschenk besser sehen konnten.

»Er nannte es einen Fackelanzünder und bat mich, es

an seiner statt auszuprobieren. Es hat tatsächlich funktioniert!« Er schien immer noch erstaunt.

»Du bist mutig«, sagte Argor ehrfürchtig. »Ich würde mich das mit einer von Pulvers Erfindungen niemals trauen.«

»Ist es denn normal, dass es so lange raucht?«

»Ich glaube nicht«, antwortete Tarlon und sah auf das Kästchen hinab. »Allerdings deutete er an, dass es durchaus etwas warm werden könne.«

»Dann solltest du es nicht länger in der Hand halten«, meinte Argor und wich einen Schritt zurück.

Tarlon bückte sich und setzte Pulvers Gabe auf dem Boden ab, wo die Freunde es einige Sekunden lang misstrauisch betrachteten. Etwas später klickte es leise. Mehr geschah nicht.

»Es hat aufgehört zu rauchen. Vielleicht ist es fertig«, stellte Argor schließlich fest und stieß das Kästchen mit dem Stiel seines Hammers an.

In diesem Moment schoss eine gleißende Stichflamme aus dem Apparat bis an die Decke des Ganges und ließ die vier erschrocken zurückweichen.

»Götter!«, rief Garret und rieb sich die Augen, als er wieder etwas sehen konnte. Von dem Kästchen war bis auf einen rot glühenden Punkt auf dem Steinboden nichts mehr übrig.

Tarlon musterte den glühenden Punkt und kratzte sich am Kopf.

»An diesem Ding wird Pulver wohl noch etwas arbeiten müssen. Dennoch habe ich noch nie eine Fackel so schnell angezündet wie diese.«

»Wie viele von diesen Dingern hat er dir gegeben?«, erkundigte sich Garret vorsichtig.

»Nur das eine. Für Fackeln. Und noch ein anderes für Lagerfeuer, um nasses Holz anzuzünden. Er hat sogar behauptet, dass es auch unter Wasser brennen würde!«

Tarlon hob die Fackel an, und sie schauten den Gang entlang, der sich scheinbar endlos vor ihnen erstreckte.

»Wollen wir weiter in den Gang hineingehen oder unser Lager hier aufschlagen?«, fragte er die anderen.

Garret sah zum Steintor zurück, hinter dem noch immer das Scharren von Krallen vernehmbar war.

»Ich glaube nicht, dass wir so nah am Tor rasten sollten. Lasst uns lieber den Gang erkunden!«

Als niemand einen Gegenvorschlag machte, reichte Tarlon ihm wortlos die Fackel, und sie gingen tiefer in den Gang hinein. Garret, der die besten Reflexe und die schnellsten Beine von ihnen besaß, lief voran. Es war ihnen allen unheimlich zumute. Hinter sich konnten sie noch immer das wütende Geheul der unheimlichen Hunde hören, und vor ihnen lag ein Gang, der sie tief in den Hang und zu Geheimnissen führen würde, die seit Jahrhunderten kein Mensch mehr gesehen hatte. Zu Dingen, die ihre eigenen Vorfahren für zu gefährlich gehalten hatten, um sie mit in ihr neues friedliches Leben zu nehmen.

Es dauerte auch nicht lange, bis sie einen ersten Vorgeschmack auf das, was sie erwartete, erhielten. Sie waren noch nicht lange gegangen, als sich plötzlich hinter ihrem Rücken an den Seiten des Ganges zwei verborgene Nischen öffneten, die sie zuvor im Vorbeigehen nicht bemerkt hatten. Erschrocken fuhren sie herum, aber es war bereits zu spät. Zwei dunkle Gestalten traten aus den Nischen heraus. Sie trugen schwere altmodische Plattenrüstungen und hielten zwei Langschwerter in ihren Händen.

Einer der Bewaffneten hob drohend sein Schwert und machte einen Schritt auf Garret zu, der instinktiv zurückwich. Auf einmal gab die Gestalt jedoch einen ächzenden Laut von sich und brach stumm in sich zusammen.

Der andere Kämpfer blickte von Garret zu seinem zusammengebrochenen Gefährten, dann fiel auch er in sich zusammen.

»Himmel, was war denn das?«, fragte Argor.

»Ein guter Trick«, meinte Tarlon. Er suchte die Decke des Ganges nach Drähten ab, konnte aber keinerlei Vorrichtung finden, die auf einen verborgenen Mechanismus hinwies.

Währenddessen hatte sich Elyra vorsichtig neben einen der gefallenen Ritter niedergekniet und ihm das Visier geöffnet.

»Kein Trick«, sagte sie langsam. Hinter dem offenen Visier war deutlich ein Totenschädel zu sehen.

»Götter«, hauchte Tarlon. »Bedeutet das …«

»Magie!«, stellte Argor fest. Auch er flüsterte, als ob er die Ruhe der Toten nicht stören wollte. »Das waren Hüter. Ich habe schon einmal von ihnen gehört. Die Sera Bardin erzählte in einer ihrer Gruselgeschichten von ihnen, erinnert ihr euch?« Die Freunde nickten betreten. Es war erschreckend und ernüchternd zugleich zu erfahren, dass solche Geschichten anscheinend auf wahren Begebenheiten beruhten.

»Tarlon«, wisperte Elyra. »Schau dir das Wappen auf seiner Brust an, es sieht genau wie das deiner Familie aus.«

Tarlon beugte sich vor, sagen konnte er nichts. Das Wappen war in der Tat das seines Hauses. Es zeigte einen Bären auf allen vieren, unter dessen Pranken eine Wildsau begraben lag. Dieses Wappen war auch im Kopfstein seines Elternhauses eingeschlagen, allerdings mit einem Unterschied: In Tarlons Heim kreuzten sich zwei Federn über dem Bären, hier waren es zwei Schwerter. Dennoch lag unzweifelhaft einer seiner Vorfahren vor ihm auf dem Boden, ein Mann aus der alten Zeit, als die Wappen der Häuser von Lytar noch die Symbole des Krieges aufgewiesen hatten.

»Wer auch immer sie waren, einst waren sie Männer aus Lytar«, sagte Elyra leise. Sie schob die Überreste der Rüstung sorgsam zur Seite und legte die Schwerter, die so schwarz wie ihre eigenen waren, vorsichtig auf die Brustpanzer. »Wenn wir wieder zurückgehen, nehmen wir sie mit und begraben sie bei ihren Familien«, teilte sie den anderen in einem Ton mit, der keinen Widerspruch duldete.

Argor war indes in eine der Nischen getreten. Dort fand er vier verschiedene Hebel vor, die untereinander mit eisernen Stangen verbunden waren, deren Enden in den Stein hineinliefen.

»Gleich daneben ist noch eine andere Türe«, bemerkte Garret und machte einen Schritt auf sie zu.

»Dies könnte der Mechanismus sein, mit dem man die Türe öffnen kann«, überlegte der Zwerg und streckte die Hand nach einem der Hebel aus. »Vielleicht dieser?«

»Nicht!«, entfuhr es Tarlon, aber in diesem Moment gab die Türe bereits ein knirschendes Geräusch von sich.

Garret hatte sie einfach zur Seite geschoben. »Weiter geht's! Unglaublich! Das müsst ihr euch ansehen!«, rief er ihnen zu und war irritiert, als er sah, dass die anderen ihm nicht folgten.

Tarlon blickte noch immer den Gang entlang und dann bedeutsam zur Decke hoch. Dort waren deutlich mehrere, eindeutig von Menschenhand geschaffene Löcher zu erkennen, ebenso waren die Deckensteine anders gefugt als im Rest des Ganges. Langsam senkte Tarlon seinen Blick zu ihren Füßen, auch dort entdeckten sie nun Löcher und teilweise etwas breiter angelegte Spalten zwischen einzelnen Steinen.

»Ich glaube, mit diesen Stangen aktiviert oder deaktiviert man Fallen«, sagte er dann langsam. Argor nickte und wich von den Hebeln in der Nische zurück.

»Sind die Fallen nun aktiv oder nicht?«, wollte Garret neugierig wissen.

»Im besten Falle sind sie aus oder über die Zeit hinweg entschärft«, sagte Tarlon. »Vielleicht sollten wir besser zusehen, dass wir von hier verschwinden.«

Dieser Vorschlag erschien den anderen nur vernünftig, und sie sahen zu, dass sie so schnell wie möglich aus dem Gang herauskamen.

Sie gingen durch die Tür zu ihrer Seite, betraten einen großen Raum und sahen sofort, was Garret zuvor so sehr begeistert hatte. Die Gänge, durch die sie bislang gegangen waren, waren glatt behauen und mit einem gelblichen Stein ausgekleidet gewesen. Doch dieser Raum war anders. Er war achteckig angelegt und besaß vier trapezförmige Türen. Der Boden, die Wände, die Decke und sogar die Türen waren mit weißem Marmor verkleidet. Ringsherum verzierten in Kopfhöhe Reliefs aus rötlichem Stein den Raum. Sie zeigten Szenen aus längst vergangenen Tagen. Der Raum selbst maß an die fünfzehn Schritt im Durchmesser.

Das größte Erstaunen löste jedoch der achteckige Brunnen in der Mitte des Raumes aus. Er war zur Gänze aus poliertem weißem Marmor gearbeitet, der noch immer so glänzte, als ob er gerade gestern frisch geschnitten worden wäre. In der Mitte dieses Brunnens wiederum befand sich ein Podest, auf dem die lebensgroße Statue einer jungen Frau stand. In ihrer linken Hand hielt sie eine kopfgroße Kugel aus blau schimmerndem Kristall, das schwach zu leuchten schien. In ihrer rechten Hand befand sich dagegen ein großes Buch. Unter ihren Füßen floss links und rechts noch immer kristallklares Wasser aus dem Podest heraus und füllte den Brunnen. Das Plätschern des Wassers klang hell und freundlich. Tiefe Ruhe und eine entspannte Atmosphäre erfüllten den Raum. Bänke aus weißem Marmor liefen an seinen Wänden und zwischen den Türen entlang und luden zum Sitzen und Entspannen ein. Verspielte Bandmuster aus verschiedenen farbigen Steinen zierten die Decke des Raumes, der von einem freundlichen diffusen Licht erfüllt wurde.

»Sie ist wunderschön«, meinte Elyra, die ihren Blick nicht von der Statue wenden konnte.

»Sie sieht aus, als ob sie lebendig wäre«, fügte Garret hinzu, der wie die anderen fasziniert war, und Tarlon gab ihm recht. Tatsächlich war die Statue so detailliert gearbeitet, dass sogar die lose Robe und der Schmuck, den sie trug, echt wirkten. Der Körper der Figur war aus roséfarbenem Marmor gefertigt, weißer Marmor und Jade waren für die Augen verwendet worden und Obsidian für das pechschwarze Haar, das so fein ziseliert war, dass es in völlig natürlich wirkenden Locken über ihre Schultern floss.

Tarlon fühlte sich zu Tränen gerührt, als er die Statue betrachtete. Auf dem Niveau dieses unglaublichen Kunstwerkes hatte sich also die Kunstfertigkeit des alten Reiches befunden. Er sah sich langsam um, betrachtete die Bilder an der Wand, den Raum, die Statue und das freundlich willkommen heißende Lächeln, das sie auf ihren Lippen trug. Das waren also die Werte, die beim Untergang Alt Lytars unwiederbringlich verloren gegangen waren.

Die Legende besagte, dass das alte Reich wegen eines Machtkampfes zwischen den beiden Thronfolgern, dem Prinzen und seiner Schwester, untergegangen war. Was für ein Verbrechen!

Unwillkürlich dachte Tarlon an seine Schwester Vanessa. Sosehr sie sich auch manchmal aneinanderrieben, konnte er sich doch nicht vorstellen, sich mit ihr über das Erbe ihrer Eltern bis aufs Blut zu zerstreiten. Was hatte die Prinzessin und den Prinzen nur dazu getrieben, es so weit kommen zu lassen? Aber der Grund für ihren Streit lag, wie das alte Reich selbst, tief im Dunkel der Vergangenheit begraben. Niemand wusste mehr Genaueres darüber zu berichten.

»Wer sie wohl war?«, überlegte er laut.

»Ihr Name steht hier geschrieben«, antwortete Elyra und ließ ihre Fingerspitzen leicht über die Runen am Brunnenrand gleiten, die außer ihr noch niemand bemerkt hatte.

Tarlon kniff die Augen zusammen. Die Zeichen schienen im Stein zu tanzen, als ob sie lebendig wären.

»Lanfaire, Dienerin der Herrin der Ewigkeit, Großmagistra der Künste, Hüterin des Tales«, las er leise vor.

»Das klingt nicht besonders kriegerisch«, stellte Garret fest. »Ich dachte immer, dass unsere Vergangenheit von Krieg, Blut und Schrecken durchzogen wäre und dass wir die Taten unserer Vorfahren sühnen müssten.« Er sah zu dem Gesicht der Statue hoch und musterte deren Züge aufmerksam. »Wunderschön, streng, aber freundlich«, seufzte er dann. »Als würde sie unsere Seelen auf die Waagschale legen. Sieht so jemand aus, der Schreckliches tut?«

»Sie war eine Priesterin unserer Herrin«, sagte Elyra voller Überzeugung. »Natürlich war sie ein guter Mensch.«

»Sie war vielleicht gut, aber kein Mensch«, wandte Argor

ein, hob seine Hand und deutete auf die Ohren der Statue. »Seht ihr? Sie hat spitze Ohren.«

»Also eine Elfin«, stellte er fest.

Die anderen nickten, und Tarlon schenkte der Statue nochmals einen langen Blick. Dann aber wandte er sich den vier verschlossenen Türen zu.

»Es sieht so aus, als hätten wir noch einiges zu erforschen. Ein Depot habe ich mir allerdings anders vorgestellt. Eher wie eine große Halle. Die Türen und Gänge scheinen mir außerdem viel zu klein zu sein, um große Gegenstände durch sie hindurchzubekommen.«

Elyra kletterte auf den Brunnenrand.

»Was machst du denn da?«, fragte Garret.

»Ich will mir die Kristallkugel genauer ansehen«, erklärte sie.

»Welche Türe nehmen wir zuerst?«, fragte Argor.

»Die ganz rechts. Denn die Bardin hat stets dazu geraten, in einem Labyrinth den rechts liegenden Weg zu nehmen«, antwortete Garret.

»Das ist aber keines!«, entgegnete Tarlon. »Ein gerader Gang zu einem Raum mit vier Türen ist noch lange kein Labyrinth.«

»Es könnte aber noch eines werden«, grinste Garret. »Also, ich bin jedenfalls für die rechte Türe hier.«

In diesem Moment ertönte hinter ihnen ein lautes Platschen. Sie fuhren herum und sahen, dass Elyra verschwunden war.

»Was …!?«, rief Garret. »Wo ist sie?«

»Hier«, antwortete Tarlon, der an den Brunnenrand herangetreten war und hineinsah.

Elyra trieb mit dem Gesicht nach unten im Wasser. Luftblasen stiegen von ihr auf, aber sie bewegte sich nicht mehr.

Tarlon streckte seine Arme aus, griff sie unter den Achseln und zog sie mühelos aus dem Wasser.

»Ist sie tot?«, raunte Garret.

»Noch nicht«, antwortete Tarlon, drehte Elyra auf den Rücken und begann, ihren Brustkorb zu bearbeiten. Ein Schwall Wasser schoss aus Elyras Mund und Nase. Sie hustete, blieb jedoch weiterhin bewegungslos liegen. Immerhin atmete sie, wenn auch flach.

»Wir müssen ihr die Kleider ausziehen, damit sie sich nicht erkältet. Ich habe eine warme Decke, in die ich sie … Was ist los?«, fragte er Garret, der einen Schritt zurückgewichen war.

»Ich werde sie nicht ausziehen«, erklärte er entschieden. »Das würde sie mir übel nehmen.«

»Im Moment hat sie kein Mitspracherecht«, sagte Tarlon.

Aber Garret schüttelte heftig den Kopf. »Ich fasse sie nicht an.«

Tarlon sah zu Argor hinüber, der seinen Blick jedoch starr auf den Boden gerichtet hielt.

»Leute! Das ist doch nur Elyra.«

»Entkleide du sie. Ich schaue so lange weg«, meinte Garret abschließend.

Mit einem Seufzer machte sich Tarlon daran, Elyra die Stiefel und das Mieder aufzuschnüren. Erst im letzten Sommer war Vanessa krank geworden, und er hatte sich um seine Schwester kümmern müssen. Er konnte keinen großen Unterschied zwischen den beiden ausmachen. Was sollte also schon dabei sein, Elyra von ihren Kleidern zu befreien?

Dass es doch etwas anderes war als bei seiner Schwester, stellte er fest, als er Elyra nackt vor sich liegen sah.

Denn zum ersten Mal bemerkte er, dass sie zu einer jungen Frau herangeblüht und kein kleines Mädchen mehr war. Er ertappte sich dabei, ihren Körper zu betrachten, riss sich dann aber zusammen und hüllte sie in die warme Decke ein. Vorsichtig bettete er sie im Anschluss auf eine der Bänke. Sie schien in einen ungewöhnlich tiefen Schlaf gesunken zu sein und atmete immer noch flach, mit langen Pausen zwischen den einzelnen Atemzügen.

»Was machen wir jetzt?«, wollte Garret wissen, als sich nach einer ganzen Weile immer noch keine Veränderung zeigte.

»Ich werde Ariel holen gehen«, beschloss Argor und griff nach seinem Hammer.

»Bist du verrückt?«, fragte Garret. »Die Hunde werden dich zerfleischen.«

»Sie sind nicht mehr da. Das Heulen hat aufgehört.«

Garret war überrascht, aber es stimmte. Er hatte in all der Aufregung nur nicht darauf geachtet.

»Vielleicht lauern sie vor dem Eingang«, warf er ein.

»Wenn dem so ist, werde ich schön auf dieser Seite des Tores bleiben. Wenn aber nicht, werde ich zu Ariel laufen. Er kennt sich in der Kunst der Heilung aus.«

»Du wirst nicht gehen, Argor«, beschied ihm Garret. »Ich gehe.«

»Warum?«, warf der Zwerg ein.

»Weil ich schneller rennen und besser klettern kann als du. Und damit sind meine Chancen, lebend bei Ariel anzukommen, größer als die deinen.«

Argor grummelte etwas von unfair vor sich hin, begab sich dann aber zusammen mit Garret zum Tor, wo sie stehen blieben und lauschten, während sich Tarlon weiterhin um Elyra kümmerte.

Der Zwerg hatte recht, von der anderen Seite des Tores drangen keine Geräusche mehr zu ihnen. Vorsichtig öffneten sie das Tor einen Spalt weit und rollten es, nachdem von den Hunden keine Spur zu sehen war, überraschend einfach zur Seite. Das Lampenöl hatte sich bewährt.

Dunkel und unheimlich tat sich der Wald vor ihnen auf. Ariels Heim lag keine fünf Minuten entfernt, und Garret hoffte nur, dass er es im Dunkeln nicht verfehlen würde. Die Freunde nickten einander zu.

»Ich werde hier auf dich warten«, versicherte Argor Garret. Der nahm daraufhin seinen Bogen fester in die Hand, holte noch einmal tief Luft und rannte los.

Es war richtig so gewesen, dachte Argor, als er seinen Freund im Dunkel des Waldes verschwinden sah, denn so schnell wie Garret hätte er niemals laufen können.

Garret lief, so schnell er konnte, wobei ihn keine Sekunde lang das Gefühl verließ, als ob hinter jedem Baum und jedem Strauch einer der Hunde darauf warten würde, ihn zwischen seine Fänge zu bekommen. Sogar die Bäume schienen es auf ihn abgesehen zu haben, denn sie rissen mit ihren Ästen an seinen Kleidern oder versuchten, ihn mit ihren Wurzeln zu Fall zu bringen.

Einen Moment lang befürchtete Garret sogar, sich verlaufen zu haben, obwohl ihn sein Orientierungssinn sonst nie im Stich ließ. Doch dann sah er zu seiner großen Erleichterung den steinernen Türrahmen der elfischen Behausung vor sich auftauchen. Er stürmte in den Gang und in den Raum hinein, in dem ihn der Elf bereits mit schussbereitem Bogen erwartete.

»Ariel, entschuldigt, Ser Ariel, Elyra hat etwas im Depot berührt, nun ist sie bewusstlos und wacht nicht mehr auf. Wir brauchen Eure Hilfe, bitte, Ser!«, sprudelte es aus ihm heraus.

Die lederne Maske des Elfen sah ihn nur an. »Warum sollte ich Euch helfen?«, fragte Ariel schließlich nach einer Weile mit einem seltsamen Unterton in der Stimme.

Garret sah ihn verblüfft und entsetzt an. »Ihr wollt ihr nicht helfen? Aber ...« Es war ihm gar nicht in den Sinn gekommen, dass der Elf ihnen seine Hilfe versagen könnte.

»Das habe ich nicht gesagt«, antwortete Ariel und stellte seinen Rucksack auf den Tisch, um gelassen einige Dinge einzupacken. »Ich würde nur gerne von dir wissen, was du für deine Freundin zu tun bereit bist.«

»Sie ist nicht meine Freundin«, rief Garret zunächst empört, hielt dann aber inne und senkte seinen Kopf. »Doch, ist sie. Sie ist sogar mehr. Ich werde also tun, was auch immer Ihr von mir verlangt.«

»Ein Jahr«, sagte der Elf, als er an ihm vorbei hinaus in die Dunkelheit ging.

»Wie bitte? Ich verstehe nicht, Ser?« Verständnislos folgte Garret dem Elf nach draußen, wo er sich abermals vorsichtig umsah, denn er rechnete noch immer mit einem Angriff der Hunde.

Ariels Hund sah indessen zu ihm hoch und schien ihn anzugrinsen. Sein Gebiss war tatsächlich noch beeindruckender als das der Bestien. Vielleicht wussten sie das auch und hielten sich deshalb von ihnen fern, auf jeden Fall wurden sie auch auf dem Weg zurück nicht angegriffen.

»Ein Jahr deines Lebens. Du wirst mir ein Jahr lang als Geselle dienen«, erklärte ihm der Elf.

Garret war sich nicht sicher, ob nicht ein amüsierter Unterton in seiner Stimme mitschwang, als der Elf fortfuhr. »Vielleicht lernst du während dieser Zeit ja sogar, durch den

Wald zu rennen, ohne dabei so laut zu trampeln, dass man dich selbst noch im Tiefschlaf hören kann!«

»In Ordnung. Ich mache es. Ein Jahr«, hörte sich Garret sagen und stöhnte.

Ein Jahr mit diesem seltsamen Mann. Dabei kam es ihm so vor, als ob sich der Elf nach seiner Zusage tatsächlich etwas entspannen würde. Dennoch, ein ganzes Jahr lang, worauf hatte er sich da nur eingelassen?

Während sich ihre Freunde Sorgen um sie machten, befand sich Elyra entgegen allem äußeren Anschein keinesfalls im Tiefschlaf. Ab dem Moment, in dem sie die blau schimmernde Kristallkugel berührt hatte, fand sie sich plötzlich inmitten einer Gruppe Schüler wieder, die, genau wie sie selbst, eine gelbe Robe trugen. Der Raum war immer noch der gleiche, doch dort, wo zuvor der Brunnen gestanden hatte, stand nun die Frau, die für die Statue Modell gestanden hatte, in Fleisch und Blut, und ihr Lächeln war noch freundlicher als das ihres steinernen Abbilds. Ihre Augen nahmen einen amüsierten Ausdruck an, als sie Elyra musterte.

»Ziemlich spät zum Unterricht?«, bemerkte sie trocken, und Elyra beschlich das merkwürdige Gefühl, als ob die Frau ganz genau wissen würde, dass Elyra die Kugel erst einige Jahrhunderte später berührt hatte.

Da jedoch sonst keiner etwas Ungewöhnliches an ihrem plötzlichen Erscheinen zu finden schien, entschied Elyra, einfach nicht weiter auf die Bemerkung der Frau einzugehen. Die ganze Situation war schon mehr als seltsam genug.

»Wo sind wir stehen geblieben? Ja, richtig. Bei den Prinzipien der Magie in zehn einfachen Schritten.« Die Frau lachte leise. »So einfach, dass auch ihr sie verstehen werdet. Also fangen wir an. Am Beginn jedes Weges steht immer der Wille, die Vorstellung dessen, was man erreichen will, also das Ziel. Dies ist der erste und wichtigste Schritt.«

Die Frau hatte tatsächlich ein Talent, die schwierigsten Dinge auf die einfachste Art und Weise zu erklären, dachte Elyra im hintersten Winkel ihres Verstandes, der sich wunderte, dass sie sich nicht wunderte, wieso sie hier inmitten der anderen Schüler saß. Elyra war fasziniert von ihr. Es kam ihr so vor, als ob sie mit jedem Wort mehr verstehen würde, als ob sie sehen könnte, was die Frau meinte, nämlich wie die Welt, die Götter und alles Leben miteinander zusammenhingen und miteinander verbunden waren. Wie man seinen Geist frei machen konnte, um höchste Konzentration zu erreichen. Und dann erklärte sie ihnen die Wirkung des ersten magischen Spruches, den die Schüler lernen sollten, eine Form der Magie, die sie Reinigung nannte.

»Es ist ein kleiner, äußerst praktischer Spruch, der für alle Anwärter der Magie geeignet ist, dabei aber so vielseitig und weitreichend in seiner Auswirkung, dass ich noch immer über ihn staune«, erklärte die Frau lächelnd. »Dieser kleine nützliche Spruch, auch gut gegen Flöhe und ähnliches Geschmeiß, lautet folgendermaßen ...«

Und genau in diesem Moment, in dem die Frau wieder zu sprechen anhob, fühlte sich Elyra von ihr unbekannten Kräften unsanft aus der Gruppe herausgerissen und fand sich nackt, wenn auch in eine Decke eingehüllt, auf dem Boden des Raumes liegend wieder, wo sich Garret mit besorgtem Gesicht über sie beugte und Ariel irgendwie amüsiert auf sie herabblickte.

»Nein! Nicht! Wie konntet ihr das tun?«, rief sie aus und

sprang ungeachtet der Tatsache, dass sie unbekleidet war, auf und kletterte auf den Brunnenrand.

Noch bevor sie jemand aufhalten konnte, legte sie ihre Hand ein zweites Mal auf den blauen Kristall.

»Nein!«, beschwerte sie sich. »Das ist unfair, jetzt funktioniert es nicht mehr. Dabei wollte ich doch …«

Erst jetzt bemerkte sie, dass sich die anderen von ihr abgewendet hatten. Alle, bis auf Argor, der sie breit angrinste, während Tarlon, Garret und sogar dem Elf eine gesunde Röte in den Nacken gestiegen war.

Hastig kletterte sie wieder herab und wickelte sich hoheitsvoll in die Decke, nachdem sie bemerkt hatte, dass ihre sauber zur Seite gelegten Kleider noch immer feucht waren.

»Das war nicht richtig von euch«, begann sie erneut, und unwillkürlich traten ihr Tränen in die Augen. »Ihr wisst wohl gar nicht, was ihr soeben getan habt.«

»Wir haben nur verhindert, dass du ertrinkst«, erklärte Tarlon leicht pikiert, nachdem er mit einem verstohlenen Blick festgestellt hatte, dass sie nicht mehr nackt war.

Garret hatte recht behalten, und es wäre besser für ihn gewesen, wenn er Elyra nicht von ihren Kleidern befreit hätte, denn jetzt wusste er, dass sie auf dem besten Wege war, eine Schönheit zu werden. Er hatte seine Zweifel daran, ob er den Gedanken an sie so schnell wieder loswerden würde.

»Wir haben uns Sorgen gemacht«, erklärte Argor.

»Und ich habe mich verpflichtet, Ser Ariel ein Jahr lang zu dienen, nur damit er dir hilft«, ließ Garret sie vorwurfsvoll wissen. »Überhaupt, was meinst du damit, dass es nicht mehr geht?«

Elyra riss sich zusammen.

»Nachdem ich den blauen Kristall berührt hatte, saß ich plötzlich in diesem Raum, zusammen mit anderen Schülern. Nur dass da kein Brunnen mehr war, sondern nur noch die Statue. Die war allerdings nicht mehr aus Stein, sondern höchst lebendig. Sie war gerade dabei, uns die Prinzipien der Magie zu erklären und einen Spruch beizubringen, als ihr mich geweckt habt.«

»Du meinst sie?«, fragte Garret und deutete dabei auf die steinerne Figur.

»Ja. Sie!«, schnaubte Elyra »Ich glaube, dass sie einst hier gelehrt hat und dass man über diesen Kristall noch immer an ihrem Unterricht teilnehmen kann.«

»Ernsthaft?«, hakte Garret nach und kletterte nun seinerseits auf den Brunnenrand. »Das will ich jetzt genau wissen.«

»Ich sage doch, es ist kaputt. Es funktioniert nicht mehr«, schniefte Elyra, aber schon platschte es laut, und Garret war in den Brunnen gefallen.

Tarlon trat an das Becken heran und seufzte, als er seinen Freund wie zuvor schon Elyra mit dem Kopf nach unten im Wasser treiben sah, und fischte ihn dann umgehend aus dem kalten Wasser.

Fragend blickte er zu dem Elf hinüber. Der zuckte die Schultern. »Ich denke, er wird in etwa einer halben Stunde von ganz allein aufwachen.« Er bückte sich und nahm seinen Rucksack wieder auf. »Ich gehe wieder nach Hause, ihr braucht mich hier nicht mehr. Aber passt in diesen Gemäuern auf. Sie waren lange verschlossen, und niemand weiß, was sich hier eingenistet hat. Außerdem hatte sie«, er nickte in Richtung der Statue, »schon immer einen seltsamen Humor.«

Mit diesen Worten drehte er sich um und ging davon.

Der junge Zwerg sah dem hochgewachsenen Elfen nachdenklich hinterher.

»Zwei Dinge«, bemerkte er. »Zum einen glaube ich, dass ich jetzt weiß, was mein Vater meinte, als er sagte, dass man sich nicht mit Elfen einlassen sollte. Und zum anderen denke ich, dass Ariel ganz genau wusste, was hier passiert ist.«

»Und ich denke, dass wir das Garret nicht unbedingt auf die Nase binden sollten«, erwiderte Tarlon, der seinen Freund etwas bequemer bettete.

»Hat er wirklich ein Jahr seines Lebens für mich hergegeben?«, meldete sich Elyra schüchtern zu Wort. Sie hatte sich wieder etwas beruhigt und sah nun besorgt auf Garret hinab.

»Ja«, antwortete Argor schlicht. »Wir alle hatten Angst um dich. Schließlich bist du in dieses scheußlich kalte Wasser gefallen. So etwas kann nur schaden!« Er schauderte. »Es ist nass!«

»Warum habt ihr Zwerge eigentlich so einen tiefsitzenden Abscheu gegen Wasser?«, fragte Elyra. Es war nicht das erste Mal, dass sie sich darüber wunderte, aber sie hatte sich nie zuvor getraut zu fragen.

Argor war sichtlich überrascht. »Ich dachte, das wäre allgemein bekannt?«

Doch sowohl Tarlon als auch Elyra schüttelten den Kopf.

»Wir können nicht schwimmen.«

»Das kann man lernen«, erklärte Tarlon leichthin. »Wenn du willst, bringe ich es dir bei.«

Der Zwerg schauderte sichtbar. »Nein, ihr versteht nicht. Menschen und Elfen, wie auch die meisten Tiere, sind nicht viel schwerer als Wasser. Sie können sich an der Oberfläche halten und treiben. Zwerge können das jedoch nicht. Mein Vater erklärte mir das damit, dass unsere Körper irgendwie dichter wären. Kurz und gut, ein Zwerg geht unter, auch wenn er noch so sehr strampelt. Wir sind einfach zu schwer. Es ist ungefähr so, als ob ihr mit schwerer Rüstung schwimmen wolltet. Außerdem tut uns das Wasser nicht gut. Wir sind ein Volk der Erde, und nur dort fühlen wir uns wohl.«

»Das heißt, du fühlst dich bei uns nicht wohl?«, wollte Elyra vorsichtig wissen.

»Doch, schon. Aber am liebsten sitze ich dennoch in einer dunklen Höhle und lese.«

Tarlon sah sich um. »Dann müsste es dir hier doch ganz gut gefallen. Immerhin sind wir tief unter der Erde.«

»Richtig«, stimmte Argor zu. »Dennoch kribbelt es mir ständig im Nacken. Vielleicht ist die Magie der Grund dafür. Magie mögen wir Zwerge noch weniger als Wasser.« Er verzog das Gesicht. »Vater sagt, man könne sogar einen Ausschlag davon bekommen!«

»Du meinst, dass in diesem Raum noch magische Kräfte wirksam sind?«, fragte Tarlon, und Argor sah seinen großen Freund überrascht an.

»Als was sonst würdest du das, was mit Elyra und Garret beim Berühren der Statue geschehen ist, denn bezeichnen?«, begehrte er empört auf. »Wenn das nicht Magie ist, dann weiß ich es nicht! Der Raum hier erleuchtet sich selbsttätig, und das vermutlich seit über neunhundert Jahren! Überlege dir das einmal, eine Magie, die über neunhundert Jahre lang wirkt!«

*»Ich selbst habe Elfen noch nie ausstehen können«, fiel Lamar dem alten Mann ins Wort und erntete dafür einige empörte Blicke vonseiten der Zuhörerschaft.*

*Lamar ignorierte sie und betrachtete stattdessen sein Gegenüber stirnrunzelnd. Mittlerweile spürte er die Wirkung des Weines im ganzen Körper, dabei hatte er im Vergleich zu dem alten Mann kaum etwas getrunken.*

*»Sagt, wie kommt das?«, fragte er. »Je mehr Ihr trinkt, umso nüchterner scheint Ihr zu werden!«*

*Der Geschichtenerzähler zuckte nur die Schultern. »Wahrscheinlich Übung«, gab er dann mit einem Augenzwinkern zurück. »Und natürlich ein gottgefälliges Leben«, woraufhin gut ein Dutzend Leute im Schankraum leicht zu hüsteln anfingen.*

»Auf jeden Fall ist mein Vater der festen Überzeugung, dass Magie den Geist verwirrt«, fuhr der Zwerg fort. »Ich meine, ich kenne zwar keine Magier, aber mein Vater kennt welche, und er sagt, dass sie alle irgendwie verrückt sind.«

In diesem Augenblick erwachte Garret aus seinem Tiefschlaf. Er sprang hoch, als habe ihn eine Biene gestochen, und tanzte vor ihnen herum.

»Ich habe einen Zauberspruch gelernt!«, teilte er ihnen freudestrahlend mit. »Ich bin jetzt ein Magier! Ich kann nun einen Zauberspruch! Magie! Ich kann Magie!«

»Na ja«, bemerkte Tarlon etwas skeptisch. »Ein Spruch macht noch lange keinen Magier.«

»Wollt ihr mal sehen?«, fragte Garret ganz aufgeregt.

»Nein, danke«, erwiderte Argor schnell und trat einen Schritt von seinem Freund zurück.

»Später vielleicht«, meinte Tarlon mit einem Blick zur Kugel. »Erst will ich mir das selbst einmal ansehen. Aber wenn du dich wieder etwas beruhigen würdest, Garret, könntest du mir helfen. Du bitte auch, Argor, denn Garret allein wird mich nicht halten können.«

»Was hast du vor?«, fragte Garret, der allmählich wieder zu seinem Normalzustand zurückzufinden schien.

Tarlon stand bereits am Brunnenrand. »Ich fasse jetzt die Kugel an. Und ihr haltet mich, damit ich nicht ins Wasser falle«, bedeutete er ihnen.

Tarlon berührte die Kugel, sackte in sich zusammen, und gemeinsam wuchteten ihn Garret und Argor auf die Bank vor dem Brunnen.

»Willst du es auch einmal ausprobieren, Argor?«, fragte Garret.

»Nein, danke.« Der Zwerg schüttelte den Kopf. »Erinnerst du dich nicht mehr an die alten Legenden? Es war unter anderem die Magie, die Alt Lytar in den Abgrund führte.«

»Ja, so sagt man. Aber mehr auch nicht. Keiner weiß genau, was damals wirklich geschehen ist«, grummelte Garret. »Ich weiß nur, dass der Spruch, den ich gerade gelernt habe, vollkommen harmlos ist.«

»Magie ist nicht harmlos«, beharrte Argor, und Garret hielt es für besser, das Thema nicht weiterzuverfolgen.

Während Tarlon auf der Bank ruhte, untersuchten die drei anderen die weiteren Türen des Raumes. Allerdings fanden sie, sosehr sie auch suchten und sich mühten, keine Möglichkeit, um sie gewaltlos zu öffnen.

Was sie allerdings fanden, waren zwei glatte Steine, die auf der rechten Seite einer der Türen in den Stein eingelassen waren. Mit dem oberen der beiden Steine konnte man das Licht im Raum verstärken oder abschwächen, was der andere Stein tat, wurde nicht ersichtlich.

»Sie müssen doch irgendwie aufgehen«, murrte Garret, nachdem sie wiederholt versucht hatten, die Türen zu bewegen. Aber alles Drücken und Schieben half nichts.

»Ich verstehe das nicht. Früher sind hier ständig Leute ein und aus gegangen. Es kann daher nicht allzu schwer sein.« Wieder drückte er auf den unteren Stein. »Ich bin mir sicher, dass es etwas mit diesem Stein zu tun haben muss.«

»Gewiss machen wir irgendetwas falsch«, vermutete Argor. »Nur was?«

»Man kann ja wohl kaum mehr machen, als auf den Stein zu drücken«, grummelte Garret.

»Ich hab schon versucht zu ziehen oder zu drehen, aber da rührt sich ebenfalls nichts!«

»Warten wir doch einfach, bis Tarlon aufwacht. Vielleicht weiß er eine Lösung«, schlug Elyra vor.

Sobald Tarlon wieder aufgewacht war, unterzog er die in den Türrahmen eingelassenen Steine einer gründlichen Prüfung. Was er nach dem Berühren der Kugel an Außergewöhnlichem erlebt und gesehen hatte, behielt er für sich. Er verlor kein Wort darüber. Gleichzeitig war er froh darüber, dass ihn seine Freunde nicht danach fragten. Auch er drückte auf den unteren Stein, mit dem gleichen Ergebnis wie bei den anderen. Es tat sich nichts.

»Wir müssen etwas Einfaches übersehen haben«, sinnierte er dann.

»Vielleicht hat es mit der Statue zu tun«, grübelte Garret. »Ich habe vorhin versucht, sie zu drehen, und ich meine, sie hätte sich etwas bewegt. Möglicherweise löst sie einen Mechanismus aus.« Er musterte die Statue. »Natürlich kann es auch etwas mit der Kristallkugel zu tun haben.« Er kletterte auf den Brunnenrand, setzte einen Fuß auf das Podest und nahm die blaue Kugel vorsichtig aus der offenen Hand der Statue. Augenblicklich erhielt er einen Schlag.

Einen Moment lang wurde der Raum in ein gleißendes Licht getaucht, dann wurde es schlagartig dunkel. Ein Platschen war zu hören. Tarlon eilte zum Brunnenrand, wo er Garret im kalten Wasser sitzend und laut fluchend vorfand. Die Kristallkugel lag neben ihm im Wasser. Sie leuchtete noch immer. Garrets Hand war jedoch so geschwollen und gerötet, als ob er sie über ein offenes Feuer gehalten hätte.

»Was, bei den sieben Höllen, war das?«, rief Garret und bewegte vorsichtig einen Finger nach dem anderen.

»Ich würde vermuten, dass es Magie war«, gab Argor vorwurfsvoll zurück. »Ich sage es ja.«

»Ich hoffe nur, dass du nichts kaputt gemacht hast!«, war Elyras einziger Kommentar. Garret fluchte erneut, packte mit einem trotzigen Gesichtsausdruck die Kristallkugel, kletterte, tropfnass, wie er war, wieder auf das Podest und ließ die Kugel in die geöffnete Hand der Statue zurückgleiten. Erneut wartete er darauf, einen Schlag zu erhalten, aber außer dass der Raum wieder von seiner unbekannten Lichtquelle gespeist wurde, geschah nichts.

Die Freunde musterten die Kugel.

»Ich glaube, sie ist dunkler geworden«, bemerkte Elyra, die sich währenddessen ihre Kleider angezogen hatte. »Lass mich einmal deine Hand sehen.«

Garret hielt sie ihr schweigend hin.

»Die hast du dir aber böse verbrannt.«

»Allerdings«, sagte Garret mit zusammengebissenen Zähnen. »Ich verstehe nur nicht, wie. Da war kein Feuer, nur dieser Schlag und das Licht, das mir durch und durch ging. Mir tut noch immer jede Faser meines Körpers weh, und ich sehe Lichter hinter meinen Augen.«

»Magie ist eben niemals harmlos«, wiederholte der Zwerg, und Garret warf ihm einen bösen Blick zu. Er musterte seine Hand. Sie war leicht geschwollen und stark gerötet, aber immerhin konnte er seine Finger noch bewegen.

»Wir rühren diese Statue nicht mehr an!«, ordnete Garret an, als er sich später müde in seine Decke wickelte, und die anderen stimmten ihm ohne Widerrede zu.

Tarlon übernahm die erste Wache, und als die anderen eingeschlafen waren, begab er sich zum Brunnen. Er blickte zu der Statue hoch, deren Gesichtsausdruck nun ohne Zweifel deutlich amüsierter war, und fühlte sich unwillkürlich an Ariel und seinen Hund erinnert. Was, bei den Göttern, ging hier vor sich?

# 6

*Ratten*


Am nächsten Morgen, nach einem kargen Frühstück, war Elyra diejenige, die zufällig herausfand, wie die anderen Türen geöffnet werden konnten. Sie schloss die Tür, durch die sie anfangs in den Raum getreten waren, versuchte danach noch einmal, die ganz rechte der vier, auf der anderen Seite des Raumes liegenden Türen zu öffnen. Diese tat sich nun ohne Weiteres vor ihr auf. Dahinter erstreckte sich ein weiterer Gang, in dem sich Elyra überraschenderweise einer schmutzig weißen Ratte mit rot glühenden Augen gegenübersah. Die Ratte war fast genauso groß wie ein kleiner Hund und zischte bösartig. Dann sprang sie Elyra an.

Elyra schrie auf, holte mit dem Fuß aus und trat der Ratte so kräftig gegen die Schnauze, dass diese laut quiekte und in den Gang zurückgeschleudert wurde, in dem Elyra nun ein paar Dutzend Augenpaare rötlich aufglimmen sah.

»Was bei den Göttern …!«, entfuhr es Garret, als er sah, dass sich Elyra mit einem Sprung auf eine der Bänke rettete.

»Ratten!«, rief Elyra und deutete in den offenen Gang hinein.

»Ratten?«, lachte Garret. »Und deswegen stellst du dich so an?« Doch das Lachen verging ihm augenblicklich, als die ersten Ratten aus dem Gang und in den Raum gestürmt kamen.

»Das sind zu viele!«, stellte Tarlon überrascht fest. »Wir müssen die Tür wieder schließen!«

»Garret, tu was!«, brüllte Argor, der mit seinem Hammer eine Ratte zur Seite schlug, die ihn angegriffen hatte.

»Moment! So ein Mistvieh!« Garret hatte sein Schwert gezogen und versuchte nun seinerseits verzweifelt, eine Ratte loszuwerden, die sich in seinem Stiefel verbissen hatte.

»Garret, die Tür!«, drängte Tarlon. »Da sind Hunderte!«

Garret spießte die Ratte mit seinem Schwert auf. Danach zog er blitzschnell zwei Pfeile aus seinem Köcher, die er nacheinander auf eine Ratte im Sprung und auf den Stein im Türrahmen abschoss. Die Tür schloss sich knirschend, wobei ein Nager zwischen Tür und Rahmen zerquetscht wurde. Dennoch waren gut zwei Dutzend Ratten in den Raum eingedrungen, die die Freunde nun mit erschreckender Aggressivität angriffen.

»Zähe Biester«, meinte Tarlon, nachdem er eine Ratte mit seiner Axt erwischt und im hohen Bogen gegen die nächste Wand geschleudert hatte, diese ihn aber sofort wieder attackierte, obwohl Tarlon ihre Knochen hatte brechen hören.

Die Ratten waren bereits deutlich dezimiert, als Garret auf einmal auf dem blutigen Boden ausrutschte und mitten unter die verbliebenen Ratten stürzte, die sogleich über ihn herfielen. Argor, Tarlon und Elyra eilten ihm auf der Stelle zu Hilfe und erschlugen die restlichen Nager, dennoch hatten sie Garret in der kurzen Zeit völlig zerbissen.

»Verdammt«, fluchte Garret, als er sich mithilfe der anderen aufrichtete und angeekelt sein blutiges und zerfetztes Beinkleid zur Seite schob, um seine Wunden zu begutachten. »Das hat mir gerade noch gefehlt.«

Dann ging auf einmal alles sehr rasch. Einen Moment

lang sah Garret verdutzt auf seine Beine hinab, dann weiteten sich seine Augen, und er krümmte sich ruckartig zusammen. Ein gurgelndes Geräusch kam aus seinem Mund, während sich sein Oberkörper gleichzeitig aufbäumte.

Es brauchte fast Tarlons gesamte Kraft, um Garret festzuhalten, dessen Körper sich nun wie ein Bogen spannte. Sehnen und Muskeln drückten sich nach außen, Blut schoss ihm aus dem Mund, und seine Augen rollten nach hinten. Zuletzt floss ihm blutiger Schaum aus dem Mund, und Tarlon konnte hören, wie Knorpel, Sehnen und Knochen im Körper seines Freundes knirschten.

»Elyra!«, rief er erschrocken. »Wir brauchen Ariel!«

Elyra hatte sich jedoch schon längst auf den Weg gemacht, um den Elfen zu Hilfe zu holen. Argor riss das Wams seines Freundes auf und versuchte, mit ihm zu sprechen.

Aber zu diesem Zeitpunkt nahm Garret seine Umgebung bereits nicht mehr wahr. Immer wieder wurde sein Körper von fürchterlichen Zuckungen geschüttelt, und zwischen seinen zusammengebissenen Zähnen und blutigen Lippen drang nur noch ab und an ein tiefes Stöhnen oder Röcheln hervor. Seine beiden Freunde knieten neben ihm und mussten hilflos mit anhören, wie unter der Kraft der Anfälle Sehnen rissen und Knochen brachen. Jedes Mal, wenn solch ein schreckliches Knirschen ertönte, zuckten sie zusammen, und sie konnten doch nichts anderes tun, als ihren Freund zu halten und zu den Göttern zu beten.

Als Elyra mit dem Elfen und seinem Hund zurückkam, hatten Tarlon und Argor die Rattenkadaver in einer Ecke zusammengetragen und möglichst weit weg von Garret zu einem Haufen geschoben. Irgendwie hatte es Tarlon geschafft, ein Stück Holz fest zwischen die Zähne seines

Freundes zu klemmen. Es war allerdings schon fast ganz durchgebissen.

Im Moment jedoch lag Garret still und schweißgebadet auf der Bank. Sein Atem war kaum noch feststellbar.

Ariel trat an die Bank heran und legte seine Hand auf dessen heiße Stirn, dann schüttelte er sachte den Kopf.

»Euer Freund befindet sich bereits auf dem Weg zu den Göttern.« Er ließ die Hand sinken und sah den dreien in die ängstlichen Gesichter.

»Alle Dinge sterben irgendwann einmal. Sogar Bäume, Elfen und Berge. Wenn es also nun einmal sein Schicksal ist, an diesem Tag zu seinen Göttern zu gehen, warum sollte ich dem zuwiderhandeln und eurem Freund helfen?«

»Garret glaubt nicht an Schicksal«, knurrte der Zwerg. »Und ich auch nicht.«

Tarlon war sich sicher, dass ihnen der Elf letztendlich helfen würde. Dennoch hatte er dessen Frage erwartet und die Antwort darauf auch schon parat.

»Und wenn er Euch dafür ein weiteres Jahr seines Lebens dienen würde?«

Als Garret wieder erwachte, fühlte er sich schwach, aber vollkommen ruhig. Das Erste, was er sah, war die lederne Maske des Elfen, der irgendwie bemerkte, dass Garret zu sich gekommen war, und ihn ansah. Wortlos hob er die Hand und zeigte Garret zwei Finger.

Garret nickte. Er erinnerte sich nur undeutlich an das, was mit ihm geschehen war, dennoch wusste er sofort, was ihm der andere mit seiner Geste zu verstehen gab. Garret richtete sich vorsichtig auf, sah die Erleichterung in den Gesichtern seiner Freunde und wie der Hund des Elfen seinen Kopf zur Seite legte und sie alle anblickte. Da nickte der Elf, ergriff wortlos seinen Packen und drehte sich um. Offensichtlich hatte er auch diesmal nicht die Absicht, länger zu bleiben.

»Ser Ariel, entschuldigt«, flüsterte Garret. »Erlaubt Ihr mir zwei Fragen?«

Der Elf blieb stehen, drehte sich um und legte den Kopf genauso zur Seite, wie es sein Hund kurz zuvor getan hatte. In Garret kam ein Verdacht auf, und er musste unwillkürlich lächeln. Die anderen betrachteten ihn erstaunt.

»Sagt, Ser Ariel, ist dies das Depot?«

Der Elf schüttelte den Kopf. »Nein. Das ist, vielmehr das war einst die Akademie der magischen Künste. Ich dachte, ihr wisst das.«

Der Elf seufzte, als alle daraufhin nur den Kopf schüttelten. »Und deine zweite Frage, Garret Grauvogel?«

»Wie heißt Euer Hund?«

Diesmal schien Garret den Elfen mit seiner Frage überrascht zu haben. »Hund«, antwortete er schließlich nach einer kurzen Pause.

»Das ist nicht besonders einfallsreich!«, stellte Garret fest.

»Aber äußerst passend«, entgegnete der Elf und ging davon. Der Hund schien Garret zuzuzwinkern, dann sprang auch er auf und trottete seinem Herrn hinterher.

Eine Weile herrschte Schweigen, bis sich Garret schließlich räusperte und mit krächzender Stimme an die anderen wandte: »Ich habe Hunger. Was gibt es zu essen?«

»Garret?«, fragte ihn Elyra etwas später vorsichtig. »Weißt du, dass du fast gestorben wärst?«

»Ja«, sagte dieser und tunkte ein Stück Brot in seine Gemüsesuppe.

»Wie war das?«, wollte sie wissen.

»Also, da war ein großes Tor, das vor mir aufging. Es war aus Gold, und als es sich öffnete, war da ein helles Licht. Als ich hindurchtrat, standen links und rechts die Götter und lächelten mich an ...«

»Ach du!«, rief Elyra und boxte Garret gegen den Arm. »Kannst du nicht einmal ernst sein?«

Garret rieb seinen Arm und lächelte. »Schon aus Prinzip nicht. Aber nein, Elyra, ich kann dir nicht sagen, wie es war. Es wurde einfach dunkel um mich, und irgendwann bin ich wieder aufgewacht. Mehr war da nicht.«

»Es scheint dich im Gegensatz zu uns auch nicht sonderlich beeindruckt zu haben«, grummelte Argor. »Wir dagegen hatten alle große Angst um dich.«

»Es war fürchterlich«, sagte Elyra leise.

»Aber jetzt ist es vorbei«, warf Garret ein. »Und ich verstehe nicht, warum ich mir im Nachhinein noch Gedanken darüber machen sollte. Ist noch etwas von der Gemüsesuppe da?«

Elyra warf Argor einen Blick zu. »Ich kann dich ja so gut verstehen, Argor. Manchmal würde ich ihn auch am liebsten umbringen.«

»Aber meistens liebst du mich«, grinste Garret und begann laut zu lachen, als Elyra ihn auf seine Bemerkung hin fassungslos ansah.

Tarlon hingegen sagte nichts, er saß auf einer der Bänke, löffelte seine Suppe und musterte mit gefurchter Stirn die Tür, durch die die Ratten gekommen waren.

»Wenn das hier nicht das Depot ist, sollten wir sofort aufbrechen und es suchen«, meinte Elyra etwas später.

»Im Moment ist das keine gute Idee«, antwortete Tarlon, der einen Schleifstein aus seinem Packen herausgenommen hatte, mit dem er nun die Schneiden seiner Axt bearbeitete. »Denn draußen ist es bereits dunkel geworden.«

»Schon?«, fragte Garret überrascht.

»Der Elf hat den ganzen Tag gebraucht, um dich zu heilen«, teilte ihm Argor mit. »Es muss sehr anstrengend gewesen sein, auch wenn er die ganze Zeit über nichts anderes getan hat, als zu singen. Gegen Ende habe ich jedoch geglaubt, dass er vor lauter Erschöpfung umfallen würde.«

»So, so«, bemerkte Garret und musterte eine helle Stelle auf seinem Arm. »Wieso ist meine Haut hier so rosig?«

»Du hast dir während deiner Anfälle ein paar Knochen gebrochen«, klärte ihn Elyra auf. »Und genau dort stand einer heraus.«

Garret schluckte. Ein weiteres Jahr bei Ariel Dienst zu tun, erschien ihm auf einmal mehr als gerecht. Allerdings fand er, dass es nun wirklich an der Zeit war, das Thema zu wechseln.

»Also gut, dann bleiben wir eben noch bis morgen hier drinnen. Es ist ein guter Lagerplatz. Jedenfalls sind wir hier vor den Hunden sicher und müssen uns nicht weiter in den verdorbenen Zirkel hineinbegeben. Jeder andere nahe gelegene Rastplatz ist weitaus gefährlicher. Lasst uns also von hier aus nach dem Depot suchen.«

»Hhm«, meinte Argor. »Vielleicht finden wir in dieser Akademie sogar noch ein paar Dinge, die uns nützlich sein könnten. Selbst wenn die Ausbeute bisher eher mager ausgefallen ist.«

»Dazu müssen wir aber auf jeden Fall zuerst einmal die Ratten loswerden«, sagte Tarlon und prüfte dabei kritisch die Schneiden seiner Axt. »Ich finde jedenfalls nicht, dass dies ein besonders gemütliches Lager ist, solange die Ratten hinter dieser Tür lauern.«

»Wir können die Tür sowieso nicht wieder öffnen, wenn wir nicht von den Ratten überrannt werden wollen«, protestierte Elyra. »Es sind einfach zu viele! Sie würden diesen Raum überschwemmen!«

»Dagegen lässt sich durchaus etwas unternehmen«, entgegnete Tarlon trocken.

Als Elyra einige Zeit später erneut den Öffnungsmechanismus betätigte, sah es in der Tat so aus, als ob eine Welle grauweißer Ratten über sie hereinbrechen würde. Nur dass ihnen diesmal ein Hindernis im Weg stand. Tarlon hatte aus dem Baumstamm, den sie von draußen hereingeholt hatten, eine massive Barrikade errichtet, in deren Schutz sie nun gegen die Ratten vorgehen konnten.

Es dauerte jedoch nicht lange, bis die Schwachstelle in Tarlons Konstruktion augenfällig wurde. Am Fuße der Barrikade begannen sich die toten Ratten mit erschreckender Geschwindigkeit zu türmen und eine Rampe zu bilden, die den nachdringenden das Überwinden derselben immer leichter machte.

Argor hatte eine Fackel zur Hand genommen, um besser sehen zu können. Als Tarlon nun von einer Ratte angesprungen wurde, die sich in seinem Ärmel verbiss, stieß der Zwerg reflexartig mit der Fackel vor. Das Ergebnis war verblüffend: Mit einem lauten Quieken flüchtete die ganze Horde Ratten in die Dunkelheit des Ganges zurück.

Überrascht sahen Garret und Tarlon den Tieren nach. Sie waren verschwunden, dann aber nahm Garret wahr, dass etwas Größeres auf sie zuhuschte. Es geschah aus reinem Reflex heraus, dass er einen seiner Pfeile in den Gang hineinschoss. Ein grauenvoller, menschlich klingender Schrei folgte, und was auch immer sich dort bewegt hatte, floh tiefer in die Dunkelheit zurück. Ein erneuter Schrei ließ Garret kalte Schauer über den Rücken laufen.

»Was war denn das?«, fragte Tarlon, während Elyra wieder auf den Stein drückte. Die Tür begann sich mit lautem Rumpeln zu schließen, wobei sie die toten Ratten entweder zur Seite schob oder einfach zerquetschte.

»Ich bin mir nicht sicher«, antwortete Garret und versuchte sich daran zu erinnern, was genau er in dem kurzen Moment zuvor gesehen hatte.

»Es sah aus wie eine Ratte auf zwei Beinen. Eine große Ratte.«

Der Anblick der zermahlenen Tiere rief bei Elyra Übelkeit hervor, aber das hielt sie nicht davon ab, den anderen dabei zu helfen, die Kadaver einen nach dem anderen zur Seite zu schieben. Tarlon kam dieser Aufgabe mit dem Blatt seiner Axt nach, aber seine Gedanken waren offensichtlich woanders.

»Ich glaube, ich habe links im Gang, keine fünf Schritte von der Tür entfernt, einen Plan an der Wand gesehen.« Er streckte sich und schob die letzte Ratte mit dem Fuß zur Seite. »So ein Plan könnte uns auf der Suche nach dem Depot nützlich sein.«

»Also, ich gehe unter keinen Umständen wieder hinein«, tat Argor entschlossen kund. »Aber habt ihr auch festgestellt, wie die Ratten auf das Feuer reagiert haben?«

»Ich würde mich nur ungern darauf verlassen«, gab Garret zur Antwort, streckte jedoch bereits seine Hand nach der Fackel aus, und Argor reichte sie ihm.

»Du willst da wirklich rein?« Elyra sah ihn mit großen Augen an.

Garret zuckte die Schultern. »Wenn dort wirklich ein Plan ist, dann sollten wir ihn haben. Außerdem halte ich es nicht für sehr sinnvoll, weiterhin blindlings nach dem Depot zu suchen, wenn es für die Suche eventuell genauere Anhaltspunkte gibt.«

Vorsichtig öffneten sie die Tür zum dritten Mal. Doch außer einem Haufen toter Ratten war im Gang weit und breit nichts zu sehen oder zu hören.

Der Plan, von dem Tarlon gesprochen hatte, war auf eine Steinplatte graviert, weshalb Tarlon in aller Ruhe ein Stück Pergament und einen Kohlestift aus seiner Tasche herauszog und anfing, ihn abzuzeichnen.

Garret hielt währenddessen die Fackel nach oben, und Argor stand auf einem Holzstück mit seiner Armbrust bewaffnet hinter der Barrikade. Jedes Mal, wenn tief im Gang ein Scharren zu vernehmen war, zuckten alle außer Tarlon zusammen.

Aber nichts geschah. Es waren die längsten fünf Minuten in Garrets Leben. Immer wieder glaubte er eine Bewegung im Dunkel des Ganges zu sehen, konnte aber nichts Genaueres entdecken, wenn er die Fackel hob. Auf jeden Fall war er heilfroh, als Tarlon schließlich verkündete, dass er fertig wäre. Beide hatten es ziemlich eilig, wieder über die Barrikade zu klettern und die Tür hinter sich zu schließen.

Gemeinsam beugten sie sich über den Plan, den Tarlon abgezeichnet und auf einer der Bänke ausgebreitet hatte. Dabei vermieden sie alle tunlichst, in Richtung der toten Ratten zu sehen. Der Schein der Fackel ließ das Blut am Boden vor der Türe schwarz und zugleich lebendig erscheinen. Und so freundlich ihnen der Raum zu Beginn auch erschienen war, so unheimlich war er ihnen nun.

»Habe ich nicht gesagt, dass das hier kein Labyrinth ist?«, meinte Tarlon. »Seht, hier ist der lange Gang, durch den wir hereingekommen sind und der in diesen Raum führt. Von hier aus gehen, die Eingangstür nicht mitgerechnet, drei weitere Gänge ab. Jeder der drei Gänge führt wiederum zu einem Raum, der genau den gleichen Grundriss aufweist wie der, in dem wir uns zurzeit befinden. Die Räume sind ihrerseits durch einen Gang miteinander verbunden. Darüber hinaus gehen von ihnen wieder jeweils drei Gänge zu weiteren achteckigen Räumen ab. Dann ist Schluss. Mehr ist es nicht. Hier sind wir, dort ist der Raum mit den Ratten. Es ist alles ganz einfach.«

»Mein Pfeil hat diese Mischung aus einer Ratte und einem Menschen ungefähr dort im Gang getroffen. Danach hat es sich hierhin zurückgezogen«, sagte Garret und deutete mit einem Finger auf einen der achteckigen Räume des Plans.

Er beugte sich vor. »Wir sollten noch einmal dorthin zurückgehen, aber diesmal, indem wir einen anderen Gang benutzen und dann über den Raum an dessen Ende zum Raum der Ratten und dem nächsten Gang vordringen.«

»Warum?«, wollte Elyra wissen.

»Um sie auszuräuchern«, teilte Garret ihr mit.

»Mit Feuer und Fackeln«, ergänzte Argor. »Die Ratten scheinen das nicht zu mögen.« Er schüttelte sich. »Aber wenn ich ehrlich bin, möchte ich das lieber nicht tun. Ist es denn wirklich nötig?«

»Das Ding war ungefähr so groß wie ich«, sagte Garret. »Was machen wir, wenn es die Tür von seiner Seite aus öffnet und uns unverhofft überfällt?«

»Wir könnten einfach gehen«, gab Elyra zu bedenken. »Schließlich sind wir hier nicht im Depot. Das hat uns Ariel ja bereits gesagt.«

»Ich möchte die Sache einfach zu Ende bringen«, meinte

Garret, doch Elyra schüttelte daraufhin nur den Kopf, und auch Argor schien nicht überzeugt zu sein.

Es war Tarlon, der sich auf Garrets Seite stellte. »Tatsache ist, dass wir in der Akademie schon eine Menge Neues erfahren haben und dass wir es uns schlichtweg nicht leisten können, von hier zu verschwinden, ohne zuvor alles gründlich untersucht zu haben. Denn wir wissen nicht, welche Lehren und Weisheiten, die wir später vielleicht noch dringend benötigen, hier auf uns warten.«

Erneut brachten sie die Barrikade in Stellung, dann öffneten sie eine der anderen Türen, doch der befürchtete Ansturm der Ratten blieb aus. Der Gang war einfach nur leer und staubig. Dennoch schoben sie die Barrikade weiter vor sich her, bis sie den achteckigen Raum am Ende des Ganges erreichten. Dort pausierten sie kurz. Tarlon wischte sich mit einem überraschend sauberen Tuch das Gesicht ab, denn die Barrikade war schwer, und er hatte sie größtenteils so gut wie allein bewegt.

»Eine gute Nachricht habe ich jedenfalls für uns«, verkündete er, als er sich langsam in dem leeren Raum umsah, sein Tuch wieder ordentlich zusammenlegte und danach in einer seiner vielen Taschen verschwinden ließ. »Die Ratten können wohl doch keine Türen aufmachen.«

»Bist du dir sicher?«, fragte Elyra hoffnungsvoll und blickte misstrauisch auf die drei anderen Türen des Raums.

»Schau dir den Boden an«, sagte Tarlon. »Überall liegt Staub. Nur unsere Spuren sind zu sehen. Ansonsten kein Rattenkot, rein gar nichts.«

Argor legte seinen Kopf nachdenklich zur Seite. »Das müsste die Tür mit dem Gang sein, der zum Raum mit den Ratten führt, nicht wahr?«

Tarlon faltete den Plan auseinander, warf einen Blick

darauf und nickte. »Ja. Er führt zu dem Raum mit den Ratten. Warum?«

»Und von diesem Raum gehen dann noch drei weitere Gänge ab, die aber in Räumen ohne weitere Ausgänge enden?«

Tarlon nickte erneut.

»Wovon leben die Ratten nur? Selbst wenn alle anderen Türen offen wären, würden sie nur zu leeren Räumen führen. Es gibt keinen Ausgang! Wie sind die Tiere also hier hineingekommen, und wieso sind sie nicht schon längst verhungert?« Der Zwerg schüttelte den Kopf. »Mit rechten Dingen geht das jedenfalls nicht zu. Mir ist einfach nicht wohl bei dem Gedanken, dass wir uns mit den Ratten anlegen wollen. Sie können die Türen nicht öffnen, demnach können wir sie doch einfach ignorieren.«

»Das hatten wir doch schon«, warf Garret ein. »Es geht um das Wissen, das hier möglicherweise noch zu finden ist.«

Argor nickte. »Das war ein gutes Argument, bevor wir diese Barrikade durch den leeren Gang geschoben haben. Aber bisher haben wir nichts gefunden außer Staub. Keine Bücher oder Schriften, nichts. Die Akademie muss bereits vor vielen Jahrhunderten aufgegeben worden sein. Aber bevor man ging, hat man noch alles sorgfältig ausgeräumt. Ich vermute, dass alles, was sich einst hier befunden hat und von Wert war, nun im Depot auf uns wartet.«

»Wir werden die Ratten zerstören«, sagte Tarlon in einem Tonfall, der keinen Widerspruch duldete. »Wir müssen es sogar tun.«

»Warum?«, beharrte Argor trotzig. »Lass doch die Ratten Ratten sein!«

»Ist keinem von euch aufgefallen, dass mit den Hunden,

die uns ein zweites Mal angriffen, etwas nicht stimmte?«, fragte Tarlon und sah die Gefährten nacheinander an.

Garret und Elyra verneinten, aber Argor nickte zögernd. »Ja, irgendetwas war da. Du meinst ...«

»Der Hund, den ich ganz am Anfang vor dem Eingang zur Akademie erschlug, hatte einen von Garrets Pfeilen hinter dem Ohr. Er hätte tot sein müssen. Aber er griff mich an, und unter seiner Haut bewegte sich etwas. So etwas ist unnatürlich, und ich vermute, dass dies nur durch Magie möglich ist. Ich denke, dass es hier irgendwo eine Quelle von Magie geben muss, aus der sich sowohl die Ratten wie auch die Hunde speisen. Und genau deshalb müssen wir dort hinein und alle Ratten zerstören.«

»Das sind nur Vermutungen. Eine lange Kette von Vermutungen«, widersprach Argor. »Was, wenn du dich täuschst?«

»Dann haben wir immerhin die Welt von etwas Schlechtem befreit«, entgegnete Tarlon bestimmt. »Und das ist, in meinen Augen, ein guter Grund.«

»Da hast du recht«, stimmte ihm der Zwerg zu und wog seinen Kriegshammer nachdenklich in der Hand. »Vater sagte immer, dass man nicht ohne einen guten Grund kämpfen soll.«

»Klar hat Tarlon recht«, bestätigte Garret und klopfte mit der flachen Hand auf die Tür. »Also machen wir sie nun auf oder nicht?«

Wortlos drückte Elyra auf den Stein, und die Tür schob sich knirschend zur Seite. Nachdem sie sie wieder hinter sich geschlossen und den Gang bis zur nächsten Tür entlangmarschiert waren, öffneten sie vorsichtig die nächste Tür. Der Raum, der sich nun vor ihnen auftat, ähnelte in vielen Dingen dem Raum, in dem sie ihr Lager errichtet hatten. Nicht nur weil er achteckig war, sondern weil er ebenfalls einen Brunnen mit einer Statue in seiner Mitte aufwies. Dieses Mal zeigte die Skulptur jedoch einen Mann mit kurz gestutztem Bart, wallender Robe und blauen Augen, die ebenso leuchteten wie die Kristallkugel, die er in seiner erhobenen Hand hielt.

Weitere Unterschiede ergaben sich durch ein Geflecht aus weißen Wurzeln, die durch einen Riss in der Decke in den Raum hineinwuchsen und die Statue fast vollständig bedeckten. Außerdem waren dort eine Unmenge von Ratten, die sich zischend aufrichteten und die Freunde aus rot glühenden Augen ansahen, und eine riesige Ratte, die fast so groß wie Garret war. Das Erschreckendste an ihr war jedoch, dass sie einen zerfetzten Umhang trug und ihr Kopf menschliche Gesichtszüge hatte.

»Ist das eklig!«, rief Elyra und schlug mit ihrer Hand wieder auf den Knopf.

Die Riesenratte zischte etwas und zeigte mit einer Pfote auf die offene Tür. Sofort setzte sich eine Woge aus schmutzig weißen Ratten in Richtung der Freunde in Bewegung, doch Elyra schloss die Tür gerade noch rechtzeitig, bevor die Tiere sie erreicht hatten.

»Das war knapp«, holte sie einmal tief Luft. »Wirklich, Tarlon, das war alles andere als eine gute Idee, sich mit diesen Ratten anzulegen. Tarlon?«

Tarlon stand noch immer hinter der Barrikade, seine schwere Axt zum Kampf erhoben, aber er bewegte sich nicht mehr. Garret stand neben ihm, auch er war kampfbereit, genau wie Argor, der durch einen Spalt in der Barrikade die geschlossene Tür im Auge behielt und seinen Hammer krampfhaft mit beiden Händen umfasste. Sein Gesicht ließ deutlich erkennen, was er von der ganzen Sache hielt.

Doch beide waren in ihrer Bewegung ebenso erstarrt wie Tarlon.

»Tarlon?«, rief Elyra nochmals, trat dann an ihren großen Freund heran und stupste ihn mit dem Zeigefinger an. Nichts. Daraufhin wedelte sie mit der Hand vor seinen Augen. Keine Reaktion. Sie kniff ihn in die Wange, aber auch das half nichts. Schließlich holte Elyra aus und gab ihm eine schallende Ohrfeige.

Tarlon zuckte zusammen, schüttelte sich am ganzen Körper wie ein nasser Hund und sah Elyra vorwurfsvoll an. »Wofür war denn das?«

»Sag einfach Danke!«, lächelte Elyra. »Denn hätte ich dich nicht geschlagen, würdest du immer noch so dastehen wie diese beiden!«

Überrascht nahm Tarlon seine Freunde in Augenschein, die noch immer völlig bewegungslos neben ihm standen.

»Was ist passiert?«, fragte er. »Wir hatten doch vor, die Tür aufzumachen. Und das haben wir auch, denn ich erinnere mich noch an dieses Licht. Was danach kam, weiß ich jedoch nicht mehr.«

Elyra nickte. »Da war kein Licht. Nur das Leuchten der Kugel, in der Hand der Brunnenfigur. Und Hunderte von Ratten, die anscheinend von einer Riesenratte angeführt werden! Hätte ich die Tür nicht sofort wieder geschlossen, hätten sie uns alle gefressen!«

Tarlon schüttelte den Kopf, während Elyra zum zweiten Mal ausholte und ihre Hand auf Garrets Wange klatschen ließ.

Der taumelte zurück und sah Elyra erbost an.

»Das habe ich nicht verdient!«

»Da wäre ich mir an deiner Stelle nicht so sicher«, gab Elyra zurück.

»Irgendetwas hat uns drei betäubt«, beschwichtigte ihn Tarlon. »Elyra gab dir die Ohrfeige nur, um dich aus der Erstarrung zu befreien.«

Elyra sagte nichts, sondern holte nun zum dritten Mal aus, und wieder knallte es laut im Gang.

»Sieht ganz danach aus, als ob du Übung darin hättest«, bemerkte Garret trocken.

»Ja. Jasper, der Sohn des Müllers, kann seine Finger einfach nicht bei sich lassen.« Elyra musterte Argor mit gerunzelter Stirn. Er war noch immer stocksteif.

»Ich glaube, ich werde mal ein Wörtchen mit Jasper reden«, meinte Garret. »Und jetzt lass es mich einmal versuchen.«

Garret schlug zu, und seine Ohrfeige riss den Zwerg beinahe von den Füßen. Garret fing ihn gerade noch rechtzeitig auf. Doch Argor bewegte sich um keinen Millimeter.

»Das reicht jetzt«, intervenierte Tarlon und nahm seinen Wasserschlauch von der Schulter. »Wartet einmal. Ich probiere etwas anderes. Es sieht mir ganz danach aus, als ob wir zu härteren Mitteln greifen müssten.« Mit diesen Worten öffnete er den Verschluss aus Horn und spritzte Argor einen Strahl Wasser ins Gesicht. Gerade noch rechtzeitig sprang er einen Schritt zurück, denn Argor begann augenblicklich, wie wild geworden, mit seinem Kriegshammer um sich zu schlagen.

»Was soll das?«, schrie Argor wütend und hob drohend seinen Hammer. »Das ist *nass*!«

»Beruhige dich! Du warst vom Licht betäubt. Erstarrt wie eine Statue«, erklärte ihm Garret.

»Das Licht, ja, richtig, da war dieses Licht! Gut, in Ordnung! Aber Wasser? Hättet ihr mir nicht einfach eine Ohrfeige oder etwas Ähnliches geben können?«

»Das haben wir«, sagte Garret und wies auf Elyra. »Sie hat dir eine Ohrfeige gegeben, ohne dass auch nur irgendetwas geschehen ist.«

Argor rieb sich seine Wange und blickte zu Elyra hinüber, die ihrerseits gerade Garret mit hochgezogener Augenbraue musterte.

»Du hast eine ordentliche Handschrift, Elyra«, attestierte er ihr bewundernd. »Dieser Jasper muss dich wirklich gernhaben!«

»Ich dachte, du wärst eben noch völlig weggetreten gewesen?«, fragte Elyra überrascht.

Argor sah sie verständnislos an. »Was hat denn das damit zu tun? Ich habe dich doch schon ein paarmal mit Jasper hinter der alten Scheune gesehen, und es endete fast immer mit einer Ohrfeige!«

»Fast?«, wollte Garret wissen.

»Na ja«, begann Argor, schwieg aber, als ihn Elyras Blick traf. Er grinste breit, als sie rot wurde, was wiederum Garrets Aufmerksamkeit nicht entging.

»Elyra! Du hast Jasper geküsst?«, rief Garret überrascht.

»Wie wäre es, wenn wir uns um die Ratten kümmern?«, bemerkte Elyra ausweichend.

»Und ich weiß auch schon, wie«, kam ihr Tarlon zu Hilfe und zog ein metallenes Kästchen unter seinem Wams hervor. »Pulvers Lagerfeueranzünder.« Er wog es in seiner Hand. »Wenn es genauso wirkt wie der Fackelanzünder, wird es mächtig heiß da drinnen werden.«

»Ich weiß nicht recht«, merkte Garret skeptisch an. »Was ist denn, wenn dieses Ding nun ausnahmsweise einmal genauso funktioniert, wie Pulver es wollte?«

»Das wird wohl kaum geschehen«, beruhigte ihn Argor. »Und einen Versuch ist es allemal wert.«

»Ich werde auch einen Versuch unternehmen«, kündigte Garret an. »Sag mal, Elyra, hat sich das Rattentier während der Zeit, in der du es beobachten konntest, bewegt?«

»Nein. Warum?«

»Es stand im Brunnen, direkt neben der Säule, richtig?«

»Genau.«

»Gut.« Garret suchte sich sorgfältig einen Pfeil aus seinem Köcher heraus. Er stellte sich direkt hinter der Barrikade auf und holte einmal tief Luft.

»Sobald die Türe offen ist und Tarlon den Anzünder hineinwirft, gib mir Bescheid. Dann schieße ich blind.«

»Und wie willst du in der Kürze der Zeit, ohne zielen zu können, treffen?«

»Ich kann mir die Ratte vorstellen, das reicht«, meinte Garret nur. »Und wenn ich vorbeischieße, ist schließlich auch nichts verloren, oder?«

»In Ordnung«, sagte Tarlon, der bereits an der kleinen Kurbel von Pulvers Anzünder drehte. Im Kästchen klickte es. »Ich bin so weit.« Er nickte Elyra zu.

»Ich glaube, es ist besser, wenn ich das werfe«, entschied diese und nahm Tarlon das Kästchen aus der Hand. Bereits jetzt schien es ihr wärmer zu sein, als es sein sollte. Sie musste sich beeilen. »Alle bereit?«, fragte sie.

»Bereit«, antwortete Garret und kniff die Augen fest zusammen.

Elyra drückte den Stein am Türrahmen, und die Tür rollte geräuschlos zur Seite.

»Offen!«, rief sie, und Garret schoss seinen Pfeil ab, während sie selbst das Kästchen weit in den Raum hineinwarf.

Garrets Schuss ging knapp daneben, die Ratte quiekte und duckte sich unter den Brunnenrand, aber fast im selben Moment traf dort auch das Kästchen auf dem Boden auf. Elyra hatte schon immer gut werfen können. Schon stürmten die ersten Ratten pfeifend auf die Freunde los, aber die Tür schob sich auch schon wieder zu.

Drinnen gab es einen lauten Knall, und grelles Licht schoss gleißend durch den schmalen Spalt der fest geschlossenen Tür.

»Zu«, sagte Elyra, und Garret öffnete die Augen. »Und? Habe ich getroffen?«, wollte er wissen.

»Nein.«

»Mist!«

»Aber nur, weil das Rattentier diesmal woanders stand«, tröstete sie ihn. »Hätte es noch an der gleichen Stelle gestanden wie vorhin, hättest du es erwischt.«

»Wusste ich doch, dass das geht!«, lachte Garret. »Dennoch ist es schade, dass es nicht geklappt hat.«

»Immerhin ist der Anzünder, genau wie wir es uns erhofft haben, hochgegangen«, stellte Tarlon befriedigt fest und runzelte gleich darauf die Stirn. »Eigentlich schade, denn die Idee, mit einem Gerät auch nasses Holz anzünden zu können, ist überaus nützlich.«

»Tja«, nickte Garret. »Das wäre was, aber Pulvers Erfindungen haben noch nie funktioniert.«

»Das stimmt nicht«, verteidigte ihn Argor. »Seine Windpumpe könnte sehr wohl funktionieren.«

»Ja, wenn es stürmen würde«, stimmte Garret zu.

Er legte seine Hand auf den Stein der Tür vor ihm und glaubte zu spüren, wie dieser unter seiner Hand immer wärmer wurde. Dann merkte er, dass ihn seine Sinne keineswegs täuschten, sondern dass sich der Stein tatsächlich immer mehr erhitzte.

Tarlon trat ebenfalls an die Tür heran und bemerkte die Hitze, die mittlerweile von ihr ausstrahlte. Ein leises Pfeifen war zu hören, und als Tarlon seine Fackel weiter nach oben hielt, sah er, wie der Rauch der Flamme durch die hauchdünnen Ritzen des Türrahmens gezogen wurde.

»Warten wir noch bis morgen«, entschied er und wich vorsichtig einen Schritt von der Tür zurück. »Gehen wir besser zurück ins Lager.« Er gähnte. »Irgendwie bin ich müde.«

Am nächsten Morgen fanden sich die Freunde wieder vor der Türe ein. Argor spielte unruhig mit seinem Kriegshammer.

»Vielleicht sollten wir sie besser zulassen«, gab er zu bedenken, und Elyra nickte.

Tarlon prüfte die Tür. »Sie ist immer noch warm.«

»Aber nur noch ein wenig«, meinte Garret und drückte auf den Stein im Türrahmen.

Die Türe rollte zur Seite. Für einen Augenblick konnten sie sehen, dass die Flammen noch immer bis unter die Decke des Raumes schlugen, dann jedoch wogte ihnen das Feuermeer entgegen. Automatisch duckten sie sich zu Boden, sodass die Flammen über ihre Köpfe hinweg in den Gang schossen, wo sie noch einmal aufloderten und dann erloschen.

»Garret!«, sagte Elyra und wischte sich Ruß aus ihrem Gesicht. »Mach so etwas nie wieder!«

»Vor allem nicht ohne Vorwarnung«, grummelte Argor und tastete nach seinen Haaren, als ob er kaum glauben könne, dass er noch immer welche auf dem Kopf hatte.

»Irgendwie war das schon beeindruckend«, wiegelte Garret ab und ergriff die Hand, die ihm Tarlon entgegenstreckte, damit er sich ebenfalls wieder erheben konnte. Aufmerksam nahm er seinen Freund in Augenschein. »Wieso hast du denn überhaupt nichts abbekommen?«, wollte er wissen.

»Weil ich zur Seite getreten bin, als du gedrückt hast«, antwortete der und sah Garret mit gerunzelter Stirn an. »Deine Unvorsichtigkeit hätte uns alle das Leben kosten können.«

»Hat es aber nicht.« Garret sah in den Raum hinein, in dem die Luft noch immer zum Schneiden dick war.

Alles war gleichmäßig von feiner grauer Asche bedeckt, von den Ratten fehlte jede Spur. Er hielt seine Fackel hoch und trat einen Schritt in den Raum hinein. Sogleich wurde die Flamme seiner Fackel dunkler, und die Hitze, die ihm entgegenschlug, raubte ihm den Atem.

»Weißt du was?«, sagte er und ging vorsichtig einen Schritt zurück. Er hustete. »Ich glaube, wir sollten doch noch eine Weile warten.«

*»Sie ließen ein paar Stunden verstreichen, bevor sie den Raum wieder betraten. In der Zwischenzeit erforschten sie weiterhin die Gänge der alten Akademie, fanden aber überall nur leere Räume vor.«*

*Der alte Mann trank seinen Wein aus. Mit einem Seufzer blickte er auf den Boden des Bechers, und eine junge Frau beeilte sich, ihm nachzuschenken.*

*»Ich verstehe einfach nicht, wieso sie nicht schon viel früher aufgegeben haben«, knurrte Lamar. Es war spät geworden, und langsam senkte sich die Dämmerung über das Tal herab. »Der Elf hat ihnen doch gesagt, dass in der Akademie nichts mehr zu holen war.«*

*Der alte Mann nickte. »Vielleicht trauten sie dem Elf nicht ganz. Vielleicht waren sie aber auch einfach nur stur. Bei Garret war das sogar so etwas wie eine Familientradition.«*

*»Ein Wunder, dass sie das alles so weit überlebt haben. Dieser Garret wird sich, wenn er so weitermacht, am Ende noch umbringen.«* Lamar lachte. *»Aber das ist zu einem späteren Zeitpunkt ja wohl auch passiert, nicht wahr?«*

»Hört einfach weiter zu«, bremste der alte Mann seine Ungeduld. *»Für manche Geschichten und Geschehnisse braucht es eben ganz besondere Menschen.«*

Mehrere Stunden später betraten die Freunde den Raum. Es war noch immer heiß und die Luft so trocken, dass sie im Rachen kratzte, aber es war erträglich. Von den Ratten und den weißen Wurzeln war außer feiner Asche nichts übrig geblieben.

Die Spalte in der Decke war kleiner als zunächst angenommen, kaum mehr als ein Riss. Argor untersuchte die Wände, klopfte hier und da mit seinem Hammer dagegen, konnte aber nichts Auffälliges entdecken.

»Wenn es noch irgendwelche Geheimtüren geben sollte«, berichtete er kopfschüttelnd, »dann bleiben sie genau das, was sie sind, nämlich geheim. Keine Ahnung, wie die Ratten hier hereingekommen sind.«

Das Einzige, was sie unter der dicken Staub- und Rußschicht fanden, war eine alte Goldkrone. Elyra war zufällig auf sie getreten und hielt sie nun hoch, damit die anderen ebenfalls einen Blick auf sie werfen konnten.

»Sie hat ja noch nicht einmal ein Loch!«, stellte Garret enttäuscht fest.

*»Sie hat nicht einmal ein Loch? Was soll denn das heißen? Da hält der Junge ein Vermögen in der Hand und ...«* Lamar hielt inne, als der alte Mann beschwichtigend die Hand hob.

*»Dazu müsst Ihr Folgendes wissen: Am Ende des Mittsommerfestes ist es bei uns Tradition, dass beim letzten Wettkampf mit dem Bogen auf solch eine Münze geschossen wird.«* Er griff in seinen Beutel und entnahm diesem, zu Lamars Erstaunen, eine Goldmünze, die groß und schwer genug war, um sie gegen zwanzig normale Kronen aufzuwiegen. In der Mitte des Goldstücks befand sich tatsächlich ein Loch, das fast so groß wie ein kleiner Finger war.

*»Sie wird nur einmal im Jahr speziell für dieses Fest geprägt. Allein der Bürgermeister und der Schmied besitzen noch die Werkzeuge und den Stempel, um eine solche Doppelkrone zu prägen. Und die Prägung ist jedes Mal eine kleine Zeremonie.«* Er machte eine kurze Pause. *»Der Wettkampf ist erst dann vorbei, wenn jemand imstande ist, eine solche Münze zu treffen. Und der letzte Durchgang findet auf eine Entfernung von gut dreihundert Schritt statt.«*

*»Das ist viel zu weit. Auf diese Entfernung kann man die Münze so gut wie gar nicht mehr sehen, geschweige denn treffen!«*, protestierte Lamar.

*»Das muss man ja auch nicht. Es reicht zu wissen, dass sie da ist. Garrets Vater zum Beispiel hatte neunzehn dieser Münzen zu Hause über seinen Kamin genagelt. Achtzehn hingen in einer Reihe, die neunzehnte war etwas von ihnen abgesetzt. Sie hing ein Stück über den anderen.«*

*»Er gewann demnach neunzehnmal?«*

*»Nein. Achtzehnmal. In einem Jahr verärgerte er seine Frau, und zwar derart, dass sie ihn nicht nur im Stall schlafen ließ, sondern auch auf die Schießbahn hinausprügelte.«* Er grinste. *»Man sagte, er wäre klug genug gewesen, um sie in diesem Jahr gewinnen zu lassen, aber ich habe da so meine Zweifel. Denn der letzte Zweikampf zwischen ihnen fand immerhin auf dreihundertzwanzig Schritt statt.«*

*»Was für ein dummer Brauch! Wer ist schon so dumm und nagelt Goldstücke an seinen Kamin?«, kommentierte Lamar und bemerkte plötzlich, dass die Zuhörer verärgert zu murmeln begannen. »Ich meine, warum Gold verwenden ...?« Die empörten Blicke ließen ihn verstummen.*

*»Warum nicht?«, fragte einer der Zuhörer erbost.*

*Lamar sagte keinen Ton mehr und war froh, als der alte Mann die Münze wie durch einen Zaubertrick wieder verschwinden ließ und mit der Geschichte fortfuhr.*

Garret stieg in den Brunnen, wo er seine zwei Pfeilspitzen wiederfand, die durch die Hitze blau angelaufen waren.

Danach kletterte er auf das Podest, wischte die Kristallkugel sauber und sah hinein. Prompt wurde sein Körper schlaff, er sackte in sich zusammen und wäre hart gestürzt, hätte Tarlon ihn nicht geistesgegenwärtig aufgefangen.

»Nicht schon wieder«, seufzte Tarlon, merkte aber im gleichen Moment, dass Elyra ebenfalls in die Kugel geblickt haben musste, denn auch sie fiel in eine tiefe Ohnmacht. »Das hat uns gerade noch gefehlt! Argor, kannst du mir mal helfen?«

Der Zwerg nahm sich der bewusstlosen Halbelfin sorgsam an. »Ich mag keine Magie und Wasser schon gar nicht!«, grummelte er, trug Elyra hinaus in den Gang und bettete sie dort auf den Boden.

Tarlon legte Garret neben ihr ab, danach ging er wieder zum Brunnen zurück und unterzog die Kristallkugel in der Hand der Statue aus sicherer Ferne einer ausführlichen Prüfung.

Argor gesellte sich zu ihm. »Diese Magie macht uns noch verrückt. Nimm Garret und Elyra als Beispiel! Verhält sich so etwa ein vernünftiges Wesen?«

»Kannst du mir noch mal kurz helfen?«, antwortete Tarlon.

»Wobei denn?«

»Halte mich, wenn ich jetzt näher an die Kugel herangehe und in sie hineinschaue.«

Diesmal war es eine Enttäuschung. Zwar hatte Elyra auch dieses Mal an einem Unterricht teilgenommen, in dem es um die Benutzung magischer Gegenstände gegangen war, doch als sie erwachte, merkte sie, wie sie bereits alles zu vergessen begann. Sie eilte zu einer der rußverschmierten Wände und schrieb dort hastig all das, woran sie sich noch erinnern konnte, mit dem Finger an die Wand. Kurz darauf gesellte sich Garret zu ihr und Minuten später auch Tarlon, die es ihr gleichtaten.

»Götter«, sagte Garret, als er zurücktrat und die Wand betrachtete. »Kann das einer von euch lesen?«, fragte er schließlich, denn die Schriftzeichen an der Wand waren ihm, obwohl er sie selbst geschrieben hatte, völlig unbekannt.

»Nein«, antwortete Elyra frustriert. »Aber es handelt sich um die gleichen Zeichen wie in meinem Buch. Außerdem erkenne ich ein paar der Runen, die ich von meiner Mutter gelernt habe. Aber die kann ich ebenfalls nicht lesen!«

»Das ist gewiss ärgerlich«, grinste der Zwerg. »Dennoch, vielleicht ist es besser so.«

»Ich habe eine Idee!«, rief Garret und kletterte wieder in den Brunnen. Er zog sein Hemd aus und berührte die Kugel durch den Stoff hindurch. Als nichts geschah, wickelte er die Kugel in sein Hemd ein und eilte mit ihr zurück in den ersten Raum. Seine Freunde folgten ihm.

»Was hast du vor?«, wollte Elyra wissen.

»Im Gegensatz zu ihm habe ich sie verstanden«, gab Garret zur Antwort und deutete auf die Statue der Frau. Dann tauschte er, die ganze Zeit darauf bedacht, die Kristallkugeln stets nur durch das Hemd hindurch zu berühren, die eine gegen die andere aus. »Es müsste funktionieren«, freute er sich und sah in die Kugel der männlichen Statue, die nun in der ausgestreckten Hand der weiblichen ruhte ... und fiel ins Wasser.

Argor seufzte.

Aber Garret behielt dennoch recht. Sein Trick funktionierte, und diesmal erinnerten sie sich an die gelernten Lektionen. Wieder war es die Frau, die sie mit einem freundlichen Lächeln willkommen hieß und ihnen und den anderen Schülern geduldig erklärte, wie Magie funktionierte. Garret lernte, wie man einen magischen Bolzen schuf, der sein Ziel niemals verfehlte, und Elyra wusste nach der Lektion über den Gebrauch von Zauberstäben Bescheid.

»Sie kann bei Weitem besser erklären als ihr männliches Pendant«, meinte Garret später. »Außerdem lehrt sie in einer Sprache, die ich verstehen kann.«

»Sie ist eine Frau. Und Frauen haben eben mehr Geduld«, fügte Elyra hinzu, wofür sie einen spöttischen Blick Garrets erntete.

»Das mit der Sprache stimmt so aber nicht ganz«, widersprach Tarlon. »Die Frau spricht die gleiche Sprache wie der Mann, nur bringt sie, im Gegensatz zu ihm, uns die Sprache gleich mit bei.«

»Wie auch immer«, grinste Garret. »Schaut, was ich gelernt habe!«

Eine kleine Kugel war auf einmal in Garrets Händen zu sehen, die er unter funkensprühendem Knistern davonschießen und in die gegenüberliegende Wand einschlagen ließ. Dort löste sie sich in Luft auf, nicht ohne dort eine kleine, dunkle Vertiefung hinterlassen zu haben.

»Habt ihr das gesehen!«, rief Garret und tanzte begeistert vor ihnen auf und ab.

»Habe ich«, bemerkte Argor trocken. »Aber wenn ich meinen Hammer geworfen hätte, gäbe es dort mehr zu sehen als einen Rußfleck.«

»Aber es ist Magie!«, rief Garret und ließ einen zweiten magischen Bolzen zwischen seinen Händen entstehen. Der leuchtete allerdings nur kurz auf und erlosch sofort.

Verblüfft sah Garret auf seine Hände herab und probierte es noch einmal. Doch sein dritter Versuch brachte ein noch geringeres Ergebnis als sein zweiter. Diesmal entstand gerade einmal ein Fünkchen, das sofort verging.

Argor fing lauthals an zu lachen. »Jetzt hast du mich aber beeindruckt, großer Magier!«

Elyra schüttelte den Kopf. »Argor, Wissen ist niemals falsch. Es kann uns vielleicht einmal helfen. Wenn Magie nichts für dich ist, dann mag es so sein. Aber deshalb kannst du doch Garret seine Freude daran lassen.«

Argors Miene verdüsterte sich, und jetzt war er derjenige, der energisch seinen Kopf schüttelte. »Es ist nicht entscheidend, dass ich die Magie nicht mag, weil wir Zwerge nichts mit ihr anzufangen wissen. Wichtig ist allein, dass in jeder Legende über Alt Lytar davon die Rede ist, dass das Reich unterging, weil seine Magie übermächtig war und missbraucht wurde.« Er sah zu Garret hinüber. »Ich bin deshalb gegen Magie, weil ich nicht will, dass euch etwas zustößt, wenn ihr euch mit der Magie des alten Reiches beschäftigt. Schließlich seid ihr meine Freunde.«

Garret war auf einmal todernst geworden. »Ich werde die Magie nicht missbrauchen. Das schwöre ich dir, Argor.«

Argor sah ihn daraufhin lange prüfend an, dann nickte er.

Tarlon, der bislang kein einziges Wort zu der ganzen Sache verloren hatte, griff nun entschlossen zu seinem Packen. »Wir haben jetzt jeden Winkel hier durchsucht. Die Ratten sind vernichtet, wie wir es uns vorgenommen haben, also lasst uns gehen. Es ist früh am Morgen, draußen ist es bereits hell, und wir haben noch eine Aufgabe zu erfüllen.«

Erst viel später sollte Elyra auffallen, dass Tarlon der Einzige von ihnen gewesen war, der sich überhaupt nicht über das geäußert hatte, was er gelernt oder in den Kugeln gesehen hatte.

»Hat Ariel etwas darüber gesagt, dass das Wasser in diesem Wald auch vergiftet ist?«, fragte Garret, als er sich zu der Quelle eines kleinen Baches herunterbeugte.

Das Wasser entsprang der Steinwand eines Hügels am Rand der Lichtung. Der Hügel war dicht bewachsen, und zu seinen Füßen hatte sich bereits ein kleiner Teich gebildet.

Tarlon sah sich auf der Lichtung um. Alles schien friedlich, und das ungute Gefühl, das ihn die ganze Zeit über bedrückt hatte, war hier auf einen Schlag von ihm gewichen. Von diesem Fleckchen Erde ging eine Ruhe aus, wie sie nur ganz wenigen Plätzen, die er kannte, zu eigen war. Einer davon war der Schrein von Mistral.

Und so gab Tarlon seinem Freund zu verstehen, dass er das Wasser beruhigt trinken konnte. Er atmete tief durch. Die Luft roch nach Gras, Blüten und Sommer. Wer weiß, dachte er bei sich, vielleicht war dies ja auch ein heiliger Ort, selbst wenn hier kein Schrein oder Tempel errichtet worden war.

Elyra hatte es sich indes nahe dem Bachlauf bequem gemacht und wusch sich ihr Gesicht, während Argor, auf den Stiel seines Hammers gestützt, immer noch argwöhnisch die Umgebung begutachtete.

»Von dieser Magie kann nichts Gutes kommen«, nahm Argor seine Befürchtung von vorher wieder auf.

»So schlimm ist es nun auch wieder nicht«, antwortete Elyra, während sie sich mit einem feuchten Lappen das Gesicht wusch. »Denke daran, dass es Magie war, die Garret und mir das Leben rettete.«

»Ohne Magie wärt ihr nicht in diesen Zustand versetzt worden«, knurrte Argor. »Wir sollten wirklich die Finger davon lassen.«

»Es waren die Hunde, die mich beinahe getötet haben, und nicht Magie«, gab sie zurück.

»Ach ja?«, ereiferte sich Argor. »Und was waren das für Hunde? Jedenfalls keine normalen.«

»Streitet euch nicht«, mischte sich Tarlon ein, der Garret seinen Wasserschlauch reichte, damit dieser ihre Vorräte neu auffüllen konnte. »Argor, die Magie, die Ariel verwendet hat, ist etwas anderes.«

»Woher willst du das wissen?«, fragte Argor und sah zu seinem großen Freund hoch.

»Es war heilende Magie. Göttliche Magie, gegeben durch ein Gebet. Ich habe davon gelesen, und auch davon, dass es eine Göttin des Waldes geben soll. ›Dame des Waldes‹ nennt man sie oder auch Mieala. Ich glaube, Ariel dient ihr.« Er lächelte. »Die Sera Bardin erzählte, dass die Erscheinungsform der Göttin des Waldes ein Einhorn wäre. Und dass sie sich nur denjenigen zeigen würde, die ihre Wälder wertschätzen und sich in ihren Dienst stellen.«

»So wie dieser Wald hier beschaffen ist, hat er einen

Priester des Waldes auch bitter nötig«, sagte Elyra ernsthaft. »Es passt zu Ariel.«

»Wenn Ariel ein Priester ist, dann fresse ich einen Bogen. Mit Sehne«, konterte Garret. »Ich kann mir Ariel einfach nicht vorstellen, wie er eine Predigt hält!«

»Ich glaube, das Priestertum der ›Dame des Waldes‹ ist ein anderes«, lächelte Tarlon und nahm den gefüllten Trinkschlauch mit einem dankbaren Nicken entgegen. »Aber das fragst du ihn am besten selbst.«

»Ich frage mich, was er hier macht«, grummelte Argor. »Ich meine, er ist ein Elf. Ein Unsterblicher, der schon seit Jahrhunderten lebt. Mit was verbringt er hier nur seine Zeit?«

»Vielleicht kümmert er sich einfach nur um den Wald und versucht, ihn zu heilen, soweit es ihm möglich ist?«

»Und das soll alles sein? Die Bäume pflegen?«, fragte Argor.

»Nur weil sie langsam wachsen und lange leben, bedeutet das noch nicht, dass sie keine Pflege brauchen«, gab Tarlon zu bedenken. »Und Ariel lebt im Gegensatz zu uns Menschen lange genug, ihren gesamten Lebenszyklus zu erleben, folglich ergibt das schon Sinn.«

»Also gut«, gab Argor widerstrebend zu. »Es mag sein, dass Ariel tatsächlich anders ist und seine Magie für einen guten Zweck einsetzt.« Argor holte ein kleines Fässchen aus seinem Rucksack. Er öffnete das Spundloch, sah bedauernd hinein und reichte das Fässchen dann an Garret weiter, damit dieser es füllen konnte. »Aber mein Vater sagt immer, dass Macht gierig macht und korrumpiert und dass nicht einmal die Götter selbst davor gefeit wären. Macht ist Gift für die Seele. Und Magie ist Macht.«

Er sah die anderen an. »Deshalb bleibe ich auch bei meiner Meinung und sage, dass wir das mit der Magie besser vergessen sollten. Das bringt nur Unheil!«

»Wir haben einfach keine Wahl, Argor«, seufzte Elyra. »Hast du denn vergessen, dass wir angegriffen wurden? Nur darum suchen wir nach den magischen Gegenständen unserer Vorfahren und darüber hinaus nach allem anderen, was uns helfen kann, uns dieser Bedrohung zu erwehren.«

»Außerdem lautet so unser Auftrag«, ergänzte Garret. Er tauchte sein Gesicht ins Wasser und kam dann prustend wieder hoch. »Auch wenn wir das Depot wahrscheinlich gar nicht finden werden, immerhin suchen wir nun schon stundenlang danach. Dort ist der ›schlafende Mann‹.« Er wies auf den Hügel mit Ariels Heim und der Akademie, der nicht weit von ihnen entfernt lag. »Wir sind um ihn herumgegangen, haben überall gesucht und nichts gefunden.«

»Vielleicht ist Ariels Heim ja der Eingang zum Depot«, mutmaßte Elyra.

Garret schüttelte den Kopf. »Er sagte nein, und ich glaube ihm. Er will uns nicht helfen, aber er belügt uns auch nicht. Das fühle ich einfach.«

Argor räusperte sich. »Und ihr seid sicher, dass es richtig ist, dieses Depot zu finden und all das, was die Leute von Alt Lytar als zu gefährlich angesehen haben, um es mit in eine neue, friedliche Zukunft zu nehmen, wieder auszugraben?«

»Wie Elyra schon sagte: Wir haben keine andere Wahl«, antwortete Garret. »Außer diesem Bogen haben wir nichts, was uns gegen den Drachen schützen kann. Und ich glaube nicht, dass der Drache bei seinem nächsten Angriff noch einmal den gleichen Fehler machen wird.«

»Die ganze Diskussion ist sowieso müßig«, seufzte Garret resigniert und ließ sich neben Elyra ins Gras plumpsen.

»Wir werden das Depot sowieso nie finden.« Er zog seine Stiefel aus und streckte seine Füße ins Wasser. »Ich hätte Lust, fischen zu gehen«, fügte er hinzu, dann lehnte er sich zurück und schloss die Augen.

»Hier gibt es keine Fische«, teilte ihm Elyra altklug mit.

Garret öffnete seine Augen wieder und sah sie an. »Richtig. Und auch kein Depot. Wahrscheinlich ist es nur eine Legende und existiert gar nicht wirklich.«

»Doch, das tut es, und wir haben es auch schon gefunden«, sagte Argor plötzlich, worauf ihn die anderen überrascht ansahen.

»Dort die steinerne Wand oberhalb der Quelle ... Seht ihr, wie dort die Maserung verläuft?« Er zeigte auf die von ihm bezeichnete Stelle.

Die Freunde betrachteten den Stein, konnten aber nichts Ungewöhnliches feststellen.

»Der Stein gehört da nicht hin«, erklärte Argor ungeduldig. »Er gehört überhaupt nicht in diese Gegend. Einen solchen Stein findet man bestenfalls gute drei Tagesreisen von hier entfernt am Fuß des großen Gebirges, und das auch nur, wenn man etwa zweihundert Fuß tief gräbt.«

Seine Freunde waren mehr als irritiert. Noch immer schien keiner von ihnen zu verstehen, worauf der Zwerg hinauswollte.

Argor seufzte. »Die Maserung verläuft zudem in der falschen Richtung. Das bedeutet, dass der Stein nachträglich hier eingepasst wurde. Außerdem glaube ich unter dem Moosbewuchs etwas gesehen zu haben.« Er stand auf. »Schaut selbst!«

Er ging zu der Steinwand hinüber und begann in mühsamer Kleinarbeit das Moos von ihr abzukratzen. Nach und nach wurden die verwitterten Konturen eines Greifen sichtbar. Er drehte sich zu den anderen um, die ihn fassungslos ansahen.

»Der Hügel ist kein Hügel, sondern ein überwachsenes Gebäude, wie eine unserer alten Grabkammern. Da habt ihr euer Depot. Und mögen die Götter geben, dass dies kein Fehler ist.«

»Da ist aber keine Tür!«, stellte Garret fest und klopfte mit dem Griff seines Schwertes gegen den mächtigen Stein. »Es hört sich auch kein bisschen hohl an.«

Sie hatten sich direkt vor dem Stein aufgestellt. Etwas unterhalb von ihnen plätscherte die Quelle munter vor sich hin. »Und ein Spalt ist hier auch nirgendwo zu entdecken.« Er warf Argor einen Blick zu. »Bist du dir sicher?«

»Meinst du, ich kenne meinen Stein nicht? Garret, natürlich bin ich mir sicher! Schau dir den Hügel doch an! Er hat eine symmetrische Form mit abgeschrägten Flanken. Das ist ein Gebäude.«

»Dann aber ein reichlich großes«, bemerkte Garret, der immer noch nicht ganz daran glauben wollte, dass dies das Depot sein sollte.

»Der Hügel ist mindestens viermal so groß wie unser Wirtshaus!«

Das Wirtshaus war das größte Gebäude im Dorf und daher nicht nur Garrets Maßstab in Größendingen.

»Hast du etwa gedacht, dass das Depot sich in einem kleinen Kellerloch befindet?«, fragte Argor überrascht.

»Hier ist etwas«, bemerkte Elyra plötzlich, die hinter den anderen gestanden hatte. Sie betrachtete die Steinwand ebenfalls, und dabei hatte ihr Gesicht einen beinahe träumerischen Ausdruck angenommen. »Seht ihr nicht das Flimmern hier überall? Am stärksten ist es beim Hügel, aber es erfüllt die gesamte Lichtung.«

Der Zwerg kniff die Augen zusammen und sah skeptisch zur Steinplatte hoch. »Also, ich kann da nichts erkennen.«

»Da ist nichts, Elyra«, meinte auch Garret, aber noch während er sprach, weiteten sich seine Augen. »Bei den Göttern, es flimmert wirklich!«

Argor sah die beiden an. »Ihr werdet mir doch jetzt nicht verrückt werden? Da ist kein Flimmern!«

»Vielleicht doch«, wandte Tarlon bedächtig ein. »Vor zwei Jahren hat einmal die Sera Bardin eine alte Brosche als magisch bezeichnet. Sie sagte, sie könne die Magie sehen. Und Elyra ist zur Hälfte Elfin.« Er sah sich auf der Lichtung um. »Das würde auch erklären, warum diese Lichtung von der im Wald allgemein herrschenden Verderbnis ausgespart wurde. Die Magie, die sich im Depot befindet, hat sie von innen heraus geschützt.«

»Götter, ich bereue es jetzt schon, euch auf den Hügel aufmerksam gemacht zu haben«, grummelte Argor. »Auf jeden Fall sehe ich nach wie vor nichts.«

»Du hast ja auch nicht an ihrem Unterricht teilgenommen«, erklärte Garret beiläufig, während er die Steinplatte abtastete. »Sie hat alles in der ersten Lektion erklärt.« Er drückte auf die Augen des in den Stein gemeißelten Greifen, aber nichts geschah. »Irgendwie muss das Ding doch aufgehen.«

Argor sagte kein Wort mehr, sondern zuckte nur die Schultern und setzte sich auf einen größeren Stein in der Nähe. »Na, dann sucht mal schön.«

Tarlon wandte sich vom Hügel ab und kniete sich neben Argor. »Argor«, begann er dann, »wir sind doch schon so lange Freunde, Garret, Elyra, du und ich.«

Der Zwerg zog seine buschigen Augenbrauen nach oben. »Worauf willst du hinaus?«

»Wie Elyra schon sagte, wir sind diejenigen, die angegriffen wurden. Und deshalb suchen wir nach dem Depot. Wir werden keine magischen Gegenstände daraus benutzen oder entwenden. Was jedoch damit später geschieht, ist nicht unsere Entscheidung, sondern die der Ältesten. Zu denen auch dein Vater gehört.«

»Ja?«

»Wir sollten den Ältesten vertrauen. Ihre Entscheidungen haben sich bislang immer bewährt und als gut für uns erwiesen. Und wir sollten einander vertrauen. Garret ist kein anderer geworden, nur weil er jetzt einen kleinen Spruch kennt.«

»Das ist es ja«, grummelte Argor. »Ich kenne Garret. Er hat vor nichts Respekt.«

»Das stimmt nicht!«, protestierte Garret. »Ich bin nur nicht so leicht von irgendetwas oder irgendjemandem zu beeindrucken.«

Argor und Tarlon ignorierten seinen Einwurf. »Er hat dir außerdem geschworen, dass er die Magie nicht missbrauchen wird«, fuhr Tarlon fort. »Er ist dein Freund. Du solltest ihm vertrauen. Er ist stolz darauf, die Magie erlernt zu haben.«

Argor seufzte. »Ich habe Angst, wohin das alles führen wird. Du sprachst von unserer Freundschaft, siehst du aber nicht einmal, dass sich bereits alles geändert hat?«

»Aber das ist weder Garrets Schuld noch unsere«, warf Elyra leise ein.

»Aber die der gottverdammten Magie!«, knurrte Argor. »Diese Krone ist ein magisches Artefakt!«

Garret wandte sich von der Steinwand ab und setzte sich vor Argor ins Gras. »All das hat aber mit uns nichts zu tun«, sagte er dann ernsthaft. »Wir können die Zeit nicht mehr zurückdrehen. Es ist, wie es ist. Ich habe Respekt vor vielen Dingen. Aber ich sage dir, was ich noch habe, Argor. Ich habe eine Scheißangst. Allein wenn ich nur an diese Hunde denke.« Er schüttelte sich und wurde tatsächlich etwas bleich um die Nase herum. »Ich gebe es nicht gerne zu, Argor, aber ich habe Angst. Angst, dass der Drache wiederkommt. Angst, dass noch viele andere von uns sterben müssen. Angst, dass einem von euch etwas passiert.« Er holte tief Luft. »Ich dachte, das wüsstest du.«

Argor sah ihn überrascht an. Dann lächelte er leicht. »Nein, das habe ich nicht gewusst. Ich dachte, du hast nur deine übliche große Klappe.«

»Ich verrate dir etwas. Immer dann, wenn ich die größte Klappe habe, habe ich auch die größte Angst.«

»Dann hast du also auch Angst vor Miriana«, grinste Elyra.

Miriana war die Tochter des Bäckers und galt im ganzen Dorf als die Schönste der jungen Frauen. Allein ihr Anblick reichte aus, um die jungen Männer im Dorf in sabbernde Idioten zu verwandeln. Bis auf Tarlon und Garret. Tarlon schien sie gar nicht wahrzunehmen, und Garret ärgerte sie, wann immer sich die Möglichkeit dazu bot.

»Darauf kannst du wetten«, lachte Garret und schlug Argor auf die Schulter. »Alter Freund, mach dir keine Sorgen, denn sie sind unbegründet. Aber sollte ich die Magie dennoch irgendwann einmal falsch einsetzen, hast du hiermit meine Erlaubnis, mir dafür in den Hintern zu treten.« Er sprang wieder auf die Beine. »Und jetzt lasst uns das Depot öffnen!«

»Gerne«, antwortete Elyra. »Nur wie?«

»Es muss einen Weg geben«, erwiderte Garret und trat gegen die Steinwand. »Geh auf, verdammt noch mal!«

Mit einem lauten Rumpeln schwang die Wand so schnell zur Seite, dass Garret nicht mehr rechtzeitig wegspringen konnte und durch die Bewegung wie von einer riesigen Hand von dem kleinen Absatz über der Quelle heruntergekehrt wurde. Er fiel die Böschung herab und landete mit einem lauten Platschen der Länge nach im Wasser des kleinen Bachlaufs.

Als er sich patschnass und noch immer völlig fassungslos wieder aufrappelte, fing Argor schallend an zu lachen, und auch Elyra und Tarlon fielen nach einer Weile in sein Gelächter ein.

*»Was war denn daran so lustig?«, fragte Lamar. Der alte Mann schwieg und zog an seiner Pfeife. Lamar blickte sich im Gasthof um, sah aber überall nur in grinsende Gesichter. »Ich verstehe nicht! Schließlich hätte er sich dabei den Hals brechen können!«*

*»Vielleicht genau deshalb«, schmunzelte der Geschichtenerzähler und nahm einen weiteren Schluck Wein.*

*Lamar schüttelte den Kopf. »Gut. Von mir aus. Wie ging es weiter? Sie haben das Depot also geöffnet. Was geschah dann?«*

*»Das habe ich nicht gesagt. Ich sagte nur, dass sich die Steinplatte bewegt hat.«*

»Mist«, sagte Garret.

Die anderen nickten nur. Zwar war die Steinplatte zur Seite geschwungen, gab aber nun den Blick auf eine zweite Wand frei, die aus bläulich schimmerndem Stahl war. Die Wand war etwa drei Mannslängen hoch und fünf Mannslängen breit. Es war eine massive Platte, und nur eine außen umlaufende, fast nicht sichtbare Linie ließ vermuten, dass sie zu öffnen war. In ihrer Mitte, in einem Kreis von etwa einem Schritt Weite, befanden sich sieben goldene Siegel.

Aber es waren nirgendwo eine Klinke, ein Schloss, ein Hebel oder gar Türangeln zu sehen. Argor trat vor und schlug mit seinem Hammer gegen den Stahl. Ein heller, singender Klang ertönte, dann prallte der Hammer auch schon vom Stahl zurück. Argor fluchte leise, wedelte mit seiner Hand und musterte dann die Aufprallstelle. Doch da war nichts. Der Hammer hatte keinerlei Spuren an der Wand hinterlassen.

»Götter«, hauchte er ehrfürchtig. »Was für ein Stahl.« Er drehte sich zu den anderen um. »Der Stahl ist dem eurer Schwerter ganz ähnlich, nur dass er nicht schwarz ist.«

»Also wenn wir nicht herausfinden, wie wir sie aufbekommen, müssen wir uns etwas anderes einfallen lassen«, stellte Garret fest. Er ging einmal um den gesamten Hügel herum. »Sieht das für dich auch so aus, als ob der ganze Hügel aus Stahl ist?«

Der Zwerg nickte. »Ich verstehe nur nicht, wie sie Platten von dieser Größe überhaupt fertigen konnten«, meinte er dann. »Was für eine Esse ...« Er sah die anderen an. »Ich habe wie ihr die Geschichten von Alt Lytar gehört und sie auch geglaubt. Aber diese Stahlwand hier ist aus einem Stück. Und sie ist poliert!«

»Ja?«, fragte Garret höflich, ohne seine Augen von der Platte mit den sieben Siegeln abzuwenden.

»Niemand kann ein Stück in dieser Größe fertigen!«, behauptete Argor.

»Wie du siehst, konnten sie es. Jetzt müssen wir nur noch hinein.« Garret trat mit dem Fuß gegen die Stahlplatte. »Geh auf, verdammt noch mal!«

Doch nichts geschah, außer dass Garret scharf die

Luft einsog und mit zusammengebissenen Zähnen davonhinkte.

»Ist was gebrochen?«, fragte Elyra, die sich zu ihm gesellte. Garret zog sachte seinen Stiefel aus und bewegte vorsichtig seinen großen Zeh.

»Nein«, sagte er erleichtert. »Sieht nicht so aus.«

»Hast du tatsächlich erwartet, dass das noch mal funktioniert?«, fragte Elyra ungläubig.

»Ich musste es zumindest versuchen, nicht wahr?« Garret warf einen Blick auf die Stahlplatte und dann zu den anderen hinüber. »Hat jemand eine bessere Idee?«

»Vielleicht«, antwortete Tarlon, der näher an die Platte herangetreten war und die Siegel genau untersuchte. »Eines der Siegel trägt das Wappen meiner Familie. Lasst mich einmal etwas ausprobieren.«

»Und hier steht etwas geschrieben«, sagte Elyra und zeigte auf mehrere Runen, die in das Metall eingeätzt worden waren. »Es ist in der Sprache der Alten geschrieben. Etwas wie ›Betreten verboten‹.«

»Das wundert mich nicht«, brummte Argor. »Steht da noch mehr? Irgendein Hinweis?«

»Nein.« Elyra schüttelte den Kopf. »Das ist alles. Glaube ich zumindest.« Sie sah ihn an. »Ich kann das nicht wirklich lesen, ich habe von meiner Mutter nur ein paar Runen gelernt!«

»In den Legenden ist an einer solchen Stelle immer eine Warnung angebracht«, bemerkte Garret, der sich seinen Stiefel vorsichtig wieder angezogen hatte und zur Stahlplatte hinkte. »Meistens wird dann auch noch ein Drache oder ein Geist erwähnt, der den Schatz bewacht. Aber das ist ja das Wappen unserer Familie!«

»Ich weiß«, nickte Tarlon und zog sein Schwert aus der

Scheide. »Und hier ist das Wappen meiner Familie!« Langsam führte er den Knauf des Schwertes zum Siegel, und es sah tatsächlich danach aus, als ob es genau passen würde.

»Diese Siegel wurden mit den Knäufen unserer Schwerter geschlagen!«, sagte er dann und drückte seinen Schwertknauf gegen das Siegel.

Plötzlich waren Tarlon, sein Schwert und das Siegel in ein blaues Elmsfeuer getaucht, das nach einer Weile von ihm auf die anderen übersprang. Ein Geruch von Ozon lag in der Luft, wie nach einem Gewitter. Zuerst konzentrierte sich das blaue Leuchten auf Elyra, und ihr Haar begann zu wehen, obwohl kein Wind ging. Dann übertrug es sich auf Argor, dessen Haare zu knistern anfingen. Blaue Funken sprühten, und noch bevor einer von ihnen reagieren konnte, fuhr aus der Türe ein mächtiger blauer Blitz heraus und in den überraschten Zwerg hinein. Wie von unsichtbarer Hand wurde er nach hinten geworfen und rollte den Abhang auf die Lichtung hinunter, wo er knapp neben dem Bach bewegungslos liegen blieb. Im gleichen Moment war auch das Elmsfeuer verschwunden.

Die Stahlplatte war vergessen, jetzt war nur noch Argor wichtig, und die Freunde eilten, so schnell sie konnten, zu dem Zwerg hinab. Einen Moment lang befürchteten sie, dass er tot wäre. Dann aber beugte sich Elyra über ihn, griff in ihren Beutel und nahm eine Phiole heraus, die sie öffnete und ihm unter die Nase hielt.

»Pfui!«, würgte der Zwerg und drehte unwillkürlich seinen Kopf weg. »Das stinkt ja entsetzlich!«

»Deshalb heißt es auch Stinkwurz, aber es hilft«, gab sie zufrieden zurück und steckte die Phiole mit einem Lächeln wieder in ihren Beutel. Sogar Garret rümpfte die Nase, als der Geruch bis zu ihm herüberzog.

»Ist alles mit dir in Ordnung, Argor?«, erkundigte sich Garret besorgt.

»Ich bin gerade von einem Blitz getroffen worden.« Argor funkelte Garret an. »Was meinst du wohl, wie ich mich fühle? Außerdem wäre ich beinahe auch noch im Bach gelandet!«

Tarlon lächelte. »Wenigstens bist du trocken geblieben.«

»Ja. Das hätte mir gerade noch gefehlt!«, knurrte Argor. »Und versucht ihr mir noch einmal zu erzählen, dass Magie harmlos ist.«

»Du musst aber zugeben, dass es beeindruckend war«, grinste Garret. »Du bist beinahe so weit geflogen wie ich vorhin.«

Argor öffnete den Mund, um Garret zurechtzuweisen, fing dann aber an zu lachen. »Ihr Götter! Ich wünschte, ich könnte wütend auf dich sein, Garret!«

»Ich bin froh, dass du es nicht bist. Schließlich bist du einer meiner besten Freunde«, erwiderte Garret ernst und umarmte den überraschten Zwerg.

»Jetzt übertreib mal nicht!«, meinte Argor, drückte Garret aber ebenfalls kurz und heftig an sich.

»Wir sind alle froh, dass dir nichts passiert ist«, sagte Garret und klopfte dem Zwerg auf die Schultern. Dann runzelte er die Stirn. »Ich frage mich nur, warum es keinen von uns getroffen hat.«

»Zuerst kam das Elmsfeuer zu mir«, überlegte Elyra. »Und danach zu Argor, obwohl Garret viel näher an der Platte gestanden ist als wir.«

»Ich glaube, ich kann euch sagen, warum«, sinnierte Tarlon und musterte die Platte an der Stelle, wo sein Schwert noch immer auf dem Siegel haftete und der Schwerkraft zu trotzen schien. »Ihr seid beide nicht aus Lytara.«

»Aber wir leben doch schon immer dort!«, widersprach Elyra.

Tarlon schüttelte jedoch den Kopf. »Dein Wappen befindet sich zwar ebenfalls auf der Türe, Elyra. Aber du selbst stammst nicht aus Lytar. Vielleicht war das Elmsfeuer deswegen erst bei dir. Immerhin hattest du das passende Schwert dabei. Argor hatte weder ein Schwert, noch gehört er einer der Familien von Alt Lytar an.« Vorsichtig legte er seine Hand auf den kühlen Stahl. »Argor hat Glück gehabt, dass ihn der Blitz nicht getötet hat.«

»Zwerge sind eben zäh«, antwortete Argor. »Aber das nächste Mal werde ich Abstand halten.« Er strich sein Haar glatt. »Ist das Tor jetzt wenigstens auf?«

»Nein«, bedauerte Tarlon und nahm den Knauf seines Schwerts vom Siegel, das sich daraufhin von der Stahlwand löste und auf den Boden gefallen wäre, hätte Garret es nicht rechtzeitig aufgefangen. »Seht euch das an, wenn ich mich nicht sehr irre, hat uns das Tor gerade den Weg zu einem Schlüssel freigegeben. Seht ihr? Hier!«

In der Tat war nun dort, wo sich zuvor das Siegel befunden hatte, ein senkrechter Schlitz zu sehen. Tarlon zögerte nicht lange und schob sein Schwert einer Eingebung gehorchend langsam in den Schlitz hinein. Es passte exakt, und als er es bis zum Heft hineingeschoben hatte, hörten sie ein leises Klicken. Tarlon wollte sein Schwert daraufhin wieder herausziehen, aber es ließ sich nicht mehr bewegen.

»Genau so habe ich es mir gedacht«, sagte er und nickte zufrieden. »Die Schwerter sind der Schlüssel. Deshalb hieß es immer, sie dürften nicht verloren gehen! Doch leider haben wir nur drei der sieben Schlüssel bei uns.« Er sah seine Gefährten an. »Wir müssen also ins Dorf zurück und die Schwerter und ihre dazugehörigen Familien herbringen.«

# 7

## *Das Depot*

Sie brachen sofort auf, nachdem ein jeder von ihnen noch einmal vom Bach getrunken hatte. Ohne dass sie sich zuvor darüber verständigt hatten, fielen sie in einen Dauerlauf, den alle Bewohner des Dorfes von klein auf lernten. Zwanzig Minuten rennen, fünf Minuten gehen.

»Der Mensch ist ein seltsames Tier«, hatte der Schmied einst zu Tarlon gesagt, als ihm dieser dabei geholfen hatte, ein Pferd zu beschlagen. »Ein Pferd hält nur etwa zwanzig Meilen durch, danach muss man ihm entweder eine Pause gönnen oder man reitet es kaputt. Im Vergleich dazu kann ein Mann zu Fuß innerhalb eines Tages größere Distanzen zurücklegen. Hast du es also eilig, dann reite ein Pferd. Willst du dagegen möglichst weit kommen, gehe zu Fuß.«

Die Freunde waren nicht ganz so schnell, wie sie es sich gewünscht hatten. Dennoch erreichten sie bereits am ersten Tag die alte Handelsstraße, auf der noch immer die Spuren der gegnerischen Truppen zu sehen waren. Schon bald erreichten sie die Stelle, an der Sera Tylane ermordet worden war, und legten eine Pause ein, um nach ihrem Leichnam zu suchen, den sie gerne nach Hause zurückgebracht und dort begraben hätten. Doch sie konnten ihn nirgendwo entdecken.

»Vielleicht haben ihn wilde Tiere gefunden und davongeschleppt«, mutmaßte Argor, glaubte aber selbst nicht daran.

So knieten sie auf der grasbewachsenen Straße an der Stelle nieder, an der die Herrin Tylane geköpft worden war, und beteten für ihre Seele. Elyra weinte nicht, sondern blickte stumm in die Ferne, und als Tarlon sie besorgt betrachtete, hoffte er inständig, dass sie ihn niemals mit diesem Ausdruck in den Augen ansehen würde.

Danach ruhten sie sich noch etwas aus, brachen aber schon bald wieder stillschweigend auf. Elyra warf keinen einzigen Blick zurück.

Sie hatten Glück mit dem Wetter, und auch des Nachts, wenn sie rasteten, ereignete sich nichts, was ihre Reise gestört hätte. Schließlich erreichten sie am späten Morgen des dritten Tages nach ihrem Aufbruch vom Depot endlich das Dorf.

Was sie sahen, überraschte sie nicht wenig. Zwar waren hier und da noch immer Spuren des Kampfes zu sehen, dennoch bot das Dorf einen eher fröhlichen Anblick, denn die Vorbereitungen zum Mittsommerfest waren in vollem Gange. Überall hingen bunte Girlanden, und schon jetzt trugen die meisten Frauen ihre Festkleider. Auch die Männer hatten, sofern sie nicht noch mit den letzten Arbeiten beschäftigt waren, ihr bestes Tuch angelegt.

Opiala, die Tochter des Tuchmachers, tanzte auf dem Platz vor dem Brunnen zu den Klängen von Markus' Laute. Der Sohn des Kochs im Gasthaus spielte eine Weise nach der anderen, während die jungen Burschen im Takt klatschten und ein Barbier zwischen den Leuten auf dem Platz umherging und ihnen die Bärte und Haare stutzte. Die Stimmung im Dorf war gut, teilweise sogar ausgelassen.

Dort, wo noch vor wenigen Tagen der Galgen gestanden hatte, waren die Männer des Dorfes nun dabei, eine Plattform zu errichten, auf der schon bald ein Priester stehen und die Ehegelübde der jungen Männer und Frauen des Dorfes entgegennehmen würde. Zum Teil war die Plattform auch schon blau angestrichen worden, in der Farbe der Hoffnung.

Von den Ecken der Plattform gingen jeweils vier schräge Balken nach oben, die sich in der Mitte der Plattform trafen und so eine steile Pyramide bildeten, an deren Spitze ein großer hölzerner Stern befestigt war. Es war der Stern Mistrals, der Herrin der Welten. Vanessa, Tarlons Schwester, war gerade dabei, ihn mit blauer Farbe zu bemalen.

Von ihrem erhöhten Platz aus sah sie die Freunde zurückkommen und begann laut zu rufen und zu winken.

»Hallo, Leute, sie sind wieder da!«, rief sie, griff nach einem dicken Stück Tau, das an einem der Balken befestigt war, und ließ sich daran herunter. Kaum war sie unten angelangt, als sie sich auch schon stürmisch in Tarlons Arme warf, der sie mit einem verdutzten Gesichtsausdruck an sich drückte. Denn seitdem seine Schwester begonnen hatte, sich die Haare hochzubinden, hatte sie solche Vertraulichkeiten zunehmend vermieden.

»Götter, bin ich froh, dass euch nichts geschehen ist!«, lachte sie und blickte die Gefährten freudestrahlend an. »Ich hoffe, ihr wart keinen ernsthaften Gefahren ausgesetzt! Auch wenn es nicht so aussieht, als sei euer Ausflug ohne Blessuren abgegangen! Garret, dein Hemd ist ja vollkommen zerrissen und dein Stiefel kaputt. Und was ist denn nur mit deinem Kleid geschehen, Elyra?«

»Tja«, sagte Garret betont nonchalant. »Da waren diese entarteten Hunde und Ratten. Wir waren in mehreren Geheimgängen und …«

»… wir haben einen Elf getroffen«, ergänzte Elyra. »Er trug eine lederne Maske und …«

»Na, jetzt übertreibt ihr aber wohl ein wenig«, unterbrach sie Vanessa. »Wisst ihr was? Die Bardin ist da! Kommt mit, wir gehen zu ihr. Sie erzählt nämlich gerade eine neue Heldengeschichte!« Sie griff nach Garrets Hand und zerrte ihn einfach mit sich. »Die Geschichte wird dir gefallen, Argor!«, rief sie über ihre Schulter zurück. »Es kommen auch Zwerge darin vor. Heldenhafte Zwerge!«

»Ja, gewiss. Nur werden die bestimmt nicht so dumm sein und in Brunnen springen oder sich in irgendeiner Art und Weise mit Magie einlassen!«, grummelte Argor, dann eilte er ihr und seinen Freunden nach.

Zum Sommerfest kamen stets viele Händler aus fernen Städten und Ländern nach Lytara. Im Dorf lebten viele Handwerker, die für ihre Kunstfertigkeit berühmt waren und ihre Waren jedoch nur anlässlich des Sommermarktes an die Außenwelt verkaufen konnten.

Der Pass, der durch die Berge zum Dorf führte, war immer erst sehr spät im Jahr passierbar, und so hatte es sich seit Jahrhunderten eingebürgert, dass jeweils zum Sommerfest der große Markt eröffnet wurde. Er war gleichzeitig der einzige öffentliche Markt, der in Lytara überhaupt abgehalten wurde.

»Auf diese Weise«, hatte Tarlons Vater ihm einmal erklärt, »haben wir für den Rest des Jahres unsere Ruhe und erzielen außerdem bessere Preise.«

Noch war zwar etwas Zeit bis zum Sommerfest, aber bereits jetzt waren etliche Händler eingetroffen, die ihre schweren Handelswagen in farbenprächtige Marktbuden verwandelt hatten. An einer Seite des Marktplatzes war ein

Bereich mit einem bunten Band für die Schausteller abgetrennt worden, deren glutäugige Tänzerinnen gern gesehen wurden, zumal die dunkelhäutigen Musikanten mit ihren eifersüchtigen Blicken und den scharfen Dolchen kein wirklich ernst zu nehmendes Hindernis für die wagemutigen männlichen Dorfbewohner darstellten. Außerdem boten die fahrenden Schausteller für die jungen Leute oftmals die einzige Möglichkeit, um aus ihrem Tal herauszukommen und in ferne Länder reisen zu können.

»Worauf wartet ihr denn noch?« Garret tauchte auf einmal wieder auf und winkte seine Freunde ungeduldig zu sich heran auf. »Die Bardin ist dort drüben und wartet auf euch. Sie will uns alle sehen.«

Sie gingen zu dem Zelt hinüber, das ihnen Garret gewiesen hatte, konnten die Bardin aber nirgendwo entdecken. Das Lachen der Kinder war jedoch ein guter Wegweiser, der sie wieder auf den Marktplatz zurückführte. Dort lehnte eine farbenprächtig gekleidete Frau mit einer Laute in der Hand am Brunnenrand und scharte sowohl die Kinder als auch die Erwachsenen des Dorfes um sich herum.

»Da ist sie ja!«, rief Elyra aus und eilte ihr entgegen.

Die Sera Bardin war eine Legende in Lytara. Solange man sich erinnern konnte, war sie zu jedem Mittsommerfest ins Dorf gekommen. Ihre Geschichten handelten von fremden Ländern, legendären Ungeheuern und mächtigen Helden und hatten Generationen von Zuhörern in ihren Bann geschlagen. Selbst die Ältesten im Dorf wussten nur noch zu gut, wie sie einst als Kinder zu ihren Füßen gesessen und ihren Worten gelauscht hatten. Die Bardin kannte alle im Dorf beim Namen und konnte Geschichten über die Älteren erzählen, die diese rot werden und verlegen lachen ließen.

»Für sie«, hatte Tarlons Vater einmal gesagt, »sind wir noch immer Kinder, die ihren Geschichten zuhören. Und genauso verhält es sich ja auch.«

Die Sera Bardin war schlank, etwas zu schlank vielleicht, und nicht besonders groß, sodass die älteren Kinder sie oftmals überragten. Ihr Kleid war das eines Barden und leuchtete in allen erdenklichen bekannten und unbekannten Farben. Sie hatte Haare so schwarz wie das Gefieder eines Raben, einen blutroten Mund über einem fein geschnittenen, aber energischen Kinn und Augen, die so grün und so tief waren wie die See.

Zum ersten Mal bemerkte Tarlon, dass die Sera Bardin nicht wirklich schön war, jedenfalls nicht so schön, wie seine Schwester Vanessa beispielsweise einmal werden würde oder Elyra es bereits war. Aber sie besaß eine besondere Ausstrahlung, die einen sofort in ihren Bann zog. Eine geheimnisvolle Aura umgab sie, und wo immer sie auch hinging, nahm sie ihre Laute mit, ein magisches Instrument, von dem sie sagte, dass es so alt wie die Menschheit wäre.

Dieses Mal musterte Tarlon sie genauer als sonst. Jeder wusste, dass die Bardin alt und unsterblich war. Dem Augenschein nach mochte sie zwar noch immer jung aussehen, doch ihre Augen, die über die Jahrhunderte viel gesehen hatten, verrieten ihr wahres Alter.

Die Sera Bardin spürte seinen Blick, und ihre meergrünen Augen fanden Tarlons. Sie lächelte ihm freundlich zu, zog aber fragend eine Augenbraue nach oben. Tarlon bemerkte nun, wie schwer es war, ihrem Blick standzuhalten. Eine kleine senkrechte Falte bildete sich auf ihrer sonst so glatten Stirn, doch da wandte Tarlon seinen Blick auch schon wieder ab. Der Blickkontakt war eher zufällig zustande gekommen, denn Tarlon hatte die Bardin nur deshalb so eingehend betrachtet, weil seine Gedanken bei Elyra gewesen waren und er sich gefragt hatte, ob seine Freundin ebenfalls immer so jung aussehen würde. Aber vielleicht war das nicht der einzige Grund, und er hatte die Bardin auch deswegen so genau beobachtet, weil er zuvor zu lange in die Kugel der Akademie geblickt hatte. Seitdem schien es ihm, als ob sich seine Wahrnehmung verändert hätte und er Dinge sehen und spüren könnte, die ihm vorher nicht aufgefallen waren. So hatte er heute auch zum ersten Mal den unbändigen Willen und die Macht gespürt, die von der Bardin ausgingen. Er war sich nunmehr ganz sicher, dass auch die Elfin genau wie Ariel dazu imstande war, Magie zu wirken.

Mitten in seinen Überlegungen fühlte er, wie Elyra seine Hand drückte, und sah überrascht zu ihr herab.

»Sie ist weit mehr als nur eine Bardin, nicht wahr?«, fragte ihn Elyra leise, und Tarlon nickte leicht mit dem Kopf.

»Überlege dir nur, wie es sein muss, über unzählige Generationen hinweg zu leben und zu lernen«, antwortete er dann. »Aber du wirst das alles noch am eigenen Leib erfahren.«

Sie schüttelte den Kopf. »Nein. Ich bin nur zur Hälfte Elfin. Mein Leben wird vielleicht länger als das anderer währen, aber im Vergleich zu ihrem wird es nicht länger dauern als das einer Motte.«

»Sagt, hat jemand von euch Markus gesehen?«, wollte Garret wissen, der sich wieder zu ihnen gesellt hatte.

Er teilte sich ein Stück Lebkuchen mit Vanessa, die er aber weitgehend ignorierte, während er sich neugierig umsah. Markus war der Sohn von Theo, dem Koch des Dorfgasthofes, der im ganzen Tal für seine außergewöhnlichen und köstlichen Gerichte berühmt und beliebt war. Markus kochte ebenfalls, wurde aber nicht wegen seiner Kochkünste, sondern vielmehr wegen seines wundervollen Lautenspiels geschätzt. Erst letztes Jahr hatte ihm die Sera Bardin eine eigene Laute mitgebracht, die zwar nicht so alt wie die ihre war und auch keine magischen Fähigkeiten besaß, jedoch ebenfalls von Elfenhand gefertigt worden war. Und schon jetzt verstand es Markus, mit ihrem Klang den Zuhörern die Tränen in die Augen zu treiben.

»Dort am Brunnenrand«, antwortete Tarlon, froh, das Thema wechseln zu können, und wies mit dem Finger auf Markus, der ein Stück von der Bardin entfernt saß und seine Laute gerade sorgfältig in einem Koffer verstaute.

»Wieso macht er denn so ein ernstes Gesicht?«, fragte Garret, dem es merkwürdig vorkam, dass der sonst so fröhliche Markus noch kein einziges Mal gelächelt hatte.

»Hast du es nicht gehört?«, erzählte ihm Astrak, der Sohn von Pulver, dem Alchimisten.

Er lehnte an der Wand von Raliks Radmacherei, neben der auch die Freunde Platz gefunden hatten. Wie üblich roch Astrak leicht nach Ruß und allerlei chemischen Ingredienzen, und seine Kleider wiesen Dutzende von kleinen Brandlöchern auf.

»Theo verbrannte bei dem Versuch, das Feuer in seinem Gasthof zu bekämpfen. Wäre er nicht gewesen, wäre der Gasthof sicher zur Gänze zerstört worden. Es heißt, dass er noch ein letztes Mal in das brennende Gebäude rannte, um Markus zu retten. Den hatte nämlich ein Balken am Kopf getroffen. Sein Vater hat ihn und die Laute noch aus dem Feuer herausgeholt. Er war danach aber selbst so schwer verletzt, dass er gestorben ist.« Astrak schluckte. »Jedenfalls redet Markus seitdem nicht mehr. Die Sera Bardin hat ihn schon untersucht und konnte kein körperliches Leiden feststellen. Vielleicht will er ganz einfach nicht mehr.«

Für einen Moment standen sie nur so da, dann lächelte Astrak traurig und wandte sich wieder von ihnen ab. Gleichzeitig fiel Tarlon ein, dass auch Astrak einen schweren Verlust erlitten hatte und dass das kleine Mädchen, das Sera Tylane vergeblich zu retten versucht hatte, seine kleine Schwester gewesen war.

Unwillkürlich schloss Tarlon die Augen und dankte den Göttern inständig dafür, dass seine Familie verschont geblieben war. Garret, Elyra, Astrak und Markus hingegen hatten alle einen Menschen verloren, der ihnen lieb und teuer gewesen war. Und das nur, weil ein fremder, weit entfernter Machthaber ein legendäres magisches Artefakt in seinen Besitz bringen wollte, das schon seit Jahrhunderten nicht mehr existierte.

Als er die Augen wieder öffnete, sah er, wie Argors Vater Ralik, der Radmacher, aus seiner Schmiede heraustrat und sich suchend umsah. Es dauerte einen Moment, bis er seinen Sohn entdeckte, der sich gerade im Gespräch mit einem der anderen jungen Männer des Dorfes befand. Argor blickte auf, und Vater und Sohn nickten einander zu.

Man muss ihre Augen beobachten, dachte Tarlon, dann weiß man, worüber sich die beiden in diesem kurzen Blickaustausch verständigt haben. Tarlon hielt noch immer Elyras Hand in der seinen, als Argors Vater sichtlich entspannt zu ihnen herüberkam.

Im gleichen Augenblick zupfte jemand an seinem Ärmel. Es war Vanessa, die Garret gleichzeitig ein strahlendes Lächeln schenkte, der dies aber ignorierte und stattdessen die Bardin fixierte.

Vanessa runzelte die Stirn und drehte sich wieder zu ihrem Bruder um. »Habt ihr das Depot gefunden?«, fragte sie. Er nickte. »Und welche Wunder habt ihr darin entdeckt?«

»Keine«, antwortete er. »Wir konnten es nicht öffnen.«

Doch bevor Vanessa noch etwas sagen konnte, kam auch schon Ralik heran und räusperte sich geräuschvoll.

»Schön, dass ihr wieder da seid. Einige von uns sind nicht wenig besorgt um euch gewesen.« Er räusperte sich erneut. »Der Rat tritt heute Abend im Gasthof zusammen. Ihr seid ebenfalls dorthin geladen, um uns Bericht darüber zu erstatten, was ihr gefunden habt. Bis dahin entspannt und erholt euch.« Er machte eine weit ausholende Geste, die den gesamten Marktplatz mit einschloss. »Geht nach Hause und esst etwas. Ihr habt alle an Gewicht verloren, und einige von euch«, dabei sah er Elyra an, »können sich das, wenn ich so sagen darf, kaum leisten.«

Dann wandte er sich direkt an seinen Sohn. »Was stehst du noch hier herum? Geh ins Haus und hilf deiner Mutter. Du weißt ja, faule Hände und so …« Ohne erkennbaren Grund begann Argor, von einem Ohr zum anderen zu grinsen, und rannte fast in die Schmiede hinein.

Ralik lachte, dann nickte er ihnen zu und folgte seinem Sohn in die Werkstatt. An der Tür hielt er nochmals inne und sah zu den Freunden zurück. »Das nächste Mal, wenn ihr eine Aufgabe für den Rat übernehmt, fragt nach Pferden oder einem Wagen!«

Zumindest Tarlon nahm sich die Worte des Zwergs zu Herzen. Er ging nach Hause, wo er von seiner Mutter fast erdrückt wurde und eine riesige Portion zu essen vorgesetzt bekam. Während er aß, wartete Vanessa ungeduldig darauf, dass er endlich fertig werden und ihr erzählen würde, was sich genau zugetragen hatte.

Als er geendet hatte und sie ihm mitteilte, dass sie das

nächste Mal auf jeden Fall mitkommen würde, wenn er sich auf eine weitere Mission begeben würde, sah Tarlon überrascht zu ihr hoch.

»Und was sagt Vater zu deinen Plänen?«

Vanessa hob trotzig ihr Kinn. »Was soll er sagen? Ich bin schließlich ein besserer Kämpfer als du. Vater hat mich selbst in der Schwertkunst unterrichtet, und manchmal schieße ich sogar besser als er selbst!«

Das mochte gut sein, dachte Tarlon bei sich. Da er als Junge kein Interesse am Umgang mit Waffen gezeigt hatte, hatte sein Vater an seiner Stelle Vanessa in die Künste des Kampfes eingeführt. Tarlon war dies nur recht gewesen. Solange er mit seiner Axt traf, was er treffen wollte, war ihm das genug.

Er lehnte sich bequem in seinem Stuhl zurück und gähnte. »Also, was sagt Vater dazu? Hast du ihn denn überhaupt gefragt, ob du mit uns kommen darfst?«, fragte er sie schläfrig.

»Nein, ich werde es ihm erklären, wenn es so weit ist.«

»Tu das, obwohl es müßig ist, darüber nachzudenken«, meinte Tarlon, »denn ich habe keinesfalls die Absicht, mich noch einmal auf eine solche Reise zu begeben. Wecke mich bitte, wenn es an der Zeit ist, zum Gasthof zu gehen.«

Damit war das Thema für ihn erledigt.

Garret hingegen war noch lange nicht bereit, nach Hause zu gehen. Er setzte sich auf den Brunnenrand und sah dem bunten Treiben zu. Er war müde, aber noch immer aufgedreht. Er sah den Leuten dabei zu, wie sie den Platz für das kommende Fest schmückten, und fühlte sich, als ob er nicht mehr zu ihnen gehören würde. Auch wenn er es den anderen gegenüber nie zugegeben hätte, steckte ihm ihr Erlebnis noch tief in den Knochen. Es waren weder die Hunde noch die Ratten, die ihm so schwer zugesetzt hatten, sondern der Anblick des Rattenkönigs, dessen Kopf mit seinen menschenähnlichen Zügen ihn nicht mehr losließ.

Er seufzte. Was immer das für ein Wesen gewesen war, nun war es vernichtet, zu feiner weißer Asche verbrannt. Es hatte keinen Sinn, sich noch länger Gedanken darüber zu machen. Also erhob er sich und schlenderte zum Laden seines Vaters hinüber, wo er Garen mit seinem plötzlichen Erscheinen so sehr überraschte, dass der den Bogen, an dem er gerade arbeitete und den er die ganze letzte Woche sorgsam gebogen hatte, in einer raschen Bewegung verzog und dadurch ruinierte. Garen sah auf den verzogenen Bogen hinunter, dann stand er auf und umarmte seinen Sohn so fest, dass Garrets Knochen knackten.

Garret war es nicht gewohnt, dass sein Vater seine Gefühle ihm gegenüber so offen zeigte, und war ein wenig verlegen. Aber Garen hatte ihn schon wieder losgelassen.

»Sohn, du hast immer noch nicht die Pfeile von letzter Woche fertiggestellt«, meinte er mit rauher Stimme und wischte sich über die Augen.

Garret überlegte kurz, ob er seinen Vater darauf hinweisen sollte, dass er, Garret, in der letzten Woche ziemlich beschäftigt gewesen war. Dann aber setzte er sich an seinen Arbeitsplatz, zog den ersten Pfeilschaft heraus und machte sich ans Werk.

Irgendwie, dachte er, während er einen krummen Schaft kopfschüttelnd aussortierte, war die Arbeit genau das, was er jetzt brauchte.

Die Einzige, die nicht wusste, wohin sie gehen sollte, war Elyra. Sie ging nach Hause, wo sie jedoch ruhelos durch die Räume wanderte. In ihnen war noch alles genauso, wie ihre Mutter es zuletzt hinterlassen hatte. Elyra berührte dieses und jenes, rückte hier ein Kissen zurecht, dort einen Stuhl. Schließlich wusch sie die Teller ab, die noch die Spuren der letzten Mahlzeit ihrer Mutter trugen. Ihre Augen waren feucht, aber sie weinte nicht, und ihre Gedanken waren weit weg.

Sie ordnete die Kräuter, die ihre Mutter zum Trocknen vorbereitet hatte. Ihre Mutter, die ihr ganzes Leben lang nur Gutes getan hatte und die von einem fremden Krieger wie ein Hund erschlagen worden war. Ihre Hände umfassten das Bündel Kräuter fester und zerdrückten die fragilen Pflanzen. Langsam löste sie ihren Griff und drehte sich um, verschloss mechanisch das Haus und fand sich irgendwie am Brunnen wieder, wo die Sera Bardin gerade eine Pause machte und einen Becher Wein trank.

Elyra setzte sich zu Füßen der Bardin auf den Boden und lehnte sich gegen die Einfassung des Brunnens. Als sie die Augen schloss, spürte sie, wie die Hand der Sera über ihr Haar strich. Es war genug.

Am Abend war der Gasthof gerammelt voll. Tarlon brauchte eine Weile, um sich bis ganz nach vorne zu kämpfen, und fand nur deshalb noch einen freien Sitzplatz, weil man ihm einen Stuhl freigehalten hatte, direkt gegenüber dem Tisch, hinter dem sich der Ältestenrat versammelt hatte. Garret war bereits da, ebenso Elyra und Argor.

Im Augenblick war die Aufmerksamkeit aller jedoch auf die Sera Bardin gerichtet, die gerade vom Ältestenrat darüber befragt wurde, was sie über das Königreich Thyrmantor wusste.

»Nicht sehr viel«, sagte sie mit ihrer melodiösen Stimme.

Offenbar hatte Tarlon also noch nicht viel versäumt. So leise wie möglich nahm er Platz und lauschte dann den Worten der Bardin. »Es ist ein großes Königreich«, fuhr diese fort, »das so etwa vierhundert Meilen von hier entfernt im Südosten liegt. Bis vor einigen Jahren war es noch ganz mit sich selbst beschäftigt, bis auf die üblichen Grenzstreitigkeiten mit den Nachbarländern und einen kleinen Krieg gegen eine Grafschaft. Eben das übliche Vorgehen der Sterblichen, die sich anscheinend von Zeit zu Zeit immer wieder gegenseitig in die Schranken weisen müssen.«

Sie machte eine Pause und nahm einen Schluck Wein, wobei ihr Blick auf Tarlon fiel, den sie mit überraschender Intensität musterte.

Tarlon selbst dachte währenddessen über das eine Wort nach, das er bislang noch nie aus ihrem Munde gehört hatte: Sterbliche. Er fragte sich, ob es tatsächlich so herablassend gemeint gewesen war, wie es geklungen hatte. Aber schon sprach die Bardin weiter.

»Die letzten Könige des Reiches waren weder besonders gut noch besonders schlecht, doch immerhin schlau genug gewesen, um größere Kriege zu vermeiden. Das Land verfügte über ein paar gute Erzminen und eine gute Schmiedekunst, aus der sich auch ein großer Teil ihrer Staatseinkünfte speiste. Es gab sogar eine kleine Akademie, an der Geschichte, Religion und Philosophie unterrichtet wurde. Man könnte also sagen, dass es den Menschen in Thyrmantor gut ging. Aber vor sechs Jahren zog sich der alte König eine mysteriöse Krankheit zu, und ein Mann namens Belior erschien bei Hofe, um den alten König zu pflegen und zu heilen. Man sagte, er wäre ein Heiler und außerdem ein Student der Künste.«

»Er hat Bilder gemalt?«, warf ein junges Mädchen mit

großen Augen ein. »Dann kann er doch gar nicht so schlecht sein!«

»Schh!«, mahnte die Mutter des Mädchens leise, und einige lachten, doch die Bardin schüttelte traurig den Kopf.

»Nein«, sagte sie. »Ich meinte damit andere Künste, junge Dame«, sagte sie mit einer leichten Verbeugung zu dem Mädchen. »Im Allgemeinen werden die Magie und ihre Wirkung als die ›hellen Künste‹ bezeichnet, denn die Priester, die die Gabe der Magie von den Göttern erhalten und in ihrem Sinne ausüben, setzen diese zum Erhalt und Wohlbefinden der Menschen ein. Doch es gibt auch Magier, denen das, was die Götter ihnen schenkten, nicht genug ist. Deshalb suchen sie ihre Kräfte und Fähigkeiten ins Unermessliche zu mehren, wobei sie die dunklen Rituale anderer Mächte zu Hilfe rufen, die den Göttern nicht wohlgefällig sind. Diese Rituale, junge Sera, werden im Gegenzug zu den ›hellen Künsten‹ die ›dunklen Künste‹ genannt, und es ist wahrlich etwas Verderbtes und finster Schändliches, wenn sich ihnen jemand zuwendet. Und genau das ist es, was Belior tat. Er malte leider keine Bilder, sondern studierte das verbotene Wissen. Und er ist schlecht. Durch und durch.«

Sie ließ ihren Blick über den Gastraum schweifen, als wolle sie jeden Einzelnen dazu anhalten, das zu verstehen: Belior war ein Mensch, der sich gegen den Willen der Götter erhob und Wissen erlernte, das von den Göttern verboten worden war. Dann erst sprach sie weiter.

»Wie groß seine Fähigkeiten als Heiler auch sein mochten, offenbar war er nicht imstande, diese Krankheit zu heilen. Die Gesundheit des alten Königs schwand mehr und mehr. Je mehr sie schwand, desto mehr klammerte er sich an Belior, der ihm zumindest sein Leiden zu verringern schien. Gleichzeitig wuchs Beliors Einfluss am Hofe dieses Königreichs, bis er letztlich zum Kanzler bestimmt wurde, nachdem sein Amtsvorgänger bei einem unglücklichen Jagdunfall ums Leben kam. Es heißt, Kanzler Belior habe dann andere gebildete Leute an den Hof gerufen, die ihm mit ihren Künsten helfen sollten, den König zu heilen. Doch es heißt auch, dass jedes Mal, wenn Belior und diese Gelehrten ihre Künste praktizierten, oftmals entsetzliche Schreie aus dem Turm, der nunmehr ganz allein Belior zur Verfügung stand, zu hören waren. Zudem mehrten sich die Gerüchte, dass nicht die weiße Kunst bei der Heilung des Königs zum Einsatz käme, die ja die Gnade der Götter findet, sondern die dunklen Künste, womit klar wäre, dass Belior nicht an des Königs Genesung interessiert sei.«

Die Bardin nahm einen weiteren Schluck Wein und sah in die Runde. Mit ihrer eindrucksvollen Stimme hatte sie jeden im Raum in ihren Bann gezogen, und alle hingen an den Lippen der schönen Bardin.

»So dauerte es tatsächlich nicht lange«, fuhr sie fort, »bis der alte König starb. Der Kanzler bestellte sich selbst zum Beschützer des jungen Prinzen, der damals kaum älter als zwei Jahre war. Damit nicht genug, verkündete der Kanzler, dass er Beweise dafür habe, dass der Botschafter eines benachbarten Königreiches den König vergiftet hätte. Natürlich beteuerte dieser vehement seine Unschuld, doch es half ihm nichts. Er wurde in Ketten vor Beliors Thron gezerrt, wo ihn die Häscher des Kanzlers zu Boden gedrückt hielten, während er das Urteil verlas. Die Unschuldsbeteuerungen des Botschafters waren allesamt vergebens, er wurde auf Befehl des Kanzlers als Giftmörder auf dem Scheiterhaufen verbrannt, wo er Belior noch mit seinem letzten Atemzug für alle Ewigkeit verfluchte. Selbstverständlich konnte das andere Königreich eine solche Schmach nicht auf sich sitzen lassen, zumal der Botschafter der jüngere Bruder des anderen Königs gewesen war. Da Belior offenbar auch nicht an einer friedlichen Lösung interessiert schien, zogen bald die Armeen der Königreiche gegeneinander in den Krieg. Doch es zeigte sich bald, dass das andere Reich schlecht vorbereitet war. Eine geheimnisvolle Seuche raffte den größten Teil der gegnerischen Generäle dahin und verschonte auch die königliche Familie nicht. Der Rest unterlag, mit dem gramgebeugten König an der Spitze einer schlecht geführten und von Krankheit dezimierten Armee, auf dem offenen Feld einer vielfachen Übermacht und Beliors magischen Künsten. Belior erklärte sich zum Sieger in einem gerechten Kampf und griff nach der Krone des anderen Reiches. Als Herrscher über zwei Reiche streckte er bald die Klauen nach einem dritten aus. Nie gesehene Monster, verdorbene Ernten und Pestilenz schwächten die Krone des anderen Reiches so sehr, dass dessen Herrscher sich gezwungen sah, Belior seine Tochter zu opfern. Ohne einen offenen Kampf konnte Belior nun durch die Heirat eine dritte Krone sein Eigen nennen.«

Die Bardin hielt erneut inne und musterte die Gesichter in ihrem Publikum, die fast ausnahmslos grimmig waren. Viele verstanden wohl erst jetzt, mit welcher Art Feind sie es zu tun hatten.

»Das war vor vier Jahren. Seitdem fielen vier weitere Reiche in seine Hand, sieben Kronen trägt er nun, alle scheinbar im Namen des jungen Prinzen, der, wie es heißt, eher kränklicher Natur wäre.« Sie nahm einen weiteren Schluck und zeigte mehr Emotionen, als man es von ihr gewohnt war. »Seine nächsten Ziele sind von Wald und Wasser geschützt. Es heißt, er baue nun eine Flotte.« Sie erhob sich und atmete tief durch, bevor sie weitersprach: »Es heißt, dass er als Nächstes die Nation der Elfen angreifen wird!«

Ein Raunen ging durch die Menge. Die Leute sahen sich gegenseitig an und versuchten die Ungeheuerlichkeit zu verstehen, die ihnen die Sera soeben mitgeteilt hatte. Es war undenkbar! Niemand konnte so vermessen sein, die Nationen der Elfen anzugreifen. Der Bürgermeister erhob sich und bat um Ruhe. Langsam versiegte das Gemurmel, während er der Sera dankte und sie freundlich bat, wieder am Tisch der Ältesten Platz zu nehmen.

»Dies sind, in der Tat, schlechte Nachrichten, die Ihr uns bringt, Sera«, sagte er leise, aber deutlich genug, dass man ihn im hintersten Winkel des Saals hören konnte. »Aber bevor er gegen die Elfen zieht, scheint Belior sein Augenmerk auf uns gerichtet zu haben, mit der Absicht, sich unsere Krone einzuverleiben. Diesen Krieg muss er über vierhundert Meilen entfernt von seiner Heimat führen. Ein Umstand, der ihm sicherlich zum Nachteil gereichen wird!« Er wandte sich an die vier Freunde. »Doch nun lasst uns hören, was unsere jungen Männer und diese junge Dame hier«, er machte eine leichte Verbeugung in Elyras Richtung, »zu berichten haben. Vielleicht können wir aus ihren Neuigkeiten Hoffnung schöpfen.«

Es war an Garret, zu erzählen, was den Freunden widerfahren war. Dazu bedurfte es keiner besonderen Abstimmung. Argor war zu scheu dafür, Elyra mochte es nicht, vor so vielen zu sprechen, und Tarlons Stärke war es noch nie gewesen, Reden zu halten. Dafür stand er an Garrets Seite, als dieser Bericht erstattete, still und ruhig, aber mit wachen Augen, die immer wieder den Blick der Bardin einfingen.

Vernünftigerweise ließ Garret den größten Teil dessen, was in der Akademie geschehen war, aus und erwähnte nur das Wesentliche. Allein den Angriff der Hunde ließ er im Gegensatz zu dem der zwei Wächter und der Ratten nicht außen vor, denn niemand sollte denken, dass der Wald mittlerweile ungefährlich wäre. So ließ es sich jedoch nicht vermeiden, von dem blinden Einsiedler zu berichten. Er versuchte Ariel nur nebenbei zu erwähnen, doch dies gelang ihm nicht so ganz. Allein die Tatsache, dass unweit von Lytara ein anderer Unsterblicher im Tal lebte, weckte das Interesse der Zuhörer und führte zu neugierigen Fragen, die Garret abzuwehren versuchte. Elyra wurde die Neugier der anderen schließlich zu viel, und sie kam dem Freund zu Hilfe.

»Er hat das Leben eines Einsiedlers gewählt«, rief sie hitzig. »Und er hat ein Recht darauf, in Ruhe gelassen zu werden. Er lebt allein im Wald und half uns, damit ist genug gesagt! Dringt nicht weiter in Garret, wenn er nicht länger über Ariel zu sprechen wünscht!«

Elyra nahm gar nicht wahr, dass sie den Namen des Elfen ausgesprochen hatte, was Garret bislang tunlichst vermieden hatte. Die Nennung des Namens zeigte auch sofortige Wirkung. Zumindest sah Tarlon sehr wohl, wie sich die Augen der Sera Bardin weiteten.

So, dachte er, ihr kennt ihn also, unseren Retter. Und so wie Ihr versucht, Eure Hände zu entspannen, um Euch dies nicht anmerken zu lassen, sieht es nach einer interessanten Geschichte aus. Als sie seinen Blick bemerkte und in Tarlons Augen blickte, zogen sich ihre Augenbrauen zusammen. Doch es war der Bürgermeister, der jetzt das Wort ergriff.

»Freunde«, rief er beschwichtigend. »Der Mann ist, wie

wir hören, ein Einsiedler. Es steht uns nicht zu, ihm mit Neugier zu begegnen. Ein Mann hat in seinem Heim ein Recht darauf, in Ruhe gelassen zu werden. Er wird wissen, wo Lytara zu finden ist, vielleicht gesellt er sich ja irgendwann zu uns, bis dahin werden wir ihn in Ruhe lassen.«

Er ließ seinen Blick über die Anwesenden wandern, und schon bald gab es, wenn auch teilweise widerstrebend, zustimmendes Nicken.

Der Bürgermeister wandte sich wieder an Garret. »Wir sind diesem Mann zu Dank verpflichtet, dass er euch half, und dabei wollen wir es belassen. Doch sagt, habt ihr das Depot gefunden?«

Garret, der froh war, sich nicht weiter über Ariel äußern zu müssen, berichtete, wie Argor, das Tor gefunden hatte. Er erzählte von der Tür aus Stahl hinter dem Felsen, die die Siegel der sieben ältesten Familien von Lytara trug, und wie Tarlon herausfand, dass die alten Familienschwerter die Schlüssel sein müssten. Garret berichtete, wie der Blitz Argor traf, als Tarlon das erste Siegel löste. Ralik sah auf, und seine Augenbrauen zogen sich zusammen, als er seinen Sohn musterte, der wohl vergessen hatte, dieses Vorkommnis seinem Vater gegenüber zu erwähnen.

»Gut.« Der Bürgermeister ergriff wieder das Wort. »Wir werden morgen früh zu diesem Depot aufbrechen. Wir nehmen die Wagen und sehen zu, ob wir das Tor öffnen können. Soviel ich weiß, existieren die Familienschwerter noch. Meines zumindest ruht sicher in meinem Bettkasten.« Er sah die Vertreter der anderen Familien, deren Siegel Tarlon erwähnt hatte, fragend an, und auch diese nickten.

»In Ordnung. Wir haben viel gehört, worüber wir nachdenken sollten, aber nicht mehr heute Nacht. Der morgige Tag wird anstrengend werden und bis dahin ...«

Pulver erhob sich von seinem Platz am Tisch der Ältesten und hob seinen Becher hoch. »Bis dahin, seid fröhlich und trinkt, damit Meister Braun hier«, er sah zu dem Wirt hinüber, »sich bald wieder ein neues Dach leisten kann, bevor es uns noch ins Bier regnet!«

Die meisten lachten und riefen nach Bier, sodass der offizielle Teil des Abends beendet war. Garret sprang von seinem Stuhl auf und wischte sich mit übertriebener Geste den nicht vorhandenen Schweiß von der Stirn.

»Puh, dieses Verhör hat mich durstig gemacht!« Er verbeugte sich vor Elyra. »Wollen Sie mich zur Theke geleiten, edle Dame?«, fragte er mit einem spitzbübischen Lächeln. Elyra ließ sich davon anstecken und folgte ihm.

Nur Tarlon blieb nachdenklich sitzen, sah zu, wie der Ältestenrat sich zurückzog, und mit ihnen die Sera Bardin.

»An was denkst du?«, fragte Argor plötzlich, der ebenfalls noch geblieben war.

»Woran ich denke?«, erwiderte Tarlon langsam und drehte sich zu dem Zwerg um. »Ich denke, dass wir längst nicht alles wissen und dass auch die Sera Bardin noch so manches Geheimnis für sich behält.«

Argor sah von Tarlon zu der Bardin hinüber, die gerade durch die Tür zu einem Nebenraum schritt.

»Da magst du recht haben«, sagte er nachdenklich. »Nur, was tun wir jetzt?«

Tarlon lachte leise, schlug seinem Freund leicht auf die Schulter und gesellte sich mit ihm zu den anderen.

In einem Raum aus dunklen Steinen, viele Meilen von Lytara entfernt, saß ein Mann finster brütend vor einer großen Kristallkugel, seine Stirn in Falten gelegt. Eine Hand trommelte leicht mit den Fingern auf die Armlehne eines reich verzierten Stuhls. Er war von Kopf bis Fuß in pechschwarzes Leder gekleidet, schlicht, aber von bester Qualität, die ihn sofort als Edelmann auszeichnete.

Hinter ihm stand ein Mann in schwerer Plattenrüstung in Paradehaltung, dem Schweißtropfen über die Stirn liefen. Durch sein offenes Helmvisier konnte man einen hässlichen Ausschlag im Gesicht erkennen. Seine Finger zuckten unentwegt, als wollte er sich kratzen, doch er bewahrte eisern Haltung.

Der Mann in Leder runzelte die Stirn, fuhr erneut mit der Hand über die große Kugel, die den Marktplatz von Lytara zeigte. Das Bild blieb noch immer seltsam unscharf, aber er hatte genug gesehen.

»Lindor?«, sagte er leise, fast nebensächlich.

»Ja, Ser?«, krächzte der Mann in Plattenrüstung.

»Obwohl Ihr große Verluste hattet, sagtet Ihr mir doch, dass Ihr ihren Willen gebrochen, das Dorf verwüstet und unsere Freunde hier in panischer Angst zurückgelassen hättet?« Es war weniger eine Frage als eine Feststellung, deren Bedeutung für den Mann, dem der Schweiß nun in Bächen von der Stirn floss, sehr schwer wog.

»Ja, Ser. So erschien es mir«, krächzte Lindor.

»Ihr hattet einen Drachen und eine Armee. Habt Ihr auch nur die geringste Vorstellung davon, wie teuer und wie schwierig es war, diese Einheit so weit entfernt ins Feld zu führen?«

»Nein, Ser!«

»Aber Ihr könnt es Euch vorstellen, nicht wahr?«, fragte der Mann in Leder gefährlich leise.

Lindor nickte verzweifelt.

»Und dennoch habt Ihr versagt. Ich erwarte in Zukunft Besseres von euch. Habe ich mich klar ausgedrückt?«

Lindor schluckte erneut. »Ja, Ser!«

Der andere Mann musterte ihn eine Weile wie ein Habicht seine Beute, dann nickte er. Mit einer Handbewegung verschwand das Bild von Lytara aus der kristallenen Kugel. Missmutig warf der Mann der Kristallkugel einen letzten Blick zu, dann erhob er sich.

Zwei Wachen sprangen auf, als er die mit schweren eisernen Bändern verstärkte Tür öffnete. »Ruft den Kriegsmeister herbei! Ich habe Arbeit für ihn!« Er sah zu dem Mann in Rüstung zurück.

»Ihr könnt Euch entfernen, Lindor. Und tut etwas gegen Euren Ausschlag! Er ist hässlich, und mit dem Gestank beleidigt Ihr meine Nase.«

Der Mann in der Rüstung salutierte und eilte davon. Noch während er rannte, begann er die Riemen seiner Rüstung zu lösen.

»*Nun, damit haben wir nun endlich den Schurken des Stücks*«, *sagte Lamar bewundernd und lachte leise.* »*Ihr versteht es wirklich, ein Garn zu spinnen, alter Mann. Ich frage mich nur, wie viel davon wahr ist. Vier Kinder gegen ein Reich, das sieben Kronen hielt?*«

»*Keiner von ihnen hat dieses Schicksal selbst gewählt. Erst dieser Angriff zwang sie zum Handeln*«, *erklärte der Geschichtenerzähler und nickte der Bedienung dankend zu, als sie eine Holzplatte mit Schinken, Wurst und Käse vor ihm abstellte, damit die nächsten Becher Wein auf eine gute Grundlagen stießen.* »*Sie wurden angegriffen und wehrten sich, so gut sie es konnten.*«

»*Aber Thyrmantor verlor niemals eine Schlacht!*«, *ereiferte sich Lamar und sprang vom Tisch auf.*

»*Zumindest nicht, soweit es Euch bekannt wäre, nicht*

*wahr? Nun setzt Euch wieder, nehmt Euch etwas von diesem wirklich guten Käse und hört einfach weiter zu!«*, sagte der alte Mann in einem bestimmten Tonfall, und niemand war überraschter als Lamar selbst, als er der Aufforderung automatisch Folge leistete.

*Der alte Mann nickte zufrieden und erlaubte sich ein leichtes, fast wehmütiges Lächeln.* »Wie Ihr Euch denken könnt, fiel es den meisten nicht besonders leicht, am nächsten Morgen aus dem Bett zu kommen. Doch das hielt zumindest unsere Freunde nicht davon ab, sich bei Sonnenaufgang auf den Weg zu machen ...«

# 8

*Die Vögel des Krieges*

Eine halbe Stunde später befand sich halbe Dorf auf dem Weg zum alten Depot. Jeder, der ein Pferd oder einen Esel besaß, hatte sich angeschlossen, und nachdem der Rat der Ältesten nach einigen Diskussionen beschlossen hatte, den kürzesten Weg über die alte Handelsstraße zu nehmen, erreichte man das Depot am späten Nachmittag ohne größere Schwierigkeiten.

»Warum benutzt man die alte Straße eigentlich nicht mehr?«, fragte Garret neugierig seinen Vater Garen, der neben Hernul auf dem Kutschbock saß und seinen Bogen schussbereit hielt.

Garen schirmte seine Augen mit einer Hand gegen die Sonne ab und sah zu seinem Sohn auf, der auf seinem Pferd neben dem Wagen ritt.

»Nun«, antwortete Garen und hielt sich fest, als der Wagen über eine unebene Stelle holperte, »das liegt daran, dass früher alle Leute, die diese Straße benutzten, krank wurden und nach kurzer Zeit elendig starben.«

»Götter!«, hauchte Garret und wurde etwas blass um die Nase. »Woran erkennt man denn, dass man sich diese Krankheit zugezogen hat?«

»Die Haare und Zähne fallen dir aus, du kannst nichts mehr essen und trinken, offene Geschwüre entstehen überall, du wirst blind und krepierst wie ein kranker Hund«, antwortete sein Vater ungerührt. Unwillkürlich griff Garret in sein schulterlanges Haar, auf das er stolz war und das den jungen Frauen im Dorf auch zu gefallen schien.

»Und, noch fest?«, fragte sein Vater schmunzelnd.

»Wie kannst du darüber nur Witze machen!«, protestierte Garret empört. »Wir sind auf dieser Straße nun schon mehrfach unterwegs gewesen!«

»Aber ihr wart noch nicht in Alt Lytar«, sagte sein Vater. »Also brauchst du dir keine Sorgen zu machen. Oder ich, den Göttern sei Dank.« Er sah Garret an. »Es ist die Passage durch die alte Stadt, die die Leute damals umbrachte.«

»Schade«, sagte Garret. »Diese alte Straße ist besser als alles, was wir haben, und es wäre sicherlich praktisch, wenn wir sie benutzen könnten.«

»Aber wir benutzen sie doch«, sagte Garen. »Sie führt im Bogen von Alt Lytar zu uns und von dort aus fast bis zum Pass. Auch die Händler, die zu uns kommen, verwenden sie, sobald sie das Tal erreichen.« Er machte eine weitläufige Geste, die das Tal umfasste. »Wir sind hier auf allen Seiten von hohen Bergen umgeben, nur die westliche Seite grenzt an das Meer der Tränen. Früher gab es zwei weitere, bequemere Pässe durch die Berge, aber auch sie wurden während des Kataklysmus zum Einsturz gebracht.«

»Wie konnten dann die Soldaten zu uns gelangen?«, fragte Garret.

Sein Vater nickte. »Diese Frage beunruhigt auch die Ältesten, denn es gibt nur eine denkbare Möglichkeit: Sie gingen im Hafen von Alt Lytar an Land. Und das bedeutet, dass unsere Gegner zumindest eine der Brücken über den Lyanta, den Fluss der Toten, wieder repariert haben. Oder es steht noch immer die Königsbrücke ... aber nach den Jahrhunderten, die vergangen sind, erscheint mir das mehr als unwahrscheinlich. Jedenfalls müssen sie einen Weg gefunden haben, den Fluss zu überqueren, denn nur jenseits des Flusses konnten sie auf die alte Straße gelangen und bis zu uns vorstoßen.«

Garen sah nun wirklich besorgt aus. »Du musst wissen, mein Sohn, dass der Lyanta ein breiter Fluss ist, gute vierzig Mannslängen, und sehr schnell fließt, denn innerhalb der alten Stadt ist er in einen Kanal gefasst worden. Selbst wenn er keine unberechenbaren Strömungen hätte, wäre es kaum möglich, ihn zu durchschwimmen. Seit dem Untergang Alt Lytars ist nichts mehr, wie es war. Gerät man mit dem Wasser des Flusses in Berührung, stirbt man innerhalb eines Tages am ›blutenden Tod‹. Trinkt man es, so dauert es kaum eine Stunde. Kurz bevor der Fluss ins Meer der Tränen mündet, zieht eine Berührung mit dem Wasser dem Lebenden das Fleisch von den Knochen, so verdorben ist das Wasser dort. Der Fluss bringt den Tod auch ins Meer. Früher, so erzählen die Legenden, sei die Bucht von Lytar ein reicher Fischgrund gewesen, und die Kinder hätten im Fluss gebadet. Es soll sogar Reinigungszeremonien zum Wohlgefallen der Götter gegeben haben. Doch jetzt ist sogar das Meer verdorben und tot. Nichts lebt mehr in ihm, bis auf unheilige Monster.«

»Und doch müssen die Fremden mit Schiffen gekommen sein. Über den Pass jedenfalls sind sie nicht gekommen«, dachte Garret laut, und sein Vater nickte.

»Warum hast du mir das alles nicht schon viel früher einmal erzählt?«, fragte jetzt Garret, und sein Vater seufzte.

»Weil du es nicht wissen musstest. Lytara liegt weit genug von der alten Stadt entfernt, und niemand war nach der Katastrophe mehr dort. Jeder weiß, dass Lytar die Strafe der Götter ereilte und sie noch immer jeden strafen, der die Stadt betritt. Durch den Hochmut unserer Vorfahren ist die Magie, die eigentlich das Geschenk der Herrin der Welten ist, verdorben und berührt alles in der Stadt auf zerstörerische Weise. Warum sollten wir den Zorn der Götter herausfordern, wenn uns doch der Rest des Tals gehört? Es ist doch groß genug, nicht wahr? In gestrecktem Galopp bräuchte man mit dem Pferd drei Tage, um es zu durchqueren und den Pass zu erreichen. Die Göttin erlaubte uns ein neues Leben und gab uns alles, was dafür nötig ist.«

»Und alles, was aus den alten Zeiten stammte und gefährlich erschien, wurde in diesem Depot für spätere Zeiten aufbewahrt?«, fragte Garret.

Sein Vater zögerte und tauschte einen Blick mit Hernul aus, der die Diskussion zwischen den beiden schweigend verfolgt hatte, während er das Gespann lenkte.

»Du bist jetzt alt genug, Garret«, sagte Garen dann. »Dein Weihefest ist zwar noch ein Jahr hin, aber du bist dennoch schon ein Mann. In diesen schwierigen Zeiten hast du ein Recht auf die Wahrheit.«

»Und wie lautet diese?«

»Die Wahrheit ist, dass es eine Warnung gibt, überliefert seit dem Tag, als unsere Vorfahren die alte Stadt verließen: Dieses Depot soll verschlossen bleiben, und die Vögel des Krieges dürfen nie wieder fliegen. Sollte jemand dieses Depot mit Machtgier im Herzen öffnen, bedeutete dies den Untergang der letzten Nachkommen von Lytar.«

Die Vögel des Krieges. So, wie es sein Vater sagte, klang es so unheilvoll, dass es Garret kalt den Rücken herunterlief.

»Warum öffnen wir es dann?«, fragte er leise. Es war überraschenderweise Hernul, der die Antwort gab.

»Weil wir nicht nach den Vögeln des Krieges suchen, sondern nach anderen Dingen. Und wir tun es nicht aus Machtgier, sondern aus Not. Wir suchen nach Dingen, die es uns erlauben, uns zu schützen, nicht andere zu unterjochen.«

Hernul war eher noch massiver als sein Sohn Tarlon, und sein Blick bohrte sich mit einer Entschlossenheit in Garrets Augen, die diesen unruhig im Sattel hin- und herrutschen ließ.

»Die Prophezeiungen und Legenden sind eindeutig:
›Wenn der Greif sich neu erhebt,
die Völker noch mit Krieg belegt,
wird der Götter Zorn erweckt,
das Urteil dann vollstreckt!‹«

Die Worte des Holzfällers ließen Garret frösteln. »Aber wir haben doch gar nichts getan!«, protestierte er dann. »Warum sollten uns die Götter strafen? Wir sind doch schuldlos!«

»Sind wir das? Vielleicht sind wir es«, erwiderte sein Vater leise. »Wenn ja, dann sollten wir darauf achten, dass es so bleibt. Und beten, dass die Götter es auch so sehen.«

»Die Göttin der Welten ist gerecht«, sagte plötzlich eine Stimme. Elyra war auf dem Fuchs ihrer Mutter an den Wagen herangeritten, ohne dass Garret es bemerkt hatte. »Die Herrin weiß um die Gedanken eines jeden von uns«, fügte sie ernsthaft hinzu. »Und ich kenne die Prophezeiung selbst, Ser Garen, Ser Hernul. Sie enthält noch einige Zeilen, die Ihr vergaßt zu erwähnen. Sie sagen vorher, dass die Zeit kommen würde, in der der Greif wieder über der Stadt weht, der Eber nach der Sonne greift und ein Kind über den Frieden der Welten entscheidet.« Elyras Kinn war erhoben, und sie begegnete den erstaunten Blicken der anderen mit

Ruhe und einer erkennbaren inneren Stärke, die nicht nur Garret beeindruckte.

»Wie Ihr schon sagtet, Ser Hernul. Die Prophezeiung ist eindeutig. Neid, Missgunst, Verrat, Habgier und die Sucht nach Macht sind die Wege, die in den Abgrund führen. Meiden wir sie und folgen den Lehren der Göttin, ist uns ihr Schutz gewiss!«

Ein letztes Mal schenkte sie den Männern einen langen Blick. Bei Garret verharrte sie besonders lang.

»Wir sollten glauben, Garret«, sagte sie dann. »Wir sollten an die Weisheit ihrer Worte glauben und an das Leben, dass sie uns gewährte. Denn in den Legenden steht auch geschrieben, dass sie es war, die im Rat der Götter vortrat und uns verteidigte. Sie war es, die unsere Vorfahren aus der Stadt führte, bevor die Strafe der Götter diese ereilte. Und sie wird uns nicht verlassen, wenn wir ihr folgen und nicht vom Weg abweichen!«

Mit diesen Worten gab sie dem Fuchs die Sporen und ritt, ohne sich noch einmal umzusehen, davon.

»Sie wird Sera Tylane mit jedem Tag ähnlicher«, meinte Garen nachdenklich, während er ihr nachsah.

Hernul nickte. »Und es war noch nie ein Fehler, auf ihre Mutter zu hören.«

Beide sahen nun Garret bedeutsam an, der schluckte und nickte. »Es ist manchmal schwer. Sie kann einem richtig auf die Nerven gehen.«

Die beiden älteren Männer lachten. »Das war bei ihrer Mutter auch nicht anders. Aber jetzt genug von alten Geschichten! Schau, es sieht so aus, als wären wir an unserem Ziel angekommen.«

Tatsächlich hatte der gesamte Zug die Lichtung im Wald mittlerweile erreicht, und die Dorfbewohner versammelten sich vor dem Eingang des Depots. Nur Ralik und Argor hielten einen Sicherheitsabstand zu dem Tor ein.

Garrets großer Moment war nunmehr gekommen, und so zögerte er auch nicht länger, sondern ging den Abhang hinauf und stellte sich vor dem Tor auf. Als er sicher war, dass ihm alle die gebührende Aufmerksamkeit schenkten, reckte er theatralisch seine Arme empor und rief laut und deutlich: »Öffne dich!«

Laut knirschend schwang der riesige Stein daraufhin zur Seite und offenbarte das eigentliche Tor aus Stahl. Ein Anblick, der Geraune und faszinierte Blicke bei den Anwesenden auslöste.

»Das«, sagte Pulver anerkennend und zündete sich seine Pfeife an, »nenne ich eindrucksvoll! Dieser Stein ist größer als ein Mühlrad. Ich frage mich, ob man mit dieser Magie auch eine Mühle antreiben könnte!«

»Warum sollte man das tun wollen?«, fragte Garen überrascht und wedelte Pulvers Rauch beiseite. »Das Mühlrad erfüllt doch seinen Zweck.«

»Ja, aber vielleicht wäre eine Taschenmühle nützlich?«

Garen lachte. »Ja, vielleicht.« Er klopfte seinem Freund auf die Schulter. »Vielleicht. Aber ich glaube es nicht. Habt Ihr Euer Schwert dabei?«

Pulver nickte. »Dann lasst uns dieses Tor öffnen«, meinte Garen und trat an das Tor heran, in dem noch immer Tarlons Schwert steckte.

Die Ältesten musterten die Siegel, die am Tor angebracht waren. Es waren sieben. Sechs von ihnen waren in einem Kreis angeordnet, während sich das siebte und letzte in der Mitte des Kreises befand.

Die einzelnen Siegel zeigten verschiedene Tiere, die wiederum für die einzelnen Familien standen. Der Bär war Tarlons Wappentier, der Grauvogel das Wappentier von Garrets Familie. Der Falke und der Eber standen für die Familien, denen der Bügermeister und Pulver angehörten. Dann waren da noch der Stier, der auch am Wirtshaus prangte, und der Wolf, der der Familie des Tischlers zugeordnet war. Das Wappen in der Mitte, das eine Mondsichel zeigte, war das Wappen von Sera Tylane, deren Schwert nun Elyra führte.

»Was hat es eigentlich mit diesen Wappen auf sich?«, fragte Lamar. »Ich sah den Stier bereits hier am Wirtshaus und den Grauvogel an dem großen Haus am Marktplatz. Das dürfte also Garrets Geburtshaus sein. Aber so wie Ihr es schildert, sind dies nicht nur einfach Familienwappen, sondern sie haben darüber hinaus noch eine andere Bedeutung.«

»Richtig, Ihr könnt dies nicht wissen«, sagte der alte Mann. »Ich vergaß, dies zu erklären, weil hier jeder diese Wappen kennt.« Er nahm einen Schluck Wein. »Kurz vor dem Kataklysmus starb der letzte König von Lytar und hinterließ das Reich seinen Kindern, dem Prinzen und der Prinzessin. Die beiden waren Zwillinge, aber sehr verschieden in ihrer Art. Die Prinzessin suchte den Unterricht in den Tempeln Mistrals auf und wurde in ihre Mysterien eingeweiht. Das Volk liebte sie, da sie immer ein offenes Ohr für die Probleme anderer hatte und, so hieß es, schon in jungen Jahren sehr weise war. Ihr Bruder hingegen strebte nach dem Vorbild der alten Könige, die mit starker Hand die Welt in Ketten legen wollten. Wer von den beiden die Krone Lytars tragen würde, sollte von den Priesterinnen Mistrals entschieden werden. Der Prinz wartete das Urteil der Priester nicht ab und ernannte sich selbst zum König. Durch diesen Frevel war das Königreich gespalten, und die Prinzessin bat den

*Bruder auf Knien, sie und alle, die ihr folgen wollten, gehen zu lassen. Es heißt, dass dies das erste und einzige Mal gewesen wäre, dass der neue König irgendjemandem gegenüber Gnade walten ließ. Und so gab er sie frei. Noch in der gleichen Nacht traten die Priesterinnen der Mistral jedoch vor den Prinzen und teilten ihm mit, dass er niemals König werden würde ... und so nahm das Unheil seinen Lauf.«*

*»Was geschah mit der Prinzessin?«*

*»Sie heiratete einen ihrer Gefolgsmänner, gebar ein Kind und verschwand ein paar Jahre später spurlos. Man weiß von ihr nur noch, dass sie sagte, sie könne sich ihrer Pflicht nicht länger entziehen ...«*

*»Also hat die Linie der Könige von Lytar überlebt«, sagte Lamar überrascht. »Ich dachte, sie wäre ausgestorben?«*

*»Wie kommt Ihr darauf?«, fragte der alte Mann. »Im Gegenteil. Selbst nach all diesen Jahren findet Ihr heute das Blut der Könige von Lytar in jedem hier im Dorf. Doch niemand wird jemals nach der Krone Lytars greifen wollen, und wer nun das Kind der Prinzessin und somit der Erbe der Krone war, ist in der Zeit verloren gegangen. Als Beliors Drache das Archiv verbrannte, verbrannten auch die letzten Hinweise darauf, wer der Erbe hätte sein können. Es wird ihn geben, irgendwo. Aber das ist nicht wichtig.«*

*Er sah Lamar mit einer hochgezogenen Augenbraue an. »Würdet Ihr es wissen wollen, wenn Euer Blut Schuld an dem Unheil trüge, das einst von Lytar ausging?«*

*Lamar sah verlegen zur Seite. »Wohl eher nicht«, sagte er dann leise und sah sich nachdenklich um. Er musterte die alten Balken des Wirtshauses und die Gesichter derer, die gespannt darauf warteten, dass der Geschichtenerzähler fortfuhr.*

*»Gut. Um auf die Wappen auf dem Stahltor des Depots zu-*

*rückzukommen: Es sind also die Wappen der Familien, die der Prinzessin einst ins Exil folgten?«, fragte Lamar dann.*
*Der Alte Mann nickte. »So ist es.«*

Offenbar hatten die Ältesten beschlossen, den Freunden den Vortritt zu lassen. Tarlons Schwert steckte bereits, und als Nächster schob nun Garret sein Schwert in den Schlitz unter dem Wappen seiner Familie. Dann folgte Elyra, die sich auf Zehenspitzen stellen musste, um ihr Schwert einzuführen. Ein Familienschwert folgte dem anderen, als Letzter war Pulver an der Reihe. Alle Schwerter passten und waren mit einem vernehmbaren Klicken im jeweiligen Schloss eingerastet.

Einen Moment lang geschah nichts, und die Dorfbewohner blickten sich ratlos an. Plötzlich glitt das Tor überraschend leise zur Seite und rollte bis zu der Stelle, an der die Schwertgriffe aus dem Tor ragten, in den Rahmen zurück.

Ein dunkler breiter Gang tat sich vor ihnen auf, und alte trockene Luft schlug ihnen entgegen. Im nächsten Moment wichen die meisten der Neugierigen erschreckt zurück, denn ein paar der Steine in der Decke begannen zu leuchten und erhellten fünf schwer gerüstete Gestalten, die am Ende des Gangs vor einem weiteren Tor standen. Es handelte sich eindeutig um Attrappen, dennoch löste ihr Anblick bei den Anwesenden ein Geraune und hastige Gebete an die Herrin aus.

Garret beachtete sie nicht und betrat den Gang, gefolgt von Elyra und Tarlon. Der Bürgermeister, der gerade an das offene Tor getreten war, hob die Hand, um sie aufzuhalten, schien es sich dann jedoch anders zu überlegen.

Langsam und vorsichtig näherten sich die drei den dunklen leblosen Gestalten. Jeder der fünf Hüter stützte sich auf ein schweres Bastardschwert und einen hohen Schild, von dem ein jeder das Wappen einer der alten Familien trug.

»Überall, wo wir hingehen, stoßen wir auf unsere Familie«, bemerkte Garret, denn die Gestalt vor ihm trug das Wappen der Sichel, der Mann daneben das der Grauvögel. Garret versuchte, in die Augenschlitze des Visiers vor ihm zu sehen, aber dazu war es zu dunkel.

»Nun, das ist wohl nicht anders zu erwarten«, ertönte eine weibliche Stimme, die die Freunde erschrocken einen Satz nach hinten machen ließ.

Es kam Bewegung in die Ritter, sie entspannten ihre Haltung ein wenig, altes Leder knirschte, und Tarlon stellte interessiert fest, dass auf Helm und Schulterstücken Staub lag.

»Was wollt Ihr?«, fragte eine raue männliche Stimme. »Ist der Konvent etwa gebrochen worden?«

»Ich weiß nichts von einem Konvent«, stammelte Garret und versuchte, sich wieder zu fassen. »Wir wurden kürzlich angegriffen und haben das Depot geöffnet, um nach etwas zu suchen, das uns im Kampf gegen den Feind von Nutzen sein könnte.«

Die Ritter schwiegen. Für eine kleine Ewigkeit sagte niemand etwas, und dennoch konnte sich Garret des Eindrucks nicht erwehren, als ob die fünf Ritter auf eine ihm unbekannte Art miteinander Rücksprache hielten. Dann ergriff die Frau das Wort.

»So, dachtet Ihr das ...«, sagte sie langsam. »Nun gut. Wenn Ihr sieben findet, die für die Öffnung des Depots stimmen, werden wir es Euch öffnen. Ihr könnt Euch umsehen, weil wir nur zu gut wissen, dass Ihr uns sonst nicht glauben werdet. Aber wir sagen Euch gleich, dass Ihr nichts von dem, was Ihr finden werdet, werdet verwenden wollen.«

»So wie es in diesem Moment aussieht, steht der Konvent noch, und wir sind seine Hüter«, fügte eine andere hohl klingende Stimme hinzu. »Wir sind insgesamt sieben und wachen darüber, dass niemand, der nicht von Lytar ist, die Macht des alten Reiches wieder zum Leben erweckt. Wir dienen außerdem den Nachkommen Lytars als Warnung, die leichtfertig danach zu greifen trachten. Wird der Konvent jedoch gebrochen, ist es unsere Bestimmung, darüber zu wachen, dass der Greif den Zorn der Götter nicht erneut beschwört!«

Vanessa räusperte sich und wurde etwas bleich, als die Helme vor ihr leicht knirschten und die Hüter sich ihr zuwandten.

»Verzeihung, aber was ist der Konvent?«

»Das würde ich auch gerne wissen«, sagte der Bürgermeister, der zusammen mit Hernul, Garen und Pulver hinter ihnen aufgetaucht war. »Mein Name ist Ansalm Dunkelfeder. Ich bin der Bürgermeister von Lytara, und dies hier sind meine Freunde Pulver, Hernul und Garen, die genau wie auch ich zum Ältestenrat unsers Dorfs gehören.«

Raliks Namen erwähnte er nicht, denn der Zwerg und sein Sohn warteten sicherheitshalber erst einmal vor dem Depot. Der Bürgermeister wandte sich an die Größte der fünf Gestalten. Es war die Sera, die auch schon vorhin gesprochen hatte.

»Was also ist der Konvent?«, fragte er erneut.

Die fünf Hüter sahen einander an, dann nickte die Frau. »Diese Frage soll Euch beantwortet werden. Ich sehe, dass viele draußen vor dem Tor warten. Ruft sie herein, auf dass ein jeder meine Worte hören möge.«

Es dauerte nicht lange, und der Gang vor dem inneren Eingang füllte sich mit den Bewohnern des Dorfes. Auch wenn sie alle neugierig waren, so stellte Garret doch mit Genugtuung fest, dass es ihnen nicht anders ging als ihm. Die vorsichtigen Blicke in Richtung der gerüsteten Gestalten zeigten deutlich, wie unheimlich ihnen die Situation war.

Als alle versammelt waren und sogar Argor und Ralik sich vorsichtig vorgewagt hatten, richtete sich die Frau zu ihrer vollen Größe auf.

»Hört denn, Ihr Bürger von Lytara, die Geschichte einer einst so mächtigen Nation, deren Geschlechtern Ihr entstammt«, sprach sie in der alten Tradition der Barden. Ihre Stimme füllte den Raum vor dem inneren Tor mühelos, und es lag ein Hall in ihr, der nicht nur Garret frösteln ließ.

»Vor langer Zeit wurde das stolze und mächtige Reich Lyranthor auf dem Blut und der Asche anderer Nationen errichtet. Sie fielen durch unsere magischen Kräfte, denen sie nichts entgegenzusetzen hatten. Durch falsche Versprechen, Intrigen und Verrat kam die Zerstörung. Unsere mächtigen Armeen beherrschten die Himmel, befahlen dem Meer und zwangen mächtige Reiche in den Staub zu unseren Füßen. Gier und Wahnsinn bevölkerten unsere Städte, Missbrauch und Gewalt ließen uns wie die Verkörperung des Bösen erscheinen. Man sah uns als dunkle Götter auf ihren Raubzügen durch die Welten an. Wir waren niemandem verantwortlich, gefürchtet von jedem, wild genug, die Götter selbst in ihrer Macht herauszufordern. Nur die Nationen der Elfen standen uns noch im Weg, aber wären sie erst ausgelöscht, so würde allein der Greif auf ewig diese Welt beherrschen! Doch eines dunklen Tages, am Vorabend der letzten großen Schlacht, die am Morgen die Vernichtung der siebzehn Elfennationen bringen sollte, befragten die Priester die Göttin und machten eine große Weissagung. In dieser wurde den Sterblichen kundgetan, dass wir den Zorn der Götter und damit unsere Vernichtung auf uns herabrufen würden, sollten wir diesem Pfad weiterhin folgen. Aber sollten wir dieses eine Mal die Schlacht vermeiden und nur dieses eine Mal Gnade zeigen, dann wäre dies die Saat unserer Rettung, auch wenn die letztliche Zerstörung unabwendbar sei!«

»Als der König von dieser Weissagung hörte«, fuhr die dunkle Sera fort, »befahl er jedem Priester im Land, diese Prophezeiung zurückzunehmen oder er würde zum Schwert gebracht werden. So befahl er es, und so geschah es. Ein jeder Priester im Land musste sich zwischen seinem Glauben und dem Schwert entscheiden, und sie alle wählten den Tod durch das Schwert. Kein Einziger widerrief, bis nur noch eine Priesterin übrig war. Es war eine junge Frau, im Alter einer Priesterschülerin, die erst vor Kurzem in den Stand einer Priesterin erhoben worden war. Sie wurde als Letzte der Dienerinnen vor den König gebracht, und als man sie zwingen wollte, vor dem König niederzuknien, gelang es ihnen nicht, obwohl schwere Männerhände sie zu Boden drücken wollten. Still und ruhig stand sie vor dem König, bis dieser seine Schergen zur Seite winkte.

›Warum kniest du nicht vor deinem König?‹, soll er sie gefragt haben, und sie soll geantwortet haben, dass er nicht der König der Himmel sei, sondern nur der Herrscher des Reiches. Sie aber würde nur vor der Herrin der Welten die Knie beugen und nicht vor einem Sterblichen. Der Henker erhob bereits das Schwert, als die junge Frau weitersprach, und eine Geste des Königs bremste die Klinge.

›Der Wille der Götter‹, sprach sie, ›wird sich nicht von einem sterblichen König beugen lassen, egal, wie mächtig er auch ist.‹ Zudem wären nun auch alle anderen erschlagenen Priester hier bei ihr, denn den Glauben eines ganzen Volkes könnte man nicht mit Schwert, Feuer oder irgendeiner Art von Folter beenden. Der Glaube sei, wie die Götter selbst, nicht von dieser Welt und somit der Macht des Reiches als Einziges entzogen. Dies sei die letzte Chance, die ihm, dem König, von den Göttern gegeben würde. Bliebe er bei seiner Entscheidung, so wäre er sicherlich siegreich in dieser einen Schlacht, doch in wenigen Jahrhunderten schon wäre Lyranthor vergessen und er selbst eine unbekannte Fußnote im Staub der Geschichte. Der Blick der jungen Frau war so direkt, so sicher, dass der König erbleichte.

›Was also soll ich tun?‹, fragte er. Er solle nach Lytar zurückkehren, gab ihm das Mädchen zur Antwort. Die Provinzen aufgeben und das eroberte Land befreien, die Macht Lytars für die Weiterentwicklung der Künste und des Wissens nutzen, zum Wohle aller Länder. Lytar, so sagte sie, würde zerstört werden, dies sei unabänderlich der Wille der Götter. Doch die guten Taten Lytars könnten die Strafe der Götter zurückhalten, für Jahrzehnte, Jahrhunderte, vielleicht sogar für ein Jahrtausend, doch letztlich würde Lytar fallen. Aber aus der Asche dieses großen Reiches würde etwas Neues hervorgehen, das für das Gute steht, ebenso wie jetzt, an diesem Tag, der König der Inbegriff des Schlechten in dieser Welt wäre.

›Ich bin nicht schlecht‹, sagte der König, denn er sah sich nicht so. ›Ich will nur Frieden bringen über diese Welt.‹

›Frieden entsteht nicht aus der Macht des Schwertes. Frieden entsteht durch Freude, Wohlstand und Glück, und all das habt Ihr anderen genommen. Seht es, wie Ihr wollt, aber Eure Taten sind verwerflich. Lasst ab davon und sucht den Frieden auf andere Art.‹

Der König sah das Mädchen an. ›Dies also ist der Wille der Götter?‹, fragte er, und sie nickte nur.

›Das ist unannehmbar‹, entschied der König, und auf sein Zeichen hin fiel das Schwert des Henkers und trennte den Kopf der Priesterin von ihren Schultern. Er rollte vor die Füße des Königs, kam dort aufrecht zum Stehen, und ihre Augen fingen die seinen mit ihrem letztem Blick, ruhig und unerschrocken, auch als das Licht in ihnen schwand. Ihre Lippen formten lautlos einen letzten Satz, doch was sie sagte, konnte man nur erahnen. Der König jedenfalls war bleich, als er aufstand und sich in sein Zelt zurückzog. In der Nacht jedoch erschien ihm das Mädchen im Traum, und hinter ihr eingereiht, standen all die Priester, die er hatte erschlagen lassen.

›Ziehe dich zurück‹, sagte sie. ›Es ist der Wille der Götter!‹ Dann verschwanden sie und die anderen Priester wieder in der Dunkelheit. In dieser Nacht fand der König keinen Schlaf, und als der Morgen nahte, rief er seine Ratgeber zu sich und erzählte ihnen, was er in der Nacht gesehen hatte. Noch immer war er sich sicher, dass nichts gegen die Macht Lyranthors bestehen könnte, doch war er nachdenklich geworden. Niemand weiß heute, wie er sich entschieden hätte, wenn sich seine Ratgeber nun nicht gegen ihn erhoben hätten. Gut ein Dutzend fielen in diesem Kampf, denn der König war aus dem Clan der Stiere, mächtig und vortrefflich im Umgang mit dem Schwert und der Magie, einer der stärksten Kämpfer seiner Zeit. Fast schien es so, als ob er siegen würde, doch ein Dolchstoß, der ihm in den Rücken fuhr, beendete den Kampf.

Der nächste Morgen brach düster und wolkenverhangen an. Unter dem Klang von Pfeifen und Trommeln marschierten die Armeen der siebzehn Elfennationen auf das Schlachtfeld, bemalt mit den Farben des Todes. Ein jeder von ihnen war vor dem Kampf geweiht und gesalbt worden und sang nun sein eigenes Todeslied. Dennoch kamen sie alle, ob Mann, Frau oder Kind, Alt und Jung, um sich der Macht Lytars entgegenzustellen. Die Wolken am Himmel rissen auf, und die Sonne schien wie ein gutes Omen an diesem Tag, doch die Hügel, die die Armee der Elfen umgaben, waren schwarz, überzogen von der Heeresmacht des Reiches: Falke, Bär, Wolf und Adler. Golden auf blutrotem Grund flatterten die Symbole der Clans im Wind.

Auf dem Schlachtfeld selbst warteten jedoch nur ein kleiner Junge, gekleidet in die königlichen Farben des Reiches, und ein Mädchen mit goldenem Haar, das eine einfache blaue Robe trug. Keine Fahne der Verhandlung war bei den beiden zu sehen, dennoch senkten die Elfen die Waffen, und ihre eigenen Prinzen näherten sich vorsichtig dem ungleichen Paar.

*»Davon höre ich heute zum ersten Male ... Man sollte meinen, eine solche Schlacht wäre in den Legenden erwähnt«, bemerkte Lamar zweifelnd.*

*»Dies ist lange her«, erklärte der alte Mann. »Es war das erste Zeitalter des alten Reiches, als die Menschen und die Welt noch jung waren und nur die Nationen der Elfen zwischen dem Greifen und seinem Wunsch standen, die ganze Weltenscheibe zu beherrschen.« Der alte Mann erlaubte sich ein leichtes Lächeln. »Und noch sprach ich nicht von einer Schlacht ...«*

›Was hat das zu bedeuten, Sterblicher?‹, fragte eine der Elfen, eine feurige und stolze Kriegerin. Verachtung lag in jedem Wort und jeder Geste, und ihre Augen funkelten hasserfüllt in überirdischem Grün. ›Wir werden uns nicht ergeben!‹

Der Prinz des Reiches, ein Junge, kaum älter als zehn Jahre, sah sie ruhig und gelassen an. ›Wir sind gekommen, um Euch mitzuteilen, dass wir keine Kriege mehr führen werden.‹

Die Elfenprinzessin blinzelte ungläubig, obwohl es hieß, man könne einen Elfen nicht überraschen.

›Einfach so?‹, fragte ein anderer der Elfenprinzen und warf einen skeptischen Blick hoch zu den Hügeln, wo die Truppen des Reiches warteten.

›Nein‹, antwortete das Mädchen. Von den Elfen wusste niemand, wer sie war, dennoch besaßen ihre Worte ein Gewicht, das die Aufmerksamkeit aller auf sie zog. Die Elfe blinzelte erneut. Der Prinz jedoch wurde bleich, als er ihre Worte vernahm, denn er wusste, dass sie gar nicht an dieser Stelle hätte stehen dürfen, weil sein Vater sie am Vortag als Letzte der Priester und Priesterinnen hatte erschlagen lassen.

›Von nun an wird sich an jedem fünfzigsten Mittsommerfest eine Elfenprinzessin den Königen von Lytar präsentieren. Diese wiederum verpflichten sich, diese zur Frau zu nehmen, um so den Frieden für die Reiche zu erhalten. Das ist der Preis, den die Götter den Elfennationen für die Rettung des Friedens bestimmen.‹

Das Mädchen wandte sich an den jungen Prinz. ›Im Gegenzug wird sich Lytar in seine Heimat zurückziehen, um das wieder aufzubauen, was gedankenlos zerstört wurde.‹ Das Mädchen sah den jungen Prinzen an, und dieser fror, als er die Augen sah, die tags zuvor seinem Vater getrotzt hatten. ›Die Götter werden Gnade walten lassen und das über Lytar verhängte Urteil so lange aussetzen, bis erneut der Tag kommt, an dem ein jeder Diener des Glaubens getötet wird.‹

›Das wird nicht geschehen‹, sagte der junge Prinz mit überraschend fester Stimme. Er war der Sohn seines Vaters, und an Mut fehlte es seiner Linie selten. Das Mädchen erwiderte nichts. Es nickte nur und verschwand so lautlos, wie es erschienen war.

Und so geschah es. Die Armeen kehrten zurück in ihre Heimat, und ihre Rückkehr bedeutete das Ende des ersten Zeitalters. Über vierhundert Jahre lang herrschte danach Frieden in den Reichen. Die eroberten Provinzen wurden wieder selbstständig, nur das Kernreich und seine Hauptstadt verblieben. In dieser Zeit erhob Lytar nie mehr das Schwert, jedenfalls nicht gegen andere Reiche und Nationen. Nur untereinander wurde oftmals heftig gestritten, denn es steht geschrieben, dass ein Tiger nicht zum Schaf werden kann, auch wenn man ihm nur Gras zu fressen gibt. So geschah, was geschehen musste: Neid, Missgunst und Machthunger erhoben sich erneut, der Bruder stritt mit der Schwester, die Lytarer griffen erneut nach der Krone der Macht, und Lytar wurde dem Erdboden gleichgemacht, wie es die Götter lange zuvor beschlossen hatten. Und damit endete das zweite Zeitalter Lytars.«

Eine ganze Weile herrschte Stille vor der inneren Tür. Dann begannen die Leute wild durcheinanderzureden, bis der Bürgermeister die Hand hob und sich räusperte. »Das meiste von dem, was Ihr uns da berichtet, war uns nicht bekannt. Dennoch wissen wir sehr wohl, dass der Hochmut, der Neid und die Missgunst des altes Reiches den Zorn der Götter erregten. Es ist uns eine stete Warnung. Aber was ist der Konvent?«

»Es ist folgendermaßen: Kurz bevor Alt Lytar zerstört wurde, folgten die sieben Familienclans der Prinzessin ins Exil. Nach der Zerstörung befahl die Prinzessin ihren Getreuen, noch einmal in die Stadt zurückzukehren, um dort all die Dinge zu bergen, die sie als zu gefährlich einstufte oder als zu wichtig erachtete, um sie zurückzulassen.

Nachdem dies geschehen war und die Relikte des alten Reiches im Depot verschlossen worden waren, bestimmten die sieben führenden Familien mit der vollen Unterstützung aller, die dem Kataklysmus entronnen waren, dass von nun an nie wieder Habgier und Krieg von Lytar ausgehen sollten. Sie bauten das Dorf Lytara auf und schworen, mit Ausnahme des Jagdbogens, alle Waffen aufzugeben, ebenso die magischen Künste, die so viel Hass und Zerstörung in die Welt gebracht hatten. Sie schworen, in Frieden zu leben, bis der zweite Teil der Prophezeiung eintreffen würde. Bis dahin sollte der Wille des Volkes regieren, weshalb ein Rat ins Leben gerufen wurde, bestehend aus sechs Männern und dem Wort eines siebten, der von den Bürgern Lytars gewählt wurde. Dieser Rat ist der Konvent, und er allein bestimmt die Geschicke des Landes.

Nun muss jedes einzelne Ratsmitglied zustimmen, dass die Tür zum Depot tatsächlich geöffnet werden soll. Wir wachen darüber, dass es nicht anders ist. Denn die Kriegsmaschinen, die die Getreuen der Prinzessin damals nicht zerstören konnten, wurden hierher zur Verwahrung gebracht, und wenn die Vögel des Krieges einmal fliegen, wird man sie kaum zurückrufen können.

Um zu verhindern, dass diese alte Macht in die falschen Hände gerät, schworen wir sieben, nicht eher zu ruhen, bis sich die Macht Lytars erneuern und zum Guten erheben würde. Mit Magie und altem Wissen banden wir uns selbst an diesen Ort und diese Rüstungen und fielen in einen magischen Schlaf, bis zu dem Moment, an dem Ihr unsere Ruhe störtet.«

»Ihr meint, Ihr habt dieses Schicksal freiwillig gewählt?«, fragte Garret entsetzt.

Die dunkle Sera musterte ihn durch die Augenschlitze ihres Visiers. »Keiner von uns Hütern ist ohne Schuld«, sagte sie dann langsam, als fiele es ihr schwer, darüber zu sprechen. »Unsere lange Wache ist unser Versuch, Wiedergutmachung zu leisten, bevor wir vor die Götter treten, die uns richten werden.«

Lange sagte niemand ein Wort. Sich freiwillig für Jahrhunderte in dieses Depot einschließen zu lassen, das Leben aufzugeben und nur durch Magie weiterzuexistieren, war für die meisten Dorfbewohner ein unvorstellbarer Gedanke.

»Und wann ist der Konvent gebrochen?«, fragte Elyra in die Stille hinein.

»An dem Tag, an dem die Macht des alten Reiches neu ersteht. Dann wird die Krone Lytars erneut erhoben, doch diese Mal, um das Reich zu einen. Damit beginnt der zweite Teil der Prophezeiung. Der Greif muss sich entscheiden, ob er die Macht zum Guten nutzt und gegen das Böse antritt oder ob das Übel in der Welt überhandnimmt«, gab die Frau mit ihrer dunklen Stimme zur Antwort. »Darüber hinaus sagt die Prophezeiung nur noch, dass Mistral ihre erste Dienerin mit einem Licht über der Stadt weihen wird.«

»Mistral wird uns wieder ihre Gnade schenken? Es wird

wieder Priesterinnen geben?«, rief Elyra aufgeregt dazwischen.

»Richtig, mein Kind, es wird dann in unserem Tal wieder eine Priesterin Mistrals geben. Sie ist das Zeichen dafür, dass das dritte und letzte Zeitalter Lytars beginnt. In der Prophezeiung heißt es eindeutig: ›Das Reich wird nicht ohne die Führung der Göttin sein, denn sie wird eine Dienerin erwählen, die es in diese neue Zeit führt.‹«

Ein Raunen ging durch die Menge. Der Bürgermeister sah Elyra strafend an und öffnete den Mund, doch diesmal war es Garret, der ihm zuvorkam und die nächste Frage stellte: »Heißt das, dass die Krone von Lytar noch existiert? Wir dachten alle, sie wäre zerstört?«

»Die Krone Lytars zerstört? Wie sollte dies möglich sein?«, fragte die Hüterin, und ihre Überraschung war ihr deutlich anzumerken.

»Wir dachten, es wäre so«, antwortete der Bürgermeister, der diesmal schneller war als Garret und Elyra.

»Die Krone von Lytar ist keine gewöhnliche Krone. In ihr ruht die Macht, das Reich zu einen. Sie birgt sowohl die Macht des alten Reiches als auch die Hoffnung einer neuen Welt. Nicht einmal der Kataklysmus war imstande, sie zu zerstören. Vielleicht vermögen sogar die Götter selbst nicht, dies zu tun.«

»Wo ist sie? Ist sie hier?«, fragte Elyra, und der Bürgermeister sah gequält nach oben, als wolle er die Götter um Beistand anflehen.

»Nein, das ist sie nicht. Niemand weiß, wo sich die Krone befindet. Wahrscheinlich in den Trümmern der alten Stadt. Wenn Ihr die Krone sucht, seid Ihr hier am falschen Ort.«

Der Bürgermeister räusperte sich und setzte zu einer Erklärung an. »Jener Belior, der unser friedliches Dorf mit seiner Armee aus dem Nichts angegriffen hat, ist auf der Suche nach dieser Krone. Er strebt nach ihrer Macht. Er ist bereit, alles und jeden zu zerstören, der sich ihm in den Weg stellt. Er wird jeden Stein dreimal umwenden, bis er die Krone gefunden hat.«

»Die Krone wird das Reich einen. Wer auch immer sie trägt«, antwortete die Hüterin schlicht.

»Was macht diese Krone so wertvoll?«, überlegte der Bürgermeister laut. »Welche Macht hat dieses Artefakt, dass dieser fremde König uns hier mit Krieg überzieht, um die Krone in seine Hände zu bekommen?«

Die Sera schwieg einen Moment, dann seufzte sie. »Das vermag Euch niemand zu sagen, nur die Könige selbst und die Priesterinnen Mistrals wussten um ihr Geheimnis. Ich selbst weiß nur, dass sie keine Waffe ist. Die Macht der Krone ist subtil, ihre unmittelbaren Auswirkungen unsichtbar. Der Magier, der sie schuf, meinte einst, dass sie ein Werkzeug wäre und somit für jeden Herrscher eine Prüfung. Ist derjenige, der sie trägt, gut und weise, wirkt auch die Krone in diesem Sinn, strebt jemand nach Macht, wird er sie durch die Krone erhalten. Keiner weiß mehr, denn der Letzte, der sie trug, nahm ihr Geheimnis mit in den Tod.«

Der Bürgermeister nickte langsam. »So wisst auch Ihr kaum mehr zu berichten, als unsere alten Legenden sagen.«

»So ist es«, bestätigte die Frau in der Rüstung.

»Das ist bedauerlich, aber wegen der Krone kamen wir auch nicht hierher«, sprach der Bürgermeister weiter. »Wir suchen Dinge, die uns nützlich sein könnten, unsere Heimat zu verteidigen. Eure Worte haben uns tief berührt, aber all dies ist lange her, und heute sind wir es, die in Gefahr sind. Was uns betrifft, steht der Konvent also noch. Aber wir wurden angegriffen. Und deshalb wollen wir uns in diesem Depot nach etwas Brauchbarem umsehen. Ich gebe Euch mein Wort, dass wir keine Kriegsmaschinen entnehmen werden.« Er sah sich um, und alle anderen Mitglieder des Rates nickten, mit Ausnahme von Ralik, dem Zwerg.

Stille kehrte ein, und Ralik fühlte, dass die fünf Gewappneten nun ihn musterten. Er spürte eine Kälte in sich aufsteigen und eine namenlose Angst. Er war wahrlich alt genug, um zu wissen, dass die Hüter keine gewöhnlichen Sterblichen mehr sein konnten. In ihnen hatte sich die Magie mit dem Tod zu etwas verbunden, das er nicht benennen konnte.

»Denkt immer daran«, warnte die dunkle Sera. »Erhebt Ihr die Macht des alten Reiches, bricht der Konvent, und die Prophezeiung nimmt ihren Lauf.«

Daraufhin fuhr ein heller Blitz, gefolgt von einem gewaltigen Donner, durch den Gang. Die Hüter verschwanden wie von Geisterhand, und dort, wo sie zuvor gestanden hatten, teilte sich vor den Augen der fassungslosen Lytarer das zweite Tor aus Stahl und gab den Weg frei in das Innere des Depots.

»*Hmpf!*«, *sagte Lamar.* »*Wird das Ganze jetzt zu einer Geistergeschichte mit untoten Rittern und Jungfrauen? Immerhin hatten wir bereits einen Drachen!*« *Er erntete dafür einen empörten Blick des Gastwirts.* »*Also wirklich! Ein alter magischer Schatz, Todesritter, die ihn bewachen ...*« *Er schüttelte den Kopf.* »*Abgesehen davon, habe ich noch nie davon gehört, dass es siebzehn Elfennationen gegeben haben soll!*«

»*Es beruhigt ungemein, immer alles zu wissen, nicht*

wahr?«, fragte der alte Mann und stopfte in aller Ruhe seine Pfeife.

Lamar schwieg beleidigt, griff nach seinem Becher und trank einen Schluck.

»Auch wenn Elfen lange leben, so lange, dass man sie oft als unsterblich betrachtet, vergeht die Zeit und begräbt nicht nur Leben, sondern auch Nationen. So erging es auch den Elfen. Heute gibt es nur noch wenige von ihnen, und manches menschliche Dorf steht heute auf Boden, der den Elfen heilig ist. Es gibt zu viele von uns und zu wenige von ihnen, als dass sie gegen die Menschen bestehen konnten. Sie spürten, dass eine andere Zeit heranbrach, und zogen sich immer weiter zurück. Sie verließen ihre Länder und gingen ... wohin auch immer der Weg sie führte. Nur drei der einstmals siebzehn großen Nationen sind noch übrig, die anderen sind von uns Menschen vergessen, aber nicht von den Elfen selbst.«

»Wenn Ihr es sagt ...«, meinte Lamar. »Nun gut, alter Mann, ich habe lange genug zugehört und darüber hinaus auch schon mehr als genug für den Wein bezahlt, also werde ich mir wohl auch den Rest Eurer Geschichte anhören! Aber ehrlich ...« Er schüttelte den Kopf. »Drachen und Todesritter?«

»Wollt Ihr nun diese Geschichte oder eine andere erzählt bekommen?«, fragte der Gastwirt etwas barsch. »Kümmert Euch nicht um den Preis des Weines«, fuhr er fort. »Mir ist es den Wein gerne wert.«

»Wir wollen alle wissen, wie es weitergeht, Großvater«, rief eine junge Frau aus der Menge, und Lamar schnaubte, zog es dann aber vor, nichts mehr zu sagen, als er die Blicke bemerkte, die ihm die anderen zuwarfen.

»Die Geschichte geht tatsächlich noch ein ganzes Stück

*weiter«,* lächelte der alte Mann. *»Die fünf Hüter des Konvents waren also verschwunden, und das Tor zum Depot war offen ...«*

Der Raum, der sich hinter dem Tor auftat, war riesig, gute achtzig Schritt lang und bestimmt vier Stockwerke hoch. Boden, Wand und Decke waren mit grauen Steinkacheln verkleidet, und einige der Kacheln in der Decke spendeten ein so helles Licht, wie es hundert Fackeln nicht hätten tun können. Die Luft, die ihnen entgegenschlug, war trocken und staubig, doch es roch nicht nach Moder.

»Es riecht nach Vergangenheit«, sagte Elyra leise, als sie ihren Blick über die vielen Kisten, Kästen und Behälter wandern ließ, die zum Teil in geöltes Leder eingewickelt, zum Teil ohne weitere Umhüllung, nur von Staub bedeckt, aufeinandergestapelt waren. Manche der Schatullen und Behälter waren so klein, dass man sie in der Hand halten konnte, andere so groß, dass sie bis an die Decke des riesigen Raumes reichten. Die Gänge zwischen den Kisten und Kästen waren teils eng, teils weit, aber sie erlaubten stets den bequemen Zugang zu jedem Behälter.

»Ich weiß nicht, wie es euch geht«, fuhr Elyra leise fort und strich sich nervös ihr Kleid zurecht. »Mir jedenfalls macht das hier alles Angst.«

»Da bist du nicht allein«, stimmte Tarlon ihr zu. Aber noch während er sprach, eilten andere an ihm vorbei ins Depot, um dessen Schätze neugierig zu begutachten.

»Leute!«, rief der Bürgermeister plötzlich lautstark. Da es hier keinen Brunnen gab, war er, erstaunlich behände für einen Mann seines Alters und Berufs, auf eine der größeren Kisten geklettert. Die Leute hielten augenblicklich in ihrem Tun inne und sahen überrascht zu ihm hoch.

»Wir haben auf Treu und Gewissen versprochen, nichts aus dem Depot mitzunehmen. Ich beabsichtige, mein Versprechen einzuhalten! Seid daher vorsichtig und fasst nichts an, vor allem keine Kriegsmaschinen!«

»Hier gibt es keine Kriegsmaschinen!«, rief jemand. »Nur unnützes Zeug!«

»Das würde ich so nicht sagen«, sagte Ralik. Er hatte die Klappe der Kiste geöffnet, auf der der Bürgermeister stand, und auf seinem Gesicht mischten sich gleichermaßen Ehrfurcht und Schreck.

Der Bürgermeister sprang von der Kiste herunter. »Was ist das? Götter, steht uns bei!«

In der Kiste, einer der größten hier im Depot, standen vierzig schwarze Ritter, metallene Statuen, die etwa doppelt so groß waren wie ein normaler Mann. Sie trugen große Schwerter und Schilder, auf denen das Wappen Alt Lytars prangte: der Greif mit dem erhobenen Schwert. Darüber hinaus schulterten sie Speere und sahen so aus, als ob sie bereit wären, im nächsten Moment loszumarschieren. Schwarz und offensichtlich aus demselben Material gefertigt wie die Familienschwerter, wirkten ihre metallenen Gesichter hart und unnachgiebig. Sie strahlten eine derartige Bedrohung aus, dass sowohl der Zwerg als auch der Bürgermeister einen Schritt zurückwichen. Auch die anderen, die neugierig hinzukamen, um zu schauen, was die beiden so beeindruckte, hielten inne. Einige schwiegen, andere fluchten leise, als sie die metallenen Krieger sahen.

»Wofür haben sie die Statuen wohl eingelagert? So schön sind die ja nun auch wieder nicht. In meinem Garten würde ich so eine jedenfalls nicht aufstellen!«, rief jemand aus dem Hintergrund und löste damit hier und da ein leises Lachen aus, auch wenn es etwas betreten klang.

Pulver war nun auch dazugetreten und musterte die Statuen intensiv. Dann kniete er sich hin, um den Boden der Kiste genauer zu begutachten. Als er sich langsam wieder aufrichtete, hielt er den Blick misstrauisch auf die Statuen gerichtet. »Ich glaube, das sind keine Statuen«, sagte er, mit Unglauben in der Stimme. »Seht ihr hier den Boden vor der Kiste? Überall sind Fußspuren. Diese Statuen sind hier selbst hineinmarschiert. Sie können sich allein bewegen!«

»Götter!«, hauchte der Bürgermeister. »Dass mir die ja keiner anfasst!« Er schüttelte den Kopf. »Ich weiß nicht, was ich hier zu finden hoffte. Kriegsgerät vielleicht, aber doch nicht so etwas!«

»Einfache Katapulte oder Belagerungstürme werden wir hier wohl kaum finden«, sagte Ralik erschüttert, als er die weiten Türen der Kiste langsam wieder schloss. »Ich glaube, das hier ist um vieles schlimmer.«

Garret hatte sich nicht weiter darum gekümmert, was die anderen da so interessierte, sondern sich währenddessen auf eigene Faust daran gemacht, das Depot zu erkunden. Dabei stieß er auf eine mannshohe Kiste, die umlaufende Regale enthielt, auf denen Dutzende von kleinen Statuen standen. Darunter waren zwei Dutzend stählerne Falken, die so fein gearbeitet waren, dass man meinen könnte, jede der stählernen Federn wäre echt. Feine Hauben aus Silberdraht waren über ihre Köpfe gezogen, ähnlich den Hauben, die Falkner bei ihren Tieren verwendeten.

Vorsichtig nahm er eine der Figuren in die Hand. Sie war unverhältnismäßig schwer und fühlte sich in seiner Hand überraschend warm an. Er erkannte das Wappen auf den metallenen Federn.

Interessant, dachte Garret und schmunzelte leicht, denn dieses Wappen gehörte zu dem Falkner von Lytara, einem

Freund seines Vaters. Die Falknerei hatte offenbar Tradition in dessen Familie und reichte weit in deren Vergangenheit zurück. Garret sah sich suchend um und entdeckte den Mann in der Nähe des Ausgangs. Vielleicht würde der Freund seines Vaters die Statue interessant finden und ihm mehr darüber erzählen können.

»Hier«, sagte Garret und reichte die Figur an den Falkner weiter. »Ich glaube, das gehörte einmal Eurer Familie.«

Der Mann nahm die Tierfigur vorsichtig entgegen und betrachtete sie nachdenklich. »Ich habe die Geschichten meines Großvaters immer für Märchen gehalten. Aber nun, da ich diesen metallenen Falken mit meinen eigenen Augen sehe ... Lass uns kurz ins Freie gehen und dort etwas ausprobieren.«

Garret sah unwillkürlich zum Bürgermeister zurück, und der Falkner lachte. »Ich glaube nicht, dass er etwas dagegen hat. Wir bringen den Falken auch gleich wieder zurück.«

»Nun gut«, meinte Garret, dessen Neugier immer größer wurde. »Wir nehmen ja wirklich nichts mit.«

Zusammen gingen sie zum Eingang des Depots zurück. Draußen auf der Lichtung drehte der Falkner den metallenen Falken in der Hand hin und her und betrachtete ihn von allen Seiten. Sanft strichen seine Finger über das metallene Gefieder.

»Irgendwie glaube ich, dass das hier fliegen kann ...«, sagte er und zog die fein gewebte silberne Haube vom Kopf der Statue. Sofort begann der Falke sich zu bewegen und zu strecken, und der Falkner warf die Statue hoch in die Luft.

»Flieg!«, rief er. Ungläubig sahen die beiden zu, wie der kleine Falke einmal mit seinen Schwingen schlug, um dann in einem großen Bogen weiter aufzusteigen, wobei er immer größer und größer wurde. Der Falke wuchs und wuchs, bis die Spannweite seiner Schwingen gut zehn Schritte betrug, dann öffnete er seinen metallenen Schnabel und stieß einen Schrei aus, der weithin über das Land hallte und Garret erschaudern ließ. Er und der Falkner sahen gebannt und verängstigt zu dem riesigen Vogel hoch, der höher und höher stieg, den Kopf zur Seite gelegt, während seine unnatürlichen Augen, wie geschmolzenes Blei, die Landschaft nach Feinden absuchten.

Plötzlich legte er seine gewaltigen Schwingen eng an den Körper an und stürzte mit einem lauten Pfeifen auf Garret und den Falkner herab. Kleiner und kleiner werdend, breitete er elegant wieder seine Schwingen aus, bevor er auf dem Arm des Falkners landete, den dieser ihm, ohne nachzudenken, wie gewohnt entgegengestreckt hatte.

Ohne den schweren Handschuh, den er sonst benutzte, stöhnte der Falkner auf, und mit schmerzverzerrtem Gesicht versuchte er, dem Vogel die silberne Haube überzustreifen, während metallene Klauen sich tief in sein Fleisch bohrten, bis der Falke endlich wieder zur Statue erstarrte.

Erschüttert, blutend und bleich löste der Mann das Ding von seinem blutüberströmten Arm und gab ihn Garret zitternd zurück.

»Nimm ihn und pack ihn sofort weg, bitte!«, flüsterte der Mann, als Garret mechanisch nach der Figur ergriff. Tränen standen in den Augen des Falkners. »Ich war auf sonderbare Art und Weise mit dem Monster verbunden, als es flog. Ich fühlte seine wilde, kalte und mörderische Macht. Wäre jemand da gewesen, der nicht aus Lytar stammte, dieses Ding hätte ihn zerfleischt!« Der Falkner schluckte. »Ich danke der Herrin, dass der Radmacher und Elyra nicht hier draußen waren, sonst wären wir an ihrem Tod schuld.« Er riss einen breiten Streifen Stoff von seinem Hemd ab und verband sich damit den Arm.

»So schlimm ist es nicht. Ich kann meine Finger noch immer fühlen, aber du musst es jetzt unbedingt sofort zurückbringen!«

Garret machte sich zutiefst erschrocken auf den Weg, denn der Falkner hatte recht. Sowohl Ralik und Argor als auch Elyra stammten nicht aus Lytar, obwohl sie alle so wenig von dort wegzudenken waren wie Garret selbst. Er eilte in das Depot zurück, und als er den Vogel wieder auf dem Regal absetzte, zitterten seine Finger. Selbst als er den Drachen gesehen hatte, war die Bedrohung nicht in diesem Maße kalt und gefühllos gewesen. Der Drache war ein lebendes Wesen, vielleicht sogar intelligent, und wenn er den Geschichten der Sera Bardin glaubte, waren Drachen sogar imstande, etwas zu fühlen, selbst wenn es nur Hass war. Doch der Falke war völlig hart und gnadenlos.

Wie hatte die Hüterin es formuliert? »Nun muss jedes einzelne Ratsmitglied zustimmen, dass die Tür zum Depot tatsächlich geöffnet werden soll. Wir wachen darüber, dass es nicht anders ist. Denn die Kriegsmaschinen, die die Getreuen der Prinzessin damals nicht zerstören konnten, wurden hierher zur Verwahrung gebracht, und wenn die Vögel des Krieges einmal fliegen, wird man sie kaum zurückrufen können.«

Die Vögel des Krieges. Garret wusste nur zu genau, was sie meinte. Die Worte der Frau gingen ihm nicht mehr aus dem Sinn, und er wurde von einer grauenvollen Vorstellung nach der anderen gepackt, denn in den Regalen der Kiste standen noch andere Tierfiguren. Bedrohlich aussehende Wölfe, Bären, sogar zwei Wiesel, von denen er nun wusste, dass sie im Moment nur schliefen, aber willig und begierig darauf warteten, sich wieder in den Kampf zu stürzen. Raubtiere aus Metall, beseelt von alter Magie und dem Wunsch, wieder zu töten. Die Ausnahme waren zehn Pferdefiguren, die irgendwie anders wirkten.

Immer noch neugierig, nahm er eines der Pferde und ging hinaus ins Freie. Der Falkner sah auf, als Garret herauskam. Er versorgte noch immer seine Wunde, wich aber zurück, als er die Statue in Garrets Hand sah.

»Diese ist anders«, sagte Garret rasch. »Ich fühle es.«

Der Falkner musterte die Pferdestatue misstrauisch, nickte aber dann, auch wenn er etwas zurückwich.

»Wir wollen hoffen, dass du recht hast«, sagte der Falkner vorsichtig. In dem Moment, wo Garret die Statue auf dem Boden aufsetzte, wuchs sie zu normaler Größe eines Pferdes heran. Vor ihnen stand ein Kriegspferd in vollem Plattenharnisch, ein wunderschöner Hengst, der selbst einem König zur Ehre gereicht hätte. Das schwarze Metall hatte sich in ein dunkles Braun verwandelt, und mit seiner weichen Nase stupste das Tier Garret an, als wüsste es von den Äpfeln, die Garret für sein eigenes Pferd dabeihatte.

Das Streitross wirkte nicht bedrohlich wie der Falke oder die anderen Statuen in ihrem magischen Schlaf, aber die Art und Weise, in der das Tier ihn wissend aus seinen großen braunen Augen ansah, wirkte auf Garret verstörend. Er sah zu, wie der Hengst den Apfel fraß, und konnte dabei keinen Unterschied zu anderen Pferden feststellen, dann klopfte er dem Ross auf den Hals.

»Geh wieder schlafen«, sagte Garret leise. »Wir werden dich rufen, wenn wir dich jemals brauchen.« So seltsam, wie dies alles war, überraschte es Garret kaum, dass das Pferd ihn ein letztes Mal ansah, schrumpfte und wieder zur Statue wurde.

Garret hob sie auf und wollte zurück ins Depot gehen, doch als er sich umdrehte, sah er sich seinem Vater und Ralik gegenüberstehen, die ihn streng ansahen.

»Ich glaube, mein Sohn, dass du mir einiges zu erklären hast«, sagte sein Vater leise, und Garret nickte nur. Da kam ihm der Falkner zu Hilfe und erklärte kurz, was es mit den Statuen auf sich hatte.

»Bitte den Bürgermeister, sofort zu uns zu kommen«, sagte Garen knapp und schickte Garret mit einer Geste zurück ins Depot.

Er suchte und fand den Bürgermeister, der auch alle anderen Dorfbewohner zusammenrief. Gemeinsam verließen sie das Depot und hörten schweigend zu, wie der Falkner nun zum zweiten Mal von dem Vorfall mit dem metallenen Vogel berichtete.

Nachdem der Falkner seinen Bericht beendet hatte, war fast jeder beunruhigt, den meisten stand das Entsetzen ins Gesicht geschrieben. Sie selbst hatten nur ein paar normale Waffen im Depot gefunden: Bogen, Schwerter, Rüstungen. Aber dies waren Dinge, die weit jenseits ihrer eigenen Vorstellungskraft lagen und mit denen sie auch niemals gerechnet hatten.

»Wir werden nichts mitnehmen«, sagte der Bürgermeister dann und warf Garret einen harten Blick zu. »Die Hüter des Depots haben recht behalten. Die Artefakte sollten in dieser Welt nicht wieder zum Einsatz kommen. Wir wissen nicht, wie man sie benutzt, wie man sie steuert oder was sie anrichten können. Ich bin auch nicht erpicht darauf, dies herauszufinden!« Er hielt inne und atmete tief durch. »Unser Land wird mit Krieg überzogen, und wir werden unserem Feind entgegentreten. Aber auf unsere Art. Diese Art«, er wies mit der Hand in Richtung des Depots, »brachte unserer Welt Unheil, rief den Zorn der Götter hervor und bewirkte die Vernichtung unserer Vorfahren. Wir werden den gleichen Fehler nicht noch einmal machen.«

Die meisten nickten bedrückt, allein Elyra widersprach. »Ich habe ein paar leere Bücher gefunden«, sagte sie und hielt eines dieser Bücher hoch, damit es alle sehen konnten. »Seht ihr, nur leere Seiten. Aber schaut euch das Papier an, wie dünn es ist und wie glatt! Diese Bücher übertreffen unsere bei Weitem in ihrer Qualität.« Sie hielt es auf und blätterte darin. »Können wir vielleicht diese Bücher mitnehmen? Wie können diese uns denn schaden? Sie sind bestimmt keine Waffen!«

Der Bürgermeister und die Ältesten berieten sich kurz untereinander, dann ergriff Ralik das Wort.

»Ja, Elyra, du kannst das Buch behalten«, sagte der Zwerg mit seiner tiefen Stimme bedächtig. »Aber nur dieses eine. Zu vieles hier ist seltsam und unverständlich für uns.« Er sah sich um. »Wir werden diesen Ort verlassen, wie wir ihn vorfanden. Es ist spät, aber wenn wir uns beeilen, sind wir vor dem Morgen wieder zurück in Lytara.«

Garret hielt die Pferdestatue hoch. »Ich muss das hier noch zurückbringen«, sagte er.

»Tu das«, sagte der Bürgermeister. »Danach habt ihr, du und deine Freunde, aber noch eine andere Aufgabe. Euer Auftrag soll es sein, dieses Depot wieder zu schließen. Vielleicht gelingt es euch sogar, die Hüter zurückzurufen, zumal ihre Aufgabe wohl doch noch nicht beendet ist. Wir anderen brechen jetzt jedenfalls auf. Kommt nach, sobald ihr könnt.« Ein letztes Mal musterte er die Freunde, zum Schluss verharrten seine Augen auf Garret. »Ich hoffe, ihr werdet mich nicht enttäuschen.«

*»Und so kehrten die Dorfbewohner nach Lytara zurück, mit leeren Wagen und schweren Herzen, und auch wenn niemand dem Bürgermeister oder den Ältesten widersprochen hatte, so gab es doch den einen oder anderen, der sich nicht sicher war, ob dies die richtige Entscheidung war«, sagte der alte Mann und stahl das letzte Stückchen Käse, bevor Lamar es ihm vor der Nase wegschnappen konnte.*

*»Mechanische Vögel und Pferde ...« Lamar lehnte sich nachdenklich zurück. »Ihr versteht es wirklich, eine Geschichte zu erzählen. Sogar mir stellten sich die Haare zu Berge, als Ihr von dem Falken erzähltet. Sagt, alter Mann, was ist wahr an Euren Worten? Gibt es dieses Depot und diese Vögel des Krieges?«*

*Der alte Mann lächelte leicht. »Es ist doch nur eine Geschichte, Freund. Seid ohne Furcht, Ihr werdet diese Schwingen nicht am Himmel sehen, darauf gebe ich Euch mein Wort!«*

*Lamar lachte leise. »Für einen Moment habe ich Euch die Mär fast geglaubt.« Er schüttelte den Kopf, hielt seinen Becher hoch, und der Wirt selbst schenkte ihnen beiden nach.*

*»Und wie ging es weiter?«, fragte der Wirt, als er den Krug auf dem Tisch abstellte. Es war spät geworden, hier und da gähnte jemand, und die Kerzen waren heruntergebrannt, aber noch immer schien jeder begierig zu erfahren, wie es weiterging.*

*»Es ist schon tief in der Nacht«, antwortete der alte Mann. »Und in dieser Nacht werde ich gewiss nicht mehr die ganze Geschichte erzählen können. Aber etwas Zeit haben wir wohl alle noch.« Er sah sich um, und alle nickten. »Nun«, fuhr der Geschichtenerzähler fort. »Der Bürgermeister hatte unseren Freunden ja den Auftrag gegeben, das Depot wieder zu verschließen ...«*

# 9

*Von Hütern und Schülern*

»Und wie schließen wir es wieder?«, fragte Elyra, während sie immer noch ehrfürchtig mit den Fingerspitzen über das glatte Papier des Buches strich. Sie setzte sich hin und entnahm Tinte und Federkiel ihrem Packen, begierig darauf zu erfahren, wie es sich auf diesem Papier schreiben ließ.

»Wir finden einen Weg«, sagte Tarlon, während sie zusahen, wie sich der Wagenzug aus Lytara auf den Heimweg begab. Er warf Garret einen Blick zu. »Ich hoffe, der Arm des Falkners wird wieder heilen. Was hast du dir nur dabei gedacht?«

»Ich war nur neugierig«, antwortete Garret geknickt. »Die Statue war kaum größer als meine Hand. Es ist eine Statue, ich hielt es eher für ein Spielzeug! Woher hätte ich denn wissen sollen, was dann geschehen würde?«

»Das ist genau der Punkt!«, warf Argor ein. »Das ist es, was ich meinte, als ich sagte, wir sollten uns von Magie fernhalten! Wir verstehen viel zu wenig davon!«

»Dann müssen wir es eben lernen«, antwortete Garret. »Damit so etwas nicht wieder vorkommt.«

Argor rollte die Augen. »Oder man lässt es einfach sein! Du hast offensichtlich nur wenig daraus gelernt!« Er warf einen bezeichnenden Blick auf die Pferdestatue, die Garret noch immer in der Hand hielt.

»Doch«, sagte Garret. »Es gibt unterschiedliche Statuen.

Dieses Pferd ist anders. Wenn man es erweckt, lebt es. Der Falke lebte nicht ... er blieb ein Ding, ein ...«

»Animaton«, sagte Elyra abwesend, während sie ihre Tinte anmischte. »So nennt man die.«

»Das Wort habe ich noch nie gehört«, sagte Vanessa, die ihrerseits die Pferdestatue neugierig betrachtete. »Woher weißt du das?«

Elyra sah überrascht auf und runzelte die Stirn. »Ich weiß es nicht mehr. Ich glaube, Mutter hat es mir erzählt. Ich weiß nur, dass man sie so nennt. Es sind künstliche Wesen, aber beseelt und lebendig durch die Magie des alten Lytar. Nur ein einziger Meister der Magie war jemals imstande, sie zu fertigen. Wer es war, kann ich allerdings nicht sagen. Ich weiß nur, dass ihm allein die meisten magischen Wunder der alten Stadt zugeschrieben wurden.«

»Und, weißt du noch andere Dinge?«, fragte Tarlon sanft und musterte sie mit einem nachdenklichen Gesichtsausdruck.

Elyra zuckte die Schultern. »Nicht viel«, sagte sie dann. »Außer dass diese Statuen blutgebunden sind. Nur jemand aus der ursprünglichen Blutlinie kann sie verwenden, weshalb auch nur der Falkner den Falken fliegen lassen konnte. Keiner von uns hätte es vermocht. Und deshalb ist das da auch Garrets Pferd. Seht das Wappen auf dem Barding: Es ist das der Grauvögel.«

Garret sah überrascht auf die Statue herab. Elyra hatte recht. Es war ihm gar nicht aufgefallen.

»Darf ich es mal sehen?«, fragte Vanessa.

Garret zögerte kurz und gab die Figur an Vanessa weiter. Sie wog die Statue in der Hand. »Ziemlich schwer. Aber wunderschön ...« Sie fuhr mit den Fingerspitzen über die kleine Figur. »Und Elyra hat recht, es ist lebendig.«

»Woher willst du das wissen?«, fragte Garret und streckte die Hand aus. Es war ihm plötzlich gar nicht wohl bei dem Gedanken, dass jemand anders die Figur hielt.

»Ich fühle es einfach«, antwortete Vanessa und gab ihm das Pferd etwas widerwillig zurück, wie es Garret schien.

»Wenn wir heute noch nach Hause wollen, sollten wir uns beeilen«, unterbrach Tarlon. »Lasst uns das Pferd zurückbringen und schauen, wie wir das Tor wieder schließen können. Irgendeinen Weg muss es ja geben.« Garret nickte und wollte schon losgehen, als Elyra plötzlich aufsprang und das Buch mit einem verwunderten Gesichtsausdruck ansah.

»Schaut euch das an!«, rief sie und hielt das Buch hoch. »Ich wollte den Zauberspruch hineinschreiben, den ich in der Akademie von der Sera im Brunnen gelernt habe, und nun seht euch an, was geschehen ist!«

Die erste Seite war mit feinen geschnörkelten Buchstaben gefüllt. »Ich habe es selbst geschrieben und kann es nicht einmal lesen!«, beschwerte sich Elyra empört.

»Lass mal sehen!«, sagte Garret, und sie drängten sich alle um Elyra herum.

»Hm«, sagte Tarlon. »Das sieht wirklich so aus wie das, was wir an die Wand der Akademie geschrieben haben.« Er legte den Kopf schräg, betrachtete die Seite genauer und sagte mit gerunzelter Stirn: »Ich habe fast das Gefühl, es verstehen zu können, aber nur fast.« Er sah Elyra an. »Das ist nicht deine Schrift, nicht wahr?«

»Was meint sie mit ›an die Wand geschrieben‹?«, fragte Vanessa neugierig.

»Das ist nicht wichtig«, wiegelte Garret ab.

»Wenn es meine Schrift wäre, könnte ich sie wohl lesen!«, beantwortete Elyra Tarlons Frage.

»Ich meine, das ist nicht das, was du geschrieben hast?«, wiederholte Tarlon seine Frage.

Sie nickte. »Ich schrieb zuerst etwas anderes, und dann verwandelten sich die Buchstaben!« Sie klappte das Buch mit einem enttäuschten Gesichtsausdruck zu. »Was ist ein Buch wert, das man nicht lesen kann?«

»Vielleicht finden wir genau das noch heraus«, sagte Tarlon. »Aber zuerst ...« Er sah Garret an.

»Bin ja schon auf dem Weg«, sagte dieser und ging zurück ins Depot, um das Pferd wieder an seinen alten Platz zu stellen. Als er sich umdrehte, um zu gehen, stutzte er und fühlte sich auf einmal unbehaglich. Langsam wandte er sich wieder um und betrachtete die Falken genauer. Viele der Wappen an den Falken waren ihm bekannt. Zwei von ihnen trugen ebenfalls das Wappen der Grauvögel, also würden sie wohl auch für ihn fliegen. Doch das, was dem Falkner geschehen war, ließ Garret diesen Gedanken schnell vergessen. Wie zuvor auch, standen sie in gleichmäßigen Abständen auf dem Regal, doch man konnte im Staub erkennen, dass jemand sie bewegt hatte. Sorgsam zählte Garret nach. Es waren nur dreiundzwanzig.

»Götter!«, hauchte Garret. Einer der Falken fehlte. Er hätte niemals gedacht, dass einer der ihren gegen den Befehl des Bürgermeisters oder der Ältesten verstoßen würde. Garret fluchte leise und atmete tief durch. Er ging in die Knie und musterte sorgsam den Staub auf dem Boden. Zuerst sah es so aus, als gäbe es nur seine eigenen Spuren, aber dann erkannte er, dass jemand anders versucht hatte, in seinen Spuren zu gehen. Aber in einer Ecke hatte dieser Jemand nicht aufgepasst. Dort fand Garret, halb überlagert von seinen eigenen Spuren, die Abdrücke eines anderen. Genau wie er selbst trug dieser andere genähte Stiefel, und der rechte Absatz wies eine kleine Kerbe auf. Die Füße des anderen waren vielleicht ein bisschen kleiner als seine eigenen. War es Vanessa? Garret schüttelte den Kopf. Wenn es unter den jungen Frauen im Dorf überhaupt eine gab, die den Mut dazu hätte, dann war es Vanessa. Aber sie würde es nicht tun. Er hatte sie zwar schon einmal damit aufgezogen, dass sie fast so große Füße hatte wie er selbst, aber ihre waren schlanker. Tarlons Stiefel waren groß genug, um als Boote zu dienen, Argors waren kürzer, aber breiter und Elyras schmaler und zierlicher. Also war es keiner von ihnen, es musste jemand anders sein. Allerdings waren die anderen auf dem Rückweg nach Lytara.

»Was brauchst du so lange?«, rief Tarlon von vorne, wo er das innere Tor des Depots begutachtete.

»Ich komme!«, rief Garret zurück. Es hatte jetzt nicht viel Sinn, das an die große Glocke zu hängen, aber er nahm sich vor herauszufinden, wer den Falken gestohlen hatte. Er hoffte nur, dass Elyra recht hatte und niemand anders den Falken fliegen lassen konnte. Sorgsam schloss er die Kiste und begab sich zu den anderen.

»Das ist typisch«, grummelte Argor und rüttelte an dem schweren Stahltor. Es bewegte sich keinen Millimeter. »Schließt das Depot. Mehr sagte er nicht. Ein einfacher Auftrag, gerade recht für uns, nicht wahr?«

»Das beweist doch nur, dass die Ältesten uns etwas zutrauen«, sagte Vanessa. Sie musterte den Rahmen und das Tor. »Hat jemand gesehen, wie es geöffnet wurde? Gab es da eine Klinke oder einen Hebel oder so etwas?«

Elyra schüttelte den Kopf. »Die Hüter verschwanden, und dann ging das Tor auf. Niemand hat es angefasst.«

»Also haben die Hüter es geöffnet?«, fragte Vanessa, und Elyra nickte.

»So war es wohl.«

»Dann werden sie es wohl auch wieder schließen können«, schlussfolgerte Vanessa. »Wir sind hier fertig!«, rief sie in das Depot hinein. »Ihr könnt wieder zumachen!«

Mit einem lauten Rumpeln schlossen sich die beiden Torhälften.

Argor murmelte etwas.

»Was?«, fragte Vanessa.

»Das ist idiotisch!«, beschwerte sich der Zwerg. »Wie soll man denn auf so etwas kommen? Anständige Tore haben einen Griff oder einen Riegel!« Er sah sich demonstrativ um. »Als Nächstes tauchen die Hüter wieder auf und ...«

»Wir sind hier«, sagte die Hüterin, die zusammen mit ihren Gefährten plötzlich wieder dastand, als wäre sie nie weg gewesen.

Laut fluchend sprang Argor zur Seite, denn die Hüterin war unmittelbar vor ihm aufgetaucht. Er sah zu ihr hoch und verstärkte instinktiv den Griff um seinen Hammer.

»Macht Euch keine Sorgen, kleiner Mann«, sagte die Sera. »Wir werden Euch nichts tun.«

»Ich bin kein kleiner Mann, ich bin ein Zwerg!«, protestierte Argor, und sowohl Garret als auch Vanessa hatten Mühe, ein Schmunzeln zu unterdrücken.

»Sie weiß das«, sagte einer der Gewappneten. »Sie wollte Euch nur ein wenig ärgern, kleiner ... Zwerg!«

Das war zu viel, und Garret prustete los. Nicht, weil er die Aussage so komisch fand, sondern weil Argor so ungläubig zu dem Mann in Rüstung hochblickte.

»Das ist nicht lustig!«, beschwerte sich der Zwerg und sah Garret böse an.

Doch der ließ sich nicht beeindrucken und prustete erneut los. »Du ... du solltest mal dein Gesicht sehen!«, lachte Garret.

Argor reckte das Kinn vor und griff seinen Hammer fester, als er sich zu Garret umdrehte.

»Denk dran, ich kann schneller rennen als du!«, rief Garret lachend und brachte sich mit einem Satz hinter Tarlon in Sicherheit, der sein Lachen rasch hinter seiner Hand verbarg.

Die Sera räusperte sich. »Ja, ich weiß, es war nicht nett«, sagte sie. »Aber es war nett gemeint.«

»Und wie das?«, fragte Argor misstrauisch.

»Ich erkläre es Euch gerne, Ser Zwerg«, sagte sie und klang amüsiert.

Wenn eine Stimme aus dem Grab amüsiert klingen konnte, dachte Tarlon, der immer noch nicht wusste, was er von diesen Hütern halten sollte. Was brachte jemanden dazu, sich in ein solches Grab einschließen zu lassen? Tarlon fröstelte. Darüber wollte er lieber gar nicht nachdenken.

»Wir kennen Zwerge«, fuhr die Sera freundlich fort. »Und wir kennen ihren Stolz. Ich hatte mal einen guten Freund, der ein Zwerg war ... und Ihr habt mich an ihn erinnert. Ich nannte ihn immer so, wenn er sich wegen etwas aufregte ...«

»Dann hat er sich noch mehr aufgeregt ... und dann gemerkt, dass es Meli war, die ihn aufzog. Dann hat er gedroht, sie zu schlagen, und alles war in Ordnung!«, sagte einer der anderen. Es klang zugleich wehmütig und amüsiert. »Er war ein tapferer Mann.«

»Wie hieß er?«, fragte Argor neugierig.

»Artnog Kilmar, aus dem Clan der Hammer«, antwortete die Frau bereitwillig. »Ein großer Mann, vor allem wenn man seine Länge bedenkt.«

Argor sah sie empört an … und glaubte plötzlich, hinter dem verschlossenen Visier ein Glitzern zu sehen. Und dann fing Argor zum Unglauben seiner Freunde plötzlich an zu lachen. Er lachte, wie man ihn selten lachen hörte, ein Lachen, das bei seinen Zehenspitzen begann, über seinem Bauch Kraft gewann und wie ein mitreißender Strom aus ihm herausbrach. Es war so ansteckend, dass alle in das Lachen einfielen, und der Rest der Furcht, die die Freunde vor den gepanzerten Gestalten verspürten, war auf einmal wie weggeblasen.

Die Einzige, die nicht lachte, war Vanessa. »Ihr seid eine Bardin, nicht wahr?«, fragte sie die dunkle Sera.

»Ja«, antwortete diese und klang etwas überrascht. »Wieso?«

Vanessa zuckte die Schultern. »Ich bewundere Eure Fähigkeiten«, sagte sie dann einfach. Während die anderen sie verwundert ansahen, wandte sich die Sera Vanessa zu.

»Wie meint Ihr das?«

»Sagt man den Barden nicht nach, sie könnten sich mit jedem anfreunden?«, erklärte Vanessa. »Ihr habt uns unsere Angst genommen. Ich frage mich nun, ob Ihr dies getan habt, weil die Angst unnötig ist oder gerade weil sie nötig wäre?«

Selbst durch die dunklen Sehschlitze des Visiers fühlte Vanessa den Blick der dunklen Sera auf sich ruhen. Tarlon richtete sich zu seiner vollen Größe auf und machte einen Schritt nach vorne, sodass er nun schützend vor seiner Schwester stand.

»Das Gleiche dachte ich auch gerade«, sagte er ruhig.

»So erfolgreich scheine ich dann ja doch nicht gewesen zu sein«, antwortete die Hüterin. »Aber Ihr vergaßt eine dritte Möglichkeit.«

Bevor jemand fragen konnte, was sie meinte, sprach einer der anderen Gerüsteten. »Bei den Göttern! Ihr seid Familie, und euer Kommen kündet das Ende unseres langen Dienstes an. Glaubt ihr, wir sind erfreut, euch hier kauern zu sehen, mit kaum verhohlener Angst und Misstrauen? Meint ihr etwa, wir wären hiergeblieben, weil es uns gefällt, Kinder zu erschrecken?«

»Wir sind keine Kinder«, begehrte Garret auf.

»Das seid ihr wahrlich nicht«, sagte die Sera bestimmt. »Also legt auch dieses Denken ab. Ihr seid willkommen hier. Ihr seid nicht diejenigen, deretwegen wir hier Wache stehen. Aber sagt: Steht der Konvent noch? Werden unsere Dienste noch benötigt, oder können wir zur Ruhe kommen?«

»Entschuldigt, Sera«, sagte Vanessa leise. »Ich fühlte nur, wie schnell die Angst schwand. Ich selbst bin nicht leicht zu umgarnen, daher unterstellte ich Euch einen Trick der Barden.«

»Solche gibt es, zweifelsfrei«, sagte die dunkle Sera leise. »Aber hier ... Wir sind verborgen hinter Stahl und Magie, doch ich sage euch, wir wollen euch nichts Böses. Es war keine Magie, die euch die Angst nahm. Was ihr spürt, ist, dass Blut hier gleiches Blut erkennt, nur getrennt durch die Zeit, doch verwandter, als ihr glauben mögt. Wenn jedoch der Konvent nicht mehr besteht, sind wir gerne bereit, euch von unserer Gegenwart zu erlösen.«

»Mehr als nur bereit«, fügte ein anderer der fünf mit einem tiefen Seufzer hinzu.

»Es tut mir leid«, sagte Tarlon und schüttelte den Kopf. »Der Konvent besteht noch immer.«

»So sei es«, sagte die Sera und seufzte. »Nun gut. Konntet ihr finden, was ihr suchtet?«

»Nein«, antworte Elyra. »Ich wollte nur dieses Buch hier.« Sie hielt es hoch. »Ist es gefährlich?«

»Lasst sehen«, sagte die dunkle Sera und streckte die Hand aus. Metall und Leder knirschten, und kleine Rostkrümel fielen herab. Sie öffnete das Buch und warf einen kurzen Blick hinein. »Nun, das Buch ist nicht gefährlicher als das, was Ihr hineingeschrieben habt.« Sie reichte Elyra das Buch zurück. »Wie ich sehe, beschäftigt Ihr Euch mit den Künsten der Magie. Wo habt Ihr das gelernt?«

»Von der Sera im Brunnen«, antwortete Garret, während Elyra von dem Buch in ihren Händen aufblickte zur dunklen Sera.

»Es ist verboten, die alten Künste zu studieren«, sagte einer der anderen. »Aber wenn es die Sera im Brunnen war, dann wird dies seine Richtigkeit haben. Was haben Melkor und Ranath gesagt, als ihr dort gefragt habt?«

»Melkor und Ranath?«, fragte Argor.

»Wieso ist es in Ordnung, wenn uns die Sera im Brunnen etwas lehrt? Sie ist doch nur eine Statue«, fragte Garret.

»Könnt Ihr diese Schrift lesen?«, fragte Elyra.

Die Sera lachte und hob eine Hand. »Alles der Reihe nach. Melkor und Ranath sind unsere Brüder, die die Akademie der magischen Künste bewachen, um das Wissen vor denen zu schützen, die nicht von Lytar sind. Ich sagte ja, wir sind sieben. Und die Sera im Brunnen ist nicht nur eine Statue. Sie weiß, was sie tut. Und ja, natürlich können wir die Schrift lesen. Wir haben alle eine Tempelausbildung erhalten.«

»Oh«, meinte Elyra und musterte die Sera auf eine Art und Weise, die Tarlon kannte.

Bevor jemand anders etwas sagen konnte, sprach Garret:

»Es tut uns leid, aber eure Brüder sind tot. Was auch immer die Magie für Euch getan hat, dass Ihr noch lebt, bei ihnen versagte sie.«

Die fünf sahen einander an. »Es tut uns leid, dies zu hören«, sagte der Gerüstete mit dem Wappen eines Bären auf seinem Schild. »Sagt, wäre es euch möglich, die Gebeine unserer Brüder und deren Rüstungen zu uns zu bringen?«

»Solange der Konvent besteht, sind wir an diesen Ort gebunden«, erklärte die Sera bedauernd. »Wenn ihr uns diesen Gefallen tun könntet, wären wir euch sehr dankbar.«

»Wie sieht dieser Dank denn aus?«, fragte Garret und gab einen Grunzlaut von sich, als Elyra ihm mit überraschender Stärke den Ellbogen in die Seite rammte. Auch von den anderen erntete er irritierte Blicke.

»Lass das! Ich wollte doch nur ...«, protestierte er und rieb sich die Seite.

»Wir werden sie zu Euch bringen!«, unterbrach ihn Elyra mit fester Stimme und sah die anderen, speziell Garret, warnend an.

Der hob abwehrend die Hände. »He, ich hab doch nur ...«

»Wir brechen sofort auf«, entschied Tarlon. »Es kann allerdings einige Zeit bis zu unserer Rückkehr vergehen, denn der Weg dorthin ist nicht ohne Gefahren.«

»Das ist eine Sache der Ehre! Abgesehen davon hört es sich nach einem echten Abenteuer an«, rief Vanessa freudestrahlend. »Ich bin dabei.«

Ihr Bruder öffnete den Mund, um zu widersprechen, aber Vanessa kam ihm zuvor. »Oder willst du mich hier allein zurücklassen? Vielleicht gefesselt? Denn du müsstest mich schon fesseln, um mich zurückzuhalten. Du weißt genau, dass ich der beste Kämpfer von uns bin.«

»Da wäre ich mir an deiner Stelle nicht so sicher«, brummte Argor und wog seinen Hammer in der Hand.

»Die Idee, dich zu fesseln, erscheint mir sinnvoll«, knurrte Tarlon. »Ich kann mich überhaupt nicht daran erinnern, dass wir dich gebeten hatten, bei uns zu bleiben.«

Vanessa lachte. »Ich wusste doch, dass du es einsehen würdest!« Sie stellte sich auf die Zehenspitzen, gab ihrem Bruder einen Kuss auf die Wange und strahlte die anderen an. »Wo geht's lang?«

Elyra hatte sich indes wieder der Sera zugewandt. »Was ist mit Euch, Sera?« fragte sie höflich.

Die Frau deutete eine Verbeugung an. »Wir werden warten«, sagte sie.

»Darin sind wir mittlerweile recht gut«, fügte einer der anderen hinzu, und es schien, als würde er lachen.

»Ist diese Akademie weit entfernt?«, fragte Vanessa neugierig, als sie sich auf den Weg machten.

»Nein, nicht wirklich«, antwortete Tarlon, der immer noch nicht glücklich darüber war, dass seine Schwester sie begleitete. »Etwas über zwei Stunden zu Fuß.«

»Warum nehmen wir nicht die Pferde?«

»Die werden nicht in den Wald gehen«, antwortete Garret und legte einen Pfeil auf die Sehne seines Bogens auf. »Die Biester sind nicht so dumm. Davon abgesehen, hätten sie gegen die Hunde keine Chance. Pferde können nicht klettern.« Sein Blick war auf den dunklen Waldrand vor ihnen gerichtet.

»Klettern? Hunde?« Vanessa sah Garret neugierig an.

»Das ist eine lange Geschichte«, antwortete Tarlon. »Aber Garret hat recht. Wenn du hier einen Hund siehst, klettere auf einen Baum.« Er sah zum Nachthimmel hinauf. »Vielleicht hätten wir bis zum Morgengrauen warten sollen.«

»Ich gehe vor«, sagte Argor und nahm seinen Hammer fester in die Hand. »Im Dunkeln sehe ich von uns allen am besten.«

Das stimmte zwar nicht ganz, aber Elyra sah keinen Grund, ihm zu widersprechen. Argor trug eine Rüstung, und dieses Mal waren sie nicht so unvorbereitet wie zuvor.

Bei Nacht war der Wald noch unheimlicher als zuvor. Nichts regte sich, kein Tier gab einen Ruf, nur der Wind raschelte in den Blättern.

»Ich habe noch nie so einen unheimlichen Wald gesehen«, flüsterte Vanessa. Sie hielt ihr Schwert in der Hand. Es war nicht ihr Familienschwert, denn das steckte noch in der Tür des Depots. Es war ein anderes Langschwert, das sie sich vom Schmied geliehen hatte.

In der Dunkelheit dauerte der Weg länger, knapp unter drei Stunden. Sie hatten den Eingang der Akademie fast schon erreicht, als Argor eine Hand hob.

»Bär«, flüsterte er.

»Ich sehe ihn«, gab Garret leise zurück.

Es war ein großer Braunbär, der dort stand und nun, als ahne er die Gegenwart der Freunde, den Kopf hob, um zu wittern. Das Grollen des Tieres klang seltsam dumpf, als es sich drohend auf die Hinterbeine stellte.

Tarlon hob seine Axt, und Garret ließ seinen Raben fliegen, gerade als der Bär sich fallen ließ, um auf allen vieren auf sie zuzurennen. Garrets Schuss ging daneben. Tarlon fluchte und zog Elyra hinter sich her. Argor holte mit seinem Hammer aus, und Vanessa hob ihr Schwert. Garret bewegte sich kaum, als er einen weiteren Pfeil aus dem Köcher zog. Der Boden bebte, als das mächtige Tier direkt auf ihn zurannte.

»Blöder Bär!«, schimpfte Garret. »Ducken gilt nicht!«

Er schien bis zum letzten Moment zu warten, dann ließ er den Pfeil von der Sehne und machte einen eleganten Schritt zur Seite. Scheinbar unberührt rannte der Bär mit voller Geschwindigkeit weiter und an Garret vorbei, bevor er strauchelte und sich überschlug. Die mächtigen Tatzen zuckten noch zwei-, dreimal, dann lag das mächtige Tier still.

»Ducken gilt nicht?«, fragte Argor ungläubig.

Garret nickte und griff bereits nach dem nächsten Pfeil. »Hätte er sich nicht geduckt, hätte ich getroffen! Blödes Biest!«

»Guter Schuss«, bemerkte Tarlon schwer atmend. »Ich dachte, der erwischt dich.«

»Ich musste warten, bis er das Maul aufreißt«, erklärte Garret. »Im Dunkeln war mir das Auge als Ziel zu unsicher.«

»Woher wusstest du, dass er das tun würde?«, fragte Elyra neugierig.

»Ich habe es gehofft«, sagte Garret. »Ich glaube, wir müssen da vorne lang!«

Vanessa warf einen Blick auf das tote Tier. Das Ende von Garrets Pfeil ragte noch aus dem Rachen des Biests heraus.

»Die Stirnknochen sind zu massiv für einen Pfeil«, fügte Garret erklärend hinzu, als er ihren Blick sah, und zog Vanessa am Arm zur Seite. »Lasst uns weitergehen, bevor die Würmer herauskommen! Wir sind bald da.« Er warf dem Bären einen misstrauischen Blick zu.

»Willst du die Spitze nicht wieder nehmen?«, fragte Vanessa überrascht.

»Nein.« Garret schüttelte den Kopf und ging davon. »Ich will nicht näher an ihn ran!«

»Und welche Würmer meinst du?«, fragte Vanessa, während sie ihm nacheilte.

»Lange Geschichte, Vani«, antwortete ihr Bruder, der ebenfalls seinen Schritt beschleunigte.

»Kurz: Die Tiere hier im Wald sind nicht gesund, sondern von einem Parasiten befallen, der sie wahnsinnig macht. Ah, da sind wir!«, erklärte Garret, der mehr als nur froh war, das Tor der Akademie vor sich in der Dunkelheit zu erkennen.

Alle atmeten auf, als sie das Tor hinter sich zuschieben konnten. Während Vanessa staunend die Statue der Sera im Brunnen bewunderte, sammelten Elyra und Argor die sterblichen Überreste der beiden Hüter ein.

»Ihre Namen zu kennen, ändert alles, nicht wahr?«, sagte Elyra, als sie sanft einen Beckenknochen in den großen Sack legte, den Argor für sie aufhielt. Der Zwerg nickte nur.

»Melkor und Ranath. So hießen sie«, sagte Garret und sammelte die Rüstungsteile ein. »Das Metall ist leichter, als ich dachte«, sagte er dann und wog ein Teil prüfend in der Hand. »Wenn man sie etwas aufpoliert und die Lederriemen auswechselt …«

Daraufhin warf Elyra ihm einen so giftigen Blick zu, dass Garret beschloss, weitere Überlegungen dieser Art für sich zu behalten.

Gerade als Tarlon den Sack mit den schweren Rüstungsteilen zuschnüren wollte, hörten sie aus dem Brunnenraum ein platschendes Geräusch. Die Freunde sahen einander an, Tarlon seufzte und eilte seiner Schwester zu Hilfe. Garret und Elyra lachten, während Argor nur den Kopf schüttelte.

»Das musste ja wohl so kommen«, brummte er. »Diese blöde Magie …«

»Hat ihr irgendwer etwas verraten?«, fragte Garret amüsiert, und die anderen schüttelten den Kopf. »Dann hat es wirklich nicht lange gedauert, bis sie darauf gekommen ist«, stellte er fest und warf einen Blick den Gang entlang. »Schade, sie hat nicht daran gedacht, sich auszu... Au!« Er rieb sich das Schienbein und sah Elyra überrascht an. »Wofür war das denn? Ich hab doch nur Spaß gemacht!«

»Das hätte ich an deiner Stelle auch behauptet«, brummte Argor. »Vater hat schon recht.«

»Womit?«, fragte Elyra, während sie Garret demonstrativ ignorierte.

Argor zuckte die Schultern. »Er sagt, Menschen werden kurz vor dem Erwachsenenalter sehr seltsam. Und dann dauert es vierzig bis sechzig Jahre, bis sie wieder Vernunft annehmen!«

»Und wie ist es bei euch?«, fragte Garret interessiert. »Bist du nicht neugierig, wenn du ein hübsches Zwergenmädchen triffst?«

Elyra rollte die Augen und begab sich demonstrativ auf den Weg zum Brunnen.

»Wo gehst du hin?«, fragte Garret.

»Nun, es wird etwas dauern, bis Vanessa wieder wach ist«, erklärte Elyra spitz. »Dort vorne ist es heller, sauberer, es gibt eine bequeme Bank, und du bist nicht da!« Sie stapfte los.

Garret sah ihr nach und kratzte sich am Kopf. »Und was bedeutet das jetzt?«

»Sie ist auch kein Zwerg«, erklärte Argor. »Ich dachte, das wüsstest du schon.«

Garret warf seinem Freund einen schwer zu deutenden Blick zu. »Warte nur ab, dir geht es irgendwann genauso!«

»Ich sage dir Bescheid, wenn es so weit ist«, lachte Argor.

»Bis dahin habe ich laut Vater noch ein paar Jahrzehnte Zeit.«

Der Rückweg zum Depot verlief nahezu ereignislos. Aber als sie an der Stelle vorbeikamen, an der der Bär gelegen hatte, war dieser verschwunden, und nur ein kleiner Blutfleck zeugte davon, dass es der richtige Ort war.

»Aber er war doch tot?«, fragte Vanessa etwas verstört.

Garret nickte. Das Licht war zu schlecht, um die Spuren lesen zu können, aber er hatte eine Ahnung von dem, was er finden würde.

»Ich hätte ihm den Kopf abschlagen sollen«, fügte Tarlon trocken hinzu.

Dennoch gingen alle schneller und atmeten erst wieder auf, als sie den Lichtschein des Depots sahen.

Die dunkle Sera nahm beide Säcke mit einer Verbeugung entgegen. »Habt Dank«, sagte sie. »Erlaubt, dass wir uns zurückziehen.«

Bevor jemand etwas sagen konnte, wurde das Depot dunkel, und die fünf waren samt der beiden Säcke verschwunden.

»Auch wenn sie Familie sind, bleiben sie mir unheimlich«, sagte Vanessa.

In der Ferne sah man gegen den Nachthimmel schon den Schein der Morgenröte. Garret nickte nur, und Argor murmelte etwas Unfreundliches über Magie.

Tarlon gähnte. »Langsam, aber sicher weiß ich die Qualitäten eines Bettes mehr und mehr zu schätzen.«

»Wir sollten gehen«, sagte Garret, und die anderen nickten zustimmend.

Doch in diesem Moment wurde es wieder hell im Depot,

und als sie sich umwandten, standen ihnen zu ihrem Erstaunen nicht fünf Hüter gegenüber, sondern sieben.

Einer von ihnen, der eine Rüstung mit dem Zeichen des Bären trug, trat vor. Er machte Anstalten, seinen Helm abzunehmen, und sogar Tarlon hielt die Luft an und versuchte, sich auf den zu erwartenden Anblick vorzubereiten. Doch es war kein Totenschädel, sondern ein seltsam vertrautes Gesicht, das ihn anblickte. Mehr noch als die Augen und das sture Kinn waren es die roten Haare, die an den Schläfen von weißen Strähnen durchzogen waren, die eine gewisse Familienverwandtschaft vermuten ließen. Die Ähnlichkeit mit Tarlons Vater war mehr als verblüffend.

»Mein Name ist Melkor. Habt Dank«, sagte der Mann und lächelte. Er streckte eine Hand aus, und ein anderer Hüter trat vor. »Dies ist Ranath. Mein Eheweib.« Auch sie nahm ihren Helm ab und schüttelte lange kupferrote Haare aus. Ihre grünen Augen und der breite Mund mit dem strahlenden Lächeln taten ein Übriges dazu, dass die Freunde sie fassungslos anstarrten.

»Wir wüssten wirklich gerne, wie wir euch danken können«, sagte die dunkle Sera und nahm ebenfalls den Helm ab. Sie verbeugte sich. »Mein Name ist Meliande vom Silbermond.«

Für einen Moment lang dachte Garret, es wäre Sera Tylane, wiederauferstanden von den Toten. Doch es war nur eine Ähnlichkeit.

Elyra schloss die Augen, atmete tief durch und lächelte ein strahlendes Lächeln, das man seit dem Tod ihrer Mutter nicht mehr auf ihrem Gesicht gesehen hatte. »Ahnin«, sagte sie dann, als sie die Augen wieder öffnete und das Buch hochhielt. »Könnt Ihr uns lehren, die alte Sprache zu verstehen?«

*Der Fremde verschluckte sich, hustete und verschüttete überall guten Wein, aber sofort sprangen einige zuvorkommende Bürger auf und schlugen ihm auf den Rücken, bis er hustend und nach Luft ringend die Hand hob.*

*»Hört auf, bitte!«, röchelte er und schüttelte den Kopf wie ein Preiskämpfer nach einem gemeinen Schlag. Sie hörten auf, und er atmete keuchend durch. »Danke, Leute, glaube ich …«, sagte er und atmete nun etwas freier. Er deutete mit dem Finger auf den alten Mann. »Ihr … Ihr … wollt mir doch nicht sagen …«*

*»Doch«, lächelte der alte Mann. »Genau das geschah.«*

Die Hüter sahen einander an. »Warum, bei den Höllen, sollten wir das nicht tun? Sie gehören schließlich zur Familie!«, sagte einer der Hüter, und Meliande sah ihn strafend an.

»Pass auf, was du sagst. Keine Flüche, sie sind immer noch jung und unerfahren!«

Tarlon könnte schwören, dass sie lächelte.

»Gut«, sagte sie dann. »Wir werden es tun. Aber es muss hier geschehen. Wir können hier nicht weg, oder doch?«

Keiner der anderen antwortete.

»Nun«, sagte Tarlon dann und holte tief Luft. »Wenn das so ist … Vielleicht öffnet ihr erneut das Tor, ich glaube, ich habe Möbel im Depot gesehen.«

Einige Zeit später streckte einer der Hüter seine langen Beine aus und seufzte. »Ich fasse es nicht, dass wir nicht daran denken konnten. Wie dumm muss man sein, um jahrhundertelang einfach nur herumzustehen?« Er lehnte sich bequem in dem stabilen Stuhl zurück, den Tarlon hinausgeschafft hatte, und grinste. »So gefällt es mir schon besser.«

Die Sera Meliande strich sich abwesend das Haar aus

dem Gesicht, als sie sich vorbeugte, um Elyra einige der Buchstaben zu erklären. Für einen kurzen Moment schien es Garret, als sähe er da nicht dieses immer noch jugendliche Gesicht, sondern einen Totenschädel mit trockener gelblicher Haut, aufgerissen und aufgeplatzt, die vollen Lippen kaum mehr als eine Erinnerung an den blanken toten Zähnen.

Es war nur ein kurzer Augenblick, aber er sah es nicht allein, auch die anderen zuckten zurück. Entsetzt starrten die Freunde sie an, aber Elyra sprang auf und umarmte die Sera Meliande.

»Mir ist das egal, hört ihr!«, sagte Elyra. »Es ist nicht recht von uns, vor ihnen zurückzuschrecken, wenn sie uns nur Gutes tun!« Eine Bewegung im nahen Gebüsch ließ sie aufblicken, und sie rief: »Nein, nicht!«

Garret sprang auf und griff nach seinem Bogen, doch es war schon zu spät. Er sah nur noch, wie Marten Dunkelfeder, der Sohn des Bürgermeisters, aus seiner Deckung kam, den Bogen spannte und den Pfeil abschoss. Sein Ziel war die Sera Meliande, ungeachtet dessen, dass sich Elyra schützend vor sie geworfen hatte.

»Nein!«, rief Tarlon und streckte die Hand aus, als ob er den Pfeil so abwehren könnte.

Die Sera jedoch warf Elyra zur Seite und fing das Geschoss mit einer fast nachlässigen Bewegung in der Luft ab. Nachdenklich sah sie auf den Pfeil in ihrer Linken herab, während sie mit dem anderen Arm Elyra hielt, die hemmungslos weinte. Dann blickte sie dem Schützen nach, der in Windeseile flüchtete.

»Komm zurück!«, rief sie. »Es tut mir leid!«

Was genau ihr leidtat, sagte sie nicht, und Garret achtete auch nicht darauf. Er rannte bereits. Obwohl Garret ein außergewöhnlich schneller Läufer war, war Marten dieses eine Mal schneller. Er rannte, als wären die Dämonen dieser Welt hinter ihm her ... und in seinen Augen sah es sicherlich auch so aus.

»Marten!«, rief Garret entsetzt, als er bemerkte, in welche Richtung der junge Mann lief. »Das ist die falsche Richtung! Komm zurück! Dort lauert nur der Tod!«

Doch der junge Mann rannte weiter.

*»Also doch, Untote!«, rief Lamar. »Ich wusste es!«*

*»Seid nicht voreilig mit Euren Schlüssen, Freund«, lächelte der alte Mann. »Und versucht nicht immer, die Geschichte zu erraten. Lasst sie mich Euch einfach erzählen!«*

Garret holte Marten nicht ein, aber an einer Stelle fand er im feinen Sand einen Abdruck. Das Licht der beiden Monde war gerade hell genug, um eine Kerbe in der Spur des Absatzes zu erkennen. Garret hielt nur kurz inne und folgte dann Martens Spuren weiter in den dunklen toten Wald hinein, bis er sie zwischen den Bäumen verlor. Obwohl der Morgen nahte, war es noch zu dunkel, um Martens Spuren weiterverfolgen zu können, aber er war schon zu tief im Wald. Noch einmal rief Garret seinen Namen, aber er antwortete nicht. Um Garret herum waren nur der tote Wald und dessen unnatürliche Stille.

Besorgt kehrte Garret um. Marten kannte das Tal ebenso gut wie er selbst. Marten wusste, dass er nur die alte Handelsstraße finden musste, um sicher zum Dorf zurückzukehren.

Hoffentlich, dachte Garret, weist ihm die Göttin den Weg. Und wenn sie das tat, dann würde es auch bald an der Zeit sein, mit Marten über einen gewissen Falken zu sprechen.

Beim Depot erwarteten ihn die anderen voller Sorge. Tarlon sah ihn fragend an, und Garret schüttelte nur den Kopf.

»Er ist in den Wald gelaufen, nicht wahr?«, fragte Elyra leise.

»Ja, in die Richtung der alten Stadt«, antwortete Garret.

»Aber vielleicht hat er Glück. Wir haben die Hunde ja auch nicht mehr gesehen«, meinte Argor.

»Das wollen wir hoffen«, sagte Tarlon.

»Ja, das hoffe ich auch. Marten ist nicht dumm«, bekräftigte Garret.

»Sollten wir ihm nicht nacheilen?«, fragte Vanessa, aber Garret schüttelte den Kopf.

»Er hätte nicht vor mir davonrennen müssen. Ich weiß nicht, warum er es getan hat.«

Ranath legte Vanessa beruhigend eine Hand auf die Schulter. »Er wird sicher euer Dorf erreichen«, sagte sie.

Ihre Hand fühlte sich warm an und echt, dachte Vanessa.

Ranath strich ihr leicht übers Haar. »Ich weiß es«, sagte sie dann leise.

»Warum seht Ihr mich so an?«, fragte Vanessa zögerlich.

»Weil du mich so sehr an meine Tochter erinnerst.« Ranath lächelte und tippte mit der Fingerspitze auf das Symbol des Bären an Vanessas Rüstung. »Du und Tarlon, ihr seid unser Blut.«

Die Freunde waren beruhigt zu hören, dass Marten nichts Schlimmes widerfahren würde, und sie glaubten der Sera, denn ihre Worte hatten den Klang von Wahrheit. Da sie es nicht erklären konnten, musste es wohl eine Illusion gewesen sein. Ein Trick des Lichts, wie Elyra später verkündete.

Tatsächlich war die Sera, die selbst auch irgendwann ihre Rüstung ablegte und wie ihre Gefährten nur noch Reiseleder trug, jünger als zuerst vermutet. Sie war kräftig und athletisch, wenn auch ein wenig zu groß für Garrets Geschmack. Ihr Haar war lang und blond, fast so fein wie Elyras, und ihre grauen Augen strahlten eine seltsame Ruhe und Freundlichkeit aus. Die Rundungen ihres Körpers und ihre katzengleichen Bewegungen ließen sowohl Garret als auch Tarlon das eine oder andere Mal schlucken. Ebenso wie Ranath trug sie nur wenig Schmuck, der ganz schlicht war, unter anderem einen Halsreif aus einem grauen Material mit dem Symbol der Mondsichel darauf. Und sie war nett, wie Vanessa später sagte. Obwohl die Ähnlichkeit mit Sera Tylane groß schien, unterschieden sich die beiden ansonsten sehr. Zwar verstand auch die Sera Meliande etwas von der Heilkunst, aber sie war kein Heilerin.

Mehrere Tische und Stühle wurden in den Vorraum des Depots gebracht, und eine leuchtende Glaskugel spendete warmes Licht. Nunmehr hatten alle die Rüstungen abgelegt und sie sauber in einer Ecke gestapelt. Hier und da sonderte sich einer der Hüter ab, um seine Rüstung zu pflegen und zu reparieren.

So selbstverständlich, wie sie dort saßen, erschienen sie Tarlon bald nicht mehr ungewöhnlich. Sie waren alle muskulös und flink, und bis auf die Sera Meliande, die ihm irgendwie zeitlos erschien, waren sie wohl kaum älter als dreißig. Die sieben waren freundlich, und auch wenn sie als Lehrer streng erschienen, verloren sie selten die Geduld und lachten oft. Was auch immer sie waren, sie gehörten zur Familie.

Wie Elyra schon sagte: Nur das zählte.

»Wenn ich fragen darf, wie kommt es, dass Ihr hier seid?«, fragte Garret irgendwann, als die Sonne langsam über den Wäldern aufstieg. »Ich meine«, fügte er verlegen hinzu, »wir wissen, warum. Aber wieso Ihr?«

Auch die anderen Freunde legten ihre Arbeit nieder und sahen Sera Meliande fragend an.

Sie seufzte. »Wir mögen es nicht, darüber zu sprechen, aber eine ehrliche Frage verdient eine ehrliche Antwort.«

Sie zögerte, griff hinter sich und stellte eine Flasche Wein und ein paar Gläser auf den Tisch. Sie blies den Staub von der Flasche und schenkte sich und den anderen ein. Für einen Moment schien es Tarlon, als ob die Flasche nie leer werden würde, doch dann schüttelte sie den letzten Tropfen in ihren Becher und lächelte ihn an. Es war das erste Mal, dass ein Erwachsener ihnen Wein einschenkte, und die Sera lächelte, als sie sah, wie vorsichtig die Freunde an ihren Gläsern nippten.

»Es ist ein guter Jahrgang«, sagte sie. »Und einige Dinge lassen sich bei einem Wein besser erzählen.«

»Jeder von uns«, fuhr sie fort, »kommt aus einem privilegierten Haus. Wir sind geboren, um zu herrschen. Niemand außer der königlichen Familie stand höher im Ansehen als unsere Häuser. Doch ein jeder von uns versagte, als die Götter uns testeten. Um die Wahrheit zu sagen, wussten wir nicht, dass wir getestet wurden, aber das ändert nichts daran. Als die Zeit kam, zögerten wir und hatten nicht den Mut einzuschreiten. In einem gewissen Sinne kann man uns sogar die Zerstörung Lytars vorwerfen, doch unsere Verfehlung war nur ein kleiner Teil des Ganzen. Um Buße zu tun und um sicherzustellen, dass so etwas nicht noch einmal geschehen würde, und weil das Erbe Lytars zu mächtig ist, um ungeschützt zu bleiben, schufen wir eine mächtige Magie und banden unseren Eid und unser Leben daran.« Sie sah sich um und suchte den Blick ihrer Kameraden, die alle bedächtig nickten. »Wir schworen, nicht zu sterben, bevor unsere Pflicht nicht erfüllt ist. Unsere Magie bindet uns an diesen Platz, solange das äußere Tor geschlossen ist und die Siegel intakt sind. Wie in einem Traum sehen wir die Zeit vorüberziehen, doch sie hat keine Bedeutung für uns. Wir sind nun die Hüter. Und so lange, wie eine jede Kriegsmaschine im Depot sicher verwahrt ist, sind wir nicht imstande zu gehen. Aber wir halten Wache.«

Sie nahm einen tiefen Schluck aus ihrem Becher. »Aah«, sagte sie und leckte sich die Lippen. »Ich hatte ganz vergessen, wie gut das schmeckt!«

Gemeinsam saßen sie an der Kante zur äußeren Tür, und vor ihnen plätscherte der Bach. Die Lichtung war friedlich, die Bäume am Waldrand gesund und grün. Die Sera sah hoch zum Himmel, den der nahende Morgen rot färbte. Sie schien die Strahlen der Sonne auf ihrer Haut zu genießen, und Garret sah Tränen in ihren Augenwinkeln. Als sie sich aufrichtete, wischte sie sich mit der Hand über die Augen.

»Es ist geschehen«, sagte sie dann und musterte die Gesichter ihrer Kameraden. »Ich für meinen Teil bereue nicht, das Leben aufgegeben zu haben, das ich einst kannte. Verglichen mit diesem, war es nichts wert!« Sie lachte plötzlich, ein helles melodiöses Lachen, das Garret an die Sera Bardin erinnerte. »Man sagt, Buße ist gut für die Seele. Vielleicht ist etwas Wahres daran.«

»Auf Lytara!«, sagte sie dann und hob ihren Kelch. »Auf eine neue Zukunft!«

Dies war ein Trinkspruch, dem man sich anschließen konnte. Alle hoben ihre Becher an und tranken.

Nur Elyra sah sie fast schon ängstlich an. »Ihr spracht davon, Euer Leben aufgegeben zu haben«, sagte sie dann. »Ist das wahr? Seid Ihr gestorben?«

Die Sera schüttelte den Kopf und strich Elyra mit einer vertraut wirkenden Geste über das Haar. Garret schluckte, denn es war die gleiche Geste, die er von Sera Tylane kannte.

»In gewisser Weise, mein Kind«, sagte sie dann und lächelte wehmütig. »In gewisser Weise. Aber ich kann euch beruhigen, ihr sitzt hier nicht mit den Toten am Tisch.«

Die Freunde blieben für fast sechs Wochen im Depot, eine seltsame magische Zeit, angefüllt mit Lernen und Frieden, ernsthaften Unterhaltungen und einigen Übungsstunden im Kampf mit Schwert und Schild. Der Sommer schien ihnen ewig und war voller sonniger Tage, die sich alle glichen. Das Mittsommerfest kam und ging, und niemand dachte auch nur daran. Seltsamerweise suchte auch niemand nach ihnen. So blieben sie und genossen den Frieden und die Ruhe, um ungestört zu lernen und Meliandes alten Geschichten zu lauschen. Geschichten, die nicht von Lytar handelten, sondern von fremden Reichen, seltsamen Monstern und legendären Monarchen und von Magie und Weisheit berichteten. Sie lernten, auf die gleiche Weise zu tanzen, wie es einst an einem längst vergangenen Hofe üblich war, und wurden eingeweiht in die Regeln eines Spiels, das sie Shah nannten, ein Spiel, das Tarlon sofort faszinierte.

Die Hüter waren harte Lehrmeister, und zumindest auf diesem Schlachtfeld kannten sie keine Gnade, auch wenn sie nur lehrten. Bis zum Schluss war es Tarlon nicht möglich, auch nur eines ihrer Spiele zu gewinnen. Allerdings dauerten die Partien immer länger, tanzten Streitwagen und Drachen, Fußsoldaten und Ritter um Türme, Raben, General und König herum.

»Du bist sehr gut«, sagte Meliande und warf einen Blick auf das Brett, auf dem nur noch fünf Figuren standen. Die Regel sagte, dass er nun ziehen musste, doch da er nicht konnte, endete dieses Spiel unentschieden.

»Ihr seid noch immer besser!«, sagte Tarlon.

»Es ist kein faires Spiel«, gab Meliande zu, als sie die Figuren wieder in ihre reich verzierte Kiste packte. »Während wir uns in unserem Traum befanden, waren wir einander bewusst. Wir schliefen und träumten aber nicht immer. Jedes Mal, wenn wir gemeinsam wach waren, spielten wir Shah. Nicht mit diesen Figuren hier, sondern nur in unseren Gedanken.« Sie klappte die Kiste zu. »Selbst du kannst nicht alles in einem Tag lernen!«

»Es sind schon fast sechs Wochen«, protestierte Tarlon, doch sie lächelte nur geheimnisvoll.

Nichts ist ewig in dieser Welt, und das galt auch für unsere Freunde.

»Ihr müsst nun gehen«, sagte Meliande eines Tages. »Wir hielten unser Versprechen, lehrten euch die alte Sprache und vieles mehr, das nützlich für euch sein sollte. Die Welt wird nicht länger auf euch warten, selbst wenn wir es noch so sehr wollen. Ihr habt euer Werk zu tun und wir das unsere.«

»Ja«, sagte Garret und streckte sich. Er fragte sich, wann er das letzte Mal geschlafen hatte. »Es wird vielleicht wirklich Zeit.«

Einer der Hüter, Barius war sein Name, trat vor die Freunde und lächelte sie an. Bislang war er einer derjenigen gewesen, der am wenigsten sagte, doch zugleich hatte er die Freunde am häufigsten in Schwert- und Schildkampf unterrichtet. Nur die Anfänge, wie er ihnen tadelnd mitteilte, als sie etwas zu stolz auf ihre Fortschritte gewesen waren.

»Mögen die Götter euren Weg begleiten. Solange ihr euren Freunden treu beisteht, wird Loivan euch Schild und Schutz sein. Geht in seinem Namen, schützt die Schwachen und stärkt die Mutigen!«

»Folgt dem Stern der Göttin, und ihr werdet nicht fehlgeleitet werden«, sagte Meliande und umarmte jeden von ihnen. »Passt auf euch auf, ja?« Besonders Elyra schloss sie noch einmal kräftig in die Arme.

»Das werden wir, Ahnin«, sagte Elyra leise.

»Mistral wird euch mit den Sternen leiten«, wiederholte die Sera lächelnd, und mit diesem Wunsch, der so alt war wie das Tal selbst, traten die Freunde zurück und sahen zu, wie der schwere Stein vor das Tor schwenkte und das Depot mit einem dumpfen Schlag verschloss. Die zwei Stahlhaken, die Argor und Ralik in den Stein geschlagen hatten, waren nirgendwo zu sehen.

Garret sah auf die Steinwand, runzelte die Stirn und fluchte laut. »Herrje! Ich kann es kaum glauben, dass wir die Pferde völlig vergessen haben! Wir werden nach Hause laufen müssen!«

»Das glaube ich nicht«, sagte Tarlon und zeigte auf die Baumgruppe, wo ihre Pferde noch immer angebunden waren. Selbst Zaumzeug und Sattel waren unberührt.

»Jemand muss sich um sie gekümmert haben«, sagte Vanessa und strich ihrem Pferd sanft über die Nüstern.

»Kennt jemand einen Gott namens Loivan?«, fragte Garret plötzlich, als er sein Pferd sattelte.

»Nie gehört«, antwortete Vanessa, und auch Elyra schüttelte den Kopf.

Nur Argor nickte. »Ich habe den Namen einmal gehört, aber er sagt mir nichts.«

*»Wie kann das sein?«, fragte Lamar überrascht. »Jeder kennt den Gott der Gerechtigkeit. Er ist einer der Götter, die am meisten verehrt werden!«*

*»Nicht hier«, antwortete der alte Mann. »Wir wussten wohl, dass es andere Götter gibt, aber hier im Tal wird nur Mistral verehrt. Vielleicht weil unsere Vorfahren einst die Göttin verrieten, glaubten wir nun umso fester an sie. Von anderen Göttern hörten wir nur von den Priestern, die auf Wanderschaft waren und uns zum Mittsommerfest aufsuchten, um die Trauungen vorzunehmen, denn dieser Bund sollte vor den Augen der Götter geschlossen werden.«*

*»Wenn Ihr alle nur an Mistral glaubt, warum traut Euch keine ihrer Dienerinnen?«, fragte Lamar überrascht.*

*Der alte Mann sah ihn ernst an. »Habt Ihr nicht zugehört? Zweimal schon ließen die Könige von Lytar die Dienerinnen der Herrin der Welt erschlagen. Nach dem Kataklysmus war uns der Segen der Göttin verwehrt. Wir beteten zwar zu ihr, aber jedem von uns war bewusst, dass wir ihre Gnade, Hilfe und Unterstützung nicht verdienten. Seit dem Kataklysmus fand keine ihrer Dienerinnen mehr den Weg in unser Tal. Wir konnten froh sein, dass sich andere Götter erbarmten, uns ihre Diener zu schicken, sodass unsere Ehegelübde vor ihnen abgelegt werden konnten.«*

*»Und obwohl Ihr den Beistand ihrer Dienerinnen nicht besäßet, habt Ihr weiter an sie geglaubt?«, fragte Lamar überrascht.*

*»Sie ist überall«, sagte der alte Mann und wies auf Mis-*

*trals Stern, der im Rahmen über der Tür des Gasthofs prangte.*
»*Wir glaubten an sie. Es hieß, wir wären ihre Kinder, sie unsere Mutter. Unsere Vorfahren haben sich gegen sie erhoben, wir taten nun Buße.*«

*Er sah Lamar eindringlich an.* »*Vergesst nicht, dass sie uns ihre Gnade gab.*«

»*Sie zerstörte die alte Stadt! Wie könnt Ihr das Gnade nennen?*«

»*Ihr werdet sehen*«, *lächelte der alte Mann.* »*Lasst mich weitererzählen, und Ihr werdet sehen, wie groß ihre Gnade wirklich ist* ...«


Tarlon sagte nichts, er hörte gar nicht zu, sondern musterte die Wagenspuren und die vielen Fährten, die hoch zum Depot gingen. Das Gras war feucht vom morgendlichen Tau, dennoch hatte es sich noch nicht wieder aufgerichtet.

»Götter!«, rief Elyra plötzlich. »Nicht nur, dass wir die Pferde vergessen haben, wir haben auch das Mittsommerfest verpasst! Darauf hatte ich mich dieses Jahr wirklich gefreut.« Sie warf einen Blick zurück zu der Steinwand des Depots und seufzte. »Aber das hier war wichtiger.«

»Ich hasse es, wenn jemand ohne mich seinen Spaß hat«, grummelte Garret, als er sich auf sein Pferd schwang.

»Das wird er uns bis zum nächsten Sommerfest vorhalten!«, murmelte Argor und bestieg sein Maultier.


Aber dem war nicht so. Als sie das Dorf erreichten, war alles noch für das Fest geschmückt, und niemand schien sie vermisst zu haben. Während die anderen sich mit staunenden Augen umsahen, lächelte Tarlon nur.

»Danke, Sera«, sagte er so leise, dass es keiner hörte. Durch vorsichtige Andeutungen fanden sie heraus, dass dies der gleiche Tag war, an dem auch die anderen zum Dorf zurückgekehrt waren.

»Aber wie kann das sein?«, fragte Garret entgeistert.

Tarlon lachte leise. »Ich dachte mir schon etwas in der Art«, sagte er dann.

»Wieso?«, wollte Garret wissen.

»Na, wie oft bist du schlafen gegangen in diesen sechs Wochen?«, fragte Tarlon, und Garret sah ihn überrascht an.

In der Tat konnte er sich nicht daran erinnern, überhaupt irgendwo ein Bett gesehen zu haben. Offenbar hatte in diesen ganzen sechs Wochen niemand geschlafen. Dennoch fühlte er sich ausgeruht und entspannt.

»Magie. Wieder mal Magie!«, brummte Argor.

Elyra lachte ihn an. »Aber jetzt kannst sogar du dich nicht beschweren. Es war nichts Böses dabei.«

»Aber nur weil die Hüter wussten, was sie taten«, grummelte Argor. Er sah die anderen an. »Kein Wort zu meinem Vater, ja? Er wird das nicht verstehen können.«

»Kein Wort zu irgendwem«, sagte Vanessa bestimmt. »Das ist zu schwer zu erklären!«

Die Freunde waren sich einig, dass dies ein Geheimnis war, das sie besser für sich behalten sollten. Denn auf die Fragen, die es aufwarf, hatte niemand eine Antwort.

»Ich mag sie. Die Hüter, meine ich. Ich wollte, sie könnten dies hier sehen!«, sagte Elyra. »Ich glaube, sie sind einsam. Alles, was sie kannten, ist nicht mehr. Aber wir haben noch immer unser Dorf. Wenn wir es schaffen, unser Dorf zu schützen, ist ihre Wache nicht umsonst gewesen!« Sie sah die anderen mit einem Funkeln in den Augen an. »Ich werde nicht zulassen, dass dieser Belior unser Dorf zerstört!« Die anderen nickten zustimmend.

»*Eine gute Einstellung*«, nickte Lamar. »*Doch der Gegner war nur zurückgeschlagen und nicht besiegt! Es muss doch allen klar gewesen sein, dass dies nur der Anfang war. Aber sie kehrten in ein Dorf zurück, das feierte, als wäre nichts gewesen! Wie konnten sie nur so blind sein?*«

»Nun«, sagte der alte Mann und füllte seinen Becher nach. »Ihr dürft nicht vergessen, dass vom Feind nichts mehr zu sehen war. Niemand im Dorf, außer dem Radmacher, hatte größere Erfahrung im Kriegswesen, kaum jemand hatte eine Idee, wie man der Bedrohung entgegentreten sollte. Aber während der Ältestenrat grübelte, sah man keinen Grund, das Fest nicht zu feiern.«

Der alte Mann nahm einen tiefen Schluck und sah lange in seinen Becher. »Ich weiß nicht, ob es wirklich falsch war. Vielleicht hofften die Ältesten auch, dass das Fest den Leuten neuen Mut geben würde. Es war eine Gelegenheit, sich von dem Schock zu erholen.« Er seufzte. »Aber Ihr habt recht. Die Bedrohung war noch lange nicht vorbei. Sie sollte nur eine neue Form annehmen ...«

# 10

*Graf Lindor*

Die alte Börse war das am besten erhaltene Gebäude am Hafenplatz der alten Stadt Lytar. Ihr weites Dach war der einzige Ort, an dem sich Nestrok, Lindors Drache, wohlfühlte.

Graf Lindor warf einen Blick hinüber zu dem Biest und fluchte leise, denn seit dem Angriff auf das Dorf war mit dem Drachen nur wenig anzufangen. Sein Auge eiterte, aber Nestrok ließ niemanden daran und schien zu hoffen, dass der Pfeil von allein herauswuchs. Die Regenerationsfähigkeit des Drachen war immer wieder beeindruckend, aber diesmal schien Nestrok an seine Grenze zu stoßen und wollte es nicht einsehen. Der Drache hatte sich beinahe geweigert, in diese verfluchte Stadt zurückzufliegen, aber er war nicht der eigentliche Grund für Lindors Sorge.

Geistesabwesend kratzte er sich an der Wange. Der Ausschlag quälte ihn noch immer, und er verfluchte den unbekannten Bogenschützen, der ihn damals traf, als man die Frau aus dem Dorf vor ihn zerrte. Was auch immer auf diesem Pfeil gewesen war, hatte den Ausschlag verursacht und erinnerte ihn jede Sekunde daran, wie er eine wehrlose Frau erschlagen hatte. Irgendwann würde auch der Ausschlag verschwinden, und vielleicht war er dann in der Lage, diesen Blick aus ihren Augen zu vergessen, als sein

Schwert herabfuhr. Lindor fluchte leise und ballte die Fäuste. Diese Tat würde ihn sicher noch lange verfolgen.

Von der Brüstung des Daches hatte der Graf einen guten Blick auf den Hafen, zumindest auf den Teil des Hafens, der noch erhalten war. Dort unten hatte ein schlankes dunkelgrünes Schiff festgemacht, das in seiner ganzen Bauart so fremd auf ihn wirkte, dass es Lindor fröstelte. Dort befand sich sein Problem.

Von hier oben schien es, als wären die Krieger, die dieses fremde Schiff verließen, nur besonders groß. Doch schon die echsenartigen Reittiere machten klar, dass dies keine Menschen waren. Sie waren viel zu groß, und auch die Art ihrer Bewegung war ... anders. Anders in einer Art, die tief in Lindors Inneren Furcht hervorrief. Kronok.

Im Durchschnitt waren sie gut um die Hälfte größer als ein Mensch, und sie besaßen dort, wo die Rüstungen die Haut nicht bedeckten, kleine schwarze Schuppen. Die lippenlosen Münder zeigten unzählige scharfe Zähne, die Nasenlöcher waren senkrechte Schlitze, die sich beim Atmen schlossen, und die Augen ... Lindor schüttelte sich. Es waren die gelben Augen von Reptilien, voller Intelligenz, aber bar jeder menschlichen Regung. Die Krieger allein waren furchteinflößend genug, doch ihr Anführer war es, dessen Anblick Lindor jedes Mal einen Schauer über den Rücken jagte.

Wenn das Wesen einen Namen hatte, so kannte er ihn nicht. Es nannte sich Kriegsmeister. Nach Beliors Auskunft war es ein Wesen, das nur dazu gebrütet worden war und aus dem Ei schlüpfte, um die Strategien und Taktiken des Krieges zu beherrschen. Diese Kreatur gehörte der gleichen Rasse an wie die Kriegsreiter, die seine Soldaten in Angst und Schrecken versetzten.

Der Kriegsmeister trug keine Rüstung, sondern eine lange golddurchwirkte schwarze Robe. Nach Art der Beduinen hatte er ein schwarzes seidenes Tuch um den Kopf geschlungen, das nur die Augen frei ließ. Im ersten Moment konnte man ihn für einen sehr großen Menschen halten, doch diese Augen mit ihren gelben, senkrecht geschlitzten Pupillen und der schwarzen fein geschuppten Haut, die sie umgab, belehrten den Betrachter schnell eines Besseren.

Es waren nur zwei Dutzend Kronoks, und so furchterregend sie auch waren, so hatte der Graf keinen Zweifel daran, dass seine Leute sie auf sein Kommando hin erschlagen würden. Wenn es Belior nicht gäbe, würde er genau das befehlen.

Selbst Nestrok betrachtete diese Wesen mit unverhohlener Abscheu. So alt der Drache auch war, selbst ihm waren diese Wesen unbekannt. Fast schien es Lindor, als ob er sich sogar vor ihnen fürchten würde.

Kein Wunder, dachte Lindor verbittert, während sich seine gepanzerten Hände in die Brüstung des Daches krallten, selbst Nestrok war menschlicher als diese Wesen.

Er blickte hinüber zu der gebrochenen Mauer des alten Damms auf der anderen Seite des Platzes. Zwei mächtige steinerne Türme ragten dort noch immer in den Himmel empor, und zwischen ihnen verschloss eine gewaltige Wand aus Stein das dahinterliegende Tal. Durch einen tiefen Riss in dieser Wand rauschte das Wasser im hohen Bogen in die Tiefe, das ferne Donnern des Wasserfalls ein ständiger Begleiter. Niemand verstand, warum dieser Damm einst gebaut wurde.

Lindor musterte die beiden hohen Türme und überlegte zum wiederholten Mal, ob er dort Wachen postieren sollte. Hinter der mächtigen Wand lag nur ein See … Es drohte keine Gefahr von dort. Es hatte dagegen mehr Sinn, hier auf dem Dach jemanden zu postieren.

Wieder musste er sich an der Wange kratzen. Er besaß den Pfeil zwar noch, aber selbst seine besten Heiler konnten nicht herausfinden, um welches Gift es sich handelte, das ihm das Tragen von Rüstungen trotz aller Salben fast unerträglich machte. Die Wunde in der Seite war dagegen fast zu vernachlässigen, obwohl auch sie fast unerträglich juckte.

Lindor fluchte leise, als er sah, wie die schlanke, übergroße Gestalt zielsicher auf die Börse zusteuerte. Der Kriegsmeister war ihm unheimlich, fast so unheimlich wie Belior. Wieder und wieder verfluchte Lindor sich selbst, dass er sich auf diese unheilige Allianz eingelassen hatte.

Macht und Reichtum, Ehre im Kampf gegen die Elfen, das war ihm versprochen worden. Und nun saß er seit drei Jahren in dieser verfluchten Stadt fest. Nur einmal hatte er sie verlassen. Er musste Nestrok trotz seiner Verwundung zwingen, zu der Kronstadt Beliors zu fliegen, um dort abgefertigt zu werden wie ein unwissender Jüngling! Er sah auf seine geballte Faust herab und zwang sich, sie zu entspannen. Der Kriegsmeister verschwand im Eingang der Börse, und Lindor hatte keinen Zweifel daran, dass das Wesen wusste, wo er zu finden war und ihn bald belästigen würde. Einen Ratgeber hatte Belior ihn genannt. Pah!

Aber er verdiente es ja nicht besser. Jedes Mal wenn er die Augen schloss, sah er das erhobene stolze Gesicht der Heilerin wieder, die ihm furchtlos in die Augen gesehen hatte, als er sein Schwert erhob. Als er sie tötete, wich Lindor zum ersten Mal vom Pfad der Ehre ab, und in jeder Nacht sah er ihr Gesicht erneut. Es half nichts, dass er erklärte, dass er ihr nur ein schlimmeres Schicksal erspart hatte, denn er wusste nur zu gut, was Belior mit ihr getan hätte. Nur sein einzigartiges Band zu Nestrok hatte ihm selbst dieses Schicksal erspart. Doch jede Nacht erschienen ihm die ruhigen Augen der Heilerin im Traum. Sie schienen ihn zu mustern und in ihm zu suchen – nach was, das vermochte er selbst nicht zu sagen. Ehre war es jedenfalls nicht, denn seit jener Nacht kannte er diese Tugend nicht mehr.

Er ließ seinen Blick über die alten Ruinen schweifen. Es war diese verfluchte Stadt mit ihrer widernatürlichen Magie, den Monstern und schreckenerregenden Gestalten, die einst Menschen gewesen waren ... Diese Stadt war faul und krank, die Ruinen von unheiligem Leben erfüllt. Selbst die Götter wandten sich schaudernd von ihr ab.

Hier am Hafen sollte es am sichersten sein, hatte Belior gesagt. Vielleicht war es so, doch fast täglich verlor Lindor Männer an die Stadt, an ihre Monster oder daran, und das war das Schlimmste, zu was die Männer wurden, die einen unbedachten Schritt zu viel getan hatten. Sie wandelten sich zu Dingen, gegen die selbst ein Kronok fast noch menschlich wirkte.

Die Artefakte, die seine Männer fanden, wurden zurück nach Thyrmantor verschifft. Fast jedes dieser Artefakte war mit dem Blut seiner Männer erkauft worden. Sinnlose Dinge wie Lampenschirme oder Kinderspielzeug, Nützliches wie Schwerter, Dolche, Schilder oder alte Rüstungsteile. Aber auch so unverständliches Zeug wie manche Apparate, die keinem erkennbaren Sinn und Zweck dienten. Alles, was aussah, als hätte es die Jahrhunderte überstanden, und vieles, von dem nicht einmal erkenntlich war, was es denn sein könnte. Belior wollte alles haben.

Lindor sah nach Westen über einen Teil des untergegangenen Hafens hinweg, dorthin, wo die Zinnen der alten Kronburg aus dem Wasser ragten. Ein breites Ruderboot war dort festgemacht. Die alte Kronburg hatte es Belior angetan, doch sie stand zum größten Teil unter Wasser, und immer wieder starben Leute bei dem Versuch, die versunkenen Räume zu erforschen.

Lindor hatte schon Kriege geführt, in denen er weniger Männer verloren hatte. Und das alles für die Verheißung unbegrenzter Macht für einen König, der weder Ehre noch Treue noch Loyalität kannte und von diesem alten Reich wie besessen war. Mehr als einmal hatten sie unter großen Verlusten ein Areal freigekämpft, in dem sich, nach den Worten des Königs, etwas von Wert befinden musste ... nur um leere Hallen und Lager vorzufinden. Jemand war ihnen zuvorgekommen, und Belior war der festen Überzeugung, dass es die Leute aus dem Dorf sein müssten. Vielleicht hatte er sich deshalb geweigert, Lindor mehr Männer zu geben. Er fürchtete wohl, sie gegen das magische Kriegsgerät zu verlieren, das er selbst so verzweifelt suchte.

Aber auch hier hatte sich der König getäuscht, denn die überraschende Niederlage hatte wenig mit alter Magie zu tun, sondern umso mehr mit einer überraschend guten Verteidigung. Die Befürchtungen des Königs hatten sich nicht erfüllt.

Der Graf fluchte leise. Diese übertriebene Ängstlichkeit des Königs hatte ihn viele gute Männer gekostet. Hätte der Graf seine Hauptstreitmacht ins Feld führen können, wäre das Ergebnis anders ausgefallen. Noch besser wäre es gewesen, hätte Belior auf den Grafen gehört, denn Lindor hatte es als unnötig empfunden, die Dörfler anzugreifen. Seit Jahren schon liefen die Ausgrabungen, und nicht ein einziges Mal hatten die Leute des Dorfes Interesse daran gezeigt. Wenn sie überhaupt davon wussten ...

Manchmal wünschte der Graf, er könnte den König einfach als verrückt abtun, doch dazu wusste der Mann zu viel über die Stadt, selbst über die untergegangenen Gebiete. Dennoch verstand er nicht, was Belior antrieb. Thyrmantor hatte keine ebenbürtigen Feinde mehr. Die noch existierenden anderen Reiche lagen hinter hohen Bergzügen oder weiten Ozeanen geschützt, dem Zugriff Beliors zwar entzogen, zugleich stellten sie aber auch keine Bedrohung mehr dar. Belior hatte sein Ziel erreicht: Er war der Herrscher des mächtigsten Reiches, das die Welt heute kannte.

Was trieb den Mann also noch? Lindor sah über die alte Stadt hinweg. War es das? War es Belior ein Dorn im Auge, dass es einst ein Reich gegeben hatte, das mächtiger war als das, das er heute sein Eigen nannte? Lag der König mit alten Geistern im Wettstreit?

»Graf Lindor.«

Nur mit Mühe konnte der Graf verhindern, dass er zusammenzuckte. War er wirklich so in Gedanken versunken gewesen, dass er nicht bemerkte, wie der Kriegsmeister an ihn herangetreten war?

Langsam drehte er sich um und sah zu der vermummten Gestalt hoch. Der Graf wusste nicht viel von diesen Wesen. Was er wusste, reichte ihm, um so viel Abstand wie möglich zu halten. Der Kriegsmeister war so groß wie seine Artgenossen. Er trug keine Rüstung, sondern eine schwarze Robe, und ein dunkles Seidentuch verbarg das ganze Gesicht bis auf die Reptilienaugen, die ihn mit unverhohlenem Hunger ansahen. Unbewaffnet, wie der Kriegsmeister war, empfand Lindor ihn dennoch als Bedrohung, und zwar aus gutem Grund. Für Kronoks waren Menschen nichts anderes als Beute, nur dass Belior diesem Wesen hier den Auftrag gegeben hatte, ihn zu *beraten*.

»Ich sehe, Ihr habt Lytar wohlbehalten erreicht«, sagte Lindor. Ein kleiner Sturm auf dem Weg hätte ihm den Ärger erspart, dachte er missmutig.

»Die Überfahrt war stürmisch«, lächelte der Kronok und zeigte scharfe Zähne. Lindor schluckte. »Habt Ihr getan, was Euch aufgetragen wurde? Was ist mit den Söldnern?«, fuhr das Wesen fort.

»Sie haben wie befohlen im Süden Stellung bezogen und durchsuchen das Gebiet nach Ruinen. Warum habt Ihr ihnen das Soldgeld verweigert?«

»Sie werden bald genug Gold bekommen«, antwortete der Kriegsmeister nachlässig. Er sah über die alte Stadt hinweg nach Osten. »Ich sehe, Eure Leute sind dabei, die Hinterhalte vorzubereiten?«

Der Kronok musste gute Augen habe, dachte Lindor säuerlich, er selbst konnte auf diese Entfernung nichts erkennen. »Wie Ihr es mir ... *geraten* habt.« Er sah von dem Kriegsmeister weg und musterte die ferne Ruinenlandschaft mit vorgetäuschtem Interesse. »Sagt, was spricht dagegen, das Dorf mit einem direkten Angriff zu nehmen? Jetzt wissen wir ja, womit wir zu rechnen haben. Der Angriff der Reiterei war ein Fehler, aber wenn wir von allen Seiten mit den Fußsoldaten ...«

»Der Hafen wäre ungeschützt«, unterbrach ihn der Kriegsmeister. »Zudem ist es des Königs Wunsch, dass die Ausgrabungsarbeiten nicht unterbrochen werden. So ist es besser, sie werden nun in unsere Falle laufen. Der König wünscht, den Feind mit minimalem Aufwand zu besiegen.«

»Der Feind besteht aus Bauern, Kriegsmeister.«

»Die Euch eine empfindliche Niederlage einbrachten. Ich las Euren Bericht, das Dorf ist gut geschützt.«

»Nicht gegen schwere Fußsoldaten mit ausreichend Schilden gegen die Pfeile!«, protestierte Lindor. »Wenn ich sie umschließe, werden sie sich ergeben!«

»Ihr werdet nicht gegen meinen Rat handeln, oder?«, fragte der Kriegsmeister fast beiläufig. Er legte eine Hand auf Lindors gepanzerte Schulter. Sechs Finger, schwarze Schuppen und Nägel, die hart genug waren, Lindors Panzer zu zerkratzen.

»Euer Rat ist nur ein Rat«, antwortete Lindor bestimmt. »Noch habe ich hier das Kommando.«

»Nun, dann *rate* ich Euch, folgt den Anweisungen Eures Herrn«, gab das Wesen Antwort.

Die gelben Augen musterten den Grafen, als ob der Kronok überlegen würde, wie der Graf wohl schmecken könnte. »Vergesst das Dorf! Hätten sie das, was Euer Meister suchte, wäre der Kampf ein anderer gewesen. So aber sind sie unwichtig geworden. Nun besteht Eure Aufgabe darin, dafür zu sorgen, dass die Ausgrabungen hier nicht gestört werden.«

»Es wäre ein Fehler, das Dorf zu ignorieren!«, widersprach der Graf.

»Das weiß Euer Meister auch«, antwortete der Kriegsmeister. »Er hat andere Pläne für das Dorf. Ihr habt versagt. Nun ist es nicht mehr nötig, Euch zu informieren.«

Der Kriegsmeister sah zu dem Drachen hinüber. Dieser lag zusammengerollt in der nordöstlichen Ecke des Daches, das rechte Auge geschlossen. Das andere Auge hingegen fixierte den Kriegsmeister mit einem unheilvollen Blick.

»Ich frage mich sowieso, was der König an Euch findet,

dass er Euer Versagen toleriert«, sagte der Kriegsmeister nachdenklich. »Es kann kaum allein der Drache sein.«

Die Antwort werdet Ihr hier nicht finden, dachte Lindor. Auch wenn es ihm schwerfiel, hielt er dem Blick der gelben Reptilienaugen stand.

»Habt Ihr noch einen weiteren Rat für mich?«, fragte der Graf mit betont neutraler Stimme.

Der Kriegsmeister nahm die Hand von Lindors Schulterpanzer und musterte den Grafen lange. Dann nickte er. »Ihr habt einen Wolfsmenschen gefangen, nicht wahr?«

Lindor fluchte innerlich. Das Wesen war gerade erst an Land gegangen und wusste schon viel zu viel. Erst vor wenigen Stunden hatte er Nachricht erhalten, dass eine Patrouille einen der Wolfsmenschen gefangen nehmen konnte, die schon so lange die Außenbezirke der alten Stadt bedrohten. Jämmerliche Kreaturen, deren Entsetzen darin lag, dass sich in dem tierhaften Wesen noch immer die Seele eines Menschen verbarg, krank und verstümmelt, zur Unkenntlichkeit verformt, ebenso wie der Körper. Ein Schicksal, das jeden hier ereilen konnte, der zu lange in der Stadt verweilte. Schon jetzt munkelten die Männer, dass es Kameraden gab, die sich ebenfalls veränderten. Bislang war es nur ein Gerücht, aber wie lange konnte man so etwas verheimlichen? Er musterte das Echsenwesen und fragte sich, wie dieser von dem Wolfsmenschen wissen konnte. Ob der Kriegsmeister sich überhaupt jemals solche Gedanken machte oder sich unberührbar von der Verdorbenheit der alten Stadt wähnte?

»Ja, heute Morgen«, antwortete der Graf knapp.

»Bringt mich zu ihm. Und holt diesen Priester, diesen Rokan. Ich hörte, er hat die Gabe der Zungen.«

Der Anblick des Wolfsmenschen rief beim Grafen Ekel und Angst hervor. Wäre das Biest nicht so elendig in diesem Käfig gefangen, wäre der Abscheu auch nicht viel geringer gewesen. Das Monster zeigte noch viel zu viele menschliche Eigenschaften, der Arm eines menschlichen Kleinkindes ragte aus seiner linken Brust und tastete blind herum oder verkrallte sich im zottigen Brusthaar des Monsters. Wären nicht die menschlichen Merkmale vorhanden gewesen, wäre es nicht halb so schlimm. Aber allein das Wissen, dass in diesem Körper die Seele eines Menschen gefangen war, ließ den Grafen frösteln.

Die Augen des Wolfsmenschen waren für Lindor das Schrecklichste. Es waren die Augen eines Menschen, und in ihnen las der Graf seine innere Qual, die über alles hinausging, was er je zu sehen wünschte.

»Er sagt, er wäre der Anführer seines Rudels«, teilte Rokan ihnen mit. Er war einer der wenigen Priester, die Belior mit auf diese Expedition geschickt hatte. Lindor hätte lieber auf ihn verzichtet.

Klein, zierlich und schlank, vielleicht drei Dutzend Jahre alt, trug er eine Robe ähnlich der, die der Kriegsmeister trug. Das Symbol seines Gottes, eine knöcherne Hand mit einer Fackel darin, trug er auf seiner Brust.

Darkoth, der Dunkle.

Mehr wusste auch Lindor nicht über diesen Gott, aber ein Blick auf die von Grausamkeit geprägten Gesichtszüge des Priesters, die tiefen Falten und die dunklen Augen, die nie weit vom Wahnsinn entfernt schienen, reichte ihm aus.

Der Priester war nicht weniger arrogant als der Kriegsmeister, und es überraschte ihn nicht, dass die beiden sich auf Anhieb gut zu verstehen schienen.

Die Arroganz des Priesters stützte sich darauf, dass sein Orden das Vertrauen des Königs genoss. Oft genug schlich einer dieser Robenträger um Belior herum und flüsterte in sein Ohr. Jeden anderen Priester hätte Lindor mit offenen Armen willkommen geheißen, gab es doch immer Bedarf an göttlicher Heilung. Doch der dunkle Gott schien an Heilung nicht interessiert, er gab seinen Priestern andere, dunklere Gaben.

»Sagt ihm, dass er durch die Gnade Eures Gottes Erlösung finden wird und als Mensch weiterleben kann, wenn er unserem Willen folgt«, sagte der Kriegsmeister zischelnd. Manchmal lispelte das Wesen und erzeugte dabei ein Geräusch, als ob trockene Schuppen über Stein raspeln.

»Aber eine solche Gnade gewährt mein Gott mir nicht«, antwortete Rokan überrascht.

»Ihr könnt ihn doch von seiner Qual erlösen. Glaubt ihr Menschen nicht alle, dass nach dem Tod die Seele ein neues Zuhause findet?«

Rokan nickte und lachte leise. »So gesehen, wird es mir leichtfallen, das Versprechen zu halten.«

»Dann gebt es ihm.«

Die Knurrlaute, die aus dem Rachen des Priesters drangen, waren kaum noch einer Sprache ähnlich, die Lindor kannte. Aber auch hierin lag, wie im Anblick des Wolfsmenschen, noch ein Rest Menschlichkeit. Die Augen des Monsters weiteten sich, und Lindor sah die Hoffnung in ihnen, als das Wesen nickte und mit hastigen gutturalen Lauten Antwort gab. Der Graf brauchte keine Übersetzung. Nichts war dem Monster wichtiger, als von dieser Qual erlöst zu werden.

»Er fragt, was getan werden soll«, übersetzte Rokan mit einem amüsierten Lächeln.

»Es ist eine einfache Aufgabe«, sagte der Kriegsmeister und blickte gelangweilt auf die Klauen seiner linken Hand. »Die Wolfsmenschen sind schon verdorben, der südliche Wald wird ihnen nichts ausmachen. Sie sollen dort Ausschau halten nach Spähern aus diesem lästigen Dorf.«

»Und wenn sie welche finden?«, fragte der Priester.

»Dann soll die Meute sie fressen«, gab der Kriegsmeister zur Antwort und stieß eine Reihe zischelnder Geräusche aus. Es dauerte einen Moment, bis Lindor verstand, dass der Kronok lachte.

»So spart man Material«, teilte der Kriegsmeister dem Grafen mit, als sie zusahen, wie das Monster eilig das Weite suchte. »Warum sinnlos welches verschwenden, wenn es genügend Monster gibt, die eine solche Aufgabe gerne erfüllen?«

»Ihr meint Soldaten«, antwortete Lindor knapp.

»Sagte ich das nicht?« Mit diesen Worten drehte sich der Kronok um, ging davon und ließ den Grafen mit dem Priester zurück.

»Geschickt«, meinte der Priester Darkoths und lachte leise. »Jetzt verstehe ich, was unser König an diesen Wesen findet.«

»So, tut Ihr das?«, fragte der Graf, deutete eine knappe Verbeugung an und ließ nun selbst den Priester stehen.

Als er zurück zur alten Börse ging, spürte er die Augen des Mannes noch lange in seinem Rücken, doch diesmal war es ihm egal.

Ein Trupp Soldaten kehrte von einer Patrouille zurück. Sie führten einen einfachen Karren mit sich, auf dem ein toter Mann mit steingrauer Haut und dreifingrigen, klauenartigen Händen in einfachen Leinengewändern lag. Wahrscheinlich war es einer der Einwohner der Stadt, die sich noch immer zum größten Teil vor Lindors Truppen verborgen hielten. Einige Soldaten waren verletzt, und zahlreiche Wunden an dem toten Körper zeigten, dass er den Soldaten einen harten Kampf geliefert hatte.

Lindor sah dem Karren nach, wie er über die unebenen Steine der alten Straße rumpelte, und musterte die toten, unheilvollen Ruinen um ihn herum.

Diese Stadt, dachte er verbittert, machte jeden Mann zum Monster, ob man es ihm nun ansah oder nicht.

# 11

*Mittsommerfest*

Das Erste, was die Freunde sahen, als sie ihre Pferde zum alten Stall am Marktplatz führten, waren die Sera Bardin und, für alle überraschend, Ariel. Er hatte saubere Ledersachen angezogen und unterhielt sich angeregt mit der Bardin, die seine Maske ignorierte, als wäre dies ganz selbstverständlich. Vielleicht war es das auch, denn zu ihren Füßen lag Hund auf dem Rücken und ließ sich von ein paar Kindern des Dorfes verwöhnen und kraulen, ohne dass diese seinem Herrn auch nur die geringste Beachtung schenkten.

Wo die Bardin war, waren die Kinder selten weit entfernt, und Ariel schien die gleiche Anziehung auf sie auszuüben. Hund jedenfalls schien es zu genießen, gekrault zu werden. Er lag auf dem Rücken, hatte alle viere von sich gestreckt und zeigte seine großen Zähne in einer Art, die nicht anders als ein breites Grinsen interpretiert werden konnte.

Ich frage mich, wie diese Entwicklung zustande kam, dachte Tarlon, als er den beiden zunickte. Es war der erste Tag des Mittsommerfestes, und obwohl die Mittagssonne noch hoch am Himmel stand, war die Feier, wie Pulver zu sagen pflegte, bereits lichterloh entflammt.

Von überall her war Musik zu hören, und Garret juckte es schon im Fuß, doch zuerst kam der Bürgermeister auf sie zu, Marten im Schlepptau.

»Mist!«, meinte Garret. »Das hat uns noch gefehlt.«

»Gut, dass ihr zurück seid«, sagte der Bürgermeister, kaum, dass er sie erreicht hatte. »Und ich bin froh, euch unversehrt zu sehen. Mein Sohn hat mir allerdings etwas berichtet, das einer Erklärung bedarf.«

»Und was wäre das?«, fragte Garret hitzig, bevor der besonnenere Tarlon antworten konnte. Garret konnte sich nur zu gut daran erinnern, dass Martens Pfeil beinahe Elyra getroffen hätte, und er war gerade in der richtigen Laune dazu, dem Bürgermeister und vor allem Marten zu sagen, was er davon hielt. Zudem gab es ja auch noch die andere Kleinigkeit.

»Mein Sohn sagt, dass die Hüter Monster wären, skelettierte Untote, die euch in ihren Bann gezogen hätten!«

»Sehen wir so aus, als ständen wir unter einem Bann?«, knurrte Garret. »Wisst Ihr, was Marten getan hat? Er ...«

Elyra legte ihm die Hand auf den Arm. »Lass, Garret. Du bist zu wütend.« Sie trat vor und sah erst den Bürgermeister und dann Marten mit ihren graublauen Augen an. Der Blick, den sie Marten zuwarf, war so fest und direkt, dass dieser einen Schritt zurückwich. »Sera Meliande, so heißt die Anführerin der Hüter, erklärte mir gerade etwas, als Marten auf sie schoss. Dabei nahm er in Kauf, mich zu treffen, denn ich stand direkt vor der Sera in Martens Schusslinie. Ohne die rasche Reaktion der Sera hätte euer Sohn mich erschossen. Hat er Euch dies auch erzählt?«

Der Bürgermeister sah sie ungläubig an. »Das würde er doch nie tun! Er sprach nur davon, auf die Untote geschossen zu haben, und auf diese habe er auch gezielt!«

Elyra sah Marten fest in die Augen. »Fragt ihn doch«, sagte sie dann zum Bürgermeister. »Mal sehen, was er antworten wird, wenn er mir in die Augen sehen muss.«

Der Bürgermeister zögerte einen Moment und zog Marten dann zu sich heran. »Mein Sohn, trug es sich so zu, wie Elyra es sagt?«

»Ich … es war dunkel, und ich …«, stammelte Marten.

»Er stand keine zwanzig Schritt entfernt«, sagte Garret kalt. »Er war bereit, Elyras Tod in Kauf zu nehmen!«

»Ihr hättet sie sehen sollen, Vater!«, rief Marten verzweifelt. »Sie war nichts als ein Skelett mit ein paar ausgefransten Haaren! Und Elyra schmiegte sich an sie, als wäre sie ihre Mutter!«

»Sie ist meine Ahnin«, sagte Elyra fest. »Wie sie dir erschien, Marten, ist egal. Eben hast du es selbst zugegeben. Ich war an sie geschmiegt, und du hättest mich getroffen!«

»Außerdem, wenn sie ein Skelett wäre und nur aus Knochen bestände, was hast du dir von deinem Pfeil überhaupt erhofft?«, fragte Vanessa kühl. »Hättest du dich auch nur bemüht nachzudenken, wärst du zu uns gekommen und hättest gefragt, was du wissen wolltest. Dieser Schuss war … heimtückisch!«

»Ich wollte das nicht!«, rief Marten und schniefte. »Ich hatte einfach nur Angst, dass sie euch etwas antun würden!«

»Also war es so, wie Elyra behauptet?«, fragte der Bürgermeister mit grimmiger Miene und schüttelte Marten leicht. Dieser sah betreten zur Seite, bevor er nickte.

»Ja … und als ich verstand, bin ich geflohen. Ich habe sogar noch auf Garret geschossen, der mir nacheilte!«

Das war auch für Garret neu. Er hatte es nicht einmal bemerkt.

»Gut«, sagte der Bürgermeister und richtete sich zu voller Größe auf. Seine Hand lag schwer auf Martens Schulter, der auf einmal wie ein kleiner Junge wirkte, obwohl er nur ein halbes Jahr jünger als Garret war. »Ich werde ihn bestrafen.«

»Nein«, widersprach Elyra. »Das wäre nicht gut.«

Der Bürgermeister sah sie überrascht an, aber es war Tarlon, der sprach. »In diesen Zeiten würde eine Bestrafung Martens unseren Glauben an uns selbst erschüttern. Wir sind nur stark, weil wir geeint sind. Es ist niemand zu Schaden gekommen, und selbst die Sera Meliande wusste dies. Deshalb rief sie ihn ebenfalls zurück.«

Elyra trat vor Marten, streckte die Hand aus und hob das Kinn des jungen Mannes an, bis dieser ihr in die Augen sah.

»Hattest du die Absicht, mich zu ermorden?«, fragte sie leise, und Marten schüttelte heftig den Kopf. »Nein ... niemals ... Ich könnte das doch gar nicht!«, schniefte er und wischte sich die Tränen aus den Augen. »Ich wollte das alles nicht! Doch in dem Moment, als ich schoss, erkannte ich Elyra nicht. Sie war anders, fremd und keine von uns!«

Tarlon hob überrascht den Kopf, und Garret erinnerte sich an die Worte des Falkners, der die Worte »nicht von Lytar« verwendete. Fremd.

»Marten«, sagte Garret. »Was du dir geliehen hast, will ich zurückhaben, verstehst du? In einer Kiste ... und ohne dass du es noch einmal berührst, in Ordnung?«

Der Bürgermeister sah Garret fragend an, aber Marten nickte nur.

»Etwas, das er sich ausgeliehen hat«, erklärte Elyra, und jetzt war es an Garret, überrascht zu sein. Er dachte, er wüsste als Einziger, dass Marten den Falken entwendet hatte.

Elyra hielt indes noch immer Martens Kinn in ihrer Hand. »Ist dir das eine Lehre, Marten?«, fragte sie sanft, und der

Junge nickte. Elyra ließ ihn los und sah zu Martens Vater hoch. »Eine Bestrafung ist nicht notwendig, denn er fand die Einsicht auch ohne sie. Es ist niemandem etwas passiert.«

Sie grinste plötzlich. »Wir wollen das Fest genießen und müssen noch unsere Pferde versorgen. Wenn du willst, kannst du das für uns tun, Marten.«

»Ja, sofort!«, rief dieser und griff nach den Zügeln der Pferde. »Ich werde mich sofort um sie kümmern.«

Elyra machte einen höfischen Knicks vor dem Bürgermeister, lächelte ihn noch einmal an ... und ging davon.

»Wir hatten einen langen Tag«, sagte Vanessa entschuldigend, woraufhin die anderen anfingen, laut zu lachen, und dann Elyra folgten.

»Haben sie dich gerade stehen lassen, Anselm?«, sagte Pulver amüsiert, der soeben hinzukam.

»Sieht ganz so aus«, antwortete der Bürgermeister kopfschüttelnd und sah zu, wie sein Sohn die Pferde in den Stall brachte. Mit dem hatte er noch ein Wörtchen zu reden. Er wandte sich an Pulver. »Scheint Elyra dir verändert? Ich habe sie noch nie so erlebt. Sie war so ... scheu.«

»Das war sie, bevor Sera Tylane starb!«, bemerkte Pulver und zog an seiner Pfeife, während er sich seine Antwort überlegte. »Nein. Nicht nur Elyra scheint mir verändert. Sie alle sind anders. Anders sogar, als sie es gestern noch waren. Erwachsener.« Er wies mit seinem Pfeifenstiel auf die Freunde, die sich nun vor einem der Musikanten niederließen, während Garret Honigfrüchte an einem Stand kaufte. »Sieh sie dir an. Überlege dir, was sie in den letzten Tagen durchgemacht haben. Was wir alle durchgemacht haben. Und dann frage dich, wieso wir überhaupt bereit sind, ihnen die Aufgaben und Pflichten von Kriegern zu übertragen.«

Der Bürgermeister rieb sich den Nacken. »Ich weiß es nicht. Ich habe irgendwie einfach das Gefühl, dass es nicht falsch ist.«

»Das liegt daran, dass sie Krieger *sind*. Sie alle, nicht nur Vanessa.«

»Vanessa?«, fragte der Bürgermeister überrascht. »Tarlons kleine Schwester?«

»So klein ist sie nicht mehr, das sollte sogar dir aufgefallen sein«, grinste Pulver. »Aber ja, Vanessa. Sie ist eine Kriegerin. Sie war nie etwas anderes und wird nie etwas anderes sein. Aber die anderen ... ihre Bestimmung war es nicht. Doch jetzt ist es so. Und du fühlst es.«

»Aber sie sind so jung«, sagte der Bürgermeister leise.

Pulver zuckte die Schultern. »Also sollten wir dafür beten, dass sie alt werden.« Er nickte dem Bürgermeister noch einmal kurz zu und ging dann seiner Wege.

Bei den Musikanten fanden die Freunde auch Markus, den Halbling, mit seiner Laute. Er hatte bis eben musiziert und legte seine Laute nun in ihren Koffer. Der Koffer selbst war Elfenwerk, sorgsam gearbeitet, poliert und mit Einlegearbeiten versehen, das Sonnenlicht gab ihm einen warmen Glanz, bis auf eine verkohlte Stelle an der Seite.

Als er die Freunde kommen hörte, sah er auf und lächelte.

»Hallo, Markus«, begrüßte Garret den kleinen Kerl, der dennoch ein Jahr älter war als er und einer seiner besten Freunde. »Wieder auf den Beinen?«

Markus schaute auf seine Füße herab. »Sie sind ja wirklich groß genug, nicht wahr? Ja, mir geht es gut.« Er seufzte.

»Den Umständen entsprechend, so sagt man ja wohl.« Er sah hoch zu dem Dachgebälk des Gasthofs, wo ein großes geöltes Leinentuch den Teil abdeckte, der beim Angriff Feuer gefangen hatte.

»Ich hörte, ihr wärt beschäftigt gewesen. Ständig unterwegs, macht wichtige Dinge.« Er seufzte erneut. »Ich kümmere mich um meinen kleinen Garten und helfe in der Küche aus. Sie haben einen neuen Koch, wisst ihr? Meister Braun sagt, ich bin noch zu jung dafür.« Er sah zu Garret hoch. »Werdet ihr bald wieder aufbrechen?«

»Im Moment sieht es nicht so aus«, antwortete Garret. Er sah sich auf dem prächtig geschmückten Platz um. »Was mich, ehrlich gesagt, etwas wundert. Ich dachte, dass wenigstens einige Kriegsvorbereitungen im Gange wären.«

Markus nickte. »Dem ist auch so. Es gibt nur ein paar Probleme.«

»Du weißt mehr darüber?«, fragte Vanessa neugierig.

»Ja. Die Ältesten halten ihre Besprechungen im Gasthof ab. Ich bediene oft im Hinterzimmer, und mein neues Zimmer liegt direkt darüber.«

»Und? Was planen sie?«, fragte Garret interessiert.

»Das ist das Problem. Keiner weiß so richtig, wie man sich auf einen Krieg vorbereitet. Pulver hat einen der Söldner, der schon öfter mit einem Händler hierherkam, gefragt, wie man so etwas macht. Er kennt den Mann seit einiger Zeit und vertraut ihm. Zudem will der Mann sich hier zur Ruhe setzen.«

»Vernünftiger Mann, dieser Söldner«, meinte Tarlon. »Was hat er gesagt?«

»Erst mal hat er eine Menge Fragen gestellt. Ob wir Waffen und Vorräte haben. Wer von uns Waffen führen könnte. Solche Dinge …«

»Und?«

»Wir haben Waffen. Irgendwo liegen irgendwelche Schwerter in Kisten herum. Jeder hat einen Bogen. Vorräte haben wir genug. Die Häuser sind zum größten Teil aus Stein gebaut, und die Dächer werden ab jetzt mit Schiefer gedeckt. Wir könnten eine Stadtmauer bauen. Aber bis die fertig ist, hilft sie uns nicht mehr. Wir könnten den Pass sichern, was wir auch tun. Wir werden dort ein Tor bauen. Aber unser Feind kam ja nicht vom Pass, sondern aus der alten Stadt. Wir sollten Späher aufstellen. Nun, das haben wir getan. Keine Spur von den Feinden. Sie müssen nach Alt Lytar zurückgekehrt sein. Der Bürgermeister hat sich viel von dem Depot versprochen, doch jetzt ist er enttäuscht. Er hat Angst, dass das Zeug dort uns selbst mehr schaden könnte als dem Gegner.«

»Das ist sogar wahrscheinlich«, sagte Garret.

Markus nickte. »Ich weiß. Jeder hat davon gehört, was dem Falkner geschehen ist.«

»In Ordnung«, sagte Tarlon. »Was ist denn jetzt der Plan?«

»Aktuell? Es gibt überall Späher, sodass wir besser vorgewarnt sein werden. Pulvers Söldner sagt zudem, dass es wahrscheinlich etwas dauern wird, bis der Gegner eine neue Armee schickt. Das geht wohl nicht so schnell. Es sei denn, es befinden sich noch mehr Truppen in Alt Lytar. Das gilt es herauszufinden. Auf jeden Fall sollten wir jede Sekunde, die wir haben, dazu nutzen, selbst ein Heer aufzustellen und gegen diesen Belior ins Feld zu schicken.«

»Wie denn das?«, fragte Elyra verwundert. »Wer soll denn dann die Felder bestellen? Und so viele sind wir hier ja auch nicht!«

»Das sagte auch Hernul, Tarlons Vater. Man kam überein, Boten auszuschicken und Söldner anzuwerben. Wir haben selbst zwar keine, aber Soldaten und Schiffe kann man kaufen.«

»Dafür braucht man Gold«, sagte Garret und kratzte sich am Kopf. »Haben wir denn so viel?«

Markus zuckte ratlos mit den Schultern. »Woher soll ich das wissen? Aber die Ältesten sind der Meinung, dass es ausreichen wird. Sie sprachen von dem alten Greifengold, das irgendwo läge.«

Die Freunde sahen einander an.

»Welches Gold?«, fragte Garret.

»Keine Ahnung!«, antwortete Markus. »Woher soll ich das wissen? Die Ältesten schienen jedenfalls alle davon zu wissen. Der Bürgermeister sagte sogar, er habe eine Ahnung, wo es sein könnte. Und dann sprachen sie wieder davon, was so ein Schiff wohl kosten würde.«

»Wie viel?«, fragte Vanessa. »Ich meine, ich habe noch nie ein Schiff gesehen, aber es muss sehr viel größer als ein Wagen sein. Und ein guter Wagen kostet schon vierzig Gold.«

»Pulver meinte, ein Schiff würde gut und gerne zweitausend Gold kosten.«

Vanessa pfiff leise durch die Zähne. »Götter! Dafür bekommt man eine Menge Wagen!«

»Etwa fünfzig. Oder acht Wagen mit anständigen Gespannen. Aber wofür brauchen wir denn Schiffe, Markus?«, fragte Tarlon.

»Thyrmantor liegt über vierhundert Meilen von hier. Sie können nur mit Schiffen herkommen. Und wenn wir selbst Schiffe haben, können wir verhindern, dass diese anderen Schiffe hier ankommen. Wir brauchen nicht zu siegen, sagt Pulver. Wir dürfen nur nicht besiegt werden.«

»Und wo sollen die Schiffe anlegen? Wir haben keinen Hafen«, fragte Garret.

»Doch. Haben wir. In Lytar. Und jemand wird da hingehen müssen, um sich umzusehen.«

»Ich habe da schon eine Ahnung, wer das tun wird!«, brummte Argor. Er wirkte nicht sonderlich begeistert von der Vorstellung.

Markus schüttelte den Kopf. »Vielleicht täuschst du dich. Die Ältesten waren eigentlich der Ansicht, dass ihr schon genug getan hättet.«

Was jetzt nicht wirklich jemanden überraschte. Schließlich gehörten Ralik, Garen und Hernul ebenfalls zum Ältestenrat.

»Nun, das werden wir sehen. Auf jeden Fall werde ich heute Nacht in meinem Bett schlafen!«, entschied Tarlon. »Den Rest warten wir einfach ab.«

Garret nickte und warf einen Blick hinüber zum Brunnen, wo ein paar junge Frauen den Reigen tanzten.

»Den heutigen Tag lasse ich mir jedenfalls nicht verderben. Morgen kommt früh genug.« Grinsend deutete er eine Verbeugung an. »Entschuldigt mich! Ich muss mich um wichtige Dinge kümmern!« Er sah Vanessa und Elyra an. »Wollt ihr nicht auch zum Tanz kommen?«

»Nicht in Rüstung!«, grinste Vanessa. »Aber ich komme gleich nach.«

Etwas später lehnte Garret am Brunnenrand, einen Humpen Dünnbier in der Hand, und erholte sich vom letzten Tanz. Tarlon wirbelte gerade seine Schwester herum, Markus saß neben der Bardin und hatte die Augen geschlossen. Er sah aus, als ob er schliefe. In Wahrheit, das wusste Garret, konzentrierte er sich auf das Spiel der Bardin. Es war später Nachmittag, und Garret fühlte sich müde, erschöpft und durchaus zufrieden. Und wenn Tarlon nicht so einen missbilligenden Blick in seine Richtung geworfen hätte, hätte er es vielleicht auch geschafft, Vanessa zu küssen. Sie sah in ihrem hellblauen Kleid einfach wunderschön aus.

»Sie ist bezaubernd«, sagte Astrak, Pulvers Sohn, der sich neben Garret an die Brunnenmauer lehnte. Auch er hielt einen Humpen in der Hand. Garret nickte nur. Seine Aufmerksamkeit wurde abgelenkt, als er den Bürgermeister zusammen mit einem jungen Mann sah. Er war groß, gut gebaut und schlank und trug eine wunderbare golddurchwirkte Robe. Er schien sich ernsthaft mit dem Bürgermeister zu unterhalten.

»Wer ist das denn?«, fragte Elyra neugierig, die nach ihrem Tanz etwas erhitzt aussah und sich mit einem Fächer kühle Luft zuwedelte. Sie trank einen Schluck von Tarlons Bier.

»Sieht aus, als wäre das der neue Priester«, sagte Astrak und setzte ebenfalls den Humpen an.

»Muss wohl einer sein. Niemand, der bei Vernunft ist, zieht so etwas Auffälliges an«, meinte Garret.

»Was ist denn mit dem alten Priester?«, fragte Elyra.

»Das Alter. Er ist gestorben, wenigstens habe ich das gehört«, antwortete Astrak. »Er muss schon über hundert gewesen sein.«

»Mein Großvater war hundertzehn!«, protestierte Garret.

Astrak zuckte die Schultern. »Ich habe gehört, dass die Menschen außerhalb des Tals nicht so alt werden wie wir. Vater sagt, der Tod kommt früher oder später zu jedem von uns. Bei einigen ist später eben früher.«

»Manchmal hasse ich deinen Vater«, sagte Garret. »Was er sagt, ergibt beim ersten Hören oft keinen Sinn. Aber später beißt es einen in den Hintern!«

»Das ist Vater«, sagte Astrak. Er grinste breit und rieb sich demonstrativ seine Sitzfläche. Sie lachten.

Astrak lehnte sich gegen den Brunnenrand und streckte sich. »Kennt jemand die Gewänder? Der letzte Priester sah anders aus.«

»Der letzte Priester diente Jaran«, erklärte Tarlon.

»Jaran steht für Ackerbau und Viehzucht, nicht wahr?«, fragte Garret. »Die Ernten waren immer gut, jedenfalls solange ich mich erinnern kann. Es ist seltsam, einen neuen Priester zu haben, wenn man sein Leben lang nur den Priester eines anderen Gottes kennt.« Er nahm einen Schluck Bier. »Ich frage mich, wie viele Götter es gibt.«

»Es muss sehr viel mehr geben, als wir kennen«, sagte Elyra. »Mutter hat ein Buch zu Hause, in dem alle drinstehen. Es gibt eine Menge. Aber warum kommt immer nur ein Priester hierher?«

»Vater meint, es läge daran, dass sie alle verzweifeln, weil keiner ihrem Glauben beitreten will«, meinte Tarlon bedächtig. »Wir dienen Mistral, und so wird es bleiben. Andere Götter interessieren hier kaum jemanden.«

»Mich schon. Ich würde gerne wissen, welche Götter es sonst noch gibt«, meinte Elyra nachdenklich. »Es muss schön sein, einem Gott zu dienen. Wären Priesterinnen der Mistral erlaubt, wäre ich gerne eine.«

Tarlon sah sie überrascht an. »Wie kommst du darauf?«

»Ich liebe sie«, antwortete Elyra. »Es ist einfach so, ich würde ihr gerne dienen.«

Tarlon sagte nichts weiter. Er sah zur Seite, um seine Gedanken zu verbergen.

»Sag mal, Garret, nimmst du später am Wettbewerb teil?«, wollte Astrak wissen.

Garret nickte. »Klar doch. Das will ich nicht verpassen.«

»Einige sagen, der Elf würde auch daran teilnehmen. Ich frag mich nur, wie das gehen soll. Er ist doch blind!«

»Das ist er«, grinste Garret. »Aber ich bezweifle, dass es einen Unterschied macht.«

»Nun, es wird ihm auch nicht helfen. Jeder weiß, dass Elfen nicht gerade schießen können. Jedenfalls ist die Sera Bardin nicht in der Lage, einen Bogen richtig zu halten. Dafür soll sie gemeingefährlich gut mit ihren Messern sein.«

»Welche Messer?«, fragte Garret interessiert. »Ich habe bei ihr bisher immer nur ihren Dolch gesehen, den sie zum Essen verwendet.«

»Ich hab es ja auch nur gehört«, sagte Astrak.

»Und wer ist das?«, fragte Vanessa, die zusammen mit Tarlon auf sie zukam und ihrem Bruder den Bierhumpen aus der Hand wegschnappte. Sie wies mit dem Humpen auf einen schwer beladenen Handelswagen, der am Rand des Marktplatzes gerade einen freien Platz einnahm. Der Mann, der ihn schob, war groß, schlank, reich gekleidet und hatte eine Halbglatze und eine Hakennase.

»Ein neuer Händler, denke ich. Er sieht aus wie ein Kranich«, sagte Elyra und kicherte, was ihr von den Freunden einen überraschten Blick eintrug.

»Mag sein, dass er wie ein Kranich aussieht«, sagte Vanessa und musterte den Mann mit zusammengezogenen Augenbrauen. »Aber ich kann ihn trotzdem nicht leiden!«

»Mich interessiert etwas ganz anderes«, sagte Tarlon und nahm seiner Schwester den Bierhumpen wieder ab. Der Händler wurde von zwei Männern mit Schwert und Kettenrüstung begleitet. »Wofür braucht der Mann zwei Wachen?« Er hob den Humpen, runzelte die Stirn und sah Vanessa böse an. Die versuchte unschuldig dreinzuschauen, als er den Humpen demonstrativ umdrehte. Nur noch ein Tropfen des Gerstensafts fiel zu Boden.

»Die Reise kann gefährlich sein«, bemerkte Astrak und reichte kommentarlos seinen Humpen an Tarlon weiter, der diesen mit einem dankbaren Nicken annahm und einen tiefen Schluck nahm.

Garret schüttelte den Kopf. »Glaube ich nicht. Üblicherweise werden die Wachen entlohnt, wenn sie hier ankommen. Wie man leicht sehen kann.« Er grinste breit, denn tatsächlich war es nichts Ungewöhnliches, eine der Handelswachen zu sehen, die eine der hiesigen Dorfschönheiten hofierte. Der Grund für Garrets Grinsen war, dass erst vorhin einer dieser Herren versucht hatte, Vanessa mit seinen Heldentaten zu beeindrucken. Sie hatte ihn jedoch gnadenlos abblitzen lassen.

»Vielleicht hat er Angst, bestohlen zu werden«, sagte Vanessa.

Garret sah sie ungläubig an. »In Lytara?«

Astrak zuckte erneut mit den Schultern. »Manche Menschen haben seltsame Ängste. Ich hole mir noch ein Bier, und dann versuche ich, ein paar Küsse von den Bräuten abzustauben.«

Er deutete mit dem Kopf auf die Plattform, die etwas entfernt aufgebaut war.

*»Wisst Ihr, das ist bei uns Tradition«, sagte der alte Mann. »Hochzeiten werden bei uns während des Mittsommerfestes vollzogen, zum einen ist dies der Zeitpunkt, an dem ein Priester im Dorf ist, und zum anderen ist es schon immer so gewesen.«*

»*Und man hofft, dass die Kinder im Frühjahr zur Welt kommen!*«, ergänzte der Wirt grinsend, der sich mittlerweile einen Stuhl herangezogen hatte, und erntete einen Lacherfolg. Lamar, dem man die Wirkung des Weins langsam ansah, lachte am lautesten.

»*Ich wette, die meisten Kinder kommen im Winter zur Welt!*«, sagte er dann etwas undeutlich.

Es war auch gut so, dass die meisten ihn nicht hörten. Nur das Gesicht des Wirts versteinerte, und sein Lachen, wie das einiger anderer, erstarb.

Der alte Mann legte eine Hand auf den Arm des Wirts. »*Ich glaube, es ist an der Zeit, uns zur Ruhe zu betten*«, sagte er dann.

»*Nein*«, beharrte Lamar und machte eine fahrige Geste mit dem Arm. »*Eine letzte Runde für alle! Ich will wissen, was auf dem Sommerfest geschah!*« Der alte Mann sah den Wirt fragend an, und dieser nickte.

»*Danach werfe ich euch alle raus*«, sagte der Wirt laut, woraufhin einige der Zuhörer protestierten.

»*Nun, wenn es so laut ist, werde ich ...*«, sagte der alte Mann und lächelte, als es sofort still wurde. »*Wo war ich? Richtig. Also, für die Hochzeiten bauten wir immer eine Plattform am Marktplatz auf, sodass alle die Brautpaare sehen und ihnen das Glück der Götter wünschen konnten. Dorthin begab sich also der junge Priester ... und genau diesen wollte Elyra sprechen ...*«

»Mein Name ist Elyra, und ich möchte wissen, wessen Gottes Diener Ihr seid«, teilte Elyra dem jungen Priester mit, der sie zuerst nur verblüfft ansah.

Aus der Nähe war der junge Mann noch jünger und noch größer, als er aus der Ferne gewirkt hatte, aber sein Gesicht war freundlich, auch wenn er seine Überraschung nicht verbergen konnte. Als sie feststellte, dass er kaum älter sein konnte als sie selbst, war sie fast schockiert.

»Ich diene Erion, dem Herrn allen Wissens und der Weisheit«, intonierte der junge Priester und lächelte dann freundlich. »Mein Glauben erlaubt mir außerdem, diese schöne Robe zu tragen.« Er drehte sich um seine eigene Achse, um sein Gewand besser zur Schau zu stellen. Offensichtlich hatte er bemerkt, wie sie seine Robe angesehen hatte. »Es dient dazu, den Gläubigen zu zeigen, dass Er reich ist an Wissen und Weisheit. Natürlich ist es kein echtes Gold. Sein Zeichen ist das offene Auge, denn Er ist allsehend. Die Laterne in diesem Auge bedeutet, dass Sein Licht die Dunkelheit in ihre Schranken weist und all jenen Hoffnung gibt, die durch Unwissenheit blind durchs Leben gehen.«

Elyra war beeindruckt. Obwohl sie fand, dass die Robe vielleicht etwas ... zu viel war. Sie interessierte sich nicht für Gold, echt oder nicht. Niemand, den sie kannte, interessierte sich dafür. Aber Weisheit und Wissen, Licht in der Dunkelheit ... Das konnte sie verstehen. Das war es, was sie schon ihr ganzes Leben lang suchte.

»Kann ich Euch noch ein paar andere Fragen stellen?«, fragte sie mit einem strahlenden Lächeln, das den jungen Priester blinzeln ließ.

»Ja, sicher, mein Kind. Aber zuerst werde ich diese jungen Menschen im heiligen Stand der Ehe verbinden.«

»Ihr wollt sie miteinander verheiraten? Stimmt, Priester machen so was. Wie macht Ihr das eigentlich?«

Der junge Priester seufzte, aber er hatte Geduld.

Das war gut, dachte Elyra. Sie würde mit ihm arbeiten können.

»*Arbeiten?*«*, fragte Lamar, und der alte Mann lächelte.* »*Sie hatte sich wohl dazu entschlossen, eine Priesterin zu werden. Wenn Elyra sich einmal etwas in den Kopf gesetzt hatte, war sie nur schwer aufzuhalten. Und wer konnte ihr wohl mehr darüber sagen, wie es ist, einem Gott zu dienen, als ein Priester?*« *Er schmunzelte.* »*Unser junger Freund hatte nur das Pech, der erste Priester zu sein, der ihr über den Weg lief, nachdem sie diesen Entschluss gefasst hatte.*«

»Ich rufe Erions Gnade an und gebe Zeugnis davon, dass sie sich ihr Leben, ihren Körper und Geist in *Seinem* Namen gegenseitig versprechen werden«, antwortete er mit verklärter Stimme. »Abgesehen von der Kindstaufe ist es eines der *heiligsten* Ereignisse, die man in diesem Leben bezeugen kann. *Hoffnung* und *Liebe* leuchten so *hell* an einem solchen Tag, dass es mir immer eine *Freude* ist, diese Menschen zu vereinen. Ich bin so froh, dass mir mein Orden die Erlaubnis gab, hierherzukommen!«

Elyra blinzelte, denn Tränen liefen dem jungen Mann aus den Augenwinkeln, als er verklärt gen Himmel sah. Allein der Gedanke ließ ihn in Verzückung geraten. Es überraschte sie etwas, aber vielleicht war diese heilige Verzückung bei den Priestern dieses Gottes üblich.

»Kann ich zusehen?«, fragte sie dann.

»Jeder im Land ist eingeladen zu einer solch *heiligen* Zeremonie. Das Licht meines Gottes wird *erstrahlen*, und sein *Segen* wird auch denen gelten, die den frisch Vermählten eine neue, frohe Zukunft wünschen!«, proklamierte er mit einer beeindruckenden Leidenschaft. »Denn heute wird Erions *Gnade* uns allen zuteil!«

»In Ordnung«, sagte Elyra. »Kann ich neben Euch stehen?«

»Ich glaube, ich verstehe nicht?«, sagte der Priester.

»Ich denke, ich will Priesterin werden. Ich will sehen, wie das ist. Vielleicht könnt Ihr es mir sagen? Nehmt Ihr neue Priester an?«

Der Priester räusperte sich.

»Ich kann Euch nicht annehmen. Dies ist etwas, das nur zwischen unserem *Gott* und Seinen *Dienern* geschieht«, erklärte er dann gewichtig. »Man muss *bereit* sein, sich in *Seine* Hand zu begeben. Man muss das Wissen *studieren*, sich lange und gründlich *vorbereiten* und sich seiner sicher sein. Manchmal braucht dies *Jahre* des *Studiums*. Du solltest meditieren, und bet…«

»Hab ich schon«, unterbrach sie ihn.

»Was?«, fragte der Priester verdutzt.

»Ich hab es mir überlegt. Eben gerade.« Sie sah zu ihm hoch und tätschelte seine Hand. »Macht Euch keine Gedanken. Es ist in Ordnung so. Ich weiß es.«


»Oh!«, sagte Garret, als er Elyra neben dem Priester stehen sah, während sich das erste Paar vor ihm niederkniete. »Jetzt hat sie ihn erwischt!«

»Hommas wollte Estrid schon heiraten, seitdem ich ihn kenne«, bemerkte Astrak verwundert. »Eigentlich ist jeder nur überrascht, dass sie es so lange durchgehalten hat.«

Garret schüttelte den Kopf. »Nein. Ich meinte Elyra. Sie hat ihn jetzt. Den Priester.«

»Hm. Ich glaube, der ist eher mit seinem Glauben verheiratet. Dürfen die denn überhaupt heiraten?«

»Nein. Das meine ich nicht. Sie hat ihre Berufung gefunden. Ab jetzt wird sie unausstehlich sein! Ich hab's seit dem Moment gewusst, in dem ich dieses Licht in ihren Augen sah, als Ariel uns heilte.«

»Geheilt?«, fragte Astrak interessiert. »Ihr habt uns gar nichts über eine Heilung erzählt!«

»Nur eine Kleinigkeit! Hatte was mit Ratten und Hunden zu tun, nicht weiter wichtig«, beeilte sich Garret abzulenken. »Psst, sie sprechen gerade ihren Eid!«

*»An diesem Tag wurden acht junge Männer und Frauen für alle Ewigkeit verbunden. Der junge Priester rief Erions Gnade mit einer solchen Leidenschaft auf die frisch Vermählten herab, dass so mancher gar der Meinung war, den Gott selbst gesehen zu haben. Pulver meinte eher, diejenigen hätten einen Glauben, der so stark war wie der Schnaps, den er zuvor getrunken hatte.*

*Doch was diese Feier wirklich zu etwas Außergewöhnlichem machte, war Elyras Gesang. Man sagt ja, dass Gesang jedes Gebet unterstützt, ihm Kraft gibt und Reinheit vermittelt und ein wundersames Geschenk der Götter an die Menschen ist, weil Gesang jedes Herz zu berühren vermag. Viele wussten schon, dass Elyra singen konnte, doch noch nie hatte sie so schön gesungen. Es schien unmöglich, dass eine so zierliche Gestalt eine solch wundersame Stimme beherbergte. Ihr klarer Sopran war es, der die Gebete der Gemeinde in das Reich der Götter hob. So klar und voller Leidenschaft war ihr Gesang, dass kaum ein Auge trocken blieb. Wenn Erion nicht gerade taub auf beiden Ohren war, dann musste er jetzt den Weckruf gehört haben!«* Der alte Mann grinste. »*Ihr könnt sicherlich erraten, wer dies sagte!«*

Für den Rest des Abends war nichts anderes als das Hochzeitsessen sowie Tanz und Musik geplant. Astrak versuchte sein Glück und konnte tatsächlich drei Küsse rauben, und Vanessa schaffte es, Garret zweimal zum Tanz zu bitten, bevor der sich galant zurückzog. Hernul und Garen hatten Vanessa und ihn den ganzen Abend schon spekulierend beobachtet, und spätestens als Vanessas Mutter mit ihr sprach und dabei zu Garret hinübersah, ergriff er endgültig die Flucht. Garret hatte nichts gegen Vanessa, auch er erlag durchaus dem Zauber dieses Abends. Aber bis vor Kurzem war sie für ihn nicht mehr als Tarlons kleine Schwester gewesen, und ihr Bruder sagte auch immer, man solle nichts überstürzen.

Tarlon selbst war an diesem Abend besonders still. Er sah immer wieder zu Elyra und dem Priester hinüber, und als ihn Garret fragte, was denn sei, seufzte er nur.

Am nächsten Morgen gewann erwartungsgemäß Garen, Garrets Vater, den Wettkampf im Bogenschießen, aber es war nicht so eindeutig, wie die meisten gedacht hatten. Garret kam auf den dritten Platz, dicht gefolgt von Vanessa, doch der wahre Wettstreit fand zwischen Garrets Vater und Ariel statt.

Ihn hier zu sehen war nicht nur für Garret eine Überraschung. Es war Elyra, die den Elfen als Erstes zur Rede stellte. Sobald sich danach eine Gelegenheit bot, nahm Garret sie zur Seite und fragte sie, ob sie wüsste, was den Elfen hierher führte. Sie hatte gelacht und schelmisch gegrinst. Ariel hatte zu ihr gesagt, es wäre jetzt einfach an der Zeit gewesen, den Wald zu verlassen, und er hätte das Gefühl gehabt, hier gebraucht zu werden. Nach Elyras Meinung lag es jedoch an der Sera Bardin. Man fand die beiden immer in der Nähe des anderen.

Da ist etwas zwischen den beiden. Ich bin sicher, dass sie sich kennen. Ich glaube sogar, sie lieben sich, denn sie haben noch kein Wort miteinander gesprochen.«

»Deshalb glaubst du, dass sie sich lieben?«, hatte Garret erstaunt gefragt. »Weil sie noch kein Wort miteinander gewechselt haben?«

»Genau!«, lachte Elyra und eilte dem jungen Priester nach, der in diesem Moment vorbeikam.

Es war Garrets Vater, der Ariel zum Wettkampf aufforderte. Dieser Kampf war einer von denjenigen, von denen man sich noch lange erzählen würde. Nach und nach wurde das Ziel in immer weitere Ferne gelegt, bis es nur noch ein dunkler, mit bloßem Auge kaum zu erkennender Fleck war. Hund saß neben seinem Herrn, der ruhig einen Pfeil nach dem anderen abschoss, und schien selbst ungewöhnlich interessiert an dem Wettkampf. Kurz vor dem letzten Durchgang erklärte Garen, dass er ebenfalls mit verbundenen Augen schießen würde, weil es dem Elfen gegenüber nur fair wäre. Garret stellte sich neben seinen Vater und grinste Hund an, der mit hechelnder Zunge zurückgrinste.

»Wenn du Fairness willst, dann erlaube mir, dein Zielen zu leiten«, sagte Garret. »Glaube mir, Ariel hat ebenfalls Hilfe!« Er sah auf Hund herab, und dieser zwinkerte ihm zu. Jedenfalls behauptete Garret das später.

Dieser letzte Kampf sollte noch lange Gesprächsstoff bieten und half, den Ruf der Elfen bezüglich ihrer Bogenkunst wiederherzustellen. Zumindest dieser Elf konnte schießen. Natürlich gab es auch solche, die das anders sahen. Es wurde argumentiert, dass Ariel schon so lange hier lebte, dass er schon fast einer der ihren war. Außerdem schoss er mit einem anständigen lytarianischen Langbogen und nicht mit so einem zerbrechlichen Elfenspielzeug.

Beide trafen das goldene Ziel auf über dreihundert Schritt Entfernung. Doch es war Garens Pfeil, der den des Elfen zur Seite schlug und die goldene Münze durchbohrte, die

Garen dann Ariel präsentierte. In seinen Augen, so sagte Garen, wäre Ariel der wahre Gewinner des Wettstreits.

Elyra platzierte sich im Wettkampf mit der Schleuder. Tarlon fällte nicht nur am schnellsten seinen Baum, er war auch der Erste, der diesen sauber in vier Hölzer spaltete. Vanessa behauptete sich überraschend lange im Schwertkampf, letztlich verwehrte ihr ein Söldner, deutlich ein Veteran und gut doppelt so schwer wie sie, den dritten Platz.

Argor gewann im Ringen, aber nur weil sein Vater sich beim Fassstemmen den Rücken verzogen hatte. Alles in allem war der zweite Tag des Sommerfestes ebenfalls ein voller Erfolg, auch wenn die Freunde feststellten, dass sich die Ältesten zweimal zu hastigen Beratungen zurückzogen und sich außerdem auch einzeln intensiv mit ein paar Händlern unterhielten, die sehr ernst wirkten. Die Freunde waren sich sicher, dass etwas im Busch war, aber zunächst blieb alles ruhig. Dafür ereignete sich etwas anderes, das selbst die Berichte über die Wettkämpfe in den Schatten stellen würde.

Tarlon sah sie zuerst. Sieben unauffällige Besucher, die sich an den Brunnenrand lehnten und das Treiben um sie herum mit freundlichem Lächeln und einem Glitzern in den Augen betrachteten.

Natürlich begaben sich die Freunde zu den Hütern und stellten ihnen Markus und Astrak vor, die ein freundliches Nicken ernteten.

»Ich dachte, ihr könnt das Depot nicht verlassen?«, fragte Garret neugierig.

Die Sera Meliande nickte, sie sah fröhlich aus und im Verhältnis zu dem, was Garret von ihr wusste, unglaublich jung. Speziell Astrak musterte sie interessiert.

»Das haben wir auch gedacht. Aber wir fanden heraus,

dass es möglich ist. Als Vanessa uns gestern Nacht mitteilte, dass der alte Ariel hier ist, fanden wir die Gelegenheit einfach zu gut war, um sie verstreichen zu lassen.«

»Vanessa war gestern Nacht bei euch?«, fragte Tarlon und warf seiner Schwester einen fragenden Blick zu.

»Ich hatte vergessen, sie etwas zu fragen«, erklärte Vanessa.

»Du bist die ganze Nacht durchgeritten?«, fragte er ungläubig, und sie nickte.

»Es war mir wichtig.«

Die Sera Meliande lachte. »Es war gut, dass sie da war. Kaum hatten wir uns in unseren Hofstaat geworfen, teilte sie uns mit, dass dies hier nicht passen würde. Sie hatte recht.«

Garret musterte sie verstohlen. Sie trug ein grünes Kleid, das ihren Formen aufs Angenehmste schmeichelte, und wirkte darin wie eine Königin. Auch die anderen Hüter sahen blendend aus. Es war kaum zu glauben, dass sie bislang niemand bemerkt hatte.

Einer der Hüter lachte. »Sie spricht nur für sich. Wir anderen haben uns nicht wie ein Pfau herausgeputzt!«

»Ein Pfau ist ein männlicher Vogel«, grinste Meliande. »So, und nun?«

Die Freunde sahen sie überrascht an. Es schien tatsächlich so, als ob die Hüter leicht beschwipst wären. Zumindest Sera Meliande war es wohl.

»Was ist mit dem Depot?«, fragte Tarlon besorgt.

Die Sera winkte ab. »Darüber braucht ihr euch keine Gedanken zu machen. Da kommt im Moment niemand hinein.«

Barius, der die besorgten Blicke der Freunde richtig deutete, legte beruhigend eine Hand auf Tarlons Schulter.

»Mein Junge, ich schwöre dir im Namen Loivans, dass wir unsere Pflicht nicht vernachlässigen. Ganz im Gegenteil. Es ist richtig, dass wir hier sind.«

»Ich verstehe es trotzdem nicht«, sagte Garret. »Wieso könnt ihr das Depot verlassen?«

»Das solltest gerade du wissen«, antwortete Barius und sah Garret streng an. »Du weißt, was geschehen ist. Wir bemerkten es erst später. Jemand stahl eine Kriegsmaschine aus dem Depot. Nun ist es zu spät.«

»Zu spät für was?«, fragte Tarlon.

»Der Konvent ist gebrochen«, sagte Meliande leise. »Das dritte Zeitalter ist gekommen, und es wird sich nun entscheiden, ob der Greif seine Bestimmung finden kann.«

Garret wurde bleich. »Was bedeutet das?«, fragte er mit rauer Stimme.

»Nichts Schlimmes«, antwortete Barius lächelnd. »Es ist eingetreten, worauf wir gewartet haben. Der Greif erhebt sich, um als Macht des Guten die Gunst der Götter erneut zu erlangen.«

»Niemand will sich hier erheben«, sagte Vanessa hitzig. »Wir wollen keinen Krieg. Wir wollen nur unsere Ruhe.«

»Und genau darin liegt unser aller Chance«, antwortete ein anderer Hüter für Barius. »Fragt nicht weiter, denn es wird sich alles offenbaren. Wir sind jedenfalls froh, dass wir dies alles«, er machte eine Bewegung, die das fröhliche Treiben auf dem Marktplatz einschloss, »noch sehen und erleben durften, bevor der Wind des Krieges Einzug hält in eure Herzen.«

»Aber …«, begann Garret, doch Barius schüttelte den Kopf.

»Für das alles ist noch später Zeit, jetzt wollen wir den Augenblick hier genießen.« Er sah Garret durchdringend an. »Zu lange schon konnten wir solches nicht mehr sehen ...«

»Ups!«, sagte Meliande leise und sah an Garret vorbei. Auch die anderen Hüter standen etwas gerader und folgten ihrem Blick.

Garret sah über seine Schulter, aber er konnte nicht ausmachen, was die Aufmerksamkeit der Hüter geweckt hatte. Nur der junge neue Priester und Elyra waren gemeinsam auf dem Weg zu ihnen. Dann jedoch nahm der Priester sein heiliges Symbol in die Hand und begann zu singen.

»Nun«, sagte Meliande und leckte sich die Lippen wie eine vollgefressene Katze, »dies könnte unter Umständen richtig interessant werden!«

Mittlerweile hatte Tarlon erkannt, dass etwas mit dem Priester nicht stimmte. Er hatte gestern nach den Hochzeiten kurz mit ihm gesprochen und fand ihn nett, wenn auch etwas langsam. Aber das wurde auch über ihn selbst gesagt. Im Moment war das freundliche Gesicht des Priesters so hart wie Granit, die Augen kalt und entschlossen, als wäre er bereit, in diesem Moment die Sendboten der sieben Höllen zu bekämpfen.

Elyra folgte ihm, ihre Augen wanderten von ihm zu den sieben Hütern und zurück, und Tarlon bildete sich ein, Elyras Ohren wachsen zu sehen, weil sie sich so sehr darauf konzentrierte, alles mitzubekommen, was er sang. Tarlon dachte, noch während er allmählich verstand, was hier vor sich ging, dass zumindest sie nicht beunruhigt schien.

Der Gesang des Priesters hatte schon zahlreiche Zuschauer angelockt, die sich den Vorfall neugierig ansahen, ohne zu wissen, worauf es hinauslaufen würde.

»Bei dem Licht Erions«, intonierte der Priester voller Inbrunst, »befehle ich euch, dorthin zu gehen, woher ihr gekommen seid. Untote Kreaturen, böse Geister, ihr seid nicht willkommen in der Welt der Lebenden! Mit dem Licht meines Gottes und der Weisheit der Zeitalter befehle ich euch zu gehen!« Der letzte Satz rollte über die Freunde und die Hüter wie eine Lawine hinweg. Selbst der Boden schien zu zittern, und zwei Kristallgläser, die auf dem Brunnenrand standen, klirrten.

Der Priester hatte in jedem Fall gute Lungen, dachte Tarlon beeindruckt.

*»Ha!«, rief Lamar. »Ich wusste es! Ich hätte nur nicht gedacht, dass ein Priester Erions den Mumm hätte, sich gegen diese Untoten zu stellen und sie mit der Macht seines Glaubens in die Unterwelt zu verbannen, wohin sie gehören!«*

*»Das war in der Tat eine Überraschung«, schmunzelte der alte Mann. »Auf der anderen Seite lag er aber etwas falsch in seiner Annahme, ebenso wie Ihr.« Der alte Mann grinste breit. »Aber gut, woher sollte er auch wissen, womit er es hier zu tun hatte? Man musste ihm zugutehalten, dass es auch so aussah, als wären die Hüter untote Geister. In einem gewissen Sinne war es ja auch so, aber eben nicht ganz …«*

Ein jeder wartete, was nun geschehen würde. Die Freunde warteten. Die Hüter warteten. Und der Priester stand da, hielt sein heiliges Symbol in die Höhe und wartete ebenfalls.

»Weiß er eigentlich, dass wir hier zu Hause sind?«, hörte Tarlon einen der Hüter flüstern.

»Keine Ahnung. Auf jeden Fall fühle ich mich nicht wie eine untote Kreatur oder ein böser Geist!«, antwortete ein anderer ebenso leise.

Sie sahen einander an, und die Sera Meliande zog fragend eine wohlgeformte Augenbraue hoch.

Doch der Priester war aus härterem Holz geschnitzt, so leicht würde er nicht aufgeben. Schweiß stand auf seiner Stirn, als er sein heiliges Symbol ergriff und einen weiteren beherzten Schritt nach vorne tat.

»Mit diesem *heiligen* Symbol, geweiht meinem Gott *Erion*, *gestärkt* durch das *Licht* des Wissens, *erfüllt* von der *Weisheit* meines Gottes, Feind all dessen, was untot und *widernatürlich* ist, mit der *Macht* meines Glaubens und meiner dem *Licht* geweihten Seele, *erlöse* ich euch von eurer Qual und sende euch in das *Licht*!«

»Was macht er denn da eigentlich?«, fragte Garret verständnislos.

»Er bittet seinen Gott um Kraft, die unnatürlichen Untoten durch die Kraft seines Glaubens zur ewigen Ruhe zu betten«, erklärte einer der Hüter flüsternd.

»Welche Untoten?«, flüsterte Garret.

»Er meint uns«, gab Barius leise zurück. »Der junge Mann ist wirklich stark im Glauben«, bemerkte Barius beeindruckt. »Und mutig.«

»Ich würde es eher dämlich nennen«, sagte Meliande und drehte sich zu Garret um. »Hier, halt mal bitte«, sagte sie und reichte Garret ihr Weinglas. »Das geht jetzt doch etwas zu weit.«

»Armer Kerl«, meinte Barius. Er nippte an seinem Wein und betrachtete die Geschehnisse mit unverhohlenem Interesse.

Elyra war ebenfalls gespannt, und es fehlte nicht viel, dachte Garret, und sie holte ihr Buch heraus, um alles mitzuschreiben!

Mit wiegenden Hüften ging Meliande dem Priester entgegen und zog plötzlich das Interesse aller männlichen Wesen im weiteren Umkreis zwischen Krippe und Grabstein auf sich. Die Augen des Priesters weiteten sich, er schluckte und holte tief Luft, blieb aber standhaft und hielt ihr ein letztes Mal das heilige Symbol eines Glaubens entgengen.

»Schhh«, sagte Meliande mit einem verführerischen Lächeln, bevor der Priester wieder anfing, Dämonen auszutreiben und in die sieben Höllen zurückzuschicken. »Ist ja schon gut ...«

»Mit diesem Symbol ...«, stammelte der Priester, doch seine Stimme verlor sich, als sie ihm sanft einen Finger auf die Lippen legte.

»Schhh«, sagte sie erneut und schenkte ihm ein weiteres bezauberndes Lächeln. Meliande stand nun vor ihm, knapp zwei Fingerbreit größer als der Priester, und streckte die Hand aus, um sanft das heilige Symbol des Priesters zu ergreifen. Vorsichtig zog sie ihm die schwere goldene Kette über den Kopf und hielt es in der Hand: ein stilisiertes Auge mit einer Laterne.

»Erion. Hm ... Ist schon eine Weile her, dass ich das letzte Mal so eines sah. Dein Gott steht für Wissen und Weisheit, nicht wahr?« Sie legte den Kopf schräg und musterte den Priester. »Sohn, wo sind denn deine Weisheit und dein Wissen bei diesem Versuch? Was wäre denn gewesen, wenn du recht gehabt hättest? Du bist allein, und wir sind sieben. Was wäre geschehen?«

»Mein Glauben macht mich stärker als eine Legion von Dämonen«, erwiderte der Priester gefasst, offensichtlich hatte er sich wieder etwas gefangen. Doch allzu sicher hörte er sich nicht an, es klang eher wie eine Frage.

Elyras Augen wanderten von Meliande zum Priester und wieder zurück, als ob sie einem Ballspiel folgen würde.

»Aber wohl kaum intelligenter«, erwiderte Meliande sarkastisch. »Nur damit du es weißt: Ich bin noch nie gestorben. Wie kann ich also ein Untoter oder ein Geist sein? Ergibt das Sinn für dich? Und wieso sollten wir böse sein? Haben sie dir in der Priesterschule kein anderes Gebet beigebracht? Eines, das dich das Übel erkennen lässt? Hm?«

»Ihr seid nicht gestorben?«

»Sag ich doch.«

»Ihr seid nicht tot?«

»Nein!«

»Und Ihr sagt, Ihr seid nicht böse?«

Meliande lächelte ihn freundlich an. »Jetzt hast du es verstanden. Ich behaupte jetzt nicht, dass ich ein liebes Mädchen bin oder immer brav war. Das wäre eine Lüge.« Sie leckte sich über die vollen Lippen. Der Priester starrte ihren Mund an, schien hilflos und wie festgefroren.

Elyra stand daneben, beobachtete all das genau und lernte. Unwillkürlich fuhr sie sich selbst mit der eigenen Zunge über ihre Lippen. Zumindest Tarlon sah jetzt genauso gebannt auf Elyra wie der Priester auf Meliande.

»Aber wenn du mir das nicht glaubst, Priester des Erion«, sagte Meliande und zog eine niedliche Schnute, »dann kannst du es doch selbst herausfinden, oder?«

Der Priester nickte, öffnete den Mund. Schloss ihn wieder. Er wirkte verzweifelt.

»Ja?«, fragte Meliande zuckersüß.

»Ich … ich brauche mein heiliges Symbol dafür …«, stammelte er verlegen.

»Warum sagst du das nicht gleich?« Sie hob das heilige Symbol an ihre vollen Lippen, küsste es und reichte es ihm mit einem höflichen Knicks. »So, da hast du es. Viel Glück!«

Dann drehte sie sich um und ging zurück zu den anderen. Noch immer war ihr Hüftschwung unwiderstehlich.

»Danke, Garret«, sagte sie mit einem Lächeln und nahm Garret ihr Weinglas aus der Hand. Er blinzelte wiederholt, schien leicht benommen.

»Du hast es dem armen Kerl aber ziemlich gegeben«, sagte Barius mit einem leicht vorwurfsvollen Ton zu ihr. »War das denn notwendig?«

Meliande war plötzlich wieder sie selbst und schien diese überirdische Aura auf der Stelle zu verlieren. »Ja. Ich habe eine Lehrstunde gegeben. Ich habe keinen Zauber verwendet, keine Gewalt, rein gar nichts. Abgesehen davon, wäre es so gewesen, wie er glaubte, dann hätte er keinerlei Chance gehabt. Ein sinnloses Opfer. Das muss er wohl noch lernen!«

»Lehrstunde? Für wen? Den Priester oder Elyra? Sie ist zu jung für so etwas«, wandte Barius ein.

»Für beide. Hauptsächlich Elyra. Sie ist nicht zu jung. Vielleicht braucht sie es früher, als sie es will. Zudem begibt sie sich auf den falschen Weg. Ihr Weg führt nicht zu Erion.« Sie schmunzelte. »Er hat sich nur noch nicht getraut, es ihr zu sagen.«

»Aber, Meli, der Priester hat recht, in einer gewissen Art und Weise.«

»Blödsinn«, schnaubte Meliande.

»Wäre er älter und erfahrener gewesen, hätte er uns vertreiben können! Ich konnte die Kraft seines Glaubens spüren.«

»Das hätte ohnehin nicht funktioniert, denn wir gehören hierher.«

»Nun, das hat er aber nicht gewusst, Meli.«

Garret hatte keine Ahnung, worüber sie sich gerade unterhielten. Dafür beobachtete er mit Tarlon zusammen den jungen Priester, der sein Symbol wieder erhoben hatte und erneut ein Loblied auf seinen Gott sang, während er sich langsam im Kreis drehte. Doch plötzlich schien er zu stutzen und sah den Händler, der als Letzter gekommen war, überrascht an. Er setzte den Gesang fort und schwenkte sein Symbol in komplizierten Bahnen.

»Was macht er da?«, fragte Garret.

»Das? Oh, das nennt man ein Gebet zum Schutz vor dem Bösen. Ist manchmal ganz praktisch«, antwortete Meliande. »Der Händler ist es. Böse, meine ich. Na ja, bei einigen von ihnen sollte das keine Überraschung sein. Hast du gemerkt, dass der Priester bei uns nichts festgestellt hat?« Dies schien ihr wichtig zu sein.

»Natürlich nicht!«, antwortete Garret mit Überzeugung. »Ihr seid nicht böse!« Dafür brauchte Garret kein Gebet. Er wusste es einfach! »Entschuldigt mich bitte«, sagte Garret mit einer höflichen Verbeugung und schlenderte davon. Er folgte möglichst unauffällig dem Händler, der sich verdächtig schnell aus dem Staub gemacht hatte, als der Priester sich ihm zuwandte.

Tarlon hingegen zog es vor, den Hütern noch ein wenig Gesellschaft zu leisten. Er wollte nichts von der interessanten Situation versäumen. Zudem war Elyra noch bei dem Priester, und gerade in letzter Zeit konnte Tarlon sich kaum an ihr sattsehen.

»Sollte man ihm vielleicht sagen, dass es keines großen Gesangs bedarf, um zu seinem Gott zu beten?«, flüsterte Barius zu Meliande, die den Priester noch immer nicht aus den Augen ließ.

Sie zuckte die Schultern. »Es war schon damals so üblich. Und er hat recht, der Gesang erreicht auch andere

Menschen und führt sie ebenfalls zum Glauben. Es liegt Hingabe in einem Gesang ... und so sollte es auch sein.« Sie sah zu Barius hinüber und lächelte schelmisch. »Du kannst nur nicht singen, das ist alles!«

Der größte Teil der Menschenmenge hatte sich wieder aufgelöst, nachdem die Vorstellung vorbei war. Doch der Priester senkte sein heiliges Symbol und kam langsam zu den Hütern zurück. Er blieb vor Sera Meliande stehen und senkte seinen Kopf.

»Sera, ich befürchte, ich habe einen Fehler begangen. Aber ich verstehe es nicht!«

»Also kamt Ihr, um zu fragen«, antwortete Barius mit einem Lächeln. »Das ist ein guter Anfang, denke ich.«

Erst jetzt bemerkte der junge Priester das Symbol des Schildes, das Barius an einer goldenen Kette um den Hals trug.

»Aber ... aber das ist das Symbol Loivans!«, rief er überrascht.

»Das liegt daran, dass ich einer seiner Streiter bin, Priester des Erion«, erklärte Barius.

»Oh!«

»Auch wenn Sera Meliande gerne protestieren würde«, fuhr er fort, »hattet Ihr doch mit Eurer Vermutung zum Teil recht. Wir haben unsere Zeit in dieser Welt bei Weitem überzogen. Aber wir haben eine Pflicht zu erfüllen, und noch sind wir nicht von ihr befreit.«

Er sah Meliande streng an. »Meliande, es ist an der Zeit, diesen Diener Erions um Vergebung zu bitten!«

Sera Meliande schüttelte ihren Kopf. »Nein. Ich gab ihm heute eine sehr wichtige Lektion. Eine, die irgendwann sein Leben retten wird.«

»Wie meint Ihr das?«, fragte der Priester vorsichtig.

Die Sera Meliande wandte sich wieder dem Priester zu, wobei die verführerische Sirene von vorhin vollständig verschwunden war.

»Diener des Erion, hört mir genau zu. Ihr seid stark im Glauben. Aber Ihr habt Euch allein einer Überzahl gestellt. Wären wir das gewesen, was Ihr vermutet habt, Ihr hättet es nicht überlebt.« Sie machte eine Geste, die das ganze Dorf einschloss.

»Nicht nur, dass Ihr keine Hilfe geholt oder niemanden anders gewarnt habt. Es ist auch so, dass diese Menschen hier nach Eurem Tod ohne geistlichen Beistand gewesen wären. Eure Absicht in Ehren, aber Ihr habt unvernünftig gehandelt. Selbst mit der Macht Eures Gottes sind Euch Grenzen gesetzt. Das nächste Mal denkt vorher, versichert Euch der Hilfe anderer und informiert sie über die Gefahr, die Ihr vermutet.«

Sie lächelte leicht.

»Ein toter Priester kann den Lebenden nicht helfen. Da gibt es nur ganz wenige Ausnahmen!«

Der Priester musterte sie lange, dann verbeugte er sich.

»Sera, ich danke Euch für diese Lektion. Darf ich fragen, wer Ihr seid? Ihr erscheint mir irgendwie bekannt.«

Die Sera sah plötzlich traurig aus. »Einst nannte man mich Meliande. Doch nun bin ich ein Niemand. Vergesst mich, vergesst uns. Unser Werk ist bald getan.«

Der Priester sah sie an, blickte dann von ihr zu den anderen und nickte langsam. Er wusste, dass er entlassen war. Er verbeugte sich und ging davon, Elyra an seiner Seite. Ihr Blick versprach ein gutes Dutzend Fragen.

*»Nischt geschtorben?«, fragte Lamar ungläubig.*
*Der alte Mann lächelte. »So sagte sie.«*

*Lamar schüttelte den Kopf und hielt sich an dem Tisch fest, als er ins Schwanken geriet. »Wirt!«, rief er lautstark, obwohl dieser neben ihnen am Tisch saß. »Noch eine Flasche von diesem Wein!« Mit diesen Worten sackte er in sich zusammen und schlug mit dem Kopf hart auf die Tischplatte. Der alte Mann griff hinüber und hob den Kopf des Fremden an seinen Haaren hoch. Prompt fing dieser an zu schnarchen.*

*»Ich glaube nicht, Herr«, grinste der Wirt. Er winkte zwei seiner Knechte heran. »Tragt den Herrn hoch auf sein Zimmer.« Als die beiden Männer Lamar die breite Treppe hochtrugen, erhob sich auch der alte Mann.*

*»Habt Ihr etwas dagegen, Wirt, wenn ich es mir im Stall bequem mache?«, fragte der Geschichtenerzähler, bei dem der Wein kaum Wirkung zu zeigen schien.*

*»Wir werden dich nicht im Stall schlafen lassen, Großvater«, sagte der Wirt. »Für einen Geschichtenerzähler haben wir immer ein gutes Bett frei.« Er grinste breit. »Vor allem, weil es ebendiese Geschichte ist, die Ihr erzählt. Nur hörte ich sie nie auf diese Art.«*

*»Nun denn, Wirt, habt Dank.«*

*»Erzählt die Geschichte lieber morgen weiter!«, rief einer der Zuhörer, und der Rest lachte und nickte zustimmend. »Dann sehen wir uns morgen wieder«, versprach der alte Mann. Langsam leerte sich der Schankraum. Es war spät geworden, und jeder musste am nächsten Morgen früh mit seinem Tagewerk beginnen. Doch kaum einer ging, ohne dem alten Mann zu sagen, wie sehr er es genossen hatte, diese Geschichte zu hören.*

*Am nächsten Tag dauerte es ein wenig, bis sich Lamar wieder wie ein menschliches Wesen fühlte. Ein Besuch im Bade-*

*haus und beim Barbier wirkte Wunder. So blieb ihm nichts weiter als ein leichter Kopfschmerz von der Zecherei der letzten Nacht zurück. Dennoch verspürte er so etwas wie Neid, als er in den Schankraum kam und dort den alten Mann sitzen sah, frisch und munter, als hätten sie gestern Abend nicht ein halbes Fass zusammen geleert.*

*Er schien wohlgemut, winkte Lamar mit einer Geste heran und bat ihn, sich an seinen Tisch zu setzen. »Ich mag die Gastfreundschaft der Leute hier«, sagte der alte Mann und wies mit seinem Dolch auf das Mahl vor ihm. »Ein gutes Schnitzel, eine Sahnesoße, Pfifferlinge und Rosmarinkartoffeln. Ich liebe Rosmarinkartoffeln! Und all das, weil man hier eine gute Geschichte zu schätzen weiß.« Er sah Lamar fragend an. »Und Ihr? Habt Ihr auch Hunger?«*

*Lamar schüttelte fast schon verzweifelt den Kopf. »Allein der Gedanke ist mir im Moment zu viel. Vielleicht später …« Er hielt die Hand hoch, und der Wirt eilte herbei. »Sagt, Wirt, habt Ihr auch Tee?«, fragte er, und der Wirt nickte. »Grünen oder schwarzen …«*

*»Schwarzen«, antwortete Lamar und sah den alten Mann an. »Wollt Ihr weitererzählen?«*

*»Warum nicht? Die Zuhörer finden sich ja auch schon ein«, sagte der alte Mann grinsend.*

*Er hatte recht, der Schankraum füllte sich zusehends. Offenbar sprachen sich im Dorf manche Dinge schnell herum.*

*»Wo waren wir? Ach ja. Garret hatte da so eine Ahnung …«*

# 12

*Das Gold des Greifen*

Garret folgte dem Händler. Irgendetwas stimmte nicht mit dem Mann, das hatte ihm die Sera Meliande bereits bestätigt. Aber im Moment verhielt sich der Händler unauffällig. Er machte seine Runden und flirtete mit den Damen. Dem Anschein nach war er eine fröhliche Natur, ständig trug er ein Lächeln im Gesicht. Doch Garret hätte wetten können, dass dieses Lächeln genauso falsch war wie das übrige Gebaren des Mannes, der vom Handel offenbar nur wenig verstand, denn er übersah bei seinem Rundgang das eine oder andere günstige Angebot. Aber war es nicht auch möglich, dass er nach ganz speziellen Waren Ausschau hielt?

Ein wenig verunsichert folgte Garret ihm weiter, bis sich der Händler gegen Abend zum Gasthaus begab, wo er sich zusammen mit seinen Leibwachen auf ein Zimmer in der obersten Etage zurückzog.

Als sie die Tür hinter sich geschlossen hatten, rannte Garret schnell zu einem der ausgebrannten Zimmer hinauf und kletterte durch die eingestürzte Decke in das Dachgebälk, wo er es sich auf einem der Dachbalken bequem machte. Sofern man es bequem nennen wollte, wenn man kopfüber von einem Balken herabhing. Er konnte von der Unterhaltung zwischen dem Händler und der Wache nur Bruchstücke verstehen, aber die waren schon interessant genug.

»... der Schatz ... wir müssen sichergehen ... keine Wachen ... irgendwer sich nähert, macht ihn kalt ... blöde Bauern ... Priester ... seltsam ... in zwei Stunden ... alle schlafen ... Weinkeller ...«

Es gab im ganzen Dorf nur einen einzigen Weinkeller, der diesen Namen verdiente. Und der lag direkt unter dem Gasthof.

In einem Dorf wie Lytara brauchten Gerüchte nicht besonders lang, bis sie von Garrets aufmerksamen Ohren aufgeschnappt wurden. Dasjenige, demzufolge die Ältesten des Dorfes von dem Schatz der alten Stadt wussten, der nach der Zerstörung von Lytar in ihrem Dorf versteckt worden war, hatte er sogar gleich mehrmals vernommen. Allerdings schien niemand genau zu wissen, wo er lag.

Aber in der vergangenen Nacht waren der Bürgermeister und Argors Vater anderen Gerüchten zufolge mit einem breiten Grinsen im Gesicht aus dem Keller des Gasthofs nach oben in den Schankraum gestiegen und hatten die restlichen Mitglieder des Ältestenrats zusammengerufen. Karena, eine der drei Töchter des Tuchmachers, die an dem Abend im Gasthof bediente, schwor später Stein und Bein, dass sie einen goldenen Barren auf dem Tisch der Ältesten hatte liegen sehen.

Angeblich waren der Bürgermeister und sein Begleiter dort unten auf eine verborgene Tür gestoßen, die ähnlich gebaut war wie die des Depots, sich im Gegensatz zu dieser allerdings mit nur zwei Schwertern öffnen ließ. Hinter der Tür habe ein großer Raum gelegen, der mit Gold angefüllt gewesen sei, das vermutlich aus dem Staatsschatz von Alt Lytar stammte.

Das hatte ihm Markus erzählt, der es wiederum von Karena und damit sozusagen aus erster Hand erfahren hatte. Die Geschichte ergab durchaus Sinn, denn jeder wusste, dass der Gasthof das älteste Gebäude im Dorf war. Wenn der Schatz also tatsächlich existierte, dann war die Wahrscheinlichkeit groß, dass man ihn dort eingelagert hatte.

Aber selbst wenn sich das Gerücht in kürzester Zeit verbreitet hatte, musste die Anwesenheit des Händlers einen anderen Grund haben, weil er schon einen Tag vor dem Goldfund im Dorf eingetroffen war.

Lautlos, aber mit hochrotem Kopf schwang Garret sich wieder in eine aufrechte Position und kletterte vorsichtig durch das Gebälk zu einem der ausgebrannten Zimmer zurück.

Der Gasthof war bei Weitem das größte Gebäude in Lytara. Seine Halle maß vier Stockwerke in der Höhe, und in der Mitte hing ein mächtiger Kronleuchter von der Decke herab. Eine umlaufende Galerie erlaubte den Zugang zu den Zimmern. Dasjenige, das Garret nun verließ, lag der Kammer des Händlers genau gegenüber.

Garret beobachtete die Tür des Händlers, aber dort war alles ruhig, und durch den Türspalt konnte er flackernden Kerzenschein erkennen. Niemand, der bei Vernunft war, verließ sein Zimmer, ohne die Kerzen zu löschen, also waren der Händler und wahrscheinlich auch seine Wachen noch immer dort.

Im Gasthof war, wie während des Sommerfestes üblich, noch viel Betrieb. Die Stimmung war fröhlich, und auch die Sera Bardin spielte wieder auf. Daher bemerkte kaum jemand, wie Garret die Treppe herunterkam und weiter zur Küche durchging. Da Markus' Vater Theo hier Koch war und Garret seinen Freund oft im Gasthaus besuchte, kannte er sich gut im Gebäude aus und wusste, wo sich die schwere Tür zum Keller befand. Theo war mehr als beschäftigt, und so gelang es Garret, sich ungesehen, wie er glaubte, durch die Tür hindurchzuzwängen und in den Keller hinunterzusteigen.

Das Gewölbe war groß und aus behauenem Stein errichtet. Mächtige Pfeiler und Bogen stützten die darüberliegenden Stockwerke. Auf dem Boden lagerten mächtige Weinfässer, Dutzende von Bierfässern und unzählige Bottiche für Öl, Mehl und andere Lebensmittel. Garret wünschte sich nun, er hätte Markus in seine Pläne eingeweiht, denn der kleine Kerl kannte sich hier unten ungleich besser aus als er.

Garret überlegte gerade, wo er mit seiner Suche nach der Tür beginnen sollte, als sich eine Hand schwer auf seine Schulter legte und er vor Schreck zusammenzuckte. Er wirbelte herum, die Hand am Dolch, und blickte in das Gesicht des Bürgermeisters, der überrascht eine Augenbraue hob.

»Was machst du denn hier unten?«, fragte dieser. »Wenn du etwas zu trinken suchst, solltest du es besser oben probieren!« Er warf einen bedeutsamen Blick auf den Dolch in Garrets Hand, und hastig steckte der Junge seine Waffe wieder ein.

»Ich fürchte, einer der Händler will unseren Staatsschatz stehlen!«, platzte es aus ihm heraus.

Der Bürgermeister seufzte. »Na wunderbar! Es ist nicht einmal einen Tag her, dass wir den Schatz gefunden haben, und schon weiß offenbar das ganze Dorf davon und streut Gerüchte, dass der erste Dieb unterwegs sei!«

»Also gibt es den Schatz tatsächlich?«, fragte Garret neugierig.

»Es gibt ihn. Und er wird uns noch ordentlich Ärger bereiten.« Traurig schüttelte er den Kopf. »Aber glaube mir, Garret, niemand trägt unseren Schatz einfach so davon.«

»Nun, ich habe zugehört, wie der Händler genau das plante«, beharrte Garret und erzählte dem Bürgermeister, wie er von dem Priester auf den Fremden aufmerksam geworden war, ihn verfolgt und dann auf seinem Zimmer belauscht hatte.

»Das war aber einem Gast des Dorfes gegenüber nicht sehr höflich«, tadelte der Bürgermeister.

»Es war vielleicht nicht höflich«, räumte Garret ein, »aber dieser Händler ist kein normaler Gast. Es scheint mir, als führte er etwas im Schilde!«

»Bei einem Händler nichts Ungewöhnliches«, erwiderte der Bürgermeister. »Vielleicht plant er, jemanden über den Tisch zu ziehen. Was ihm bei uns jedoch schwerfallen dürfte. Wir kennen unsere Preise.«

»In der Unterhaltung, die ich belauscht habe, war eindeutig von einem Schatz die Rede. Abgesehen davon, hatte ich bei diesem Mann schon ein seltsames Gefühl, als ich ihn das erste Mal gesehen habe. Irgendwie wirkt er ... falsch.«

»Hm«, meinte der Bürgermeister nachdenklich. »Garen schwört ja auf deine guten Instinkte. Und im Moment können wir uns blindes Vertrauen wohl kaum leisten. Sagte der Händler, wann er herkommen würde?«

»Er wollte noch zwei Stunden warten. Uns dürfte jetzt noch etwas mehr als eine Stunde bleiben«, antwortete Garret.

»In Ordnung«, beschied der Bürgermeister. »Ich weiß auch schon, was wir tun werden. Warte hier.«

Mit diesen Worten drehte sich der Bürgermeister um und eilte die Treppe hinauf. Garret sah ihm nach und zuckte die Schultern. In der Zwischenzeit konnte er ja versuchen, die Tür zu finden.

Als der Bürgermeister kurze Zeit später wieder herunterkam, fand er Garret vor einer Wand stehend vor, in der auf einem großen Stein das Wappen von Alt Lytar prangte: der Greif auf der Schlange, sein Schwert nach oben gereckt.

»Gute Instinkte«, lobte der Bürgermeister.

Er reichte Garret dessen Bogen. Er selbst hatte eine Kettenrüstung angezogen und trug sein Familienschwert an der Seite. Zudem hielt er noch einen stabilen, mit Leder umwickelten Knüppel in der Hand.

»Danke«, erwiderte Garret, als er Pfeile und Bogen entgegennahm, und betrachtete missmutig den Greifen auf dem Steinwappen. »Mein Schwert wäre mir allerdings lieber gewesen«, fügte er dann hinzu.

Der Bürgermeister setzte ein breites Grinsen auf. »Glaube mir, dein Vater kann besser damit umgehen. Ich habe den anderen Bescheid gesagt, sie warten zusammen mit Ralik und deinem Vater oben. Wenn der Händler die Treppe herunterkommt, sitzt er in der Falle.«

»Also liegt der Schatz wirklich hinter dieser Wand?«, fragte Garret und klopfte prüfend gegen den Stein mit dem Wappen. Es hörte sich massiv an.

»Gut kombiniert, Junge.«

Garret grunzte frustriert. »Genützt hat es mir nichts. Ich habe nicht herausfinden können, wie die Tür aufgeht!«

»Das hat auch uns einiges Kopfzerbrechen bereitet«, grinste der Bürgermeister und gab Garret ein Zeichen, ihm zu folgen. Vor einer besonders mächtigen Säule blieb er stehen. »Vielleicht ist dir bekannt, dass mein Vater einst Wirt des Gasthauses war. Daher kenne ich natürlich einige Geheimnisse dieses Gemäuers.«

Der Bürgermeister suchte mit flinken Händen die Oberfläche der Säule ab, bis ein Klicken ertönte und eine Tür in der Säule aufsprang. Durch die Öffnung hindurch konnten sie in eine kleine Kammer sehen, die gerade groß genug für sie beide war.

»Ein geheimer Raum!«, rief Garret begeistert. Dann sah er den Bürgermeister fragend an. »Woher wusstest du davon?«

»Mein Großvater ließ vor langer Zeit diese Säule errichten.«

»Und warum?«, erkundigte sich Garret, als er in den Hohlraum kletterte. Es war eng darin, und als der Bürgermeister die Tür wieder hinter sich zuzog, wurde es noch enger. Zwei kleine Löcher in der Wand erlaubten es, den Raum von der Treppe bis zur Wand mit dem Wappen zu überblicken, aber man konnte nicht sehr viel erkennen, da das Gewölbe von den wenigen Öllampen nur schwach beleuchtet wurde.

»Nun, mein Großvater hatte das Problem, dass ihm irgendjemand über Nacht immer wieder den besten Wein stahl. Auch wenn ihm der Wein selbst gar nicht so wichtig war, machte es ihn doch wahnsinnig, dass er den Dieb nicht stellen konnte. Also entschloss er sich dazu, diesen falschen Pfeiler einzuziehen, um den Schuldigen in flagranti erwischen zu können.«

Der Bürgermeister war offensichtlich amüsiert.

»Fand er heraus, wer der Dieb war?«, fragte Garret, der trotz der Dunkelheit, die in dem Versteck herrschte, die weißen Zähne des Bürgermeisters aufblitzen sah, als dieser grinsend antwortete.

»Am Ende schon. Es war seine Frau.«

Sie warteten annähernd zwei Stunden in dem engen Versteck und wollten schon aufgeben, als sie vorsichtige

Schritte auf der Kellertreppe hörten. Sowohl der Bürgermeister als auch Garret hatten jeweils ein Auge an eines der Löcher in der Säulenwand gepresst und konnten so den Händler und seine Leibwächter beobachten, die nun vorsichtig tiefer in den Keller vordrangen. Einer der beiden mit Kurzschwertern bewaffneten Wächter hielt eine Laterne hoch und leuchtete den Weg aus.

Zielsicher bewegten sich die drei Gestalten auf die Wand mit der Steinplatte zu. Als sie dicht davorstanden, zog der Händler ein Stück Pergament aus seinem Brustbeutel, entfaltete es im Licht der Laterne und musterte dann abwechselnd Steinplatte und Pergament.

»Der Bastard weiß genau, wo er suchen muss!«, flüsterte der Bürgermeister. »Du hattest recht.«

»Sollten wir jetzt nicht eingreifen?«, fragte Garret.

»Nein«, entschied der Bürgermeister. »Wir warten noch ab. Ich will wissen, was genau sie vorhaben.«

Der Händler trat nun an den Stein heran und drückte mit beiden Händen zugleich auf das Auge von Greif und Schlange. Ein leises Klicken ertönte, und der Stein bewegte sich. Doch um ihn zur Seite zu schwingen, bedurfte es der vereinten Kräfte der Leibwächter.

Langsam kam eine Tür aus schwarzem Metall zum Vorschein, die Garret in ihrer Bauart wohlbekannt vorkam.

»Die bekommen sie niemals auf«, flüsterte er.

Der Bürgermeister verzog im Halbdunkel das Gesicht und stöhnte. »Wir haben nicht daran gedacht, sie wieder zu verschließen! Welch ein dummer Fehler!«

Inzwischen glitt die Tür unter lautem Rumpeln in die Seitenwand, und der Händler betrat zusammen mit seinen Leibwächtern den geheimen Raum. Garret verschluckte sich beinahe, als er sah, was das Laternenlicht offenbarte.

Der Raum war annähernd so groß wie der restliche Keller. In ihm lagen unzählige Gold- und Silberbarren, aufgetürmt zu mannshohen Stapeln, zwischen denen lediglich schmale Gänge hindurchführten. Bei dem Anblick pfiff der Händler leise durch die Zähne und verschwand dann in einem der Gänge. Auch die Leibwächter waren offenbar fasziniert von dem Bild, das sich ihnen bot, und vergaßen für einen Moment ihre Pflichten.

»Das ist unsere Gelegenheit!«, raunte der Bürgermeister Garret leise zu. Dann betätigte er den Türmechanismus und trat aus dem Versteck heraus, wobei er den Knüppel fest mit der Hand umschlossen hielt. »Wir brauchen sie lebend. Ich muss erfahren, woher sie von dem Schatz wissen.«

Garret nickte und steckte ein Stück Holz auf eine seiner Pfeilspitzen, damit sein Opfer nur bewusstlos niedergestreckt und nicht getötet würde.

Leise schlichen sich der Bürgermeister und Garret von der Seite her an die beiden Leibwächter heran, die rechts und links im Türrahmen Position bezogen hatten, wobei sie den Herannahenden den Rücken zukehrten. Garret hatte sein Ziel sorgfältig anvisiert und würde auf diese Entfernung wohl kaum vorbeischießen können.

Auf der gegenüberliegenden Seite hob der Bürgermeister nun seinen Knüppel und nickte. Garret atmete aus und ließ den Raben fliegen. Er traf perfekt die Stelle zwischen Schädel und Wirbelsäule. Doch die Stahlspitze spaltete beim Aufprall das Holz und durchschlug den Hals des Leibwächters, der, ohne noch einen Laut abzugeben, tot in sich zusammensackte.

Garret drehte es den Magen um, als er sah, wie der Mann inmitten einer Blutfontäne nach vorn kippte und dann mit lautem Gepolter die Treppen zum Geheimraum hinunterfiel. Es war das erste Mal, dass er einen Mann getötet hatte.

Die andere Leibwache hatte wohl den Pfeil herannahen hören oder irgendetwas geahnt, jedenfalls drehte er sich im Moment des Angriffs zur Seite, sodass der wuchtig geschwungene Knüppel des Bürgermeisters ihn nur an der Schulter traf. Ineinander verkeilt rollten die beiden nach einem kurzen Handgemenge ebenfalls die Treppe zur Schatzkammer hinunter.

In einem der Gänge zwischen den Goldbarren tauchte nun auch der Händler auf. Er hielt eine kleine Handarmbrust im Anschlag. Eigentlich war es kaum mehr als ein Spielzeug, doch schon der erste Bolzen verfehlte Garret nur knapp, klatschte hinter ihm an eine der Säulen und fiel scheppernd zu Boden.

Garret sah seine Chance, denn auch bei einer Handarmbrust brauchte man Zeit, um nachzuladen. Doch als er seinen Bogen hob, spürte er plötzlich einen Schlag. Ein Bolzen hatte seinen linken Arm durchbohrt und war auf der anderen Seite wieder ausgetreten. Bevor er sich noch fragen konnte, wie der Händler so schnell hatte nachlegen können und warum er sich mit einem Mal so schwach fühlte, wurde ihm schwarz vor Augen, und er kippte nach vorne in die Dunkelheit.

Es gab einen ziemlichen Aufruhr, als der Bürgermeister, aus einer Platzwunde blutend, mit einem leblos erscheinenden Garret in seinen Armen den Schankraum betrat.

»Zwei der Schufte sind noch unten«, rief der Bürgermeister. »Sorgt dafür, dass sie nicht entkommen. Und in der Göttin Namen, schafft endlich Platz!«

»Was ist mit dem Jungen passiert?«, rief eine besorgte Stimme, während Garen, Garrets Vater, kreidebleich Becher und Geschirr vom nächstgelegenen Tisch wischte.

»Ein vergifteter Bolzen! Diese götterverfluchte Schlange benutzt vergiftete Bolzen!«, rief der Bürgermeister und legte den Jungen vorsichtig auf den freigeräumten Tisch.

»Wir brauchen einen Heiler!«, schrie Garen indessen. »Holt den Priester herbei, und beeilt euch!«

Dann zog er sein Messer, legte die Klinge an Garrets Wunde und schnitt kreuzweise tief ins Fleisch. Als er sich hinunterbeugen wollte, um die Wunde auszusaugen, hielten ihn Ralik und Hernul zurück.

»Du weißt nicht, was für ein Gift das ist, Garen«, rief Hernul, dem es nur mühsam gelang, den verzweifelten Vater von seiner Absicht abzubringen.

Inzwischen war Vanessa herangesprungen, um sich um den Jungen zu kümmern. Mit ihren schlanken Fingern drückte sie überraschend kraftvoll das Blut aus der Wunde. Doch nach kurzer Zeit hob sie den Kopf und sah erschrocken in die Runde. »Er blutet nicht mehr ...«, stieß sie tonlos hervor. »Ich ... ich glaube, er ist tot!«

Die schweigende Menge teilte sich, um Elyra und dem Priester Platz zu machen. Beinahe hatte es den Anschein, als würde Elyra ihn hinter sich herziehen. Als sie Garret bleich und blass auf dem Tisch liegen sah, wich die Farbe aus ihrem Gesicht. Sie schluckte und wandte sich dem Priester zu.

»Tu etwas!«, befahl sie würdevoll und zeigte auf den leblos daliegenden Jungen.

Der Priester beugte sich ein wenig verunsichert über Garrets Körper, studierte die Augen und die blau unterlaufenen Lippen des Jungen und schüttelte dann den Kopf.

»Ich fürchte, dies liegt jenseits meiner Macht«, sagte er schließlich mit trauriger Stimme. »Aber ich bin mir sicher, dass Erion seine Seele wohlwollend entgegennimmt!«

»Wenn jemand seine Seele bekommt, dann Mistral«, teilte ihm Elyra bestimmt mit. »Was ist mit dem Gift? Kannst du es aus seinem Körper waschen?«, fragte sie ihn nach einer kurzen Pause mit funkelnden Augen und geballten Fäusten.

»Ich ... ich denke schon. Nur was sollte das nützen? Aber ich kann ihn segnen im Namen meines ...«

»Bete lieber das Gift weg!«, befahl sie streng. »Sofort! Segnen kannst du ihn später immer noch!«

Er sah ihren entschlossenen Blick, seufzte und begann dann, sein Gebet zu singen. Elyra stand neben ihm und hatte noch immer die Fäuste geballt, während ihr Blick zwischen Garret und dem jungen Priester hin- und hersprang. Hätte es nur Elyras Willenskraft bedurft, um Garret zu heilen, wäre er vermutlich schon längst vom Tisch aufgesprungen.

So aber schwand zwar nach und nach die Verfärbung, die das Gift um die Wunde herum bewirkt hatte, doch Garrets Körper blieb so bleich wie zuvor.

*»Es hat vermutlich nicht viel gefehlt, und sie hätte dem armen Priester gegen das Schienbein getreten. Ich frage mich, wie es ihr Glauben an die Götter überstanden hätte, wenn Garret damals gestorben wäre.«*

*»Der Priester hat es dann also doch noch geschafft?«, fragte Lamar, der wider Willen von dem Drama ergriffen war.*

*»Möglicherweise.«*

Tarlon hatte sich einen vergnüglichen Nachmittag gegönnt. Er tanzte mit den Mädchen, schaffte es sogar, zweien von ihnen einen Kuss abzuringen, und eine, Marietta, hätte ihm womöglich noch mehr erlaubt. Es schien ihm im Nachhinein fast so, als habe sie ihn hinter die Scheune zerren wollen. Doch Tarlon hatte nicht die Absicht, sie in diesem oder im folgenden Jahr zu heiraten. Er mochte sie zwar, aber ihre Augen waren nicht graublau und die Ohren irgendwie zu ... rund. So zog er sich mit einer Entschuldigung zurück und ging nach Hause, wo er sich im Garten unter einen Baum setzte, um über all das nachzudenken, was er in den letzten Tagen gesehen und gelernt hatte. Da er sich einen großen Humpen Apfelwein und einen Kanten Käse mitgenommen hatte, ließ er es sich gut gehen und fühlte sich bald im Einklang mit der Welt.

Er war gerade zu dem Schluss gekommen, dass er lieber seinem Vater helfen wollte, statt in irgendeinen Krieg zu ziehen, als er Ariel in Richtung Gasthof rennen sah. Neugierig sprang er auf und rannte hinter ihm her.

Schon bevor sie das Gasthaus erreicht hatten, war klar, dass dort etwas geschehen sein musste, denn von überallher strömten Menschen heran, von denen viele besorgte oder traurige Mienen trugen. Ariel rannte geradewegs in die Gaststube hinein, und Tarlon folgte ihm auf dem Fuß. Wie vom Blitz getroffen blieben sie stehen, als sie Garret bleich und kalt auf dem Tisch liegen sahen.

Im nächsten Moment kam Elyra heran und griff Ariel bei der Hand, um ihn zu Garret zu ziehen.

»Erions Diener hat das Gift aus seinem Körper entfernt«, teilte Elyra dem Elfen mit ernster Miene mit, als sie an den Tisch herangetreten waren. »Du brauchst ihn jetzt nur noch aufzuwecken!«

»Ich weiß nicht, ob ich das vermag ...«, stammelte Ariel. »Er ist schon nicht mehr bei uns ...«

»Dann hol ihn zurück!«, rief Elyra.

Ariel seufzte tief und senkte den Kopf, dann richtete er sich auf und sah auf der anderen Seite des Tisches Garen und Hernul stehen, zusammen mit Jana, Tarlons Mutter, deren Augen feucht von Tränen waren. Ihrer aller Blicke waren flehend auf ihn gerichtet.

Der Elf trat an Garret heran und legte seine rechte Hand auf dessen Stirn, die linke auf dessen Herz. Einmal holte er noch tief Luft, dann begann er zu singen. Am Anfang war es nur ein leises Summen, das sogar hier und da zu stocken schien, doch dann wurde Ariels Gesang immer fester und stärker, bis sein Bariton die große Halle erfüllte und Tränen in die Augen der Anwesenden trieb. Er besang die Herrlichkeit des Waldes und die Stärke der Natur, das Wachstum der Bäume und die Kraft des Lebens, das in jedem Halm und jedem Baum pulsierte. Und er bat um die Gnade seiner Herrin, ihm die Kraft zu gewähren, dieses schwindende Leben zu erhalten und es erneut erblühen zu lassen.

Von irgendwoher kam eine leichte Brise auf und wehte durch den Raum. Sie brachte die Gerüche von Regen und feuchtem, frischem Gras mit sich, von Bäumen, Sträuchern und vom tiefen Unterholz des Waldes. Es war mit einem Mal, als wüchse der Wald selbst in diesem Raum und als läge Garret nicht aufgebahrt auf einem Tisch, sondern ruhend auf einem weißen Stein inmitten einer Lichtung, auf der Gras spross und Schmetterlinge seinen Körper umtanzten.

Im Rhythmus seines Gesangs, der den Wald und die Sonne immer spürbarer in den Gasthof rief, begann Ariel seine linke Hand über Garrets bleiche Brust zu bewegen. Mal strich er mit ihr federleicht darüber hinweg, mal presste er sie mit aller Macht nieder, sodass Tarlon schon befürchtete, Garrets Knochen würden brechen. Was auch immer Ariel hier tat, es schien ihn sehr viel Kraft zu kosten. Doch als Tarlon schon glaubte, dass Ariel diesmal nicht imstande war, Garret zu helfen, bäumte sich dieser plötzlich auf und begann ausgiebig zu husten.

Während die Umstehenden ungläubig auf den Wiedererweckten starrten, sank Ariel erschöpft zur Seite und stützte sich schwer atmend auf der Tischkante auf.

Garret blinzelte. Er sah sich langsam um und wunderte sich über die besorgten und fassungslosen Mienen der Leute. Dann strich er sich über den Körper und blickte Ariel fragend an, der nur die Hand hob und ihm mit drei ausgestreckten Fingern bedeutete, dass er sich nun schon für drei Jahre als Lehrling des Elfen würde verpflichten müssen. Das erste Jahr, das er mit Ariel für die Erweckung Elyras vereinbart hatte, das zweite, als der Elf ihm nach dem Angriff der Ratten das Leben gerettet hatte, und das dritte nun. Auch wenn dies eine recht lange Lehrzeit war, empfand Garret es nur als fair, denn ohne den Elfen hätte er nun überhaupt keine Lebensjahre mehr zur Verfügung.

Also nickte er nur und setzte sich auf, während Ariel im Gegenzug schlaff in sich zusammensackte. Wären nicht Elyra und Tarlon zur Stelle gewesen, wäre er wohl zu Boden gegangen.

Die beiden setzten den bewusstlosen Elfen behutsam in einen Stuhl, während aus der Menge die Sera Bardin hervortrat und Tarlon mit einem Blick bat, ihr Platz zu machen. Nun war sie es, die den Elfen in seinem Stuhl hielt, und fast schien es Tarlon, als hätte er Tränen in den Augen der Elfin gesehen.

»Was ... ist passiert?«, krächzte Garret indessen.

»Du wurdest vergiftet«, erklärte ihm Vanessa mit zitternder Stimme. »Der Bolzen, der dich am Arm traf, war vergiftet.«

Garret ergriff mit der einen Hand die ihre, mit der anderen die seines Vaters, dann sah er sich suchend um und fand schließlich den Blick des Bürgermeisters, der ebenfalls sichtlich Mühe hatte, die Fassung zu bewahren.

»Ist er entkommen?«, fragte Garret ihn und musste sich räuspern.

»Nein«, beruhigte ihn der Bürgermeister. »Wir haben alle beide erwischt.«

»Gut«, antwortete Garret und streckte sich. »Kann man hier etwas zu essen bekommen?« Er rieb sich das Schienbein und sah Elyra fassungslos an. »Warum hast du mich denn ...«

»Weil wir dich lieben! Es reicht uns jetzt! Du jagst uns nicht noch einmal einen solchen Schrecken ein!«, rief Elyra empört.

»He!«, protestierte Garret mit rauer Stimme. »Du tust ja fast so, als hätte ich mich mit Absicht ...«

»Schh!«, machte Vanessa beschwichtigend und legte ihm einen Finger auf die Lippen. Und als er sie verblüfft ansah, küsste sie ihn.

»Dann wäre ja alles klar«, flüsterte eine Stimme neben Tarlon, der hinuntersah und Argor erblickte.

»Ich weiß nicht, wie ich das finden soll«, meinte Tarlon dann.

Der Zwerg hob eine Augenbraue. »Meinst du, das interessiert noch jemanden?«, fragte Argor, und Tarlon lachte leise.

Vanessa war für ihren Sturkopf bekannt, und der Einzige,

der in dieser Beziehung mit ihr mithalten konnte, schien gerade nichts gegen den Kuss einzuwenden zu haben.

Meister Braun, der Wirt des Gasthauses, hatte veranlasst, dass Garret samt Anhang in einem der großen Nebenzimmer der Schankstube einquartiert wurde, sodass allmählich etwas Ruhe im Gasthaus einkehrte. Wenn man einmal vom Gesang des Priesters absah, der Erion auf Knien für Garrets Rettung dankte.

Tarlon sah, wie Elyra den Priester stirnrunzelnd ansah, und auch er selbst wusste nicht so recht, was er von alldem halten sollte, denn in seinen Augen hatte Ariel den größten Anteil an Garrets Rettung gehabt. Aber wer konnte schon sagen, ob Erion nicht doch seine Finger im Spiel gehabt hatte?

Ein Räuspern hinter ihm riss ihn aus seinen Gedanken. Er wandte sich um und erblickte Pulver, der ihn aufmerksam ansah und in dessen Augenwinkeln Tränen standen.

»Behalte diesen Tag gut in deiner Erinnerung, mein Junge«, sagte der Alchemist leise und mit Ehrfurcht in der Stimme. »Es geschieht nicht oft, dass einem eine solche Gnade zuteilwird.«

»Was meint Ihr, Meister Pulver?«, fragte Tarlon vorsichtig.

»Es war das Gift der Fuchslanze. Ich kenne es gut. Es wirkt schnell und ist absolut tödlich. Eigentlich hätte Garret tot sein müssen, und wahrscheinlich war er es zu dem Zeitpunkt auch, als ihn der Bürgermeister die Treppe hochtrug.« Sie sahen zum Nebenraum hinüber, wo man durch die offene Tür hindurch Garret erkennen konnte, der gerade von seinem Vater umarmt wurde und sich dabei sichtlich unwohl fühlte. Seiner Miene nach zu urteilen, schien er am liebsten fliehen zu wollen, während aus Garens Augen Tränen flossen. Als Vanessa zur Tür kam, um sie zu schließen, begegnete Tarlons Blick dem ihren, und er nickte ihr langsam zu. Dann ließ sie die Tür ins Schloss fallen.

»Es war ein götterverdammtes Wunder«, flüsterte Pulver und wischte sich die Augen trocken, bevor er Tarlon noch einmal zunickte und auf geradem Weg zur Theke hinüberschritt.

*»Bei den Göttern, Jungen und Mädchen sollten nicht in den Krieg ziehen«, meinte Lamar leise.*

*»Ich wusste, dass wir uns irgendwann noch auf etwas einigen könnten«, entgegnete der alte Mann mit einem Lächeln. »Aber überall und jederzeit werden Kinder in den Krieg geschickt. Vielleicht auch gerade in diesem Moment, irgendwo ...«*

*Lamar sah den alten Mann fragend an. »Dieser Ariel diente Mieala, der Herrin der tiefen Wälder, nicht wahr?«*

*»Sieht ganz danach aus.«*

*»Aber eine Wiederbelebung? Das war es doch wohl. Und dieser Hüter, von dem Ihr gestern spracht, Barius war sein Name. Er wiederum war ein Diener oder besser gesagt ein Priester Loivans, des Herrn der Gerechtigkeit, nicht wahr?«*

*Der alte Mann nickte.*

*»Nun«, begann Lamar nachdenklich, »ich fange an, Eurer Geschichte Glauben zu schenken.«*

*»Woher dieser Wandel?«*

*»Es erklärt einige Dinge.«*

*Der alte Mann lächelte und zog gemächlich an seiner Pfeife, bevor er fortfuhr. »Als Belior sich gegen Lytara wandte, hätte er eines bedenken sollen.«*

»Und was wäre das?«

»Es ist nicht immer der süße Apfel, der einem auf den Kopf fällt, wenn man einen Apfelbaum schüttelt ...«

# 13

*Der Handelsreisende*

Während sich Garret von seinem Schock erholte, zerrten die Gehilfen des Wirts den Händler und die überlebende Leibwache nach oben in den Schankraum. Der Händler war wie eine Roulade verschnürt und wurde auf den schweren Stuhl des Bürgermeisters gehoben, wo man ihn festband.

Der Dorfoberste war nicht gerade zimperlich gewesen, als er den Mann überwältigt hatte. Die linke Hand des Händlers war zerschmettert worden, als dieser versucht hatte, den Knüppel des Bürgermeisters abzuwehren. An einem Finger war der Knochen sogar durch die Haut getreten, und die Wunde blutete noch immer, doch das kümmerte die guten Leute von Lytara nur wenig.

Mit geballten Fäusten standen sie um ihn herum und zeigten ihm mit wütenden Blicken deutlich ihren Missmut darüber, dass er sich heimlich wie eine Schlange in ihr Dorf geschlichen und ihre Gastfreundschaft missbraucht hatte, um sie zu bestehlen, und dann auch noch versucht hatte, einen der ihren mithilfe eines heimtückischen Giftes zu töten.

Es war nun an den Ältesten, einen kühlen Kopf zu bewahren. Selten hatten sie die Einwohner Lytaras so aufgebracht erlebt, und wenn sie jetzt nicht mit Bedacht vorgingen, würden die Menschen den Händler zerreißen, wie es auf dem Wappen von Alt Lytar der Greif mit der Schlange tat. Vor allem eines war nun wichtig: Es galt herauszufinden, woher der Mann gekommen war und was er tatsächlich beabsichtigt hatte. Denn dass er den Schatz unentdeckt hätte davontragen können, hielten alle Eingeweihten für unwahrscheinlich.

Die beschwichtigenden Worte des Bürgermeisters halfen ein wenig, die Stimmung zu beruhigen, und die Leute traten von den Gefangenen zurück. Aber keiner wollte gehen, um nur nicht zu verpassen, was weiter geschehen würde.

So trat nun Hernul vor die Menge und hob beschwichtigend die Hände.

»Ihr guten Leute von Lytara, haltet euch zurück! Die Verbrecher werden ihre Strafe erhalten, doch zuvor wird Ralik sie befragen.«

Jeder wusste, was das bedeutete. Als Ralik nach dem Angriff die Gefangenen ins Verhör genommen hatte, hatten viele nur traurig mit dem Kopf geschüttelt. Jetzt aber konnte man hier und da ein gehässiges Grinsen und sogar offene Zustimmung in den Gesichtern erkennen.

»Ich möchte hier kein Blut fließen sehen«, hatte der Bürgermeister während der Beratung der Ältesten mit Bestimmtheit gesagt, und die anderen, sogar Garrets Vater, hatten dem zugestimmt. »Also wird Ralik dem Händler in seiner Werkstatt einige sehr deutliche Fragen stellen.« Er wandte sich an den Zwerg. »Du brauchst diesmal keinen Knebel zu verwenden, die Leute sollen ihn ruhig schreien hören ...«

Ralik nickte und machte sich auf den Weg, um seine schwarze Tasche zu holen, denn zunächst wollte man die Leibwache verhören, und das sollte im Gasthaus geschehen. Pulver hatte zu diesem Vorgehen geraten, da er meinte, dass man die Leibwache sehr viel schneller zum Reden bringen könne als den Händler, wodurch der Rachedurst der Menschen bereits ein wenig gestillt würde.

Die Leibwache des Händlers betrachtete alles um sich herum mit vor Angst geweiteten Augen, während der Händler selbst an seinem Hochmut festhielt. Doch als Ralik mit seiner Tasche zurückkam und deren Inhalt fein säuberlich auf einem Tisch vor den beiden Gefangenen aufreihte, war es der Händler, der als Erster die Nerven verlor.

Die Auskünfte sprudelten nun förmlich aus ihm heraus. Er gestand, ein Spion Thyrmantors zu sein. Wenn man ihm Glauben schenken wollte, so war er wirklich Händler, aber man hatte ihm hundert Goldstücke im Voraus gegeben und hundert weitere für den Fall versprochen, dass er Informationen über das Dorf, die Verteidigungsanlagen und die Armee zurückbrachte. Als er die Armee erwähnte, machte sich Heiterkeit im Saal breit.

Von dem Schatz, sagte er, habe er durch einen anderen Spion erfahren, der ihm auch mitgeteilt habe, wie man den Stein des Greifen öffnen konnte.

Wer dieser Spion sei, vermöge er jedoch nicht zu sagen. Er habe die Person nicht gesehen, sondern sich durch eine Holzwand hindurch mit ihr unterhalten.

Diese Auskunft rief allgemeine Bestürzung hervor, denn es schien den Anwesenden kaum denkbar, dass jemand aus Lytara solch wichtiges Wissen an den Feind verraten würde. Doch der angebliche Händler beharrte darauf.

Schließlich stand Pulver auf und bat um Ruhe. »Leute, gebt nicht zu viel auf seine Worte. Wir haben ihn erwischt, und er weiß, dass er sterben wird. Aber er weiß auch, dass er uns noch immer Schaden zufügen kann, indem er Misstrauen sät und so unsere Einigkeit untergräbt.«

Der Mann sagte nichts dazu, sondern sah Pulver nur böse an.

Nach kurzer Beratschlagung beschloss man, den Mann am Morgen des folgenden Tages zu hängen, aber nicht wie üblich auf dem Marktplatz, wo bereits die Brautplattform stand, sondern an einem geeigneten Baum, von denen es in der Gegend genügend gab.

Die Leibwache des Händlers, die alle Fragen freimütig beantwortete, ohne dass Ralik eines seiner Instrumente einsetzen musste, sollte eine Hand verlieren und dann aus Lytara verbannt werden.

Elyra jedoch mochte sich nicht damit abfinden, dass jemand vorsätzlich verkrüppelt werden sollte, und protestierte vehement dagegen. Als die Ältesten keine Einsicht zeigten, drohte Elyra damit, sich auf den Brunnen am Marktplatz zu stellen und dem gesamten Dorf ihre Bedenken vorzutragen.

Im Hintergrund redete die Sera Meliande leise auf Tarlon ein, der schließlich aufstand und die Dorfoberen bat, mit dem Gefangenen sprechen zu dürfen. Es wurde ihm gewährt, und so unterhielt er sich flüsternd mit dem Mann, der dabei immer wieder energisch nickte.

Schließlich trat Tarlon vor die Ältesten und teilte ihnen mit, dass der Gefangene bereit sei, sich dem Greifen anzuschließen. Er wolle fortan loyal für Lytara kämpfen und dies mit einem feierlichen Schwur auf die Göttin und jeden anderen ihrer Götter besiegeln. Es sei der Wunsch des Mannes, so Tarlon weiter, nicht als Söldner ins Feld zu ziehen, sondern als regulärer Soldat, und als Entlohnung erhoffe er sich nichts weiter, als sich im Dorf niederlassen zu dürfen.

Nachdem Tarlon geendet hatte, musterte ihn der Bürgermeister eine Weile und sah dann hinüber zu dem Leibwächter. »Gut«, sagte er schließlich, »wir werden dich vereidigen. Du sollst deine Chance erhalten. Aber wenn du dich noch ein einziges Mal gegen uns erhebst ...«

Der Leibwächter schüttelte wild den Kopf.

»... dann wirst du gehängt.« Der Bürgermeister sah Elyra an. »Binde ihn los.«

Nachdem sie die Fesseln gelöst hatte, fiel der Mann vor ihr auf die Knie und stammelte seinen Dank. Elyra schüttelte nur den Kopf, trat einen Schritt zurück und bat ihn, sich zu erheben. Als er wieder stand, verbeugte er sich tief, zunächst vor ihr und anschließend vor den Ältesten.

»Ich bin bereit, den Eid zu schwören«, sagte er dann mit fester Stimme.

»Später«, meinte Pulver. »Wir müssen zunächst die Zeremonie vorbereiten. Bis dahin bist du unser Gast.«

»Wie bist du auf diesen Handel gekommen?«, fragte Elyra Tarlon, als die Freunde später zusammen im Nebenzimmer saßen und Garret dabei Gesellschaft leisteten, wie er sich an einem Schweinebraten satt aß.

»Es war nicht meine Idee, sondern die der Sera Meliande«, antwortete Tarlon bedächtig. »Offenbar wurden solche Angelegenheiten früher auf diese Weise geregelt. Jedenfalls war es der einzige Ausweg aus der Zwickmühle, in die du die Ältesten gebracht hast.«

»Welche Zwickmühle meinst du?«, fragte Elyra überrascht.

»Nachdem sie ihr Urteil bereits gefällt hatten, wäre es einem Gesichtsverlust gleichgekommen, wenn sie es einfach so wieder zurückgenommen hätten«, erklärte Vanessa mit einem Lächeln.

»Die Sera Meliande sah dies und schlug mir den Kompromiss vor, auf den die Ältesten sich einlassen konnten, ohne bloßgestellt zu werden«, fügte Tarlon hinzu.

»Das nenne ich Diplomatie!«, rief Garret dazwischen, wischte sich den Mund ab und stand auf. »Nun fühle ich mich schon viel besser. Wer hat Lust, mit mir das Zimmer des Händlers zu durchsuchen?«

»Geht es dir wirklich schon wieder gut genug?«, fragte Vanessa besorgt, und Garret sah sie überrascht an.

»Natürlich«, lachte er dann. »Es gibt ein untrügliches Zeichen dafür: Ich langweile mich!«

Elyra warf ihm einen tadelnden Blick zu, bevor sie zu sprechen begann. »Das Zimmer des Händlers zu durchsuchen, halte ich für eine gute Idee«, teilte sie ihren Freunden mit. »Während ich beim Wachmann das Gefühl hatte, dass er ehrlich antwortete, schien mir der Händler durch und durch falsch zu sein ...«

»Er ist nichts weiter als ein ängstlicher Feigling«, sagte Garret bestimmt.

»Aber gerade seine Furchtsamkeit schien mir aufgesetzt«, widersprach Elyra. »Er winselte und bettelte wie ein kleines Kind, als Ralik die Tasche auspackte, doch in seinem Herzen war er nicht ängstlich, sondern kalt.«

Tarlon musterte sie nachdenklich. »Dann werde ich Vater sagen, dass man auf den Händler bis zu seiner Hinrichtung gut aufpassen muss«, sagte er schließlich.

Eines musste man Garret zugestehen. Er war zäh. Nicht einmal eine Stunde, nachdem er wie tot auf dem Tisch im Schankraum gelegen hatte, krabbelte er bereits auf allen vieren durch das Zimmer des Händlers und schnüffelte wie ein Hund darin herum. Zwar hatte ihn das Erlebte durchaus mitgenommen, doch gab es nun Wichtigeres zu tun, als sich auszuruhen. Er hatte das unbestimmte Gefühl, ihnen würde die Zeit davonrennen, und auch wenn er nicht wusste, was genau sie erwartete, wollte er zumindest nicht untätig herumsitzen.

»Was machst du da?«, fragte Vanessa amüsiert.

»Schnüffeln«, antwortete Garret knapp. »Ich habe eine gute Nase.«

»Wir könnten Ariel holen. Ich wette, sein Hund hat eine bessere Nase als du.«

»Aber der Hund hätte nicht entdeckt, was sich hier unter dem Bettpfosten verbirgt«, erklärte Garret und zog ein kleines, zusammengefaltetes Stück Leder hervor.

»Und das hast du gerochen?«, fragte Argor überrascht.

»Nein, natürlich nicht«, gab Garret in beleidigtem Tonfall zurück. »Ich habe es gesehen!«

Er griff erneut unters Bett und zog eine flache, mit Leder umhüllte Metallflasche hervor, die zwischen Bettseilen und Matratze verborgen gewesen war. »Aber das hier habe ich gerochen.«

Er richtete sich auf und hielt Argor die Flasche unter die Nase. »Pfui Teufel!«, rief der und machte einen Satz zurück.

Auch Elyra verzog das Gesicht. »Das riecht ja eklig. Schlimmer noch als Stinkwurz!«

»Auf jeden Fall hast du eine gute Nase«, meinte Argor anerkennend. »Was ist das für ein Zeug?«

»Das sollten wir einmal den Herrn Händler fragen«, erwiderte Garret und legte die Flasche auf dem Nachttisch ab. »Aber warum versteckt er ein Ledertuch?«

Das Tuch war quadratisch und besaß eine Kantenlänge von etwa zwei Handbreit. Es war in mehrerlei Hinsicht ungewöhnlich. Zum einen fühlte sich das Material zwar wie

Leder an, war aber deutlich kühler, als er erwartet hätte. Zudem waren keine Knicke zu erkennen, obgleich es gefaltet unter den Bettpfosten geschoben und erst vor Kurzem ausgebreitet worden war. Und schließlich war es von tiefster Schwärze und schien jegliches Licht zu schlucken.

Das ist wirklich ein seltsames Stück, dachte Tarlon, als Garret ihm das Tuch hinüberreichte und er das kühle Leder durch seine Finger gleiten ließ. Aber was für einem Zweck mochte es dienen?

Er reichte es Garret zurück, doch es glitt diesem dabei aus den Fingern und fiel zu Boden.

Mit einem Mal tat sich dort, wo es den Boden berührt hatte, ein Schacht auf, und die Freunde fielen hinein, noch ehe sie reagieren konnten. Nur Vanessa war verschont geblieben. Sie hatte ein wenig abseitsgestanden und starrte nun verblüfft in das Loch zu ihren Füßen. Dann fing sie an zu lachen.

Garret wälzte sich indessen zur Seite und stand auf. Die Kammer, in die sie hineingefallen waren, hatte einen Querschnitt von zwei mal drei Schritt und war drei Schritt tief. Die Seitenwände bestanden aus einem schweren und stabilen Leder, das an den Kanten sorgfältig vernäht war. Wenn man sich bewegte, federte der Boden ein wenig, als wäre er wie ein Trampolin gespannt.

»Das nenne ich mal eine praktische Verwendung von Magie«, murmelte Garret.

Außer den vier Freunden befand sich hier unten nichts weiter als eine stabile Holztruhe, die Garret bei dem Sturz nur knapp mit dem Kopf verfehlt hatte.

»Helft mir mal!«, sagte er zu seinen Freuden, während er an der Kiste zerrte. »Dieses verdammte Ding ist schwer.«

»Was hast du damit vor?«, fragte Argor, der sich in der

ledernen Kammer sichtlich unwohl fühlte. Deren oberer Rand war zu hoch für ihn, und die Wände waren zu glatt, um daran Halt zu finden.

»Wir holen sie raus und schauen sie uns oben genauer an«, gab Garret zurück.

»Gut«, meinte Tarlon, der sich ebenfalls aufgerappelt hatte. »Ich hebe euch drei hoch, reiche euch die Kiste an, und anschließend zieht ihr mich raus.«

Als sich Tarlon bückte und Garret an den Knöcheln nahm, um ihn dann scheinbar mühelos an der Wand entlang nach oben zu stemmen, war Garret froh, dass er Tarlon nicht zum Feind hatte, denn in Momenten wie diesem wurde ihm klar, wie viel Kraft dieser besaß.

Als Garret seine Arme über den Rand legen konnte, half ihm Vanessa heraus. In schneller Folge schob Tarlon nun auch Argor, Elyra und die Kiste hinauf und kletterte dann selbst aus dem Schacht. Argor war sofort nach seiner Bergung von dessen Kante weggekrabbelt. Mittlerweile saß er in einer Ecke des Raumes neben einem Paar Stiefel, das wohl dem Händler gehörte, und linste misstrauisch über den Rand des Loches hinweg. Dann sah er zu Garret, der sich gerade an einer Ecke des Schachts zu schaffen machte. Dabei war ein Geräusch zu hören, das klang, als ob Seide zerreißen würde, und auf das ein Windstoß folgte, und Garret hielt das Leder wieder in der Hand.

»Das ist mir unheimlich«, grummelte Argor, während er auf die Stelle starrte, an der soeben noch das Loch gewesen war und nun wieder Bodendielen verliefen. »Du solltest das Tuch verbrennen! Wer weiß, was es sonst noch für üble Magie ausübt!«

»Keine Angst, ich habe schon von solchen Tüchern gehört«, versuchte Garret den Zwerg zu beruhigen. »Die Sera

Bardin erzählte einst, dass man diesen magischen Trick in der alten Stadt erfunden habe, wo man ihn nutzte, um große Mengen an Ware bequem zu transportieren. Soweit ich weiß, ist das der einzige Gebrauch der Tücher.«

»Ich will hoffen, dass du dich damit nicht täuschst«, gab der Zwerg zweifelnd zurück.

Indessen hatten sich Tarlon und Elyra der Kiste zugewandt. Sie war nicht besonders groß, gerade mal drei Fuß lang, einen Fuß tief und vielleicht ebenso hoch. Das annähernd schwarze Holz war hart wie Stein und wurde von vier stabilen Stahlbändern geschützt. Das Schloss nahm den größten Teil der Vorderseite ein, jedoch war das Schlüsselloch selbst überraschend klein.

»Wurde bei dem Händler ein Schlüssel gefunden?«, fragte Elyra, und Tarlon, der noch dabei war, die Kiste zu inspizieren, schüttelte den Kopf.

»Nein, soweit ich weiß, nicht. Vielleicht hat er ihn irgendwo hier versteckt. Übrigens kennt sich Vanessa mit Schlössern gut aus. Das hier wäre also ein Fall für sie.«

»Oder für deine Axt«, grinste Garret.

Tarlon sah ihn empört an. »Sag mal, hast du die Stahlbänder nicht gesehen? Ich schlage doch meine gute Axt nicht an dieser Kiste schartig!«

»Dann mach mal Platz, Tarlon«, lachte Vanessa und kniete sich vor die Kiste.

»Sind das etwa Dietriche?«, rief Garret entgeistert, als Vanessa ein schmales Lederetui hervorholte und ihm einen hakenförmig gebogenen Metallstift entnahm.

»So ist es.«

»Woher hast du sie?«

»Ich habe sie dem Sohn des Kunstschmieds abgekauft.«

»Meinst du, er verkauft mir auch einen Satz?«, fragte

Garret neugierig, als er sich neben sie kniete, um ihr zuzusehen.

»Glaube ich kaum.«

»Warum nicht?«

»Du wirst sie nicht bezahlen können.«

»Was glaubst denn du? Ich habe genug Gold!«

»Aber würdest du Renfry auch küssen wollen?«, schmunzelte Vanessa, und während Garret sie mit offenem Mund ansah, drang ein Klicken aus dem Schloss.

»Du hast Renfry tatsächlich geküsst?«, fragte Garret fassungslos.

Elyra sah amüsiert zu Tarlon hinüber. »Er scheint nicht zu verstehen, dass Küssen Spaß machen kann!«

»Das schon«, protestierte Garret. »Aber Renfry?«

»Reg dich ab«, lachte Vanessa. »Es war nur eine Wette. Er hat seine Dietriche darauf gesetzt, dass ich ihn nicht küssen würde.«

Garret sah sie entgeistert an. »Und darauf bist du reingefallen? Das ist einer der ältesten Tricks!«

Sie sah amüsiert zu ihm hoch. »Aha? Du kennst dich also damit aus, wie? Aber keine Sorge, ich bin nicht darauf reingefallen. Mir ging es nur um die Dietriche.«

Dann wandte sich Vanessa wieder dem Schloss zu. Doch etwas schien sie stutzig zu machen. Sie stand auf und sah sich suchend im Zimmer um.

»Gib mir mal den Stiefel dort«, sagte sie schließlich zu Argor, der sie verblüfft ansah, ihr das Verlangte aber kommentarlos hinüberreichte.

Vanessa griff mit der Hand in den Stiefelschaft und drückte dann fest mit dem Absatz gegen den Deckel der Kiste. Es gab erneut ein lautes Klacken, und Vanessa zuckte zurück. Dann atmete sie tief durch und hob den Stiefel an, damit auch die anderen den kleinen Stahlbolzen sehen konnten, der jetzt im Absatz steckte.

»Ich habe zwar schon davon gehört, dass es Schlösser mit Fallen geben soll«, sagte sie dann leise. »Aber dieses hier ist das erste, mit dem ich es zu tun habe. Und wenn mich nicht alles täuscht, ist der Bolzen sogar vergiftet.« Sie war etwas bleich um die Nase geworden, und auch Garret musste schlucken, als er daran dachte, dass es sich hier wohl um das gleiche Gift wie auf dem Armbrustbolzen handelte.

»Das mit dem Stiefel war eine gute Idee«, meinte Argor dann anerkennend, während die anderen nur nickten.

»Wie heimtückisch von ihm«, stellte Elyra schließlich beinahe bewundernd fest.

Garret kratzte sich am Kopf. »Aber wie kriegen wir das Ding jetzt auf?«

»Jedenfalls nicht mit meiner Axt«, unterstrich Tarlon.

»Am besten gar nicht«, stieß Vanessa hervor und wich von der Kiste zurück. »Ich fasse das Ding nicht mehr an!«

»Wie wäre es denn damit?«, grinste Argor und hielt einen Schlüssel hoch. »Den habe ich im anderen Stiefel gefunden.«

In diesem Moment öffnete sich die Tür, und Garen und Hernul standen zusammen mit Ariel und seinem Hund im Türrahmen.

»Ich dachte, du würdest dich ausruhen?«, meinte Garen langsam.

»Habe ich doch schon«, gab sein Sohn grinsend zurück. »Mir geht's prächtig. Aber wie geht es Euch, Meister Ariel?« Er verbeugte sich tief vor dem Elfen. »Ich habe Euch noch gar nicht angemessen danken können. Als ich wieder bei mir war, wart Ihr bereits verschwunden.«

»Ich brauchte selbst etwas Ruhe«, antwortete der Elf. »Die Sera Bardin war so liebenswürdig, sich um mich zu kümmern.«

»Er lag im Nebenraum, Garret«, erklärte Hernul. »Ich weiß nicht, wie er es geschafft hat, dich zu retten, aber die Anstrengung hätte ihn beinahe selbst das Leben gekostet.«

»Dann danke ich Euch umso mehr.« Garret sah den Elfen nachdenklich an. »Darf ich fragen, warum Ihr es getan habt, wenn es Euch selbst in Gefahr brachte?«

»Ich hatte kaum eine Wahl«, antwortete Ariel, und seine gemalten Augen schienen zu Tarlon hinüberzusehen.

Garret sah den Elfen an. »Ich verstehe«, sagte er.

»Nein, ich glaube kaum, dass Ihr es versteht«, widersprach Ariel. »Ich hätte es auf jeden Fall getan. Ich meinte damit, dass ich überhaupt keine andere Entscheidung hätte treffen können.«

»Auch wenn es Euch den Tod gebracht hätte?«, fragte Elyra beeindruckt.

»Manche Entscheidungen sind nun einmal sehr weitreichend«, erklärte der Elf, und die lederne Maske schien zu lächeln. »Ich glaube, ich hatte keine Wahl mehr, seit ihr in den Wald gestolpert kamt.«

Hernul schaute sich indessen im Zimmer um und hob eine Augenbraue, als sein Blick auf die Kiste und den Stiefel mit dem Bolzen fiel, den Vanessa noch immer in der Hand hielt.

»Wir haben die Kiste vor Kurzem entdeckt«, beeilte sich Garret zu sagen. »Sie ist mit einer Bolzenfalle gesichert, aber Argor hat den Schlüssel gefunden.«

»Und unter dem Bett war noch etwas versteckt«, sagte Elyra strahlend. »Ihr werdet nicht erraten, was es ist. Ich habe so etwas noch nie …«

Garret unterbrach sie, indem er die metallene Flasche hochhielt. »Gerochen, wollte sie sagen. Das Ding stinkt fürchterlich, obwohl es verschlossen ist. Hier, riecht mal ...«

Garen und Hernul verzogen das Gesicht, als er ihnen mit der Flasche vor der Nase herumwedelte. »Das sollte sich Pulver mal ansehen«, entschied Hernul und nahm die Flasche mit spitzen Fingern entgegen. »Sonst noch etwas?«

Elyra wollte erneut ansetzen, aber Garret kam ihr abermals zuvor. »Die Kiste. Wir wollten sie gerade öffnen.«

»Aber wir ...«, begann Elyra von Neuem, doch auch diesmal schnitt Garret ihr das Wort ab.

»Aber wir müssen vorsichtig sein, denn es könnte noch eine weitere Falle geben!« Er warf Elyra einen strengen Blick zu, und sie sah ihn erstaunt an. Daraufhin klopfte Garret leicht gegen die Tasche, in die er das Ledertuch gesteckt hatte, und schüttelte kaum merklich den Kopf. Nur Ariels Hund legte den Kopf schräg und musterte ihn intensiv.

»Ja ... richtig ... die Kiste ...«, stammelte Elyra, aber mit einem ernsten Blick gab sie Garret zu verstehen, dass man zu dem Thema noch eine Unterhaltung würde führen müssen.

Vanessa hatte indes den Schlüssel in das Schloss eingeführt und sich neben der Kiste aufgestellt. Mit der Spitze ihres Dolches drehte sie nun den Schlüssel vorsichtig herum, aber es geschah nichts weiter, als dass der Deckel mit einem satten Klacken aufsprang. Behutsam schob sie nun den Dolch unter den Deckel und klappte ihn langsam nach hinten auf. Doch offenbar war der Bolzen die einzige Falle gewesen.

Der Inhalt der Kiste war enttäuschend. Er bestand aus Dutzenden kleiner Säckchen, in denen sich ein ganzes

Sammelsurium an Dingen befand, das von getrockneten Gräsern bis hin zu polierten Glasstäben, Tüchern, Murmeln und anderen Dingen reichte.

»Glasperlen, Pfeffer, Fledermausdung ... Wer kann damit nur etwas anfangen?«, fragte Vanessa und musste niesen, als sie sich zu dicht über einen der Beutel beugte. Sie stand auf und klopfte sich die Hände ab. »Das war wohl nichts«, sagte sie dann. »Habt ihr etwas dagegen, wenn ich schon mal hinuntergehe?«

»Bestell uns doch allen ein Bier mit, wir kommen auch gleich!«, rief ihr Garret hinterher, und sie nickte, während er anfing, die Kiste auszuräumen.

Das einzig Brauchbare waren zwei Beutel mit je fünfzig Goldstücken, deren Kronen und Bildprägung den Anwesenden allerdings unbekannt waren.

»Wahrscheinlich Gold aus Thyrmantor«, vermutete Hernul. »Und was ist das hier?«

Er hob einen Stab aus schwarzem Glas mit Silberbeschlägen in die Höhe, an dessen Ende ein Edelstein funkelte. Er war etwa einen Fuß lang und offenbar schwerer, als Hernul vermutet hatte, denn er konnte ihn nur mit Schwierigkeiten ausbalancieren. Erst bei genauerem Hinsehen erkannte man, dass in das Glas Runen eingraviert waren.

»Keine Ahnung, was das bedeuten soll«, gestand Hernul, als er den Stab in seinen Händen wendete, um ihn von allen Seiten zu betrachten. »Sieht aus wie unsere alte Schrift, aber ich kann sie nicht lesen.«

»Darf ich mal sehen?«, fragte Elyra neugierig. Der Stab erinnerte sie an eine der Lektionen, die sie bei der Sera im Brunnen gelernt hatte.

Hernul nickte und reichte ihn ihr hinüber.

»Ich glaube, es steckt Magie darin«, sagte sie nachdenklich, und Argor hob abwehrend die Hand. »Dann bleib mir bloß weg mit dem Ding!«

»Es kann nichts Schlimmes sein«, sagte sie ernst. »Siehst du diese Schrift hier? Ich nehme an, darin wird erklärt, wie man den Stab zu verwenden hat.«

»Ist mir egal. Komm mir einfach nicht zu nahe damit«, grummelte Argor und zog sich in eine Ecke zurück.

»Und was machen wir jetzt mit der Kiste?«, fragte Garret enttäuscht. »Ehrlich gesagt, hatte ich mir mehr davon versprochen.«

»Auf den ersten Blick sieht sie mit ihren Fächern und Beuteln aus wie die Kiste eines Heilers«, bemerkte Tarlon nachdenklich. »Aber es sind keine Kräuter darin, nur nutzloses Zeug. Warum verschwendet er eine gute Kiste für so etwas? Das ergibt für mich keinen Sinn.«

»Wir werden uns wohl noch einmal mit dem Händler unterhalten müssen«, meinte Hernul und schloss die Kiste wieder. »Aber ich schlage vor, dass sich Pulver all das noch einmal anschaut. Schließlich ist er Alchemist, und vielleicht findet er etwas, was wir übersehen haben.«

Plötzlich erschütterte eine gewaltige Explosion das Gasthaus. Die Zimmertür flog krachend auf und gab den Blick in die große Halle frei, in deren Mitte eine orangerote Stichflamme senkrecht bis zu ihnen in den vierten Stock aufschoss und bald darauf wieder in sich zusammenfiel. Für einen kurzen Moment war alles still. Dann setzten grauenvolle Schreie ein, die ihnen das Blut in den Adern gefrieren ließen.

Sie rannten aus dem Zimmer auf die Galerie hinaus. Eine ungeheure Hitze schlug ihnen entgegen, und das Bild, das sich ihnen von dort oben bot, übertraf ihre schlimmsten Befürchtungen.

Im Schankraum sah es aus wie auf einem Schlachtfeld. Irgendwie hatte es der Händler geschafft, sich zu befreien, und nun stand er mit erhobenen Händen und einem gemeinen Grinsen im Gesicht vor dem schweren Stuhl des Bürgermeisters. Von seinen Händen ausgehende Flammen speisten einen Ring aus Feuer, der ihn umgab. Boden, Wand, Tische und Stühle, alles brannte in einem Kreis um den Händler herum. Brennende Menschen versuchten, sich aus den Flammen zu retten, und eine lodernde Figur kroch orientierungslos ins Feuer zurück, während andere nur noch zuckten oder bereits regungslos dalagen.

Rauch quoll dicht und schwarz und mit dem Geruch von verbranntem Fleisch durchsetzt empor und nahm den fassungslosen Freunden immer wieder die Sicht. So unerwartet und entsetzlich war der Anblick, dass sie für eine kurze Ewigkeit wie gelähmt dastanden.

Unten lachte der Händler sein wahnsinniges Lachen, während er mit den Händen mysteriöse Zeichen in die Luft malte, die sich zu flammenden Schriftzügen fügten und immer mehr an Kraft zu gewinnen schienen.

Noch bevor jemand sie zurückhalten konnte, trat Elyra ruhig an das Geländer der Galerie heran und richtete die Spitze des Stabes nach unten. Dann murmelte sie etwas in der alten Sprache, und für einen Moment schien die Luft um sie herum zu pulsieren. Mit einem Mal schoss eine zuckende, gleißende Lanze aus Licht, einer zuschnappenden Schlange gleich, aus der Spitze des gläsernen Stabs hervor und traf den Händler auf die Brust, der aufheulte und nach oben sah. In Elyras versteinertem Gesicht und ihren starren Augen konnte er seinen eigenen Tod erkennen. Doch Elyra ließ ihm keine Zeit zu reagieren. Dreimal noch fuhr der gleißende Blitz in den Mann ein, und der magische Donner erschütterte den Gasthof. Schon die letzten beiden Blitze trafen nur noch ein zusammensinkendes Skelett und verwandelten die Knochen in graue Asche. Dann zerfiel auch der Stab in Elyras Hand zu Staub.

Nachdem der Donner verklungen war, wurde es still in der Halle. Sogar die Schreie der Verletzten verstummten.

Elyra klopfte sich die Hände ab. »So viel also dazu«, sagte sie nur und rannte zur Treppe hinüber.

*»Der Händler war ein Magier, nicht wahr?«, fragte Lamar. Er sah hoch zu der Galerie, dorthin, wo die junge Halbelfin gestanden haben musste. »Ich hörte von solchen vernichtenden Sprüchen, von Magie, die einen Raum wie diesen mit Feuer zu erfüllen vermag.«*

*»Dieser Händler muss die magischen Künste lange studiert haben, er war offenbar kein Anfänger mehr«, nickte der Geschichtenerzähler. »Aber wenn man über eine solche Macht verfügt, wird man unvorsichtig, da man sich für unbesiegbar hält. Beinahe wäre sein Plan auch aufgegangen, nur wenige Augenblicke später wäre jeder im Gasthof ein Opfer der Flammen geworden. Es hätte uns Führung, Kraft und Mut geraubt. Letztlich war es allein Elyra, die verhinderte, dass der Plan des Magiers aufging.« Der alte Mann schwieg für einen Moment, und in seinen Augen schien sich dieses längst vergangene Feuer widerzuspiegeln.*

*»Ich verstehe, was Ihr meint«, sagte Lamar leise. »Ich hätte nicht gedacht, dass sie so entschlossen wäre.«*

*»Elyra hatte schon immer Stahl in ihrer Seele, ebenso wie ihre Mutter«, nickte der alte Mann.*

*»Aber woher wusste sie, wie der Stab zu handhaben war? Ich habe von solchen magischen Instrumenten gehört, mir war aber nicht bekannt, dass jeder sie bedienen kann.«*

*»Ob es jeder kann, weiß ich nicht«,* antwortete der Geschichtenerzähler und nahm einen Schluck Wein. *»Elyra beherrschte es jedenfalls, weil sie es von der Dame im Brunnen gelernt hatte. Und sie vermochte ja inzwischen die Schrift auf dem Stab zu lesen.«* Er setzte den Becher wieder ab. *»Hätte sie nicht gehandelt, wäre das Leid noch schlimmer geworden. Aber es sollte auch so noch schlimm genug kommen ...«*

# 14

*In Glaube und Hoffnung*

So muss es in der Hölle sein, dachte Garret, als er ziellos durch die Spuren der Verwüstung wanderte, die der Angriff des Magiers hinterlassen hatte. Die Explosion, der Kreis aus Feuer, was auch immer es gewesen war, hatte Dutzende von Leuten getroffen, denn der Gasthof war zum Zeitpunkt des Angriffs gut gefüllt gewesen. Viele von ihnen waren auf der Stelle tot gewesen, andere fürchterlich verbrannt.

In einer Ecke des Raumes kniete Tarlon und hielt Vanessa in den Armen. Auch sie hatte so starke Verbrennungen erlitten, dass Garret sie nur an den Resten ihres Kleides erkannt hatte. Obwohl er wusste, dass er sich das nie vergeben würde, schien es ihm unmöglich, auch nur ein zweites Mal in ihre Richtung zu schauen. Er wollte nicht sehen, wie das Feuer sie zugerichtet hatte, wollte sie so in Erinnerung behalten, wie er sie erst vor Kurzem noch gesehen hatte.

»Garret«, rief Tarlon leise und riss ihn aus seinen Gedanken.

Wie eine Marionette bewegte er sich zu seinem Freund und der jungen Frau auf dessen Schoß hinüber, von der er jetzt, im Moment ihres Todes, wusste, dass sie seine große Liebe war. Er kniete sich vor Tarlon und Vanessa nieder und zwang sich, in das geliebte Gesicht zu sehen. Sie hatte die Augen offen, doch das Feuer hatte ihnen den Glanz genommen. Er schluckte, als sie ihre verbrannte Hand ausstreckte und die geborstenen Lippen seinen Namen zu formen versuchten.

Er musste all seinen Mut zusammennehmen, um ihre Hand zu ergreifen. Dann beugte er sich zu ihr hinunter und küsste sie vorsichtig auf den Mund, wobei seine Tränen ihr Gesicht benetzten.

Sanft legte ihm jemand die Hand auf die Schulter. Es war Ariel, der traurig den Kopf schüttelte, doch Tarlon sah an dem Elfen vorbei und lächelte, als würde er dort, inmitten von verkohltem Holz und Fleisch, inmitten von Tod und Verwüstung etwas sehen, das ihm Hoffnung gab. Ariel folgte Tarlons Blick, seufzte vernehmlich und nickte dann, als stimme er jemandem, wenn auch widerwillig, zu.

Obwohl sich auch der Elf vor Ermüdung kaum auf den Beinen halten konnte und er offensichtlich am Ende seiner Kräfte war, war sein Gesang an diesem Tag doch immer wieder kräftig und wunderschön erklungen, und sein Gebet, mit dem er seinen Gott um Heilung für die Lebenden und um Segen für die Toten bat, war jedes Mal voller Inbrunst. Wo er sich auch hinkniete, schien eine Brise sommerlicher Waldluft in den Gasthof zu wehen und im Verein mit seinem Gesang den Gestank des Todes und die klagenden Laute fortzutragen. Zunächst schien seine Magie nur wenig zu bewirken, und für solche, die so schwer verletzt waren wie Vanessa, hatte er oft nur ein kurzes Gebet.

Garret hatte nicht mehr von dem Elfen erhofft als ein solches Gebet und vielleicht ein wenig Linderung, damit Vanessa leichter einschlafen konnte, doch nach Tarlons Blick und Ariels antwortendem Seufzer ließ sich der Elf vor Vanessa auf die Knie nieder, senkte einmal kurz den Kopf und atmete tief durch, als würde eine schwere Prüfung vor ihm liegen.

Dann erst legte Ariel seine zitternden Hände auf Vanessas Brust und Kopf. Schweißtropfen liefen unter dem Rand seiner Maske hervor, sein Gewand war verrußt und von Schweiß durchnässt. Auch wenn seine Stimme anfänglich rau und schwach war, gewann sie nun mit jedem Wort an Kraft. So lobte Ariel seine Herrin und bat um ihre Gnade.

Fast meinte Garret die alten Worte zu verstehen, er glaubte, eine grüne Wiese zu sehen, auf der Vanessa lag. Während er noch gebannt zusah und sie hielt, gab Vanessa einen leisen Seufzer von sich und schloss die Augen. Garret stockte der Atem, als er sah, wie verkohlte Haut und verbranntes Fleisch von ihr abfielen und darunter ein makelloser Körper zum Vorschein kam. Ungläubig sah er zu dem Elfen auf, der sich taumelnd wieder aufrichtete und, noch immer singend, zum nächsten Opfer weiterschritt.

»Es ist ein Wunder«, hauchte Garret, und Tarlon nickte nur.

Er hielt seine Schwester, die nun tief zu schlafen schien, fest im Arm und sah zu der Stelle hin, an der sein Vater Hernul weinend neben dem zerfallenen Körper seiner Frau kniete. Tränen liefen von Tarlons Wangen und wuschen Spuren in sein verrußtes Gesicht. Wie Garret später erfuhr, hatte sich die Mutter schützend über Vanessa geworfen und war so stark verbrannt, dass auch der Elf nichts mehr hatte ausrichten können.

Nicht nur Ariel tat, was er vermochte. Jeder, der auch nur ein wenig von der Kunst der Heilung verstand, half dabei, die Verwundeten zu versorgen und ihre Schmerzen zu lindern.

Über allem lag die helle, klare Stimme Elyras, und obwohl verschiedenen Göttern gehuldigt wurde, war es diese Stimme, die wie ein Silberfaden die Lobpreisungen zu einer einzigen zusammenband. Anders als viele erwartet hätten, pries Elyra nicht Erion, sondern Mistral, die Herrin der Welten und des Tals von Lytara. Zudem wanderte sie nicht von einem Opfer zum anderen und trat auch nicht an die Verwundeten heran, um sie zu trösten oder zu heilen. Aber ihr Gesang schien allen die Kraft zu geben, in ihrem Dienst fortzufahren. Ihr Gesicht war dem Himmel zugewandt.

Die Explosion hatte die geölten Leinentücher abgedeckt, mit denen das Dach nach dem Angriff des Drachen notdürftig geflickt worden war. Durch das entstandene Loch war nun der Stern Mistrals zu sehen, den sie anrief, während die Tränen auch auf ihre Wangen Spuren zeichneten.

*»Gesang!«, schnaubte Lamar etwas verächtlich. »Immer singen Priester, anstatt einfach zu tun, was getan werden muss! Diese Elyra hätte sich jedenfalls besser nützlich gemacht, wenn sie den anderen dabei geholfen hätte, die Verwundeten zu versorgen!«*

*»Vielleicht – vielleicht auch nicht«, antwortete der alte Mann und warf einen schelmischen Blick an Lamar vorbei in die Menge der Zuhörer.*

*Lamar drehte sich um, konnte aber außer einem alten Mann und seiner Tochter, die weiter hinten im Raum saßen, nichts Besonderes erkennen. Doch der Geschichtenerzähler sprach bereits weiter.*

*»Ich bin kein Priester, aber so viel weiß ich: Gesang berührt die Herzen der Menschen. Elyra sang davon, dass die Götter gerecht sind, dass sie uns nicht im Stich lassen werden und dass in diesem Glauben die Kraft liegt, auch die härteste Prüfung zu bestehen. Ihr Gesang gab den Menschen Zuversicht und Hoffnung.« Der alte Mann klopfte die Asche*

*aus seiner Pfeife.* »*Wisst Ihr, sie glaubte so fest daran, dass jeder andere es schließlich auch tat. Und so war am Ende sie es, die den Menschen den Glauben und den Priestern die Kraft gab, ihr Werk zu verrichten.*«

Für manche, zu denen auch Garret gehörte, war es ein trauriges Werk, denn sie mussten die Toten hinaus auf die Straße tragen. Viele der Opfer waren so stark verbrannt, dass es kaum noch möglich war, sie zu identifizieren. Das Feuer hatte auf seltsame Weise gewütet. Hier und da waren Körperteile unversehrt geblieben, während der Rest des Körpers vollständig verkohlt war. So konnte Garret Marietta allein an ihrer Hand erkennen, die als Einziges an ihr unversehrt geblieben war. Er musste mit einem Mal an ihr Lachen denken und begann unwillkürlich zu schluchzen.

Auch andere waren herbeigeeilt, darunter der junge Priester, die Sera Bardin und die Hüter, allen voran Barius, der eine glänzende Rüstung trug. Er legte eine gepanzerte Hand auf die Brust der Verletzten und rief mit donnernder Stimme seinen Gott an. Fast schien es Garret so, als gäbe er dem Opfer den Befehl, im Namen seines Gottes zu genesen!

Es war erhebend, den Wundern zuzusehen, die Ariel, Barius und bisweilen auch der junge Priester an diesem Tag im Namen ihrer Götter vollbrachten. Doch immer wieder ignorierten sowohl Barius als auch Ariel manche der Verletzten. Es war, als würden sie diese nicht einmal sehen. So entdeckte Garret unter einem umgestürzten massiven Tisch ein junges Mädchen, das still für sich weinte. Garret schien es, als sei sie nicht sehr schwer verletzt, doch als er Barius auf sie aufmerksam machte, schritt der Hüter wortlos davon.

Es war die Sera Meliande, die ihn daraufhin beiseitenahm. »Sein Gott führt ihn«, erklärte sie leise, mit einer Stimme, die der Rauch und die bitteren Gerüche rau gemacht hatten. »Er ist nur dessen Instrument, dessen Hand, wenn du so willst, und nicht derjenige, der entscheidet.«

»Aber sie leidet doch! Auch wenn sie nicht so schwer verletzt ist!«, protestierte Garret heiser.

Daraufhin führte die Sera ihn zu dem Mädchen hinüber und bedeutete ihm, auf die andere Seite der schweren Tischplatte zu sehen. Mit Grauen erkannte Garret nun, dass die gesamte untere Hälfte des Mädchenkörpers verbrannt und verkohlt war. Übelkeit stieg in ihm auf, ihm wurde schwarz vor Augen, und eine barmherzige Ohnmacht ersparte ihm den weiteren Anblick.

Als er wieder zu sich kam, lag er einige Schritt weiter entfernt und sah von dort aus zu, wie die Sera Meliande, neben dem Mädchen kniend, ein Gebet murmelte und dann den kalten Stahl in ihrer Hand in den Körper des Kindes senkte. Ein letztes Zittern noch, und die Tochter des Kerzenmachers war erlöst.

»Möge die Herrin ihren Seelen Gnade schenken und ihnen den ewigen Frieden gewähren«, flüsterte die Sera dann, und Garrets Lippen bewegten sich mit den ihren. Es war nicht das letzte Mal in dieser Nacht, dass dieses Gebet gesprochen wurde.

Dann kümmerte sich die Sera wieder um die anderen Verwundeten. Auch wenn sie nicht über die Magie der Heilung verfügte, tat sie mit feuchten Tüchern und Verbänden, was ihr möglich war.

Als die Sonne aufging, lagen vor dem Gasthof auf dem noch immer festlich geschmückten Marktplatz mehr als zwei Dutzend Tote in zwei Reihen aufgebahrt, während aus den umliegenden Häusern, in denen die Verwundeten versorgt wurden, weiterhin Schreie zu hören waren.

Garret war aus dem Gasthaus herausgetreten und ließ seinen Blick über die Reihen der Toten schweifen. Dann setzte er sich schwerfällig auf eine der Bänke vor dem Gasthof und sah mit trauriger Miene in die Ferne.

»Wie geht es dir?«, fragte eine Stimme hinter ihm.

Als er sich umwandte, sah er Astrak, der sich gerade mühsam neben ihm niederließ. Seine linke Hand war mit dreckigen Verbänden umwickelt und seine rechte Gesichtshälfte rot geschwollen und von zwei hässlichen Brandblasen entstellt. Bei ihm war der Zwerg Argor, der sich jedoch nicht setzte, sondern neben der Bank stehen blieb, die Hände zu Fäusten geballt, den Blick starr auf die Toten gerichtet.

»Ich fühle mich hilflos«, antwortete Garret und zwang sich, seinen Freund anzusehen. »Ich weiß nicht, was ich noch tun kann. Sie haben mich hinausgeschickt.«

»Es bleibt nicht mehr viel zu tun«, antwortete Astrak mit einem schweren Seufzer. »Die Überlebenden werden bereits versorgt, und es gibt genügend Leute, die sich zumindest mit den Grundlagen der Heilkunst auskennen. Man braucht uns dort drinnen nicht mehr.« Er lehnte sich zurück und sog scharf die Luft ein, als er sich aus Versehen auf seine verbrannte Hand stützte.

»Kannst du mir vielleicht sagen, was das war?«, fragte Astrak und lehnte sich erschöpft zurück. »Ich habe nie zuvor ein solches Feuer gesehen.«

»Was denkst du denn, was es war?«, zischte plötzlich Argor verbittert. »Magie natürlich, was denn sonst!? Verfluchte, hinterhältige und zerstörerische Magie. Stell dir einen Krieg vor, der mit solchen Mitteln geführt wird! Es ist unfair, einfach unfair!«

Astrak nickte nur. »Krieg ist niemals fair. Aber die Magie hat uns auch geholfen. Ohne Ariel und Barius hätten wir jetzt dreimal so viele Opfer zu beklagen.«

Argor schüttelte den Kopf. »Das war göttliche Magie, die Gnade der Götter. Das ist etwas anderes.« Er sah Garret an. »Aber das, was du so gern erlernen willst, ist von Übel! Es ist trügerisch und verlockend, und letztendlich steht ein Streben nach Macht dahinter! Ja, du strebst nach Macht!« Die Stimme des Zwerges klang bitter. »Sonst hättest du den Ältesten von dem Tuch erzählt. Du willst diese Macht allein für dich, und darin liegt der Anfang des Übels!«

»Macht? Ich strebe nicht nach Macht. Ich strebe nach Wissen!«, protestierte Garret. »Ich habe das Tuch nicht genommen, weil es mir Macht gibt!«

»Du hättest es abgeben sollen!«, rief der Zwerg erzürnt, während Astrak die beiden Freunde verwundert ansah.

»Und was wäre dann geschehen?«, fragte Garret empört. »Dein Vater hätte es an sich genommen und in der großen schweren Kiste, die ihr bei euch im Keller stehen habt, eingeschlossen. Und niemand hätte es jemals wiedergesehen! Verstehst du denn nicht, dass uns das Tuch von Nutzen sein kann, wenn wir wieder aufbrechen! Und das werden wir bestimmt!« Garret ballte die Fäuste. »Denn irgendjemand muss diesem Belior die Stirn bieten.«

»Und du meinst, dieses Tuch könne dir dabei helfen?«, fragte Argor verächtlich.

»Ja, ich glaube, das kann es. Und ich weiß bestimmt, dass es niemandem helfen wird, wenn es in der Kiste deines Vaters liegt. Wir können jetzt jedenfalls jede Hilfe gebrauchen!«

»Aber wir brauchen keine Magie! Sie wird uns immer nur schaden!«

»Diese nicht. Das Tuch ist harmlos, du musst es mir glauben.« Garret klang jetzt sehr müde. »Vertraue mir, bitte. Dies ist einfach nicht der richtige Moment, um zu streiten, Argor.« Der Zwerg nickte, wenn auch etwas widerwillig. Aber ihm standen die Tränen in den Augen.

Garret warf indessen einen Blick durch die offene Tür in den Schankraum. »Wie geht es eigentlich Ariel und Barius?«

Astrak sah seinen Freund überrascht an. »Warum fragst du nicht auch nach Elyra? Hast du es nicht mitbekommen?«

»Nein, was denn?«

»Als Elyra die Kräfte verließen und ihr Gesang verstummte, brachen auch die anderen zusammen, Ariel, Barius und der junge Priester. Es war, als ob sie allein ihnen die Kraft gab, die Heilungen zu bewirken ...«

»Sie scheint mächtige Fortschritte zu machen«, sagte Garret und lächelte mühevoll. »Also, wie geht es den vieren?«

»Mein Vater erzählte, sie seien in einen tiefen Schlaf gefallen. Bei dem Hüter ist er sich allerdings nicht sicher. Aber die Sera Meliande berichtet das Gleiche. Die anderen Hüter haben ihren Freund Barius mitgenommen. Wohin, weiß niemand, aber es ist anzunehmen, dass sie wieder im Depot sind.«

Astrak sah Garret prüfend an. »Man sagt, dass der Hüter seine wahre Gestalt offenbarte, als er zusammenbrach ...«

»Und weiter?«, fragte Garret.

Astrak zuckte die Schultern. »Nichts weiter. Die wenigen, die es gesehen haben, schweigen sich über die Details aus.«

Argor ergriff nun das Wort. »Es geht mich eigentlich

nichts an, aber eine Sache finde ich seltsam. Elyra betete in ihrem Gesang zu Mistral. Dabei dachte ich, sie wollte dem Glauben Erions beitreten.«

Garret sah den Zwerg überrascht an. »Stimmt, das ist mir auch aufgefallen.«

Astrak räusperte sich und schien ein wenig amüsiert. »Es gab da wohl ein paar Meinungsverschiedenheiten zwischen ihr und dem jungen Priester.«

»Und welcher Art waren sie?«, wollte Garret wissen.

»Erions Diener sind durchweg männlich, da ihr Gott den Aspekt des Männlichen mit dem der Weisheit verbindet. Der Priester hat ihr offenbar einreden wollen, dass Frauen nicht weise genug für dieses Amt seien.«

Trotz der Umstände musste Garret lachen. »Da wäre ich gerne dabei gewesen!«

Astrak grinste, und in seinem rußverschmierten Gesicht wirkten seine Zähne überraschend weiß. »Sie hat ihm in deutlichen Worten erklärt, dass alle Weisheit von Mistral stamme, die, wie er wisse, eine Frau sei.«

»Und was sagte der Priester darauf?«

»Er ließ sich gar nicht auf eine Diskussion ein. Aber er teilte Elyra noch mit, dass Erion es nicht erlaube zu töten. Unter keinen Umständen. Das hat für sie dann wohl den Ausschlag gegeben.«

»Das verstehe ich nicht. Elyra ist doch auch gegen das Töten«, warf Garret überrascht ein.

»Nun ja, ich habe ihr Gesicht gesehen, als sie die Blitze auf den Händler herabschleuderte ...« Astrak schloss die Augen und wirkte auf einmal ebenso müde wie Garret. »Ich glaube, ich werde diesen Anblick nicht so schnell vergessen. Sie sah aus wie eine Rachegöttin, und ihre Augen leuchteten wie Sterne! Ich wusste gar nicht, dass sie über solche Magie verfügt! Auf jeden Fall möchte ich nie erleben, dass sie mich so ansieht!«

»Die Magie kam nicht aus ihr«, korrigierte Garret. »Sie hat einen magischen Stab gefunden.«

»Ich weiß. Aber ihre Augen ... Wie auch immer, sie entschloss sich, Mistral zu dienen, und meinte später zu mir, es sei die richtige Entscheidung gewesen.«

»Wann hat sie dir das gesagt?«

»Nachdem Ariel dich geheilt hatte.«

Garret wirkte auf einmal sehr nachdenklich. »Es gab hier nie eine Priesterin der Mistral. Jedenfalls nicht seit dem Kataklysmus.«

Der Zwerg sah zu ihm hoch. »Meinst du, es hat eine besondere Bedeutung?«

Garret rieb sich die Augen und sah dann auf die Toten, die rechts von ihnen aufgebahrt lagen.

»Es hat alles eine Bedeutung. Belior, dieser Krieg, die wiederentdeckte Magie ... all das hängt miteinander zusammen.«

»Wie meinst du das?«

»Ich denke«, sagte Garret, schloss die Augen und gähnte wie ein Maulesel, »dass dies alles schon vor sehr langer Zeit seinen Anfang genommen hat. Wir sind nur Figuren auf einem Spielbrett ... aber ich weiß nicht, ob ich das so hinnehmen will.«

»Und wenn nicht, was willst du dagegen tun?«, fragte der Zwerg. Doch er erhielt keine Antwort mehr, denn Garret war, so wie er dort saß, eingeschlafen.

## 15

*Kriegsrat*

Die Geschehnisse dieser Nacht veränderten alles. Mehr als zwei Dutzend Menschen waren umgekommen, unter ihnen auch ein junges Paar, das erst am Tag zuvor geheiratet hatte, sowie ein halbes Dutzend Kinder. Die feindliche Armee und der Drache waren ihnen offen entgegengetreten. Der falsche Händler jedoch hatte sich eingeschlichen, und dass er im Herzen Lytaras brennende Magie einsetzte, konnte von allen nur als heimtückisch angesehen werden.

Durch die Gnade der Götter waren die meisten, die den Angriff überlebt hatten, gut versorgt. Sogar die schlimmsten Wunden heilten mit erstaunlicher Geschwindigkeit. Doch wo am Tag zuvor noch Heiterkeit und Freude gewesen waren, wuchs nun etwas heran, das im Tal schon seit Generationen keine Nahrung mehr gefunden hatte: Hass. Noch am Nachmittag fand man die Leibwache des Händlers tot auf. Und es war nicht das Feuer, das ihn getötet hatte, sondern eine durchschnittene Kehle. Niemanden schien es zu kümmern, nicht einmal Elyra, die die Nachricht mit regungsloser Miene zur Kenntnis nahm.

*Der alte Mann atmete tief durch und lehnte sich in seinem Stuhl zurück. Für einen langen Moment sagte Lamar nichts, sondern trank nur einen Schluck Tee und sah sich im Schankraum um. Jetzt, wo er wusste, dass sich all das in diesem Gasthof abgespielt hatte, entdeckte er überall die Spuren der Attacke. An einer Stelle waren die Bodendielen deutlich heller und weniger abgenutzt, viele der alten Balken wiesen schwärzliche Verfärbungen auf, und an der Theke sah man noch einen großen dunklen Fleck. Jetzt wusste Lamar auch, dass der massive Stuhl, der dort an der Wand lehnte, der Stuhl des Bürgermeisters war, und er erschauderte, als er davor die verkohlten Bodendielen erblickte, die man noch immer nicht ausgetauscht hatte.*

*»Hass folgt auf den Krieg, wie die Nacht auf den Tag«, sagte Lamar leise.*

*»Ein altes, aber nur allzu wahres Sprichwort. Ja. Aber Hass ist nicht weniger hässlich als der Krieg selbst«, antwortete der alte Mann und seufzte. »Jedenfalls waren am Mittag die Toten vom Marktplatz zum Schrein der Mistral hinaufgetragen worden, wo sie gewaschen und aufgebahrt wurden. Außerhalb des Gasthofs war nun nichts mehr zu sehen von dem, was am Vortag geschehen war. Nur die traurigen Blicke derer, die in diesem Krieg ihre Lieben verloren hatten, waren allgegenwärtig, ebenso wie der Hass, der aus der Trauer erwuchs.«*

Der folgende Tag hätte der letzte des Mittsommerfestes sein sollen, doch nach Feiern war niemandem zumute. Abermals kamen die Menschen des Tals auf dem Tempelhügel zusammen, um ihre Toten zu begraben. Der Priester, Barius und Ariel wirkten erschöpft, ebenso wie Elyra, bei der sich die Strapazen jedoch noch in anderer Weise niederzuschlagen schienen. Ihre Haut wirkte nun fast durchscheinend und sie selbst noch zierlicher als zuvor. Dennoch machte es den Eindruck, als wäre sie zugleich auch gewachsen.

Wenn es Mistral missfiel, dass auf ihrem geheiligten

Grund auch Priester anderer Götter predigten, zeigte sich dies nicht.

Die Predigten selbst waren, wie Pulver es später ausdrückte, interessant.

Ariel bat seine Göttin um nichts anderes als Frieden und Ruhe für die Toten und Lebenden. Der junge Priester beschwor Erion, den Menschen beizustehen, damit sie, von Wissen und Weisheit geleitet, den Krieg von der Welt verbannen mögen.

Elyra predigte von Gnade und Vergebung und bat die Menschen, den Hass von sich zu weisen und der Weisheit der Herrin zu vertrauen, die das Böse richten wird. Sie sprach vom friedlichen Miteinander und davon, dass die Verheißungen der Rache nichts seien gegen die Hoffnung auf Frieden. So erreichte sie mit ihrer klaren Stimme viele der verbitterten Herzen und rührte sie.

Doch Barius' Predigt donnerte im Anschluss daran wie eine Kavallerieattacke über die Gläubigen hinweg, sprach von Verantwortung und Schutz, von Ehre und Genugtuung. Die Leute waren überrascht von der Intensität seines Gebets, doch verstanden viele nicht, was er meinte, denn er verwendete Wörter, die den meisten unbekannt waren. Als er dies bemerkte, hielt er mitten in seiner Predigt inne und holte tief Luft.

»Was ich meine«, sagte er dann, »ist, dass wir die Schuldigen nur dann werden bestrafen können, wenn wir zusammenhalten!«

Das konnten die Leute wieder verstehen. Es wurden Rufe laut wie »Jawohl!« oder »Denen zeigen wir's!«, und eine Menge Schwerter wurden auf Schilde geschlagen. Niemand konnte sich daran erinnern, in Lytara so viele Leute unter Waffen gesehen zu haben. Niemand, bis auf die Hüter.

Nach dem gemeinsamen Gottesdienst lehnte die Sera Meliande an dem kleinen Schrein der Mistral und sah über das Dorf ins Tal hinaus. Garret, der den größten Teil des Gottesdienstes an Vanessas Seite neben Tarlon und Hernul kniend zugebracht hatte, sah die Hüterin dort stehen und ging zusammen mit Vanessa zu ihr hinüber. Er zögerte, das Wort an sie zu richten, so tief schien sie in Gedanken versunken, also sah er sie nur fragend an.

Aber es war, als würde die Sera durch ihn hindurchblicken. Garret zog Vanessa näher zu sich heran und verharrte schweigend. Er selbst verspürte eine unendliche Dankbarkeit gegenüber den Göttern, die Lytara in dieser dunklen Nacht beigestanden hatten. Dass er Vanessa, die auf wundersame Weise geheilt worden war, in seinen Armen halten konnte, erschien ihm als das größte Geschenk. Aber er fühlte auch ihre Trauer um die Mutter, die sich für sie geopfert hatte. So hielten sie einander fest und blickten gemeinsam über das friedlich wirkende Tal.

»So beginne es denn«, sagte die Sera mit einem Mal leise und mit Tränen in den Augen. Garret wollte sie gerade fragen, was sie damit gemeint hatte, als sie plötzlich aufsprang.

»Nein, das werdet ihr nicht tun!«, rief sie empört.

Wie er mit Erstaunen feststellte, war sie plötzlich in eine schimmernde Rüstung gekleidet und trug in jeder Hand ein Schwert. Noch ehe er sich versah, war die Sera verschwunden, so als hätte sie sich vor seinen Augen in Luft aufgelöst. Niemand, nicht einmal die anderen Hüter, die zu der Zeremonie ins Dorf zurückgekehrt waren, wussten, wo sie geblieben war.

Garret stand noch lange Zeit beim Schrein und musterte nachdenklich die Spuren, die Meliande im Gras hinterlassen hatte. In den alten Legenden der Sera Bardin war die Rede von mächtigen Zaubersprüchen gewesen, die es dem Magier erlaubten, innerhalb eines Wimpernschlags von einem Ort zum anderen zu reisen. Wie vieles andere auch hatte Garret dies nur für eine Erfindung gehalten. Aber die Sera Meliande stammte aus ebendieser alten Zeit, und offensichtlich verfügte sie über jene Macht, den Raum ohne Zeitverlust zu durchreisen.

Garret seufzte. Das war in der Tat Magie, die so zweckmäßig war, dass selbst Argor nichts dagegen würde einwenden können. Er nahm sich vor, die Sera Meliande, sobald sie zurückkam, zu fragen, ob sie ihn diese Magie lehren könnte.

Aber es sollte ein paar Tage dauern, bis man sie wiedersah, und zu dem Zeitpunkt war Garret bereits mit anderen Dingen beschäftigt.

Auch die Sera Bardin nahm an den Gottesdiensten teil, doch sie hielt sich zurück und sprach nur wenig. Jeder wusste, dass sie Kinder über alles liebte und unter den jüngsten Ereignissen litt. Denn jene Kinder, deren Leben in der vergangenen Nacht geraubt worden waren, hatten zu ihren Füßen gesessen und ihren Geschichten gelauscht, als der Händler das Feuer auf sie hatte herabfahren lassen.

So war der Krieg, wie Ralik später meinte, auch für sie zu einer persönlichen Angelegenheit geworden. Jedenfalls trug sie nicht länger ihr buntes Kostüm, sondern eine Kluft aus schwarzem Leder, und überall am Körper hatte sie Dolche und Messer versteckt. Auch waren ihre Haare jetzt zu einem strengen Zopf geknotet, der ihr ein kriegerisches Aussehen verlieh. Sie war nicht mehr die gutmütige Geschichtenerzählerin, die Garret als Kind so bewundert und geliebt hatte. Nun flößte sie ihm vielmehr Angst ein, denn aus ihren Augen war das Lächeln verschwunden.

An diesem und am folgenden Tag war jeder Dorfbewohner mit größtem Eifer damit beschäftigt, die Spuren des Geschehenen so schnell wie möglich zu beseitigen. Man kümmerte sich um die Verwundeten, schmückte den Tempel, und fast jeder fand Zeit, sich an den Arbeiten im Gasthof zu beteiligen.

Meister Braun, dessen wallende Mähne ein Opfer der Flammen geworden war, sodass man ihn kaum wiedererkennen konnte, markierte sorgfältig die Hölzer und Bohlen, die ausgetauscht werden mussten. Die große Säge hinter Hernuls Lagerhaus stand kaum noch still. Stundenlang gingen drei Männer in schwindelerregender Höhe auf dem großen Pendelbalken der Säge hin und her, das gewaltige Sägeblatt hob und senkte sich, um aus eingelagertem altem Holz neue Bohlen für Bodendielen, Tische und Bänke zu schneiden.

Holgar, der Schmied, riss die Tore seiner Schmiede sperrangelweit auf und stand ohne Unterlass an seinem Amboss, während die Esse hinter ihm geschürt war, als solle sie mit den Feuern des zweiten Höllenkreises wetteifern. Und die Bürger von Lytara brachten ihm alles, was sie an Rüstungen, Schwertern und Schilden finden konnten.

Er hatte niemals zuvor Harnische oder Schwerter gefertigt, sondern immer nur Nägel, Hufeisen und Beschläge. Doch nun tanzte sein Hammer über Klingen und Panzer, als hätte er nie etwas anderes getan.

Ralik, der Wagenbauer, baute nun keine Wagen mehr, stattdessen nahmen hinter seinem Schuppen vier seltsame Geräte langsam Form an. Sie sahen aus wie riesige Bogen, die mit Hebeln, Seilen und Rollen gespannt werden konnten. Mit ihnen war es möglich, Pfeile von der Länge eines Mannes zu verschießen. Sollte es der Drache wagen, zurückzukommen, würden Geschosse auf ihn warten, die er gewiss empfindlich spüren würde.

Auch Pulver war vollauf beschäftigt. Zusammen mit dem Gerber und dem Weber schnitt er lange Bahnen Leinen zurecht, bleichte, rollte und trocknete sie, um sie anschließend in geöltes Tuch einzunähen. Viele der Frauen des Dorfes beteiligten sich daran, denn es war nun jedem klar, dass der Krieg unvermeidlich kommen würde. Weil man nicht immer damit rechnen konnte, dass ein Priester auf wundersame Art die geschlagenen Wunden heilen konnte, musste man vorsorgen. Die gekochten und gebleichten Stoffbahnen, so hatte es Elyra den Leuten erklärt, dienten dazu, den Wundbrand einzudämmen, ebenso wie die Tinkturen, die Pulver braute und in kleine Glasphiolen abfüllte. Sie sollten den Beteuerungen des Alchemisten zufolge die bösen Geister aus den Wunden vertreiben. Jeweils eine Phiole wurde in jedes der Leinenpacken eingenäht, und auch wenn es im Vergleich zur Heilkunst der Priester nach wenig, ja beinahe schon lächerlich aussah, konnten diese Mittel möglicherweise Leben retten.

Unterdessen hatten die Hüter das Dorf wieder verlassen. Wann und wie das geschehen war, vermochte niemand zu sagen.

»Es sind eben doch irgendwie Geister«, sinnierte Pulver am Abend des zweiten Tages über einem Bier, »und wer kann schon Geister aufhalten.«

Der Gasthof war bald wieder geöffnet. In der Schankstube roch es nach frischem Holz und Sägespänen, aber auch wieder nach Bier und deftigem Essen. Ansonsten erinnerten nur die hellen Bohlen und Tische an die Geschehnisse. Es war, als wäre man stillschweigend übereingekommen, die Spuren des Anschlags so schnell wie möglich zu beseitigen und sie dort, wo dies nicht gelang, zu übersehen.

Dennoch war das Gedenken an die Opfer allgegenwärtig, denn selbst diejenigen, die das Feuer nicht erlebt hatten, trugen ihr Haar zum Zeichen der Anteilnahme und Solidarität kurz geschnitten. Noch immer warteten vor dem Brunnen Männer und Frauen geduldig darauf, dass die Reihe an ihnen war und der Barbier auch ihre Haarpracht kürzte.

Es war keine Versammlung der Ältesten anberaumt worden, doch saßen fast alle Mitglieder des Rates an ihrem Tisch in der Gaststube, an dem Platz zu nehmen sie auch die Freunde einschließlich Vanessa gebeten hatten. Garret fand, dass dieser das kurze Haar noch besser stand, da es die klaren Linien ihres Gesichts betonte. Aber er hütete sich, sie darauf anzusprechen. Immer wieder wanderte sein Blick zu ihr hinüber. In ihrem Gesicht und an den Armen wurde das sanfte Braun ihrer Haut von hellen Flecken unterbrochen, die weich und rosa anmuteten wie die Haut eines Neugeborenen. Eine Zeichnung, die man hier im Gasthof häufig sah.

»Wir überlegen gerade, was als Nächstes zu tun ist«, erklärte Hernul den Freunden. »Es heißt, man solle einen jeden nach seinen Fähigkeiten einsetzen, und ihr habt ein Talent dafür bewiesen, Dinge herauszufinden.«

»… und danach mit heiler Haut zurückzukehren«, ergänzte Ralik. »Wir haben tüchtige Leute, tapfere und kluge Leute in unseren Reihen. Doch ihr scheint das Glück auf eurer Seite zu haben. Und das wird gebraucht, wenn Mut und Tapferkeit versagen.«

»Es ist aber nicht nur Glück«, widersprach Garret.

Ralik nickte. »Du hast recht. Aber Glück habt ihr obendrein. Und zudem seid ihr aufeinander eingespielt.«

Garret sah dem Zwerg unverwandt in die Augen.

»Ihr wollt, dass wir die alte Stadt erkunden, nicht wahr?«, stellte er dann ruhig fest.

Ralik lächelte sanft und schüttelte den Kopf. »Nein. Das werden andere tun. Die Stadt ist noch immer mit einem Fluch belegt, und nicht nur unser Feind wird dort zu finden sein, auch Monster können uns begegnen. Diese Aufgabe ist nichts für Späher. Denn darin seid ihr am besten.«

»Soll das heißen, dass du selbst gehen wirst, Vater?«, fragte Argor, und Ralik nickte. »Ja, ich selbst werde die Expedition in die Stadt anführen.«

»Aber sprachst du nicht gerade von Monstern?«

Ralik nickte bedächtig. »Ja, ich setze mein Leben aufs Spiel. Aber ich bin auch am besten geeignet, diese Expedition zu führen. Ich habe Erfahrung in der Schlacht, etwas, das die wenigsten hier vorweisen können.«

Argor nickte langsam. Er wusste, dass es so gut wie unmöglich war, seinen Vater von einer einmal gefällten Entscheidung abzubringen.

»Eure Mission ist es«, nahm Pulver das Wort wieder auf, »einer weiteren Legende nachzuspüren. Euer Weg wird euch abermals durch den alten Wald führen, denn das, worum es diesmal geht, befindet sich südlich von Alt Lytar.«

»Und was ist es?«, fragte Garret. Noch vor wenigen Tagen hätte er seinen ganzen Enthusiasmus in die Frage gelegt, doch nun ging es ihm nur noch um die Fakten.

»Der Turm eines Baumeisters und Magiers aus der alten Zeit«, erklärte Pulver. »Es ranken sich die geheimnisvollsten Geschichten um ihn.«

»Ich habe noch nie davon gehört«, gestand Garret.

»Ich schon«, warf Elyra ein. »Ich las von ihm in einem der alten Bücher. Er war es, der die Animatons erschuf, nicht wahr?«

Garen sah sie überrascht an und räusperte sich. »Von welchem alten Buch redest du?«, fragte er dann.

»Von dem, das ich zuerst nicht lesen konnte«, erklärte Elyra. »Hier ist es.« Sie nahm es aus ihrem Beutel und hielt es hoch. Die Ältesten sahen einander an.

»Da hätten wir besser aufpassen sollen. Aber niemand vermochte bislang die Schrift zu lesen. Wie kommt es, dass du es kannst?«

»Es ist die Schrift der Magie«, sagte Garret hastig. »Elyra hat ein Talent dafür.«

Die Halbelfin warf ihm einen strengen Blick zu. Es passte ihr nicht zu lügen, dennoch schwieg sie.

Auch Garen sah seinen Sohn scharf an, entschied sich dann aber ebenfalls, nicht weiter nachzufragen.

*»Dieser Garret ist mir etwas suspekt«, sagte Lamar. »Vielleicht hatte Argor recht, und der Junge strebte tatsächlich nach magischer Macht.«*

*»Das mag sein«, erwiderte der alte Mann. »Aber hier lag der Fall etwas anders. Die Freunde hätten nämlich erklären müssen, wie es hatte sein können, dass sie in einem einzigen Tag derart viel von den Hütern lernten. Da sie das aber selbst nicht verstanden, waren sie stillschweigend übereingekommen, niemandem etwas davon zu erzählen.« Der alte Mann sah Lamar an. »Außerdem dürft Ihr nicht vergessen, dass Magie im Dorf verpönt war. Sie hatte schließlich einst zum Untergang der alten Stadt geführt. Hätten sie von ihren Kenntnissen berichtet, wäre man den Freunden fortan*

*mit Misstrauen begegnet. Genauso wie den Hütern, die auf viele unheimlich wirkten und daher gemieden wurden.«*

*»Eine Einstellung, die ich nur allzu gut nachvollziehen kann«*, antwortete Lamar und erschauderte. *»Aber erzählt weiter ...«*

»Es gibt noch andere Bücher, in denen der Turm erwähnt wird. Allerdings darf man sie erst lesen, wenn man in den Rat der Ältesten gerufen wird«, fuhr Garen fort.

»Warum?«, wollte Elyra wissen.

»Weil es Berichte aus der alten Zeit sind«, erklärte Garen mit einem sanften Lächeln. »Wisst ihr eigentlich, was eine der wichtigsten Bedingungen dafür ist, dass man in den Rat der Ältesten berufen wird?«

Die Freunde sahen einander fragend an. Erst jetzt fiel Tarlon auf, dass die Ältesten eben nicht die ältesten Bewohner des Dorfes waren, wenn man von Ralik einmal absah, der zwar etliche Jahrhunderte auf dem Buckel hatte, für einen Zwerg aber noch einigermaßen jung war.

»Sie müssen den Beweis erbracht haben, dass sie ruhig und stetig sind und keine Abenteuer mehr suchen«, klärte Garen sie auf.

»Und was macht dann Pulver im Rat?«, entfuhr es Garret, und alle am Tisch prusteten los.

Am schlimmsten traf es Pulver selbst, der gerade seinen Becher angesetzt hatte und es nur knapp schaffte, den Kopf abzuwenden, bevor er das Bier über den gesamten Tisch versprühte. Als er wieder atmen konnte, standen ihm Tränen in den Augen.

Es war das erste Mal seit den jüngsten Geschehnissen, dass man wieder ein Lachen in der Schankstube vernahm, und so sahen die anderen Gäste zu dem großen Tisch hinüber, wobei sich einige sogar zu einem Lächeln hinreißen ließen.

»Pulver ist ein Sonderfall«, schmunzelte Ralik schließlich, um dann jedoch ohne Umschweife wieder zum Thema zu kommen. »Das Wissen in diesen Büchern ist gefährlich. Wie gefährlich, das haben wir am Beispiel des Falken aus dem Depot gesehen.«

»In Ordnung«, sagte Tarlon langsam. »Was hat es also mit diesem Magier auf sich?«

»Er hieß Baumast, wenn ich mich recht erinnere«, erklärte Pulver. »Und er war so genial wie verrückt, zudem streitsüchtig und stur. Er brach schon lange vor dem Kataklysmus mit der Stadt, verfasste Schmähbriefe gegen den König, prangerte Bestechung und den Verfall der Sitten an. Und er schuf die schönsten Gebäude und Gerätschaften, die man sich denken kann.«

»Unter anderem auch die Animatons«, fügte Garen hinzu. »Elyra hatte sie gerade schon erwähnt.«

»Ich dachte, von denen sollten wir uns fernhalten?«, wandte Garret ein, wobei ihm siedend heiß einfiel, dass er mit Marten diesbezüglich noch ein Hühnchen zu rupfen hatte. Aber als er sich umsah, konnte er weder den Bürgermeister noch dessen Sohn erblicken.

»Richtig«, bekräftigte Ralik. »Aber er baute auch noch viele andere Dinge. Und es heißt, er habe sein gesamtes Wissen niedergeschrieben und in seiner Bibliothek aufbewahrt. Eure Aufgabe ist es also, seinen Turm zu finden und nachzusehen, ob es dort etwas gibt, das für uns von Nutzen sein könnte!«

»Warum?«, protestierte Argor. »Es ist Magie, und wir alle wissen doch, wohin sie führt!«

»Wir werden fünf von uns aussuchen, die das Studium

der Magie wieder aufnehmen sollen. Es müssen ruhige, besonnene Leute sein, die zudem einen Eid schwören müssen, dass sie die Magie nur zur Verteidigung einsetzen werden. Damit wollen wir sicherstellen, dass sich niemals wiederholt, was im alten Reich geschah«, versuchte Pulver den jungen Zwerg zu beruhigen.

Argor sah seinen Vater fassungslos an. »Wie kannst du das zulassen?«, rief er empört. »Wir haben doch genau an diesem Ort hier vorgeführt bekommen, wie viel Unheil Magie anrichten kann!«

Ralik erwiderte den hitzigen Blick seines Sohnes ruhig und gelassen. »Genau aus diesem Grund brauchen wir das Wissen. Denn nur Magie schützt vor Magie, auch das haben wir hier schmerzlich erfahren müssen.«

Argor murmelte etwas Unverständliches und senkte den Blick. Wenn sogar sein Vater dafür war, dann musste es wohl einen guten Grund für den Einsatz der Magie geben. Doch gefallen brauchte es ihm deshalb noch lange nicht.

»Ihr werdet also morgen in der Früh aufbrechen«, teilte Pulver den Freunden mit. »Aber vorher müssen wir noch ein Rätsel lösen, das selbst die Sera Bardin ratlos machte. Vielleicht fällt euch ja etwas dazu ein. Wir haben die Kiste des Händlers zerlegt und fanden dabei ein Geheimfach mit einem Blatt Pergament darin. Doch es steht nichts darauf geschrieben.«

»Vermutlich eine unsichtbare Schrift«, erklärte Astrak altklug. »Hast du das Pergament schon erwärmt, Vater?«

Pulver warf seinem Sohn einen vernichtenden Blick zu. »Als ob ich daran nicht als Erstes gedacht hätte! Nein, das kann es nicht sein. Die Sera Bardin meinte, es wäre etwas Magisches, doch sie verstand es nicht. Vielleicht werdet ihr daraus schlau.«

Er zog das Pergament aus seiner Tasche und schob es über den Tisch zu den Freunden hinüber.

Zunächst konnten auch sie nichts damit anfangen, doch dann fiel Tarlons Blick auf die Falten in dem Pergament.

»So faltet man keinen Brief«, murmelte er und fing an, das Blatt entlang der Falze zusammenzulegen.

»Hm«, machte er dann und musterte das Ergebnis vor sich auf dem Tisch. Das Blatt hatte nun annähernd die Form einer Lanzenspitze. »Was mag das für einen Sinn haben?« Er knickte die letzte noch verbliebene Ecke um, und plötzlich schimmerte goldene Schrift auf der Lanzenspitze aus Pergament. »Raffiniert«, äußerte Tarlon beeindruckt.

»Das bringt uns aber nicht weiter«, bemerkte Pulver frustriert. »Oder kann jemand von euch die Schrift lesen?«

»Ich kann sie lesen. Es ist die Sprache der alten Magie«, rief Elyra und ergriff das gefaltete Pergament mit den Fingerspitzen, um es zu sich herumzudrehen. »Wir sind in der Akademie darauf gestoßen. Soll ich vorlesen?«

»Ich bitte darum«, erwiderte Pulver, wobei er Elyra mit gefurchter Stirn ansah. Auch Raliks Blick lag prüfend auf der Halbelfin, die jedoch nichts zu bemerken schien und begann, den Text etwas stockend vorzulesen:

»Marban, er sei daran erinnert, dass sein Leben uns gehört. Er wird sich ins Vergessene Tal zu einem Dorf namens Lytara begeben und sich dort Zugang zu der Schatzkammer verschaffen, welche sich hinter einem Stein befindet, der das Wappen von Alt Lytar trägt. Dort wird er den beigefügten Gegenstand deponieren. Als Dank erhält er eine Entlohnung und die Versicherung, dass ihm das Leben nicht genommen werde und ihm seine Privilegien gewährt bleiben sollen. In eigener Hand, Belior.«

»Wie kann man nur so geschwollen schreiben!«, wunderte sich Astrak, als sie geendet hatte, und schüttelte verständnislos den Kopf. »Das geht doch auch einfacher!«

Doch Garret hatte schon weiter gedacht. Sein Blick suchte Pulvers Augen. »Welcher beigefügte Gegenstand?«, fragte er. »Wurde noch etwas anderes bei ihm gefunden?«

»Nur die Flasche«, antwortete der Alchemist, die Stirn noch immer in Falten. »Und darin befindet sich lediglich eine starke Säure. Die kann Belior nicht gemeint haben.«

»Also muss es noch etwas anderes geben«, überlegte Garret. Vielleicht war es das lederne Tuch? Aber das schien ihm unwahrscheinlich. Er hatte es sorgfältig untersucht, und auch wenn die magische Kammer, die es entfaltete, wundersam war, konnte er sich beim besten Willen nicht vorstellen, welchen Nutzen es haben sollte, das Tuch in der Schatzkammer zu deponieren. »Nur was könnte das sein?«, fragte er schließlich

»Egal, was es war, der Händler dürfte kaum Zeit gehabt haben, seinen Auftrag zu erfüllen«, meldete sich Tarlon zu Wort.

»Das ist nicht ganz richtig«, bemerkte Astrak. »Der Bürgermeister und du, ihr habt ihn doch unten im Keller gestellt, nicht wahr?«

»Götterverdammt!«, fluchte Garret und sprang auf. »Astrak, du hast recht! Der Händler war bereits in der Schatzkammer!« Und damit war Garret auch schon durch die Tür gestürmt und rannte in Richtung Keller. Auch die anderen sprangen auf und eilten ihm nach.

Doch unten vor der Schatzkammer sah alles unverdächtig aus, nichts deutete auf ein gewaltsames Eindringen hin.

»Alles ist hier so, wie es sein sollte«, stellte Astrak schließlich fest.

»Das stimmt, mein Sohn«, erwiderte Pulver und kratzte sich am Kopf, während er sich im Keller umsah. »Hier ist alles unverändert. Dennoch behagt mir irgendetwas nicht!«

»Die Tür ist zumindest geschlossen«, stellte Garret fest. »Aber ich denke, wir sollten trotzdem einmal nachschauen!« Er sah zu Hernul, der entschlossen nickte.

»Öffnen wir also das Tor, nur um sicherzugehen!«, bestimmte dieser dann.

Zuvor mussten jedoch die beiden Schwerter geholt werden, die das Metalltor hinter dem Stein zu öffnen vermochten, denn nach dem Zwischenfall mit dem Händler hatte der Bürgermeister darauf bestanden, die Kammer wieder ordentlich zu verschließen.

Ralik machte sich auf den Weg und kam schon nach kurzer Zeit mit den Schwertern zurück. Nicht zum ersten Mal fiel Garret auf, wie schnell sich Zwerge bewegen konnten, wenn es ihnen darauf ankam.

»Wo ist eigentlich Anselm?«, fragte Hernul nach dem Bürgermeister, als er eines der Schwerter vorsichtig in den dafür vorgesehenen Schlitz steckte.

»Ich habe keine Ahnung«, antwortete Ralik. »Angeblich sucht er seinen Sohn. Seine Frau gab mir das Schwert.«

Als das Stahltor rumpelnd zur Seite glitt, wurde deutlich, dass hier unten etwas geschehen war. Vor der hinteren Wand des Raumes lagen in verrenkten Posen gut ein Dutzend getöteter Soldaten, deren Waffenröcke sich jedoch von denen der Truppen Beliors unterschieden. Die Wand selbst wies eine Stelle in Form einer Tür auf, an der das Gestein zu Glas geschmolzen war. Darin steckte ein weiterer der fremden Krieger, von dessen Körper nur Kopf, Schultern und ein Arm aus der Gesteinsmasse herausragten. Große Hitze musste hier gewirkt haben, denn ein Teil der Goldbarren nahe der Wand war geschmolzen. In einer anderen Ecke des Raumes fanden sie verbrannte altertümliche Rüstungsteile und gesplitterte, von der Zeit gebräunte Knochen und ringsherum die Überreste gefallener Feinde. Ein wenig abseits lag ein Paar rissiger alter Lederhandschuhe, von der Art, wie Damen sie in längst vergangenen Zeiten getragen haben, und daneben ein Siegelring.

»Dies gehörte der Sera Meliande«, sagte Garret und hob Handschuhe und Ring auf. »Es sieht so aus, als hätte sie ihren Eid erfüllt«, fügte er mit belegter Stimme hinzu, als er den schweren Siegelring in seiner Hand wiegte.

»Ja, das hat sie wohl«, pflichtete ihm Ralik bei und sah sich prüfend um. Mit gerunzelter Stirn musterte er die Spuren des Kampfes. »Was auch immer die Eindringlinge erwartet haben, sie trafen auf mehr Widerstand, als ihnen lieb sein konnte.«

Pulver zählte leise die Gefallenen. »Vierzehn Kämpfer«, sagte er dann beeindruckt. »Die Sera Meliande setzte sich gegen vierzehn Gegner durch, und zudem gelang es ihr, dieses magische Portal wieder zu versiegeln!«

»Portal?«, fragte Ralik, und Pulver nickte, während er mit der Hand auf die zu Glas geschmolzene Stelle an der Wand hinter ihnen zeigte.

Dort waren die Reste eines auf den Stein aufgesetzten Metallrahmens zu erkennen, der viele kleine Gelenke aufwies, die offensichtlich dazu gedient hatten, ihn so weit zusammenzufalten, dass man ihn bequem unter einer Kutte verstecken konnte.

»Das Portal ist jedenfalls neu, es befand sich vorher nicht hier.« Er sah die anderen an. »Wir hätten den Keller nach der Festnahme des Händlers sofort durchsuchen sollen!«

»Wir waren damit beschäftigt, für Garret zu beten«, antwortete Pulver und berührte den eingeschmolzenen Rahmen mit einer Fingerspitze, ohne dass etwas geschah. Offenbar hatte er durch die Hitzeeinwirkung seine Funktion verloren.

»Das war es, was der Händler hier deponieren sollte. Dieser Rahmen bildet zusammen mit seinem Gegenstück, das sich an einem anderen Ort befindet, eine magische Tür, die beide Orte miteinander verbindet. Durch sie gelangten die Soldaten zu uns, um den Schatz zu stehlen oder um uns hinterrücks zu überfallen.«

»Solche Türen können sich überall öffnen«, stellte Hernul entsetzt fest.

»Das stimmt«, antwortete Pulver knapp. »Aber diese hier ist endgültig versiegelt, und ich gehe davon aus, dass sie ein Unikat war. Sie stammt aus alten Zeiten, und heute wird wohl niemand mehr wissen, wie man die Rahmen fertigt.«

»Vielleicht weiß Belior es«, warf Garen ein, doch Pulver schüttelte den Kopf. »Nur einer konnte sie herstellen, und der behielt sein Wissen für sich.« Er sah die Freunde an. »Und genau deshalb werdet ihr den Turm des Magiers Baumast aufsuchen.«

»Also war es Baumast, der diese Türen erdachte?«, schlussfolgerte Ralik, und Pulver nickte. »Aber wie gelangte etwas, das aus Alt Lytar stammt, in Beliors Hände?«, wunderte sich der Zwerg.

»Eine gute Frage, nicht wahr?«, gab Pulver zurück. Er sah die Freunde an. »Vielleicht werdet ihr ja auch das herausfinden können!«

Garret war in der Zwischenzeit hinaufgegangen und kam nun mit einem Ledersack zurück. Schweigend fing er an, die brüchigen Knochen und Rüstungsteile der Sera Meliande einzusammeln.

Auch die anderen waren verstummt, nur Elyra bewegte ihre Lippen, während sie für die Seele der Sera betete. Als sich Garret mit dem Sack über der Schulter zum Gehen wandte, sah ihn Vanessa fragend an. »Wohin gehst du?«

»Ich werde sie zu ihren Freunden zurückbringen. Jetzt gleich noch. Sie hat es verdient.«

Als er das Depot erreichte und von seinem Pferd abstieg, erblickte er die anderen sechs Hüter, die auf ihn gewartet zu haben schienen. Garret reichte wortlos den Lederbeutel an Barius weiter, der die Überreste der Sera Meliande behutsam herausholte und sie vor sich auf dem Boden auslegte.

Garret erwartete, weggeschickt zu werden, doch stattdessen bat ihn Barius, auf einem der Stühle im Vorraum des Depots Platz zu nehmen, dort, wo Tarlon während ihres letzten Aufenthaltes mit der Sera Schach gespielt hatte und wo nach wie vor die Figuren herumstanden.

Die Hüter sahen auf die sterblichen Überreste hinab. »Holen wir sie wieder zurück?«, fragte dann einer von ihnen, doch Barius schüttelte den Kopf.

»Erinnert ihr euch daran, wie sie dem Priester im Dorf sagte, dass sie nie gestorben sei? Sie hatte recht ... dies ist ihr erster Tod.«

»Was meinst du damit?«

»Wenn mein Gott ihr wohlgesinnt ist, könnte ich versuchen, sie zu vollem Leben zu erwecken, anstatt sie wieder zu dem zu machen, was sie war.« Er sah auf die Überreste der Sera hinab. »Es ist noch keine Woche her, dass sie starb, eine Erweckung sollte also möglich sein.«

»Kann das wirklich gelingen?«, fragte darauf einer der Hüter.

»Einen Versuch ist es jedenfalls wert«, antwortete ein anderer.

»Wird sie dann von unserem Fluch befreit und wieder die sein, die sie einst war?«, erkundigte sich ein dritter, und Barius nickte.

»Der Fluch würde von ihr genommen, Lentus, aber der Eid wäre nach wie vor bindend.«

»Der Konvent ist bereits gebrochen. Wir müssen nicht länger warten«, sagte einer der Hüter nachdenklich. »Und sie wäre jung genug, um ihren Eid auch ohne den Fluch erfüllen zu können. Ich bin dafür.«

Die Hüter beratschlagten eine Weile, dann sah Lentus hoch zu Barius. »Sie ist diejenige, die noch am meisten Leben in sich hatte. Sie opferte einst alles, was sie besaß. Den Ruf, die Ehre, das Leben ... und ihr Kind. Und doch ist es so, wie Barius sagt, sie starb erst vor Kurzem. Der Fluch erhielt uns alle weit über unsere Tage hinaus am Leben, wenn man es denn ein Leben nennen möchte, für Jahrhunderte an einen morndnen Körper gebunden zu sein. Die neue Zeit, die nun angebrochen ist, hat ihr gutgetan. Die Kinder, das Dorf ... Ihr alle habt gesehen, dass sie wieder Hoffnung geschöpft hatte. Wenn dein Gott Loivan es zulässt, dann ist es unser Wunsch. Versuche es also, Barius, denn sie ist die Seele, die uns zusammenbindet. Sie allein sah das Unheil kommen, und sie allein stellte sich ihm in den Weg. Wenn es jemand verdient, wieder ganz und gar zu leben, dann ist sie es!«

*»Was heißt denn hier Fluch?«, platzte es aus Lamar hervor. »Habt Ihr nicht erzählt, dass die Hüter ihr Los freiwillig auf sich nahmen?«*

*Der alte Mann nickte. »Richtig. Dennoch war es eine*

*mächtige Magie, die nicht mehr umzukehren war. Was meint Ihr, Freund, würdet Ihr es nicht auch als Fluch empfinden, über die Jahrhunderte an einen Ort gebunden zu sein und nicht sterben zu dürfen?«*

*Lamar wurde bleich und nahm hastig einen Schluck Wein. »Nun«, murmelte er, »ich denke, das würde ich ...«*

»So soll es denn sein«, erklärte Barius und schien tief durchzuatmen. »Doch ich werde eure Kraft dazu brauchen, meine Freunde. Also sprecht mit mir das Gebet.«

Die Hüter knieten sich in einem Kreis um die Überreste der Sera, wobei sie die Spitzen der gezogenen Schwerter gen Boden richteten und ihre Häupter senkten. Barius leitete das Gebet, und seine Mitstreiter sprachen ihm nach. Ihre Fürbitte gewann langsam an Kraft und Stärke. Garrets Augen waren feucht, und auch seine Lippen bewegten sich zum Gebet des Priesters.

Und so rief Barius seinen Herrn um Gnade für die Sera an, die niemals ihre Pflicht vergessen habe und auch nach so langer Zeit bereit war, ihr Leben zu geben, um die zu schützen, die ihr anvertraut waren.

Da Loivan der Gott der Gerechtigkeit und Pflichterfüllung war, wurde die Bitte erhört. In einer Spirale aus Licht, das gleißend hell und sanft zugleich war, formte sich der Körper der Sera aus dem Staub, den Knochen und der Asche neu. Nackt und wunderschön stand die Wiedergeborene vor ihnen, und als sie die Augen öffnete und ihre Freunde erblickte, die vor Erschöpfung zusammengesunken waren, verstand sie, was geschehen war. Mit zitternden Fingern betastete sie ihren Körper und fuhr sich über das jugendliche Gesicht, dann sackte sie in sich zusammen und begann zu weinen.

Als einer der Hüter sich anschickte, eine Decke über die Sera zu breiten, stand Garret auf und entfernte sich lautlos, um die Intimität der Situation nicht zu stören.

Auf seinem Weg zurück ins Dorf ritt er langsam und nahm sich die Zeit, darüber nachzudenken, wie Freundschaft und Pflichtbewusstsein beschaffen sein mussten, um Jahrhunderte zu überdauern, und was es bedeutete, freiwillig den Fluch der Unsterblichkeit auf sich zu nehmen, nur weil man eines fernen Tages gebraucht werden könnte. Seine Achtung vor den Hütern wuchs beträchtlich, und er wünschte sich, er hätte sie kennengelernt, als sie noch wahrhaftig gelebt hatten.

*»Das ist ja schön und gut«, unterbrach Lamar den Alten. »Aber eine wirkliche Hilfe waren Euch die Hüter ja nicht.« Er schüttelte den Kopf. »Hätten sie denn nicht mehr tun können? So wie Ihr es beschreibt, war der Konvent, der sie an ihr Versprechen band, ja nun gebrochen. Warum taten sie dann nicht mehr?«*

*Der alte Mann sah Lamar nachdenklich an. »Die Hüter waren nicht wirklich untätig«, gab er dann zu bedenken. »Meliande verhinderte einen Überfall aufs Dorf, und sie alle waren zur Stelle, als uns der Händler angriff.«*

*Lamar winkte ab. »Das mag ja sein. Aber all die Kriegsgeräte im Depot ... Warum lehrten sie Euch nicht einfach, wie man sie benutzt? Wenn die alte Magie so mächtig war, wäre es doch ein Leichtes gewesen, den Gegner damit in die Flucht zu schlagen.«*

*Der alte Mann nickte. »Ihr könnt mir glauben, dass sich damals viele diese Frage stellten. Doch es hatte einen guten Grund, auf ihren Einsatz zu verzichten. Ihr erinnert Euch an Marten?«*

»*Der Junge, der den Falken stahl?*«

*Der alte Mann nickte erneut.* »*Wie weise die Anordnung des Bürgermeisters gewesen war, die Kriegsgeräte nicht zu nutzen, musste sein Sohn am eigenen Leib erfahren, als er gegen sie verstieß* …«

# 16

*Marten und der Falke*

Als Marten zögernd auf die Lichtung vor dem Depot hinaustrat, erkannte er, dass er keinen besonders günstigen Zeitpunkt gewählt hatte. Das Tor des Depots war weit geöffnet, und vier der Hüter hatten sich etwas abseits um drei frische Erdhügel herum versammelt. Barius, der Priester Loivans, stand dort mit gesenktem Haupt, neben ihm Meliande, die in dem altmodischen grünen Kleid, das sie statt ihrer Rüstung trug, einen ungewöhnlichen Anblick bot, und zwei weitere Hüter, deren Namen Marten vergessen hatte. Auch sie hielten ihre Köpfe gesenkt und schienen tief in ein stilles Gebet versunken.

Es war Meliande, die aufsah und zu ihm hinüberblickte. Sie sagte etwas zu ihren Freunden, die daraufhin nur nickten, dann kam sie auf Marten zu, der immer noch am Waldrand stand.

»Habe ich das zu verantworten?«, fragte Marten furchtsam und sah von den Grabhügeln zu Meliande hinüber, die ihm seltsam verändert vorkam. Es dauerte eine Weile, bis er den Grund dafür erkannte. Die Sera Meliande wirkte jünger als zuvor und schien nun kaum eine Handvoll Jahre älter zu sein als Vanessa.

Meliande musterte ihn lange. Ihre grünen Augen waren feucht und gerötet.

»Nein«, sagte sie schließlich. »Sie gaben ihr Leben aus

freien Stücken, um das meine zu retten.« Sie lächelte etwas mühsam. »Hätte man mich gefragt, ich hätte es nicht zugelassen.«

»Dann ist es gut, dass wir dich nicht fragten«, warf Barius ein, der an Marten und Meliande herangetreten war. Er musterte den jungen Mann und den hölzernen Kasten, den dieser fest gegen seinen Körper gepresst hielt.

»Treibt dich die Reue her, oder ist es etwas anderes?«, fragte er, nachdem er bemerkt hatte, dass auch Martens Augen gerötet waren und der Junge erschöpft, beinahe sogar krank aussah.

»Ich hätte ihn niemals stehlen dürfen!«, platzte es aus Marten hervor. »Dieser Vogel hat mir nichts als Unglück gebracht. Mein Vater ist enttäuscht von mir, und Garret schaut mich nun immer an, als wäre ich ein schädliches Insekt!«

»Was erwartest du?«, meinte Barius kalt. »Mit der Enttäuschung der anderen musst du leben. Aber dich treibt noch etwas anderes um, nicht wahr?«

Meliande lächelte milde. »Sei nicht zu hart zu ihm ...«

»Das muss er aushalten«, gab Barius barsch zurück, der Marten noch immer mit seinem Blick fixierte. »Wie sieht es denn mit deinen Träumen aus, junger Mann?«

»Das ist es ja«, rief Marten verzweifelt. »Sie sind grausam und schrecklich. Und so voll kaltem Hass! Ihr müsst mir helfen, sie loszuwerden!«

Meliande und Barius tauschten einen Blick aus.

»Was für Träume sind das?«, fragte sie dann sanft.

»Sie sind schrecklich«, antwortete Marten leise und sah auf seine Füße hinab. »Ich reite darin auf meinem Falken ... tief unter mir sehe ich einen Wanderer ... und plötzlich wünsche ich mir nichts sehnlicher, als ihn zu zerreißen und sein warmes Blut zu spüren, während ich meine Krallen in seinen Körper schlage. Und dann stoße ich hinab und töte ihn, aber egal wie viel von dem warmen Blut meine Krallen benetzt, es reicht nicht aus, um mich zu wärmen! Es ist diese Kälte, die mir solche Angst macht! Und wenn ich aufwache und durch den Tag gehe, sehe ich mich ständig nach Leuten um, die nicht hierher gehören. Dann spüre ich eine unbändige Wut in mir aufsteigen! Einer der Händler zum Beispiel ... Er pries mir freundlich seine Waren an, und beinahe hätte ich ihm meinen Dolch zwischen die Rippen gerammt!«

»Also gut«, sagte Barius und streckte die Hand aus. »Gib mir den Falken wieder zurück, dann werden auch deine Träume ein Ende finden.«

Marten wich einen Schritt zurück und umklammerte das Kästchen fester.

»Du willst ihn also nicht wieder hergeben?«, fragte Barius in einem harten Tonfall und ließ die Hand sinken.

»Ich weiß, dass ich es tun muss«, antwortete Marten mit belegter Stimme. »Aber ich *kann* es einfach nicht.«

»Lass mich ihn sehen«, verlangte Meliande.

Marten nickte zögerlich, zog seinen Rucksack auf und entnahm ihm einen schweren Lederhandschuh, den er dann anlegte. Danach öffnete er vorsichtig das Kästchen, und als er den Deckel abhob, reckte der Falke seinen Kopf hinaus und funkelte Meliande aus kalten Augen an. Er breitete die metallenen Schwingen aus und sprang aus dem Kästchen auf Martens ausgestreckten Arm, wobei er die kalten Augen nun auf Barius gerichtet hatte.

»Sie mag euch«, teilte Marten Meliande und Barius überrascht mit. »Sie mag sonst niemanden außer mir.« Marten klang beinahe eifersüchtig.

»Nun«, antwortete Meliande. »Ich mag das Ding nicht!«

»Es ist kein Ding, sondern ein Wesen«, widersprach Marten. Er seufzte. »Ich weiß, dass ich sie zurückgeben muss, aber sie ist so wunderschön …«

»Und kalt und grausam obendrein«, fügte Barius mit harter Stimme hinzu. Er tauschte einen Blick mit Meliande.

»Du kannst sie nicht mehr zurückgeben, habe ich recht?«, fragte Meliande, während sie den Falken musterte.

Marten nickte zögernd. »Ich hatte irgendwie gehofft …«

Meliande schüttelte den Kopf. »Das ist genau das, was wir befürchtet haben. Du hast sie zu lange bei dir getragen, jetzt hast du sie zum Leben erweckt. Sie nährt sich von deiner Seele, von deiner Energie. Du bist es, der ihr Kraft gibt und dabei Kraft verliert.«

»Ich?«, fragte Marten entgeistert und musterte den Falken mit einem verunsicherten Blick. »Ich fühle mich aber nicht schwächer. Wenn nur diese Träume nicht wären, sie bringen mich um! Diese Träume können nicht von mir sein, denn ich denke und fühle nicht so! Ihr müsst mir helfen! Ihr seid die Hüter, ihr müsst doch irgendetwas wissen, was mir helfen kann!«

»Verstehst du noch immer nicht? Die Kälte und die Träume kommen von deinem geliebten Vogel«, erklärte Barius mit zusammengezogenen Brauen. »Im Gegenzug stiehlt er dir deine Seele.«

Barius wirkte auf einmal noch erschöpfter als zuvor. Als er den Falken musterte, war die Abscheu in seinen Augen kaum zu übersehen.

»Du hast dein Schicksal selbst gewählt, Junge«, fuhr er mit harter Stimme fort. »Dein Falke wird dich versklaven und in den Wahnsinn treiben. Und wenn er dich am Ende all deiner Liebe, Freude und Seelenkraft beraubt hat, wird er dich wie einen ausgebluteten Kadaver fallen lassen.«

Marten schluckte. »Wenn es denn keinen anderen Weg gibt, dann nehmt ihn mir mit Gewalt! Denn es ist so: Ich kann ihn euch nicht geben. Ich liebe sie, auch wenn sie selbst nur Eis in ihrem Herzen trägt!«, flehte er dann. »Nehmt sie euch, ich werde versuchen, mich nicht zu wehren!«

»Es hat wenig damit zu tun, ob du dich wehrst oder nicht, mein Junge«, sagte Barius langsam und musterte dabei den Vogel. »Es liegt an der Magie, die in diesem Animaton gebunden ist. Sie knüpft geistige Bande zwischen dem Reiter und seinem Gerät ... Selbst wenn wir also dieses unheilige Konstrukt in den tiefsten Kellern des Depots hinter schwerem Stahl verschließen, wird es dir nicht mehr nützen, denn du bist bereits in seinem Bann und wirst mit allen Mitteln versuchen, es zurückzuerhalten. Vielleicht wirst du sogar erneut einen von uns angreifen.« Er schüttelte langsam den Kopf. »Nein, Marten, diese Grube hast du dir selbst geschaufelt, und sie wird auch dein Grab sein.«

Der Blick des Priesters bohrte sich in den des jungen Mannes, der zweimal schluckte und dann den Kopf hängen ließ. »Das ist dann wohl meine gerechte Strafe«, sagte er leise.

»Es muss nicht unbedingt so kommen, wie Barius sagt«, warf Meliande ein.

»Richtig«, gab der Priester zurück. »Aber meistens war es so. Meistens sind sie am Ende verrückt geworden und gestorben.« Er wandte sich wieder an Marten. »Also, Junge, was gedenkst du zu tun?«

Marten sah die beiden tapfer an und schluckte. »Ich ... ich kann nicht mehr zurück. Auch wenn diese Träume bleiben sollten, auch wenn sie mich langsam aufzehrt und in den Wahnsinn treibt.« Er schaute Meliande mit großen Augen an. »Gibt es wirklich keinen Weg, diese Träume zumindest zu bändigen?«, fragte er hoffnungsvoll.

Meliande sah ihn lange an, dann blickte sie mit einem bittenden Ausdruck zu Barius.

»Es gibt nicht viel zu entscheiden«, sagte dieser schließlich. »Entweder helfen wir dir, oder wir lassen dich sterben.« Er seufzte. »Und damit ist die Wahl bereits getroffen.«

»Ich werde alles tun, was ihr von mir verlangt!«, versicherte Marten und schluckte erneut. »Auch wenn es meinen Tod bedeutet!«

Barius lachte kurz und bitter. »Denkst du, dass wir dich einfach sterben lassen?« Er schüttelte den Kopf. »Nein, mein Junge, ich werde dir dabei helfen, dich deinem Schicksal zu stellen.« Er sah zu Meliande hinüber. »Wir werden dir dabei helfen.«

Sie nickte nur und sah Marten direkt in die Augen. »Du bist der Sohn des Bürgermeisters, nicht wahr?«

Marten nickte.

»Ein ehrbarer Mann, dein Vater. Wie fühlt man sich so als Dieb, der das Wort seines Vaters brach?«

Marten sah zu Boden. »Ich will gar nicht daran denken.«

»Genau das musst du aber!«, schrie Barius ihn an. »Es braucht genau diese Ehre und Stärke des Charakters, von der du bisher so wenig gezeigt hast! Junge, höre mir zu: Du hast nur eine einzige Chance, dies alles zu überstehen. Du musst erwachsen werden! Jetzt gleich. Bevor der Falke zum ersten Mal fliegt. Du spürst seinen Wunsch aufzusteigen, nicht wahr? Du spürst seine Wut, seinen Zorn, seine Rachsucht, den Wunsch, die Feinde des Greifen aufzusuchen, zu zerfleischen, zu zerstören?«

Wieder nickte Marten betreten. Er sah in diesem Moment aus wie ein kleiner Junge, der gescholten wurde.

Barius seufzte erneut und sah zu Meliande hinüber »Willst du es ihm erklären? Ich gehe derweil eine Rüstung holen.«

Meliande nickte. »Komm mit mir«, sagte sie dann und führte Marten am rechten Arm zum Depot hinüber, wo sie ihn aufforderte auf einem der Stühle Platz zu nehmen. Der Falke sprang von Martens Arm auf eine freie Stuhllehne und musterte misstrauisch die Umgebung.

»Der größte Magier, den Alt Lytar jemals gekannt hat, erschuf die Animatons mit dem einzigen Ziel, die Feinde des Reiches zu vernichten. Sie stellten eine mächtige Waffe dar, die niemals in die falschen Hände gelangen durfte, also setzte er eine Magie ein, die erkennt, ob jemand das Blut Lytars in sich trägt oder nicht. Und um zu verhindern, dass ein Verrat begangen wird, schuf er die Bande zwischen dem Falken und dem, der auf ihm reitet.«

»Reiten?«, fragte Marten überrascht. »Ihr meint, ich kann wirklich auf ihr fliegen?«

»Ja«, antwortete die Sera. »Aber du scheinst nur das zu hören, was du hören willst. Es geht im Moment nicht um das Fliegen, sondern darum, wie du deine Seele retten und behalten kannst.« Sie sah ihn ernst an. »Vielleicht unterschätzte der Arteficier seine eigene Magie, oder er überschätzte die Willenskraft derer, die bereit waren, die Falken zu fliegen. Jedenfalls stellte sich bald heraus, dass viele der Reiter zu Sklaven ihrer Vögel wurden, zu willenlosen Geschöpfen, deren einziger Wunsch es war, die Falken zu reiten und die Feinde des Reichs zu vernichten. Dein Falke ist ein Werk aus Metall und Magie, er weiß nichts von Liebe, Gnade und Vergebung. Er kennt nur ein Ziel: zu kämpfen und zu töten. Ihr seid nun miteinander verbunden, und noch folgt er deinem Willen. Doch nicht ein einziges Mal darfst du ihm erlauben, von dir Besitz zu ergreifen. Denn dann wirst du dich verlieren, in ihm aufgehen und eine Gefahr für alle sein. Hast du mich verstanden, Marten?«

Marten schluckte. Die Art, wie die Sera ihn ansah, machte ihm Angst. Er warf einen Blick zu seinem Falken hinüber und fühlte dessen Kälte, die ihn frösteln ließ.

Indes kehrte Barius mit einer großen Kiste zurück, die er neben Marten abstellte und dann öffnete. Darin lag, in Öltücher gewickelt, eine Rüstung, wie Marten sie noch nie zuvor gesehen hatte.

»Als man erkannte, dass die Falken in der Lage waren, die Gedanken und den Willen ihrer Reiter zu beherrschen, schuf Baumast, das war der Name des Arteficiers, diese Rüstungen. Sie sind leicht gearbeitet, und auch wenn sie nicht ganz so gut vor Verletzungen schützen wie ein schwerer Plattenpanzer, können sie doch ihren Träger darin unterstützen, die Kontrolle über den Falken zu verfestigen«, erklärte die Sera, während Barius den Helm der Rüstung von den Öltüchern befreite und hochhielt.

»Du darfst niemals auf den Falken steigen, ohne diesen Helm zu tragen«, ermahnte Barius den Jungen und sah ihn mit ernstem Blick an. »Niemals, hörst du?« Dann trat er einen Schritt zurück und musterte Marten aufmerksam. »Nun, du hast ein wenig schmale Schultern, bist alles andere als muskulös und wohl kaum imstande, ein Schwert richtig zu halten. Aber vielleicht lernst du es, mit einer Armbrust umzugehen.«

»Ich beherrsche den Bogen!«, protestierte Marten. »Niemand, der etwas auf sich hält, wird eine Armbrust verwenden!«

»Nur zu«, gab Barius ungerührt zurück. »Wenn du es schaffst, einen Bogen mit einer Hand abzufeuern, soll es mir recht sein. Und jetzt steh auf! Ich will sehen, wie wir die Rüstung ändern müssen, damit sie dir passt.«

»Noch eines solltest du wissen«, sagte die Sera leise, aber bestimmt, nachdem Marten sich erhoben hatte. »Wenn du merkst, dass dein Falke jemanden attackieren will, musst du genau hinschauen, ob es sich nicht um einen Freund handelt.«

»Aber er greift doch nur jemanden an, der nicht aus Lytar stammt, und der ist doch ein Feind!«, meinte Marten verwirrt.

Die Sera und Barius tauschten einen Blick aus.

»Nein. Nicht jeder«, versetzte die Sera. »Es ist der Falke, der so fühlt! Denke an Elyra und Argor, deine Freunde, oder an Ralik, einen eurer Dorfältesten! Und vergiss auch nicht die Händler, die euer Dorf besuchen. Es ist nicht jeder ein Feind, der nicht von Lytar ist, Marten. Du fühlst schon den Falken in dir, doch er ist nur ein Animaton. Du bist es, der denkt, lebt und fühlt. Wenn du ihn nicht unter Kontrolle hältst und ihm erlaubst, einen Unschuldigen anzugreifen, bist du nichts anderes als ein Mörder!«

»Das will ich nicht sein!«, rief Marten mit weinerlicher Stimme.

»Dann tue etwas dafür!«, forderte Barius in einem kalten Ton. Marten nickte betreten, und Barius seufzte tief.

»Sei dir über eines im Klaren. Wenn deine Tat dazu führt, dass ein Unschuldiger durch dich sein Leben verliert, werde ich dich richten. Das schwöre ich bei Loivan.«

Marten sah unwillkürlich zu seinem Falken und dann hinauf in den sternenklaren Himmel.

»Vergiss es! So hoch kannst du gar nicht fliegen, Junge!«,

knurrte Barius. »Und jetzt schauen wir, ob dir der Helm passt!«

»Noch etwas«, sagte Meliande leise, als Marten den Helm zögerlich in Empfang nahm. »Du kannst dich deinem Dorf und deinen Freunden auch nützlich machen.« Sie sah Martens Blick und schüttelte den Kopf. »Nein!«, sagte sie dann bestimmt. »Nicht indem du kämpfst. Aber es gibt anderes, was du tun kannst. Denn von dort oben siehst du weit, kannst das Land erkunden und deine Freunde rechtzeitig warnen. Doch vermeide so lange wie möglich, selbst zu kämpfen, denn mit jedem Angriff wird der Falke mehr von dir Besitz ergreifen! Ich werde dir zeigen, wie du deine Gedanken konzentrieren und deinen Willen stärken kannst, aber einsetzen musst du diese Fertigkeiten selbst. Du bist es, der standhaft bleiben muss!« Sie seufzte. »Heute Nacht wirst du einiges lernen und einstudieren können. Morgen früh kehrst du dann zum Dorf zurück und bietest den Ältesten deine Dienste an. Sie werden sie zu nutzen wissen. Doch merke dir: Kämpfe nur, wenn es nicht anders geht, denn jeder Kampf schadet deiner Seele!«

Marten nickte betreten, er war mittlerweile bleich wie ein Leinentuch. »Ich werde es versuchen!«

»Der Versuch allein ist nicht genug!«, fuhr Barius ihn barsch an. »Schwöre, dass du es tun wirst!«

»Ich schwöre es bei Mistral!«, antwortete Marten, und es hörte sich aufrichtig an.

»Ich hatte gehofft, die Animatons nie wieder in Aktion zu sehen«, sagte Barius am nächsten Morgen leise, als er zusah, wie Marten den Falken bestieg. Schnallen und Haken an der kupferfarbenen Rüstung erlaubten es dem jungen Mann, sich fest mit dem Sattel des Falken zu verbinden, sodass er nicht fallen konnte.

»Unterschätze ihn nicht, Barius«, antwortete Meliande. »Auf dem Falken kann er seinen Leuten durchaus gute Dienste leisten.«

»Er war willensschwach genug, den Falken zu stehlen. Wie, denkst du, soll er nun die Stärke finden, die nötig ist, um dieses Monster zu beherrschen?«, widersprach Barius.

»Vielleicht ist es nicht viel, aber ich vertraue darauf, dass er es schafft«, gab die Sera zurück.

Die gewappnete Figur auf dem Rücken des Falken hob indessen grüßend eine Hand, und schweigend winkten Barius und Meliande zurück. Dann sprang der Falke in die Luft, und der Abwind seiner mächtigen Flügel brachte Meliandes Kleid zum Flattern. Mit einigen wenigen majestätischen Flügelschlägen gewann der Falke an Höhe. Die Hüter sahen ihm nach, bis er in der Ferne entschwand. Dann zuckte Barius die Schultern.

»Wir haben getan, was wir konnten«, sagte er dann. »Jetzt müssen wir uns weiter vorbereiten.«

*»Verstehe ich das richtig? Diese alte Magie macht denjenigen, der sie nutzt, mit der Zeit unweigerlich wahnsinnig?«, fragte Lamar entsetzt.*

*»Nicht nur das«, erklärte der alte Mann leise. »Marten lief zudem Gefahr, seine Seele an den Falken zu verlieren.«*

*»Kein Wunder, dass die Hüter vor den Kriegsgeräten warnten!«, sagte Lamar dann. »In einem Krieg müssen viele Opfer gebracht werden, aber seine Seele zu verlieren?« Er schüttelte den Kopf. »Dieser Preis ist in der Tat zu hoch.« Er bemerkte den Blick des alten Mannes. »Was seht Ihr mich so an?«, fragte er dann. »Habe ich etwas Falsches gesagt?«*

*Der Geschichtenerzähler lächelte leicht und nahm ei-*

*nen weiteren Schluck von seinem Wein.* »Nein, das habt Ihr nicht, Freund Lamar. Es war die richtige Antwort.«

»Na dann!«, *lachte Lamar.* »Aber sagt, wie ging es mit Marten weiter?«

»Er flog, wie ihm aufgetragen war, zum Dorf zurück und berichtete dem Ältestenrat, was ihm die Sera Meliande und Barius erklärt hatten. Obwohl sein Falke Ralik beinahe angegriffen hätte, war der Zwerg es, der neben der Gefährlichkeit auch den Wert des Vogels erkannte. Und so entschied er, dass Marten nicht kämpfen dürfe, sondern seine Aufgabe nur mehr darin bestünde, den Gegner auszuspähen und in Erfahrung zu bringen, was die Freunde herausfanden.«

»Fanden sie schließlich den Turm?«, *fragte Lamar.*

*Der alte Mann lachte und schien auf einmal deutlich besser gelaunt zu sein.* »Geduldet Euch ein Weilchen. So weit sind wir noch nicht ...«

# 17

*Wolfsbrut*

Als die Gefährten an diesem Morgen aufbrachen, mutete es an, als wollten sie in den Krieg reiten. Jeder von ihnen war gerüstet. Elyra und Garret trugen Waffenröcke aus verstärktem Leder, Tarlon hatte einen langen Kettenmantel an und Argor einen alten Schuppenpanzer, auf dem die Spuren vergangener Kämpfe noch deutlich zu sehen waren.

Es war ein Erbstück, wie er sagte, das er in Ehre tragen wolle. Jeder der Freunde hatte ein Ersatzpferd dabei, das mit Ausrüstung und Proviant beladen war, denn niemand von ihnen wusste, wie weit sich die verseuchte Zone des Waldes erstreckte und wie lange es dauern würde, sie zu durchqueren. Man hatte in irgendeiner Kiste eine alte Karte gefunden, auf der der Turm des Magiers eingezeichnet war, also kannten sie ungefähr den Weg.

»Ich glaube ja nicht, dass von dem Turm noch irgendetwas steht«, bemerkte Argor, als er sich an seinem Maultier hochzog.

»Das Depot war auch noch erhalten. Unsere Vorfahren wussten offenbar, wie man baut«, antwortete Elyra und streckte einen Arm aus, um Argor in den Sattel zu helfen.

Der Zwerg war noch immer wenig begeistert von der Vorstellung, sich in der nächsten Zeit so hoch über dem Boden fortbewegen zu müssen, aber er war entschlossen, seinen Teil zu leisten, und auf dem Rücken eines Maultiers würde er zweifellos schneller vorankommen. Nur war das Aufsteigen etwas mühsam für ihn, und so nahm er dankbar Elyras Hand.

»Das Depot ist aus Stein und Stahl errichtet und bietet dem Wurzelwerk des Waldes durch seine Bauart wenig Angriffsfläche. Bei einem hoch aufragenden Turm, der wie der des Magiers auf einer kleinen Lichtung mitten im Wald steht, ist das etwas anderes«, sagte Tarlon und überprüfte noch einmal, ob sich auch alles an seinem Platz befand. Diesmal war jeder von ihnen mit Schwert und Bogen bewaffnet, auch wenn Elyra noch immer ihre Schleuder am Gürtel trug und Tarlon seine Axt neben dem Sattel festgeschnallt hatte. »Die Wurzeln der Bäume werden seine Mauern zerstören, egal, wie fest deren Steine auch gefügt sind.« Tarlon saß auf und schnalzte mit der Zunge, worauf sein Pferd sich in Bewegung setzte.

Es war noch früh am Morgen, und nur wenige Leute waren unterwegs, aber diejenigen, die sie sahen, hoben eine Hand zum Gruß. Ihre Gesichter waren ernst, denn keiner der Dorfbewohner wusste, ob sie die Freunde jemals wiedersehen würden.

Sie waren noch nicht lange geritten, als in ihrem Rücken Hufgetrappel erklang. Sie drehten sich um und sahen Vanessa bis an die Zähne bewaffnet und mit einem trotzigen Gesichtsausdruck auf ihrem Pferd herannahen. Sie trug einen Schuppenpanzer ähnlich dem von Argor und hatte einen Langbogen, ein Kurzschwert und mehrere Dolche dabei.

»Vanessa!«, zischte Tarlon leise, als sie ihr Pferd neben ihm zügelte.

»Was ist?«, funkelte sie ihn an. »Ich habe das gleiche

Recht, dabei zu sein, wie ihr! Außerdem schieße ich besser als die meisten von euch und bin zäher und geschickter!«

»Aber Vanessa, meinst du nicht ... «

»Vergiss es! Ich bin fest entschlossen, und niemand wird es mir ausreden können! Nicht du, nicht Vater und auch sonst niemand!«

»Das will ich ja auch gar nicht, aber ...«

»Sie haben unsere Mutter umgebracht und mich beinahe verbrannt, Tarlon! Verstehst du nicht, dass ich etwas tun will?«

»Ja, das verstehe ich«, entgegnete Tarlon leise und senkte seinen Blick. »Von mir aus kannst du mitkommen.« Dann sah er auf und schaute die anderen fragend an, die lediglich mit dem Kopf nickten.

»Ich glaube, die Ältesten wollen uns nur deshalb nicht nach Alt Lytar schicken, damit uns nichts passiert!«, sagte Vanessa, nachdem sie eine Weile stumm geritten waren.

»Das wäre ja mal zuvorkommend von ihnen«, brummte Argor. »Ich hätte jedenfalls nichts dagegen, auch einmal ohne blaue Flecke wieder nach Hause zurückzukommen. Aber da wir durch den verdorbenen Wald müssen, wird es wahrscheinlich auch diesmal kein Spaziergang sein!«

»Auf jeden Fall ist es mir lieber, nach diesem Turm zu suchen, als in die alte Stadt zu reiten«, bemerkte Garret leise.

Er war an diesem Morgen überraschend schweigsam und schien tief in Gedanken versunken. Viel geschlafen hatte er nicht, denn der Ritt zum Depot und wieder zurück hatte den größten Teil der Nacht in Anspruch genommen.

Argor sah erstaunt zu ihm hinüber. »Ich dachte, es sei dein größter Wunsch, die alte Stadt zu erforschen? Wolltest du das nicht schon seit Jahren einmal tun?«

»Ja, früher wollte ich das tatsächlich«, antwortete Garret und zog sein Pferd neben Tarlons, der noch in sich gekehrter wirkte, als man es ohnehin von ihm kannte. »Aber das war zu einer Zeit, als die alte Stadt für mich noch einen verwunschenen, geheimnisvollen Ort darstellte.«

Vanessa lenkte nun ihr Pferd neben ihn. Sie trug als Einzige einen Helm, der jedoch offen war und lediglich Wangenschutz und Nasenbügel aufwies, sodass Garret die fleckige Haut ihres Gesichts erkennen konnte, als er zu ihr hinübersah. Wieder einmal musste er daran denken, wie knapp sie dem Tod entronnen war. Doch ihr Blick war fest und entschlossen, und es schien ihm gerade so, als habe sie die Tragödie eher noch gestärkt.

»Geheimnisvoll ist sie doch eigentlich immer noch«, riss Vanessa ihn aus seinen Gedanken.

»Das Problem ist nur, dass offenbar der Feind dort lagert.« Garret schaute hinauf in den Himmel, wo die heraufdämmernde Morgenröte langsam den Stern Mistrals verblassen ließ. »Ich habe immer gedacht, im Krieg gäbe es klare Fronten, an denen gekämpft wird, aber dieser Feind ist aus der Mitte unseres Dorfes hervorgebrochen, dort, wo wir uns sicher wähnten.« Er sah sie an. »In diesem Krieg ist niemand mehr sicher, selbst wenn er zu Hause bleibt und versucht, sein Tagwerk zu verrichten. Und nicht immer werden Ariel oder Barius zur Stelle sein, um die Toten wiederzuerwecken.«

»Das können sie auch nicht«, sagte mit einem Mal Elyra, die ihr Pferd an Tarlons Seite gelenkt hatte.

»Wie meinst du das?«

»Ich sprach mit Ariel darüber.«

»Und was sagte er dazu?«, hakte Garret nach.

»Dass die Götter es im Allgemeinen nicht zulassen. Nur

unter außergewöhnlichen Umständen sei es möglich, und nur jemand, der niemals an seinem Glauben gezweifelt habe, bekomme es gestattet. Allerdings nur ein einziges Mal in seinem Leben und nur gegen einen hohen Preis.«

»Das verstehe ich nicht.« Garret sah sie verwundert an. »Ariel hat mich doch schon zweimal zurückgeholt.«

»Nein, da täuschst du dich«, lächelte Elyra. »Der Tod braucht seine Zeit. Ariel sagte, du seist noch gar nicht tot gewesen. Er habe also nichts anderes tun müssen, als dich davon zu überzeugen, dass du lebst.«

»So, so«, meinte Garret und schaute ein wenig skeptisch. »Weißt du auch, was für ein Preis zu zahlen ist?«

»Kannst du es dir nicht denken?«, sagte Elyra leise. »Es ist das eigene Leben. Ariel sagt, es müsse eine Balance eingehalten werden.«

Garret musste an die Wiederbelebung der Sera Meliande in der vorigen Nacht denken und schluckte. War es etwa möglich, dass die Hüter ihr Leben gaben, als sie einer nach dem anderen rings um die Sera herum zusammenbrachen? Nein, zumindest einer der Hüter musste auch danach noch gelebt haben, denn er reichte der Sera eine Decke. Aber Barius selbst hatte sich noch nicht gerührt, als Garret losgeritten war. Er konnte nur hoffen, dass der Priester Loivans sein Leben nicht hingegeben hatte. Jedenfalls war ihm jetzt klar, warum die Hüter abgestimmt hatten und Barius gemeint hatte, dass seine Kräfte allein nicht ausreichen würden. Doch Garret zwang diese Gedanken beiseite, denn Tarlon hatte das Wort ergriffen.

»... also kann man auf eine solche wundersame Rettung nicht hoffen«, stellte Tarlon traurig fest. Er wischte sich flüchtig über die Augen. »Es ist gut, dass du davon erzählt hast, Elyra.«

»Warum?«

»Weil es etwas erklärt, was mich seit dem Angriff des Händlers quält«, sagte Tarlon leise und warf Garret einen Blick zu, mit dem er um Verständnis warb. »Mich hat die Frage nicht mehr losgelassen, warum Ariel Garret zurückholte, nicht aber unsere Mutter.«

Garret sah ihn überrascht an. »Es ist nicht so, dass ich es dir nicht gegönnt hätte«, erklärte Tarlon dann verlegen. »Aber weißt du, meine Mutter ...«

Garret nickte. »Ich verstehe dich gut, Tarlon«, sagte er dann. Von dieser Seite hatte er es noch nicht betrachtet, aber natürlich musste es seinem Freund so erscheinen. »Das hätte ich mich wohl auch gefragt. Aber wir können froh sein, dass er zumindest auch Vanessa gerettet hat.« Plötzlich fuhr er herum. »Seht mal, ist das nicht eines der Geräte, die dein Vater in den letzten Tagen gebaut hat, Argor?«, rief er dann und war froh, das Thema wechseln zu können. Ein Stück voraus war rechter Hand des Weges eine der riesigen Armbrustkonstruktionen des Wagenbauers zu sehen. »Das Ding sieht wirklich gefährlich aus!«

»Du meinst die Ballista? Ja, sie ist auch gefährlich«, versicherte Argor stolz. »Es ist die einzige Waffe, die gegen einen Drachen Wirkung zeigen könnte. Aber man wird nur einmal Gelegenheit haben, die Ballista abzufeuern. Und wehe, man schießt vorbei. Vater meint, wenn der Drache nicht allzu dämlich ist, wird er versuchen, die Ballista vorher zu verbrennen. Deshalb ist vorn auch der Schild befestigt. Ob er etwas nützen wird, konnte mein Vater allerdings nicht sagen.«

»Das Gerät braucht einen mutigen Mann, der es bedient«, stellte Tarlon fest. »Ich jedenfalls habe keine Lust, noch einmal Drachenfeuer auf der Haut zu spüren!«

»Ja, ich glaube, von Feuer haben wir im Moment alle die Schnauze voll«, stimmte Garret ihm zu. »Aber wo sind die anderen Maschinen? Ich dachte, dein Vater hätte mehrere gebaut.«

Argor stellte sich in den Steigbügeln auf und streckte den Arm aus, um die Standorte der restlichen Geräte zu zeigen. »Diese hier ist die erste, die fertig wurde. Die anderen werden an jeweils einem der drei Hügel dort aufgestellt. Vater hofft, dass der Drache es dann gar nicht erst wagt, uns noch einmal anzugreifen.«

»Vielleicht ist das Biest sogar schon tot«, äußerte Garret grimmig. »Man sagt, der Pfeil meines Großvaters wäre gänzlich in seinem Auge verschwunden!«

»So viel Glück werden wir nicht noch einmal haben«, brummte Argor missmutig.

Als die Sonne schon ein Stück höher über dem Horizont stand, bogen die Freunde von der Straße ab in Richtung Süden. Anfangs kamen sie noch an Gehöften und bestellten Äckern vorbei, doch bald hatten sie auch diese hinter sich gelassen.

Gegen Mittag machten sie Rast am Fuße eines Hügels, tränkten die Pferde an einem Bächlein, das hier entsprang, und füllten ihre Wasserbeutel auf. In der Ferne war bereits als dunkler Streifen der alte Wald zu erkennen. Garret kletterte auf den Hügel hinauf und schirmte seine Augen gegen die Sonne ab.

»Ich denke, gegen Abend werden wir dort sein«, rief er zu den anderen hinunter. »Wir sollten zusehen, dass wir einen Lagerplatz außerhalb des Waldes finden.«

Tarlon nickte nur. Sie alle wussten, dass sie den Wald wohl kaum an einem Tag würden durchqueren können, also war es unvermeidlich, zumindest eine Nacht im alten Wald zu verbringen.

Glücklicherweise fanden sie kurz vor Sonnenuntergang einen geeigneten Lagerplatz. Wieder war es ein Hügel, der zwar keine Quelle zu bieten hatte, dafür aber nur über einen steilen Zugang zu erreichen war, denn an der Seite des Hügels war die Erde abgerutscht und hatte blanken Felsen freigelegt.

Es war nicht leicht, die Pferde dort hinaufzuführen, aber nach den Erfahrungen, die sie in der Nähe der Akademie gemacht hatten, waren sie diesmal etwas vorsichtiger. Der Hügel war nur spärlich mit Bäumen bewachsen. Auf der Kuppe fanden sie die Reste einer alten Feuerstelle und daneben eine kleine Senke, in der sie die Pferde unterbringen konnten. Dennoch war nicht genügend Platz, um Zelte aufzustellen, und so legten sie nur ihre Decken aus.

Nachdem Tarlon noch zwei kleine Bäume gefällt hatte, um mit ihnen den Weg zu versperren, der zum Hügel hinaufführte, fühlten sie sich einigermaßen sicher. Während Vanessa und Elyra den Hasen zubereiteten, den Garret am Nachmittag auf einem der Felder geschossen hatte, standen Garret und Tarlon auf dem höchsten Felsen des Hügels und beobachteten den Waldrand.

»Meinst du, wir haben hier etwas zu befürchten?«, fragte Garret leise.

Die Sonne war fast untergegangen, und in der Abenddämmerung wirkte der Wald, der keine zweihundert Schritt von ihrem Lager entfernt begann, noch bedrohlicher.

»Ich denke, nicht.« Tarlon prüfte noch einmal mit dem Fuß, ob die Barrikade auch stabil genug war, und nickte dann zufrieden. »Es ist jedenfalls ein guter Ort für ein Lager. Warum fragst du?«

Garret sah noch immer mit gerunzelter Stirn zum dunklen Waldrand hinüber. »Du magst mich für verrückt halten, aber ich habe das Gefühl, wir werden von dort aus beobachtet.«

Tarlon wiegte seine Axt in der Hand. »Dann werden wir die Augen aufhalten müssen. Aber jetzt sollten wir erst einmal etwas essen!«

Nach einem letzten Blick zum Waldrand gesellten sich die beiden zu den anderen ans Feuer.

Garret hielt die erste Wache. Die Sonne war schon untergegangen, nur der rötliche Schein am Abendhimmel spendete noch etwas Licht. Einer der Steine, die den Zugangspfad zu ihrem Lager säumten, bot sich als Ausguck an, nur war er zu steil, um bequem darauf Platz zu nehmen. Garret musterte den Felsen, zog dann sein Schwert und schlug es in den Stein, fast in der Art, wie Tarlon seine Axt in einen Baumstamm schlug. Es dauerte nicht lang, bis er sich einen bequemen Sitz geschaffen hatte, dann kehrte er die Steinbrocken zur Seite und machte es sich auf dem Fels bequem.

*Lamar hustete, als er sich an seinem Wein verschluckte. »Er schlug das Schwert in den Stein?«, fragte er ungläubig. »Jetzt weiß ich, dass Ihr mich auf den Arm nehmen wollt, alter Mann. Davon abgesehen, dass keine gute Klinge es verdient, so behandelt zu werden, ist das, was Ihr mir da erzählen wollt, überhaupt nicht möglich. Stein bricht Schwert, das weiß doch jedes Kind!«*

*Der Geschichtenerzähler lächelte. »Und Schwert schneidet Papier ... so ist es für gewöhnlich, ja. Aber diese Schwerter waren etwas Besonderes. Dass sie als Schlüssel zu mancher*

*Hinterlassenschaft des alten Reiches dienten, wisst Ihr ja bereits, doch das machte noch nicht ihre Einzigartigkeit aus. Vielmehr war es der schwarze Stahl, den kein Schmied jemals hätte formen können, und ebenjene außergewöhnliche Schärfe. In der Tat sind diese Waffen scharf genug, um Stein zu schneiden und die meisten Rüstungen zu durchschlagen.«*

*»Ihr wollt mir weismachen, diese Schwerter schneiden Stein wie Butter?« Lamar schüttelte den Kopf. »Da verlangt Ihr nun doch zu viel der Gutgläubigkeit von mir!«*

*»Nicht wie Butter«, lächelte der alte Mann und schüttelte den Kopf. »Eher wie eine Axt das Holz. Ich meine, so hätte ich es auch formuliert.«*

*Lamar sah ihn noch immer zweifelnd an. »Das glaube ich erst, wenn ich es sehe!«, stieß er dann hervor, und der alte Mann zuckte mit den Schultern. »Vielleicht kommt es einmal dazu, irgendwo müssen die alten Dinger ja noch herumliegen. Wo war ich stehen geblieben? Richtig ... Also, Garret hatte es sich auf diesem Stein bequem gemacht ...«*

Er legte seinen Bogen und zehn Pfeile griffbereit neben sich und aß in aller Ruhe eine zweite Portion von dem Kanincheneintopf. Bis sie den verdorbenen Wald durchquert hatten, würde dies vermutlich die letzte Gelegenheit sein, Fleisch zu essen, also genoss er es.

Es dauerte ein wenig, bis er das trommelnde Geräusch erkannt hatte. Noch war es weit entfernt, und es kam nicht vom Waldrand her, sondern aus der Richtung, aus der sie gekommen waren. Als er sich aufrichtete und in die Dämmerung spähte, sah er in der Entfernung undeutlich einen dunklen Fleck, der sich dem Lager mit hoher Geschwindigkeit näherte. Jemand ritt im gestreckten Galopp auf sie zu.

Das Licht nahm nun mit jedem Atemzug ab, und ohne das Feuer ihres Lagers hätte der Reiter sie wohl kaum ausfindig machen können. In Zukunft würden sie darauf achten müssen. Ein hohes Feuer hielt zwar wilde Tiere fern, war aber auch weithin sichtbar. Schließlich warteten im verdorbenen Wald noch andere Gefahren als wilde Tiere auf sie.

Behutsam legte er einen seiner besten Pfeile auf die Sehne. Noch war der Reiter zu weit entfernt, um ihn identifizieren zu können.

»Wer könnte das sein?«, fragte Vanessa, die auf den Hufschlag aufmerksam geworden war und nun mit ihrem Bogen in der Hand zu ihm auf den Stein geklettert kam.

»Ich weiß nicht ... Er ist noch zu weit ent...« Garret ließ den Bogen sinken und runzelte verwundert die Stirn. »Göttin, ich glaube, es ist Astrak!«

»Was macht der denn hier?«, entfuhr es Vanessa.

»Das würde ich auch gerne wissen!«, gab Garret zurück. »Ich hoffe nur, im Dorf ist nichts geschehen!«

»Nein, es ist alles in Ordnung!«, erklärte Astrak, als er sein Pferd zum Lager hinaufführte. »Ich habe es mir nur anders überlegt. Ich will mit dabei sein, wenn ihr den Turm dieses Astbaums findet!«

»Baumast«, korrigierte Tarlon abwesend, der mit seinem Blick beständig die Umgebung absuchte, während er die Barrikade wieder an ihren Platz zerrte. »Weiß dein Vater davon, dass du hier bist?«

»Nun, ich habe ihn gefragt«, gab Astrak zurück.

»Na gut«, sagte Tarlon, als sie wenig später am Lager saßen, »meinetwegen kannst du mit uns kommen. Aber wo ist deine Ausrüstung?«

Außer einem Rucksack und zwei Satteltaschen führte Astrak nur seinen Bogen mit sich.

»Oh«, meinte der Sohn des Alchemisten und winkte ab. »Ich habe alles dabei: Niespulver, Riechsalz, einige interessante Mischungen, mit denen ich noch experimentiere, eine Decke, Pfeile. Ich habe alles, was ich brauche.«

»Na, wenn du meinst«, äußerte Elyra skeptisch. »Aber was hat eigentlich dein Vater gesagt? Ich kann mir nicht vorstellen, dass er sehr glücklich war über deinen Entschluss, mit uns zu kommen.«

»Keine Ahnung«, lächelte Astrak.

Elyra sah ihn überrascht an. »Ich dachte, du hättest ihn gefragt?«

»Habe ich ja auch. Aber ich habe nicht auf seine Antwort gewartet. Er wird den Zettel finden, wenn er nach Hause kommt.«

Tarlon seufzte und sah zu Vanessa hinüber. Ihr war es durchaus zuzutrauen, dass sie es nicht viel anders gehandhabt hatte. Doch sie schien seinen Blick nicht zu bemerken.

Mittlerweile hatte sich Dunkelheit über das Tal gelegt, und der Mond stand als schmale Sichel am Horizont. Der Himmel über ihnen war sternenklar, und unwillkürlich suchte und fand Garret Mistrals Stern, der hell am Himmel schien. Garret hatte wieder seinen Beobachtungsposten auf dem Stein bezogen, und obwohl es für ihn an der Zeit war, hatte er noch nicht die Ruhe, sich zu seinem Lager zu begeben.

Den anderen schien es ähnlich zu gehen. Während Vanessa das Essgeschirr mit Sand ausscheuerte und die anderen ihre Bettlager vorbereiteten, saß Elyra vorgebeugt auf einem Stein, sodass der weißblonde Schleier ihres Haars

Gesicht und Hände verdeckte und Garret nicht genau erkennen konnte, was sie dort bearbeitete. Tarlon setzte sich neben die zierliche Halbelfin, um ihr zuzuschauen.

»Was machst du da?«, erkundigte er sich leise.

»Ich schnitze ein heiliges Symbol. Alle Priester haben eines, und ich will ja auch Priesterin werden. Ich glaube, es ist mir ganz gut gelungen. Schau mal.«

Sie hielt ihre Arbeit hoch, und Garret konnte im Schein des Feuers Mistrals Stern erkennen, den sie aus einem Stück Holz geschnitzt hatte und der bereits fast fertig war.

»Aus Holz?«, staunte Tarlon.

Elyra nickte. »Aus dem Holz der Esche, einem heiligen Baum. Doch der Diener Erions sagte, es sei gar nicht wichtig, woraus ein Symbol gefertigt ist, wenn nur der Glaube stark genug dahintersteht.«

»Du willst also Mistral dienen?«, schloss Tarlon leise. »Ich dachte, es sei Teil unserer Strafe, dass wir ihre Gnade nicht mehr erfahren.«

»Nun«, antwortete Elyra, »ich fühle es mit jeder Faser meines Herzens, dass ich ihr als Priesterin zu dienen habe. Wie könnte das sein, wenn es nicht ihr Wunsch wäre?«

»Vielleicht hat sie uns verziehen«, meldete sich Astrak von seinem Bettlager und blickte ehrfürchtig zu Elyra hinüber. »Es wäre jedenfalls schön, wieder eine Priesterin der Herrin der Welten in unserem Dorf zu haben.«

»Es ergibt auf jeden Fall Sinn, dass sie dich erwählt hat«, nickte Tarlon. »Du stammst aus Lytara, wie ein jeder von uns, doch trägt dein Blut nicht die Schuld mit sich, wie es das unsere tut.«

»Unsere Vorfahren haben sich von Lytar abgewandt. Sie trugen die Schuld nicht in sich!«, widersprach Astrak.

»Sie verhinderten das Unrecht aber auch nicht«, gab Tarlon zurück. »Die Göttin hatte wahrlich Grund, uns so zu strafen! Und je mehr ich über das alte Reich erfahre, desto mehr verstehe ich, dass sie sich von uns abgewandt hat.«

»Das hat sie nie wirklich getan. Sie wacht noch immer über uns«, widersprach Elyra sanft. »Ihr zu dienen, ist zweifellos meine Bestimmung. Also muss sie uns vergeben haben.« Sie seufzte. »Ich wünschte nur, ich hätte ein Symbol aus dem richtigen Material. Holz ist ihr zwar heilig, aber es ist nicht dauerhaft.«

»Wenn du willst, kann ich dir eines aus Gold fertigen«, erbot sich Argor.

»Das wäre genau das, was ich bräuchte. Ist es denn schwierig herzustellen?«

»Ich benötige nur ein paar Münzen und etwas Zeit. Ich denke, es muss einen Grund geben, weshalb die meisten solcher Symbole aus Gold sind.«

»Stimmt«, bestätigte Astrak dem jungen Zwerg. »Es liegt daran, dass das Symbol als Fokus dient, der die inneren und die göttlichen Kräfte in einem Punkt sammelt und so dem Priester die Möglichkeit gibt, das Wesen der Dinge zu manipulieren. Mit Gold geht das einfacher.« Astrak gähnte ausgiebig. »Übrigens ein der Alchemie verwandtes Prinzip.« Er sah zu Elyra hinüber. »Aber für dich ist das Symbol vor allem ein Zeichen deines Glaubens, und daher ist es egal, aus welchem Material es besteht. Wie es jetzt ist, ist es gut, und wenn du ein anderes brauchst, wirst du wissen, wie es beschaffen sein muss.«

Elyra sah ihn verblüfft an. »Woher weißt du das alles?«

Astrak zuckte die Schultern. »Vater ist ein Gelehrter, und ich habe das ein oder andere aufgeschnappt. Die Alchemie ist die Lehre vom Ganzen. Vater sagt immer, dass man die Alchemie niemals verstehen wird, wenn man nicht alle

Lehren berücksichtigt. Es ist die Suche nach dem Schaffensplan der Götter, nach dem Wesen des Seins.« Er lehnte sich auf seiner Bettrolle zurück und schloss die Augen. »Bevor man etwas verändern kann, muss man wissen, was es ursächlich ist.« Er drehte sich zur Seite und schlug die Decke über sich. »Mir tut der Hintern weh, und das kommt ursächlich vom Reiten«, gähnte er. »Gute Nacht.«

»*Sie entschloss sich einfach, eine Priesterin Mistrals zu werden?*« *Lamar schüttelte ungläubig den Kopf.* »*Braucht es dazu nicht ein Noviziat?*«

»*Da fragt Ihr mich zu viel*«, *antwortete der alte Mann mit einem Lächeln.* »*Ich kenne mich in solchen Dingen nicht aus. Ich weiß nur, dass niemand an ihrer Bestimmung zweifelte.*«

»*Nun, ich hoffe, sie blieb dabei*«, *sagte Lamar und lehnte sich in seinem Stuhl zurück.* »*Ich kann mir nicht vorstellen, dass die Götter es gutheißen, wenn die Priester sie wechseln wie ihre Kleidung.*«

»*Bisweilen drücken sie ein Auge zu*«, *lachte der alte Mann.* »*Diesmal war sich Elyra jedenfalls sicher!*« *Er fischte Tabak aus seinem Beutel und begann seine Pfeife zu stopfen.* »*Und so, wie es aussah, hatte auch Mistral nichts dagegen einzuwenden!*«

Garret saß auf seinem Stein und blickte in die Dunkelheit. Er war noch immer zu unruhig, um schlafen zu können, außerdem genoss er die Nacht und die Gelegenheit, seinen Gedanken nachzuhängen. Immer wieder musste er an Vanessa denken, daran, wie er ihre Hand hielt, als sie im Sterben lag, und daran, wie ein Gefühl des Glücks ihn überströmte, nachdem Ariel sie gerettet hatte.

Bis vor wenigen Tagen war er der Auffassung gewesen, dass das Leben zwar manchmal langweilig sei, es aber auch beruhigend wirkte, zu wissen, was man als Nächstes zu tun hatte. Die Arbeit im Haushalt und in der Werkstatt seines Vaters oder das Fischen, wenn es ihm damit zu viel wurde. Er schmunzelte ein wenig, denn all dies kam ihm mit einem Mal so harmlos vor.

Bei diesem Sommerfest hatte er Vanessa zum ersten Mal als Frau wahrgenommen. Sie war ja auch kaum zu übersehen gewesen in ihrem fröhlich bunten Festtagsgewand. Wäre Belior nicht gewesen, würde er jetzt wahrscheinlich bald bei ihrem Vater in der Türe stehen, den Hut in der Hand, und ihn fragen, ob er Vanessa ausführen dürfe.

Vor einiger Zeit hatten Tarlon und er sich einmal über ihrer beider Familien unterhalten und dabei festgestellt, dass sie zu den wenigen im Dorf gehörten, die noch nicht über verwandtschaftliche Bande miteinander verknüpft waren.

Früher, in den Zeiten Alt Lytars, soll es sogar eine Art Fehde zwischen den beiden Familien gegeben haben, doch weder Tarlon noch Garret kannten den Grund. Fest stand nur, dass sie ein Ende fand, als die Familien nach dem Kataklysmus Lytara gründeten.

So schlecht stand es also nicht um eine mögliche Verbindung. Und Vanessa hatte ihn immerhin schon geküsst. Er schloss die Augen und rief sich das samtweiche Gefühl ihrer Lippen in Erinnerung. Dann hörte er aus der Richtung des Waldes ein Heulen, ähnlich dem eines Wolfes.

»Wo sind die Biester?«, fragte Argor. Er war zu Garret auf den Stein geklettert, nachdem dieser seine Freunde geweckt hatte. Der Zwerg beobachtete den Waldrand, während er seine Armbrust spannte. »Ah, ich sehe sie schon«, sagte er dann, noch bevor Garret ihm antworten konnte. Er hielt inne und zog die buschigen Augenbrauen zusammen. »Was machen die denn da? Normal ist das nicht, oder?«

Nein, dachte Garret, normal war das nicht. Es waren etwa zwanzig Tiere, ein ungewöhnlich großes Rudel, aber das eigentlich Verstörende war, dass sie sich in drei Gruppen aufgeteilt hatten, die nun außerhalb von Pfeilschussweite um das Lager herumschlichen.

»Wölfe greifen keine Menschen an«, stellte Elyra hinter ihnen fest. Sie war bei den Pferden und versuchte sie zu beruhigen, denn die Tiere hatten die Herannahenden bereits gewittert. »Zumindest nicht im Sommer, wenn sie genug zu fressen haben, und nicht, wenn es mehr als ein Mensch ist. Und schon gar nicht in einer solchen Formation. Das sind keine Wölfe.«

Garret sah zu ihr hinüber und dann wieder zu den Tieren. Er kratzte sich am Kopf. »Was sollten sie denn sonst sein? Sie sehen aus wie Wölfe, heulen wie Wölfe und …«, er sog die Luft scharf durch die Nase, »… sie stinken wie Wölfe!«

»Aber ich kann sie nicht richtig fühlen.« Elyra schauderte. »Sie sind nicht krank wie die Hunde, aber eines weiß ich sicher: Sie sind irgendwie bösartig.«

Vanessa rückte ihren Helm zurecht und griff nun ebenfalls nach ihrem Bogen. »Nichtsdestoweniger verhalten sie sich zu clever für Wölfe. Diese hier gehen viel zu systematisch vor. Sie haben uns eingekreist, und jetzt scheinen sie auf irgendetwas zu warten.«

Tarlon runzelte die Stirn. »Außerdem können Wölfe im Dunkeln nicht sehr viel besser sehen als wir. Da wäre es doch sicherlich günstiger für sie, in der Dämmerung anzugreifen.«

»Keine Ahnung«, meinte Garret. »Ich wurde noch nicht von Wölfen angegriffen. Aber ich weiß, auf wen sie warten. Auf den dort.« Garret wies mit dem Arm in die Dunkelheit. Tarlon musste zweimal hinsehen, bevor er etwas erkannte, während Argor auf Anhieb im Bilde war.

»Das ist definitiv kein Wolf«, stellte der Zwerg fasziniert fest. »Wölfe laufen nicht auf zwei Beinen.« Er sah auf seine Armbrust hinab. »Und er scheint genau zu wissen, welchen Abstand er halten muss, damit ihn unsere Pfeile nicht erreichen.«

Garret war sich da nicht so sicher. Er betrachtete seinen Bogen, der selbst so schwarz war wie die Nacht und zudem in Drachenfeuer gehärtet war. Das Vieh stand gute zweihundert Schritt entfernt und war kaum mehr als ein Schatten in der Dunkelheit. Garret konnte es nur schwer erkennen, aber umso besser fühlen.

Elyra hatte recht, dachte er, das hier sind keine normalen Wölfe. Das Vieh dort vorne war ihm unheimlich, doch war es wirklich außer Reichweite? Und genügte es nicht vielleicht, dass er zumindest ungefähr wusste, wo es war?

Das unheimliche Wesen legte den Kopf in den Nacken und stieß ein Heulen aus, das dem eines Wolfes ähnelte, doch wesentlich modulierter klang. Es war offenbar nicht nur ein Ruf, sondern eine Anweisung, denn die anderen Wölfe duckten sich auf einmal und begannen, langsam von allen Seiten auf das Lager vorzurücken. Hinter ihm fluchte Elyra leise, und eines der Pferde wieherte ängstlich.

Sorgsam wählte Garret einen Pfeil aus und schloss dann die Augen. Er versuchte all sein Fühlen auf das zu konzentrieren, was er dort in der Entfernung spürte, dieses Unheimliche, das ihm so fremd und feindselig vorkam.

Langsam legte er den Pfeil auf die Sehne und wartete.

Als das Biest erneut einen Ruf ausstieß, hob er den Bogen an und zog ihn mit einer flüssigen Bewegung aus, den großen Bogen seines Großvaters, den niemand anderer als dieser jemals hatte ausziehen können.

Tarlon sah seinen Freund mit geweiteten Augen an. Er meinte sogar, das Knirschen der Muskelfasern zu hören, als Garret die Sehne weiter und weiter nach hinten zog, aber da war kein Zittern, kein Wackeln zu erkennen, Garret stand still wie eine Statue, und die Sehne wurde unaufhaltsam gedehnt, bis die Pfeilspitze das Holz des Bogens fast berührte. Für einen Moment, der eine halbe Sekunde oder eine Ewigkeit gedauert haben mochte, stand Garret mit gespanntem Bogen da, dann ließ er die Sehne los. Sie klang wie eine angeschlagene Harfensaite nach, während der Pfeil schneller, als das Auge sehen konnte, in der Dunkelheit verschwand.

Das Heulen brach schlagartig ab, und in der Ferne stürzte die Figur zu Boden. Es war, als wäre damit ein Bann gebrochen, der über den Wölfen gelegen hatte, denn sie schreckten auf und rannten los, ein paar von ihnen auf die gestürzte Figur zu, die meisten jedoch zurück zum Waldrand.

»Götter!«, hauchte Astrak beeindruckt und sah kopfschüttelnd auf seinen eigenen Bogen hinab, der im Vergleich zu dem von Garret wie ein Spielzeug wirkte. »Was für ein Schuss!«

»Ich habe ihn leider nicht richtig erwischt«, stellte Garret fest und verzog das Gesicht vor Schmerz, als er die Schultern rollte. »Er ist nur schwer getroffen.«

»Woher willst du das wissen?«, fragte Argor neugierig. »Ich kann im Moment gar nichts erkennen!«

»Ich weiß es einfach.«

Garret behielt recht, denn die seltsame Figur erhob sich mühsam wieder und bewegte sich, begleitet von kaum mehr als einer Handvoll Wölfe, taumelnd auf den Waldrand zu.

»Die wären wir los«, sagte der Zwerg, während er mit gerunzelter Stirn den dunklen Waldrand musterte.

Garret nickte. »Ja. Es sieht so aus, als hätten wir sie verscheucht!«

»Sagt mal, müssen wir morgen nicht genau dort entlang?«, fragte Astrak vorsichtig.

»Genau das habe ich gerade auch gedacht«, knurrte der Zwerg.

»Morgen ist morgen«, meinte Garret nur und gähnte demonstrativ.

# 18

*Verdorben*

Als sie am nächsten Morgen aufbrachen, zügelte Garret an der Stelle, an der jenes seltsame Wesen in der Nacht zuvor gestanden hatte, sein Pferd und stieg ab. Einen Moment lang musterte er die großen dunklen Flecken im Gras, die Zeugnis davon gaben, dass das Biest viel Blut verloren hatte. Ein paar Schritte weiter lag auch sein Pfeil, zerbrochen und blutbeschmiert.

»Was siehst du, Garret?«, fragte Tarlon, dessen Pferd unruhig hin und her tänzelte. Auch die anderen Tiere waren von dem Blutgeruch nervös geworden.

»Etwas, das mich beunruhigt«, antwortete Garret nachdenklich und kniete nieder, um die Spuren näher zu untersuchen.

»Das Gras macht es schwieriger«, erklärte er dann. »Aber alles, was ich hier erkennen kann, sind Abdrücke von großen Pranken, nicht jedoch von Füßen oder Stiefeln.«

Er stand auf und griff die Zügel seines Pferdes, die Vanessa ihm hinhielt. Als er aufsaß, sah er stirnrunzelnd in Richtung des nahen Waldrands.

»Es gibt Tiere, wie zum Beispiel Bären, die sich aufrichten können, doch meistens gehen sie auf vier Pfoten. Dieses hier allerdings nicht. Ich habe solche Spuren noch nie zuvor gesehen.«

»Der Wald ist verdorben«, bemerkte Elyra. »Seit dem Kataklysmus brachte er immer wieder Ungeheuer hervor, Abwandlungen einer bekannten Art. Jeder weiß davon, denn die Ältesten haben uns oft genug gewarnt. Welchem Tier kommen die Spuren am nächsten, Garret?«

»Zweifellos einem Wolf«, antwortete dieser. »Aber einem riesigen. Er dürfte deutlich größer sein als unser Tarlon hier.« Garret grinste seinen Freund an. »Wenn du also etwas siehst, das größer ist als du und zudem mehr Zähne hat, dann solltest du dir etwas einfallen lassen.«

Tarlon hob die Augenbrauen und legte eine Hand auf den Stil seiner Axt. »Solange er keine Axt hat, ist mir die Anzahl seiner Zähne egal«, lächelte er. Doch währenddessen suchten seine Augen den Waldrand ab.

Es war nicht ganz so einfach, den alten Weg zu finden, der zum Turm des Magiers führte. Es war keine hoch aufgeschüttete Straße wie diejenige, die nach Alt Lytar führte, sondern eher ein schmaler Pfad. Sie fanden ihn daher auch mehr durch Zufall. An einer kleinen Anhöhe bemerkten sie ein paar sauber verfugte Steinplatten, aber schon wenige Schritte weiter hatte die Natur die Steine wieder unter Erde, Gras und Laub verborgen. Dennoch konnte man den Verlauf des Pfades erahnen.

»Ich bin mir sicher, dass dies der Weg ist, den wir suchen«, sagte Garret dann und sah seine Freunde fragend an. »Reiten wir hinein?«

»Dafür sind wir schließlich hergekommen«, gab Vanessa tapfer zurück, doch nicht nur ihr schien der Gedanke Unbehagen zu bereiten.

Der dunkle Wald lag vor ihnen wie ein riesiges Wesen, das nur darauf wartete, sie zu verschlingen. Büsche und Sträucher wucherten hoch und dicht, und auch die seltsam verdreht gewachsenen Bäume wirkten anders als alles, was sie zuvor in Wäldern gesehen hatten.

Tarlon musterte die Bäume sorgfältig und mit gerunzelter Stirn. »Ich hätte gedacht, dass sich der Wald nach so langer Zeit wieder erholt hat, aber hier ...« Er schüttelte bedauernd den Kopf. »Dieser Wald ist verdorben, ein verdrehtes, krankes Spiegelbild der Natur. Und alles, was wir hier finden können, wird so sein.« Er zog einen Pfeil aus seinem Köcher und beugte sich im Sattel hinunter, dann spießte er etwas am Boden auf und hielt es hoch, damit auch die anderen es sehen konnten.

»Verdreht und krank wie das hier!«

Das aufgespießte Tier hatte eine schwache Ähnlichkeit mit einem Tausendfüßler, aber es war gut eine Handspanne lang und besaß zwei Paar kräftige Zangen sowie kleine rot glühende Punkte, die an den Enden von wedelnden Antennen saßen. Dort, wo der Pfeil den Chitinpanzer durchbohrt hatte, schäumte grüngelber Schleim auf das Holz des Pfeilschafts.

»Hässlich«, meinte Garret trocken. Argor nickte nur, und Elyra war kreidebleich geworden und sah das Insekt mit Abscheu an.

»Säure«, stellte Astrak fasziniert fest. »Den würde ich nicht barfuß zertreten wollen. Kann ich ihn für meine Sammlung haben?«, fragte er dann mit einem Leuchten in den Augen.

»Igitt!«, protestierte Vanessa angewidert. »Ich will so etwas auf keinen Fall in meiner Nähe haben! Wirf es weg, Tarlon!«

Ihr Bruder nickte und schleuderte den Pfeil samt Tier in hohem Bogen fort.

Dann sah er nacheinander die anderen an und konnte in

ihren Gesichtern die gleichen Bedenken lesen. Nur Astrak blickte dem weggeworfenen Pfeil mit einem gewissen Bedauern nach.

»Ich glaube, keinen von uns zieht es hier hinein«, stellte Tarlon schließlich leise fest. Die anderen nickten zustimmend. Sogar Garret schien seine übliche gute Laune verloren zu haben. Astrak hingegen war schon wieder mit anderem beschäftigt. Sein Blick fixierte etwas, das entfernt einem Eichhörnchen ähnelte, nur war dieses Wesen hier tiefschwarz, etwa doppelt so groß und besaß den Kopf eines Frettchens sowie schwarze, bösartig aussehende Krallen. Gerade bleckte es wütend die Zähne.

»Also gut«, seufzte Tarlon und lockerte seine Axt in der Sattelhalterung, während er dem Tier, das Astrak so zu faszinieren schien, einen misstrauischen Blick zuwarf. »Ich reite voran.«

Gut drei Stunden ritten sie nun schon durch den Wald, ohne dass etwas Besonderes geschehen war. Hier und da war das Unterholz so verwachsen, dass nur entlang dem alten Weg überhaupt ein Durchkommen war. Sogar den Pflanzen hier schien etwas Bösartiges anzuhaften. Die meisten von ihnen besaßen lange dunkle Dornen, ein Busch sogar solche, an deren Spitzen sich grüne Tröpfchen bildeten. Im Wurzelwerk dieses Busches hatte sich ein Eichhornfrettchen verfangen, und es schien fast so, als sei es von den Wurzeln erdrosselt worden. Ein weiteres Wesen, eine Art Gürteltier mit einem spitzen Horn auf der Stirn und den kräftigen Krallen eines Maulwurfs, musterte sie aus dem Unterholz heraus. Sein Maul öffnete und schloss sich wie das eines Fisches und zeigte scharfe Zähne.

»Sie scheinen keine Angst vor uns zu haben«, meinte

Garret leise und hielt Pfeil und Bogen griffbereit, als sie an dem Tier vorbeiritten.

»Nicht nur das«, entgegnete Astrak und warf einen schelmischen Blick zu Garret hinüber. »Offenbar erwägen sie sogar, uns auf ihren Speiseplan zu setzen.«

Elyra warf ihm einen ungläubigen Blick zu. »Wie kannst du dich darüber nur amüsieren, Astrak? Ich finde es fürchterlich. Kein Tier sollte so sein!«

»Seid mal still«, rief Garret leise von vorne und zügelte sein Pferd. »Ein Stück voraus sehe ich etwas …«

»Was ist es?«, fragte Argor, der sich auf seinem Maultier reckte und dennoch nichts erkennen konnte.

»Ich glaube, wir haben gefunden, wonach wir suchen«, gab Garret zurück und ritt langsam weiter. Seine Augen tasteten nervös die Umgebung ab, doch die Tiere ließen sie in Ruhe und beobachteten die Freunde nur auf eine seltsam lauernde Weise.

Astrak hat recht, dachte Tarlon, sie betrachten uns als Beute. Doch dann sah auch er, was Garrets Aufmerksamkeit erregt hatte, und vergaß den Gedanken wieder.

Die Lichtung, auf die sie nun hinausritten, war kreisrund und maß etwa vierhundert Schritt im Durchmesser. Dichtes grünes Gras, das nur hier und da aufgrund der Sommerhitze gelb verfärbt war, bedeckte den größten Teil der Lichtung. Zu ihrer Linken lag ein kleiner, künstlich angelegter See, neben dem die überwachsenen Fundamente eines kleinen Häuschens zu erkennen waren.

Direkt vor ihnen stand in der Mitte der Lichtung die Ruine eines Turms, der einst recht hoch gewesen sein musste und vermutlich schon vor langer Zeit zusammengestürzt war.

Die Lichtung schien unberührt von dem verdorbenen

Wald, doch in ihrem Zentrum glich sie einem Schlachtfeld. Gut drei Dutzend gerüstete Gestalten lagen vor dem Turm im Gras. Fliegen stoben auf, als Garret sich dem ersten der Toten näherte. Neben ihm angekommen, stieg er von seinem Pferd und reichte die Zügel an Vanessa weiter.

»Was mag hier geschehen sein?«, fragte Elyra, während sie sich nervös umsah. Es war still und ruhig auf der Lichtung, nur der Wind strich über das hohe Gras und bewegte es sanft.

»Sie tragen die gleiche Rüstung wie die Kämpfer im Keller«, stellte Garret fest, als er sich neben dem Toten niederkniete.

Der Mann lag auf dem Bauch, und Garret drehte ihn vorsichtig herum. Er wich leicht zurück, als ihm auf der Seite, wo das Gesicht des Soldaten auf dem Boden gelegen hatte, blanker Knochen mit einem toten Grinsen begegnete. Die andere Seite des Gesichts war nur angefressen, doch tummelten sich dort Dutzende von kleinen roten Larven in dem aufgedunsenen Fleisch.

»Igitt«, stieß Garret hervor und ließ den Toten los. »Das ist eklig!«

»Ich frage mich, was ihm das Gesicht so sauber abgenagt hat«, überlegte Tarlon, der ebenfalls abgestiegen war. »Schau dir das Leder seiner Rüstung und den Stoff seines Wamses an! Er liegt offenbar noch nicht sehr lange hier.« Tarlon stieß den Toten mit dem Fuß an. »Ich schätze, nicht einmal einen Tag.«

Garret nickte nachdenklich. »Ich frage mich, was ihn getötet hat. Ich sehe keine Schäden an seiner Rüstung ...«

»Das ist die eine Frage«, sagte Vanessa von ihrem Pferd herunter. Sie war nicht abgesessen und beobachtete aufmerksam die Umgebung, während ihre Hand nervös mit dem Knauf ihres Schwertes spielte. »Die andere ist: Wo kamen diese Männer her?«

»Von einem Lager ganz in der Nähe«, antwortete ihr Argor mit Bestimmtheit.

»Woher willst du das wissen?«, gab sie zurück.

»Sie waren zu Fuß unterwegs und führten keinen Proviant mit sich.« Der Zwerg sah sich nervös um. »Lasst uns von dieser Lichtung verschwinden. Hier stimmt etwas nicht … es riecht mir alles verdammt nach Magie.«

»Wie kommst du auf Magie?«, fragte Garret abwesend, während er mit der Spitze seines Dolches die geschlossene Hand des Toten öffnete, die durch den schweren, mit eisernen Ringen besetzten Lederhandschuh gut geschützt und daher noch unversehrt war.

»Was sonst könnte einen Soldaten töten, ohne dass er eine Möglichkeit hat, sich zu wehren?«, fragte der Zwerg nervös. »Er hat nicht einmal sein Schwert gezogen.«

»Diese Biester hier«, sagte Garret leise und wies mit seinem Dolch auf die nunmehr geöffnete Handfläche des toten Soldaten, wo drei der verdorbenen Tausendfüßler lagen, die der Mann vermutlich im Todeskampf zerquetscht hatte.

Er richtete sich langsam auf. »Lasst uns erst einmal von hier verschwinden.«

»Was hat das alles zu bedeuten?«, fragte Argor vorsichtig.

»Später«, gab Garret knapp zurück und bestieg sein Pferd.

Tarlon nickte zustimmend, als auch er sich wieder in den Sattel schwang. »In solchen Fällen vertraue ich auf Garrets Instinkt.«

»Wir reiten vorsichtshalber in unseren eigenen Spuren

zurück«, bestimmte Garret. »Ich möchte nicht, dass mit uns das Gleiche geschieht.«

»Aber was ist denn nun hier geschehen?«, beharrte Vanessa. Sie lockerte ihr Schwert in der Scheide und sah sich nervös um.

»Wenn ich mit meiner Vermutung richtigliege, wird dir auch dein Schwert nichts nützen«, sagte Garret nur, während er vorsichtig in Richtung Waldrand ritt. Erst als sie dort angekommen waren, atmete er erleichtert auf.

»Sagst du uns nun, was los ist?«, fragte Elyra.

»Es ist eigentlich nicht mehr als ein Gefühl«, antwortete Garret und schauderte leicht. Er stieg vom Pferd und legte einen Pfeil auf die Sehne seines Bogens. »Seht ihr diesen Hügel dort?«, fragte er und wies mit der Hand auf eine flache Erhebung nicht weit von der Stelle, an welcher der erste der toten Soldaten lag. »Ich habe schon einmal etwas Ähnliches gesehen. Es war ein Ameisenbau.«

Er zog seinen Bogen aus und ließ den Pfeil fliegen, der dumpf in dem flachen Hügel einschlug. Für einen Moment geschah nichts, doch dann schien etwas um den Pfeil herum ins Wogen zu geraten, und langsam sank der Schaft zur Seite und verschwand im dichten Gras.

»Was war das?«, fragte Vanessa mit einem leicht nervösen Unterton. »Ich habe es nicht richtig sehen können.«

»Aber ich«, antworte Elyra leise. »Es waren Dutzende von diesen Todeskrabblern.«

»Todeskrabbler?«, grinste Astrak. »Klingt richtig poetisch! Wie kommst du auf diesen Namen?«

»Er könnte durchaus passend sein«, bemerkte Garret leise. »Ich wette, dass es diese Viecher waren, die die Soldaten erwischt haben. Seht ihr?«

Er wies mit seiner Hand auf weitere flache Erhebungen,

die nun, da sie danach Ausschau hielten, überall auf der Lichtung auszumachen waren.

»Etwas Ähnliches wie Schwarzbrandameisen«, nickte Tarlon dann, und seine Stimme klang belegt. »Vater zeigte mir einmal einen Bau, weit unten im Süden. Er warf ein totes Kaninchen davor, und nicht einmal eine Minute später war es vollständig abgenagt.«

»Niemand hat eine Chance gegen diese Biester. Zumindest nicht, wenn sie zu Hunderten angreifen«, fügte Garret hinzu und sah frustriert zur Turmruine hinüber. »Das können wir vergessen. So kommen wir nicht in den Turm hinein!«

»Gibt es nichts, was man gegen diese Biester tun könnte?«, fragte Elyra.

»Eines bestimmt«, erwiderte Tarlon. »Wir könnten die Lichtung abfackeln. Nur stellt uns das vor ein anderes Problem: Man würde den Rauch sehen.«

»Richtig, das denke ich auch«, stimmte ihm Astrak zu. »Wenn, wie Argor vermutet hat, die getöteten Soldaten aus einem Lager in der Nähe kamen, werden ihre Kameraden den Rauch sehen und nachschauen, was hier los ist.«

»Eigentlich müssten sie sie doch schon vermissen«, setzte Argor nach. »Also frage ich mich, warum sie noch niemanden hergeschickt haben, um nachzusehen, wo ihre Leute bleiben.« Der Zwerg sah die anderen an. »Denn ich glaube nicht, dass die Soldaten nur zufällig auf den Turm gestoßen sind.«

»Ihr setzt voraus, dass es das Lager wirklich gibt«, warf Elyra ein. »Aber vielleicht stimmt das ja gar nicht, und die getöteten Soldaten waren auf eigene Faust unterwegs.«

Argor schüttelte den Kopf. »Ich wette meinen Hammer, dass es das Lager gibt!«

»Das sollte sich ja herausfinden lassen«, meinte Garret und musterte die Umgebung.

Es dauerte nicht lange, bis Garret die Spuren der Soldaten ausgemacht hatte, und es fiel ihnen auch nicht besonders schwer, diesen zu folgen. Sie führten tiefer in den Wald hinein, was keinem der Freunde behagte, aber es führte kein Weg daran vorbei. Sie mussten wissen, wo sich der Feind befand. Und dass es sich bei den Soldaten um den Feind handelte, stand außer Frage, denn wie Garret bemerkt hatte, trugen sie die gleiche Rüstung wie die Toten, die sie im Keller des Gasthofes gefunden hatten.

Es war Elyra, die etwas später feststellte, dass sich das Erscheinungsbild des Waldes langsam veränderte und die Verderbnis abzunehmen schien, je tiefer sie in ihn eindrangen. Schließlich kam er ihnen wieder völlig normal vor, wie ein dichter alter Wald, der seit Jahrhunderten von Menschenhand unberührt geblieben war.

»Das heißt, dass der verdorbene Wald an dieser Stelle nur gut sechs Wegstunden breit ist«, bemerkte Tarlon und ließ seine Hand liebevoll über den gradwüchsigen Stamm eines nahen Baumes gleiten. Er fühlte sich gesund und kräftig an, und seine Rinde war nicht mit einer öligen Schicht bedeckt wie die der verdorbenen Bäume.

»Immer noch breit genug«, meinte Argor und schüttelte sich demonstrativ. »Ich will gar nicht daran denken, dass wir noch einmal durch ihn hindurchmüssen.«

»Aber er ist auch nicht so breit, wie wir dachten«, warf Garret ein. »Die Ältesten schienen der Meinung zu sein, dass die Verderbnis den gesamten Wald erfasst hat.«

»Ich bin froh, dass sie diesmal falschgelegen haben«, grinste Astrak. »Mein Vater hat ohnehin viel zu häufig recht!«

»Eines weiß ich auf jeden Fall: Wenn jemand von euch auf die bescheuerte Idee kommt, des Nachts durch ihn hindurchreiten zu wollen, dann ohne mich«, stellte Vanessa klar.

»So verrückt bin noch nicht einmal ich«, grinste Astrak und löste damit leises Gelächter bei den Freunden aus, die ihre Stimmen dämpften, weil sie nicht wussten, wie weit der Feind noch entfernt war. Doch fast im gleichen Moment erklangen in der Ferne Axthiebe und gaben ihnen einen Anhaltspunkt.

Sie sahen einander an, dann glitt Garret wortlos von seinem Pferd herunter, reichte Vanessa die Zügel und schlug sich ins dichte Unterholz.

»Warum immer er?«, fragte Vanessa.

»Weil er es am besten beherrscht«, schmunzelte Astrak. »Niemand kann es mit Garret aufnehmen, wenn es darum geht, nicht gefunden zu werden.«

Während Garret der Ursache des Lärms auf den Grund ging, blieben die anderen nicht untätig. Sie nutzten die Gelegenheit, die Pferde zu versorgen und sich selbst ein wenig auszuruhen, allerdings etwas abseits der Spur, der sie gefolgt waren. Sie fanden einen geschützten Platz inmitten des dichten Unterholzes, der groß genug war, um auch die Pferde verstecken zu können.

Die ganze Zeit über konnten sie die Axthiebe hören. Tarlon vermutete, dass es gut ein Dutzend Männer waren, die in größeren Mengen Holz schlugen. Nur zu welchem Zweck?

Damit sie nicht selbst vom Gegner überrascht wurden, war Vanessa auf einen Baum geklettert, um Ausschau zu halten. Dennoch erschreckte auch sie sich, als Garret unvermittelt aus dem dichten Unterholz hervortrat.

»Was hast du herausfinden können?«, fragte Tarlon, nachdem er sich wieder gefasst hatte. Sein Freund war viel länger fortgeblieben als erwartet, sodass auch er inzwischen unruhig geworden war.

»Argor kann seinen Hammer behalten«, antwortete Garret und strich sich einen Käfer von der Schulter. »Es gibt noch mehr als genug von unseren Feinden!«

# 19

*Die Söldner*

Argor hob seinen Hammer und sah von der Waffe zu Garret. »In diesem Fall bin ich mir nicht sicher, ob ich nicht doch lieber meinen Hammer verloren hätte. Wie viele sind es?«

»Gut acht Dutzend. Etwas über zwölfhundert Schritt in diese Richtung«, er wies mit der Hand hinter sich, »haben sie ein kleines Lager errichtet. Ich habe etwa fünfzig Zelte gezählt, zwei Mann pro Zelt … sauber und ordentlich aufgestellt.« Garret fuhr sich mit den Fingern durchs Haar und kämmte Laubreste heraus. »Das Holz fällen sie, um Palisaden und einen kleinen Wachturm zu errichten. Eigentlich beeindruckend. Sie haben sogar Latrinen gegraben.«

»Eine Kompanie also«, stellte Argor fest.

»Scheint so. Aber sie ist nicht mehr vollzählig. Offensichtlich haben sie nicht nur am Turm, sondern noch an anderer Stelle Leute verloren. Nach der Anzahl der Zelte zu urteilen, sind ihre Truppen um gut ein Drittel reduziert worden.«

»Die Soldaten im Keller trugen dieselbe Rüstung wie diejenigen am Turm«, bemerkte Tarlon.

»Richtig«, bestätigte Garret. »Wenn man alle Toten zusammenzählt, kommt man ungefähr auf vier Dutzend. Das könnte passen.« Dann fuhr er mit seinem Bericht fort. »So wie es aussieht, werden sie in Kürze einen kleinen Trupp aussenden, um herauszufinden, wo ihre Leute abgeblieben sind. Sie werden bald hier vorbeireiten.« Er sah sich um. »Übrigens kein schlechter Ort für ein Lager. Wer hat ihn ausgewählt?«

»Elyra war es«, antwortete Tarlon und lächelte leicht. »Sie sagt, Mistral habe sie hierher geführt.«

»Und das kannst du mir auch glauben«, sagte die Halbelfin stolz. »Es war tatsächlich so, als hätte mich eine innere Stimme geleitet!«

Tarlon lächelte. »Niemand hat das bestritten, Elyra.«

»Wie auch immer«, unterbrach Garret, »es ist ein guter Platz. Schließlich werden wir hier ein Weilchen bleiben müssen.«

»Warum?«, fragte Vanessa, die von ihrem Baum herabgeklettert war.

»Um herauszufinden, was sie vorhaben«, kam Argor Garret zuvor.

»Das ist nur ein Grund«, grinste dieser. »Der andere ist, dass wir es heute wohl kaum noch schaffen werden, den Gefangenen zu befreien.«

Die anderen sahen ihn sprachlos an. »Welchen Gefangenen?«, fragte schließlich Vanessa.

Bevor er antwortete, machte sich Garret an seiner Satteltasche zu schaffen und kramte einen Apfel daraus hervor, den er dann an seinem Ärmel polierte. »Sein Name ist Knorre, er ist fünfzig Jahre alt, stammt aus Alindor und ist Schatzsucher. Sie haben ihn erwischt, als er auf dem Weg zum Turm war. Er sagte ihnen, dass sie ohne seine Hilfe nicht in den Turm gelangen würden.«

»Nun, hineingelangt sind sie ja wohl auch nicht«, stellte Astrak trocken fest. »Allerdings denke ich, dass er selbst es auch nicht geschafft hätte.« Er sah Garret skeptisch an. »Aber woher weißt du das alles?«

»Ich lag keine drei Meter von dem Mann entfernt, als sie ihn verhört haben.«

Argor hob eine buschige Augenbraue und sah Garret fragend an. »Also haben wir eine dezimierte Kompanie von Söldnern vor uns, von der wir nicht wissen, was sie hier sucht, und einen Gefangenen, den wir aus ihren Händen befreien wollen. Schön und gut. Aber verrätst du mir auch, wie das funktionieren soll? Obwohl sie Verluste hatten, scheinen sie mir immer noch ein paar Mann mehr zu sein als wir«, sagte der Zwerg etwas spitz.

Garret schmunzelte. »Ich wollte sie bitten, ihn freizulassen.«

»Wenn es weiter nichts ist«, lachte Astrak. »Fragen kann man ja!«

»Genau«, antwortete Garret mit einem Funkeln in den Augen. »Es gibt da aber noch etwas anderes«, fügte er dann hinzu und wandte sich wieder zu Argor. »Dein Vater hat sich doch mit einem Söldner bei uns im Dorf unterhalten. Sagte er dir etwas darüber, wie genau Söldner es mit der Loyalität nehmen?«

Argor sah ihn überrascht an und zuckte dann mit den Schultern. »Nicht dass ich mich erinnere. Ich kann nur so viel sagen: Von der Loyalität ihrem Auftraggeber gegenüber hängt der Ruf einer Söldnerkompanie ab. Es macht ein schlechtes Bild, mitten im Kampf die Seiten zu wechseln. Warum fragst du?«

»Weil der Anführer der Söldner bei einem Gespräch mit seinem Stellvertreter sagte, dass er es bereue, dem Vertrag über die Soldzahlung zugestimmt zu haben. Er wolle jetzt endlich Gold sehen.« Garret grinste breit. »Es sieht so aus, als wäre ihr Sold überfällig.«

Die anderen hatten der Unterhaltung zugehört, vor

allem Tarlon sah skeptisch drein, aber es war Vanessa, die das Wort ergriff.

»Worauf willst du hinaus?«, fragte sie vorsichtig.

Garret schnitt den Apfel in zwei Teile und bot ihr eine Hälfte an. »Unsere Söldner sind mehr als unzufrieden. Sie haben einen Teil ihrer Leute verloren, als diese durch das magische Tor gehen mussten, und mittlerweile macht sich der Anführer auch Sorgen um den Trupp, den er zum alten Turm geschickt hat. Wenn sie sehen, was von ihren Leuten am Turm übrig ist, wird der Unmut noch größer werden.«

Sein Lächeln verschwand. »Ich weiß, dass sie unsere Feinde sind, aber einer der Soldaten am Turm war die Tochter des Söldnerführers.«

Elyra sah zu ihm hoch. »Ich glaube«, sagte sie dann leise, »es ist noch schlimmer, seine Tochter zu verlieren, als die eigene Mutter.«

»Das glaube ich auch«, stimmte ihr Astrak zu. Dann schüttelte er sich wie ein nasser Hund, holte tief Luft und sah Garret skeptisch an. »Du hast also tatsächlich vor, die Söldner abzuwerben?«

»Genau das scheint seine Absicht zu sein«, antwortete Tarlon und rieb sich nachdenklich die Nase. »Ich muss gestehen, dass ich keine Ahnung habe, ob das funktionieren kann«, sagte er schließlich.

Astrak lachte. »Na, selbstverständlich wird das funktionieren. Wie auch nicht? Da kommen ein paar Jugendliche aus dem Wald gesprungen und bieten gestandenen Söldnern jede Menge Gold, damit sie ihren Auftraggeber wechseln und bei ihnen anheuern. Sie müssen uns dann nur noch glauben, dass wir das Gold auch wirklich haben!«

»Warum sollten sie uns nicht glauben?«, sagte Elyra. »Wir sagen die Wahrheit.«

Astrak sah die Halbelfin überrascht an. »Das wird uns wenig helfen, denn woher sollen sie das wissen?«

Elyra blickte den Sohn des Alchemisten aus ihren unergründlichen Augen an. »Die Wahrheit ist immer erkennbar, Astrak, auch wenn wir sie manchmal nicht wahrhaben wollen.«

Tarlon räusperte sich. Er sah den Zwerg an. »Was meinst du, besteht wirklich die Chance, dass wir sie überzeugen können?«

Argor schüttelte den Kopf. »Nein, ich glaube auch nicht, dass das geht, Garret.« Er seufzte. »Es ist eine schöne Idee. Sie scheitert nur daran, dass wir kein Gold haben.«

»Wir haben doch jede Menge davon im Gasthof«, widersprach Garret pikiert. Er setzte sich auf den Stamm eines umgefallenen Baumes und zog mit einem Seufzer der Erleichterung seinen rechten Stiefel aus. Dann betrachtete er nachdenklich das Loch in seinem Strumpf und griff schließlich mit seiner rechten Hand in den Stiefel, um etwas daraus hervorzuholen.

»Abgesehen davon«, sagte Garret, nachdem er den Stiefel wieder angezogen hatte, »haben wir auch Gold dabei.« Er hielt eine goldene Doppelkrone hoch. »Hier.«

»Wo hast du die denn her?«, fragte Astrak überrascht.

»Die haben wir vor ein paar Tagen in der Akademie gefunden. War so ziemlich das Einzige dort, das sich mitzunehmen lohnte.« Garret warf die Münze hoch und fing sie wieder auf. »Unten im Gasthof gibt's noch mehr davon.«

Er sah zu Tarlon hoch. »Ich glaube wirklich, unsere Söldner sind reif für ein Gegenangebot.«

»Aber wie überbringen wir das Angebot? Und wie viel bieten wir ihnen?«, fragte Tarlon. »Ich habe nicht die leiseste Ahnung, was eine Söldnerkompanie kostet.«

Vanessa sah auf. »Wir bieten ihnen einfach das Doppelte von dem, was sie vorher bekommen sollten.«

Argor räusperte sich. »Denkt daran, dass sie einen Ruf zu verlieren haben. So leichtfertig werden sie den nicht aufs Spiel setzen.«

»Wenn dein Ochse ein schweres Gespann ziehen soll, musst du dafür sorgen, dass er's ziehen will«, sagte Astrak bedeutsam.

Die anderen sahen ihn fragend an.

»Und mein Vater sagt immer, dass man einen Stollen gut verschalen muss, wenn man nicht darin begraben werden will«, brummte dann Argor. »Aber was hat das hiermit zu tun?«

»Astrak meinte damit, dass wir ihnen einen besonderen Anreiz bieten müssen«, half ihm Vanessa auf die Sprünge.

»Und welcher könnte das sein?«, fragte der Zwerg zurück.

»Wir machen ihnen das gleiche Angebot wie der Wache des Händlers. Es schien sie ja überzeugt zu haben.«

»Aber letzten Endes war alles nur eine Finte, und ich werde bestimmt nicht vergessen, was danach geschah!«, entgegnete Tarlon leise.

»Ich auch nicht«, sagte Garret und schloss für einen Moment die Augen. »Doch ich glaube nicht, dass die Wache wusste, was der Händler vorhatte«, fügte er hinzu. »Vielleicht sind die Söldner genauso ahnungslos.« Er sah die anderen der Reihe nach an. »Aber es gibt nur eine Möglichkeit, das herauszufinden.«

»Also gut«, sagte Tarlon. »Prinzipiell bin ich einverstanden. Aber wie überbringen wir die Nachricht?«

»Ich habe da so eine Idee«, grinste Garret.

»Hoffentlich ist es eine gute«, sagte Elyra, »denn ich höre

Pferde näher kommen. Vielleicht ein halbes Dutzend. Ich denke, sie reiten zur Lichtung.«

Garret wartete, bis die Söldner den Rand der Lichtung beinahe erreicht hatten. Er und Elyra kauerten auf einer Astgabel in einem der hohen Bäume nahe dem alten Weg. Tarlons Protesten zum Trotz hatte Garret schließlich Elyra gebeten, ihn zu begleiten, da sie, wie Garret behauptete, die Einzige war, die annähernd so gut klettern und sich im Wald bewegen konnte wie er. Und tatsächlich hatten die beiden es geschafft, noch deutlich vor den Söldnern an der Lichtung anzukommen, obwohl sie zu Fuß unterwegs waren. Elyra hatte wenig Probleme, den hohen Baum zu erklimmen, was Garret nicht überraschte, hatte er sie doch früher oft genug in Bäumen sitzen und mit den Vögeln sprechen sehen, die dort nisten.

Gefahr bestünde für sie nicht, hatte Garret argumentiert, während er sorgfältig einen Pfeil aus seinem Köcher wählte. Ihre Aufgabe sei es lediglich, die anderen zu unterrichten, wenn etwas schiefginge.

Daraufhin nickte Tarlon und sah seinem Freund tief in die Augen. »Sei vorsichtig«, sagte er, und Garret grinste nur.

Jetzt war dieses Grinsen aus seinem Gesicht gewichen, und Garret war ernst und konzentriert. Während er die herannahenden Söldner unter zusammengezogenen Augenbrauen musterte, warf Elyra ihm einen versteckten Blick zu und fragte sich, ob sie in diesem Moment vielleicht den wahren Garret sah.

»Es ist so weit«, flüsterte dieser. »Sie kommen.«

Elyra nickte nur und sah zu, wie er lautlos den Baumstamm hinunterglitt. Er ließ es mühelos aussehen, als wäre die raue Borke eine bequeme Steige. Sonst schien er immer alles auf die leichte Schulter zu nehmen, doch nun erinnerte kaum etwas an ihm mehr an den lachenden Jungen, den sie gekannt hatte. Garret schien um Jahre älter. Und er schien erwachsen.

Ihm war ganz und gar nicht zum Lachen zumute. Als er sich an das Lager der Söldner herangeschlichen hatte, war er dreien der fünf Männer, die nun vor ihm auftauchten, bereits näher gewesen, als ihm lieb war, und auch wenn er seinen Freunden gegenüber so getan hatte, als wäre alles ein Kinderspiel gewesen, wusste er doch, wie aufmerksam sie waren und wie sehr er sich vorsehen musste.

Während die Söldner langsam herangeritten kamen, musterte Garret sie noch einmal genauer. Es gab einen Unterschied zwischen den Männern aus dem Dorf und diesen hier, doch es dauerte einen Moment, bis er ihn erkannte.

Es waren ihre Augen. Diese Männer hatten schon viel gesehen und waren auf eine Art hart geworden, wie Garret es von seinem Vater und den anderen Männern im Dorf nicht kannte. Nicht gekannt hatte, korrigierte er sich. Denn das letzte Mal, als er Tarlons Vater gesehen hatte, war dessen Blick nicht wesentlich anders gewesen. Für einen Moment erinnerte er sich an Hernul, wie dieser den verbrannten Körper seiner Frau in den Armen hielt, doch dann verdrängte er den Gedanken wieder.

Der Anführer der Söldner, ein breitschultriger Mann nahe der fünfzig, mit markanten, tief gefurchten Gesichtszügen und kurzem rotem Haar, das an den Schläfen schon grau wurde, zügelte sein Pferd und hob die Hand. Die anderen stoppten hinter ihm und sahen sich um, wobei sie die Hände in der Nähe ihrer Waffen hielten. Fünf Männer waren es, deren jeder ein weiteres Pferd mit sich führte, jedes davon gesattelt, aber mit prall gefüllten Packtaschen beladen.

Einer der Männer war nicht so schwer gewappnet wie die anderen vier und trug über einer Lederrüstung einen langen, ehemals weißen Stoffmantel. Es war der gleiche Mann, der sich im Lager auch die Platzwunde am Kopf des Gefangenen angesehen hatte, der Heiler der Kompanie. Dass er und die beladenen Pferde dabei waren, konnte nur bedeuten, dass man mit dem Schlimmsten rechnete.

Aber es war der Anführer, der Garret beeindruckte. Der Mann war nicht besonders groß, vielleicht einen Kopf kleiner als er selbst und beileibe nicht so muskulös wie Tarlon. Doch allein die Art, wie er auf dem Pferd saß, still und ruhig, und mit seinen Augen den Wald absuchte, während er langsam seine Hand wieder sinken ließ, hatte etwas von Ariel.

Garret wusste, dass er keine Spuren hinterlassen hatte und dass sie ihn nicht sehen konnten. Dennoch zweifelte er keinen Augenblick daran, dass der Anführer seine Anwesenheit spürte.

Der Ort, an dem er sich verbarg, war mit Bedacht gewählt, ein dichter Busch nahe einem mächtigen Baum. Falls etwas schiefginge, hoffte Garret, die Deckung des Baumes nutzen zu können. Nur einer der Söldner hatte eine Fernwaffe, eine Armbrust, die jedoch zurzeit, obgleich sie gespannt war, noch am Sattel seines Pferdes hing. Es würde ihm ein wenig Zeit geben zu verschwinden, wenn der Mann nach seiner Waffe griff.

Der Anführer sah nun genau in Garrets Richtung. Jetzt oder nie, dachte dieser.

Er spürte, wie sein Herz raste und seine Handflächen

feucht wurden. Er schluckte, erhob sich und machte dann einen Schritt nach vorne.

»Den Göttern zum Gruße, Hauptmann Hendriks«, sagte er und war erleichtert, dass seine Stimme einigermaßen ruhig klang.

Der Mann mit der Armbrust am Sattel machte eine Bewegung, um nach der Waffe zu greifen, aber der Anführer schüttelte den Kopf.

»Bleibt ruhig, Leute! Und Tarik, halte dich zurück! Der Junge ist unbewaffnet.«

»Das könnte auch eine Falle sein, Hauptmann«, antwortete der Mann. Er ließ seine Augen den Waldrand entlangwandern. »Eine gute Stelle für einen Hinterhalt, würde ich meinen.«

»Das wissen wir alle«, sagte der Hauptmann ruhig. Er sah Garret aufmerksam an, seine Hände lagen ruhig auf dem Sattelknauf und hielten die Zügel seines schweren Schlachtrosses locker. »Du kennst meinen Namen, Junge. Also nehme ich an, dass du uns im Lager belauscht hast«, stellte er schließlich fest.

Garret nickte nur.

Der Anführer ließ seine Blicke über die Waldsäume zu beiden Seiten des Weges gleiten, bevor er Garret wieder ansah. »Du bist ein guter Späher«, sagte er dann. »Ich habe dich nicht bemerkt.« Er sah nach vorne, wo sich in der Entfernung die Bäume lichteten, und dann wieder zu Garret zurück.

»Also habe ich recht. Unseren Leuten ist etwas geschehen.« Seine Stimme war ruhig, und nichts deutete darauf hin, dass er sich Sorgen machte. »Bist du dafür verantwortlich?«

Wenn es so wäre, dachte Garret, dem sich indes der Magen zusammenzog, dann würde er es nicht überleben. Die Botschaft war klar und deutlich. Garret versuchte, so ruhig wie möglich zu wirken. Jede Unsicherheit konnte ihn das Leben kosten. Er schüttelte den Kopf.

»Nein«, sagte er dann. »Aber ich kenne den Schuldigen.«

»Und wer ist es?«, fragte der Hauptmann leise.

Nur ein Pferd schnaubte, sonst war alles ruhig. Doch Garret wusste, dass es nur einen Lidschlag brauchte, um das zu ändern. Ihm schien es fast, als könnte er die Gedanken der Männer lesen, als könnte er hören, wie jeder von ihnen den nächsten Schritt bedachte, noch bevor der Hauptmann ein Zeichen gab. Diese Leute, dachte Garret mit einer Bewunderung, die ihm missfiel, waren perfekt aufeinander eingespielt. Für einen Sekundenbruchteil fühlte er sich in eine ferne Zukunft versetzt, in der Tarlon, die anderen und er so sein würden wie diese Söldner, nach einem Krieg, der ein Leben lang währte. Und genau in diesem Moment wusste Garret, dass er ein solches Leben nicht wollte.

»Ihr seht den Wald hier?«, fragte Garret schließlich und schluckte. Plötzlich hatte er einen trockenen Hals. »Ihr fühlt, wie verdorben er ist, und habt auch die unsäglichen Kreaturen gesehen, die in diesem Bereich hausen?«

Der Anführer nickte, und auch die anderen schienen die Veränderungen durchaus bemerkt zu haben, denn während der Hauptmann Garret ansah, musterten sie den Wald ringsumher noch intensiver.

»Der Wald ist seit Jahrhunderten mit einem Fluch belegt. Seit Jahrhunderten birgt er Böses und Verdorbenes. Wenn Ihr wissen wollt, wer für den Tod Eurer Männer verantwortlich ist, fragt den, der Euch herschickte, obwohl er wusste, was Euch hier erwartet.«

Der Hauptmann nickte langsam, und seine Züge wurden noch härter. »Habt ihr sie in einen Hinterhalt gelockt?«, fragte er dann tonlos, und in diesem Moment fröstelte es Garret. Ein unbedachtes Wort von ihm, und er war so gut wie tot.

»Nein«, antwortete Garret so ruhig wie möglich, doch es fiel ihm schwerer, als er es für möglich gehalten hätte. »Es waren die verdorbenen Kreaturen. Sie hätten auch uns beinahe erwischt.« Garret schluckte. »Durch die Toten auf der Lichtung vor dem Turm waren wir gewarnt, das hat uns das Leben gerettet.« Er spürte den Blick des Mannes schon fast körperlich. »Ich werde Euch zeigen, wo sie liegen und was geschehen ist. Und so auch Euch das Leben retten.« Garret holte tief Luft. »Die Götter nehmen ... und sie geben.«

Der Hauptmann sagte noch immer nichts, stattdessen ergriff der Armbrustschütze das Wort.

»Fallt nicht auf den Jungen herein«, sagte er. »Er hat etwas vor, das rieche ich.«

»Da magst du recht haben, Tarik«, erwiderte der Hauptmann langsam. »Nur sage mir lieber, was er vorhat. Außerdem scheint er mir kein Junge mehr zu sein, sondern ein Mann.«

Der Söldner namens Tarik nickte nur, aber seine Hand ruhte auf dem Schaft der Armbrust. Jede Faser in Garrets Körper war nun gespannt, eine Bewegung nur und ...

»Ihr habt mit dem Tod meiner Leute nichts zu tun?«, fragte nun der Hauptmann leise.

Garret nickte.

»Und du warnst uns, damit uns nicht das gleiche Schicksal ereilt wie sie?«

Garret nickte erneut.

Eines der Pferde schnaubte und tänzelte. Es war ein kurzer Moment der Ablenkung, ein kaum merkliches Hinwenden vielleicht, und auf einmal sah Garret eine Armbrust auf sich gerichtet. Er meinte schon, den Bolzen fliegen zu sehen, doch es geschah nichts, der Mann drückte nicht ab.

»Warum?«, fragte stattdessen der Anführer, noch immer mit der ruhigen Stimme, die jedoch umso bedrohlicher wirkte.

Garret holte tief Luft und bekämpfte die Panik, die in ihm aufkam. Beim nächsten Mal würde dieser Tarik seinen Finger womöglich nicht mehr zurückhalten. Er musste es nun wagen.

»Weil ich, Garret, Euch ein Angebot unterbreiten will.«

Der Hauptmann nickte nachdenklich. Diesmal war es der Heiler, der das Wort ergriff.

»Was für ein Angebot sollte das sein?«

»Dazu kommen wir später«, antwortete Garret. »Zunächst werde ich Euch zu Euren Toten führen. Aber im Grunde genommen hat mein Vorschlag mit der Entscheidung zu tun, ob Ihr bis an Euer Lebensende kämpfen oder Euch einer anderen Zukunft öffnen wollt.« Er sah den Mann mit der Armbrust direkt an. »Einer Zukunft, in der man den Bogen nur für die Jagd benutzt, und das auch nur, um seine Familie zu ernähren.«

Garret sah, wie sich die Augen des Mannes weiteten. Mit dieser Antwort schien er nicht gerechnet zu haben.

»Du zeigst uns, was mit unseren Leuten geschehen ist, und dafür hören wir uns dein Angebot an und geben dir freies Geleit. Entspricht das deinen Vostellungen?«, fragte der Anführer.

»Das ist genau das, was mir vorschwebt«, sagte Garret voller Inbrunst.

Der Junge stand neben dem Anführer der Söldner am Waldrand und war überrascht darüber, dass er keine Angst mehr verspürte. Vielleicht weil er im Innersten wusste, dass das Wort des Hauptmanns Geltung hatte, vielleicht aber auch nur deshalb, weil der durchdringende Blick des Mannes nun auf die Lichtung vor ihnen gerichtet war, wo im hohen Gras die Körper der Getöteten nur zu erahnen waren.

Einer der anderen Männer, der auf den Namen Jensen hörte, rollte gerade ein dünn geflochtenes Seil aus, an dessen einem Ende ein Stein und ein großes Stück Dörrfleisch befestigt waren. »Ist das wirklich nötig?«, fragte er skeptisch.

Der Hauptmann sah fragend zu Garret hinüber, worauf dieser nur nickte. »Er soll es auf den flachen Hügel dort werfen. Lasst es für ein paar Atemzüge darauf liegen und zieht es dann wieder zurück. Und haltet eure Dolche bereit.«

Garret sah Tarik an. »Es wäre übrigens nett, wenn ich meinen Dolch zurückbekommen könnte. Es mag sein, dass ich ihn brauche.«

»Dann nimm den in deinem Stiefel, Junge«, antwortete der Armbrustschütze, ohne aufzusehen. »Aber erst dann, wenn ich es dir sage.«

Garret schluckte. Er hatte wirklich gedacht, er könnte damit durchkommen.

Der Anführer hatte indes das Signal gegeben, woraufhin Jensen den Stein zwei-, dreimal am Ende des Seils herumwirbelte und ihn dann in hohem Bogen fliegen ließ. Es sah recht elegant aus, wie er das Seil geschmeidig durch seine Finger gleiten ließ, beinahe so, als werfe er eine Schnur zum Angeln aus. Doch würden hier keine Fische anbeißen.

Trotz größter Aufmerksamkeit konnte Garret zunächst nichts Ungewöhnliches erkennen. Lediglich die hohen Halme schienen sich ein wenig zu bewegen, aber das konnte auch der Wind gewesen sein, der leicht über die Lichtung strich.

Garret zählte seine Atemzüge, dann sah er den fragenden Blick des Hauptmanns und nickte. Jensen holte das Seil Zug um Zug wieder ein und fluchte laut, bevor er es fallen ließ und zurücksprang. Ein Dolch erschien in der Hand des Mannes, und für den Bruchteil einer Sekunde dachte Garret, dass er sich selbst in den Arm stechen wollte. Doch dann zuckte die Klinge herab, und als Jensen sie wieder hob, steckte etwas an der Spitze, das Garret nur allzu gut kannte, einer der Todesfüßler. Auch in die Gruppe der anderen Söldner war Bewegung gekommen, denn der Köder hatte gut ein halbes Dutzend der Viecher angelockt. Tarik versuchte gerade vergeblich, eines der Biester zu zertreten, doch entweder war der Boden zu weich, oder die Biester waren einfach zu zäh.

»Zurück in den Wald«, rief der Hauptmann, während Tarik fluchte und das Insekt schließlich mit der Spitze eines Armbrustbolzens aufspießte. »Und lasst das Seil liegen!«

Sie alle wichen etwas zurück, genau zur rechten Zeit, wie sich herausstellte, denn plötzlich schoss aus dem hohen Gras ein schmaler Strom der Kreaturen hervor und schwärmte über den Stein mit den Resten des Dörrfleischs.

»Flinke Biester«, sagte Tarik dann leise, und der Hauptmann legte Garret die Hand auf die Schulter, während er zusah, wie die schwarze glänzende Welle über den Köder hinwegflutete. Als sie wenige Augenblicke später wieder in das hohe Gras zurückwich, nickte er bedächtig. Sein Gesicht war wie aus Stein gemeißelt, und seine Hand wog schwer auf Garrets Schulter. Von dem Köder war nichts mehr zu sehen, auch das Stück Leder, mit dem man ihn am Stein festgebunden hatte, war spurlos verschwunden.

»Also ist es wahr.«

Garret nickte nur.

»Sie hatten keine Chance«, sagte der Heiler und machte ein vertrautes Zeichen vor seiner Brust. Dann seufzte er. »Gegen so etwas schützt keine Rüstung.«

Der Hauptmann nickte langsam. »Ich habe ihrer Mutter versprochen, gut auf sie aufzupassen«, sagte er dann. Seine Stimme klang auf einmal rau. »Und jetzt kann ich sie nicht einmal mehr begraben.« Ein Muskel spielte an seiner Wange, dann richtete er seine durchdringenden fahlblauen Augen wieder auf Garret, während er den Heiler ansprach.

»Was meinst du, Helge? Denkst du, dass Belior von diesen Gefahren wusste?«

Der Heiler legte nachdenklich den Kopf auf die Seite. »Vielleicht nicht von diesen Gefahren. Aber ich weiß noch, wie sehr ich mich gewundert habe, dass er uns dazu bestimmte, den Wald nach diesem Turm abzusuchen, und nicht eine Kompanie seiner Leute geschickt hat. Und dass er überhaupt eine ganze Kompanie dafür abstellte.« Er sah zu dem wogenden Gras hinüber. »Aber ich denke, wir kennen nun den Grund. Er betrachtet uns als entbehrlich.«

Tarik nickte zustimmend. »Das wissen wir, seitdem er Maron und seine Jungs durch das magische Tor schickte. Wir haben nie wieder etwas von ihnen gehört.« Er sah den Hauptmann eindringlich an, und Garret verstand, dass Hendriks vielleicht der Anführer sein mochte, aber die Entscheidungen nicht immer von ihm allein getroffen wurden.

»Also, Garret. Das war doch dein Name, nicht wahr?«, meinte der Anführer, und Garret nickte. »Dann unterbreite uns dein Angebot.«

Garret zog die Goldkrone aus seiner Tasche und hielt sie dem Anführer hin. Er holte tief Luft und legte dann all seine Überzeugungskraft in seine Stimme.

»Das Doppelte von dem, was Belior Euch an Sold zahlen wollte, und zwar in diesen Münzen und für die Dauer des Krieges sowie weitere zwei Jahre danach. Zudem ein Haus, genügend Land und rechtschaffene Arbeit für den, der will. Sozusagen eine Heimat, für die es sich zu sterben lohnt.«

»Du denkst wirklich, wir würden uns von Belior abwenden und den Vertrag mit ihm brechen? Wir sind Söldner, aber nicht ehrlos!«, erwiderte der Hauptmann, und seine Augenbrauen zogen sich zusammen.

»Euch den Sold nicht zu zahlen, halte ich auch nicht gerade für ehrenvoll«, konterte Garret.

Die Augen des Hauptmanns verengten sich. »Ist das so, ja?«, fragte dieser drohend, und Garret musste seinen ganzen Mut zusammennehmen, um nicht einen Schritt zurückzuweichen.

»Ich hörte Euch im Lager darüber reden«, erklärte er hastig, »und da dachte ich mir, dass wir einander helfen könnten, anstatt uns zu bekämpfen. Glaubt mir, es ist ein gutes Angebot.« Er sah die Söldner reihum an. »Ihr kämpft für die falsche Seite!«, fügte er dann ernsthaft hinzu. »Beliors Gier nach Macht ist unrecht.«

»Und du denkst, das interessiert uns?«, fragte Hendriks, während er die Münze ansah, die Garret ihm noch immer hinhielt. »Sogar mehr noch als das Gold?«

»Ja«, antwortete Garret. »Mein Angebot, den doppelten Sold zu zahlen, ist ernst gemeint. Doch das Gold wiegt weniger als das andere.« Er schluckte. »Ich weiß nicht, wie es ist, ein Leben lang kämpfen zu müssen, aber ...«

Hauptmann Hendriks unterbrach Garret mit einer unwirschen Geste. »Du hast genug geredet.« Er sah Garret an und schüttelte den Kopf. »Du bist noch so jung und riskierst Kopf und Kragen, um uns dieses Angebot zu machen. Dir muss es sehr ernst damit sein, nicht wahr?«

Diesmal nickte Garret nur und schluckte zweimal, denn er hatte plötzlich einen äußerst trockenen Hals.

»Eine Heimat, für die es sich zu sterben lohnt«, wiederholte der Hauptmann langsam Garrets Worte. Er nahm die Münze, wiegte sie in der Hand und reichte sie weiter an Tarik, der sie nah an seine Augen führte, um das geprägte Wappen zu betrachten.

»Das Zeichen eures Dorfes, nehme ich an?«, fragte Hendriks mit einem Seitenblick auf die Münze.

Garret nickte abermals. »Es leben gute Menschen dort«, sagte er dann schlicht.

Helge, der Heiler, räusperte sich. »Ich habe das selten jemanden mit solcher Überzeugung sagen hören.« Er sah den Hauptmann an und machte eine bejahende Geste.

»Gut, Garret«, sagte Hendriks. »Komme morgen früh in unser Lager, du wirst dann eine Antwort erhalten.«

Garret versuchte, sich seine Enttäuschung nicht anmerken zu lassen. Er nickte nur. »Freies Geleit?«, fügte er dann vorsichtig hinzu.

Der Hauptmann hob fragend eine Augenbraue. »Du stehst hinter dem, was du sagst, nicht wahr?«

Garret nickte wieder. Er erinnerte sich an Elyras Worte und sah dem Hauptmann direkt in die Augen. Es war nicht einfach, seinem Blick standzuhalten. »Ja. Es ist die Wahrheit.«

»Dann werde ich es als Zeichen deines Vertrauens werten, wenn du morgen früh in unser Lager kommst.« Hendriks sah hinüber zu dem wogenden Gras. Sein Gesicht wirkte immer noch wie versteinert.

»Ich denke, du solltest jetzt gehen.« Er nickte Tarik zu, der Garret daraufhin dessen Dolch hinhielt. »Wir werden dir nicht folgen«, fügte der Hauptmann hinzu.

»Garret«, sagte Tarik leise, als er den Jungen zum alten Weg zurückbegleitete. »Es gibt überall gute Leute, nicht nur in eurem Dorf.« Er sah Garret an. »Und jetzt sieh zu, dass du fortkommst.«

»Das war sehr mutig von dir«, lobte Elyra leise, als sie sich auf den Weg zurück zu ihrem provisorischen Lager machten. Sowohl Garret als auch Elyra gaben sich große Mühe, so wenig Spuren wie möglich zu hinterlassen. Sie beide waren gut darin, aber Elyra beherrschte es noch ein wenig besser. Geh mit dem Land, dachte er, während er versuchte, den losen Gang Ariels nachzuahmen.

»Was hast du gesagt?«, fragte er dann geistesabwesend.

»Dass es mutig von dir war, zu ihnen zu gehen.«

»So mutig fühlte ich mich gar nicht.« Er warf ihr einen raschen Blick zu, bevor er wieder auf den Boden sah, um sich auf seine Füße zu konzentrieren. »Ich habe nicht nur einmal gedacht, dass es mit mir vorbei ist. Ich schwöre dir, das nächste Mal werde ich es mir gut überlegen, bevor ich wieder einen solchen Vorschlag mache!«

»Wie geht es jetzt weiter?«, fragte Vanessa, nachdem Elyra und Garret das Lager der Freunde wieder erreicht und ihnen von dem Zusammentreffen mit den Söldnern berichtet hatten.

»Nun, ich werde morgen zu ihnen gehen, und dann sehen wir es ja. Sind sie eigentlich schon wieder zurückgekehrt?«, erkundigte sich Garret und gähnte.

»Ich glaube, sie kommen gerade«, sagte Elyra, und einen Moment später hörte auch Garret in der Ferne das Geräusch von Hufschlägen. Die Söldner schienen es nicht besonders eilig zu haben.

»Sollten wir sie nicht lieber beobachten?«, fragte Elyra, doch Garret schüttelte den Kopf. »Sie wissen nun, dass sie belauscht worden sind, und werden daher umso vorsichtiger sein. Morgen früh haben wir ihre Entscheidung ohnehin.« Garret gähnte erneut.

»Und was ist, wenn es die falsche Entscheidung ist? Wenn sie dich nicht mehr laufen lassen?«, fragte Vanessa. Aber anstelle einer Antwort sank Garrets Kopf zur Seite.

»Garret?«, fragte sie ungläubig und schüttelte ihn leicht. Doch von ihm kam nur noch ein leises Schnarchen.

Kopfschüttelnd bettete Vanessa seinen Kopf auf ihren Schoß und sandte einen Hilfe suchenden Blick zu ihrem Bruder.

Der lachte leise. »Es sieht nicht so aus, als ob ihn diese Aussicht beunruhigen würde.«

»Das sollte es aber«, warf Argor ein.

Tarlon sah zu dem Zwerg hinüber. »Du kennst Garret genauso lange wie ich. Wahrscheinlich hat er sich schon längst überlegt, wie er verhindern kann, dass sie ihn festhalten.«

»Natürlich habe ich einen Plan«, bekundete Garret am nächsten Morgen und riss sich ein Stück von dem schweren Dunkelbrot ab, das Tarlon als Reiseproviant eingepackt hatte. »Auf der Lichtung in ihrem Lager steht eine alte Eiche, die über einen ihrer Äste Verbindung zu einem Baum am Waldsaum hat. Das wird mein Weg ins Lager sein. Dort oben wird mich bestimmt niemand entdecken. Ich werde sie belauschen, und wenn ich denke, dass es Ärger geben könnte, nehme ich genau diesen Weg wieder zurück.« Er sah die anderen an. »Zudem seid ihr ja auch noch da und könnt mich notfalls befreien. Ich glaube nicht, dass sie etwas von euch wissen.« Er tunkte das Stück Brot in die Schüssel mit der kalten Suppe, die Elyra angerichtet hatte. Auf ein Feuer hatten die Freunde verzichtet, da das Lager der Söldner zu nahe war.

»Das soll ein Plan sein?«, fragte Vanessa ungläubig. Garret sah sie überrascht an. »Es ist sogar ein guter Plan. Simpel und einfach. Aber ich glaube ohnehin, dass sie das Angebot annehmen werden.«

»Hallo, Garret«, sagte eine ihm bekannte Stimme, als er sich gerade vorsichtig auf seinem Ast aufrichtete und dabei versuchte, hinter dem Stamm der Eiche in Deckung zu bleiben. Seiner Überlegung nach hätte ihn eigentlich niemand im Lager in dem dichten Blattwerk sehen dürfen.

Aber das, erkannte er nun, war wohl eine falsche Annahme gewesen. Er sah hoch zu dem Mann mit der Armbrust, der es sich in einer der höher gelegenen Astgabeln bequem gemacht hatte. Tarik hatte die Armbrust mit dem Hinterende auf seinem rechten Oberschenkel abgestützt, wobei der Bolzen nach oben zeigte. Neben ihm hingen zwei mit Bolzen gefüllte Köcher an einem Ast. In der anderen Hand hielt er einen Apfel, der schon zum größten Teil aufgegessen war.

»Eine gute Position habt Ihr Euch da ausgesucht«, gab Garret mit einem Seufzer zurück.

»Nicht wahr?«, lächelte Tarik. »Man hat einen guten Überblick von hier oben.« Er lachte leise auf und aß das letzte Stück Apfel. »Der Hauptmann wartet auf dich«, sagte er dann. »Ich schlage vor, du suchst ihn auf direktem Wege auf. Und, Garret?«

Garret sah zu ihm hoch und seufzte innerlich.

»Keine Tricks«, lächelte der Söldner. »Ich ziele auf deinen Rücken.«

Abgesehen davon, dass man ihm hier und da neugierige Blicke zuwarf, reagierte keiner der Söldner auf Garret, als er den breiten Stamm der Eiche hinunterkletterte und sich auf den Weg zu dem großen Zelt des Hauptmanns begab. Garret konnte der Versuchung gerade noch widerstehen, die Hände in die Tasche zu stecken und zu pfeifen, auch wenn es ihm schwerfiel. Denn Pfeifen half ihm immer ganz gut, wenn er Angst hatte.

Zu beiden Seiten des Zelteingangs standen Wachen, die ihn ausdrucksleer ansahen. Als Garret den Mund öffnete, um etwas zu sagen, schlug einer der Männer wortlos die Zeltplane zur Seite.

Hauptmann Hendriks war über einen Tisch mit einer großen Karte gebeugt und hielt eine dampfende Steinguttasse in den Händen, als Garret eintrat. Er sah auf, und ein Lächeln huschte über sein Gesicht. »Ein wenig kühl, dieser Morgen«, sagte er dann und wies mit der Hand auf eine verbeulte Blechkanne sowie zwei leere Tassen, die neben ihm auf einem kleinen Tisch standen. »Möchtest du einen Tee?«

Garret atmete auf. Das hörte sich nicht so an, als ob man vorhätte, ihn nur noch mit den Füßen voran aus dem Lager zu lassen. Er nickte nur und schenkte sich in eine der Tassen ein. Besonders frisch kam ihm der Tee nicht vor, aber etwas Heißes im Magen zu haben, konnte nicht schaden.

»Habt Ihr Euch entschieden, Hauptmann Hendriks?«, fragte er, und der Hauptmann lachte kurz und bitter.

»Du kommst direkt zur Sache. Normalerweise mag ich das, diesmal allerdings …« Er musterte Garret für einen langen Moment, bevor er weitersprach. »Die Antwort ist ja und nein. Wir sind übereingekommen, den Vertrag mit König Belior zu lösen. Ich werde meine Leute von dieser Lichtung holen und begraben. Dann schauen wir weiter.«

Garret sah ihn überrascht an.

»Haltet Ihr unser Angebot nicht für gut genug?«, fragte er dann. Der Söldnerführer warf ihm einen scharfen Blick zu.

»Es ist ein gutes Angebot – wenn es denn wahr sein sollte.« Er griff an seinen Beutel und fischte die Goldmünze heraus. »Eine Münze macht schließlich noch keinen Sold für meine Leute«, sagte er dann. Garret machte Anstalten, etwas dagegen einzuwenden, aber der Hauptmann winkte ab. »Du kannst zufrieden sein, Garret. Wir haben uns von Belior abgewandt und werden jemanden in euer Dorf schicken, der mit euren Anführern verhandelt. Dann werden wir sehen, wie ernst das Angebot gemeint ist. Auch wenn wir es am Ende ausschlagen sollten, Belior dienen wir nicht mehr.«

Garret nickte. Der Mann hatte recht, das war schon ein Erfolg.

»Und was ist mit dem Gefangenen?«, fragte er dann, und die Augen des Hauptmanns wurden hart.

»Was soll mit ihm sein?«

»Werdet Ihr ihn freilassen?«

Die Augen des Hauptmanns verengten sich, dann schüttelte er sich wie ein nasser Hund. »Du hast große Ohren, Garret. Er ist am Tod meiner Leute schuld.«

»Das ist nicht wahr. Er warnte Euch sogar.«

Der Hauptmann wirbelte herum und warf mit aller Wucht seine Tasse gegen die Zeltplane. »Ja, er warnte uns«, presste er zwischen den Zähnen hindurch. »Aber er sagte nur, wir würden es bereuen! Hätte er mehr gesagt …« Seine Fäuste waren geballt und die Adern an seinem Hals geschwollen. »Pass nur auf, dass du dich nicht zu sehr einmischst! Du wagst es, in unser Lager zu kommen und …« Der Hauptmann brach ab und starrte sein Gegenüber an.

Als Garret in Hendriks' Augen sah, dachte er, dass er einen solchen Blick voller Schmerz und Hass in der letzten Zeit viel zu oft gesehen hatte. Und dass es vielleicht nicht gut war, den Mann mit seinen Einwänden weiter zu reizen. Aber dann musste er wieder daran denken, wie sein Großvater ihm einst erklärt hatte, dass es niemals falsch sei, für die Wahrheit einzutreten.

»Er war Euer Gefangener«, sagte Garret rasch, bevor ihn noch der Mut verlassen würde. »Was hättet Ihr an seiner Stelle gesagt?«

»Bist du lebensmüde oder einfach nur stur?«, knurrte der Hauptmann. »Weißt du nicht, wann es besser ist, zu schweigen?«

Garret dachte, dass er wohl beides war. Aber wenn der Gefangene einen Weg in den Turm wusste, dann waren sie auf ihn angewiesen.

»Er tat Euch nichts«, sagte er dann und bereute es schon im gleichen Moment, denn der Blick des Hauptmanns war furchterregend. Für einen Moment glaubte Garret, der Mann würde sein Schwert ziehen und ihn auf der Stelle erschlagen, doch dann seufzte der Hauptmann, und die ganze Anspannung schien von ihm abzufallen. Er ließ sich in einen Leinenstuhl fallen, der bedrohlich unter seinem Gewicht knirschte, und stützte den Kopf schwer in seine Hände.

»Wenn er mir einen Weg zeigt, wie ich meine Leute bergen kann, werde ich ihn freilassen«, sagte er dann langsam. »Aber das hätte ich auch ohne deine Fürsprache getan.« Er hob den Kopf aus seinen Händen und sah Garret an. »Meine Tochter ist unter den Toten.«

Garret nickte wissend, und der Hauptmann blickte ihn an, um dann ebenfalls zu nicken. »Du hast verflucht große Ohren ...« Er holte tief Luft und straffte sich.

»Aber das soll nicht deine Angelegenheit sein«, sagte er schließlich. »Helge wird dich zurück zu deinen Freunden begleiten.« Er sah Garrets überraschten Blick, und für einen Moment schien es, als ob er lächeln würde. »Wir wissen schon lange, wo ihr lagert. Es musste schließlich irgendwo in der Nähe sein, nicht wahr? Helge ist einer meiner Vertrauten und Offizier meiner Truppe. Er wird mit den Leuten in eurem Dorf verhandeln. Wenn euer Angebot aufrichtig war ... Nun, warten wir es ab. Jedenfalls sollte Helge ebenso freies Geleit bekommen wie du jetzt.«

»Wenn Ihr Belior nicht mehr dient, befinden wir uns auch nicht mehr im Krieg«, bemerkte Garret vorsichtig.

»Verrat gibt es nicht nur im Krieg«, antwortete der Hauptmann und gab Garret mit einer Handbewegung zu verstehen, dass er jetzt gehen möge.

»Nur eines noch«, ergänzte Garret nervös, denn es war ihm sehr bewusst, dass die Gastfreundschaft in diesem Lager schon lange aufgebraucht war. »Wir müssen ebenfalls in den Turm ... Werden wir einander in die Quere kommen?«

Der Hauptmann schüttelte nur den Kopf, dann erschien Helge, der Heiler der Kompanie, im Zelteingang und legte Garret leicht die Hand auf die Schulter. »Es wird Zeit zu gehen«, meinte er dann.

»Freunde«, verkündete Astrak. »Die Idee kommt mir auf einmal gar nicht mehr so gut vor.«

Er musterte den hochgewachsenen Heiler, dessen Augen jedes Detail des Lagers und der Freunde abzutasten schienen. Dass Garret mit einem der Söldner zu ihrem Lager zurückkehrte, hatte sie alle überrascht. Richtig bedrohlich wirkte der Mann allerdings nicht, er war lediglich mit einem Dolch bewaffnet und schien damit zufrieden, still am Rand ihres Lagers verharren und sich alles in Ruhe ansehen zu können.

»Sein Name ist Helge. Soweit ich verstanden habe, besitzt er die Befugnis, mit den Ältesten einen Handel zu schließen«, erklärte Garret und ließ sich neben Vanessa auf einem moosüberwachsenen Baumstumpf nieder. »Es scheint, als wäre ein einzelnes Goldstück nicht genug gewesen, um den Hauptmann zu überzeugen.«

»Das wundert mich nicht«, räumte Argor ein, während er den Heiler argwöhnisch musterte. »Aber wer sagt uns, dass er nicht einfach nur den Weg zum Dorf auskundschaften will?«

Vanessa schüttelte den Kopf. »Das ist nicht nötig. Beliors Truppen kennen den Weg schließlich.«

»Wir sind vielleicht unhöflich«, wandte sich Elyra an den Söldner. »Sucht Euch einen Platz zum Sitzen, Heiler Helge.«

»Danke. Es reicht übrigens, wenn ihr mich Helge nennt«, meinte dieser und schritt dann zu einem umgefallenen

Baumstamm hinüber. »Ein nettes Lager«, sagte er, nachdem er sich gesetzt hatte, und sein Lächeln schien echt.

»Gut«, beschied Elyra und öffnete ihren Packen, um ihm einen kleinen Beutel zu entnehmen. »Kann jemand bitte Feuer machen?«

Die Freunde sahen Elyra überrascht an.

»Wenn sie wissen, wo unser Lager ist, können wir auch wieder Tee kochen.« Elyra zuckte die Schultern. »Ohne den bin ich morgens nicht zu gebrauchen.«

»Wie geht es nun weiter?«, fragte Tarlon, während er in seinen Tee blies. Die Frage war an den Heiler der Söldner gerichtet, der gerade eine Schüssel von Elyra entgegennahm. Er nickte der jungen Halbelfin dankend zu und sah Tarlon an.

»Wie sind übereingekommen, euer Angebot zu prüfen«, sagte er dann und stellte die Tasse vor sich auf dem Waldboden ab. »Am besten wäre es, wenn zwei von euch mich begleiten würden«, fuhr er fort.

»Warum gleich zwei?«, wollte Argor wissen, dessen Misstrauen wieder aufzuflackern schien.

Helge zuckte die Schultern. »Warum nicht? Auf jeden Fall muss mich jemand in euer Dorf begleiten, sonst würde es zu Missverständnissen kommen. Und ihr seid sicher nicht so vertrauensselig, mich nur mit einem von euch ziehen zu lassen.«

Er sah die Freunde an und zuckte die Schultern. »Aber die Entscheidung liegt ganz bei euch.«

Er nahm die Tasse wieder auf und trank vorsichtig einen Schluck. »Guter Tee«, sagte er dann.

Die Freunde sahen einander an, bis Astrak schließlich nickte. »Ich werde ihn begleiten«, erklärte er feierlich. »Ich glaube, es ist besser so. Zwar habe ich Vater in dem Brief geschrieben, was ich vorhatte, aber begeistert wird er nicht gewesen sein.«

Die anderen nickten anerkennend, dann räusperte sich Tarlon. »Vanessa wird mit euch reiten.« Seine Schwester, die sich flüsternd mit Garret unterhalten hatte, sah ihn verblüfft an. »Das werde ich gewiss nicht tun!«

»Doch«, sagte Tarlon leise, und für einen Moment funkelten die beiden Geschwister einander wütend an.

»Und warum?«, begehrte sie dann auf. »Ich habe mich bisher genauso gut bewährt wie ihr anderen auch.«

»Genau deshalb sollst du ja mitgehen«, gab Tarlon zurück und warf einen Blick auf den Heiler, der den Disput mit neutralem Gesichtsausdruck verfolgte. Dennoch wurde er das Gefühl nicht los, dass der Mann sich amüsierte.

Tarlon wandte sich wieder zu Vanessa und seufzte. »Was meinst du, wie weit Astrak kommen würde, wenn er allein durch den verdorbenen Wald zurückfinden müsste?«

»Ganz so unfähig bin ich auch wieder nicht«, protestierte Astrak und lachte dann. »Also gut, ich gebe es ja zu. Ich fühle mich in unserem Labor mehr zu Hause als im Wald.« Er sah Vanessa an, die noch immer nicht besonders glücklich wirkte. »Du hast das gleiche Talent wie Tarlon, nie die Orientierung zu verlieren.«

Vanessa ignorierte ihn, ihr Blick war noch immer auf ihren Bruder gerichtet.

»Warum nicht Elyra? Sie würde den Weg sicherlich auch finden.«

Tarlon nickte zustimmend. »Da hast du recht. Aber sie ist eine ausgebildete Heilerin. Und ich habe das Gefühl, dass wir sie noch brauchen werden.« Er sah seine Schwester lange an, bis sie schließlich den Blick senkte.

»In Ordnung«, seufzte sie. »Ich schlage vor, wir reiten los, sobald wir den Turm erkundet haben.«

Doch ihr Bruder schüttelte den Kopf. »Nein. Ihr reitet schon vorher los. Am besten jetzt gleich.« Er sah Garret an, der daraufhin fast unmerklich nickte, und fuhr fort. »Die Erkundung des Turms könnte länger dauern, und Helge sollte baldmöglichst mit den Ältesten sprechen. Außerdem will ich nicht, dass dir etwas geschieht. Was für eine Idee dieser Knorre auch immer haben mag, um den Turm zu erreichen, harmlos wird es sicher nicht sein.«

»Ist das wirklich der Grund?«, fauchte sie. »Hältst du mich für derart hilflos?«

»Im Gegenteil«, antwortete Tarlon mit fester Stimme. »Auf dem Weg können alle möglichen Dinge geschehen, und du bist eine gute Kämpferin. Es ist wichtig, dass Helge das Dorf heil erreicht und mit den Ältesten spricht. Zudem würde es dem Hauptmann gar nicht gefallen, wenn ihm etwas zustieße. Aber es gibt noch einen anderen Grund.«

»Und welcher wäre das?«

»Vater«, sagte Tarlon sanft. »Er ist allein. Und du erinnerst ihn an Mutter, als sie in deinem Alter war. Das hat er oft gesagt ...«

Vanessa schluckte und nickte dann.

*»Das war unfair«, schmunzelte Lamar. »Aber ich kann diesen Tarlon verstehen. Ich würde es auch nicht gerne sehen, wenn meine Schwester in Gefahr geriete.«*

*»Ser, Ihr habt eine Schwester?«, fragte der alte Mann neugierig.*

*Lamar nickte. »Sie ist zwanzig Herzschläge jünger als ich, wir sind Zwillinge.« Er lachte leise und schüttelte den Kopf. »An Tarlons Stelle hätte ich sie schon früher wieder nach*

*Hause geschickt. Dennoch ist dies ein guter Zeitpunkt, es zu tun. Ich könnte wetten, der Turm enthielt noch einige Überraschungen, und so war sie wenigstens davor sicher.«*

*Der alte Mann lächelte. »Ich denke, das waren wohl auch Tarlons Gedanken.«*

*»Wie wurden denn nun die Todeskrabbler überwunden?«, fragte Lamar neugierig. »So wie Ihr sie beschreibt, müssen es ja ekelhafte Biester gewesen sein!«*

*Der alte Mann lehnte sich in seinem Stuhl zurück, zündete sich seine Pfeife mit einem Kienspan an und nahm gemächlich einen Zug, bevor er weitersprach. »Das waren sie in der Tat. Aber angeblich wusste dieser Knorre ja einen Weg …«*

# 20

*Der Turm*

Garret stand neben Tarlon und sah gemeinsam mit ihm zu, wie die kleine Gruppe davonritt, Vanessa voran, danach der Heiler und zum Schluss Astrak, der sich noch einmal umdrehte und winkte. Vanessa hingegen sah nicht zurück. Währenddessen half Argor Elyra dabei, zusammenzupacken und das Feuer zuzuschütten.

»Sie ist sauer«, stellte Garret fest.

»Aber nicht sehr, sonst hätte sie dich zum Abschied nicht geküsst«, antwortete Tarlon mit einem feinen Lächeln. »Ich frage mich immer noch, ob dir ein blaues Auge nicht durchaus stehen würde ...«

Garret schluckte. Diesen Kuss würde er so schnell nicht vergessen. Einen Moment lang schien es Tarlon fast, als ob sein Freund rot werden würde, doch dann grinste dieser.

»Danke, dass du es dir anders überlegt hast. Es hätte mich gestört ...« Schnell wurde Garret wieder ernst. »Sie hat recht. Sie kann gut kämpfen. Anders als wir hat sie sich viele Stunden darin geübt.«

»Auch der Weg zurück durch den Wald ist nicht ungefährlich«, antwortete Tarlon. »Insofern bin ich froh, dass sie sich verteidigen kann. Aber ich wünsche ihr nicht, dass es dazu kommt.« Er drehte sich um und nahm seinen Sattel auf. »Wir sollten nun ebenfalls aufbrechen. Der Turm wartet zwar schon seit Jahrhunderten, aber nun ist es höchste

Zeit, seine Geheimnisse zu lüften. Zudem bin ich neugierig auf diesen Knorre.«

Die Söldner trafen kurz vor Mittag am Rand der Lichtung ein. Wieder begleiteten den Hauptmann nur vier Leute, darunter abermals Tarik. Doch auch die drei anderen hatte Garret bei seiner Beobachtung des Lagers schon einmal gesehen. Der sechste Mann zog allerdings seine Aufmerksamkeit auf sich.

Als er bei der Befragung des Gefangenen durch den Hauptmann gelauscht hatte, war es Garret nicht möglich gewesen, das Gesicht des Mannes auszumachen, da man ihn mit dem Rücken zu Garret an einen Baum gefesselt hatte.

Nun da Knorre aufrecht stand und sich neugierig umsah, wirkte er auf Garret anders, als er ihn sich vorgestellt hatte.

Der Mann war lang und hager, und sein Gesicht wies tiefe Furchen auf, was es schwer machte, sein Alter zu schätzen. Dem Gesicht nach mochte er fünfzig oder auch achtzig Jahre alt sein, doch Haltung und Statur ließen ihn ungleich jünger erscheinen. Er besaß hellblaue Augen, mit Augäpfeln, die so weiß und klar wie die eines Kindes waren. Und genauso neugierig und unschuldig wie ein Kind schien er alles um sich herum wahrzunehmen, wobei sein Kopf seinen Blicken mit leichter Verzögerung folgte. Irgendwie erinnerte der Mann Garret an einen langbeinigen Kranich, der mit unschuldiger Neugier durch ein Rudel Wölfe stakste. Und doch war da mehr, denn in dem kurzen Moment, in dem der Blick des Mannes auf Garret ruhte, war es so, als ob die kindlichen Augen ihm tief in die Seele sehen würden. Unter der alten grauen Robe aus einfachem

Leinenstoff trug der Mann Reiseleder, und in seiner linken Hand hielt er einen großen Rucksack mit vielen aufgenähten Taschen.

Dass der Hauptmann ihn noch immer mit zusammengezogenen Brauen musterte und dabei eher den Eindruck vermittelte, als ob er ihn im nächsten Moment erschlagen wollte, schien den Mann ebenso wenig zu stören wie die misstrauischen Blicke der anderen Söldner. Er musterte die Freunde neugierig und lächelte, als er ihren Blicken begegnete. Es war ein scheues, wenngleich offenes Lächeln, das einmal mehr an ein Kind denken ließ.

Garret sah zu Tarlon hinüber, der den Hauptmann mit einem reservierten Nicken begrüßte. Sein Freund hatte die Stirn in Falten gelegt, aber es war nicht der Anführer der Söldner, dem seine Skepsis galt, sondern Knorre.

»Ihr seid alle sehr jung«, sagte Hendriks in diesem Moment mit einem teilnahmslosen Gesichtsausdruck.

»Wir sind älter geworden in den letzten Wochen«, antwortete Tarlon und musterte nun seinerseits den Söldnerführer. »Ich bin Holzfäller«, fuhr Tarlon fort. »Garret ist Bogenmacher, Argor lernt die Kunst der Schmiede, und Elyra ist die Tochter unserer Heilerin. Keiner von uns wurde gefragt, als Beliors Drache unser Dorf verwüstete und seine Schergen Elyras Mutter vor unseren Augen erschlugen. Wenn ich die Wahl hätte, würde ich lieber Bäume pflanzen, als hier zu stehen und zu hoffen, dass Ihr den Wert eines friedlichen Lebens noch kennt.«

»Willst du sagen, junger Freund, dass der Krieg meine Männer und mich verdorben hat?« Hendriks Stimme war nicht unfreundlich, und er musterte Tarlon mit größerer Aufmerksamkeit als zuvor.

»Das hat er gewiss«, erwiderte Tarlon. »Ich sehe es in Euren Augen. Die Frage ist nur, ob Ihr es einfach hingenommen habt oder es bereut.«

Hendriks lachte kurz und trocken. »Es scheint, als ob nicht nur euer Freund Garret offene Worte zu finden vermag.« Er sah zum Turm hinüber, dann zu Knorre. »Die Moral des Krieges ist, dass er keine kennt. Nur wenn man das begreift, wird man überleben.« Er schüttelte den Kopf. »Aber ich bin nicht hier, um mich vor einem jungen Mann für mein Leben zu rechtfertigen. Ich will lediglich meine Leute aus diesem Teufelsgras bergen, und der Mann dort behauptet, dass er eine Lösung dafür hat.«

»Mir scheint es ein gangbarer Weg zu sein, das Gras abzubrennen«, meldete sich Tarik zu Wort. Er warf Knorre einen nachdenklichen Blick zu. »Doch habe ich das Gefühl, dass dies etwas zu einfach wäre.«

»Da habt Ihr recht«, antwortete Knorre mit einer Klarheit in der Stimme, die Tarlon überrascht zu ihm hinüberblicken ließ. Es war die Stimme eines Barden, und sie stellte eine weitere Merkwürdigkeit im Erscheinungsbild des Mannes dar. »Das Gras ist kräftig und feucht, und der Wind weht unbeständig. Zu leicht könnte der Wald Feuer fangen. Nicht dass es schade um ihn wäre, doch ist es nicht so leicht, aus einem brennenden Wald zu entkommen. Natürlich könnte man das Gras abbrennen, aber wolltet Ihr nicht eigentlich ein Mittel gegen die Tiere finden?«

»Die Viecher sind widerlich«, antwortete Tarik. »Aber ich denke, sie werden recht gut brennen!«

»Sie platzen sogar regelrecht, wenn man sie ins Feuer wirft«, nickte Knorre freundlich. »Das ist nicht das Problem. Nur werden sie nicht verbrennen, sondern sich in ihre Gänge verkriechen, die tief in die Erde hinabreichen, wo das Feuer sie nicht erreicht.«

»Dann sagt mir endlich, was ich tun muss, um meine Leute bergen zu können!«, knurrte Hendriks. »Etwas zu erfahren, was nicht funktioniert, bringt mich nicht weiter!«

»Doch«, widersprach Knorre. »Aber nur, wenn man bereit ist zu lernen!«

»Verflucht«, antwortete Hendriks. »Ihr strapaziert meine Geduld!«

Knorre sah zu Hendriks hinüber und lächelte. »Ihr seid niemand, der die Geduld verliert. Ihr droht zwar damit und werft mit Dingen um Euch. Ihr gebt Euch hart und unerbittlich, und vielleicht seid Ihr es auch gegen die, die Euren Unmut hervorrufen. Doch in Eurem Herzen habt Ihr Euch eine feine Waage bewahrt. Ihr seid ein gerechter Mann, Hauptmann, und niemand wird Euch glauben, wenn Ihr vorgebt, jemand zu sein, den man fürchten muss.«

»Nicht!?«, fragte Hendriks spöttisch, aber Garret war das überraschte Flackern im Blick des Hauptmanns nicht entgangen.

»Nein«, antwortete Knorre bestimmt. »Aber ich verstehe, warum Ihr Euch so verhalten müsst.« Er wandte den Blick vom Hauptmann ab und sah hinüber zum Turm. »Es ist schwerer und zugleich einfacher, als Ihr denkt. Die Schwierigkeit bestand darin, die richtigen Kräuter zu finden, aber das ist mir gelungen. Nun müsst Ihr Euch nur noch mit der Salbe einreiben, die ich daraus gefertigt habe. Das ist alles. Keines dieser Viecher wird sich Euch nähern, denn sie ertragen den Geruch nicht.«

Er griff in eine Tasche seines Rucksacks, entnahm ihr einen irdenen Tiegel und hielt ihn hoch. »Hier habe ich genug für alle. Ein wenig davon auf die Kleidung aufgetragen reicht als Schutz völlig.« Er warf einen Blick hoch zum Himmel. »Es sei denn, es finge an zu regnen.«

»Das ist alles?«, fragte der Hauptmann erstaunt.

Knorre sah ihn tadelnd an. »Das ist beileibe nicht alles, Hauptmann, aber es ist alles, was Ihr im Moment zu wissen oder zu tun braucht. Dennoch wird es niemandem helfen, der in einen Bau der Todeskrabbler einbricht. Und es wird Euch kaum helfen, den Turm zu betreten.«

»Der Turm interessiert mich nicht«, knurrte Hendriks.

»Uns schon«, wandte Tarlon ein und sah Knorre aufmerksam an. »Wir müssen den Turm erforschen.«

»Warum das?«, fragte Knorre. »Nichts darin könnte für euch von Belang sein. Alles, was in diesen Gemäuern ruht, sind Geister und Schatten aus längst vergangenen Tagen. Belior sucht dort Wissen und Bücher, Magie und Macht, um seine Gier nach Herrschaft zu befriedigen, aber was sucht ihr?«

»Wissen, Bücher und Magie«, antwortete Tarlon fest. »Macht und Gier interessieren uns dagegen nicht.« Er sah dem Mann in die Augen. »Wir suchen ein Mittel, um zu verhindern, dass Belior seine Leute durch ein magisches Portal hindurch in unser Dorf schickt.«

Hendriks sah auf. »Dorthin wurden sie also entsandt?«, rief er dann. »Was geschah mit meinen Leuten?«

»Sie starben«, antwortete Garret und sah Hendriks unverwandt in die Augen. »Eine treue Freundin schlug sie zurück und ließ dabei ihr Leben.«

»Maron und die anderen waren auch treue Freunde für uns«, entgegnete Tarik leise. »Sind sie alle tot?«

Garret nickte.

»Das ist das Verbrechen des Krieges«, erklärte Knorre. »Was Freund hätte sein sollen, stirbt als Feind.« Er sah Garret an. »Wie hieß diese Freundin?«

»Was nutzt es, wenn ich Euch ihren Namen nenne?«,

entgegnete Garret etwas barsch. »Sie hieß Meliande, doch damit wisst Ihr noch nichts von dem Verlust, der uns traf.«

»So seht ihr es«, widersprach Knorre sanft. »Ich sehe es anders. Ist das Tor zerstört?«

Wieder nickte Garret.

»Damit habt ihr euren Auftrag bereits erfüllt«, sagte Knorre. »All meine Recherchen deuten darauf hin, dass es nur dieses eine Tor gab.«

»Eure Recherchen?«, fragte Argor. »Wer seid Ihr?«

»Ein Schatzsucher. Aber ich suche besondere Schätze. Denn ich bin zudem ein Schüler der gegenständlichen Magie«, antwortete Knorre und verbeugte sich leicht. »Ein Arteficier, der auf der Suche nach Wissen ist. In diesem Turm lebte einst ein Sonderling, der den Dingen mittels Magie Lebenskräfte und eine Seele einhauchen konnte. Nach allem, was man weiß, war er der größte Arteficier, der jemals lebte. Er galt als verrückt, und das war er wohl auch. Zu viel Macht raubt jedem den Verstand.«

»Was ist ein Arteficier?«, fragte Garret neugierig.

Knorre hob eine Augenbraue. »Jemand, der mit Magie erfüllte Gegenstände erschafft. Kennt man das bei euch nicht?«

»Nie davon gehört«, antwortete Garret. »Wie funktioniert das?«

»Es ist kompliziert«, grinste Knorre. »Und man kann davon verrückt werden!«

»Aber sucht Ihr nicht auch nach Macht?«, warf Elyra ein.

»Natürlich tut er das«, brummte Argor. »Er riecht förmlich nach Magie!« Der junge Zwerg sah Knorre trotzig an, doch der lächelte nur und schüttelte den Kopf.

»Nein«, sagte er dann. »Macht suche ich nicht. Ich suche Wissen. Das ist oftmals das Gleiche, aber in diesem Fall suche ich nur nach einem Weg, um einen tiefen Brunnen zu bauen und so ein Dorf zu retten. Das Wasser dort ist knapp, und wir sind beim Graben auf harten Fels gestoßen.«

Elyra sah ihn erstaunt an. »Einen Brunnen?«

»Ja, einen Brunnen. Ich weiß, dass der Arteficier eine Methode kannte, mit der man Brunnenschächte durch solides Gestein treiben kann. Ich fand zwei solcher Brunnen auf meinen Reisen. Es muss Magie dahinterstecken, und vielleicht finde ich heraus, wie er es anstellte.«

»Woher wisst Ihr das alles?«, warf Garret ein.

»Nun, er ist einer meiner Vorfahren.« Knorre wirkte amüsiert. »Er hinterließ mir drei Dinge: die Fähigkeit der Magie, den Wahnsinn und ein Buch.« Knorre griff in sein Wams und entnahm ihm ein kleines, in Leder gebundenes Buch. »Hier steht vieles, aber längst nicht alles.«

»Gebt uns endlich die Salbe«, fuhr Hendriks dazwischen. »Ich habe wenig Lust, meine Zeit mit Geschwätz zu verbringen.«

»Ihr seid nicht ganz aufrichtig, denn genau dazu scheint Ihr mehr Lust zu haben als zu dem, wofür Ihr hier seid«, antwortete Knorre, als er dem Mann den Tiegel reichte. Hendriks stockte mitten in der Bewegung und sah den Schatzsucher scharf an, doch dieser begegnete offen seinem Blick. »Es ist keine Schande, sich zu sorgen.«

»Was versteht Ihr schon davon?«, knurrte Hendriks und fing an, sich mit der Salbe einzuschmieren.

Knorre bemerkte, dass Tarlon ihn nachdenklich ansah. »Was ist mit Euch? Habt auch Ihr es eilig?«

»Nein«, antwortete Tarlon ruhig. »Ich wäre am liebsten ganz woanders.«

»Aber Ihr müsst Euch vergewissern, dass von diesem Turm keine Gefahr droht, nicht wahr?«

Tarlon nickte nur.

»Der Turm ist zerfallen. Wie kann von ihm Gefahr ausgehen?«, wandte Hendriks ein.

»Und noch dazu steht er auf einer solch friedlichen Wiese ...«, versetzte Garret gedehnt. Knorre warf ihm einen Blick zu und nickte dann. »Ihr habt recht. Nicht alles hier ist so, wie es erscheint.« Dann sah er zu Hendriks hinüber. »Lost aus, wer vorgeht. Zwei werden sterben.«

»Zwei werden sterben?«, fragte Hendriks und drehte sich langsam um. »Woher wollt Ihr das wissen?« Seine Stimme war kalt, und Garret kamen gewisse Zweifel, ob Knorre mit seiner Einschätzung dieses Mannes richtiglag.

»Der Wind sagte mir soeben, dass der Boden zwei von uns nicht würde tragen können.« Die anderen Söldner sahen einander an.

»Was sagte der Wind Euch noch?«, knurrte Hendriks gereizt.

»Er sagte, zweimal werde die Erde die Last nicht tragen können, doch im Stein werde Leben sein.«

»Der Wind sprach also über Erde und Stein?«, fragte der Hauptmann ungehalten. »Warum taten es Erde oder Stein nicht selbst?«

»Sie reden nicht mit mir«, gab Knorre zurück und zuckte die Schultern. »Ich denke, sie sind beleidigt.« Er sah mit seinen blauen Augen zu dem Hauptmann hoch. »Der Wind ist flüchtig und merkt sich kaum, was er berührt. Doch Erde und Stein können recht nachtragend sein.« Er legte den Kopf zur Seite. »Was meint Ihr, Hauptmann?«

»Ich meine, Ihr seid verrückt«, sagte dieser und wandte sich seinen Leuten zu. »Aber wir werden losen.«

Erfreut darüber schien keiner der Söldner, die einander nervöse Blicke zuwarfen. Auch Tarik war bleich, aber er suchte einen dünnen Zweig vom Waldrand und fing an, ihn in fünf Teile zu brechen.

»Sprach der Wind davon, dass es Tote geben wird, oder nur davon, dass die Erde bricht?«, fragte Garret neugierig.

»Ihr glaubt also dem Wind?«, fragte Knorre.

Garret zuckte die Schultern. »Elyra spricht mit Vögeln, und manchmal sagt mir das Wasser, wo die Fische sind. Was weiß ich, wie Ihr hört und was Ihr hört, wichtig ist, dass Ihr es wirklich hört. Also, was sagte Euch der Wind? Sprach er in der Tat vom Sterben?«

»Nein, nur davon, dass die Erde zweimal die Last nicht tragen kann«, antwortete Knorre. »Aber es läuft aufs Gleiche hinaus. Wenn man in einen Bau der Todeskrabbler fällt, ist man tot.«

»Vielleicht ist es nicht ganz das Gleiche«, schmunzelte Garret und griff in sein Wams, um ein eng gefaltetes schwarzes Tuch herauszuholen. Er schüttelte es vor ihnen aus und ließ es auf den Boden sinken. Als es das Gras berührte, öffnete sich vor den verblüfften Augen der Söldner die magische Kammer, die Garret im Zimmer des Händlers gefunden hatte. Sie war bis unter den Rand gefüllt mit Proviant, Werkzeug, Holz, Bolzen und mehreren Fässern. Zuoberst lagen außerdem gut drei Dutzend, etwa drei Schritt lange Holzbohlen.

»Götter«, entfuhr es Hendriks. »Für solch ein Wunder würden manche töten!«

»Tätet Ihr es auch?«, fragte Argor etwas spitz und griff seinen Hammer fester.

»Nein«, erwiderte Hendriks entnervt und musterte den Inhalt der magischen Kammer. Dann sah er Garret an.

»Im Winter spielen Kinder gerne auf dem Eis, auch wenn es noch zu dünn ist. Legt man Bohlen darüber, bricht es nicht so leicht.« Garret grinste breit. »Wenn das Wasser von seinen Fischen spricht, muss man um die Ecke denken, um herauszufinden, wo sie stehen ... Vielleicht spricht auch der Wind nicht immer so, dass man ihn sofort versteht.«

»Es sieht schon etwas komisch aus«, sagte Elyra, während sie dabei zusah, wie die letzte der Bohlen vorsichtig ausgelegt und bis kurz vor das schwere metallene Tor des alten Turms geschoben wurde. »Die Bretter liegen platt auf dem Boden, und ein jeder balanciert darüber, als führten sie über einen tiefen Abgrund.«

»Vielleicht ist es ja auch so«, sagte Knorre, der neben ihr auf einem Stein am Rand der Lichtung saß und ebenfalls dem Treiben zusah. Er kaute auf einem Grashalm und schien damit zufrieden, den anderen bei ihrer Arbeit zuzusehen, während er selbst in der Sonne saß. »Ein kluger junger Mann, dieser Garret.«

Elyra lachte. »Das habe ich auch einmal zu ihm gesagt. Aber er hat nur den Kopf geschüttelt. Er sei nicht klug, sondern faul. Er scheue nur die Anstrengung, die es nach sich ziehe, wenn man die Sachen nicht vorher bedenkt!«

»Dreimal gedreht, ergibt das sogar Sinn«, nickte Knorre. »Wisst Ihr bereits, ob Ihr Tarlon folgen wollt oder eher dem Ruf der Göttin?«

Elyra sah ihn scharf an. Jegliche Spur eines Lachens war aus ihrem Gesicht verschwunden.

»Ihr tragt das Symbol Mistrals, doch Euer Blick verzehrt sich nach Tarlon«, erklärte Knorre.

»Ist das so offensichtlich?«

»Nein, das ist es nicht, aber Ihr habt den Vögeln Eure

Sorgen gebeichtet. Vögel sind sehr gesprächig und tratschen gerne.«

»Ihr könnt auch sie verstehen?«, fragte Elyra überrascht.

»Nein.« Knorre schüttelte den Kopf. »Aber der Wind und die Vögel sind gut befreundet.« Er lächelte. »Sie nutzen ihn beim Fliegen.«

»Das ist wahr.« Sie sah Knorre nachdenklich an. »Ich habe meine Entscheidung noch nicht getroffen. Ich weiß nicht, wie ich wählen soll.«

»Manchmal mag eine Wahl erforderlich sein, doch nicht in allen Fällen«, sagte Knorre. »Ihr werdet noch lange leben. Warum also nicht erst lieben und dann der Göttin dienen? Einer Priesterin steht es gut zu Gesicht, die Liebe zu kennen.«

»Ich befürchte, sie braucht mich hier und jetzt, nicht erst dann, wenn sie Tarlon zu sich gerufen hat«, meinte Elyra leise. Sie sah Knorre an. »Im Moment lerne ich mehr über den Hass als über die Liebe.« Sie schüttelte den Kopf. »Warum erzähle ich Euch das nur? Ich bin sonst nicht so mitteilsam.«

Knorres blaue Augen lachten sie freundlich an. »Vielleicht liegt es an ihr, der Ihr dienen wollt?«

»An Mistral? Wie könnte das sein?«

»Man sagt, mein Vorfahr sei von ihr berührt worden, als er ihr einen Tempel in der alten Stadt errichtete. In dem Moment sei er dem Wahnsinn verfallen.«

»Er baute ihr einen Tempel?«

Knorre nickte. »Und sie gab ihm die Fähigkeit, Magie zu finden, auch in Stein, Metall und anderen unbelebten Dingen. Nur der Wahnsinnige vermag ein solches Geschenk zu würdigen ... allen anderen bleibt sein Wert verborgen.«

»Das ergibt Sinn«, nickte Elyra.

»Tut es das?«, fragte Knorre und sah sie nachdenklich an. »Allzu oft begegne ich Dingen, die keinen Sinn ergeben.«

»Vielleicht solltet Ihr Mistral dazu befragen«, lächelte Elyra. »Sie ist auch die Herrin des Schleiers, hinter dem sich nicht selten die Wahrheit verbirgt.«

»Dem ist wohl so«, stimmte er ihr versonnen zu.

»Sagt, warum hat Euer Vorfahr der Göttin Mistral einen Tempel erbaut? Die Göttin wohnt in jedem von uns und braucht keinen Tempel. Ein jeder Ort eignet sich. Im Dorf haben wir zwar einen Schrein, aber er steht dort, wo wir beten, wenn jemand von uns geht.«

»Die Göttin braucht keinen Tempel, weil sie, anders als die Menschen, keinen Ort braucht. Da habt Ihr recht. Sie erbat ihn sich, damit er einen Zweck erfüllt, der nicht erfüllt werden sollte.«

»Das verstehe ich nicht«, sagte Elyra.

»Das beruhigt mich«, lachte Knorre und stand auf. »Es sieht so aus, als wären sie am Tor angekommen. Wir sollten hinübergehen.«


»Sie ist nicht unter ihnen«, erklärte Hendriks. »Ich habe ihre Rüstung selbst anfertigen lassen und würde sie wiedererkennen.« Der Söldnerführer ballte die Fäuste, als er die Reihe seiner getöteten Leute musterte, die am Waldrand aufgebahrt war. Es hatte den größten Teil des Nachmittags gedauert, die Kameraden zu bergen. »Wie kann das nur sein?«, fragte er Tarik, der schweigend neben ihm stand.

Tarik nickte nur und ließ seinen Blick in Richtung des Turms schweifen. »Rabea konnte schon immer gut klettern, nicht wahr?«, sagte er dann.

Hendriks folgte dem Blick des Armbrustschützen. Aus

der Ferne sahen die alten Mauern glatt aus, aber aus der Nähe hatte er zuvor erkennen können, dass die Witterung und der Zahn der Zeit die einst glatten Steine brüchig gemacht hatten und ein Teil des Gemäuers eingestürzt war.

»Ihr meint ...?«, flüsterte Hendriks, und Tarik nickte.

»Wenn sie nicht unter den Toten ist, lebt sie womöglich noch. Und dann kann sie nur an einem Ort sein.«

Hendriks hörte ihn schon gar nicht mehr, denn er bewegte sich bereits im Laufschritt auf den Turm zu, wobei er allerdings darauf achtete, auf den Planken zu bleiben.

Vor der stählernen Tür des Turms hatten die Freunde vier der Planken nebeneinander ausgelegt, damit genug Platz vorhanden war, um sicher stehen zu können. Doch offenbar hatten sie Schwierigkeiten, die Tür zu öffnen.

Tarlon drehte sich um und sah den Söldnerführer fragend an, der es jedoch dem nachgefolgten Tarik überließ, eine Erklärung zu geben.

»Seine Tochter ist nicht unter den Toten. Wir hoffen, dass sie sich im Turm befindet.«

»Es tut mir leid, aber das erscheint mir kaum möglich«, antwortete Tarlon. »Die Tür ist fest verschlossen, und wir versuchen schon seit einiger Zeit, sie zu öffnen.«

»Vielleicht ist sie geklettert«, schöpfte Hendriks Hoffnung.

Garret musterte die Außenwand des Turms. Möglich wäre es, doch schien es ihm eher unwahrscheinlich. »Wenn sie gerüstet war wie Eure anderen Leute, dürfte es ihr schwergefallen sein«, sagte er dann. Er sah Tarlon an. »Soll ich es einmal probieren?«

»Kannst du es denn schaffen?«, fragte Tarlon.

Garret suchte die Wand vor ihm nach Griffpunkten ab, zog dann seinen Dolch und versuchte, ihn in den Spalt zwischen zwei Blöcken zu rammen, doch er bekam kaum mehr als die Spitze hinein. Er sah nach oben. »Vielleicht klappt es mit einem Seil.«

Hendriks sagte nichts. Er stand nur da mit geballten Fäusten und sah die Tür an, als ob er sie allein mit der Kraft seines Willens bezwingen wollte.

»Es sollte möglich sein, die Tür zu öffnen«, meldete sich Knorre zu Wort. »Ich glaube, es stand etwas davon im Buch.« Er blätterte eine Weile in dem kleinen Buch und nickte schließlich. »Richtig. Hier steht es: ›Wer geht, ist willkommen.‹«

»Nicht besonders gastfreundlich, Euer Vorfahr«, meinte Garret trocken. Er schlug mit der Handfläche gegen die Tür, die sich außerordentlich massiv anhörte, auch wenn sie von einer leichten Rostschicht bedeckt war. Er sah zur Seite auf die Außenmauer und dann wieder nach oben. »Ich frage mich, warum der Turm eingestürzt ist. So wie die Steine verfugt sind, hätte er ewig stehen sollen.«

»Gute Frage. Ich habe noch eine weitere«, sagte Argor und blickte sich misstrauisch um. »Warum liegen hier keine Trümmer? Es ist wohl kaum anzunehmen, dass der Turm einstürzt und außen nichts herunterfällt?« Er sah die anderen an. »Das gefällt mir nicht. Wenn keine Steine fallen, ist etwas nicht normal. Und dann kann es nur Magie sein!« Sein Gesicht verzog sich vor Abscheu.

»Es ist schließlich der Turm eines Magiers«, lachte Garret. »Da darf man das wohl erwarten.«

»Mir gefällt es trotzdem nicht«, brummte der Zwerg.

»Nun, wir haben den Auftrag, den Turm zu durchsuchen«, erinnerte ihn Tarlon an den Grund ihres Hierseins. »Doch dazu müssen wir durch diese Tür!«

»Wer geht, ist willkommen«, wiederholte Garret nachdenklich Knorres Worte. Er sah den Schatzsucher an, und dieser zuckte mit den Schultern.

»Was wollt Ihr, er war wahnsinnig«, sagte er, beinahe entschuldigend.

Elyra warf Knorre einen Blick zu. »Ihr sagtet, Ihr wäret es auch. Wenn es kein Rauswurf ist, sondern vielmehr die Tür öffnen soll, wie würdet Ihr das Rätsel lösen?«

»Ich würde es wörtlich nehmen …«, grinste Knorre und stellte sich mit dem Rücken zur Tür, um dann einen Schritt nach vorne zu machen. Mit einem lauten Schlag flog die Tür nach innen auf und schien den hageren Mann förmlich einzusaugen. Sie konnten gerade noch den überraschten Gesichtsausdruck Knorres erkennen, dann schloss sich die rostige Metalltür wieder mit einem lauten Knall, und von innen war ein gedämpftes Fluchen zu hören.

Die Freunde sahen einander an, dann trat Hendriks einen Schritt nach vorne, doch Garret kam ihm zuvor, lehnte sich an das Türblatt und schritt aus, um auf dieselbe Weise zu verschwinden wie zuvor Knorre.

»Das ist umwerfend«, hustete Garret, als er sich vom Boden aufrappeln wollte, doch im nächsten Moment öffnete sich erneut die Tür, und Hendriks fiel auf ihn nieder, sodass er wieder in den staubigen Teppich gepresst wurde. Garret drehte sich unter dem Körper des Hauptmanns zur Seite weg und stand auf. Gerade hielt er Hendriks die Hand hin, um ihm hochzuhelfen, als Tarik durch die Tür stolperte und ihn beinahe erneut zu Boden gerissen hätte. Danach kam Tarlon, gefolgt von Argor, doch diesmal sprangen alle zur Seite, und der Zwerg rollte ins Leere. Inzwischen waren sie von einer dichten Staubwolke eingehüllt, und Argor hustete und wischte sich über die Augen.

»Umwerfend trifft es ganz gut«, lächelte Knorre, der etwas abseitsstand und sich das Gewand ausklopfte. Staub bedeckte in einer zentimeterdicken Schicht das gesamte Mobiliar der Eingangshalle, doch weitere Anzeichen für das Wirken der Zeit waren nicht auszumachen. Zwei hohe, bunt verglaste Fenster spendeten Licht, und Knorre musterte diese mit einem Stirnrunzeln. »Seltsam, ich kann mich nicht erinnern, von draußen Fenster gesehen zu haben«, murmelte er dann.

Doch bevor er weiter darüber nachdenken konnte, passierte Elyra die Tür. Sie war die Einzige, die nicht stolpernd, sondern mit einem elegant wirkenden Ausfallschritt den Raum betrat. Als sie den Staub aufsteigen sah, rümpfte sie die Nase.

»Hier wurde schon lange nicht mehr geputzt«, stellte sie fest und nieste, während Knorre gähnte und mit den Fingern über eine Kommode wischte, die rechter Hand neben dem Eingang stand. Das dabei zum Vorschein kommende Holz schimmerte wie frisch poliert.

»Hier sind Spuren«, rief plötzlich Hendriks aufgeregt und deutete auf Fußspuren im Staub, die zu einer Tür hinüberführten.

»Dahinter wird wohl ein Treppenaufgang sein«, gähnte Garret. Er rieb sich die Augen, gähnte erneut und sah die anderen dann fragend an. Knorre sagte nichts, sondern ließ sich inmitten einer Staubwolke auf einem mit Tüchern bedeckten Sofa nieder. Er hustete einmal, legte dann den Kopf zurück und fing im nächsten Moment vernehmlich an zu schnarchen.

Tarlon fluchte und versuchte die Tür zu öffnen, doch sie bewegte sich nicht. »Der Staub! Nicht einatmen!«, keuchte er noch, bevor er unter Elyras entgeisterten Blicken in sich zusammensackte, dicht gefolgt von Garret und den anderen. Nur Hendriks schaffte es bis zu der Tür, zu der die Spuren führten.

Als er fiel, stieg abermals eine Staubwolke auf. Hastig zog Elyra den Stoff ihres Kleides vors Gesicht, hielt die Luft an und stand so still wie möglich, damit sich der Staub wieder legen konnte. Tarlon hatte offenbar als Erster begriffen, dass dieser betäubende Wirkung besaß. Und nur weil sie selbst beim Eintreten nicht gefallen war, schien sie verschont geblieben zu sein. Die leichte Müdigkeit, die sie verspürte, konnte schließlich auch von den Anstrengungen der letzten Tagen herrühren.

»Schöne Bescherung«, mumelte sie, als sie die bewusstlosen Gestalten um sich herum musterte.

Jeder der anderen war mindestens doppelt so schwer wie sie selbst, nur bei dem hageren Knorre rechnete sie sich Chancen aus, ihn bewegen zu können. Und vielleicht konnte sie bei der Gelegenheit auch gleich einen Blick in das Buch seines Vorfahren werfen ...

Sie riss einen Streifen Stoff von ihrem Kleid ab, befeuchtete ihn mit dem Inhalt ihres Wasserschlauchs und begab sich dann zu dem schlafenden Knorre. Vorsichtig wischte sie ihm mit dem feuchten Tuch das Gesicht. Von der Eingangstür tönte ein gedämpftes Hämmern zu ihr herüber. Offenbar versuchten die restlichen Männer des Hauptmanns, die noch nichts von dem geheimen Mechanismus der Tür wussten, in den Turm zu gelangen. Elyra ignorierte das Geklopfe und musterte Knorre. Vielleicht war es nicht einmal nötig, ihn woandershin zu tragen, denn hier saß er aufrecht und lag nicht, wie die anderen, mit der Nase im Staub. Nachdem sein Gesicht gesäubert war, langte sie in ihren Beutel und zog daraus eine trockene Wurzel hervor, die sie zunächst befeuchtete und dann unter Knorres Nase zerdrückte.

Ein stechender Geruch, der ihr selbst die Tränen in die Augen trieb, stieg auf, und Knorre hustete und richtete sich fluchend auf. Noch bevor er etwas sagen konnte, hielt sie ihm das feuchte Tuch vor den Mund, damit der hochgewirbelte Staub ihn nicht abermals betäubte. Wahnsinnig oder nicht, er verstand sofort und hielt still, während er mit großen Augen die zu Boden gesunkenen Körper der anderen um sich herum musterte.

»Habt Ihr eine Idee, was das zu bedeuten hat?«, fragte sie leise, und er nickte.

»Offensichtlich eine Falle mit Schlafstaub ... recht geschickt, muss ich sagen.« Es klang beinahe bewundernd.

»So weit war ich auch schon«, versetzte sie trocken. »Aber habt Ihr eine Idee, was man dagegen tun kann?«

»Lasst mich erst einmal wach werden«, grummelte Knorre. »Ich bin noch immer sehr müde. Was ist das übrigens für ein Zeug? Es stinkt fürchterlich!«

»Brechwurz«, sagte sie, und Knorre nickte, während er ausgiebig gähnte.

»Das ist ... ein wahrlich ... passender ... Name.« Sein Kopf sackte zur Seite weg, doch Elyra hatte schon ausgeholt und gab ihm im selben Moment eine schallende Ohrfeige. Knorre zuckte zusammen, schüttelte sich wie ein nasser Hund und sah sie dann vorwurfsvoll an.

»Was steht in dem Buch?«, rief sie, und Knorres glasige Augen versuchten, die ihren zu finden. Elyra seufzte und zerrieb den Rest der Wurzel unter seiner Nase, worauf seine Augen sich weiteten und er entsetzt zurückwich, während er durch das Tuch nach Luft schnappte.

»Genug!«, keuchte er und fing an, in dem Buch zu blättern. »Hausputz«, murmelte er. »Es muss der Abschnitt über den Hausputz sein!« Er sah sich um und wies dann auf ein Ornament an der Wand neben der Tür. »Die Lilie, presse gegen die Lilie … sie …« Noch bevor er den Satz beenden konnte, fiel er zur Seite weg, und abermals wirbelte Staub auf. Im nächsten Moment schon mischte sich sein Schnarchen mit dem der anderen.

Elyra seufzte und bewegte sich vorsichtig zu der Wand mit dem steinernen Ornament hinüber. Sie erkannte die Lilie und drückte auf die Blüte. Einen Moment lang schien nichts zu geschehen, doch dann merkte sie, wie der Staub in der Mitte des Raumes aufzusteigen begann. Ein leichter Wind erfasste den Saum ihres Gewands, und während sie dem Schauspiel atemlos zusah, schwoll das anfängliche Säuseln zu einem mächtigen Rauschen an, das den Raum erfüllte, als wäre in ihm ein Sturm entfesselt worden. Tatsächlich entstand eine Windhose direkt vor ihren entgeisterten Augen, die beständig wuchs und sich schließlich zur hohen Decke emporreckte. Über die grauschwarzen Ränder der Erscheinung züngelten kleine Blitze, und das laute Getöse und Knattern betäubten sie beinahe. Der Wind zerrte nun mit aller Macht an ihren Haaren und ließ ihre Gewänder flattern.

Für einen langen Moment dachte sie, die Windhose würde sie in das schwarze Loch hineinsaugen, das unter der hohen Decke entstanden war. Knatternd schossen die feinen, hauchdünnen Blitze umher. Sie tanzten über Wände, Möbelstücke und die am Boden liegenden Gefährten hinweg, griffen mit Tausenden von gleißenden und kribbelnden Fingern auch nach ihr – und verschwanden dann abrupt.

Das Tosen des Sturms klang noch in ihren Ohren nach,

als sich die Stille unvermittelt wieder über den Raum gelegt hatte. Ungläubig rieb sie sich die Augen und sah sich um. Nicht nur, dass der Staub spurlos verschwunden war, jedes einzelne Möbelstück glänzte nun wie frisch gereinigt und poliert, und sogar an ihrem Umhang waren die Spuren ihrer Reise nicht mehr zu erkennen. Ihre Gewänder und die der anderen sahen aus, als wären sie neu und sauber.

»Beeindruckend!«, rief sie verblüfft aus.

Dann begab sie sich zu dem Sofa, auf dem Knorre lag. Sie schob ihn in die Senkrechte und klopfte vorsichtig gegen den Stoff, aus dem diesmal kein Staub aufstieg. Sie seufzte und richtete sich darauf ein, eine längere Zeit zu warten.

# 21

*Der Kronok*

»Ich mag das Abenteuer«, grinste Astrak, während er sich unter einem tief hängenden Ast hindurchduckte. »Wenn ich zu Hause wäre, müsste ich jetzt die Werkstatt kehren, das hier macht mir eindeutig mehr Spaß!«

»Du hast eine seltsame Auffassung von Spaß«, antwortete Vanessa, während sie eine Kreatur im Auge behielt, die einer Mischung aus Fuchs und Stachelschwein glich. Aus dem Augenwinkel sah sie, wie Helge die Hand hob, um den Ast zur Seite zu schieben, der über den Pfad reichte.

»Besser, Ihr berührt ihn nicht!«, rief sie ihm zu. »Wir sind hier tief in der verdorbenen Zone.«

Helge zog die Hand zurück und tauchte unter dem Ast hindurch. Nachdenklich musterte er die dunkle ölige Schicht auf der Rinde des Baums.

»Wir haben von dem verdorbenen Wald gehört«, sagte er dann. »Als wir an Land gingen, rechneten wir mit dem Schlimmsten, aber es geschah nichts. Zuerst dachten wir, es wären nur Ammenmärchen, aber dann ...« Er sah zurück in Richtung des Turms, »... wurden wir ja eines Besseren belehrt.« Er schüttelte sich leicht. »Wie lange werden wir noch brauchen, bis wir den Wald hinter uns gelassen haben?«

»Nur noch ein paar Stunden«, gab Vanessa zurück und atmete erleichtert aus, als die fuchsähnliche Kreatur sich abwandte und im dichten Unterholz verschwand. Das Biest war klein und hätte unter normalen Umständen keine wirkliche Bedrohung dargestellt, doch bei verdorbenen Kreaturen konnte sich jede Fehleinschätzung als tödlicher Fehler erweisen.

Astrak musterte den Waldboden, über den sie gerade gingen, und drehte sich dann zu Vanessa um.

»Ist das der Weg, den wir gekommen sind? Ich kann nirgendwo unsere Spuren ausmachen!«

»Nein«, antwortete sie. »Es ist ein anderer Weg. Ich möchte den Wolfsmenschen nicht noch einmal begegnen.«

»Aber du weißt, wo wir entlangmüssen, oder?«, fragte er leicht skeptisch.

Vanessa nickte nur und lächelte. »Mach dir keine Gedanken. Ich habe noch niemals in meinem Leben die Orientierung verloren.« Sie stellte sich in den Steigbügeln auf und blickte den Pfad entlang. »Dort vorne müsste ein kleiner Bach kreuzen. Sobald wir ihn erreicht haben, biegen wir nach Osten ab.«

»Und Osten ist wo?«, fragte Astrak.

»Rechts«, antwortete Vanessa mit einem Lachen.

Dennoch war auch sie erleichtert, als sie den Waldrand erreichten. Es war mittlerweile später Nachmittag, und langsam wurde es Zeit, einen Lagerplatz zu suchen. Sie fanden einen Hügel mit ein paar Bäumen ringsherum und einem kleinen Bachlauf in der Nähe, mit dessen klarem Wasser sie die Pferde tränken konnten.

»Ich bereite das Lager vor und kümmere mich um die Pferde«, erbot sich Helge, »sofern jemand anders Holz sammelt und das Abendmahl bereitet. Ich bin ein schlechter Koch.«

»In Ordnung, ich kümmere mich ums Essen«, antwortete Vanessa und ließ sich aus dem Sattel gleiten.

Es dauerte nicht lang, bis ein kleines Feuer brannte und das Lager vorbereitet war. Jeder von ihnen hatte Zeltplanen dabei, aber es war ein warmer Tag, und so nutzten sie diese nur als Unterlage für ihre Bettplätze.

»Wie kommt es, dass ihr allein unterwegs seid?«, fragte Helge dann und lehnte sich bequem zurück, während er zusah, wie Vanessa den Kessel über dem Feuer aufhängte. Sie hatte Gemüse in den Topf geschnitten, das sie, dreifach in Leder eingewickelt, in ihrem Rucksack mitgeführt hatte.

»Wie meint Ihr das?«, fragte Astrak. »Wir sind doch zu mehreren.«

»Ich habe mich nur gewundert, warum ihr keinen Erwachsenen bei euch habt.«

»Wir sind doch erwachsen«, antwortete Vanessa überrascht. »Jeder von uns ist im heiratsfähigen Alter.«

»So meinte ich das nicht«, beeilte sich Helge zu erklären. »Ich dachte bei einem Erwachsenen eher an jemand Erfahrenen.«

»Erfahren worin?«, gab Astrak zurück und machte sich an seinem Rucksack zu schaffen. »Meint Ihr erfahren im Kriegshandwerk? Außer Ralik, unserem Radmacher, hat niemand im Tal wirklich Erfahrung damit.« Er verzog das Gesicht. »Das hat sich seit dem Angriff allerdings geändert.«

Als Vanessa Helges fragenden Blick bemerkte, fasste sie die Geschehnisse im Dorf für ihn zusammen.

»Ich habe Marban kennengelernt«, teilte Helge ihnen mit, nachdem Vanessa geendet hatte. »Es war vor vielen Wochen. Noch bevor wir uns hierher einschifften. Ein sehr unangenehmer Zeitgenosse.«

»Das ist noch eine Untertreibung«, sagte Vanessa bitter. »Ich hoffe, er leidet in den tiefsten Höllen! Was hatte er mit Euch zu schaffen?«

»Er brachte uns das Gegenstück für die magische Tür.« Helge musterte Vanessa und Astrak. »Dafür, dass ihr keinen Kampf kennt, habt ihr euch bislang gut behauptet.« Er verzog das Gesicht. »Wir haben ein paar unserer besten Leute durch diese Tür geschickt.«

»Nehmt Ihr es uns übel, dass sie getötet wurden?«, fragte Astrak und musterte den Heiler aufmerksam. Helge schüttelte den Kopf.

»Wir sind Söldner und kämpfen für Gold. Wir wissen, welche Gefahren das Kriegshandwerk birgt, und auch, dass andere ihr Leben und ihr Hab und Gut verteidigen. Da hat es wenig Sinn, nachtragend zu sein, nicht wahr?«

Vanessa lachte bitter. »Mit Verlaub, Ser, ich kann das nicht so nüchtern sehen. Marban ermordete meine Mutter. Es war ein heimtückischer Angriff mithilfe der Magie. Ihr werdet sehen, dass ein jeder im Dorf in dieser Hinsicht nachtragend ist.«

»Nun«, begann Helge nachdenklich und musterte die beiden. »Immerhin sitzen wir hier einträchtig zusammen am Feuer.«

»Nur deshalb, weil Eure Truppe nicht an dem Überfall auf unser Dorf beteiligt war«, antwortete Astrak. Er lehnte sich zurück und schloss die Augen. »Hätte Garret nicht den Einfall gehabt, Euch zu fragen, ob Ihr die Seiten wechselt, wären wir immer noch Feinde.« Er öffnete ein Auge und sah Helge an. »Manchmal überrascht er mich mit seinen Ideen, aber er hat recht. Wir haben keine Erfahrung im Kriegshandwerk, und unsere Heilerin wurde ein Opfer des ersten Angriffs. Wenn Ihr es ernst meint und die Ältesten von Eurer Loyalität überzeugen könnt, wärt Ihr ein Gewinn für uns.«

»Und wenn nicht?«, wollte der Heiler wissen.

»Darüber würde ich mir keine Gedanken machen«, gähnte Vanessa. »Die Ältesten werden auf Garrets Vorschlag eingehen.« Sie musterte kritisch den Inhalt des Topfes und nickte dann. »Das Essen ist bald fertig.«

»Wie kamt Ihr dazu, unter der Flagge Beliors zu kämpfen?«, fragte Astrak neugierig. »Ich kenne mich mit Söldnern nicht aus, aber Eure Truppe scheint mir etwas ungewöhnlich. Bis auf Euch trägt jeder die gleiche Rüstung. Bislang dachte ich, Söldner wären ein zusammengewürfelter Haufen von Abenteurern. Ich will Euch nicht zu nahe treten, ich finde es nur bemerkenswert.«

Helge lächelte und schüttelte den Kopf. »Fragt ruhig. Wir sind allesamt stolz darauf, Hauptmann Hendriks folgen zu dürfen. Nur gibt es in Thyrmantor keine Arbeit mehr für uns. Belior gewann alle sieben Kronen. Zweimal stellten wir uns sogar gegen ihn, nur beim letzten Mal entschied der Hauptmann, dass es besser wäre, auf der Seite des Siegers zu stehen. Jeder wusste, dass König Hertas keine Chance hatte zu gewinnen.« Er seufzte. »Es kam nicht einmal zum Kampf. Angeblich nahm sich Hertas am Abend der letzten Schlacht das Leben.«

»Glaubt Ihr selbst das auch?«, fragte Vanessa interessiert.

Helge schüttelte den Kopf. »Nein. König Hertas war sowohl ehrenhaft als auch stur. Es mag sein, dass seine Berater die Sinnlosigkeit des Kampfes einsahen oder es tatsächlich Beliors lange Hand war, die auf diese Weise die Schlacht verhinderte. Nachdem ihr König tot war, kapitulierte jedenfalls die gesamte Armee des Königreichs geschlossen.«

»Wofür braucht Belior dann Söldner?«, wunderte sich Astrak, während Vanessa drei Holzschüsseln aus ihrem Packen nahm und sie säuberte.

»Für den Krieg gegen die Elfen«, gab Helge zurück. »Belior ist von einem Hass gegen die Unsterblichen erfüllt, der seinesgleichen sucht. Doch die Nationen der Elfen liegen geschützt hinter den weiten Wassern der Sarak-See. Also lässt er eine Flotte bauen, die größer ist als jede andere, die diese Welt je zuvor gesehen hat.«

»Warum zieht er dann gegen uns in den Krieg?«, fragte Vanessa erstaunt und reichte Helge eine gefüllte Schüssel, die dieser dankbar nickend annahm.

»Darüber weiß ich nicht viel«, sagte er dann und zwinkerte anerkennend, als er einen Löffel probierte. »Ihr habt untertrieben, was eure Kochkunst angeht!«

»Danke«, antwortete Vanessa, während sie eine Schüssel an Astrak weiterreichte und sich danach selbst auftat. »Aber irgendetwas werdet Ihr doch wissen.«

Helge schluckte und nickte. »Ein wenig schon. Es heißt, er suche die legendären Kriegsgeräte des alten Reiches und lasse dafür die Stadt regelrecht umgraben. Der Hauptmann ist der Meinung, dass er euch nur angreifen ließ, um herauszufinden, ob sich diese Kriegsgeräte in eurer Hand befinden oder um einen Hinweis auf die Krone zu erhalten. Und natürlich wegen des Goldes.«

»Wegen des Goldes?«, wiederholte Astrak überrascht. »Woher weiß er denn davon?«

»Vielleicht habt ihr einen Spion in euren Reihen. Oder er hat es aus anderen Quellen. Ich hörte, er wisse sehr viel über das alte Reich. Er lässt gezielt Ausgrabungen vornehmen und soll angeblich jedes Mal einen Wutausbruch bekommen, wenn an einer Stelle nichts gefunden wurde.«

Vanessa und Astrak tauschten einen Blick. Es sah so aus, als ob die Hüter damals die richtige Entscheidung getroffen hätten.

»Jedenfalls weiß er jetzt, dass ihr weder Krone noch Kriegsgeräte besitzt, und damit seid ihr für ihn nicht mehr so interessant«, sprach Helge weiter. »Das ist auch einer der Gründe, warum der Hauptmann euer Angebot annehmen will. Er hält es nicht für sehr wahrscheinlich, dass Belior euch ein zweites Mal angreifen wird.« Er zuckte die Schultern. »Es sei denn, er hat es auf das Gold abgesehen.«

Astrak sah Helge sprachlos an. »Ihr meint, er belässt es bei dem einen Angriff?«

»Nicht, wenn er das Gold haben will. Aber in dem Fall werden auch wir euch kaum helfen können. Graf Lindor befehligt die Truppen des Königreichs in Alt Lytar und hat dort gut und gerne achtzehnhundert Mann unter Waffen. Hauptmann Hendriks hält ihn für einen guten Mann, und ich bin recht erstaunt, dass es euch gelang, den Angriff abzuwehren.«

»Es waren niemals achtzehnhundert Mann, die uns angriffen«, sagte Astrak nachdenklich. Helge sah überrascht auf. »Das wundert mich. Der Graf ist bekannt dafür, dass er jeden Vorteil nutzt. Vielleicht dachte er, sein Drache allein könne den Sieg herbeiführen.«

»Das wird Elyra interessieren«, stellte Astrak fest. »Jetzt hat der Mörder ihrer Mutter einen Namen.«

»Dieser Graf Lindor ist auch wirklich derjenige, der den Drachen reitet?«, fragte Vanessa.

Helge nickte. »Ich bin überrascht, dass ihr den Grafen einen Mörder nennt, denn er galt zumindest früher einmal als ehrenhaft. Aber es stimmt, er ist der Drachenreiter. Allein dadurch besitzt er für Belior einen unschätzbaren

Wert.« Er seufzte. »Wenn der Graf beschließt, euch mit seiner Hauptmacht anzugreifen, wird Widerstand zwecklos sein. Gebt ihm einfach das Gold, dann ist der Krieg für euch vorbei.« Er sah die beiden an. »Das wäre sowieso der beste Rat, den man euch geben kann. Gebt Belior, was er verlangt, und ihr habt euren Frieden.«

»Ich glaube nicht, dass der Ältestenrat so entscheiden wird«, sagte Vanessa langsam. »Schließlich wurden wir angegriffen und befinden uns nun im Krieg. Wir werden nicht kampflos aufgeben.«

Helge schüttelte den Kopf. »Ihr befindet euch nicht im Krieg. Ihr seid nicht mehr als die Bewohner eines kleinen Dorfes in einem unbedeutenden Teil der Welt. Es war ein Scharmützel, nicht mehr. Seid froh, dass ihr nicht besitzt, wonach Belior sucht, so habt ihr wenigstens die Chance auf eine Zukunft.« Er stellte die leere Schüssel zur Seite und reckte sich. »Ihr dürft ihm nur nicht in die Quere kommen.«

»Oder er uns«, presste Vanessa tonlos hervor. Sie sah gen Süden und griff nach ihrem Bogen. »Seht dort drüben!«

Astrak richtete sich auf und blinzelte überrascht, als er die Kreatur in der Ferne erkannte. Es war eine gewappnete Gestalt, die auf einem Reptil ritt, das an sich schon bedrohlich genug war.

»Was, bei den Höllen, ist denn das?«, flüsterte er fassungslos und zog seinen Rucksack heran, um dann hastig darin zu wühlen. »Wieder etwas oder jemand, der durch den Wald verdorben wurde?«

»Nein. Es ist ein Kriegsreiter der Kronok!«, rief Helge entsetzt und sprang auf. Selbst im diffusen Licht des Feuers konnte man erkennen, wie bleich der Heiler geworden war. »Beliors neueste Verbündete. Ich sah einmal, wie ein einzelner dieser Reiter einen ganzen Trupp Soldaten niedermetzelte. Wir haben keine Chance, jetzt da er uns bemerkt hat, ist uns der Tod sicher!«

»Das werden wir ja sehen«, entgegnete Vanessa kämpferisch und zog einen Pfeil aus ihrem Köcher. »Mach das Feuer aus!«, herrschte sie dann Astrak an.

»Warum? Er hat uns doch ohnehin schon gesehen.«

»Kein Grund, es ihm leichter zu machen.«

Als Astrak Erde auf die Flammen werfen wollte, legte Helge eine Hand auf dessen Schulter und hielt ihn zurück. »Lass das Feuer brennen, Junge. Sie können im Dunkeln sehen und mögen kein offenes Licht. Fliehen zu wollen, ist aussichtslos. Wir müssen kämpfen und brauchen dabei jeden noch so kleinen Vorteil. Vielleicht blenden ihn die Flammen!«

»Dann lasst das Feuer meinetwegen brennen. Aber wir geben trotzdem zu gute Ziele ab. Er hat einen Bogen, also sucht Deckung!«, rief Vanessa und zog sich selbst hinter einen Baumstamm zurück.

»Eilig scheint er es nicht zu haben«, stellte Astrak fest, während er seine Schleuder vorbereitete.

»Das wird dir wenig nützen«, sagte Helge mit einem Blick auf das Wurfgerät. »Aber ich habe gut reden, ich selbst bin mehr als nutzlos in einem Kampf!«

»Noch ist nichts verloren!«, gab Vanessa zurück.

Helge lachte bitter. »Ich bewundere Eure Zuversicht!«

Aus der Entfernung schien an dem Kronok, wie Helge den schwer gepanzerten Reiter genannt hatte, nichts Ungewöhnliches zu sein, doch als er näher kam, sah man, dass er genauso wenig menschlich war wie das Tier, auf dem er ritt.

»Warum greift er nicht an?«, wunderte sich Astrak, denn

der Krieger ritt gemächlich auf sie zu, obwohl er das Feuer längst gesehen haben musste. »Seid Ihr sicher, dass er feindliche Absichten hat?«, fragte Vanessa daraufhin nervös. Sie hatte einen Pfeil aufgelegt, zögerte aber, ihn abzuschießen.

»Ganz sicher«, gab Helge gepresst zurück. »Er spielt mit uns.« Der Heiler warf ihr einen Blick zu. »Schießt so, als hättet Ihr nur einen einzigen Versuch. Und zielt auf das Reittier, denn diese Echsen sind nicht weniger gefährlich als ihr Reiter, der wiederum am Boden durch seine schwere Rüstung behindert ist!«

Vanessa nickte nur, atmete tief durch und zog dann den Bogen aus.

Zwar war niemand von ihnen ein solch guter Schütze wie Garret, doch konnte auch Vanessa mit einem Bogen umgehen. Diesmal jedoch war es pures Glück. Die Echse hob just in dem Moment den Kopf, als Vanessa ihren Pfeil löste, sodass dieser genau an der ungeschützten Stelle unterhalb des Kiefers der Kreatur einschlug und bis zu den Rabenfedern in der schuppigen Haut verschwand. Das Reittier zuckte zusammen, wankte, tat noch einen Schritt und brach dann zusammen.

»Guter Schuss!«, rief Astrak und gleich darauf: »Oh, Götter!«

Der Kronok war, noch während die Echse zusammenbrach, aus dem Sattel gesprungen und stürmte nun erschreckend schnell auf sie zu, wobei er ein für ihren Geschmack viel zu großes Schwert mit beiden Klauen schwenkte.

»Das nennt Ihr behindert?«, schrie Astrak entgeistert, aber Helge gab keine Antwort, sondern sah nur mit geweiteten Augen und offenbar gelähmt vor Angst zu, wie der Kronok näher kam.

Vanessas zweiter Schuss prallte an dem schweren Panzer des Wesens ab. Sie ließ den Bogen fallen und zog entschlossen ihr Schwert, dessen Klinge aus schwarzem Metall äußerst bedrohlich wirkte.

»Lass es mich zuerst versuchen«, rief Astrak, der bereits seine Schleuder wirbelte.

»Mit der Schleuder?«, fragte Vanessa, aber dann nickte sie und brachte sich hinter einem Baum in Position.

Astrak ließ los, und gleich darauf prallte etwas auf den offenen Helm der Echse und zerplatzte in einer kleinen roten Staubwolke.

»Treffer!«, krakeelte Astrak, doch dann schrie er: »O Mist, das Biest ist gewitzt!«

Tatsächlich hatte der Kronok, der zuvor direkt auf sie zugelaufen war, nach dem Aufprall abrupt den Kurs geändert und rannte nun auf den kleinen Bach zu.

»Was war denn in der Schleuder?«, fragte Helge.

»Farbpulver!«, rief Astrak zurück. »Giftig, ätzend, und wenn es auf die Haut kommt, juckt es fürchterlich! Er wird es abspülen wollen!« Astrak wandte sich zu Vanessa. »Das ist deine Chance!«

Doch Vanessa war schon hinter ihrem Baum hervorgesprungen und rannte dem Kronok entgegen.

Aus der Entfernung hatte sie die Größe des Kriegers schwer abschätzen können, erst jetzt, wo sie immer weiter auf ihn zukam, erkannte sie, was für ein Gegner das war. Gute fünf Schritt hoch, bewegte sich das Wesen trotz der schweren Rüstung mit einer erschreckenden Leichtigkeit, und wenngleich Astraks Schuss gut getroffen hatte, schien der Kronok durchaus noch etwas sehen zu können. Jedenfalls erkannte er, dass er den Bach nicht rechtzeitig erreichen würde, und griff nun Vanessa an.

Eigentlich müsste ich Angst haben, dachte Vanessa, während sie die Reichweite des großen Schwertes und der langen Arme ihres Gegners abschätzte. Doch dem war nicht so. Das Blut rauschte in ihren Adern, ihr Herz raste, und sie hatte den Geschmack von Metall auf ihrer Zunge, dennoch fühlte sie sich in diesem Moment so lebendig wie nie zuvor.

»Helge! Wir müssen ihr helfen!«, brüllte Astrak, doch der Heiler, der noch immer in der gleichen Position verharrte wie zuvor, reagierte nicht.

Astrak warf ihm einen letzten Blick zu, dann ließ er ihn stehen und rannte nach vorne. Er legte eine weitere Phiole in die Schlaufe seiner Schleuder, fand aber keine Gelegenheit mehr für einen sicheren Schuss, da Vanessa und der Kronok bereits aufeinandergetroffen waren. So blieb ihm nichts anderes übrig, als Tarlons Schwester bewundernd dabei zuzusehen, wie sie wieder und wieder den schweren Hieben des Gegners auswich und ihre eigene schwarze Klinge nach dessen Schwächen suchen ließ. Gegen die Kraft und Reichweite des Kronoks konnte sie nur ihre eigene Geschicklichkeit einsetzen, und gegen seine schwere Rüstung half allein Präzision.

Wie gefährlich ihr Gegner war, erkannte sie, als es ihr bei einem seiner Angriffe nur knapp gelang, seiner schweren Klinge auszuweichen. Während sie sich unter der Klinge abrollte, zuckte der schwarze Stahl in ihrer Hand vor und trennte sauber eine der Lederschnallen auf der Rückseite des gepanzerten Beins ihres Gegners ab. Dem nächsten Hieb konnte sie nicht mehr ausweichen, und so war sie gezwungen zu parieren. Der schwarze Stahl schlug Funken, als ihr Schwert die Wucht des Schlags ablenkte, während sie selbst sich erneut zur Seite rollte und so der schweren

Klinge ihres Gegners entkam, die sich eben dort in die Erde bohrte, wo sie sich einen Wimpernschlag zuvor noch befunden hatte.

Ihre Hände brannten. Nur mit Mühe hatte sie parieren können, und die Wucht des Schlags hatte sie zurückgeworfen. Doch als ihr Gegner seine Klinge aus der Erde zog, nutzte sie die Gelegenheit und schlug erneut zu. Wieder traf sie eine Schnalle, und mit einem metallischen Scheppern löste sich der Beinpanzer der Echse. Doch schon im nächsten Moment zog sich eine feurige Linie über ihren Rücken, abermals war die Echse schneller und behänder gewesen, als sie es für möglich gehalten hätte.

Sie sprang zurück, und für einen Moment konnte sie in das gelbe Auge der Echse sehen, das sie anstarrte, während das andere fest geschlossen war. Astraks Pulver hatte offenbar Wirkung gezeigt. Dies war die Gelegenheit, auf die Astrak gewartet hatte. Er ließ sein Geschoss fliegen, doch der Kronok bewegte sich im letzten Moment, und die Phiole zerplatzte wirkungslos auf einem Stein. Astrak fluchte und lud die letzte seiner Phiolen in die Schlinge seiner Schleuder, doch es war zu spät, denn inzwischen waren die beiden Kontrahenten wieder zu sehr in Bewegung, um einen sicheren Schuss garantieren zu können. Selten hatte er sich so hilflos gefühlt, doch er wollte es nicht riskieren, Vanessa abzulenken, wenn er versuchte einzugreifen.

Sie war nun leicht getroffen und spürte, wie ihr das Blut den Rücken herunterrann, aber noch hielt sie den Angriffen des Kronoks stand, und der Gegner besaß nun ebenfalls eine Blöße.

Auch der Kronok schien sie nun neu einzuschätzen. Er gab einen Laut von sich, der einem raspelnden Lachen glich, dann hob er die Klinge zu einem kurzen Salut und griff erneut an. Zwei Hieben konnte sie ausweichen, der dritte schlug ihr fast das Schwert aus der Hand. Sie duckte sich unter dem nächsten Angriff hindurch und rammte der Echse die Spitze ihres Schwerts in die Seite. Zielsicher bohrte sich die schwarze Klinge in den Spalt zwischen den Rüstungsplatten der Echse, drang tief ein – und wurde ihr aus der Hand gerissen, als das Wesen herumwirbelte. Die Schneide des Gegners trennte Vanessa beinahe das Haupt vom Körper.

Sie rollte sich nach hinten ab und zückte ihren Dolch, bevor sie schwer atmend und sprungbereit verharrte. Langsam zog die Echse das schwarze Schwert aus seiner Rüstung, wiegte es in der Hand und warf es ihr dann völlig unerwartet wieder zu.

Erneut lachte das Wesen. »Du kämpfssst gut, kleiner Menssch«, zischte es überraschend und machte eine auffordernde Bewegung mit der Hand. Vanessa griff nach ihrem Schwert, doch die scheinbar noble Geste entpuppte sich als Falle. Die Echse griff an, noch bevor sie ihre Waffe erreichte. Diesmal traf die Klinge des Gegners sie hart am linken Arm. Nur ihre schnelle Reaktion verhinderte, dass sie diesen verlor. Dennoch war der kalte Stahl bis zum Knochen eingedrungen. Keine leichte Wunde, und zudem war das Schwert für sie nun unerreichbar. Der Kampf war zu Ende.

Sie wussten es beide.

Die Echse hob ihr Schwert, um den letzten Schlag zu führen, doch plötzlich wurde Vanessa von einem Windstoß erfasst und beinahe zu Boden geworfen. Nur schattenhaft waren einen kurzen Moment lang mächtige Schwingen zu sehen, dann, mit einem triumphierenden Schrei, der Vanessa das Blut in den Adern gerinnen ließ, stieg der Falke wieder in die Luft und riss mit einer Kralle den behelmten Kopf der Echse mit sich. Deren Körper stand noch einen Moment lang aufrecht, um dann vornüberzukippen.

Kurz darauf schlug direkt neben ihr der behelmte Kopf auf den Boden auf; weite Schwingen spreizten sich, und der Falke landete keine zehn Schritt von ihr entfernt. Eine seltsam bekannte Gestalt in einer kupferfarbenen Rüstung schwang sich vom Rücken des Falken herab, kam zu ihr herüber und blieb dicht vor ihr stehen.

»Marten!?«, rief sie fassungslos, als sie seine gewappnete Hand ergriff und ihm erlaubte, ihr aufzuhelfen.

»Unglaublich!«, rief Astrak von hinten, während er zu ihnen herübereilte. »Du fliegst ihn ja!«

»Halte den anderen zurück!«, rief Marten ihm barsch zu und ließ Vanessa los, um mit wenigen Sprüngen zu seinem Falken zu gelangen. Er griff dem Vogel ins metallene Gefieder, gerade als dieser seinen mächtigen Kopf reckte und den Heiler, der sich vorsichtig nähern wollte, mit kupferfarbenem, tödlichem Blick musterte.

Vor Helges erstaunten Augen schrumpfte der Falke, bis er schließlich auf Martens gepanzerter Schulter Platz fand. Doch noch immer fixierten die drohenden Augen den Heiler.

Geschickt legte Marten dem Falken eine aus Metall gewirkte Falknerhaube über, erst dann entspannte er sich.

»Hätte er ihn wirklich angegriffen?«, erkundigte sich Astrak neugierig, während Vanessa ihr Schwert aufhob. Helge warf Marten und dessen Falken einen letzten Blick zu und eilte dann an ihnen vorbei zu Vanessa, um sich um sie zu kümmern.

»Damit seid Ihr Belior empfindlich in die Quere gekommen!«, sagte Helge, an die Verletzte gewandt. »Ihr habt einen seiner geliebten Echsenreiter getötet, die er höher schätzt als seine eigenen Männer. Und außerdem glaubt er nun vielleicht, dass Ihr das Kriegsgerät doch besitzt.«

Vanessa zog zischend die Luft ein, als Helge vorsichtig ihre beschädigte Rüstung zur Seite schob, um sich die Wunde anzusehen.

»Ihr müsst verzeihen«, entgegnete sie ihm gepresst, »dass ich nicht vor Mitleid vergehe. Er hat uns angegriffen. Und wenn Marten nicht gekommen wäre, wären wir jetzt alle tot.« Sie reckte den Kopf, um die Wunde besser sehen zu können. »Wie sieht es aus?«

»Das war ein böser Streich«, meinte der Heiler dann und schüttelte bedauernd den Kopf. »Ich werde alles versuchen, aber wahrscheinlich wird eine Behinderung zurückbleiben.«

»Werde ich den Arm verlieren?«, fragte sie gepresst, als seine geschickten Finger die Ränder der Wunde ertasteten.

»Nein, ich glaube nicht«, antwortete Helge. »Aber jetzt komm erst mal zurück zum Feuer. Dort kann ich mich sofort darum kümmern. Und mit etwas Glück …«

»Wer ist der Fremde?«, wandte sich Marten an Astrak. Seine Stimme klang seltsam hohl, obwohl sein Helm offen war und kein Visier besaß.

»Einer unserer neuen Verbündeten«, antwortete Astrak, der den Falken noch immer neugierig musterte. »Hast du es gesehen? Vanessa hätte die Echse beinahe besiegt!«

»Ja. Beinahe«, gab Marten zurück und sah hinüber zum Feuer, wo Helge inzwischen Vanessas Wunden versorgte.

»Du hast gerade noch rechtzeitig eingegriffen«, lobte Astrak. »Götter, sah das beeindruckend aus! Im einen Moment war nichts zu sehen, und dann tauchen plötzlich diese mächtigen Schwingen auf. Ich hätte mir auch einen Falken nehmen sollen!«

Marten schüttelte den Kopf. Sein Blick war immer noch auf Helge gerichtet, der Vanessa soeben aus ihrer Rüstung half. »Glaub mir, es war keine gute Idee. Auch wenn es vorhin nützlich war.«

»Wo kommst du denn gerade her?«, fragte Astrak. »Und woher hast du diese Rüstung?«

»Ich komme aus dem Dorf. Ralik schickte mich, um euch zu suchen. Den Rest zu erzählen, würde jetzt zu lang dauern. Nur eines kannst du mir glauben: Ich bereue es, den Falken gestohlen zu haben.«

Marten seufzte und sah Astrak an. »Dein Vater ist mindestens so sauer auf dich wie meiner auf mich. Was meintest du übrigens vorhin mit ›Verbündeten‹?«

»Helge ist der Heiler einer Söldnertruppe, auf die wir gestoßen sind«, erklärte Astrak. »Garret kam auf die Idee, sie abzuwerben, und so haben wir uns auf den Weg ins Dorf gemacht, damit Helge mit den Ältesten verhandeln kann. Ist eigentlich die Expedition schon aufgebrochen?«

Marten schüttelte den Kopf. »Nein. Sie sind noch dabei, sich auszurüsten. Ralik hat den Abmarsch erst einmal gestoppt, damit ich Zeit bekomme, den Gegner aus der Luft zu erkunden.«

»Fliegen muss toll sein!«, sagte Astrak.

Doch Marten schüttelte den Kopf. »Das dachte ich auch einmal. Aber man genießt es kaum, wenn man von dort oben den Boden beobachten muss. Das konzentrierte Schauen ist sehr anstrengend, und aus der Luft sieht alles völlig anders aus.« Er verzog das Gesicht. »Es dauert eine Weile, bis man sich daran gewöhnt hat. Heute zum Beispiel war mir die meiste Zeit über einfach nur schlecht.«

»Falls du dennoch Hunger hast, es müsste noch etwas Suppe da sein!«, schmunzelte Astrak.

Marten schüttelte den Kopf. »Nein, ich muss zurück. Es war reiner Zufall, dass ich euch gefunden habe, der Schein eures Feuers hat mich angezogen. Aber ich habe den Auftrag, euch direkt ins Dorf bringen, falls ich euch finde. Dazu müssen wir allerdings die Pferde zurückzulassen.«

»Heißt das, du wirst uns hinfliegen?«

Marten nickte. »Euren neuen Freund Helge bringe ich als Ersten hin. Bei ihm muss ich mich sehr konzentrieren, damit sie ihn nicht angreift. Anschließend komme ich zurück und hole euch.«

»Sie? Ich dachte, der Falke wäre nur eine magische Statue?«, wandte Astrak ein.

Marten schüttelte den Kopf. »Der Magier, der diesen Animaton schuf, band die Essenz eines echten Falken in das Metall. Sie mag ein magisches Konstrukt sein, doch empfindet sie sich selbst als weiblich.«

»Welch sonderbare Sachen es gibt!«, sagte Astrak und sah den Falken neugierig an. »Und du meinst, sie kann uns tatsächlich tragen?«

Marten lachte. »Du kannst es mir glauben! Hätten wir ein großes Netz, könnte sie sogar eure Pferde transportieren!«

»Das würde ihnen kaum gefallen«, meinte Astrak. »Wenn ich es recht überlege, weiß ich nicht einmal, ob es mir gefällt!« Er musterte den Falken skeptisch.

»Es ist der schnellste Weg«, versetzte Marten trocken. Dann runzelte er die Stirn und sah zum Heiler hinüber. »Diese neue Entwicklung gefällt mir gar nicht. Wenn wir Hilfe von außen annehmen, kann uns das verletzlich machen.«

»Sind wir das nicht sowieso schon?«, fragte Astrak.

»Nein«, antwortete Marten mit erstaunlich harter Stimme. »Nicht wenn wir uns offen unserem Erbe und unserer Verpflichtung stellen!«

Auch Helge war von der Idee nicht besonders angetan, zumal Marten keinen Hehl daraus machte, dass sein Falke den Heiler lieber mit den Krallen zerreißen würde, als ihn sicher nach Lytara zu fliegen.

Dennoch gab es keine Probleme. Der Falke wirkte nur etwas nervös, als Astrak Marten half, den Heiler hinter dem Sattel festzubinden. Es war bereits später am Abend, denn Helge hatte darauf bestanden, zunächst Vanessas Wunden verbinden zu können.

Ein wenig später sahen Astrak und Vanessa schweigend zu, wie sich der Falke in die Luft erhob und am dunklen Himmel verschwand.

»Hast du bemerkt, wie sehr Marten sich verändert hat?«, fragte Vanessa schließlich leise. Sie bewegte vorsichtig ihren Arm und verzog vor Schmerz das Gesicht. Astrak nickte. »Es schien ihn kaum interessiert zu haben, dass du verwundet wurdest.«

»Das ist es nicht allein. Er ist kalt geworden und wirkt, als ob er sich nur mit Mühe zusammennehmen kann. Er kam mir geradezu arrogant vor und scheint für andere überhaupt keine Geduld mehr zu haben.«

»Aber er hat dir das Leben gerettet!«, bemerkte Astrak.

»Ja, das hat er tatsächlich.« Sie sah in die Richtung, in der Marten und sein Falke mit dem Heiler verschwunden waren, und seufzte schließlich. »Wir räumen nun besser zusammen. Er sagte, es würde nicht lang dauern.«

Tatsächlich waren sie gerade erst mit dem Packen fertig, als sie schon das Rauschen der Schwingen über sich hörten.

»Nun seid ihr an der Reihe«, sagte Marten ohne eine Begrüßung. »Bindet euch fest, Astrak vor mir und du, Vanessa, hinter mir, dann geht es los. Und seht nicht nach unten, sonst wird euch schlecht.«

Seine Stimme klang kühl und desinteressiert, so als wäre er in Gedanken ganz woanders.

Während Vanessa stur nach vorne sah und sich an Marten klammerte, war der Flug für Astrak ein Erlebnis sondergleichen. Er lachte, als der Boden unter ihnen zurückfiel, und dass der Flugwind ihm die Tränen in die Augen trieb, schien ihn kaum zu stören. Nachdem sie unweit des Dorfes gelandet und vom Falken abgestiegen waren, umarmte Astrak Marten, der davon völlig überrascht war.

»Danke, mein Freund«, sagte Astrak mit bewegter Stimme. »Das war das Schönste, das ich je erlebt habe!«

»Freu dich nicht zu früh«, gab Marten zurück, und ein Schatten seines alten Selbst zeigte sich, als er verhalten lächelte. »Dein Vater wartet schließlich noch auf dich.«

»Das hätte ich beinahe vergessen«, grinste Astrak. »Aber diese Reise war jedes Donnerwetter wert.«

Als Vanessa und Astrak den Gasthof betraten, wurden sie bereits von Pulver erwartet. Er nickte Vanessa freundlich zu und bedeutete seinem Sohn mit einem Blick, dass sie später noch etwas zu besprechen hätten. Dann sah er auf den Verband an Vanessas Arm. »Willst du nicht lieber zu deinem Vater gehen?«, fragte er. »Er wird sich Sorgen machen.«

»Wo ist er?«, gab Vanessa zurück.

»Er ist kurz nach Hause gegangen und sollte bald wieder zurück sein«, antwortete Pulver. »Du siehst erschöpft aus. Etwas Ruhe wird dir nicht schaden.«

»Noch halte ich es aus. Sagt, wie hat der Rat entschieden?«, fragte Vanessa neugierig, als sie sah, wie Helge zusammen mit Ralik den Gasthof verließ. Sie waren ins Gespräch vertieft, und Helge schien sie gar nicht zu sehen, während Ralik ihnen nur kurz zunickte.

»Marten wird den Heiler zum Söldnerlager zurückfliegen. Wir sind handelseinig geworden, und nun sollen sie so schnell wie möglich zu uns stoßen«, antwortete Pulver mit gefurchter Stirn.

»Seid Ihr etwa gegen den Handel, Meister Pulver?«, forschte Vanessa, als sie die ernste Miene des Alchemisten sah. »Ich dachte, es sollten ohnehin Söldner angeheuert werden?«

»Das ist es nicht, Vanessa«, gab Pulver leise zurück. »Marten ist es, der mir Sorgen bereitet. Marten und sein verfluchter Falke.« Er schüttelte den Kopf, als wollte er einen unbequemen Gedanken loswerden. »Ich bin jedenfalls froh, euch beide zu sehen«, sagte er dann. »Setzt euch nun und erzählt mir, was euch widerfahren ist. Ich will alles über diesen Echsenkrieger wissen. War er der Einzige, oder gab es noch weitere?«

»Der eine war schon schlimm genug, Vater«, eiferte sich Astrak. »Für einen schrecklich langen Augenblick dachte ich, er würde Vanessa erschlagen!«

»Tatsächlich hatte ich ihn schon schwer verwundet. Ein Mensch wäre an der Wunde gestorben«, versicherte Vanessa mit berechtigtem Stolz.

»Er war nämlich gar kein Mensch!«, eiferte sich Astrak. »Sonst hätte sie ihn schließlich besiegt. Aber so war es gut, dass Marten kam.« Er schüttelte fassungslos den Kopf. »Ich kann es noch immer kaum glauben, welche Angst mir der Kronok eingejagt hat!«

»Der Heiler Helge sagte dazu etwas Interessantes«, warf Pulver ein. »Er behauptet, diese Kronoks hätten die Fähigkeit, so viel Angst in ihren Gegnern zu erzeugen, dass diese wie gelähmt verharren. War es so?«

Astrak schüttelte den Kopf. »Vielleicht war es so bei Helge, ich wunderte mich jedenfalls, dass er wie erstarrt war. Ich selbst habe mir vor Angst zwar auch fast in die Hose gemacht, aber das lag daran, dass der Kronok mir unüberwindlich erschien. Gelähmt war ich nicht.«

Er sah Vanessa ehrfurchtsvoll von der Seite an. »Umso beeindruckender, dass du es überhaupt gewagt hast, gegen ihn anzutreten!«

»Ich hatte ja keine Wahl«, sagte sie und zuckte die Schultern, um dann das Gesicht zu verziehen, als sich ihr verletzter Arm bemerkbar machte. »Abgesehen davon war ich viel zu beschäftigt, um Angst zu haben!«

»Das kannst du gleich alles deinem Vater erklären«, lachte Pulver. »Da kommt er ja. Und wenn ich seine Miene richtig deute, ist er mehr als nur erleichtert, dich hier sitzen zu sehen!«

Vanessa sah ihren Vater auf sich zukommen und schluckte. Vielleicht hatte Pulver recht, aber im Moment sah es eher danach aus, als ob es ein gewaltiges Donnerwetter geben würde.

Zögerlich stand sie auf, doch im nächsten Moment umarmte Hernul sie und drückte sie so fest, dass ihre Wunde schmerzte und sie kaum atmen konnte, obwohl er es sorgsam vermied, ihren Arm zu berühren.

»Komm mit nach Hause«, sagte Hernul schließlich mit belegter Stimme. »Es ist spät genug.« Er sah sie prüfend an. »Wie geht es Tarlon und den anderen?«

»Der Sturkopf hat es sich wahrscheinlich schon längst

im Turm bequem gemacht«, gab sie grummelnd zur Antwort. »Er hat mich zurückgeschickt, bevor ich erfahren konnte, was es mit dem Turm auf sich hat!«

*»Sieht aus, als habe dieser Marten nicht lange gebraucht, um seine Nützlichkeit unter Beweis zu stellen«, bemerkte Lamar. Er sah den alten Mann nachdenklich an. »Die Art, wie Ihr die Kronoks schildert, lässt mich schaudern. Es muss viel Mut dazugehören, gegen ein solches Wesen anzutreten. Eurem Tarlon dürfte es wohl ein wenig mulmig geworden sein, als er später von dem Kampf erfuhr.«*

*Der alte Mann nickte und lächelte leicht. »Damit war er nicht der Einzige. Auf jeden Fall saß er nicht bequem im Turm herum ...«*

# 22

*Astimalatrix*

Argor erwachte zuerst. Er runzelte zunächst die Stirn, zog seine buschigen Augenbrauen zusammen und nieste dann laut. Das Niesen war so stark, dass er fast auf die Seite gerollt wäre und seine Augen aufsprangen.

»Mein Rücken!«

»Hast du ihn dir verdreht?«, erkundigte sich Elyra mitfühlend. Sie hatte einmal beim Niesen einen Hexenschuss bekommen und konnte sich noch lebhaft an den Schmerz erinnern.

»Ach was!«, brummte Argor. »So etwas passiert einem Zwerg nicht!« Er versuchte aufzustehen, hielt jedoch mitten in der Bewegung inne. »Bei den Göttern!«

»Vielleicht doch verdreht?«, fragte Elyra mit einem unschuldigen Lächeln.

Argor warf ihr nur einen Blick zu. »Red nicht lange, hilf mir lieber!«

»Wenn ich so freundlich gefragt werde …«, lachte sie und war froh darüber, dass wenigstens einer ihrer Freunde wieder wach war. Sie erhob sich mit einer eleganten Bewegung, trat hinter den Zwerg und tastete mit ihren Fingerspitzen seinen Rücken ab, bis sie unter seinem Kettenmantel die Lage des Rückgrats ausgemacht hatte. Dann ballte sie die Faust und schlug einmal gezielt zu.

»Verdammt!«, rief Argor und tanzte im Raum herum,

während er sich den Rücken hielt. »Das tat vielleicht weh! Ich dachte, du wolltest mir helfen!?«

»Nun, ich denke, das habe ich auch getan«, grinste Elyra. »Immerhin fluchst du jetzt im Stehen!«

»Nicht so laut«, murmelte Garret und legte sich bequemer hin. »Ihr verscheucht mir noch die Fische!«

Argor hielt inne, rieb sich den Rücken und sah fassungslos zu Garret hinab, auf dessen Gesicht ein verträumtes Lächeln lag.

»Ich kann es nicht glauben«, brummte Argor. »Wenn er fischt, schläft er, und wenn er schläft, träumt er vom Fischen!«

»Beneidenswert«, meldete sich Hauptmann Hendriks zu Wort. »Ich würde meine Träume gerne mit den seinen tauschen, oft genug drückt mich der Alb!« Er rollte sich auf die Seite und blinzelte. »Ich fühle mich schwach wie ein Kind, was ist hier geschehen?«

»Schlafgift«, teilte ihm Elyra mit. Sie trat an Knorre heran und schüttelte ihn leicht, doch der Mann schnarchte munter weiter.

»Gift? Was zur ... Rabea!« Der Hauptmann sprang auf, taumelte und wäre wohl wieder gefallen, hätte Argor ihn nicht gestützt. Dankend nickte er dem Zwerg zu, wankte dann zu der Tür hinüber, zu der die Spuren führten, und riss sie auf. Dort, auf den Stufen einer breiten Wendeltreppe, lag bewegungslos eine gewappnete Gestalt.

»Rabea!«, rief der Hauptmann erneut und warf sich neben die Frau. Als er sie berührte, wich er aschfahl zurück, denn er bemerkte, dass der Körper auf den Stufen steif war wie ein Stück Holz. Für einen Moment sah er mit leerem Blick auf die Frau herab, dann brach er zusammen wie eine Marionette, deren Fäden man mit einem Streich durchtrennt hatte. Er lag nun gekrümmt neben seiner Tochter und gab keinen Ton von sich, doch seine Schultern zuckten. Elyra war indessen an die Tür getreten und sah zu dem Hauptmann hinüber. Nur selten hatte sie solch einen Ausdruck von Gram auf dem Gesicht eines Mannes gesehen, zuletzt, als sich das ganze Ausmaß der Verwüstung im Gasthof offenbarte.

Langsam schritt sie zu dem Verzweifelten hinüber und kniete sich neben ihm auf die Treppe. Sie legte zwei Finger in die Halsbeuge der gewappneten Frau, runzelte die Stirn und drückte mit ihrem Fingernagel gegen die Haut, doch vermochte sie diese nicht einzudrücken.

Während dem Hauptmann die Tränen aus den Augen rannen, musterte sie die junge Söldnerin mit zusammengezogenen Brauen.

»Ich glaube nicht, dass sie tot ist«, sagte sie schließlich. Hendriks schien sie zuerst nicht zu hören, doch dann schnellte sein Kopf herum. »Wie meint Ihr das?«, fragte er mit belegter Stimme. »Sie ist steif wie ein Brett!«

»Das stimmt«, erwiderte Elyra sanft. »Aber es ist keine Totenstarre. Die musste ich in letzter Zeit leider häufiger sehen. Dies hier ist etwas anderes ...«

»Eine neue magische Falle«, knurrte Argor. »Ich sage euch, es wird noch unser Untergang sein, wenn wir uns weiterhin mit solchen Dingen befassen.«

»Oder aber, wenn ihr darauf verzichtet«, kam es vom Sofa her, wo Knorre nun die Augen aufschlug, gähnte und sich ausgiebig reckte. »So ein Nickerchen ist recht erholsam«, teilte er den anderen mit. »Ich habe ganz vergessen, wie es ist, bequem zu ruhen.« Er kam heran und sah den Hauptmann vorwurfsvoll an. »An einen Pfahl gebunden zu schlafen, ist jedenfalls nicht bequem, das ...«

»Knorre!«, schnitt Elyra dem hageren Mann das Wort ab. »Sagt uns lieber, ob Ihr eine Vermutung habt, was mit dieser Frau geschehen sein mag.«

Knorre sah auf die Gewappnete herab und kratzte sich abwesend am Kopf. »Nun, sie hat ein Tuch vor dem Mund. Offenbar war sie klüger als wir ...« Er sah zum Hauptmann hinüber. »Würdet Ihr die Güte haben, aufzustehen und ein paar Schritte die Treppe hochzugehen?«

»Warum?«, fragte der Hauptmann verblüfft.

»Tut es für Eure Tochter«, gab Knorre zurück.

Hendriks sah den Mann misstrauisch an, dann erhob er sich und schritt zwei Stufen hinauf. Auf einmal sackte er zusammen, fiel halb auf seine Tochter, zuckte noch einmal und war still.

»Aber ...«, stammelte Argor, und selbst Elyra sah nur fassungslos drein.

Knorre hatte sich indessen gebückt und klopfte nun mit dem Finger auf Hendriks Wange, wobei ein pochendes Geräusch ertönte.

»Eine magische Falle«, bestätigte er dann und lächelte. »Ihr habt recht, Elyra. Die beiden leben noch.«

»Das war ein übler Scherz«, sagte die schneidende Stimme Tariks hinter ihnen, während ein leises Klicken ertönte. Langsam drehte sich Knorre um und musterte den Mann, der die gespannte Armbrust auf den Oberkörper des Schatzsuchers gerichtet hatte.

»Es war kein Scherz«, erklärte Knorre milde, »sondern ein Experiment. Jemand musste zunächst die Falle auslösen, damit wir den Vorgang rekonstruieren können, und da es seine Tochter ist ... Nun, warum sollte ein anderer das Risiko eingehen?«

»Und jetzt ist auch er zu Stein geworden. Was für einen Sinn hatte das?«, beharrte Tarik.

»Keinen, falls Euer Bolzen sich lösen sollte«, erwiderte Knorre. »Denn dann ist derjenige tot, der die beiden wiederbeleben kann.«

»Nehmt die Armbrust herunter, Tarik«, sagte Tarlon von der Seite. »Ich bitte Euch. Wir sind keine Feinde mehr.« Tarlon hatte sich dort, wo er lag, auf die Seite gedreht und halb aufgerichtet. Er wirkte immer noch müde, offenbar hatte er besonders viel von dem Staub abbekommen.

»Es war sein Vorfahr, der den Turm erbaute, und er hat ein Buch bei sich, in dem möglicherweise beschrieben ist, wie die Fallen zu umgehen sind.«

»Dann gebt mir das Buch. Ich traue Euch nicht!«, beharrte Tarik, der die Armbrust jedoch ein wenig sinken ließ.

»Bitte sehr«, sagte Knorre und reichte ihm das Buch.

»Die Armbrust, Tarik«, insistierte Tarlon.

Der Söldner seufzte, hielt die Armbrust senkrecht und nahm den Bolzen heraus, bevor er die Sehne entspannte. Dann schlug er das Buch auf.

»Wer soll solch ein Gekrakel lesen können? Ich erkenne nicht einmal einen einzigen Buchstaben! Für mich sieht das aus, als wären Hühner durch Tinte gerannt!«

»Nun, es ist eine Geheimschrift«, erklärte Knorre milde. »Und der Witz daran ist, dass nur Eingeweihte sie entziffern können, in diesem Fall ich. Es hat mich Jahre gekostet, den Text zu entschlüsseln!« Er kratzte sich am Ohr. »Nicht dass es mir viel geholfen hätte ... Erwähnte ich schon, dass der Autor verrückt war? Er drückt sich nicht immer klar aus. Und manchmal fehlt jeder Sinn und Verstand.«

»Hier!« Tarik hielt Knorre das Buch wieder hin. »Ich sehe, es gibt kaum eine andere Möglichkeit. Also, wecke sie auf!«, fügte er mit einem leichten Drohen in der Stimme hinzu.

»Aber sie sind ja wach!«, sagte Knorre, als er das Buch entgegennahm. »Das hier ist kein Schlafzauber, wie soll ich sie dann bitte schön wecken können?«

Tarik holte tief Luft, doch Elyra berührte Knorre an der Schulter. »Vielleicht, indem Ihr die Magie von ihnen nehmt?«

Knorre sah sie an und lächelte erleichtert. »Das dürfte einfach sein. Mein Vorfahr hat immer nur ein einziges Wort verwendet, um die Magie aufzulösen oder zu aktivieren. Er war wohl etwas vergesslich. Aber dieses eine Wort konnte er sich offenbar merken.«

»›Aufwachen‹?«, schlug Garret vor. »Oder so etwas wie: ›Lebe!‹?«

»Nein ...« Knorre schüttelte den Kopf und blätterte im Buch. »Das wäre zu einfach gewesen, um es behalten zu können. Aber hier steht es ja! Es ist simpler, als ich dachte.« Er stellte sich in Pose, hielt das Buch hoch und deklamierte laut: »Astamalatik!«

Alle sahen zu den beiden leblosen Gestalten auf den Treppenstufen hinüber. Doch nichts regte sich.

»Vielleicht dauert es nur etwas länger«, mutmaßte Knorre und lächelte entschuldigend. »Ihr wisst ja, diese Magie ist alt und ...«

»Knorre«, sagte Tarik mit drohender Stimme. »Mir ist nicht nach Scherzen zumute!«

»Das war kein Scherz«, verteidigte sich Knorre. »Genauso steht es hier! Oder vielleicht ...« Er kniff die Augen zusammen, hielt das Buch etwas weiter entfernt und studierte die Zeilen erneut.

»Astamaratix!«, rief er laut. Doch wieder geschah nichts.

»Ich glaube, ich werde gleich ungehalten«, drohte Tarik.

»Entspannt Euch«, kam die ruhige Stimme Tarlons. »Ich glaube, er bemüht sich ernsthaft.« Tarlon war nun ebenfalls zu ihnen getreten und stützte sich auf den Stiel seiner schweren Axt. Tarik musterte den jungen Mann eindringlich, doch dieser erwiderte seinen Blick ruhig und gelassen.

»Und wie ich das tue«, beeilte sich Knorre dem erzürnten Armbrustschützen zu versichern. »Aber, wie Ihr bereits selbst ganz richtig festgestellt habt, ist es nicht einfach, Hühnerfußgekrakel zu entziffern! Es könnte auch Rastamatik oder Astimalatrix ...«

Ein lautes Knattern ertönte, und kleine blaue Blitze liefen in Wellen über die beiden steifen Körper hinweg, die dabei zuckten, als ob die Tollwut sie erfasst hätte, dann stöhnte Hendriks auf, stemmte seinen Oberkörper hoch und schüttelte benommen den Kopf. Alle sahen ihn fassungslos an.

»... heißen!«, beendete Knorre seinen Satz. Er sah zu dem Hauptmann hinüber und strahlte über das ganze Gesicht. »Das war es wohl!«, rief er erfreut. »Das richtige Wort heißt Astimalatrix!«

Im selben Moment sackte der Hauptmann erneut in sich zusammen, rollte zwei weitere Stufen herab und lag nach einem kurzen Zucken wieder still.

»Oh!«, sagte Knorre nur, während Tarik einen drohenden Schritt auf den hageren Mann zumachte.

»Ich weiß nicht, ob ich Euch erschlagen oder Euch dankbar sein soll!«, sagte der Hauptmann etwas später, als er zusammen mit seiner Tochter auf dem Sofa saß, wobei er den Eindruck machte, als würde er sie in nächster Zeit nicht mehr loslassen wollen. Seine Tochter Rabea hatte noch nicht viel gesagt, stattdessen musterte sie die anderen mit wachsamen Augen.

»Erschlagen wäre mir unangenehm«, meinte Knorre und strahlte den Hauptmann an. »Aber ich nehme gerne Euren Dank!«

»Es freut mich sehr, dass Ihr Eure Tochter lebend wiedergefunden habt«, sagte Tarlon ruhig. »Es sind schon zu viele gestorben. Doch damit ist unser Teil der Abmachung erfüllt. Nun lasst uns ungestört den Turm erforschen.«

»Ihr kommt aus Lytara, nicht wahr?«, kam überraschend die weiche Stimme von Rabea. »Ich dachte, wir lägen mit euch im Krieg?«

»Nun nicht mehr«, meinte Garret. »Und das ist auch besser so.«

»Wie ist das zustande gekommen?«, wandte sie sich an ihren Vater.

Hendriks seufzte. »Wir haben mehr als ein Drittel unserer Leute verloren, und unser Sold steht noch immer aus. Garret machte uns ein Angebot, über das Helge vermutlich gerade mit den Dorfältesten von Lytara verhandelt. Sie bieten uns Frieden, Land und genug Gold, um eine neue Existenz aufzubauen.«

»Du hast den Vertrag mit König Belior gebrochen, Vater?«, fragte sie entgeistert. »Wie konntest du das tun? Unsere Ehre ist auf immer beschmutzt!«

»Sie wäre wahrscheinlich vollends verloren, wenn ihr weiter in den Diensten dieses mörderischen Beliors geblieben wärt! Ihr werdet schwerlich jemanden finden können, der weniger Ehre im Leib hat als dieser Wahnsinnige!«, protestierte Argor. »Er ließ seine Armee ohne Vorwarnung unser Dorf angreifen!«

»Warum sollte man dem Feind auch Gelegenheit geben, sich zu wappnen?«

»Ihr haltet es für richtig, ein schutzloses Dorf anzugreifen?« Argor schien um mindestens zwei Fingerbreit zu wachsen, als er sich vor ihr aufbaute. »Ihr findet solche Schandtaten auch noch gut!?«

»Gut? Das sagte ich nicht!«, fauchte sie zurück. »Aber wenn man schon zum Schwert greift, dann sollte man auch gewinnen wollen!«

Der Disput wurde immer hitziger, und die Augen der anderen pendelten zwischen Argor und Rabea hin und her, bis Tarlon einen Schritt nach vorne machte.

»Ihr habt recht«, sagte er einfach. »Ich war bei dem Kampf nicht dabei. Aber wie ich hörte, war die Überraschung fast perfekt. Der Gegner war bereits bewegungsunfähig und wurde abgeschlachtet wie Vieh. Von Beliors Armee überlebte nur jeder Fünfte, und allein der Angriff des Drachen ermöglichte es den versprengten Resten, sich aus der Schlacht zurückzuziehen.«

»Das hört sich nicht unbedingt nach einem schutzlosen Dorf an«, bemerkte der Hauptmann milde, während Rabea langsam den Mund schloss.

»Schutzlos nicht, aber der Angriff traf uns unvorbereitet und in Friedenszeiten«, entgegnete Argor. »Deshalb verloren wir gut ein Dutzend Leute. Ein weiterer Angriff mittels Magie traf uns noch härter, und eine gute Freundin gab ihr Leben, als Euer Gefährte Marban mit seinen Leuten durch das magische Tor drang.« Er funkelte die junge Frau zornig an.

»Mein Vater sagt, es sei das erste Mal seit Jahrhunderten gewesen, dass Lytara Verluste in einem Kampf zu beklagen hatte!«

Das stimmte durchaus, dachte Tarlon und hielt ein Schmunzeln zurück. Dass es überhaupt zum ersten Mal seit Jahrhunderten zu Kampfhandlungen gekommen war, musste man ja nicht unbedingt erwähnen. Rabea jedenfalls sagte nichts weiter, sondern sah den Zwerg nur noch erschrocken an.

»Es ist so etwas wie eine Tradition bei uns, Kriege nicht zu verlieren«, ergänzte Garret stolz. »Wir fangen allerdings keine mehr an!«

»Na ja«, meldete sich Knorre zu Wort und kratzte sich hinterm Ohr. »Dann hoffe ich nur, dass ihr keine Expedition in die alte Stadt plant ... dann könnte es nämlich mit der Tradition vorbei sein.«

»Wie meint Ihr das?«, fuhr Garret zu ihm herum.

Knorre zuckte die Schultern. »Es ist jetzt schon eine Weile her, dass ich selbst in Alt Lytar war, aber so viel ist sicher: Dieser Belior rechnet mit einem Gegenangriff. Er ließ Fallen bauen, Hinterhalte legen und hat die Verdorbenen der Stadt an jene Stellen getrieben, die man passieren muss, wenn man zum Hafen will.«

Er sah die Freunde an. »Es ist der Teil der alten Stadt, der noch am wenigsten zerstört ist. Dort, auf dem Feld zwischen dem alten Damm und dem Hafen, lagert Beliors Hauptstreitkraft. Es sieht nicht so aus, als wäre der König ein Freund des offenen Kampfes.«

Tarlon sah Knorre lange schweigend an. Doch als Garret den Mund öffnete, um etwas zu sagen, hob er die Hand und ergriff das Wort.

»Ihr kennt Euch in der alten Stadt aus, nicht wahr?«, fragte Tarlon langsam.

»Nicht überall. Es gibt Stellen, an denen auch mir Schauer über den Rücken laufen. Die Stadt zu erkunden, ist sehr gefährlich. Man braucht nur die falsche Straße entlangzugehen, und schon wird man von den Verdorbenen aufgefressen oder pisst Blut oder wacht als Untoter wieder auf!«

Elyra verzog das Gesicht, und Knorre zuckte mit den Schultern. »Die Stadt ist verdorben«, fuhr er fort. »Es ist selten, dass sie einen schnellen Tod bietet.«

»Das wussten wir bereits«, sagte Tarlon knapp. »Gibt es einen anderen Weg in die Stadt? Einen, auf dem wir nicht sofort umkommen?«, fügte er dann hinzu.

Knorre nickte. »Einen unsicheren allerdings, der nicht geeignet ist für eine Truppe. Es gibt im Süden der Stadt eine eingestürzte Brücke über den Lyanta, und mit etwas Geschick ist es möglich, den Fluss über deren Trümmer zu passieren. Hineinfallen sollte man allerdings nicht.«

»Schafft man es auch zu Pferd?«, fragte Tarlon nach.

»Nur wenn das Tier klettern kann!«, gab Knorre zurück.

»Die anderen wollten noch nicht sofort nach Lytar aufbrechen«, sagte Garret beunruhigt. »Vielleicht sind sie noch nicht unterwegs, und wir können …«

»… im Moment wenig anderes tun, als unsere Aufgabe zu erfüllen«, fiel Tarlon ihm ins Wort. Dem Gesichtsausdruck nach schien ihm dieses Vorgehen selbst am wenigsten zu gefallen. »Ralik führt die Expedition, und er hat Erfahrung.«

»Er wird auf so etwas nicht hereinfallen«, stimmte Argor zu und versuchte, überzeugt zu klingen.

»Dann sollten wir uns nun wirklich um unsere Aufgabe kümmern«, meinte Garret und warf einen skeptischen Blick zu der Tür hinüber, hinter der sich die Wendeltreppe nach oben befand. Nachdem Rabea und ihr Vater wieder zu sich gekommen und sie alle in die Eingangshalle zurückgekehrt waren, hatte sich die Tür von selbst geschlossen. Die kreisrunde Halle, in der sie nun wieder saßen, war ohne den Staub beinahe schon gemütlich, aber Garret war das Fehlen auch der kleinsten Anzeichen von Verfall etwas unheimlich.

Er ging zu der Tür hinüber, streckte die Hand nach dem Türgriff aus, zögerte dann aber und sah zu Knorre, der seinen Blick erwiderte und nickte.

»Wohin zuerst? In den Keller oder nach oben?«, fragte Garret dann.

»Sowohl als auch«, entschied Tarlon. »Argor und ich gehen hinab, Elyra und du, ihr geht hoch.« Er sah Knorre an. »Meister Knorre, wollt Ihr uns begleiten?«

»Ich kann es kaum erwarten«, gab dieser zurück und folgte Tarlon, der bereits die Wendeltreppe hinaufstieg.

»Was habt ihr erwartet?«, fragte Knorre, als er sich eine Spinnwebe aus dem Gesicht wischte. »Ich glaube, Kellerräume werden immer und überall so aussehen!«

Tarlon nieste derart heftig, dass er beinahe die Kerze in seiner Laterne ausblies. Auch er wischte Spinnweben zur Seite, während er sich aufmerksam umsah. Hier unten war deutlich auszumachen, wie viel Zeit seit der Aufgabe des Turms vergangen war. Eingehüllt in dicke Spinnweben lagen über den Boden verstreut zerbrochene Regale und auseinandergefallene Fässer, deren eiserne Ringe ein Opfer des Rosts geworden waren. Kisten und Kästen und allerlei Sorten von Gerümpel standen überall herum, doch nichts von alledem schien in irgendeiner Weise verwertbar zu sein.

»Hier ist etwas«, erklärte Tarlon, nachdem er wieder ein paar Spinnweben zur Seite geschoben hatte.

Er hielt die Laterne höher, und Knorre half ihm, eine metallene Statue zu säubern, die, wie sie bald feststellten, einen Wolfshund in Lebensgröße darstellte. Das Fell war bis aufs einzelne Haar detailgetreu nachgebildet und selbst die Zeichnung des Fells durch die Verwendung unterschiedlicher Materialien in genauester Weise wiedergegeben.

In der Brust des Wolfs stand eine metallene Klappe offen, die etwa vier Hände breit war und zwei hoch. Als Tarlon sich hinunterbeugte und das Licht der Laterne hineinfallen ließ, sah er silbern und golden glänzende Stangen und Hebel, die in runde Kolben und eckige Gehäuse einliefen. Direkt hinter der Klappe erkannte er einen Hebel, der in einem Kasten aus grauem Blei zu münden schien. Nur war das Metall verwittert und zeigte Spuren von weißem Bleirost.

Mit vereinten Kräften wuchteten Argor und Tarlon die Statue in die Mitte des Kellers. Der Wolf schien sie anzugrinsen, sein Maul stand offen, und die Zunge hing ein Stück heraus, ganz so, als ob er hecheln würde. Ein Wolf zwar, der jedoch auf unbestimmte Weise zutraulich wirkte.

»Er mag verrückt gewesen sein«, sagte Tarlon beeindruckt, »aber er war ein großartiger Künstler.«

»Das Vieh ist richtig schwer«, stellte Argor fest und klopfte auf die metallene Haut. »Und ziemlich stabil. Trotzdem scheint es so, als ob es dafür gedacht wäre, sich zu bewegen, mit all den Stangen darin. Aber wie kann das ohne Gelenke funktionieren?«

»Darin wird wohl seine Kunst gelegen haben«, kommentierte Knorre, der sich vor die Statue gekniet hatte. »Kannst du die Laterne etwas näher halten? So ist gut, danke.« Er beugte sich zur Seite. »Seht ihr hier? Die Geschichten scheinen zu stimmen.«

Tarlon warf ebenfalls einen Blick durch die Klappe auf das, worauf Knorre gerade mit seinem Finger zeigte.

In einem gläsernen Würfel konnte man weiter hinten im Bauchraum der Statue einen ausgebleichten Wolfsschädel ausmachen, der von feinen glitzernden Bahnen aus Gold und Silber umgeben war.

»Es heißt, er habe es vermocht, den Geist von Tieren in das Metall zu binden«, sagte Argor und sah sich nervös um, während sich seine Hand fester um seinen Hammer schloss. »Für mich hört sich das eher nach einem Fluch an«, fuhr er fort. »Hier unten gibt es nichts. Wir sollten zu den anderen nach oben gehen!«

»Für mich hat es sich gelohnt«, sagte Knorre und musterte den Wolfshund nachdenklich. »Allein diese Statue wird mir gut zwölf Goldstücke einbringen. Wenn ich nur wüsste, wie ich sie transportieren kann.«

»Dass Ihr Euch mit solch übler Magie umgeben wollt, ist mir ein Rätsel«, knurrte Argor. »Mir wird schlecht bei dem Gedanken, dass darin ein Tier gefangen ist!«

»In seinem Buch schreibt er, er habe das Wesen der Tiere gebunden, von ihrem Geist ist nicht die Rede.« Knorre nahm das Buch heraus und blätterte darin, worauf Tarlon die Laterne ein wenig anhob, damit der hagere Magier besser sehen konnte. Knorre kniff die Augen zusammen und nickte dann.

»›... und band die Idee eines Tiers in das Metall.‹« Er klappte das Buch wieder zu und sah Argor bedeutsam an. »Er war verrückt, aber er quälte keine Tiere. Noch nicht einmal ihren Geist.«

»Wie kann man eine Idee in Metall binden?«, fragte der Zwerg und zog an dem Halsausschnitt seiner Rüstung, als wäre sie ihm plötzlich zu eng.

»Was ist denn das hier wohl?«, fragte Knorre und klopfte leicht gegen die Statue.

»Ein Wolf?«

»Nein, die Verkörperung der Idee eines Wolfs«, korrigierte Knorre. »Jeder Bildhauer fängt in einer Statue die Idee seines Objekts ein, nur ging mein Vorfahr eben ein Stück weiter.«

Argor schaute mit weiten Augen auf die Statue, doch Tarlon zuckte mit den Schultern. »Wir können Euch helfen, den Wolf hinaufzutragen«, sagte er dann. »Aber wie Ihr anschließend damit verfahrt ...«

»Nein«, entschied Knorre. »Ich lasse ihn hier. Vielleicht werde ich später einmal mit einem Karren wiederkommen.«

In dem Moment erschien Rabea im Kelleraufgang. Sie wirkte etwas nervös. »Vater sagt, ihr mögt bitte hochkommen. Es geschieht gerade etwas Seltsames.«

# 23

*Kriegsmeister*

Graf Lindor befand sich in seinem Arbeitszimmer und brütete über den Karten, die seine Ingenieure von der alten Stadt angefertigt hatten, als der Kriegsmeister hereinstürmte. Dieses eine Mal zumindest wirkte die Echse nicht ganz so selbstsicher wie üblich.

»Ihr müsst die Patrouillen im Süden verstärken, Graf«, zischelte der Kriegsmeister. »Leute aus dem Dorf wurden dort am Waldrand gesichtet.« Er wirkte mehr als nur ein wenig irritiert und nannte auch sofort den Grund dafür. »Ich habe soeben einen meiner Reiter verloren.«

»Das tut mir leid zu hören«, gab Lindor betont neutral zurück, woraufhin der Kopf des Kriegsmeisters zum Grafen herumfuhr. »Ihr könnt Euch Eure Lügen sparen! Ich rieche Eure Feindschaft und Eure Hinterlist.« Er holte zischelnd Luft. »Denkt daran, dass wir dem gleichen Meister dienen.«

»Ich vergesse es bestimmt nicht«, versetzte der Graf. Allein dass der Kriegsmeister von Hinterlist sprach, war schon eine Unverschämtheit. Wer unterminierte hier denn wen? »Wisst Ihr, was mit Eurem Reiter geschehen ist?«

»Er sollte den südlichen Wald im Auge behalten. Dabei stieß er auf drei Menschen aus dem aufsässigen Dorf. Eines davon, ein Weibchen, besiegte ihn im Schwertkampf. Es ist mir schleierhaft, wie ihr das gelingen konnte.«

Lindor stellte fest, dass er diese Nachricht nicht sehr bedauerlich fand. Wenn es nach ihm ginge, könnten alle Kronoks auf der Stelle tot umfallen. Aber er ließ sich seine Gedanken nicht anmerken.

»Hier in Lytar sind viele Dinge schleierhaft«, antwortete er dann bedächtig. »Aber wenn Ihr es wünscht, werde ich im Süden der Stadt verstärkt patrouillieren lassen.«

»Seht zu, dass Ihr die Dörfler lebend fangt!«, zischte der Kriegsmeister. »Ich will sie verhören!« Graf Lindor verbeugte sich leicht. »Selbstverständlich werde ich Euren Rat befolgen!«

Ohne ein weiteres Wort drehte sich der Kriegsmeister um und verließ das Arbeitszimmer des Grafen.

Lindor sah ihm nachdenklich hinterher. Es sah so aus, als würde sein Berater allmählich merken, dass in Lytar vieles geschah, was nicht erklärlich war. Er sah auf die Pläne hinab und schüttelte langsam den Kopf. Ihm war durchaus bekannt, was der Kriegsmeister unter einem Verhör verstand. Er rief seine Ordonanz und trug ihr auf, den zuständigen Hauptmann herbeizurufen.

Als er dem Hauptmann, der für die Einteilung der Patrouillen zuständig war, die neue Order gab, fügte er noch eine eigene hinzu: »Solltet ihr auf Fremde stoßen, dann seht zu, dass ihr sie lebend fangt ... Ich will sie persönlich sehen, sobald sie hier eintreffen. Unter keinen Umständen sind die Gefangenen dem Kriegsmeister auszuhändigen. Haben wir uns verstanden?«

Der Hauptmann nickte nur. Erst gestern war einer der Soldaten zum Tode verurteilt worden. Doch diesmal hatte nicht Nestrok den Unglücklichen bekommen, vielmehr war er den Kronoks übergeben worden, und so hatten die Schreie des Mannes nicht nur den Grafen die ganze Nacht über wach gehalten. Nestrok hätte ihm wenigstens einen schnellen Tod beschert.

Nachdem der Hauptmann den Grafen allein im Arbeitszimmer zurückgelassen hatte, ließ sich Lindor in seinen schweren Stuhl sinken und dachte nach. Was suchten die Dörfler so weit unten im Süden? Wussten sie etwa von dem Auftrag der Söldner dort? Wenn ja, von wem hatten sie es erfahren?

»Langsam wird es interessant«, murmelte er leise und studierte wieder die Karten. Sein Blick suchte die Position, an der sich das Lager der Söldner befand, dann den Ort, an dem, den alten Karten zufolge, der Turm des Magiers stand. Genau dort trieben sich auch die Wolfsmenschen herum ...

# 24

*Wolfsblut*

Garret und Elyra begegneten ihnen auf der Treppe. »Was ist los?«, fragte Garret. »Wir waren gerade dabei, die Bibliothek zu sichten.«

Einer der drei anderen Männer, die Hendriks mitgebracht hatte, um die Gefallenen zu bergen, lag auf dem Sofa. Hendriks kniete neben ihm, um ihn von der zerrissenen Rüstung zu befreien, während das Blut des Mannes rot auf den Boden tropfte. Sein Kamerad stand bleich daneben und hielt sich die linke Hand, die blutüberströmt und grausam entstellt war: Von zwei Fingern waren nur noch fahle, zersplitterte Knochen übrig. Auch bei diesem Mann tropfte aus einer hässlichen Wunde am Oberschenkel Blut auf den Boden. Es sah ganz so aus, als hätte ein mächtiger Prankenhieb die Rüstung des Mannes wie Papier zerfetzt.

Von dem dritten Mann war keine Spur zu sehen.

Garret öffnete den Mund, um zu fragen, was geschehen war, als Wolfsgeheul durch die offene Tür drang, an der Tarik mit gespannter Armbrust Stellung bezogen hatte.

Elyra eilte direkt zu Hendriks hinüber und beugte sich über den Verletzten, während Tarlon den anderen Mann ansprach.

»Wölfe oder Schlimmeres?«

»Schlimmeres«, presste der Mann zwischen den Zähnen hervor.

»In der Tat«, bestätigte Argor, der sich zu Tarik an die Tür gestellt hatte. »Ich glaube, es ist dein alter Freund, Garret.«

Garret griff wortlos seinen Bogen, der an der Wand lehnte, zog ihn aus der ledernen Umhüllung und spannte ihn mit einer geübten Bewegung. Dann nahm er seinen Köcher und trat selbst an die Tür. Schweigend machten ihm Argor und Tarik Platz.

»Ja, das ist er. Bei Licht sieht er noch hässlicher aus als bei Nacht!«

»Was hält er da in den Pranken?«, fragte Argor. »Ich kann es nicht genau erkennen.«

»Es ist Randars Kopf«, antwortete Tarik tonlos.

Auch Tarlon trat nun zur Tür und sah über Garrets Schulter hinweg nach draußen. Der Wolfsmensch stand am Rand der Lichtung. Er war gut dreieinhalb Schritt groß und hatte ein schmutzig weißes Fell. In seiner entstellten Fratze war noch gerade so viel Menschliches zu erahnen, dass Tarlon bei dem Anblick beinahe schlecht wurde. Damit nicht genug, besaß das Monster drei Arme, von denen zwei mächtig und behaart waren und in grauenerregenden, blutverschmierten Pranken endeten, während ein dritter, rosa wie ein Säuglingsarm, aus der linken Brust des Monsters hervorwuchs und gerade blind in der Luft herumtastete.

»Götter!«, hauchte Tarlon.

Das Monster war nicht allein. Gut ein Dutzend weiterer verdrehter Gestalten hatte sich um ihn herumgruppiert, jede eine verdorbene und widernatürliche Mischung aus Mensch und Tier, eine ekelerregender als die andere.

Noch hatten sie die Lichtung nicht betreten, doch auf einmal gab der Anführer ein Geräusch von sich, das einem bellenden Lachen glich. Dann holte er aus und schleuderte ihnen den Kopf in hohem Bogen entgegen. Das makabere Geschoss überwand die gut dreißig Schritt Entfernung mühelos und schlug mit einem Klatschen direkt neben der Tür an die Turmwand. Tarik fluchte und wischte sich das Blut seines Kameraden aus dem Gesicht.

»Ich kriege das Schwein«, knirschte er mit zusammengepressten Zähnen und hob seine Armbrust. Augenblicklich gingen die grässlichen Gestalten in Deckung. Nur das heulende Lachen des Anführers war noch zu hören und trieb ihnen allen einen Schauer über den Rücken.

»Mist!«, fluchte Tarik.

»Tretet zur Seite, Freund«, bat Garret leise und hob seinen Bogen.

»Worauf willst du schießen? Ich kann niemanden mehr sehen ...«

»Ich habe mir die Position des einen gemerkt«, erwiderte Garret. Ohne seinen Blick von der Stelle am Waldrand zu nehmen, legte er einen Pfeil auf, atmete tief durch und zog dann den Bogen bis an sein Ohr aus.

Für einen endlos erscheinenden Moment verharrte Garret in dieser Haltung, dann ließ er den Pfeil fliegen, und die Sehne klang mit einem satten Ton nach, als wäre eine große Harfe angeschlagen worden.

Man konnte dem Pfeil kaum mit den Augen folgen. Er schlug so hart in das Gebüsch ein, dass die Kreatur beim Aufprall nach hinten aus der Deckung herausgeschleudert wurde und dann reglos mit dem Pfeil inmitten seiner Stirn liegen blieb.

Das Geheul verstummte schlagartig. Hier und da bewegten sich noch Blätter, als die Monster ihre Verstecke wechselten, aber dann war es wieder still.

»Götter!«, hauchte Rabea ehrfurchtsvoll, und Tarik fragte leise: »Schießt ihr alle so?« Garret schüttelte den Kopf. »Mein Vater ist besser.« Er hielt nach neuen Zielen Ausschau, aber es rührte sich nichts.

»Garret ist der beste Schütze unter uns«, erklärte Tarlon. »Doch die meisten von uns vermögen die Münze im ersten Durchgang zu treffen.«

»Was bedeutet das?«, erkundigte sich Rabea und musterte Garret interessiert.

»Es bedeutet, dass sie eine alte Tradition aufrechterhalten«, erklärte Knorre vom Treppenaufgang her. »Am Mittsommerfest schießt ein jeder von ihnen auf eine goldene Münze, die in hundert Schritt Entfernung an einen Pfahl genagelt ist. Trifft man sie, kann man sie behalten.«

»Hundert Schritt?«, wiederholte Tarik nachdenklich. Er sah zu Hendriks hinüber. »Ich sage dir doch, wir brauchen mehr Bogenschützen.«

»Und ich kann dir inzwischen nur zustimmen«, antwortete Hendriks vom Sofa her. Er hatte die blutverschmierte Rüstung seines Kämpfers in der Hand und machte gerade Elyra Platz, die vorsichtig das Wams des Mannes aufschnitt und einen unterdrückten Laut von sich gab, als sie die freigelegte Wunde erblickte. »Ist er noch zu retten?«, fragte Hendriks leise.

Elyra sah voller Mitleid auf den Mann hinunter, der sie ängstlich anstarrte. »Ich weiß es nicht«, brachte sie schließlich hervor. »Das kommt auf die Gnade der Göttin an!«

Sie öffnete ihren Beutel und nahm ein festes, mit Leder umwickeltes Stück Holz heraus. »Aber wir werden es ihr so leicht wie möglich machen«, sagte sie und hielt dem Verletzten das Holzstück hin. Dieser öffnete ergeben den Mund und biss auf das Leder. Elyra nickte, strich ihm mit einer Hand über das verschwitzte Haar und lächelte ihn aufmunternd an. »Aber wenn auch Ihr an sie glaubt und Euer Gebet an sie richtet, wird sie Euch gewogener sein. Meine Herrin ist Mistral, die Herrin des Schleiers und der Magie. Ihr Zeichen ist der Stern, der uns alle führt, und ihre Macht ist die der Weltenmeere, in der unsere Erdscheibe schwimmt. Kein Gott kennt größere Gnade als sie, denn sie ist es, die selbst die dunkelste Nacht mit ihrem Stern erhellen wird. Glaubt an sie, und sie wird Euch leiten.«

Elyra sah zu Hendriks hoch. »Wie ist sein Name, Hauptmann?«

»Esram«, antwortete Hendriks und sah sie nachdenklich an. »Mystera?«

»Mistral«, korrigierte Elyra, als sie anfing, die Wunde sorgfältig zu säubern.

»Sie führt den Stern als Zeichen? Den Nachtstern?«, fragte der Hauptmann nach. Elyra nickte, doch sie hörte ihm kaum mehr zu, denn all ihre Aufmerksamkeit war nun auf die Verletzung gerichtet. Der Mann stöhnte auf, als sie vorsichtig einen Knochensplitter aus seiner Wunde zog.

»Esram«, sagte sie leise. »Vertraue mir und der Göttin. Was auch kommen mag, wir beide werden dir beistehen.«

Sie griff in ihren Umhang, nahm den hölzernen Stern heraus und küsste ihn. Als sie sah, dass Rauch von dem Symbol aufstieg, ließ sie es erschrocken fallen.

»Holz ist nicht das beste Material für ein Symbol«, bemerkte Argor leise. »Ich hätte mich eher darum kümmern sollen.«

»Versucht es mit diesem«, bot Hendriks überraschend an und zog unter seinem Wams einen goldenen Stern an einer schweren Goldkette hervor. Elyra sah das Symbol ungläubig an. Auf der soliden goldenen Scheibe prangte ein kunstvoll gearbeiteter Stern aus einem helleren Metall, der von Runen eingefasst war, welche die Macht der Sterngöttin priesen. Diese waren wiederum von den Symbolen der anderen Götter umgeben. Es war ein altes und unermesslich wertvolles Artefakt – das Siegel einer Hohepriesterin der Mistral.

»Woher habt Ihr das?«, fragte Elyra fassungslos, und selbst der Verwundete starrte gebannt auf das Symbol, als die junge Frau ihre blutverschmierte Hand ausstreckte, um die Scheibe andächtig in Empfang zu nehmen. Rabea gab einen gedämpften Laut von sich, sagte aber nichts.

»Neben meiner geliebten Tochter ist dies das Einzige, was mir von meiner Frau blieb«, antwortete Hendriks schwer. »Sie sagte, es sei ein Erbstück der Familie.«

»Sie war eine Priesterin der Mistral?« Elyra war überrascht.

»Nein«, schüttelte Hendriks den Kopf. »Aber ihren Worten zufolge war sie dazu bestimmt, das Zeichen sicher zu verwahren. So lange, bis sich offenbaren würde, wem es gehört. Kurz bevor sie starb, bat sie mich darum, es immer mit mir zu führen, da die Zeit nahe sei.«

Er schluckte. »Es sieht so aus, als wäre es nun so weit.«

»Ich bin aber keine Priesterin der Mistral, und ebenso wenig bin ich in ihre Mysterien eingeweiht, nur ein paar kleine Gebete kenne ich«, protestierte Elyra sanft.

»Das sehe ich anders«, meldete sich Knorre zu Wort. Seine Stimme klang seltsam belegt. »Seit dem Kataklysmus duldete sie keine Priesterinnen mehr und gab auch niemandem mehr die Gnade, sie anzurufen oder ihr Symbol zu führen. Doch seht …«

Der Stern in der Mitte des Symbols leuchtete in einem fahlen, unscheinbaren Licht. »Oder gibt es neben Euch noch andere, die ihr Zeichen führen?«, fragte Knorre sanft.

»Wir alle führen ihr Zeichen«, mischte sich Garret ein und wies auf den Stern an seinem Bogen. »Aber nur Elyra fühlt sich berufen.«

Niemand hörte ihm mehr zu, denn soeben hatte Elyra andächtig das Symbol geküsst und berührte nun damit die Stirn des Verletzten. Umgehend weiteten sich dessen Augen, und alle Anspannung schien sich von ihm zu lösen. Erleichtert atmete er aus.

»Das sollte Euch den Schmerz nehmen, Esram«, sagte Elyra und lächelte. »Wie ich sehe, ist auch Euer Glaube stark.«

Plötzlich ertönte ein dumpfes Geräusch hinter ihnen, und alle fuhren herum. Ein faustgroßer Stein war gegen den Türrahmen geprallt und in die Eingangshalle gerollt.

»Mistviecher!«, fluchte Garret. Er zog den Bogen aus und ließ einen Pfeil fliegen. Draußen heulte es kurz auf, dann war es wieder still.

»Das wäre Nummer zwei«, stellte er befriedigt fest.

»Von gut zwei Dutzend«, knurrte Argor.

»Immerhin zwei weniger«, gab Garret zurück. »Nur schade, dass sie sich nicht näher herantrauen.«

»So dumm sind sie nicht«, meinte Knorre. »Sie wissen, dass mit der Lichtung etwas nicht stimmt.«

»Damit sitzen wir also in der Falle«, stellte Tarlon fest. »Das passt mir gar nicht.«

Er trat an die Tür heran und zog sie zu. »Allerdings brauchen wir uns so auch nicht mit ihnen zu beschäftigen. Zumindest noch nicht.« Er lachte grimmig und sah die anderen an. »Zunächst führen wir unseren Auftrag aus. Wer weiß, vielleicht finden wir etwas, das uns nützen kann.« Er wandte sich Garret zu, der nickte und seinen Bogen entspannte, um ihn dann sorgsam an die Wand neben der Tür zu lehnen.

»Du sprachst vorhin von der Bibliothek. Wie kann es die noch geben, wenn die oberen Stockwerke zerstört sind?«

»Das sind sie nicht. Der Turm ist intakt. Es sieht von außen nur so aus, als ob er verfallen wäre! Wie das möglich ist, weiß ich nicht, aber der Turm steht wie frisch erbaut«, antwortete Garret. »Kommt mit und schaut es euch selbst an. Hier unten können wir ohnehin wenig tun.« Er sah bedeutsam zu Elyra hinüber, die konzentriert ihr Werk verrichtete. »Außerdem will ich sie nicht länger stören.«

»Ich werde bleiben und eurer Priesterin zur Hand gehen«, erklärte Tarik. »Ich habe Helge oft geholfen und kenne mich ein wenig aus.«

»Dieser Turm birgt einen ungeheuren Schatz«, sagte Tarlon leise, als er ehrfürchtig die Finger über ein halbfertig beschriebenes Pergament gleiten ließ. Vier breite, annähernd durchsichtige Butzenfenster warfen Licht in den großen kreisrunden Raum. Zwei bequeme Ledersessel standen einander nahe dem Kamin gegenüber, der in die Wand zum Treppenschacht eingelassen war. Von der Decke des Raums hingen sechs kostbar gefertigte Lampen herab, die weder Öl noch Kerzen zu benötigen schienen und einst ihr Licht über die großen Lesetische geworfen haben mussten, die unter ihnen standen.

Wie schon in der Eingangshalle war auch hier alles aufgeräumt und an seinem Platz. Zwischen den hohen Büchergestellen gab es ein Kartenregal, von dessen Fächern gut die Hälfte mit sorgsam versiegelten Schriftrollenbehältern aus Elfenbein, Silber und Gold gefüllt war.

Auf den Lesetischen stapelten sich noch immer die Bücher, und auf einem Schreibpult nahe einem der großen Fenster lag ein Stoß unbeschriebenes Pergament. Ringsherum standen Tiegel, Döschen und Gläser, die in das Holz des Pultes eingelassen waren und die typischen Werkzeuge und Hilfsmittel eines Illuminators enthielten: Farben, Tinten, feine Pinsel sowie Gold-, Silber- und Diamantenstaub. Auf dem obersten Blatt war die halbfertige Zeichnung eines Dreispitzes zu sehen, einer Spechtart, die in dieser Gegend heimisch war. Der Körper des Vogels war erst zu zwei Dritteln ausgearbeitet und dennoch mit so viel Leben angefüllt, dass es schien, als ob der Vogel den Betrachter neugierig ansehen würde.

»Er mag verrückt gewesen sein, doch bei den Göttern, er war ein begnadeter Künstler«, pflichtete Hendriks Tarlon bei. »In all den Jahren und auf all meinen Reisen sah ich keine zweite Bibliothek wie diese.«

Argor hatte inzwischen einen Stuhl an eines der Regale gezogen, um sich den Titel eines Buches genauer anzusehen.

»Das Gesetz der Stütze«, las er laut vor und öffnete das Buch. Seine Augen fingen an zu leuchten, als er die Seiten umblätterte. »Hier schreibt er davon, wie man einen Minenschacht verschalt. Und er scheint zu wissen, wovon er spricht!«

»Er war eben auch ein guter Baumeister«, bemerkte Tarlon milde, wobei er sorgfältig die Buchrücken durchging. Etwa die Hälfte der Bücher schien in Sprachen verfasst zu sein, die er nicht kannte. »Keines, dessen Titel ich entziffern kann, handelt von Magie«, sagte er dann und war sich selbst nicht sicher, ob er darüber enttäuscht sein sollte.

Garret hatte indessen einen der Schriftrollenbehälter geöffnet und vorsichtig ein großes Pergament herauszogen, das er nun auf einem der Tische ausrollte.

»Genau danach habe ich gesucht«, verkündete er ehrfürchtig. »Ein Plan der alten Stadt.«

»In der Tat, ein Stadtplan«, bestätigte Tarlon, der neugierig an den Tisch herangetreten war. »Nur was soll das hier bedeuten?«

Er folgte mit dem Finger einer der farbigen Linien, die sich wie ein buntes Spinnennetz über die Stadt legten. Als er Knorre ansah, zuckte dieser nur mit den Schultern. »Woher soll ich das wissen?« Doch dann beugte auch er sich vor, um den Plan genauer zu studieren.

»Während des Kataklysmus brach ein Teil des vorgelagerten Landes ab und versank im Meer. Hier ...« Er fuhr mit seinem Finger an einer Linie nordwestlich des Hafens entlang. »Ein Teil der Hafenanlagen und der größte Teil des Regierungsbezirkes wurden überflutet. Lediglich die Kronburg und einige der anderen Gebäude ragen noch aus dem Wasser. Es heißt, dass bei schwerem Seegang sogar noch die Tempelglocken zu hören sind.«

»Das bezweifle ich«, erwiderte Tarlon. »Der Glockenbalken wird aufgequollen und die Glocke voller Schlick und Seemoos sein, wenn sie überhaupt noch hängt und nicht schon längst auf den Grund gesunken ist.«

»Mir wäre es lieber gewesen, der ganze Hafen wäre versunken«, knurrte Garret. »Ihr sagtet, Belior hätte dort angelegt, nicht wahr?«

»Ja. Er hat sein Hauptlager auf dem alten Markplatz eingerichtet, während das Kommando gegenüber dem Damm in der alten Börse untergebracht ist«, antwortete Knorre. Er sah zu Tarlon hinüber. »Was die Glocken angeht, hörte ich sie selbst schon läuten, als ich noch ein Junge war.«

Er machte eine Geste, mit der er die gesamte Bibliothek einschloss. »Schaut euch diesen Raum an. Es müssen Jahrhunderte vergangen sein, seit er das letzte Mal von einer lebenden Seele betreten wurde. Und dennoch macht es den Anschein, als wäre der Hausherr gestern noch hier gewesen!« Er sah Tarlon an. »Man sagt, die Gebäude der alten Stadt seien mithilfe der Magie statt mit Mörtel errichtet worden.«

»Mörtel hat er hier jedenfalls nicht benutzt«, bemerkte Argor und ließ eine Hand über die Einfassung eines der Fenster gleiten. »Jeder dieser Steine ist so sorgfältig gesetzt, dass kein Mörtel benötigt wird. Ich wusste nicht, dass Menschen in dieser Weise zu bauen vermögen ...«

»Wer baut denn sonst noch so?«, wollte Rabea wissen.

»Niemand, von dem ich wüsste«, antwortete Argor. »Die Steine sind so geformt, dass sie ineinandergesetzt werden müssen und sich dabei verzahnen. Ein zwergischer Steinmetz mag die Blöcke in dieser Weise bearbeiten können. Doch selbst für uns wäre das ein zu großer Aufwand, denn jeder einzelne Stein hat eine andere Form und passt nur genau an eine Stelle. Es ist wie ein riesiges Puzzle!« Er beugte sich vor, sodass seine Nase beinahe den Stein berührte, und seine buschigen Augenbrauen zogen sich zusammen.

»Selbst wenn man nahe herangeht, erkennt man kaum die Spuren der Bearbeitung«, fuhr er dann beeindruckt fort. »Nur diese feinen Linien hier. Ein jeder dieser Steine wirkt wie poliert!« Er stutzte und lachte dann leise.

»Das ist raffiniert!«, rief er bewundernd. Mit geschickten Fingern zog er einen schlanken Hebel aus dem Stein heraus und drückte ihn nach unten. Unter leisem Knirschen glitt der Fensterrahmen seitlich in den Stein, um den Blick über die Lichtung freizugeben.

»Garret«, sagte er dann mit einem bösen Grinsen. »Ich schlage vor, du holst deinen Bogen!«

Tarlon trat an das Fenster heran, durch das ein schwacher Wind den Duft des Waldes hereintrug. Unter ihnen auf der Lichtung war etwa ein halbes Dutzend Wolfsmenschen dabei, vorsichtig auf den Holzplanken herüberzuschreiten, ein Unterfangen, das sichtlich durch den Baumstamm erschwert wurde, den sie mit sich führten.

Knorre warf einen Blick aus dem Fenster und fluchte. »Das Türblatt ist aus stabilem Metall. Ein solcher Rammbalken dürfte ihm also nichts anhaben können. Doch die Angeln liegen im Stein, und der kann brechen!«

Garret hatte nur flüchtig hinausgesehen, war dann nach unten geeilt und nur wenige Momente später mit seinem Bogen zurückgekehrt. Nun lehnte er seinen Köcher unterhalb des Fensters an die Wand, zog sechs Pfeile heraus, die er vor sich auf die Fensterbank legte, und setzte einen siebten auf die Sehne.

»Lasst mir ein wenig Platz, Freunde«, sagte er dann, und als die anderen zurücktraten, zog er die Sehne aus.

Auch wenn die Bestien schon nahe waren, zielte Garret recht lang, doch nachdem der erste Pfeil die Sehne verlassen hatte, folgten die anderen in schnellem Rhythmus, so als würde er gar nicht mehr darauf achten, wohin die Pfeile flogen.

Vielstimmiges Geheul ertönte, wurde lauter, fast panisch, dann wieder dünner, als einzelne Stimmen verklangen, bis es schließlich ganz abbrach.

Garret nickte zufrieden und trat einen Schritt zurück. »Jetzt sind es neun«, stellte er zufrieden fest.

»Wie kann man nur so kaltblütig töten?«, rief darauf Rabea fassungslos.

»Wenn man sich des Beistands der Götter gewiss ist, sollte man sich darüber keine Gedanken machen«, antwortete Garret mit harter Stimme. »Keines dieser Biester hätte sein sollen. Sie sind verdorben und verhöhnen durch ihre Existenz die Götter und deren Schöpfung. Was ich tat, war kein Morden, und falls menschliche Seelen in diesen entstellten Körpern gefangen waren, dann war dies eine Befreiung für sie!« Er sah sie an. »Oder seid Ihr anderer Meinung?«

»Nein«, gab Rabea leise zurück. »Ihr habt wohl recht.« Sie trat ans Fenster, und ihre Augen weiteten sich, als sie hinunterblickte und sieben der Wolfsmenschen um die Planken herum auf dem Boden liegen sah. Einem jeden von ihnen steckte ein Pfeil im Kopf, und bei dreien war der Schaft sogar an Nacken oder Hinterkopf wieder ausgetreten.

Doch richtig bleich wurde Rabea erst, als das Gras plötzlich zu wogen begann und sich drei breite, blau schillernde Ströme aus dem Gras über die Wolfsmenschen ergossen, deren Körper nun zuckten, als ob noch Leben in ihnen steckte.

Als die dunklen Ströme wieder verebbten, lagen nur noch bleiche Knochen und Schädel auf dem friedlichen Gras. Selbst die Blutflecken waren kleiner, als man hätte denken können.

»Sie fressen alles«, sagte Knorre, der lautlos neben sie ans Fenster getreten war. »Sogar das Blut.«

Vom Waldrand her ertönte nun neues Geheul. Der Anführer war aus seiner Deckung hervorgetreten und schüttelte drohend die Pranke, doch so unentschlossen, wie er dastand, schien er nicht ganz verstanden zu haben, was geschehen war.

Knorre sah verwundert hinüber und lachte dann plötzlich auf. »Natürlich, die Fenster sind von außen nicht sichtbar. Er hat keine Ahnung, woher die Pfeile kamen ... für ihn ist das, wo wir stehen, ein zerstörtes Stockwerk!«

»Steht er immer noch da?«, fragte Garret mit einem wölfischen Grinsen, während er sorgfältig einen Pfeil aus seinem Köcher wählte.

»Er steht halb hinter einem Baumstamm.«

»Das soll er gerne tun«, gab Garret zurück. »Tretet zur Seite, Freund, dieses Monster ist mir lang genug auf die Nerven gefallen. Und wer weiß, wenn ich ihn erwische, werden die anderen vielleicht fliehen!«

»Verflucht, er hat sich wieder in die Deckung zurückgezogen. Aber er scheint neugierig zu sein, denn er schaut immer wieder hervor.«

»Er lässt Euch nicht genug Zeit für einen Schuss«, bemerkte Hendriks, der hinter Garret getreten war und über dessen Schulter hinweg hinausschaute. »Er hält seine Nase kürzer heraus, als der Pfeil für die Strecke braucht. Ganz so dumm ist das Monster nicht!«

»Mal schauen, ob es ihm hilft«, grinste Garret.

Er öffnete seinen Beutel und entnahm ihm eine stählerne Pfeilspitze, die weitaus schlanker geformt war als diejenigen, die er sonst benutzte und deren frisch geschliffene Kanten im einfallenden Tageslicht glänzten.

»Das sind die besten Spitzen, die mein Vater fertigt«, erklärte Argor stolz.

»In der Tat«, antwortete Garret und löste die alte Spitze vorsichtig vom Schaft. Dann setzte er die neue auf und presste den Pfeil kräftig mit der Spitze voran gegen die Wand.

»Normalerweise würde ich sie noch verkleben, aber dafür ist im Moment keine Zeit«, erklärte er dann. Er legte den

Pfeil auf, zog den Bogen so weit aus, dass der Schaft gerade noch auflag, und ließ los.

Der Pfeil flog so schnell, dass ihm niemand mit den Augen zu folgen vermochte. Nur der harte, helle Schlag seines Aufpralls war bis zu ihnen zu hören.

»Götter!«, fluchte Garret und verzog das Gesicht. Er ließ die Waffe sinken und bewegte vorsichtig seine Schulter. »Ich glaube, ich bin dem Bogen immer noch nicht ganz gewachsen.«

Doch niemand hörte ihm zu, stattdessen sahen alle fassungslos zum Waldrand hinüber, wo ein schwarzer Punkt die Stelle anzeigte, an der der Pfeil in den jungen Baum eingeschlagen war, welcher dem Monster Deckung geboten hatte.

Der Zufall hatte es bestimmt, dass der Wolfmensch just im Moment des Aufpralls einen Blick riskiert hatte. Nun ragte seine Schnauze noch immer hinter dem Baumstamm hervor, bewegte sich aber nicht mehr.

»Gute Spitze«, meinte Garret zufrieden, und Argor nickte stolz. »Sag ich doch.«

Garrets Pfeil hatte den Stamm glatt durchschlagen.

Diesmal gab es kein Geheul, nur Knurren und Fauchen ertönte, als schwarzgraue Schatten aus dem Unterholz hervorbrachen und begannen, sich um den Körper des ehemaligen Anführers zu streiten. Das Knacken und Knirschen berstender Knochen war bis zum Turm zu hören. Die Wolfsmenschen waren nicht so schnell wie die Insekten, doch auch bei ihnen dauerte es nicht sehr lang, bis sie gesättigt durchs Unterholz wieder davonglitten.

»Zehn«, sagte Garret befriedigt. »Ich glaube, mit denen werden wir keinen Ärger mehr haben.«

Die weitere Untersuchung des Turms hatte wenig zutage gefördert, das für die Freunde von Nutzen war.

Im Stockwerk über der Bibliothek befand sich eine Werkstatt, die angefüllt war mit Miniaturen, seltsamen Gerätschaften und vielem, dessen Zweck man nicht ersehen konnte. Astrak hätte seine Freude daran gehabt, doch von den anderen konnte offenbar nur Knorre etwas damit anfangen. Sein Jubellaut, als er die Miniatur eines Brunnenhäuschens fand, war jedenfalls nicht zu überhören.

Das oberste Stockwerk des Turms enthielt nur noch die Gemächer des Magiers, in denen ebenfalls alles sorgsam aufgeräumt war. Schränke und Fächer waren teilweise leer, so als habe er vor seinem Verschwinden noch das Wichtigste mitgenommen. Knorre, der gehofft hatte, dass ihm die kostbaren Gewänder des Magiers stehen würden, wurde diesmal enttäuscht. Zwar schien er von seinem Ahnen nicht nur das Buch, sondern auch die hagere Gestalt geerbt zu haben, doch die meisten der Gewänder zerfielen, als er sie berührte.

Lediglich ein feines Kettenhemd fand sich für ihn, das allein schon einen Schatz darstellte, aber weitaus weniger prachtvoll war als die mit Gold und Silber besetzte Robe, die nun zu Staub zerfallen am Boden lag.

Von einem Rahmen, der es erlaubte, eine Tür über beliebige Entfernungen zu öffnen, fand sich jedoch keine Spur. Stattdessen hatte Garret den Zugang zur Küche gefunden und dort eine Pumpe entdeckt, die nach mehreren Anläufen sogar Wasser lieferte, das kalt und klar war und allem Anschein nach aus solchen Tiefen gefördert wurde, dass Knorre es als unverdorben pries und zum Beweis vor ihren Augen einen großen Schluck davon nahm.

Da er nicht tot zusammenbrach und sich auch nicht in

einen Wolfsmenschen verwandelte, tranken bald auch die anderen. Das kühle, klare Wasser war ein Genuss, denn die Vorräte in ihren Beuteln waren warm und abgestanden.

Sie befanden sich nun wieder in der Bibliothek, während Elyra in der Eingangshalle noch immer um das Leben des verletzten Soldaten kämpfte.

Darüber, welchen Wert das gesammelte Wissen in diesem Raum haben mochte, wollte Tarlon gar nicht nachdenken, denn es war nicht das, wofür sie hergekommen waren.

»Wir müssen uns unterhalten, Hauptmann«, wandte er sich entschlossen an Hendriks.

»Was habt Ihr auf dem Herzen, Tarlon?«

»Wir wissen nun, dass wir nicht mehr warten können, bis Euer Heiler zurückkommt, um die Antwort der Ältesten zu überbringen. Sie werden ohnehin zustimmen, und auch das Gold ist da. Doch wir brauchen Eure Hilfe sofort. Wir müssen versuchen, unsere Leute auf ihrer Expedition zu unterstützen, oder sie zumindest vor dem Hinterhalt warnen, von dem Meister Knorre sprach. Kurz, wir müssen auf dem schnellsten Wege in die alte Stadt.«

»Woher wollt Ihr wissen, dass der Mann die Wahrheit sagt?«, erhitzte sich Rabea. »Hätte er nicht geschwiegen, wären unsere Leute noch am Leben.« Sie schüttelte sich. »Ihr könnt Euch gar nicht vorstellen, wie schrecklich es war!«

Knorre stand überraschend behände auf und funkelte die junge Frau wütend an. »Da kommt eine Söldnerkompanie und will das Haus meines Vorfahren plündern, und Ihr erwartet allen Ernstes, dass ich Euch dabei unterstütze? Ich habe Euch gewarnt. Ich sagte Euch voraus, dass es den Tod bedeuten würde, ginget Ihr ohne meine Führung. Aber anstatt auf mich zu hören und mein Angebot anzunehmen, habt Ihr mich gefesselt und geknebelt! Wart Ihr es nicht, die sagte, man solle dem Gewäsch eines alten Mannes keinen Glauben schenken? Wenn Ihr jemanden sucht, dem Ihr den Tod Eurer Leute anlasten könnt, dann seht zuerst in Eurem Herzen nach. Dort liegt unübersehbar die Schuld. Ihr seid es selbst gewesen, die die Männer in den Tod führte!«

Bislang hatte niemand Knorre in diesem Ton sprechen hören. Es lag nicht nur gerechte Empörung in seinen Worten, sondern auch eine Entschiedenheit, die Rabea bleich werden und einen Schritt zurücktreten ließ.

»Vater!?«, rief Rabea, aber Hendriks nickte nur. »Es war ein Fehler. Das kommt vor. Doch in unserem Gewerbe bedeuten Fehler den Tod. Es ist so, und es wird immer so bleiben. Nur wenn du das niemals vergisst, werden unsere Leute nicht umsonst gestorben sein.«

»Ein harter Preis für eine Lehre«, flüsterte Rabea.

»Umso gewissenhafter solltet Ihr sie befolgen«, meinte Tarik, und Rabea wirkte erschrocken, als sie den harten Blick des Armbrustschützen auf sich ruhen sah.

Tarlon räusperte sich. »Was geschehen ist, tut uns leid. Einen solchen Tod gönnt man niemandem, nicht einmal seinem ärgsten Feind. Aber es geht nun darum, weiteres Sterben zu verhindern. Hauptmann, wir brauchen Eure Hilfe. Keiner von uns ist mit der Kriegsführung vertraut, und es heißt, die Stadt sei voller Monster. Werdet Ihr, auf unser Wort hin, das Angebot einlösen und an unserer Seite in die alte Stadt ziehen, um unsere Leute zu retten?«

Der Hauptmann sah Tarlon direkt in die Augen. »Nein. Es ist ein hoffnungsloses Unterfangen. Beliors Streitkraft ist fast achtzehnhundert Mann stark und jeder Einzelne von ihnen gut ausgebildet und gerüstet. Ihre Positionen sind strategisch gut gewählt. Selbst eine bedeutend größere Streitkraft hätte keine Chance. Wenn man ihn besiegen will, dann nur außerhalb dieser verfluchten alten Mauern. Sucht Ihr meine Hilfe, Euer Dorf zu schützen, so werde ich sie Euch nicht verwehren, doch in die alte Stadt zu gehen, ist Selbstmord. So kann ich nicht entscheiden, denn meine Männer vertrauen darauf, dass ich gute Entscheidungen für sie treffe, auch wenn dieser Glaube in letzter Zeit vielleicht erschüttert wurde.«

Tarlon öffnete den Mund, um etwas zu erwidern, doch Hendriks hob die Hand. »Aber ich selbst werde euch begleiten. Tarik wird das Kommando über unsere Kompanie übernehmen und sie zu eurem Dorf führen, mit Rabea als Stellvertreterin. Wir werden euch helfen, euer Dorf zu verteidigen, und dies auch ohne ein Versprechen und ohne Gold. Aber ich werde niemanden in diese tote Stadt führen, dem sein Leben lieb ist.«

»Ich komme mit Euch, Vater.«

»Das wirst du nicht tun, Rabea Marana Eltine«, sagte Hendriks mit Nachdruck. »Vielmehr wirst du Tariks Anweisungen bis ins Letzte befolgen, selbst wenn er dir befiehlt, die Unterhosen der Kompanie zu waschen.« Seine Augen schienen sie an ihrem Platz festnageln zu wollen.

»Niemand von uns wird aus dieser verfluchten Stadt zurückkehren, zumindest nicht lebend. Alles, was ich habe und bin, lege ich nun in deine Hände, Tochter. Und wenn Tarik und Helge meinen, dass du weise und erfahren genug bist, wirst du die Führung der Kompanie übernehmen, damit du die Möglichkeit erhältst, unseren Leuten und dir selbst ein Zuhause und eine Zukunft zu sichern.«

»Aber Vater ...«, stammelte sie, doch Hendriks wandte sich von ihr ab und schritt zu Tarik hinüber. »Pass auf sie auf!«

»Das kannst du nicht machen, Vater!«, rief Rabea.

»Ich kann es nicht nur, ich muss es sogar tun. Denn dort, wo das Amulett deiner Mutter seine Heimat findet, liegt auch die unsere. Das waren die letzten Worte deiner Mutter, Rabea. Vor allen Göttern schwor ich damals, dass ich diese Heimat suchen würde. Nun haben wir sie gefunden, und du wirst hingehen und sie mit deinem Leben verteidigen.«

Rabea war blass, aber sie nickte, während Tarik an sie herantrat und beruhigend seine Hand auf ihren Arm legte.

»Was ist mit Esram?«, fragte er dann in den Raum, und als habe man sie damit gerufen, erschien Elyra im Treppenaufgang. Sie war bleich und über und über mit Blut beschmiert.

»Er weilt nun bei der Göttin«, teilte sie ihnen mit schwacher Stimme und hängenden Schultern mit.

»All meine Kunst vermochte nicht mehr zu tun, als ihm die Reise zu erleichtern. Doch Euer anderer Mann ist versorgt. Ich kürzte ihm die Fingerknochen und vernähte die Haut. Er wird die Hand behalten und sogar die Fingerstümpfe wieder benutzen können.«

»Das ist mehr, als man bei der Wunde hätte erwarten können«, sagte Tarik, und auch der Hauptmann nickte, bevor er sich wieder an die Freunde wandte.

»Wenn ihr diesen Selbstmord tatsächlich vorhabt und er nicht völlig sinnlos sein soll, müssen wir bald aufbrechen«, ermahnte er sie. »Und damit ihr nicht schon am Anfang scheitert, braucht ihr einen Führer.« Er sah Knorre an. »Sosehr es mir missfällt!«

»Eigentlich braucht niemand einen Führer, denn jeder hat seinen Stern, der ihn leitet. Doch um euch zu beraten, begleite ich euch gern.« Knorre erhob sich, legte das Buch zur Seite, in dem er die ganze Zeit über gelesen hatte, und streckte sich, bis seine Knochen knackten. Er grinste von einem Ohr zum anderen. »Ich mag nun einmal Abenteuer. Ohne sie ist das Leben so trist.« Er trat an Hendriks heran. »Vielleicht habe ich den Wahnsinn geerbt, doch mit ihm auch den Verstand. Hört mehr auf meinen Rat, und Ihr habt eine Chance, Eure Tochter wiederzusehen.«

Hendriks nickte, doch Knorre beachtete ihn nicht weiter, sondern sah nun die anderen an.

»Manchmal spricht der Wind ganz unvermittelt zu mir. Diesmal sagte er mir, ein jeder von uns werde den Tod in der alten Stadt finden, es sei denn, wir sehen ihn eher als er uns.« Seine Augen glänzten. »Euch, Hendriks, bricht ein Strick das Genick, wenn Ihr nicht auf Eure Hufe achtet. Tarlon wird ein Vogel den Tod bringen, greift er nicht nach seinen Krallen. Du, Garret, wirst im Fallen sterben, so du deinen Bogen nicht zur Hand hast. Elyra, du wirst in Mistrals Licht vergehen, wenn du nicht erkennst, dass dies nicht deine Bestimmung ist. Und du, Argor, wirst zwischen Stein, Wasser und Magie deine Bestimmung wählen.«

»Wo liegt denn da die Wahl?«, brummte Argor. »Schlimmer als Wasser ist doch nur die Magie!«

»Und was ist mit Euch, Meister Knorre?«, fragte Elyra etwas bleich.

»Ich ...«, Knorre lachte. »Ihr alle habt Aussicht auf einen heldenhaften Tod, doch ich werde mir den Fuß brechen und daran ersaufen, wenn ich nicht auf den Weg achte!«

»Werden wir unser Ziel erreichen?«, fragte Tarlon leise.

»Woher soll ich das wissen?«, gab Knorre schulterzuckend zurück. »Sehe ich etwa aus wie ein Wahrsager? Doch wenn wir weiter zögern, ist es in der Tat zu spät.«

Er trat ans offene Fenster und sah hinaus. »Morgen Nacht wird es ein Gewitter geben, wie seit Jahrzehnten nicht mehr. Wenn ihr es gut nutzt, sind eure Leute gerettet. Doch nur wenn ihr alle gewillt seid, den Preis zu zahlen.«

## 25

*Vorbereitungen*

Als sich Vanessa am nächsten Morgen zusammen mit ihrem Vater hinüber zum Gasthof begab, fühlte sie sich schon wieder einigermaßen gut. Noch am Abend zuvor hatte sich der Priester Erions um ihre Verletzungen gekümmert. Sein Gebet sollte verhindern, dass sich die Wunde entzündete, und außerdem die Heilung beschleunigen. Der lächelnde junge Mann, der zu Beginn des Sommerfestes die Leute aus dem Dorf getraut hatte, wirkte um Jahre gealtert, und die tiefen Falten um seine Mundwinkel herum schienen neu hinzugekommen zu sein. Dennoch hatte er ein aufmunterndes Wort für sie, und als er sie wieder verließ, schien es Vanessa, als ob es ihrem Arm und dem Rücken bereits besser ginge. Zumindest hatte sie ohne Schmerzen schlafen können.

Der Gasthof war so voll wie schon lange nicht mehr, doch auch hier war die Stimmung ernst. Pulver, der Bürgermeister, Ralik und Marten, der in seiner seltsamen Rüstung steckte, waren in ein Gespräch vertieft. Hernul eilte zu ihnen hinüber, während Vanessa neben Astrak Platz nahm, der recht betreten aus der Wäsche sah und unablässig auf seinen Pobacken hin und her schaukelte.

»Was ist denn mit dir los?«, flüsterte sie, während sie neugierig Ariel und die Sera Bardin ansah, die ebenfalls erschienen waren und am Tisch der Ältesten saßen.

»Mir tut der Hintern weh«, gab Astrak leise zurück. »Ich sehe ein, dass ich es verdient habe, aber dennoch ...« Dann grinste er. »Es bleibt dabei, das war es mir wert.«

Einen Moment später erhob sich Ralik und kletterte auf den Tisch der Ältesten, damit ihn jeder sehen konnte.

»Wir werden gegen Mittag aufbrechen«, erklärte der Zwerg ohne Umschweife. »Nicht, um dem Feind in einer offenen Schlacht entgegenzutreten. Das wäre Selbstmord, wie wir nun wissen. Aber wir werden dafür sorgen, dass er uns nicht wieder überrascht. Marten hat gestern die Stadt aus der Luft erkundet. Zwei wichtige Dinge fand er heraus: Zum einen ist der Gegner sehr viel stärker, als wir gedacht haben, und zum anderen gibt es für ihn tatsächlich nur einen Weg, um aus der Stadt heraus zu unserem Dorf zu gelangen: die alte Königsbrücke.«

»Wie stark ist der Gegner denn?«, rief jemand aus der Menge. Der Zwerg sah Marten an, worauf dieser nickte und vortrat.

»Der Feind hat ein Hauptlager am alten Hafen errichtet. Ich bin nicht allzu nahe herangeflogen, aber ich vermute, dass dort zwischen zwölfhundert und zweitausend Soldaten lagern. Zudem sah ich, wie Soldaten entlang dem Weg zum Hafen Verschanzungen anlegen. Ich habe außerdem den Drachen gesehen, der auf dem Dach eines großen Gebäudes schlief.«

»Zwölfhundert bis zweitausend?«, flüsterte jemand entsetzt. »Wir sind verloren!«

Ralik richtete sich zu seiner vollen Größe auf und warf dem Sprecher einen strengen Blick zu.

»Wir sind nicht verloren. Nicht, wenn wir vernünftig vorgehen. Wie ich schon sagte, hat der Feind nur eine Möglichkeit, den Fluss des Todes zu überqueren, und das ist die

Königsbrücke. Wir suchen keinen offenen Kampf, sondern wollen lediglich verhindern, dass unser Dorf erneut angegriffen wird.« Er hielt inne und sah die versammelten Dorfbewohner ernst an. »Deshalb beabsichtige ich, die alte Brücke zum Einsturz zu bringen. Dann ist nur noch der Drache eine Gefahr, und der Gegner ist in der alten Stadt eingesperrt, denn der Lyanta ist tödlicher, als jede Armee es sein könnte.«

»Wird der Gegner dann nicht einfach die anderen Brücken reparieren?«, fragte jemand anders.

Der Zwerg grinste breit. »Zweifellos wird er das versuchen. Aber ich denke, dass sich die Arbeiten durch den einen oder anderen Pfeil verhindern ließen!«

»Das ist unser Vorteil«, ergriff Pulver das Wort. »Unsere Bogen haben die größere Reichweite, und solange wir den Gegner nicht an uns heranlassen, werden wir ihn abhalten können. Es muss allerdings noch etwas anderes erwähnt werden.«

Es war Ariel, der nun überraschenderweise aufstand.

»Wie ihr wisst, lebe ich schon lange in der Nähe der verdorbenen Stadt. Meine Berufung ist es, dem Wald dabei zu helfen, gegen die Verderbnis anzukämpfen. Um sehr viel mehr habe ich mich nicht gekümmert. Dennoch war ich oft in der alten Stadt und kenne sie besser, als mir lieb ist.« Er berührte unwillkürlich seine Maske. »Der Plan eurer Ältesten ist gut, denn wir haben einen mächtigen Verbündeten an unserer Seite, die alte Stadt selbst. Seit dem Kataklysmus ist viel Zeit vergangen, dennoch birgt die Stadt noch immer tödliche Gefahren. Ich kann euch sagen, dass sich der Gegner seit annähernd drei Jahren dort aufhält. Und jeden Tag verliert er Soldaten, insbesondere bei den Ausgrabungen, die Belior im Stadtgebiet vornehmen lässt. Diese waren bislang jedoch nicht sehr erfolgreich, da die Hüter das Kriegsgerät, auf das Belior es abgesehen hat, größtenteils in Sicherheit gebracht haben.«

»Aber was ist, wenn er die Krone findet?«, rief eine junge Frau.

Es war die Bardin, die sich diesmal erhob. »Es ist zu bezweifeln, dass er sie findet«, sagte sie. »Und wenn, wird sie ihm wenig nützen. Man muss das Blut Lytars in sich tragen, um sie einsetzen zu können.«

»Seid Ihr sicher?«, fragte jemand anders, und die Bardin nickte.

»Ich bin mir dessen sehr sicher!«, antwortete sie. »Denn seit Jahrhunderten ist es meine Aufgabe, sicherzustellen, dass niemand nach dieser Krone greift!«

Ein Raunen ging durch die Menge, und Vanessa sah zu ihrem Vater hinüber, der nicht die geringste Überraschung zeigte.

»Nur ein einziges Mal waren die Elfennationen ernsthaft bedroht. Und diese Gefahr ging von Alt Lytar aus. Wir waren erleichtert, als das Strafgericht der Götter den Greifen zu Boden warf, doch wir wollten sicherstellen, dass er sich nicht abermals erhebt. Genau das zu verhindern, ist die Pflicht, die ich übernommen habe.«

Ein junger Mann sprang auf und stand nun mit geballten Fäusten da. »Also habt Ihr uns die ganze Zeit über belogen!?« Nicht nur er war erzürnt. Unglauben und Bestürzung zeigten sich auch auf den Gesichtern von anderen. »Wir hielten Euch für eine Freundin!«

»Ihr habt ganze Generationen von uns betrogen!«, rief eine andere junge Frau. »Wie konntet Ihr uns das antun? Meine Kinder liebten Euch, und sie starben, weil sie an diesem Ort Euren Geschichten lauschten!«

Bevor sich die Stimmung weiter aufheizen konnte, kam Ralik der Bardin zu Hilfe.

»Sie hat uns nicht betrogen. Der Ältestenrat wusste von Anfang an über ihren Auftrag Bescheid. Und sie ist auch nicht schuld daran, dass Marban das magische Feuer auf uns rief. Glaubt mir, sie ist unsere Freundin!« Er sah sich im Gasthof um, und seine Augen fixierten jeden, der aufgesprungen war. »Setzt euch wieder und hört ihr weiter zu!«

Widerwillig setzten sich die Leute, und die Sera Bardin holte tief Luft, bevor sie weitersprach.

»Will denn jemand von euch die Welt beherrschen, sie wie in alten Zeiten unterdrücken?« Die Leute sahen einander an.

»Niemand will das«, rief dann der junge Mann, der sich schon zuvor empört hatte. »Wir wollen nur unsere Ruhe!«

Die Sera Bardin lächelte und nickte. »Seht ihr? Genau das ist auch mein Ziel. Offen gestanden war ich beunruhigt, als ihr das Depot geöffnet habt, doch die weise Entscheidung eures Bürgermeisters bestärkte mich darin, dass es recht war, euch allen zu vertrauen.«

Sie holte erneut tief Luft. »Und das ist auch der Grund, weshalb ich bald aufbrechen werde. Ich werde zu meinem Volk zurückkehren und ihm vorschlagen, sich mit dem Greifen zu verbünden.« Als das Geraune wieder einsetzte, hob sie die Hand.

»Gute Leute von Lytara, es ist nicht gesagt, dass meine Schwestern und Brüder dem zustimmen werden. Zu viele von ihnen erinnern sich noch daran, wie es war, gegen den Greifen zu kämpfen. Aber es ist durchaus möglich.« Sie machte eine Pause und sah jeden Einzelnen eindringlich an. »Wir stehen auf derselben Seite, glaubt es mir!«

»Dennoch habt Ihr uns vieles vorenthalten«, beschwerte sich ein anderer.

»Nicht mit böser Absicht.« Sie zuckte die schlanken Schultern. »Lytar war vergangen. Es konnte niemand wissen, dass die Vergangenheit noch einmal so wichtig werden würde.«

»Doch!«, kam überraschend die Stimme Meliandes vom Eingang her. »Ihr wusstet es. Denn auch für Euch galt die Prophezeiung.« Alle drehten sich überrascht zum Eingang um, von dem aus Meliande sich nun mit großen Schritten auf den Tisch des Bürgermeisters zubewegte.

Ralik sah stirnrunzelnd von ihr zu der Bardin, die Meliande mit unbewegter Miene entgegenblickte.

»Elfen sagen gerne die Wahrheit …«, fuhr Meliande fort und schenkte der Sera Bardin ein nicht ganz so freundliches Lächeln. »… Aber nur ungern die gesamte.« Sie stellte sich neben die Bardin, sodass jeder sie sehen konnte. »Auch die Elfen gingen eine Verpflichtung ein. Die großzügige Geste der Sera, die Nationen der Elfen um Beistand zu bitten, ist in Wirklichkeit keine, denn der Pakt wurde bereits vor langer Zeit geschlossen, nicht wahr?«

Die Bardin sah Meliande für einen langen Moment an und nickte schließlich. »Das ist wahr. Nur mag man sich nicht gerne daran erinnern. Außerdem ist Belior nicht die Bedrohung, für die er sich hält!«

»Das hörte sich vor Kurzem aber anders an«, bemerkte Ralik mit gefurchter Stirn. »Ihr nahmt die Bedrohung durchaus ernst.«

»Er wird uns nicht besiegen. Nur mithilfe der Krone wäre das überhaupt denkbar! Und selbst wenn er sie findet, wird er sie nicht einsetzen können!«

»Ihr solltet Euch dessen nicht so sicher sein«, antwortete

die Sera Meliande. »Erinnert Ihr Euch an die magische Tür, die der Händler Marban im Keller dieses Hauses hinterließ? Es gab nicht viele von ihnen. Zwei, um genau zu sein. Beide befanden sich zum Zeitpunkt des Kataklysmus im königlichen Palast. Sie waren dazu gedacht, dem König und seinem Gefolge die Flucht zu ermöglichen.« Sie holte tief Luft. »Und nur jemand mit königlichem Blut war imstande, sie zu aktivieren.«

Einen Moment lang war es still, dann setzte das Geraune wieder ein, und die Leute sahen einander bestürzt an, als ihnen die Bedeutung dessen gewahr wurde, was die Sera Meliande soeben ausgesprochen hatte.

»Ja, Ihr habt es erfasst«, fuhr Meliande fort, während die Bardin bleicher wurde, als man es je zuvor an ihr gesehen hatte. »Auch Belior stammt vom Greifen ab. Auch er trägt königliches Blut in sich. Und auch er wird imstande sein, die Krone zu nutzen!«

*»Verflucht!«, rief Lamar, als er abermals seinen Wein verschüttete. »Wollt Ihr damit sagen, dass dieser Belior aus Alt Lytar stammte?« Er sah den alten Mann vorwurfsvoll an. »Eure Geschichte hat mehr Windungen als eine Schlange!« Er griff nach dem Tuch, das ihm eine Magd hinhielt, und wischte damit hastig sein bekleckertes Wams ab. »Wie ist das möglich?«*

*»Nun, es schien ganz so, als sei während des Kataklysmus dem Sohn des damaligen Königs die Flucht aus der untergehenden Stadt gelungen«, erklärte der alte Mann leise. »Wenn er in der Folge Kinder gezeugt hatte, wer wollte wissen, wie viele Nachkommen er hatte, wie viele von ihnen die Krone erheben konnten? Es waren schließlich Jahrhunderte vergangen.«*

»Das heißt«, sagte Lamar langsam, »dass Eure Geschichte auch heute noch Bedeutung hat? Dass die Krone, sollte sie noch existieren, nach wie vor eine Gefahr darstellt?«

Der Geschichtenerzähler sah Lamar lange an, dann seufzte er. »Lasst mich zu Ende erzählen. Dann mögt Ihr Euch selbst ein Urteil bilden. Denn nicht nur im Dorf gab es Überraschungen ...«

# 26

*Der Fluss des Todes*

»Ich hätte es für besser befunden, wenn er uns allen einfach eine gute Reise gewünscht hätte«, brummte Argor, als er den Sattel seines Maultiers zum dritten Mal überprüfte. Er warf einen bösen Blick in Richtung Knorre, der seiner Meinung nach viel zu wohlgemut wirkte.

»Ich wollte, ich würde diesen Verrückten nicht ernst nehmen«, sagte Garret, der ebenfalls sein Pferd gesattelt hatte und nun nachdenklich seinen Bogen betrachtete. »Nur fürchte ich seine Worte, gerade weil er verrückt ist.«

»Ihr Menschen seid sowieso alle verrückt«, erwiderte Argor und führte sein Maultier zu einem Baumstumpf, von dem aus er sich mühevoll in den Sattel zog. »Kein Zwerg würde jemals solch wirres Zeug von sich geben, wie ihr es regelmäßig tut. Du bist schon schlimm genug, Astrak ist noch ärger, Pulver macht mich beinahe wahnsinnig, aber dieser Knorre … Ich glaube fast, bei ihm ist es sogar ansteckend!«

Er sah missmutig zu Garret hinab. »Jedenfalls scheine ich inzwischen selbst wahnsinnig zu sein, denn ich komme mit, obwohl ich nun weiß, dass ich sterben werde!«

»Das hat er nicht gesagt«, widersprach Elyra, die ihr Pferd gewohnt elegant zu ihnen hinüberlenkte. »Er prophezeite uns, wie wir sterben würden, falls wir den Tod nicht rechtzeitig sehen. Wir müssen erkennen, wann es so weit ist, dann überleben wir.« Ihre Hand berührte das schwere Amulett auf ihrer Brust. »Unsere Göttin ist mit uns und wird uns leiten und beistehen. Dessen bin ich mir sicher!«

Garret schwang sich auf sein Pferd. »Es muss beruhigend sein, sich der Gnade der Göttin gewiss zu sein«, grummelte er, während er versuchte, den anderen Fuß in den Steigbügel zu bekommen.

Elyra nickte. »Das ist es.«

»Seid ihr so weit?«, rief Tarlon von vorne.

»Nein!«, rief Garret zurück. »Aber das ändert wohl nichts!«

Ein kurzes grimmiges Lächeln erschien auf Tarlons Gesicht, doch er nickte nur. »Na dann los …«, beschied er. »Meister Knorre wird uns führen.«

»Ein Pferd ist eine praktische Angelegenheit«, verkündete Knorre und wippte fröhlich in den Steigbügeln. »Es spart Schuhleder, und man sieht einfach mehr. Kein Wunder, dass die hohen Herren gerne reiten, schließlich können sie dabei gut auf andere herabsehen!«

»Für Euer respektloses Reden sitzt Ihr aber gut im Sattel«, bemerkte Hendriks, der den Wald auf der linken Seite des Weges musterte. Hier war er zwar nicht mehr verdorben, doch auch ein gewöhnlicher Wald barg seine Gefahren. Immer wieder sah er nach vorne, als ob er auf dem kaum erkennbaren Pfad etwas suchen würde.

»Ich las ein Buch übers Reiten«, ignorierte Knorre den Hauptmann. »Es ist eigentlich ganz einfach. Zieht man links, geht's nach links, zieht man rechts, nach rechts, beugt man sich vor und presst die Hacken an, geht's schneller, lehnt man sich zurück und zieht, bleibt es stehen. Ganz einfach. Ein Kind könnte es lernen.«

Plötzlich ertönte ein harscher Schrei, der klar und durchdringend war wie der Klang eines stählernen Horns. Ein Schaudern lief Tarlon über den Rücken, und Knorre wurde auf einmal so steif, dass er beinahe aus dem Sattel fiel, als sein Pferd scheute. Es hatte die Augen weit aufgerissen und die Ohren zurückgelegt, so als schien es im nächsten Moment durchgehen zu wollen. Tarlon vernahm ein schabendes Geräusch neben sich, als Hendriks sein Schwert zog.

»Was, bei den Göttern, war das?«, hauchte Garret.

»Ein Kriegsfalke«, gab Knorre zurück. Er war bleich geworden und schien in diesem einen Moment um Dutzende Jahre gealtert. Mit der vorgestreckten linken Hand wies er schräg nach oben. Der Wald war hier bereits ein wenig lichter geworden, sodass man zwischen den Baumkronen hindurch ein Stückchen Himmel sehen konnte.

Dort oben schwebte, die gewaltigen Schwingen ausgestreckt und den drohenden Kopf suchend zur Seite gelegt, einer der Kriegsfalken aus dem Depot. Auf seinem Rücken saß, kaum zu erkennen, ein Reiter in einer kupferfarbenen Rüstung.

Während die anderen fassungslos zusahen, wie der Falke aus ihrem Blickfeld glitt, fluchte Garret laut und heftig.

»War das nicht Marten?«, fragte Elyra erstaunt. »Und weiß jemand, woher er den Falken hat?«

»Den stahl er aus dem Depot, dieser sture Idiot. Er versprach mir, ihn zurückzugeben!«, fluchte Garret. »Ich könnte ihn umbringen!«

»Er stahl ihn aus dem Depot!?« Tarlon war schockiert. »Wieso weiß ich nichts davon?«

»Er wollte ihn zurückbringen«, knurrte Garret. »Damit hätte sich die Angelegenheit erledigt.« Tarlon machte Anstalten, noch etwas zu erwidern, entschied sich dann aber anders.

»Ich habe noch nie einen solch großen Falken gesehen«, äußerte Hendriks und schob vorsichtig sein Schwert zurück in die Scheide. Er sah die anderen mit einem nachdenklichen Blick an. »Er ist magisch, nicht wahr? Ein Kriegsfalke, wie Knorre sagte.«

»Ja«, bestätigte Garret. »Ein magisches Kriegsgerät.«

»Das wird Belior gar nicht freuen«, schmunzelte der Hauptmann. »Mit solchen Waffen habt ihr vielleicht sogar eine Chance!«

»Wir beschlossen, diese Waffen nicht zu nutzen«, erklärte Elyra leise, während sie mit ihren Augen noch immer den Himmel über ihnen absuchte. »Wir wussten nicht, wie man sie bedient.«

»Sieht so aus, als ob dieser Marten es herausgefunden hätte«, meinte Hendriks. »Gut, dass dieses Vieh auf unserer Seite steht …«

»Das stimmt nur zum Teil«, antwortete Argor grimmig. »Soviel ich weiß, greift es alles an, was nicht aus Lytar stammt. Das bedeutet, dass Ihr, Hauptmann, für den Falken ein Feind seid ebenso wie ich!«

»Vielleicht ist es etwas anderes, wenn ein Reiter ihn führt«, sagte Garret hoffnungsvoll und sah zu Knorre hinüber. »Was meint Ihr, Meister Knorre? Es scheint, als hättet Ihr Euch bereits mit solchen Dingen befasst.«

»Mein Vorfahr erschuf sie schließlich«, entgegnete Knorre. »Aber es stimmt, wenn sie einen Reiter haben, folgen sie seinem Willen und nicht mehr ihrem inneren Antrieb.« Er sah die anderen fragend an. »Hat dieser Marten einen starken Charakter?«

Tarlon musterte ihn überrascht.

»Er ist eigentlich ein guter Kerl, aber wofür braucht er einen starken Charakter?«

Knorre sah immer noch zum Himmel hoch, zuckte dann die Schultern und trieb sein Pferd voran. »Ich überlege nur, wie lange es wohl dauern wird, bis der Geist des Falken ihn überwältigt hat.«

Kurz vor Mittag erreichten sie den Waldrand, wo Knorre sein Pferd zügelte und die Hand hob. Doch die anderen achteten gar nicht darauf, denn als sie die Szenerie erblickten, die sich ihnen darbot, stoppten sie von allein und glotzten.

»Das glaube ich einfach nicht«, flüsterte Garret.

»Ein ziemlich großes Tor«, meinte Tarlon.

»Ich frage mich nur, wie sie die riesigen Steine bewegt haben«, stieß Argor mit Ehrfurcht in der Stimme hervor.

Vor den Freunden lag Lytar, die alte Stadt. Ihre Trümmer schienen sich bis zum Horizont zu erstrecken, doch aus der Ferne sah es aus, als wären einzelne Gebäude noch unbeschädigt, so wie der gewaltige Torbau, vor dem sie nun standen.

Allerdings war dieser insgesamt schräg geneigt und stand ein wenig verdreht. Ein mächtiger Erdbruch trennte den massiven Bau von der alten Straße, der sie während der letzten Stunden gefolgt waren. Rechter Hand des Tors war die gigantische Stadtmauer fast unbeschädigt, wenn man von den Rissen absah, die sich hier und da durchs Mauerwerk zogen. Links dagegen schien es, als ob ein Riese den Wall mit seinem Hammer bis an den Bruch heran zerschlagen hätte, der nun die Grenze zum Meer markierte, das sich nach Westen hin erstreckte. Das Wasser des Meeres erschien schwer und grau, obwohl die Sonne hoch am klaren

Himmel stand. Stumpfe Lichtreflexe schimmerten auf den kurzen Wellen. Sie brachen sich an den Ruinen, die noch immer hier und da aus den Fluten ragten.

Der Torbau selbst war etwa fünfzehn Mannslängen hoch. Drei mächtige Tore aus grauem Stahl, die prunkvoll mit Motiven aus den alten Legenden verziert waren, hatten einst den Feinden der Stadt die Stirn geboten und hingen nun ein wenig schief in den Angeln. Am eindrucksvollsten jedoch war der steinerne Greif, der noch immer auf dem Tor thronte und seine Flügel ausgebreitet hatte, als wolle er dem massiven Bauwerk Schutz gewähren. Seine Augen waren aus poliertem Kupfer und zum Teil von Grünspan überzogen, doch der Blick aus ihnen war noch immer furchterregend, eine Drohung aus Stein und Kupfer, die die Freunde in ihren Bann schlug.

»Das wirkt nicht gerade wie ein freundliches Willkommen«, meinte Garret dann und lachte nervös.

»Sie waren weder freundlich, noch waren ihnen Fremde willkommen«, gab Knorre zurück. Er lenkte sein Pferd nach rechts, in Richtung des intakten Teils der Stadtmauer.

»Wäre es nicht einfacher, links vorbeizureiten?«, fragte Garret.

»Wie man's nimmt. Erstens führt nur ein unsicherer Weg an der Abbruchkante entlang, und zweitens würden wir spätestens ein Stück dahinter den Tod finden.« Er wies auf einen Punkt links hinter dem Tor. »Seht Ihr dort drüben den Kuppelbau, der teilweise eingestürzt ist?«

Garret nickte.

»Dort befand sich einst ein Observatorium. Starke Magie zeigte die Sterne am Firmament und erlaubte es, fremde Welten zu betrachten. Als das Gebäude zusammenbrach, wurde die Magie beschädigt. Seitdem blutet sie aus und verdirbt alles, was sich ihr nähert. Seht Ihr, wie die Luft vor der Kuppel schimmert? Wenn wir dem zu nahe kommen, wird Schlimmeres aus uns werden, als es die Wolfskreaturen sind.«

»Gut, dann reiten wir also rechts vorbei«, meinte Garret. »Es wird sich schon ein Weg finden lassen.«

Knorre sah ihn an und lachte leise. »Ein weiser Vorschlag, Freund Garret.«

»Ich dachte, der Lyanta verläuft diesseits der Mauer?«, fragte Tarlon etwas später. Der massive Wall zur Linken war von Rissen überzogen, und Teile der Befestigungsanlagen waren herabgebrochen, sodass sich große Trümmerfelder gebildet hatten, durch die es vorsichtig hindurchzunavigieren galt, denn keiner wollte, dass sich hier ein Pferd die Beine brach.

»Nein«, antwortete Knorre, während er sein Pferd zwischen zwei großen Steinblöcken hindurchlenkte. »Er fließt nordöstlich von uns in die Stadt hinein, passiert ein großes Wasserreservoir, das er einst füllte, und führt dann in einem Bogen hinunter zu den Resten des Hafens, der sich nahe dem westlichen Stadtrand befindet. Früher überspannten mächtige Brücken den Fluss, von denen jedoch nur noch die Königsbrücke intakt ist. Belior musste an ihr ein paar Risse flicken lassen, aber ansonsten steht die Brücke noch so fest wie vor Jahrhunderten. Ich würde diesen Weg empfehlen, würden nicht Beliors Schergen dort lauern. Daher müssen wir den Fluss der Toten an der Handelsbrücke ein Stück weit östlich von hier überqueren. Sie ist zwar zu großen Teilen zerstört, lässt sich aber mit etwas Geschick passieren.«

»Das verstehe ich nicht«, sagte Garret. »Unsere Freunde

werden doch über die Königsbrücke kommen. Wäre es also nicht besser, wir reiten um die Stadt herum und fangen sie ab, bevor sie in die Falle geraten?«

»Das würde zu lange dauern. Überall tun sich Risse und Erdspalten auf, und viele der Straßen enden blind an einem Abgrund. Es gibt nur noch sehr wenige Wege, die uns zum Ziel führen können. Und derjenige durch die Stadt ist der kürzeste.«

»Aber müssen wir dann am Ende nicht wieder über die Königsbrücke?«, warf Argor ein.

»Ich glaube, Knorre meint, dass wir euren Freunden am besten durch die Stadt entgegenkommen, damit wir sie nicht verfehlen können, falls sie schon aufgebrochen sind. Außerdem können wir so bereits den Feind auskundschaften. War es das, was Ihr meintet, Meister Knorre?«

Der hagere Mann nickte und hielt dann mitten in der Bewegung inne.

»Warum zögert Ihr?«, fragte Hendriks. Knorre antwortete zunächst nicht, doch dann wies er auf etwas in der Ferne.

»Deshalb«, sagte er dann.

Das Ungetüm war von grauweißer Farbe, so als wäre es aus den alten Steinen der Stadtmauer hervorgegangen, und hatte die Größe eines Pferdes. Allerdings war es ungleich massiger und trug auf seiner dicken Schädelplatte ein langes Horn. Es kam auf schweren Klauen langsam und gemächlich auf sie zu, wobei es den großen Kopf hin- und herschwenkte, als ob es etwas witterte.

»Wird es uns angreifen?«, fragte Argor.

»Vielleicht«, antwortete Knorre, während Garret bereits ein paar Pfeile heraussuchte. »Schießt nicht«, wies er den jungen Mann an. »Selbst wenn Ihr direkt ins Auge trefft, wird ihn das nicht töten. Das vermag nur eine Reiterlanze, die von hinten oder von der Seite tief in den Körper gerammt wird. Von vorne ist das Tier beinahe unverwundbar.«

»Was es wohl einmal war, bevor es verdorben wurde?«, wunderte sich Elyra.

»Es wurde nicht verdorben«, entgegnete Knorre mit einem Lächeln. »Das Monster stammt aus dem königlichen Tiergarten, den es hier einst gab. Es scheint unsterblich zu sein, und seine Wunden schließen sich schneller, als sie geschlagen werden. Es ist mir hin und wieder über den Weg gelaufen. Meistens war es friedlich.«

»Also wird es uns nicht angreifen?«, fragte Argor hoffnungsvoll.

»Und wenn. Es gibt nichts Lebendiges, das man nicht töten könnte«, knurrte Hendriks. »Ich habe nur eine Wurflanze dabei, aber die sollte reichen.«

»Es hat den Kataklysmus überlebt«, erwiderte Knorre abwesend. »Und es wird auch Euch überleben. Wir lassen es in Ruhe, und mit etwas Glück kann es uns sogar behilflich sein.«

Bevor Tarlon fragen konnte, was Knorre damit meinte, drehte sich das Monster von ihnen weg, röhrte kurz auf, senkte dann den Kopf und rannte mit einer Geschwindigkeit los, die Tarlon niemals für möglich gehalten hätte. Einen Moment lang dachte er, er hätte sich getäuscht, doch dann sah er in der Ferne eine Gruppe von Kreaturen, die zwar Menschen ähnelten, aber keine waren, denn sie bewegten sich viel steifer und eckiger. Die Wesen hielten Waffen in den Händen, zumeist Schwerter und Äxte, und selbst auf die Entfernung konnte man erkennen, dass diese rostig und alt waren.

Die Kreaturen versuchten erst gar nicht, sich dem seltsamen Einhorn entgegenzustellen, sondern ergriffen umgehend die Flucht.

»Wir sollten jetzt weiterziehen«, meinte Knorre leise und ritt langsam an. »Haltet die Pferde im Schritt, wir wollen seine Aufmerksamkeit nicht auf uns lenken.«

Tarlon nickte, doch seine Aufmerksamkeit galt ganz dem ungleichen Kampf, der nun begann. Er sah, wie eine der Kreaturen von dem Horn des Wesens aufgespießt und zur Seite geschleudert wurde. Doch sie stand wieder auf, was ein Fehler war, denn nun wurde sie in Grund und Boden getrampelt, und selbst auf die Distanz konnte Tarlon erkennen, wie die massigen Klauen des Einhorns Teile aus dem Körper der Kreatur herausrissen, bis diese sich nicht mehr rührte.

»Dort«, flüsterte Garret, der mit seinen scharfen Augen bereits den nächsten Gegner ausgemacht hatte. Auf einem echsenähnlichen Reittier saß ein großer Ritter, der einen schweren schwarzen Plattenpanzer trug und einen Helm, dessen übergroße Hörner allein schon eine Drohung waren.

»Verflucht«, knirschte Hendriks. »Der darf uns nicht sehen, es ist einer von Beliors Kriegsreitern!«

»Ziemlich stattlicher Bursche«, meinte Garret beeindruckt. »Das ist der größte Mensch, den ich je gesehen habe.«

»Wenn es nur ein Mensch wäre«, gab Hendriks zurück. »Was es genau ist, weiß ich nicht, aber ein Mensch kann es kaum sein. Statt Haut hat es schwarze Schuppen, und als Finger wachsen ihm sechs Klauen. Der Rest ist menschenähnlich. Ich sah einen von ihnen, als wir rekrutiert wurden, und ich kann euch sagen, der Kerl lehrte mich das kalte

Grausen.« Er sah sich fast panisch um. »Wir müssen hier weg oder uns zumindest verstecken!«

»Er mag zwar groß sein«, meinte Knorre, »aber er ist auch dumm.«

Im gleichen Moment verstand Tarlon, was der hagere Mann meinte. Der Reiter spannte seinen mächtigen Bogen und schoss einen Pfeil auf das seltsame Einhorn ab, das gerade sein viertes Opfer zertrampelte.

Entweder, dachte Garret, war das Vieh wirklich wütend oder die Kreatur unter seinen Klauen ausgesprochen zäh. Er wusste nicht, was davon ihm weniger behagte.

Der Pfeil schlug in die kräftige Flanke des Tieres ein, das für einen langen Moment stocksteif dastand.

»Blattschuss«, kommentierte Tarlon trocken. »Aber der Hauptmann hat recht. Wir sollten jetzt zusehen, dass wir hier wegkommen. Hätte er sich nicht von diesem Einhorn ablenken lassen, hätte der Reiter ...«

Er sprach den Satz nicht zu Ende, denn das massige Tier explodierte nun förmlich. Der Ansturm auf die Kreaturen war noch gemächlich gewesen gegen das, was nun geschah: Die rund achtzig Schritt, die das Einhorn von dem Kriegsreiter trennten, schienen in nur einem Wimpernschlag zurückgelegt, und der Aufprall war so hart, dass das Geräusch auch auf die Entfernung noch laut und deutlich zu hören war. Mit einer blitzschnellen Bewegung seines kräftigen Nackens schleuderte die Bestie das Reitreptil von seinem Horn herunter, wobei auch der mächtige Ritter in die Luft geworfen wurde. Als er zu Boden fiel, ließ das Einhorn seinen Kopf vorzucken wie ein Fechter sein Florett und spießte den Gewappneten auf. Während der Reiter vor Schmerzen schrie, schleuderte ihn das wutentbrannte Wesen gegen einen Felsbrocken, und nur einen Augenblick später rissen riesige Klauen ihn entzwei. Nachdem das Einhorn seinen Blutdurst gestillt hatte, schritt es ganz gemächlich von dannen.

»Ich glaube, die Luft ist rein«, sagte Knorre und grinste Hendriks von der Seite an. »Seid Ihr noch immer sicher, dass man es töten kann?«

»Ich bin sicher, dass ich es nicht tun werde«, antwortete der Hauptmann bleich.

Etwas später führte Knorre sie durch einen großen Mauerriss in die Stadt hinein. Vor ihnen lag eine breite Straße, die von Trümmern übersät und von tiefen Spalten durchzogen war. An manchen Stellen hatten Pflanzen das Pflaster durchbrochen. Verfallene Ruinen säumten die Straße, doch hier und da standen noch Häuser, die auf seltsame Art unberührt wirkten. Die Statue eines Kriegers, aufgestellt gut drei Mannslängen hoch, lag schräg vor ihnen im Weg. Jedes Detail an dieser Statue zeugte von der lang vergessenen Kunstfertigkeit des alten Reiches. Ein bleiches, abgenagtes Gerippe, das dem eines Ochsen glich, jedoch fünf Beine besaß, hing in Resten in einem großen Strauch, der vor einem der Hauseingänge wucherte. Über allem lag eine unnatürliche Stille.

»Ihr betretet diesen von Göttern verfluchten Ort, nur um in den Trümmern nach irgendwelchem Plunder zu suchen?«, fragte Hendriks leise, während er die leeren Fensterhöhlen der umliegenden Gebäude musterte. »Nicht für hundert Gold würde ich diese Stadt betreten!«

»Ihr tut es gerade«, bemerkte Knorre.

»Aber nicht für Gold«, gab Hendriks zurück.

Garret lenkte indes sein Pferd vorsichtig an der Statue vorbei und betrachtete den Strauch mit dem Gerippe.

»Wie ist es wohl dorthin gekommen?«, wunderte er sich.

»Der Strauch hat es gefangen und gefressen«, antwortete Knorre, ohne ihn anzusehen. Dann runzelte er die Stirn. »Ich denke, es ist Zeit für Euren Bogen, Freund«, sagte er und deutete voraus.

Es waren zwei jener Kreaturen, wie sie das Einhorn vor Kurzem angegriffen hatte. Sie kamen aus einem der verlassenen Häuser und stürmten, mit alten Schwertern bewaffnet, auf die Freunde zu. Die beiden muteten menschenähnlich an, einer trug sogar die Reste einer Rüstung, doch war alles an ihnen unnatürlich entstellt, und die seltsam ungelenke Art, in der sie liefen, ließ sie noch bedrohlicher aussehen.

Garret ließ sich aus dem Sattel gleiten, und noch bevor seine Füße den Boden berührten, hatte er einen Pfeil aufgelegt. Hendriks stieß indes einen gellenden Kriegsschrei aus, zog sein Schwert und gab dem Pferd die Sporen. Garrets Pfeil bohrte sich in das Auge der einen Kreatur. Die andere wurde von Hendriks' mächtigem Streich erschüttert und taumelte zurück, fiel aber nicht.

»Verdammt!«, fluchte Garret, der bereits den nächsten Pfeil aufgelegt hatte. Das Wesen brüllte auf und schlug mit ausgestreckten Armen nach Hendriks, der es gerade noch schaffte, dem Schlag auszuweichen. Bei dem Getümmel war es Garret unmöglich, einen Schuss abzugeben. Nun bäumte sich Hendriks' Pferd auf, und wirbelnde Hufe trieben die Kreatur zurück. Im nächsten Moment sprang das Reittier vor, dann blitzte Hendriks' Klinge auf und hinterließ eine rote Spur, als der Kopf des Gegners zur Seite flog.

Zufrieden lächelnd ritt der Hauptmann zurück. Blutstropfen waren über Gesicht, Handschuhe und Rüstung verteilt. »Ich kam mir fast schon nutzlos vor«, sagte er dann. »Zähe Burschen, diese … Was sind sie eigentlich?«

»Nachfahren der Bewohner oder besser das, was von ihnen übrig blieb«, antwortete Knorre. »Ihr solltet Euch das Blut aus dem Gesicht wischen, bevor es Euch verseucht.«

»Das sind Menschen?«, fragte Elyra entgeistert, während Hendriks in fast schon komisch anmutender Eile sein Gesicht mit einem Tuch reinigte.

»Sie waren es«, erklärte Knorre leise. »Vor vielen, vielen Jahren. Es leben aber noch einige hier, die Menschen geblieben sind. Doch sie misstrauen Fremden, und ganz normal sind auch sie nicht.«

»Kein Mensch ist normal«, sagte Argor. »Wo ist also der Unterschied?«

»Manche zum Beispiel leuchten im Dunkeln, andere haben Knochen, wo eigentlich Augen sein sollten, und können dennoch sehen. Wieder andere scheinen äußerlich wie wir zu sein, nur ist oftmals ihr Geist verdreht …«

»So wie bei Euch«, schmunzelte Argor, doch Knorre warf ihm nur einen strafenden Blick zu.

Vorsichtig ritten sie weiter, und auch wenn sie in den Ruinen ab und zu eine Bewegung ausmachen konnten, geschah nichts Ungewöhnliches. Ein Haus auf der linken Straßenseite erweckte Garrets Interesse, denn es sah aus, als wäre es von allem unberührt geblieben. Hohe verzierte Mauern umrahmten das Grundstück, und durch das offene Tor sah man den Garten und eine gepflegte Wiese, in deren Mitte ein Springbrunnen stand. Davor lud eine Steinbank zum friedlichen Verweilen ein. Das Haus im Hintergrund besaß sogar noch Scheiben aus Glas, die in der Sonne glitzerten.

»Wenn wir einen Ort zur Rast suchten«, meinte Garret anerkennend, »wäre dies genau das Richtige.«

»Täuscht Euch nicht«, widersprach Knorre. »Gerade in solchen Häusern lauert oft die größte Gefahr. Es ist Magie, die sie vor dem Verfall bewahrt, und man weiß nie, wovor sie noch schützen soll.«

Als sie vorübergeritten waren, warf Garret einen letzten Blick zurück auf das Anwesen, und für einen kurzen Moment meinte er eine junge Frau in einem eleganten Kleid wahrgenommen zu haben, die ihn freundlich anlächelte. Doch kam es ihm vor, als schimmerten durch ihr ebenmäßiges Gesicht die fahlen Knochen hindurch.

»Der Fluss des Todes«, brach Knorre etwas später die Stille. »Ein passender Name, wie ich meine.«

Sie waren nun näher am Zentrum der alten Stadt. Pflanzen wuchsen hier kaum noch, und alles schien steril und unwirtlich. Unter den Hufen ihrer Pferde knirschten immer wieder alte Knochen. Selbst nach Jahrhunderten noch war erkennbar, dass diese breite Straße zu dem Zeitpunkt, als das Schicksal die Stadt ereilte, sehr belebt gewesen sein musste. Hier und da sah man noch die Überreste von Sänften und schweren Wagen samt ihrer Ladung, manchmal hatten Stoffe, Leder und rostüberzogenes Metall die Zeit überdauert, und nicht selten lag ein Schädel in einer geschützten Ecke und schien sie anzugrinsen. Garret musterte den Platz vor der größtenteils zerstörten Brücke. Hunderte von Menschen mussten hier innerhalb eines kurzen Moments den Tod gefunden haben.

Der Lyanta floss wie Sirup durch den gemauerten Kanal. Keine Wellen waren hier zu sehen, die Pfeiler der alten Brücke wurden nur träge umspült. Was der Fluss mit sich führte, sah nicht wie Wasser aus und war von einem stählernen

Grau, das hier und da von einem unnatürlich schillernden Grün durchsetzt war.

»Unser Weg in die Stadt«, verkündete Knorre und stieg von seinem Pferd ab, um an die noch intakte Brüstung heranzutreten. Sie war gut einen Schritt breit und spannte sich als fahles Band aus weißem Marmor in einem schwungvollen Bogen scheinbar schwerelos über den Fluss, obwohl die Straße darunter weggebrochen war.

»Über das Ding?«, rief Argor aschfahl.

»Es ist breit genug«, beschied Knorre. »Sogar für die Pferde.«

»Aber ist es auch stabil genug?«, fragte Tarlon skeptisch.

»Nun, es steht seit Jahrhunderten«, antwortete Knorre mit einem Lächeln. »Und es wird wohl auch noch ein Weilchen halten!«

»Wenn niemand etwas dagegen hat«, erbot sich Hendriks, »gehe ich zuerst.« Er stieg ab und griff sein Pferd bei den Zügeln.

»Besser Ihr als ich«, meinte Argor und schüttelte sich. »Ich glaube, ich muss Euch erst auf der anderen Seite stehen sehen, um Mut zu fassen!«

Jemand hatte aus Steinen eine Art Treppe vor die Brüstung gebaut, und als Hendriks vorsichtig das steinerne Band betrat, folgte ihm das Pferd zwar etwas zögernd, kam dann aber nach, wobei es bedächtig tastend die Hufe voreinandersetzte. Langsam, Schritt für Schritt, passierten Hendriks und sein Pferd den Bogen. Ein jeder schien die Luft anzuhalten, aber die beiden erreichten sicher die andere Seite.

Als Nächstes folgten Tarlon und Garret, während Elyra, Argor und Knorre noch zurückblieben, um dem Zwerg Mut zu machen.

»Es ist schlimmer als auf dem Brunnenrand«, beharrte Argor störrisch. »Da kann man wenigstens nur auf einer Seite hinunterfallen!«

»Ich könnte dich führen«, bot Elyra lächelnd an. »Die Göttin wird mir die Kraft geben, dich zu halten, wenn du strauchelst.«

»Das bezweifle ich«, sagte Argor skeptisch. »Ich wiege bestimmt dreimal mehr als du!«

Plötzlich erschallte ein Ruf. Es war Tarlon, der ihnen hektisch zuwinkte. Zunächst verstanden sie nicht, was er meinte, doch dann sahen sie, wie in der Ferne ein Pferd zusammenbrach und Garret seinen großen Bogen spannte, während Reiter die Straße heruntergestürmt kamen.

»Unsere Freunde können nicht mehr zurück«, rief Knorre und zog Elyra behütend an sich, als Tarlon auf der anderen Seite vor einem feindlichen Pfeil in Deckung gehen musste. »Auf der Brüstung wären sie Zielscheiben!«

»Tarlon will, dass wir uns verstecken!«, rief Elyra und mimte ihm zurück, dass sie verstanden habe. Aber es war zweifelhaft, ob er es noch sah, denn er hatte bereits seine massive Axt gegriffen und arbeitete sich entlang der Deckung einer Ruine aus ihrem Sichtfeld.

Sein Pferd, das noch mit herabhängenden Zügeln auf der Straße stand, wieherte plötzlich auf, als ein Pfeil seine Flanke traf. Voller Panik rannte es die Brücke entlang, die auf der anderen Seite noch ein gutes Stück intakt war, erkannte jedoch zu spät, dass sich der Boden vor ihm öffnete. Es versuchte, den Abgrund zu überspringen, und fast schien es, als ob ihm dies auch gelingen würde. Einer seiner Hufe berührte sogar noch den gegenüberliegenden Rand, doch dann fiel das Tier in die Fluten des Lyanta hinab.

Für einen Moment tauchte es noch einmal auf, ein knöcherner Pferdeschädel, von dem das Fleisch wie nach stundenlangem Kochen abfiel, dann versank es endgültig in den bleiernen Fluten.

»Götter«, hauchte Argor und zog sein Muli seitlich in die Deckung einer verfallenen Mauer. Elyra und Knorre folgten seinem Beispiel wortlos. Durch einen Spalt in der Mauer beobachteten sie den Kampf auf der anderen Seite, während Argor seine Armbrust spannte und lud. Was Tarlons Pferd nicht geschafft hatte, würde auch den Gegnern kaum gelingen. Und falls es jemand über die Brüstung versuchte, würde er sich Argors Bolzen präsentieren. Wenigstens sie waren also sicher.

»Eine Patrouille«, erklärte Knorre leise, während er zusammen mit Elyra das Geschehen auf der anderen Seite des Flusses verfolgte. »Gut ein Dutzend Männer, Belior muss die Bewachung verstärkt haben.«

»Oder war es Verrat?«, versetzte Argor und sah den hageren Mann misstrauisch an.

Doch der schüttelte den Kopf. »Wer sollte euch verraten haben? Ich etwa oder Hendriks? Wie hätte Belior erfahren sollen, dass ihr diesen Weg nehmen würdet?«

Argor sagte nichts weiter, sondern sah nur mit grimmiger Miene zu, wie Tarlon in einen Zweikampf mit einem der Soldaten verwickelt wurde. Tarlons mächtige Axt wirkte in seinen Händen federleicht, und obwohl der Holzfäller nie zuvor ernstlich gegen einen Krieger gekämpft hatte, war es diese Axt, die den Kampf entschied. Beinahe in zwei Hälften gespalten, fiel Beliors Mann zu Boden. Doch Tarlon konnte nicht sehen, dass zwei weitere Soldaten auf der Mauer hinter ihm aufgetaucht waren.

»Ein Netz!«, rief Elyra so laut, dass Argor sie anstieß, doch weder Tarlon noch seine Gegner hatten sie auf der anderen Seite gehört. Das Netz wurde geworfen, und einen Moment lang sah es so aus, als ob Tarlon sich wieder befreien könnte, doch dann sprangen die beiden Soldaten herab, und einer schlug ihn mit dem Griff seines Schwertes nieder.

»Gut!«, brummte Knorre.

»Habt Ihr Euren Verstand nun völlig verloren?«, brauste Argor auf. »Sie haben ihn schließlich erwischt!«

»Ja«, entgegnete Knorre. »Aber offenbar wollen sie ihn lebend.« Er sah den Zwerg strafend an. »Oder wäre es Euch lieber gewesen, sie hätten ihn erschlagen?«

*»Das sieht gar nicht gut aus«, bemerkte Lamar und griff nach der Weinflasche, um sich seinen Becher zu füllen. »Ich frage mich, wie sie nun noch entkommen konnten.« Er sah den alten Mann an. »Das konnten sie doch, nicht wahr?«*

*»Ihr scheint Sympathien entwickelt zu haben«, lächelte der alte Mann, während er in Ruhe seine Pfeife ausklopfte.*

*Lamar lachte leise. »Als ob Ihr das nicht wüsstet. Sogar dieser sture Hund Garret ist mir ans Herz gewachsen.« Er sah sich im Gasthof um, musterte die Gesichter all derer, die gemeinsam mit ihm der Geschichte des Greifen lauschten, und schüttelte sacht den Kopf. »Es ist seltsam«, gestand er dann leise. »Mittlerweile komme ich mir hier gar nicht mehr so fremd vor.«*

*»Das freut mich«, grinste der alte Mann. »Allerdings kann ich Euch versichern, dass Garret schon ganz andere Beleidigungen gehört hat.« Er lachte leise. »Ich weiß auch nicht, ob stur das richtige Wort ist. Er gab einfach niemals auf...«*

# 27

*Drachenreiter*

Tarlon erwachte, als der Karren über einen schweren Stein holperte, wodurch er herumgeworfen wurde und mit dem Kopf dermaßen hart gegen das Seitenbrett des Wagens schlug, dass er leise fluchen musste.

Er öffnete die Augen und erblickte Garret, der ihn munter angrinste. »Na, auch schon wach?« Garrets rechtes Auge war zugeschwollen, zudem spaltete ein hässlicher Schnitt seine rechte Wange, die von Blut überströmt war. An der Schulter hatte ein Streich seine Rüstung gespalten und war so tief ins Fleisch gedrungen, dass dort das Blut noch immer feucht glänzte. Doch auch das konnte seiner guten Laune offenbar keinen Abbruch tun.

Tarlon sparte sich eine Antwort und richtete sich auf, was ihm schwerfiel, so verschnürt, wie er war. Neben ihm lag Hendriks, ebenfalls in Fesseln, doch hatte man sich bei ihm die Mühe gemacht, die Wunden zu verbinden. So schwer, wie sie waren, hätte er es wohl sonst auch nicht überlebt.

»He, Kutscher«, rief Garret nach vorne, wo ein breitschultriger Mann in Kettenrüstung saß und den Ochsenkarren lenkte. »Dauert es noch länger?«

»Wenn ich anhalten muss, um dir eins aufs Maul zu geben, ja«, gab der Mann knurrend zurück und warf einen bösen Blick nach hinten. So wie er Garret ansah, waren die beiden auf dem Weg schon öfter aneinandergeraten.

»Lass den Mist!«, sagte Tarlon leise. »Was hast du davon, ihn zu verärgern?«

Garret grinste. »Das ist das Einzige, was ich in dieser Situation noch tun kann!«

»Irgendwann wird dir dein Mundwerk noch den Tod bringen«, sagte Tarlon.

»Erinnere dich an das, was Knorre prophezeit hat. Er hat nichts von meinem Mundwerk gesagt.«

Tarlon gab es auf. Er kannte Garret lang genug, um zu wissen, dass er manche Dinge wohl niemals einsehen würde. Dann schaute er sich um. Die Seitenbretter des Wagens waren niedrig genug, um erkennen zu können, wohin die Reise ging. Die Gebäude beiderseits der breiten Straße waren in besserem Zustand als erwartet, teilweise schienen sie sogar bewohnt zu sein, und ihre Fassaden zeigten Spuren von Reparaturarbeiten. Sie waren offenbar fast am Ziel, denn als der Karren um eine Kurve bog, öffnete sich vor ihnen ein großer Platz, in dessen Hintergrund jener Teil des Hafens sichtbar wurde, der nicht weggebrochen war. Hölzerne Kräne waren zu erkennen, und gut hundert Arbeiter, die meisten davon Soldaten und Seeleute, entluden gut ein halbes Dutzend dickbauchiger Schiffe, die an der Mole angelegt hatten. Der Platz war belebt, allein hier mochten gut und gerne zweihundert Soldaten ihrer Beschäftigung nachgehen. Ab und an blickte einer von ihnen auf und musterte ausdruckslos den Karren, der an ihm vorbeirollte.

Je mehr Tarlon sah, desto schwerer wurde ihm das Herz, denn auf einmal schien es ihm unmöglich, dass Lytara gegen diese Macht bestehen konnte.

Der Karren hielt vor den hochaufragenden Säulen eines großen Gebäudes, das kaum Zeichen von Verfall aufwies.

Bestimmt die alte Börse, von der Knorre gesprochen hatte, dachte Tarlon.

Vorsichtig sah er zurück. Ihnen folgte kein weiterer Karren, also war es gut möglich, dass sie Elyra und die anderen nicht erwischt hatten.

»Wir hätten niemals so blöde sein sollen, die Stadt nur zu dritt zu erkunden«, strahlte Garret den Fahrer an. »Wären meine Leute da gewesen, hätten wir mit euch den Boden aufgewischt!«

»Schöne Geschichte«, knurrte der Fahrer, als er vom Bock sprang und Garret grob am Kragen griff, um ihn aus dem Wagen zu zerren. »Erzähl sie am besten Lindor!«

Der Mann schien nicht gerade zimperlich zu sein. Tarlon sah nur, wie sein Freund über das Seitenbrett gezogen wurde und seine Füße für einen Moment in den Himmel ragten. Dann folgte ein dumpfer Aufprall.

»Nun mal langsam«, rief Garret. »Das tat weh!«

»Genau das war meine Absicht, Bursche«, erwiderte der Mann und wandte sich Tarlon zu.

Doch bevor dieser das Schicksal seines Freundes teilte, kamen weitere Soldaten herbei und wuchteten ihn ohne viel Aufhebens aus dem Karren.

»Sind das die Jungs, die Euren Zug aufgemischt haben?«, fragte einer der Neuankömmlinge grinsend. Er und seine Leute trugen andere Rüstungen als der Fahrer. Sie waren aus der alten Börse gekommen, und so wie der Fahrer den Mann musterte, hatten sie auch mehr zu sagen.

»Ja, Sergeant. Aber das gelang ihnen nur wegen des bescheuerten Befehls«, knurrte der Fahrer. »Hier habt Ihr sie!« Er trat Garret in die Seite, was diesem einen Grunzlaut abnötigte. »Hätten wir nicht die Order gehabt, euch lebendig zu fangen, wäre es anders ausgegangen!«

Garret spuckte Blut aus und lachte. »Immerhin wart ihr viermal so viele wie wir. Und beinahe hätte euch auch das nicht gereicht!«

Der Fahrer fluchte und holte mit dem Fuß aus, doch einer der Soldaten stellte sich ihm in den Weg. »Sie hatten sicherlich Ausrüstung dabei?«, sagte er trocken, während seine Leute Garret auf die Füße halfen.

»Hier«, knurrte der Fahrer und zog eine Kiste von der Wagenfläche. »Und diesen verdammten Bogen!«

Zwei Soldaten nahmen die Kiste und trugen sie in die alte Börse, während der Soldat den Bogen in seiner Hand wiegte. Dann wandte er sich zu Hendriks, den zwei Wachen an Armen und Beinen gefasst hatten. Er hob den Kopf des Hauptmanns an und zuckte mit den Schultern.

»Der hier ist fast hin. Bringt ihn rüber ins Lazarett, die sollen sehen, ob sie ihn zusammenflicken können. Lindor wird wissen wollen, was einen unserer Söldner dazu gebracht hat, mit dem Feind zu kooperieren.«

»Ich hatte mir schon gedacht, dass ich die Rüstung irgendwoher kenne«, sagte eine der Wachen und sah auf Hendriks hinunter, der leblos an seinen Armen hing. »Ich wünsche dem armen Schwein, dass es verreckt, bevor es befragt wird.«

»Nicht unser Bier«, beschied der Sergeant. Er musterte Tarlon und Garret, die nun ebenfalls von kräftigen Händen gehalten wurden. Dann zog er einen Dolch aus seinem Stiefel und schnitt die Riemen durch, mit denen man den beiden Freunden die Beine gebunden hatte.

»Die hier können laufen ... also bürstet, putzt und poliert sie gut und beeilt euch.« Er warf einen Blick zur Sonne hinauf. »Lindor wird sie bald sehen wollen.«

»Bürsten, putzen und polieren«, grummelte Garret, als er aus der steinernen Wanne stieg, deren Wasser von seinem Blut rot gefärbt war. »Ich hoffe, das war nicht wörtlich gemeint!«

»Wenn du nicht bald die Klappe hältst, werde ich dich polieren!«, knurrte eine der Wachen, die mit gezogenem Schwert gewartet hatte, während Garret sich wusch. Das Wasser war kalt, aber dennoch eine Wohltat gewesen. Die einfachen Kleidungsstücke, die eine andere Wache ihm nun hinhielt, waren nicht die seinen, aber sie schienen wenigstens sauber zu sein.

Eine weitere Wache wartete, bis er die schlichte Leinenhose angezogen hatte, und packte ihn dann grob, um den klaffenden Schnitt an der Schulter zu mustern. Wortlos schüttete er ein Pulver in die Wunde und legte ihm danach einen einfachen Verband an.

»Autsch!«, schrie Garret auf. »Geht das nicht sanfter?«

Der Mann sah ihn an und lachte kurz. »Junge, das ist sanft. Sei froh, dass ich heute einen guten Tag habe!«

Tatsächlich war Garret froh, dass er aus seinen blutigen Sachen herausgekommen und die Wunde nun verbunden war. Sie pochte und schmerzte höllisch, aber wenigstens verlor er kein Blut mehr. Ihm war ohnehin schon leicht schwindlig.

»Wer ist dieser Lindor?«

»Graf Lindor, für dich, Junge«, erklärte die Wache, die ihn verbunden hatte, und half ihm sogar noch in den Ärmel der Leinenjacke. »Er ist der Befehlshaber dieser Expedition.«

»Und Belior?«, fragte Garret, während er sich mit einem einfachen Strick den Hosenbund schnürte.

»Der wird sich um jemanden wie dich wohl kaum kümmern. Und darüber kannst du froh sein. Aber trotzdem würde ich dir raten, dein loses Mundwerk zu halten, wenn du vor Lindor kniest, sonst verfüttert er dich noch an seinen Drachen!«

Garret erstarrte. »Lindor reitet einen Drachen?«, fragte er dann mit einem seltsamen Unterton in der Stimme.

Die Wache musterte ihn und wich dann einen Schritt zurück. »Dein Blick gefällt mir nicht, Junge. Ich habe nichts gegen dich, für mich ist das hier nur meine Arbeit. Aber wenn du auf dumme Gedanken kommen solltest ...« Er berührte das Schwert an seiner Seite.

»Ich komme nie auf dumme Gedanken«, entgegnete Garret im Brustton der Überzeugung.

Tarlon wartete bereits in der Zelle, in die Garret nun hineingestoßen wurde. Nachdem die Eisentür hinter ihm ins Schloss gefallen war, hielt Tarlon einen Kanten Brot hoch.

»Hungrig?«, fragte er, als Garret sich auf einer der zwei Pritschen niederließ, die mit schweren Ketten an der Wand angebracht waren. Garret musterte den kleinen Raum. Gut vier Schritt über seinem Kopf befand sich ein vergittertes Fenster. Bei dreien der Wände traten die groben Felssteine zutage, aus denen das Gebäude errichtet war, doch die Wand zu seiner Linken hatte man verputzt und mit einem Seestück verziert.

»Die haben es uns richtig gemütlich eingerichtet«, sagte er dann und ergriff dankbar den Kanten Brot.

Tarlon nahm einen Schluck Wasser aus einem Krug und nickte nur.

»Ich dachte schon, wir müssten in Ketten von der Wand hängen oder etwas Ähnliches!«, grinste Garret. »Aber das hier ist ja richtig luxuriös!«

»Ich glaub fast, deine gute Laune ist nicht einmal gespielt!«, schüttelte Tarlon den Kopf und biss ein Stück Brot ab. »Wo wir gerade beim Einrichten sind ...« Er kaute fertig und schluckte. »Beliors Leute sind schon sehr viel länger hier, als wir gedacht haben. Gut drei Jahre!«

Garret pfiff leise durch die Zähne. »Das erklärt einiges. Seltsam, dass wir es gar nicht mitbekommen haben!«

»Wären sie in der Stadt geblieben, hätten wir auch in zwanzig Jahren nichts davon erfahren«, sagte Tarlon bitter. »Wir haben uns ja schön von hier ferngehalten.«

»Mit gutem Grund«, erwiderte Garret und zog an einer der Ketten, die seine Pritsche hielten. Sie sahen außerordentlich stabil aus. »Was ich auf dem Weg hierher an Bestien gesehen habe, hat mir gereicht. Übrigens können sie von mir aus noch Jahrhunderte hier sein, solange sie uns in Ruhe lassen. Sollen sie doch die Stadt haben!«

»Das sehe ich nicht so«, widersprach Tarlon und reichte den Krug mit Wasser zu Garret hinüber. »Eine der Wachen erzählte, dass Belior in der Stadt schon viele Dinge gefunden habe, die seine Macht verstärkt hätten. Erinnerst du dich, wie die Sera Bardin sagte, dass er die Elfen angreifen will? Es scheint zu stimmen, denn auch ein paar der Wachen haben davon gesprochen.«

»Wie hast du sie zum Reden gebracht?«, fragte Garret überrascht. »Hast du mit ihnen Bier getrunken und sie beim Würfeln gewinnen lassen, um dich ihnen zum Freund zu machen?«

»Ich habe nur gute Ohren«, sagte Tarlon, der sich auf seine Pritsche legte und die Augen schloss.

Einen Moment lang sah Garret seinen Freund erstaunt an. »Gute Idee!«, lachte er dann und legte sich ebenfalls hin.

Tarlon hörte, wie Garret anfing zu schnarchen, und musste schmunzeln. Wahrscheinlich schlief sein Freund tatsächlich. In dieser Hinsicht hatte er ihn schon immer bewundert. Aber er selbst konnte jetzt nicht schlafen. Er hatte die Augen zwar geschlossen, doch seine Gedanken kreisten um den Moment in der Akademie, als er die Kugel berührt hatte. Wie die anderen hatte auch er die Frau vor sich gesehen, doch hatte sie ihn keine magischen Tricks lehren wollen. »Als Magier eignest du dich nicht besonders«, hatte sie gesagt. »Aber für zwei kleine Kniffe dürfte es reichen. Mit dem einen kannst du deine Ohren schärfen und mit dem anderen mich rufen.«

Es sei mehr Meditation als Magie, hatte sie ihm erklärt. Man müsse sich vorstellen, mit den Ohren an einem anderen Ort zu sein. Nun da er nichts Besseres zu tun hatte, machte er genau das: Er stellte sich vor, an anderen Orten zu sein und zu belauschen, was dort gesprochen wurde.

»… wenn der Koch wieder einmal den Eintopf versalzt, dann …«

»… es sind noch fast Kinder!«

»… mit seinem Bogen fünf von unseren Leuten, der andere erschlug drei mit seiner Axt.«

»… würde ich gerne in der Arena sehen …«

»… die Türen nicht auf. Nicht mal einen Kratzer im Stahl …«

»… wie kämpft man gegen einen Axtkämpfer?«

»… ob er ihm ein Angebot macht? Hast du gesehen, wie groß der Junge ist?«

»… ich hörte, Lindor will sie an seinen Drachen verfüttern …«

»… Srel betrügt beim Kartenspiel, da bin ich ganz sicher …«

»… wieder drei Leute an die Verdorbenen verloren …«

»… soll einer unserer Söldner sein, habe ich gehört. Halb tot …«

Es funktionierte tatsächlich. Auf diese Weise hatte er bereits erfahren, weshalb er und Garret die einfachen Leinengewänder trugen. Beliors Drache bekam schlicht und ergreifend Magenbeschwerden, wenn sein Futter andere Kleidung trug. Davon hatte er Garret bislang allerdings nichts gesagt.

Wovon wiederum die Frau im Brunnen nichts erwähnt hatte, war, wie anstrengend es sein konnte, das eigene Gehör an einen anderen Ort zu schicken. Tarlon brummte inzwischen der Schädel, und schlafen konnte er auch nicht.

Er öffnete die Augen und sah zu Garret hinüber, der offensichtlich immer noch schlief.

Tarlon schüttelte erneut den Kopf über Garrets Sorglosigkeit. Aber vielleicht hatte sein Freund sogar recht. Sie selbst waren am Leben und, was noch wichtiger war, die Truppe aus dem Dorf hatte die alte Stadt noch nicht erreicht. Sonst hätte er jemanden darüber sprechen hören.

Tarlon schreckte auf, als Schritte nahten, dann erklang auch schon das Geräusch des Riegels, der zurückgezogen wurde. Die Tür öffnete sich, und vier Wachen standen vor der Zelle.

»Ihr beiden«, sagte eine der Wachen. »Mitkommen!«

»Wenigstens werden wir nicht in Ketten vorgeführt«, bemerkte Garret, als die Wachen sie einen langen Gang entlangbrachten. Er musterte die hohen Säulen aus Rosenquarz, die Fresken an den Wänden und die großen Fenster, die hoch über ihren Köpfen Licht in die alte Börse ließen. »Das hätte mir tatsächlich die Laune vermiest.«

Tarlon kam nicht mehr dazu, etwas zu erwidern, denn sie waren vor einer großen zweiflügeligen Bronzetür angekommen, vor der zwei weitere Wachen standen. Wie so oft in Lytar, war auch hier der Greif zu sehen, diesmal in Form eines Reliefs, das ihn aufrecht stehend zeigte, mit erhobenem Schwert und einem Blick in den Augen, wie er furchterregender nicht sein konnte.

Jemand musste diese alten Türen mit viel Mühe poliert haben, denn sie glänzten wie neu, wenn auch hier und da noch kleine Reste von Grünspan zu erkennen waren.

Ohne dass jemand Hand anlegte, öffnete sich das massive Portal. Nur im Boden unter Tarlons nackten Füßen vibrierte und polterte es kaum merklich. Der Raum, in den sie nun geführt wurden, demonstrierte die ganze Macht des alten Reiches. Jeweils vier lebensgroße Statuen von Kriegern aller Waffengattungen säumten dessen Längsseiten. Auch hier zeigten die steinernen Gesichter einen Ausdruck von Arroganz und Kälte, der Tarlon frösteln ließ. Gnade schien in Alt Lytar niemand gekannt zu haben, und bis heute hatte sich daran wohl kaum etwas geändert.

Ein massiver Schreibtisch nebst einem thronartigen Sessel waren die einzigen Möbelstücke im Raum. Zwei weitere Soldaten bewachten von innen die schwere Tür, die sich nun langsam wieder schloss, während sich hinter dem Schreibtisch ein großer, breitschultriger Mann in einer schweren Plattenrüstung erhob.

Graf Lindor. Tarlon meinte ihn bereits an der Rüstung erkannt zu haben, und ein Blick in dessen Gesicht räumte jeglichen Zweifel aus. Die gesamte rechte Gesichtshälfte war von einem schwärenden rötlichen Ausschlag entstellt und die Haut vom unablässigen Kratzen wund und wässrig.

Die Wachen hießen die beiden Freunde, knappe fünf Schritt vor dem Schreibtisch stehen zu bleiben, dann drückten schwere Hände Tarlon und Garret auf die Knie. Aus den Augenwinkeln sah Tarlon Garrets feines, grimmiges Lächeln, als dieser das entstellte Gesicht mit Genugtuung musterte.

Der Schreibtisch vor dem Grafen war leer, bis auf Tarlons Axt, Garrets Schwert und Bogen sowie zwei von seinen Pfeilen, von denen einer unbenutzt, der andere dagegen gebraucht zu sein schien, denn seine stählerne Spitze wirkte seltsam angefressen, auch war das Gefieder des Pfeils etwas zerdrückt und das Holz des Schafts nahe der Spitze abgedunkelt.

Ohne den Ausschlag wäre Graf Lindor wohl ein Mann von beeindruckendem Äußeren gewesen. Er besaß graue Augen, eine gerade Nase und ein kantiges, entschlossenes Kinn. Nun jedoch war sein rechtes Auge gerötet, und das untere Lid hing herab, wie man es manchmal bei greisen Menschen beobachten konnte, wohingegen Lindor kaum älter als drei Dutzend Jahre sein mochte.

Doch der Ausdruck in diesen grauen Augen ließ Tarlon schlucken. Bislang waren ihm die Soldaten, denen er hier begegnet war, eher desinteressiert erschienen. Es hatte außer dem Angriff auf das Dorf noch keine größeren Kämpfe gegeben, sodass sich bei den Kriegern noch kein Hass auf den Feind, der in ihren Augen ohnehin als schwach eingeschätzt wurde, hatte herausbilden können. Für die meisten gab es noch keine persönlichen Rechnungen zu begleichen.

Graf Lindor hingegen fühlte sich sehr wohl persönlich angegriffen. Für einen langen Moment sagte er nichts und musterte sie nur mit einem mörderischen Blick. Aber gerade als er zu sprechen anhob, fing Garret breit zu grinsen an.

»Juckt's?«, fragte er unschuldig, worauf sich die Augen des Grafen weiteten und er den jungen Mann fassungslos anstarrte. Ohne ein weiteres Wort erhob sich der Graf, schritt um den Schreibtisch herum und schlug Garret mit der gepanzerten rechten Hand so fest ins Gesicht, dass dieser herumgerissen wurde und gegen eine der Wachen prallte, die ihn auf den Boden drückten. Tarlon spürte warme Tropfen seine rechte Wange streifen, doch als er danach tasten wollte, drückten ihn die schweren Hände seiner Wachen mahnend herunter.

Garret schüttelte sich wie ein nasser Hund. Der schwere Handschuh des Grafen hatte seine linke Wange aufgerissen. Lindor lächelte kalt. Er lehnte sich gegen die Kante seines Schreibtisches und betrachtete seinen schweren Panzerhandschuh, bevor er Garret mit einem süffisanten Blick bedachte.

»Tut's weh?«, fragte er spöttisch zurück.

Garret tastete mit seiner Zunge die Zahnreihen ab, verzog das Gesicht und spuckte einen Zahnsplitter aus, der vor ihm auf den polierten Steinboden fiel. Einen Moment lang betrachtete er den blutigen Splitter, dann sah er zum Grafen hoch.

»Ja«, nuschelte er. »Ziemlich.«

»Gut«, lächelte der Graf. »Ich sehe, wir zwei verstehen uns schon jetzt.« Er griff hinter sich, nahm Garrets Schwert auf und hielt es hoch.

»Wessen Schwert ist das?«, fragte er.

»Meines«, antwortete Garret, und Tarlon war froh, dass sein Freund sich diesmal weitere Kommentare sparte.

»Der Bogen ebenfalls, richtig?«

Garret nickte. Der Graf legte das Schwert weg und berührte die Axt leicht mit seinen gepanzerten Fingerspitzen. Dann sah er Tarlon an. »Und diese Axt gehört dir?«

»Ja, Ser«, antwortete Tarlon höflich, was ihm einen seltsamen Blick von Garret einbrachte.

»Axtkämpfer sieht man nicht oft«, überlegte Lindor. »Wo hast du es gelernt?«

»Ich bin Holzfäller, Ser.« Tarlon sah betreten zu Boden. »Ich hatte Glück. Keiner Eurer Soldaten schien zu wissen, wie man sich gegen eine Axt wehrt. Sie haben versucht, mit ihren Schwertern zu parieren, das geht natürlich nicht.«

»Natürlich«, nickte der Graf nachdenklich.

»Dabei schienen sie mir sehr gut ausgebildet und gerüstet. Ich wollte, ich hätte eine solche Rüstung getragen. Dann hätten wir gewonnen.«

Tarlon klang fast neidisch. Der Graf sagte nichts, nur Garret schien nahe daran, sich zu äußern, sodass ihm eine der Wachen eine Kopfnuss verpasste und er still blieb.

»Wenn die anderen nicht so stur wären ...«, sprach Tarlon weiter und hielt dann inne.

»Was dann?«, drängte der Graf leise.

»Dann würden sie einsehen, dass Gegenwehr keinen Sinn hat. Eure Armee ist gut zehnmal stärker als alles, was wir aufbieten können. Bei dieser Übermacht werden uns auch unsere Tricks nicht helfen.«

Garret gab einen Ton von sich, und eine der Wachen beugte sich vor. »Entweder«, flüsterte er, »hältst du deine große Klappe, oder ich stopfe sie dir, verstanden?«

Aus den Augenwinkeln sah Tarlon Garret steif nicken.

»Tricks?«, fragte der Graf höflich nach.

»Ihr seht das Schwert?«, begann Tarlon. »Es ist ein Familienerbstück der Grauvögel. Ein magisches Schwert, mit dem man manche der versiegelten Türen Alt Lytars öffnen kann. Es wird nie stumpf und ist so leicht, dass man es schneller führen kann als andere Schwerter ... und es ist ein Symbol dafür, dass man etwas Besseres ist.«

Er warf Garret einen bösen Blick zu. »Angeblich gilt bei uns jeder das Gleiche, aber die Grauvögel haben immer auf uns herabgesehen, weil wir kein Schwert besitzen. Während er der Sohn eines Lords ist, bin ich ein Holzfäller und gerade gut genug, um mit ihm Tricks zu üben, wie etwa den, seine Pfeile mit der Axt abzuwehren!«

Er sah zu Garret hinüber. »Vor Jahren einmal hat dieser junge Lord spaßeshalber auf mich geschossen ... und noch immer habe ich eine Narbe an meiner Schulter!«

Garrets Augen weiteten sich. »Aber ...«, begehrte er auf, und diesmal schlug die Wache zu, hart genug, dass er nach vorne gefallen wäre, hätten ihn nicht kräftige Hände gehalten.

»Ihr sagtet etwas von versiegelten Türen?«, hakte der Graf nach und musterte Garret nachdenklich.

Tarlon nickte. »Die Grauvögel waren einst eine mächtige Familie in Alt Lytar. Wir fanden allein zwei solcher Türen, die beide aus einem grauen Metall gefertigt sind und Schlitze aufweisen, in die man die Klinge hineinsteckt. Beide Male war es Garret, der mit seinem Schwert die Türen öffnen konnte.« Tarlon machte eine kurze Pause, dann setzte er wieder an, und Bitterkeit lag nun in seiner Stimme. »Nicht nur, dass diese Schwerter einem Adelstitel gleichkommen und besser sind als jedes andere, sie öffnen sogar noch die Kammern mit den alten Schätzen. Als ob er nicht schon genug hätte, er, der seine Nase nicht hoch genug tragen kann!«

Er funkelte Garret wütend an. »Und wenn nicht er und sein Vater gewesen wären, dann hätten die anderen Lords eingesehen, dass Kapitulation unsere einzige Chance ist! Dann hätte ich wenigstens die Möglichkeit gehabt, einer richtigen Armee beizutreten und Abenteuer zu erleben, anstatt in unserem Dorf zu verrotten!«

Er sah den Grafen an. »Wusstet Ihr, dass ich bald heiraten wollte? Jetzt ist dieser Traum vom Glück zunichtegemacht ... nur weil er und sein Vater so stur waren und nicht nachgeben wollten, werden Eure Truppen unser Dorf endgültig zerstören und dabei auch meine Liebste töten.«

»Vielleicht bleibt sie ja am Leben!«, grinste der Graf bösartig. »Und dann wird sie umso mehr einen Mann benötigen, der ihr hilft, das Balg aufzuziehen!«

Dass Tarlon es schaffte, ihn völlig unverständig anzusehen, war eine seiner bislang größten Leistungen. Es reichte jedenfalls, um dem Grafen ein gemeines Lachen zu entlocken.

Garret hingegen hätte sich durch seinen fassungslosen Blick beinahe verraten, doch der Graf deutete ihn in seinem Sinne und lachte noch lauter.

»Hochmut kommt vor dem Fall, Ser Grauvogel«, spottete der Graf. Er sah Garret an. »Stimmt das mit dem Schwert?«

Garret zögerte und erhielt eine weitere Kopfnuss. »Ja«, nuschelte er dann widerwillig und warf nun seinerseits einen bösen Blick zu Tarlon hinüber. »Aber ich kann nichts dafür, dass er nur ein Bauer ist!«

Der Graf lehnte sich zurück und verschränkte seine stahlbewehrten Arme vor der Brust. »Ich wollte euch eigentlich an Nestrok verfüttern, aber jetzt sieht es so aus, als könntet ihr mir noch nützlich sein. Obwohl es mir eine persönliche Genugtuung gewesen wäre, euch in seinem Schlund verschwinden zu sehen. Besonders bei dir!«

Sein Blick suchte Garret, der zu Boden sah, dann wandte sich der Graf wieder Tarlon zu. »Vorausgesetzt, du sagst die Wahrheit, was die Türen betrifft.«

»Zieht das Schwert und seht, ob es den Stein durchdringen kann«, schlug Tarlon vor. »Es ist magisch, Ihr könnt mir glauben.«

Der Graf wiegte Garrets Schwert in der Hand und zog es langsam aus der Scheide. Er musterte es für einen langen Moment, dann setzte er es auf den polierten Steinboden auf und drückte. Langsam drang die Spitze in den Boden ein.

»Beeindruckend«, stellte er fest. Er ließ die Waffe los, die anstandslos stecken blieb, dann zog er sie wieder aus dem Stein und schob sie zurück in die Scheide.

»Ja«, antwortete Tarlon bitter. »Aber nur in seiner Hand wird das Schwert die alten Türen öffnen.« Er sah zu dem Grafen hoch und begegnete dessen skeptischem Blick, so offen er konnte. »Deswegen sind wir überhaupt in dieser verfluchten Stadt. Es heißt, im alten Mistraltempel soll es eine versiegelte Tür geben. Wir wollten nachsehen, was sich dahinter befindet!« Tarlon sah Garret vorwurfsvoll an. »Er dachte, man könnte dort noch einen Kriegsfalken finden!«

Die Augen des Grafen verengten sich, während Garret Tarlon nur fassungslos ansah. »Ihr meint einen jener mechanischen Vögel?«

»Ja. Wir fanden bereits einen von ihnen hinter einer der versiegelten Türen«, antwortete Tarlon beflissen. »Sie sind schwer zu fliegen, aber sehr effektiv. Und in dem Tempel soll sich, wie gesagt, noch ein weiterer befinden.«

Der Graf sah Tarlon lange an, bis er schließlich nickte.

»Du hast es vorerst geschafft, dein wertloses Leben zu retten, Bursche.« Der Graf griff Tarlon ans Kinn und zwang ihn, ihm in die Augen zu sehen. »Aber wenn du gelogen hast, verfüttere ich dich eigenhändig an meinen Drachen, und zwar stückchenweise!«

»Ich schwöre es bei Mistral«, sagte Tarlon mit fester Stimme. »Garret stammt von einer alten Adelsfamilie ab, mit diesem Schwert in seiner Hand haben wir zwei der versiegelten Türen öffnen können, und hinter einer solchen Tür fanden wir einen Kriegsfalken!« Er sah voller Verachtung zu Garret hinüber. »Und auch, dass die Grauvögel zu stolz sind, um aufzugeben, schwöre ich bei der Göttin!«

Der Graf ließ Tarlon abrupt los. »Schafft sie zurück«, befahl er den Wachen barsch. »Ich muss nachdenken!«

»Verräter«, zischte Garret von der Seite, während er grob weggerissen wurde. Doch Tarlon beachtete ihn gar nicht, sondern verbeugte sich vor dem Grafen, bevor auch er weggeführt wurde.

»Ich bin nicht zu stolz«, grummelte Garret, während er sich ein zweites Mal sorgfältig in der Zelle umsah. »Und das mit dem Pfeil damals war ein Unfall! Ich habe dich einfach nicht gesehen!«

»Das weiß ich doch«, beschwichtigte Tarlon, der es sich wieder auf der Pritsche bequem gemacht hatte. »Was suchst du überhaupt?«

»Ich will nachsehen, ob wir belauscht werden.«

»Das werden wir nicht.«

Garret drehte sich zu ihm um. »Bist du sicher?«

Tarlon nickte.

»Und woher willst du es wissen?«

»Ich weiß es einfach«, erwiderte Tarlon, der seinen

Freund mit Sorge musterte. Garrets rechtes Auge schillerte mittlerweile in allen Farben, und es sah so aus, als ob es sich nicht einmal mehr zu einem Schlitz öffnen ließe.

»Wie geht es deinem Auge?«

»Es ist noch ganz. Nur zugeschwollen«, antwortete Garret und sah Tarlon nachdenklich an. »Ich hätte übrigens nie gedacht, dass du so gut lügen kannst. Solange ich dich kenne, hast du nicht gelogen!«

Tarlon lachte. »Nun, ein paar Flunkereien waren wohl darunter. Aber im Wesentlichen habe ich mir überlegt, was er wohl von uns hören wollte, und seine Vorstellungen dann mit ein paar Körnern Wahrheit bestätigt.«

»Aber warum das Ganze!?«

»Weil er vorhatte, uns an seinen Drachen zu verfüttern. Wir wären jetzt sicher schon tot. So aber hat er das Gefühl, dass er dich noch braucht, um die Türen zu öffnen. Und ich könnte als Überläufer Informationen sammeln.« Tarlon zuckte die Schultern. »Zunächst werden sie mich zwar in die Arena stecken, aber da habe ich immer noch eine bessere Chance als im Bauch des Drachen!«

»Was hat es nun wieder mit der Arena auf sich?«

»Ich habe von den Wachen aufgeschnappt, dass sich die Soldaten hier des Öfteren langweilen und man daher versucht, sie mit Spielen in der Arena bei Laune zu halten. Manchmal bekommen dort auch Gefangene die Chance zu beweisen, dass sie gut genug sind, um in die Truppe aufgenommen zu werden. Das wollte ich für mich erreichen.«

»Du willst also für den Feind arbeiten?«, fragte Garret.

Tarlon warf ihm einen vernichtenden Blick zu. »Ich will nicht gefressen werden! Abgesehen davon, hätte ich so die Möglichkeit, mehr herauszufinden über das, was sie hier genau suchen.«

»Sie suchen nach der Krone«, meinte Garret.

»Sie suchen nach allem, was man als Waffe verwenden kann. Und davon, scheint mir, gibt es hier mehr als genug.«

»Ja, das glaube ich allerdings auch. Aber sag mal, waren deine Ohren eigentlich schon immer so gut? Ich habe niemanden auch nur ein Wort über diese Dinge sprechen hören!«

»Nein, das waren sie nicht«, gestand Tarlon schmunzelnd und schüttelte den Kopf. »Aber in der letzten Zeit hat sich mein Gehör erstaunlich verbessert.«

Garret sah ihn zweifelnd an, nickte dann aber. »Gut, ich sehe ein, dass wir hier besser aufgehoben sind als im Bauch des Drachen. Aber was ist, wenn es hier gar keine versiegelten Türen gibt?«

»Na und? Lindor kann es kaum wissen, denn er wird ja nicht die ganze Stadt umgegraben haben.«

»Dennoch war dein Spiel riskant. Ob Mistral dir den Eid wohl übel nimmt?«

»Ich habe nur auf die Wahrheit geschworen, und was riskante Spiele angeht, spricht mit dir ja der Richtige!«

»Ich hatte auch meinen Grund«, schmunzelte Garret. »Alle Wachen tragen Stiefeldolche. Schau mal, was ich gefunden habe, als ich gegen den einen von ihnen fiel ...«

Er ließ kurz einen langen, schmalen Dolch in seinen Händen erscheinen. Tarlon blinzelte.

»Eine unachtsame Sekunde, und ich hätte den Bastard erwischt und die Herrin Tylane gerächt.«

»Könntest du bitte versuchen, mit dem Rächen zu warten, bis wir unsere Haut gerettet haben?«, fragte Tarlon höflich.

Garret grinste. »Ich überlege es mir.«

# 28

*Alte Gaben*

Schweigend sahen Elyra, Knorre und Argor zu, wie die Soldaten Tarlon davontrugen. Nachdem die beiden Männer mit ihrer schweren Last hinter einem zerfallenen Gebäude verschwunden waren, blickte Argor zu Knorre hoch und dann zu Elyra, der Tränen in den Augen standen.

»Wenn ich mich getraut hätte«, meinte der Zwerg, »hätten sie vielleicht eine Chance gehabt.« Er sah auf seinen Kriegshammer herab und fluchte. »Zum ersten Mal hatte ich die Gelegenheit, gegen den Feind zu kämpfen, und schon habe ich versagt! So werde ich nie einen Bart tragen!«

»Was hat das mit Eurem Bart zu tun, Freund Zwerg?«, fragte Knorre, während seine Augen weiterhin die andere Flussseite absuchten.

»Ich darf ihn mir erst wachsen lassen, wenn ich ein Mann bin«, erklärte Argor. »Und das werde ich nur, wenn ich mich meinen Pflichten als Erwachsener stelle.« Seine Hand griff den Hammer fester. »Aber Freunden in der Not sollte man so oder so beistehen!«

»Da habt Ihr sicherlich recht. Die Frage ist nur: Wie?« Knorre erhob sich vorsichtig aus der Deckung.

»Ich hätte mich über die Brücke trauen müssen!«, gab Argor erstaunt zurück.

»Das ist Vergangenheit. Sagt mir lieber, wie Ihr Euren Freunden *jetzt* beistehen wollt!«

»Wir werden sie retten«, verkündete Elyra entschlossen und wischte sich die Tränen ab. »Oder den Feind vernichten.« Dann erhob sie sich und legte die Hand auf ihr Amulett. »Ich schwöre bei …«

Knorre legte ihr den Arm um die Schultern und schüttelte den Kopf. »Ihr seid ihre Priesterin. Ich glaube nicht, dass Mistral Vergeltungsschwüre sehr schätzt. Was meint Ihr, wie oft in ihrem Namen Blutrünstiges geschworen wurde?«

Elyra sah den hageren Mann überrascht an, dann senkte sie ihren Blick. »Da habt Ihr wohl recht, Meister Knorre.«

»Aber ich darf mir persönlich etwas schwören«, warf Argor grimmig ein. »Ich werde nie wieder aus Angst etwas unterlassen, das zu tun mir als richtig erscheint! Und ich werde auch nie mehr wegrennen.«

»Auf die Art werdet Ihr nur schneller sterben«, erwiderte Knorre trocken. »Aber wenn Ihr Euch nun traut, die Brücke zu passieren, gibt es vielleicht doch noch eine Möglichkeit, Euren Freunden zu helfen.«

Argor musterte die marmorne Brüstung vor ihm mit zusammengekniffenen Augen, als wäre sie ein Gegner, den es zu erschlagen galt. Dann murmelte er etwas, das weder Knorre noch Elyra verstanden, stieg auf die Brüstung, packte seinen Hammer fester und marschierte los.

Nicht ein einziges Mal zögerte er. Sein Schritt war so gleichmäßig, als ob er über eine breite Straße ginge.

Elyra und Knorre folgten ihm vorsichtig, und tatsächlich war es Knorre, der beinahe gestürzt wäre, hätte Elyra ihn nicht im letzten Moment zurückgezogen.

»Ich werde für solche Strapazen zu alt«, keuchte Knorre, als er in die bleiernen Fluten hinabsah. Jeder von ihnen war erleichtert, als sie das andere Ufer erreichten. Und dass Argor nun schweißgebadet war, kommentierte niemand.

Der Gegner hatte keine Leichen hinterlassen, aber zwei zerbrochene Schwerter, mehrere blutbeschmierte Pfeile und große Blutlachen bezeugten, dass ihre Freunde einen harten Kampf geliefert hatten.

»Euer Freund Garret kann beängstigend gut mit seinem Bogen umgehen«, meinte Knorre nachdenklich. Er hatte sich hingekniet, um einen Pfeil zu mustern, der sich in eine steinerne Wand gebohrt hatte und dessen anderes Ende abgebrochen war. »Ich sah schon viel in meinem Leben, aber niemand, der so schießen kann.«

»Ihr solltet seinen Vater kennenlernen«, fügte Argor hinzu. Sein Blick war auf die Blutlache gerichtet, die sich am Boden unter dem Pfeilschaft gesammelt hatte. »Ob auch Hendriks und Garret gefangen genommen wurden?«

»Ich denke schon«, antwortete Knorre und richtete sich auf. »Ich kann mir zwar nicht vorstellen, dass Verrat im Spiel war, aber eines ist sicher: Man hat uns erwartet.«

»Dann muss es aber doch Verrat gewesen sein«, beharrte Argor.

»Wenn dem so wäre, hätten sie auch nach uns anderen gesucht«, erklärte Elyra dem Zwerg. Sie sah sich um. »Außerdem wäre es dann sinnvoller gewesen, uns bereits auf der anderen Seite aufzulauern. Wir hätten ja kaum vom Zentrum her kommen können.«

»Mach mich nicht nervös«, knurrte Argor. »Ich sehe sowieso schon überall Schatten.«

»Wahrscheinlich hat das alles nichts zu bedeuten«, beruhigte ihn Knorre. »Belior muss die Straßen patrouillieren lassen, allein schon wegen der verdorbenen Bewohner. Als die Soldaten auf die drei stießen, haben sie sie kurzerhand mitgenommen. Gefangene sind schließlich immer nützlich.«

Argor nickte. Das leuchtete ihm ein.

»Wie geht es jetzt weiter?«, fragte Elyra.

»Es wird Zeit, dass auch ich mich ausrüste«, bestimmte Knorre. »Im Moment bin ich so schutzlos wie ein Kleinkind. Und ich weiß auch schon, wo ich alles finden kann, was ich benötige.«

Er sah sich um und nickte dann. »Hier entlang. Wir sollten uns beeilen …« Ein fernes Donnern war zu hören, und sie sahen auf. Von Westen her zog über dem Meer eine breite Gewitterfront mit dunklen schwarzen Wolken auf, die sich bedrohlich auftürmten.

Argor sah Knorre nachdenklich an. »Ihr habt ein Gewitter prophezeit.«

»Das war keine Kunst, ich spüre sein Kommen schon lange in meinen Knochen. Aber es ist nur noch ein weiterer Grund, sich zu beeilen. Wir sollten einen geschützten Ort aufsuchen, bevor uns das Gewitter erreicht. In dieser zerstörten Stadt mit all der frei gewordenen Magie geschehen seltsame Dinge, wenn Blitze einschlagen!«

Das Gebäude, zu dem Knorre Elyra und Argor führte, war recht klein und stand nahe einer tiefen Erdspalte. Für Argor sah es so aus, als ob es im nächsten Moment in den Abgrund stürzen würde. Aber es stand noch, wenn auch die Außenwände aus glasierten hellblauen Ziegeln etwas schief waren. Der goldene Stern, der den Kuppelbau krönte, schien dagegen nur wenig von seinem Glanz verloren zu haben.

»Ein Schrein meiner Göttin!«, rief Elyra. »Dort kann ich beten!«

»Ihr könnt überall beten«, entgegnete Knorre, während er ihr über eine Bodenspalte hinweghalf. Argor musterte indes die Spalte, holte tief Luft, rannte los und sprang auf die beiden anderen zu, die ihn sicher auffingen.

»Ja. Aber es ist beruhigend, ihre Nähe zu spüren«, sagte Elyra, als sie an das Gebäude herantraten.

»Der Schrein ist entweiht worden durch das, was hier geschah«, berichtete Knorre leise. »Aber seht selbst ...« Er drückte mit der Schulter gegen die schwere bronzene Eingangstür, die sich knirschend und quietschend öffnete.

Das Innere des kleinen Gebäudes war schwach erleuchtet. Lichtstrahlen fielen schräg durch die Kuppel ein, und ein Trick der Magie oder der alten Baukunst ließ es so erscheinen, als ob der Stern, den sie von außen gesehen hatten, nun im Firmament der Kuppelwölbung schweben würde.

Der Zahn der Zeit hatte an der geschützten Halle nur wenig genagt, sodass die Spuren des Unheils noch nicht vollständig verwischt waren. Skelette lagen so im Raum verteilt, wie sie einst gefallen waren. Man konnte klar erkennen, was sich hier abgespielt hatte. Eine Truppe gepanzerter Soldaten war eingedrungen und hatte die Priesterinnen erschlagen, doch nicht ohne auf Gegenwehr zu treffen. Ein schwarz glasierter Fleck, gut vier Schritt im Durchmesser, zeigte an, wo Magie gewirkt hatte. Verkohlte und ausgeglühte Rüstungsteile bezeugten, dass dabei zumindest ein Teil der Angreifer sein Leben gelassen hatte.

»Den Legenden nach wurde an diesem Ort die letzte Priesterin getötet«, erklärte Knorre leise. »In dem Moment, in dem sie Mistral ihre Seele gab, nahm der Kataklysmus seinen Anfang.«

Elyra nickte, doch ihr Blick war auf die Statue einer jungen Frau gerichtet, die in der Mitte des Kuppelsaals stand.

Die Figur trug ein weites, fließendes Gewand und hatte die linke Hand ausgestreckt, über der ein kleiner goldener Stern zu schweben schien. Erst ein einziges Mal hatte sie bislang eine derart wundersame Statue gesehen, und zwar in der alten Akademie.

Doch die Frau, die diese Statue darstellte, schien deutlich jünger als diejenige im Brunnen, beinahe war sie noch ein Mädchen. Der Ausdruck in dem steinernen Gesicht war so unendlich traurig, dass Elyra Tränen in die Augen stiegen. Sie eilte zu dem kleinen Altar hinüber und kniete nieder, wobei sie sorgfältig darauf achtete, die alten Knochen, die noch Reste einer verwitterten Robe trugen, nicht zu berühren.

»Sie wussten nicht, was sie taten«, rief sie dann mit erstickter Stimme. »Verzeih ihnen, Herrin!«

»Und ob sie es wussten«, erwiderte Knorre entschieden und mit deutlich hörbarer Verachtung in der Stimme. »Sie alle kannten den Willen der Götter, nur meinten sie, ihn ignorieren zu können.«

Er sah die beiden anderen mit zusammengezogenen Augenbrauen an, dann blickte er hoch zur Statue und machte das Zeichen des Sterns vor seiner Brust. »Keine irdische Macht hätte Alt Lytar stürzen können, und so dachten sie, auch gegen den Zorn der Götter gefeit zu sein.«

Elyra hörte ihm schon gar nicht mehr zu, sondern hatte bereits ihren Kopf gesenkt und war tief ins Gebet versunken.

»Warum habt Ihr uns hierher geführt?«, erkundigte sich Argor leise, während sein Blick umherschweifte und hier und da an den Spuren der alten Schandtaten hängen blieb. Es war unschwer zu erkennen, dass ihm dieser Ort nicht behagte.

»Weil wir hier etwas finden können, was wir brauchen«, beschied Knorre. »Ich kenne diesen Ort und habe ihn sogar schon untersucht. Nur gab es zuvor keinen Anlass, etwas mitzunehmen und so die Grabesruhe zu stören.« Er begab sich hinter den Altar, und Argor folgte ihm.

»Dieser hier hat etwas, das ich brauche«, sagte Knorre dann und wies auf ein Skelett, das zusammengesunken an der Wand lehnte und dessen Schädel von einem Schwertstreich getroffen worden war. Das Opfer musste noch einen Moment gelebt haben, denn die Reste seines Mörders lagen verkrümmt und verschmort zu seinen Füßen und waren halb in den Steinboden eingeschmolzen.

Offensichtlich war das Opfer ein Magier gewesen, denn das Skelett hielt noch immer einen schwarzen, reich verzierten Kampfstab in den Händen. Die Muster, die Stahl und Gold über seine Oberfläche woben, ließen den Stab vor Argors Augen verschwimmen. Auch die tiefblaue, mit Gold- und Silberbrokat verzierte Robe sah aus, als habe der Zahn der Zeit sie nicht berührt.

Knorre kniete sich neben das Skelett und löste den Stab aus dem festen knöchernen Griff. Beinahe sah es so aus, als wolle der tote Magier nicht loslassen.

»Ich würde ihm gerne alles lassen«, flüsterte Knorre. »Aber diese Robe ist zugleich auch eine Rüstung, und er trägt noch mehr Dinge, die ich gebrauchen kann. Ich hoffe, seine Seele wird mir diesen Raub verzeihen.«

»Das wird sie tun«, sagte Elyra von hinten mit fester Stimme. »All das, was sich in diesem Tempel befindet, ob gut oder schlecht, lebend oder tot, ist Mistrals Eigentum. Ihr habt recht, Meister Knorre, sie würde einen Racheschwur nicht gutheißen, aber einen gerechten Kampf wird sie unterstützen. Nehmt, was Ihr braucht, mit Mistrals Segen.«

»Und Ihr solltet jene Kiste dort durchsuchen, denn der Segen gilt sicherlich auch für Euch. Ihr werdet dort die Gewänder einer Priesterin finden, komplett mit Stab und Stirnband.« Knorre sah zu Elyra auf, während er vorsichtig einen Ring von der knöchernen Hand des Magiers zog. »Man kann fast spüren, dass diese Gewänder noch geweiht sind. Vielleicht haben sie all die Jahrhunderte geduldig auf ihre neue Trägerin gewartet. Ihr habt Euch in den Dienst Eurer Göttin gestellt, also solltet Ihr auch nutzen, was sie Euch gibt.«

Am schwierigsten war es, dem toten Magier die Robe auszuziehen, doch mit Argors Hilfe gelang es Knorre schließlich, sogar ohne dabei die sterblichen Überreste weiter zu beschädigen.

»War er es, der sich den Angreifern entgegenstellte?«, fragte Argor neugierig.

Knorre schüttelte die Robe aus und warf einen Blick zum Eingang hinüber, wo der schwarze Fleck deutlich zu sehen war. »Er wird es gewesen sein, ja. Denn die Magie der Priester ist eine andere … Aber letzten Endes sind auch Magier Diener Mistrals. Wenn sie es nur nicht immer wieder vergessen würden!«

Ohne weitere Umstände fing der hagere Mann an, sich zu entkleiden. Dann zögerte er einen Moment, bevor er sich mit einem harten Gesichtsausdruck die Robe des toten Magiers überzog.

»Die Kleider der Toten zu tragen, soll Unglück bringen«, flüsterte Argor.

»Das glaube ich nicht«, erwiderte Knorre. »Aber angenehm ist der Gedanke trotzdem nicht.« Er zupfte die Robe in Form, die ihn kleidete, als wäre sie für ihn gemacht, und zog dann den Bund zu. Mit einem Mal lief ein Wirbel aus blauen Funken über seinen Körper hinweg, der ihn und auch die Robe wie frisch gewaschen zurückließ. Zudem wirkte Knorre nun deutlich jünger, und sein Kinn sah kantiger und entschlossener aus. Die schmalen Lippen Knorres formten ein leichtes Lächeln. »So ist es schon besser«, meinte er dann zufrieden. Anschließend nahm er das Stirnband des Toten und setzte es sich auf. Im ersten Moment schien es nicht zu passen, doch dann schmiegte es sich sanft um seinen Kopf.

Als Knorre auch noch den Stab ergriff, schluckte Argor, denn von dem Schatzsucher, den er kennengelernt hatte, war nicht mehr viel zu sehen. Die Gestalt vor ihm war noch immer groß und hager, doch mit der Robe, dem silbernen Reif und dem geheimnisvoll glänzenden Stab in seiner Hand sah Knorre Ehrfurcht gebietend aus. Die Art, wie er den Kampfstab hielt, zeigte Argor deutlich, dass er mit ihm umzugehen wusste.

»Kleider machen Leute, nicht wahr?«, meinte Knorre leise, und Argor nickte. »Ich hätte Euch fast nicht wiedererkannt.«

»Ich meinte aber nicht mich«, gab Knorre mit gedämpfter Stimme zurück, »sondern unsere Freundin dort.«

Argor folgte Knorres Blick, und beinahe klappte ihm die Kinnlade herunter.

Elyras Robe, die einst eine Hohepriesterin kleidete, war von einem strahlenden Weiß und elegant geschnitten, mit goldenen Verzierungen, breiten Schultern und enger Taille sowie einer zurückgeschlagenen weiten Kapuze. Dieses Gewand war dafür gefertigt, der Trägerin Erhabenheit zu verleihen und den Betrachter in Ehrfurcht und Bewunderung erstarren zu lassen. Auf ihrer Stirn trug Elyra einen goldenen Reif, der das Feuer ihrer Augen noch verstärkte. Der weiße Stab in ihrer Hand war nicht weniger kunstvoll gearbeitet als der schwarze Knorres, doch schien von seinem Innern ein Schimmern auszugehen, das an Knorres Stab fehlte. Um ihre Hüfte lag ein breiter, kunstvoll gefertigter Gürtel, der ihre Formen betonte. Das Amulett, das sie offen auf ihrer Brust trug, schien im schräg durch die Kuppel fallenden Licht leicht zu pulsieren.

»Ich sehe aus, als ob ich wüsste, was ich tue, nicht wahr?«, fragte Elyra mit einem schiefen Lächeln. »Doch weiß ich einzig und allein, dass ich an die Herrin glaube. Ich muss meine eigenen Worte finden, um diesem Glauben Ausdruck zu geben, denn ich kenne weder die Formeln noch die Rituale.« Sie zuckte die Schultern. »Aber dennoch fühlt es sich richtig an, diese Gewänder zu tragen.«

»Nun«, meinte Knorre, »damit erfüllt Ihr die wichtigste Voraussetzung. Ein Priester muss zuerst einmal glauben.«

»Wisst Ihr, wo ich eine glänzende Rüstung für mich finden kann?«, fragte Argor ein wenig neidisch, während sein Blick von Elyra zu dem gewandelten Knorre und wieder zurück fuhr.

»Würdet Ihr die Rüstung Eurer Vorfahren wirklich gegen ein glänzendes Schmuckstück tauschen wollen?«, fragte Knorre überrascht.

»Nein«, versicherte Argor. »Ich komme mir plötzlich nur so gewöhnlich vor.«

»Wir tragen zwar neue Kleider«, bemerkte Elyra, »doch verändert dies nicht uns selbst.«

Argor warf ihr einen skeptischen Blick zu. »Daran habe ich meine Zweifel, Elyra.«

Dann machte Knorre eine energische Bewegung mit der Hand. »Ihr beiden solltet schon einmal vorgehen, ich muss noch den Stab aufladen.«

»An ihrem Schrein?«, entsetzte sich Elyra. »Sollte ich dann nicht besser dabei sein?«

Knorre schüttelte den Kopf. »Der Stab ist alt und die Magie unsicher. Und alt bedeutet in diesem Falle mächtig.« Er sah die junge Halbelfin an. »Es wird den Schrein zerstören.«

Elyra öffnete den Mund, aber Knorre kam ihr zuvor. »Ihr müsst verstehen«, begann er zu erklären. »Diese Form der Magie liegt mir zwar nicht, denn ich bin ein Thaumaturg und Arteficier. Dennoch weiß ich, wie ich den Stab handhaben muss. Und im Moment können wir alles brauchen, was uns einen Vorteil verschafft. Doch um uns herum ist die Magie verdorben, und niemand weiß, was passieren würde, wollte ich den Stab an anderer Stelle aufladen. Nur hier, unter ihrem Schutz, ist die Magie noch unverdorben.« Er sah sie fest an. »Ich werde *alles* entnehmen. Bis zum letzten Funken. Nehmt von diesem Ort Abschied, Priesterin. Eure Göttin braucht keine Tempel, aber wir brauchen ihre Gnade und ihre Gaben.«

Elyra nickte zögerlich, warf ihm noch einen skeptischen Blick zu und kniete dann ein letztes Mal vor dem Abbild ihrer Göttin nieder. Argor sah hoch zu der Figur und stutzte, denn es schien ihm, als wäre die tiefe Traurigkeit in den Zügen der Göttin einem sanften Lächeln gewichen.

Er murmelte etwas Unverständliches, zögerte noch kurz und kniete sich ebenfalls hin, woraufhin Knorre es ihnen gleichtat.

»Bittet einfach um ihren Segen«, riet Knorre leise. »Sie wird schon wissen, was sie uns geben kann!«

Doch Elyra schüttelte den Kopf. »Ich weiß, was ich tun muss«, sagte sie dann mit klarer Stimme und fing an zu singen.

In der Ferne erhob sich ein alter Mann von seinem Lager und trat mit müden Schritten ans Fenster heran. Im Hof unter ihm stockte die Arbeit, als der ferne Gesang die Ohren seiner Freunde und Kameraden erreichte. Nie zuvor war an diesem Ort ein solcher Gesang vernommen worden, nie zuvor hatte hier jemand solch klare Töne gehört.

»Jemand lobt Mistral«, hauchte der alte Mann andächtig. Er ging schwerfällig auf die Knie, und alle Umstehenden taten es ihm nach. Es war, als ob der ferne Gesang die Hoffnung wecken würde. Viele der Gesichter hier waren entstellt. Der alte Mann selbst hatte noch nie mehr als ein einzelnes Auge besessen, und dort, wo das andere hätte sein sollen, war glatte Haut. Doch als der Gesang sie alle berührte, war nicht ein Gesicht darunter, das nicht voller Tränen und voll Hoffnung war. Die fernen, klaren Töne währten nicht lange, doch würde man sich ewig an sie erinnern. Nachdem sie verklungen waren, seufzte der alte Mann ergriffen. Einer seiner Enkel eilte herbei, um ihm wieder aufzuhelfen.

»Es hat begonnen, Lasor«, sagte der alte Mann andächtig, als er sich schwer auf den starken Arm seines Enkels stützte. In der Ferne leuchtete kurz ein gleißend helles Licht auf, das von einem Donnern gefolgt wurde. Doch es war nicht das herannahende Gewitter, sondern eine Säule aus Licht, die kurz über den fernen Ruinen stand und dann wieder verschwand.

»Es hat begonnen ... und unsere Qual wird bald ein Ende finden«, sagte der alte Mann mit brüchiger Stimme.

»Ja, Großvater«, bekräftigte Lasor ehrfürchtig und ballte seine Faust, die nur aus drei breiten Fingern bestand. »Die Göttin ist zurückgekehrt, und wir werden erlöst.«

»Wie unheimlich«, sagte Lamar andächtig. Er musterte den alten Mann und war beruhigt, in dessen faltigem Gesicht zwei klare Augen zu sehen. »Das trieb mir einen schrecklich kalten Schauer über den Rücken ...«

»Ich nehme es als Kompliment«, bedankte sich der Geschichtenerzähler und hielt seinen Kelch hoch, den der Wirt selbst eilig füllte. Der alte Gasthof war nun, wie am Tag zuvor, bis in den letzten Winkel gefüllt, doch es herrschte eine fast andächtige Stille. Hier und da machte jemand das Zeichen Mistrals, während ein jeder geduldig darauf wartete, dass der alte Mann fortfuhr. »Doch Hoffnung sollte keinen kalten Schauer auslösen, Freund Lamar, sondern die Seele erwärmen ...«

Lamar schüttelte den Kopf. Noch vor Kurzem hätte er Anstoß daran genommen, dass ihn jemand so vertraulich ansprach, aber nun störte es ihn nicht mehr.

»Nein, das ist es nicht«, erwiderte er dann leise. »Mich ließ erschauern, dass es dort Menschen gab, die all die Zeit über ausgeharrt hatten, und nun endlich ...« Er zog sich ein Tuch aus dem Ärmel und schnäuzte sich. »Aber fahrt fort, ich bitte Euch«, sagte er dann und hielt seinen eigenen Kelch hoch. Als der Wirt herantrat, legte ihm Lamar einen schweren Beutel in die Hand. »Gebt auch den anderen ... und sagt mir, wenn Ihr mehr braucht.«

»Das ist eine noble Geste«, schmunzelte der alte Mann. »Guter Wein muss getrunken werden, wofür sonst sollte es ihn geben?« Er streckte sich, und Lamar hörte deutlich, wie es knackte. »Gebt meiner alten Stimme eine kurze Pause ... dann wird es weitergehen.«

Zustimmendes Nicken und Gemurmel machten deutlich, dass es den anderen Zuhörern ebenfalls ein Anliegen war. Lamar streckte sich nun selbst. Er sah sich um und muster-

*te die vielen Gesichter, die auf den alten Mann und ihn gerichtet waren. Dann blickte er wieder zu dem Geschichtenerzähler, der mit offensichtlichem Vergnügen einen Schluck nahm.*

*»Was ist Eure Rolle in diesem Stück gewesen?«, fragte er dann zögernd, und der alte Mann lächelte. »Es ist lange her ... Sehe ich so aus, als hätte ich eine Rolle haben können? Aber welche ist denn die Eure, Freund?«*

*Lamar musterte ihn lange und nickte dann. »Ich hätte beinahe gesagt, dass es auch für mich keine Rolle geben kann, aber dem ist nicht so, nicht wahr?«*

*»Jede Geschichte ist zugleich ein Lehrstück«, erwiderte der alte Mann leise, als ob die Worte nur für Lamar bestimmt wären. »Aber man muss die Lehre daraus auch ziehen wollen.« Er trank einen weiteren Schluck und räusperte sich, um sich dann an den Wirt zu wenden. »Ein gutes Essen wäre bald von Vorteil, Wirt.«*

*»Ich werde es richten lassen, Großvater«, sagte der Wirt und sah Lamar fragend an, der daraufhin nur nickte.*

*»Nun, wo war ich? Die Vergessenen waren nicht die Einzigen, die das Zeichen sahen ...«*

Das gleißende Licht ließ Argor beinahe erblinden, und der Donner traf ihn wie ein Faustschlag, dennoch sah er, wie Knorre einem Hasen gleich aus der Tür des Schreins gerannt kam, während sich in der himmelblauen Kuppel bereits die ersten Risse bildeten.

»Rennt!«, rief Knorre. Nach dem lauten Donner konnte Argor Knorres Stimme kaum noch hören, doch das Knirschen, Knacken und Vibrieren im Boden unter seinen Füßen ließen ihn keinen Augenblick zögern.

»Ich wusste, dass es so kommen würde!«, fluchte Argor.

Er griff die mit offenem Mund dastehende Elyra am Arm und rannte los.

Der Boden unter ihren Füßen neigte sich, ein tiefes Grollen kam aus dem Untergrund, und Argor rannte so schnell wie nie zuvor. Die Spalte, die er beim ersten Mal noch mit Leichtigkeit übersprungen hatte, weitete sich immer mehr und schien ihm schon jetzt unüberwindbar. Dennoch sprang er und prallte auf der anderen Seite gegen die Wand des Spalts, wo sich seine Finger in den Stein krallten. Elyra landete vor ihm auf der Abbruchkante. Sie strauchelte, und für einen Moment sah es so aus, als ob sie stürzen würde, doch dann fing sie sich und kniete sich eilig nieder, um nach Argors Handgelenk zu greifen. Doch er war zu schwer für sie, und so konnte sie ihm nur helfen, sich an der Kante zu halten, die jedoch immer wieder von Erdstößen erschüttert wurde.

Tief unter Argor grollte es erneut. Als er einen Blick in den Abgrund warf, sah er ein weit entferntes Glühen. Dann ertönte ein neuerliches Grollen und Donnern, das nun mit hoher Geschwindigkeit emporzusteigen schien, wie die Verdammnis der Götter, die einst diese Stadt zerstörten. Mit flatternder Robe gelang indes Knorre ein Sprung, der eigentlich unmöglich war. Er griff Argors andere Hand und zog ihn mit einer Kraft, die der Zwerg dem hageren Mann niemals zugetraut hätte, aus dem Spalt und über die Kante hinweg.

»Zurück!«, keuchte Knorre und zerrte Argor und Elyra von dem Spalt weg. »Das Wasser aus dem Meer dringt ein, und wenn es den glühenden Stein berührt …«

Argor sah nun selbst, was Knorre meinte. In einiger Entfernung stiegen mächtige Dampfwolken auf, und von dort, wo er kurz zuvor noch gegangen hatte, drang das Donnern immer lauter zu ihnen herüber, bis schließlich auch hier der Wasserdampf aus dem Spalt emporschoss und die Erde derart stark ins Beben geriet, dass Argor sich kaum auf den Füßen halten konnte. Zusammen mit dem Dampf wurden Steine und Geröll aus dem Spalt geschleudert, und ein Felsbrocken von der doppelten Größe seines Kopfes verfehlte ihn nur knapp.

Die Dampffontäne zog indes weiter den Spalt entlang. Immer mehr Risse entstanden, und auf einer Fläche, die gut zehnmal so groß war wie der Marktplatz von Lytara, versanken Ruinen vor Argors ungläubigen Augen im Boden.

Während der Zwerg fassungslos dastand, richtete sich Knorre hustend und Staub ausspuckend neben ihm auf und klopfte seine neue Robe aus.

»Das war heftiger, als ich erwartet habe!«, meinte er schließlich beeindruckt.

Noch immer bebte die Erde, aber die Erschütterungen wurden schwächer. Dafür türmte sich nun der Dampf zu einer Wand auf, die hoch in den Himmel zu reichen schien und sogar das Licht der Sonne zu verdunkeln begann.

»War es so, als der Kataklysmus über Alt Lytar hereinbrach?«, brüllte Elyra, die ebenso wie ihre Begleiter noch taub von dem Donnergrollen war.

»So ähnlich wird es gewesen sein«, rief Knorre zurück. »Nur ungleich schlimmer!« Er griff seinen Stab, der bei jeder Bewegung zu verwischen schien und dabei ein singendes Geräusch erzeugte. »Wir sollten hier verschwinden.«

»Es scheint, als wäre noch reichlich Magie vorhanden gewesen«, meinte Argor trocken, worauf Knorre ihn nur scharf ansah, um dann zu nicken. »Zu viel für meinen Geschmack. Ich kann von Glück sagen, dass ich noch lebe.«

Ein Windstoß teilte für einen Moment die Wand aus Wasserdampf, und sie sahen, dass sich dort, wo zuvor der Schrein gestanden hatte, nun Felsgestein in die Höhe türmte.

»Das wird Belior interessieren«, sagte eine leicht lispelnde Stimme hinter dem Grafen Lindor, der an der Brüstung auf dem Dach der alten Börse stand und nach Süden sah, wo eine weißgraue Wolkenwand den Blick auf die Stadt verstellte. So hoch reichte die Wand, dass sie sich mit den dunklen Wolken des heranziehenden Gewitters zu vermischen schien.

Graf Lindor hatte sich noch immer nicht an die Stimme gewöhnt. Das Lispeln nahm ihr nicht den unheilvollen Charakter. Sie klang fremd und kalt, und man erkannte augenblicklich, dass sie keinem Menschen gehörte.

»Kriegsmeister«, sagte er, ohne sich umzudrehen. »Wir sind in Alt Lytar. Solche Dinge geschehen hier häufig, Ihr seid einfach noch nicht lang genug in dieser Stadt.«

»Lang genug, um zu wissen, dass Ihr schon wieder einen Fehler begangen habt.«

Langsam drehte sich Lindor um.

»Wir wissen, dass die Truppe das Dorf inzwischen verlassen hat, doch ist sie noch nicht hier angekommen. Sonst wäre sie uns schon längst in die Falle gelaufen. Ihre Späher haben sie aus dem Süden hergeschickt, der von einer unserer Söldnerkompanien hätte abgesichert werden sollen. Wie ich hörte, scheint diese jedoch längst nicht so zuverlässig zu sein, wie *Ihr* behauptet habt!«

»Söldner sind immer unzuverlässig, wenn man ihnen den Sold nicht zahlt«, gab Lindor zurück. »Gold, das *Ihr* ihnen verweigert habt!«

»Es sollte bei Erfolg gezahlt werden«, erwiderte der Kriegsmeister. »Üblicherweise spornt das solche Leute an. Doch darum geht es nicht. Einer meiner Reiter, der im Süden auf Patrouille war, kehrte nicht zurück, und acht von zwölf eurer Leute wurden erschlagen, als sie versuchten, diese Frischlinge gefangen zu nehmen.« Der Kriegsmeister sah Graf Lindor aus seinen gelben Augen an. »Eure Tendenz, die Jungen der Menschenbrut nicht ernst zu nehmen, ist der Fehler. Noch immer seid Ihr von dem Pfeil des einen gezeichnet … Eure beiden Gefangenen sind zu gefährlich. Entweder hättet Ihr sie mir übergeben sollen oder aber ihm.« Eine sechsfingrige, reich mit goldenen Ringen geschmückte Klaue wies nachlässig auf den Drachen, der sich in einer Ecke des Dachs zusammengerollt hatte. »Vor allem aber hättet Ihr ihnen nicht glauben dürfen!«

»Der eine sprach die Wahrheit, Kriegsmeister. Ich sah die Reaktion des anderen, und dieser Tarlon schwor bei seiner Göttin. Es war ein bindender Schwur, ich konnte es fühlen.«

»Was wisst Ihr schon von Magie, Menschling«, antwortete der Kriegsmeister kalt. »Euer König übertrug mir die Aufgabe, Euch bei diesem Kriegszug zu beraten. Wir wissen beide, was er damit meinte. Ihr habt einen Tag Zeit. Dann bringt Ihr die Frischlinge zu mir, und ich werde euch diesen Ärger abnehmen.« Das Wesen gab eine Reihe zischelnder Laute von sich, das Lachen der Kreatur.

»Dies ist natürlich nur ein *Rat*.«

Der Graf deutete eine steife Verbeugung an. »Wie Ihr wünscht, Kriegsmeister!«

Er sah dem Wesen nach, als es davonschritt, und verfluchte den Moment, in dem er in Beliors Dienste getreten war. Eine Expedition, so hatte es der König damals genannt. Er hatte Leute bei dem Angriff auf das Dorf verloren, nur weil der König selbst gemeint hatte, die Truppe reiche aus. Er selbst hätte jeden verfügbaren Soldaten ins Feld geführt und die Schlacht gewonnen! Seit drei Jahren saß er nun hier fest, und seitdem hatte ihn diese verdammte Stadt fünfmal mehr Leute gekostet als der Kampf gegen das Dorf. Und noch immer schien Belior nicht zu verstehen, dass hier die Dinge anders waren, als sie erschienen. Einen Krieg gewann man nicht mit Geiz und Halbherzigkeit. Graf Lindor erlaubte sich ein dünnes Lächeln. Wenigstens waren die *Strategien* des Kriegsmeisters bislang nicht erfolgreicher gewesen als seine.

Er drehte sich um und ging zu seinem Drachen hinüber. Nestrok war nicht bester Laune, denn der Pfeil in seinem Auge schwärte noch immer, und er ließ nach wie vor niemanden nahe genug an sich heran. Nicht einmal Lindor war es bislang gelungen, den Pfeil zu entfernen.

Nestrok hob das gewaltige Haupt und sah ihn aus seinem unversehrten Auge an. Das andere war gelb vor Eiter, und Lindor konnte sich nur allzu gut vorstellen, welche Schmerzen es dem Drachen verursachte.

»Du musst mich an dein Auge lassen«, sagte er leise. Er brauchte nicht laut zu sprechen, denn Nestrok und er waren verbunden, sodass ein jeder von ihnen selbst die Gedanken des anderen noch verstehen konnte.

*»Nein, es wird heilen.«*

»Aber es heilt schneller, wenn ich den Pfeil heraushole.«

*»Magie im Süden«*, antwortete der Dache und wandte sein Haupt gen Süden, dorthin, wo der Lichtbalken den Himmel erleuchtet hatte. *»Sie kommt näher.«*

Lindor trat näher an den Drachen heran. »Genau deshalb *musst* du gesund werden. Ich pfeife auf den Kriegsmeister und seine Strategien. Er war es jedenfalls nicht, der diese Leute im Kampf sah oder diese Stadt erlebte. Er weiß nicht, wozu die letzten Einwohner fähig sind … Er unterschätzt uns beide. Für ihn bist du nur ein kranker Wurm.«

Nestroks Kragendornen richteten sich auf, und sein heiles Auge funkelte zornig. »*Ich fresse ihn.*«

»Da verdirbst du dir nur den Magen. Diese Echsen sind giftig. Aber der Pfeil *muss* heraus, Nestrok.« Er sah zu der Gewitterfront im Westen hinüber, zu der bleiernen Wolkenwand im Süden und dann nach Osten, wo der Gegenangriff aus dem Dorf schon viel zu lange auf sich warten ließ. »Du *musst* wieder fliegen«, sagte er dann und legte seine gewappnete Hand auf die Nüstern des Drachen. »Denn ich spüre, dass bald etwas geschehen wird.« Der faulige Atem, der ihm entgegenschlug, störte ihn nicht.

»*Dann tue es. Ich werde versuchen, dich nicht zu zertrampeln.*«

Lindor wusste, dass dies kein Scherz war. Einen Moment lang zögerte er, doch dann begann er seine Rüstung abzulegen. Er war, anders als der Kriegsmeister, nicht dafür gezüchtet worden, um Strategien zu erdenken, aber er konnte seinem Instinkt vertrauen. Es war genau so, wie dieser Tarlon sagte: Sie waren dem Gegner zehnfach überlegen, in Ausbildung, Material und Truppenstärke. Sie hatten drei Jahre lang Zeit gehabt, diesen Stützpunkt zu befestigen, Verteidigungsstellungen zu errichten und ihr Lager zu sichern. Und dennoch …

Später würde er sich noch einmal um die beiden Jungen kümmern. Wenn es ein Später gab.

Lindor ergriff seinen Dolch und stieg auf die Pranke Nestroks. Der eitrige Gestank, der ihm vom Auge her entgegenschlug, ließ ihn würgen. Er holte tief Luft und stieß dann entschlossen die Klinge in das Auge des Drachen.

Ein übermenschlicher Schrei, der den Boden unter ihren Füßen zum Vibrieren brachte, ließ Tarlon und Garret in ihrer Zelle kerzengerade auffahren.

»Was, bei den Göttern, war *das*?«, fluchte Garret.

»Lindors Drache«, gab Tarlon zurück. »Es kann kaum etwas anderes sein.« Er sah seinen Freund an. »Irgendetwas passiert gerade, Garret! Die Erdstöße vorhin, die Tatsache, dass unsere Leute noch nicht angegriffen haben ... Nun, vielleicht tun sie es ja gerade, aber auf eine völlig andere Art und Weise, als zu erwarten war!«

Er überlegte, ob er Garret auch von dem Gespräch erzählen sollte, das er soeben belauscht hatte. Er würde nicht umhinkommen, sein kleines Geheimnis zu verraten, aber wichtiger war jetzt, dass sie dem Schicksal ins Auge sahen.

»Du fragtest nach meinem Gehör. Nun, es war die Dame im Brunnen. Sie brachte mir einen Trick bei, und mit dessen Hilfe habe ich soeben aufgeschnappt, wie Lindor mit einem Wesen sprach, dass er ›Kriegsmeister‹ nannte. Allein die Stimme dieses Wesens jagte mir Angst ein. Meine Finte gab uns ein wenig Zeit, doch die scheint bald vorbei zu sein, denn der Kriegsmeister verlangte, dass wir ihm spätestens morgen übergeben werden. Ich fürchte, dass sie uns dann foltern werden. Wenn du eine Chance siehst, den Dolch zu nutzen, zögere nicht. Lieber sterbe ich in einem Handgemenge als auf der Folterbank.«

»So, so, die Dame im Brunnen also«, grinste Garret. »Ich habe ganz vergessen, was sie *mir* beibrachte.«

# 29

*Der Preis*

»Wohin führt Ihr uns, Meister Knorre?«, fragte Argor atemlos, als er über eine weitere Erdspalte sprang. Mittlerweile hatte er es so oft tun müssen, dass er kaum noch darüber nachdachte. Nur dabei nach unten sehen, wollte er immer noch nicht. Die ganze Stadt war durchzogen von diesen Klüften, aber Knorre schien sich hier blind zurechtzufinden, und so kamen sie gut voran.

»Ich will zum nördlichen Bereich des Hafens. Dort stehen noch Teile des alten Damms, von denen aus man den Feind gut beobachten kann.«

»Und was ist mit unseren Leuten aus dem Dorf?«, fragte Elyra. Ein Windstoß ließ ihre Haare flattern und ihre Robe wehen, sodass sie aussah wie eine der Figuren aus den alten Legenden, von denen die Sera Bardin immer erzählte.

»Ihr müsst euch entscheiden«, antwortete Knorre und zuckte zusammen, als schwerer Donner über sie hinwegrollte. Im nächsten Moment begann es zu regnen. »Ich kann euch auch dorthin zurückführen ... doch vergesst nicht, dass der Hinterhalt, den Belior legen ließ, zwischen euren Freunden und uns liegt. Außerdem können wir am Damm mehr über den Feind erfahren und so vielleicht auch eine Möglichkeit entdecken, euren Freunden zu helfen!«

Elyra und Argor sahen einander an.

»Zum Damm«, entschied Argor dann, und Knorre nickte.

Es war wie eine wilde Flucht, vor den verdorbenen Bewohnern Alt Lytars und vor dem Wetter. Je näher das Gewitter kam, desto unheimlicher wurde die Stadt. Blaue Funken tanzten über den Boden, hier und da flackerte im Innern der alten Ruinen ein unheilvolles Licht, und einmal mussten sie sich unter mannsgroßen Felsbrocken hindurchducken, die über ihnen in der Luft einen irrwitzigen Tanz aufführten.

Trotz der unwirtlichen Bedingungen wären sie beinahe einer weiteren Patrouille in die Arme gelaufen. Es war Elyra, die sie zuerst sah, und Knorre fluchte, als er sich in Deckung gleiten ließ.

»Wir müssen warten, bis sie wieder weg sind«, erklärte er. »Das kostet zwar Zeit, aber es ist unsere einzige Chance.« Er wiegte seinen Stab nachdenklich in der Hand.

»Worüber denkt Ihr nach, Meister Knorre?«, erkundigte sich Argor.

Doch Knorre schüttelte den Kopf. »Ich überlegte nur, ob ich den Stab gegen sie einsetzen sollte, aber es hat wenig Sinn. Zum einen brauche ich seine Kraft vielleicht später noch, zum anderen würde es den Feind nur warnen.«

Argor sah von dem hageren Mann hinüber zu dem guten Dutzend Soldaten. »Ihr denkt, Ihr könntet sie besiegen?«, fragte er ungläubig. »Wer meint Ihr zu sein!?«

»Ein alter Mann und Abenteurer. Seht mich nicht so an, Freund Argor. Es ist schließlich nicht meine Macht, sondern die des Mannes, der diesen Stab einst führte. Er war es, der die Magie in ihn hineinwob. Ich selbst hätte dies nie zu tun vermocht.«

Er lächelte vergnügt. »Ich weiß gerade genug, um den Stab auf sie richten zu können, und nur ein Wahnsinniger tut Dinge, die er nicht vollends versteht.«

»Jetzt habt Ihr mich aber beruhigt!«, brummte Argor, und Knorre lachte.

»Dann ist es ja gut.«

Sie warteten, bis die Patrouille ihren Blicken entschwunden war, und eilten dann weiter. Ein wenig später stießen sie auf einen der Hinterhalte. In einer alten Ruine hatten sich etwa zwei Dutzend Armbrustschützen gut getarnt verschanzt. Nur in der Deckung des schweren Regens, der herabprasselte, als wolle er sie mit seinen dicken Tropfen erschlagen, gelang es ihnen, die Stelle unbehelligt zu passieren. Offensichtlich waren auch die Schützen nicht gewillt, im Regen zu verharren, wenn sich der Feind nicht einmal blicken ließ.

So gelangten die drei ungeschoren auf die andere Seite der breiten Straße, die nach Osten zur Königsbrücke führte.

Es war letzten Endes das Gewitter, das es ihnen ermöglichte, sich durch die Reihen des Gegners hindurchzuschleichen, auch wenn immer wieder Blitze zu Boden zuckten, als würde die alte Stadt den Zorn der Götter noch immer anziehen. Noch nie zuvor hatten Elyra oder Argor ein solches Gewitter erlebt.

Einmal schlug ein Blitz so nahe bei ihnen ein, dass feuchtheiße Luft sie zur Seite warf, als wären sie nichts weiter als welke Blätter in einem Sturm. Argor dankte dem Himmel für seine Rüstung, als er sich nach seinem kurzen Flug kopfüber in den scharfkantigen Trümmern eines Hauses liegend wiederfand.

Die Vernunft, so dachte er, gebot es eigentlich, den Schutz irgendeines Kellers aufzusuchen, doch stattdessen eilten sie weiter, bis sie schließlich eine endlos lange, steile Treppe erklommen, deren Stufen für Menschenbeine gemacht waren und Argor somit größte Entschlossenheit abverlangten, zumal das Geländer rechts der Stufen zum größten Teil weggebrochen oder, wo es noch stand, brüchig war, sodass bereits ein unbedachter Fehltritt in die Tiefe führen konnte. Dies war für ihn der härteste und schwierigste Teil der Reise. Immer wieder war es Knorre, der den jungen Zwerg über geborstene Treppenstufen zog und ihn stützte, wenn er strauchelte. Doch dann hatten sie ihr Ziel erreicht, und Argor wagte kaum, sich umzusehen, denn durch den Schleier dichten Regens war noch genügend zu erkennen, um seine neu gefundene Entschlossenheit wieder zu gefährden.

Als Knorre von einem Damm gesprochen hatte, hatte Argor eher an den Bau eines Bibers gedacht. Doch was er nun vor sich sah, stellte alles in den Schatten, was er je gesehen oder für möglich gehalten hätte. Über die Treppe waren sie auf den östlichen der beiden Begrenzungstürme eines Bauwerks gelangt, das einst in einem sanften Bogen das Tal verschlossen hatte, durch das der Lyanta floss. Dadurch war der Fluss aufgestaut worden, und Argor wagte sich nicht vorzustellen, wie es damals ausgesehen haben muss. Nun jedoch hatte ein breiter Riss den Damm gespalten, sodass er das Wasser nur noch bis zur halben Höhe zurückhielt. Dennoch erstreckte sich zwischen Damm und Hügeln der größte See, den Argor je gesehen hatte. Gute vierhundert Schritt war dieses Bauwerk lang gewesen und gute dreißig Schritt dick – ein ungeheuer mächtiger Festungswall, dessen gesamte Stärke jedoch gegen die Kraft des Wassers gerichtet war.

Der östliche Turm, auf dem sie standen, war dem Wüten des Windes schutzlos ausgeliefert. Der Sturm peitschte ihre Haare und ließ Elyras und Knorres Roben knattern. Selbst der stämmige Argor befürchtete, die Kraft des Windes könnte ihn über die niedrige Mauer drücken, die den Turm umgab. Dieser war gut hundert Schritt hoch, und tief unter ihnen strömte das Wasser donnernd durch den gewaltigen Riss, um dann tosend und brodelnd an gigantischen Steinbrocken vorbei durch die Überreste eines Kanals in das Bett des Lyanta zu fließen.

Hier, bemerkte Argor, war das Wasser noch klar. Was immer also den Fluss verdorben hatte, musste sich weiter südlich in der Stadt befinden.

Immer wenn ein Windstoß den Vorhang des Regens lichtete, erhaschte Argor einen Blick auf das Lager des Feindes. An einem sonnigen Tag hätte man von hier aus tatsächlich den Feind beobachten können, zumindest Elyra mit ihren scharfen Augen. So aber sah man nur undeutlich regennasse Zelte und dunkle Gestalten, die versuchten, ihre Unterkünfte daran zu hindern, zusammenzubrechen oder fortgerissen zu werden.

Ihnen schräg gegenüber standen in rund sechshundert Schritt Entfernung die massiven Gebäude des alten Markts, der direkt an den Hafen angrenzte. Von den Gebäuden war die alte Börse das erhabenste, und auf deren Dach konnte Argor, immer wenn der Wind den Regen vertrieb, die bedrohliche geflügelte Gestalt des Drachen ausmachen. Das wenige, das er hatte erkennen können, reichte aus, um ihm den Mut zu nehmen. Gegen diese Streitmacht würde der Trupp aus dem Dorf, so schlecht gerüstet und ausgebildet, wie die Männer waren, kaum bestehen können.

Langsam ließ er sich an der Mauer herabsinken und schloss die Augen.

»Kommt«, hörte er in diesem Moment Knorre über den Sturm rufen und fühlte die Hand des hageren Mannes an seiner gepanzerten Schulter rütteln. »Lasst uns aus dem Wind gehen!«

Knorre führte Elyra und Argor zu einem alten Treppenabgang und weiter in einen Raum etwas tiefer im Turm. Es war dunkel dort, doch der massive Stein der Wände beruhigte Argor wieder. Er musste sich nur von dem schmalen Fenster fernhalten, dann würde er vielleicht vergessen, wie hoch sich dieser Raum über dem Erdboden befand.

Neben einer Reihe verrosteter Geräte, die entlang einer Wand aufgestellt waren und deren Funktionsweise sich ihm nicht erschloss, befand sich in dem Raum der Zugang zu einem weiteren Treppenabgang. Gemeinsam mit Knorre gelang es ihm, die verrostete Tür und die schwere Lade an dem schmalen Fenster so weit zu schließen, dass es in dem Raum ruhig und still und das Heulen des Windes nur noch fern zu hören war.

Nun spürte er jedoch umso deutlicher, dass der Stein unter seinen Füßen vibrierte, was ihn an den tosenden Sturzbach erinnerte, der sich in den Abgrund ergoss.

Nachdem Tür und Lade geschlossen waren, stellte Knorre seinen Stab in die Mitte des Raums, wo dieser fahl zu leuchten begann. In dem Licht erschienen alle drei erschöpft und bleich.

Es gab kein Material, um ein Feuer zu entzünden, doch sowohl Argor als auch Elyra besaßen noch ihre Packen, und so bildeten altes Dunkelbrot, ein Apfel und ein Stück Käse wenig später die Bestandteile eines stillen Mahls.

Argor und Elyra sahen immer wieder zu Knorre hin, der in sich gekehrt seinen Apfel aß. In dem schwachen Licht sah sein Gesicht hart und kantig aus.

»Was geht Euch durch den Kopf, Meister Knorre?«, fragte schließlich Elyra.

»Zumindest keine guten Gedanken, wie es aussieht«, kommentierte Argor. Der hagere Mann seufzte.

»Ich denke über den Preis nach, den man zu zahlen gewillt ist, für etwas, das einem vielleicht sinnlos erscheint«, gab Knorre dann langsam und bedächtig zur Antwort.

»Ihr überlegt, ob wir nicht doch besser kapitulieren sollten«, interpretierte Argor. »Der Gedanke ist mir auch schon gekommen. Beim Blick auf das Heerlager wurde mir bewusst, wie sinnlos unser Widerstand ist.«

»Wenn er uns nur in Ruhe gelassen hätte. Soll er diese verfluchte Stadt doch haben. Sie wird ihn schon fressen, diesen König!«, erregte sich Elyra und stand auf. Sie wirkte ungewohnt ruhelos. »Ich trage nun die Robe einer Priesterin der Mistral, der mächtigsten Göttin der Weltenscheibe, und dennoch wird nichts von dem, was ich zu tun vermag, einen Einfluss auf den Verlauf der Dinge haben.« Sie drehte sich zu Knorre und Argor um. »Aber ich fühle es in jedem Winkel meiner Seele, dass dieser Belior die Krone niemals finden darf! In seinen Händen würde die alte Magie die Länder ebenso vernichten, wie es einst das alte Lytar tat.«

»Es war nicht nur die Krone«, wandte Knorre ein. »Es war das Wissen, das ihnen diese Macht gab. Und dieses Wissen versucht Belior sich anzueignen. Stellt euch vor, seine Magier wüssten, wie man Kriegsfalken erschafft …«

»Wisst Ihr es denn?«, fragte Argor zögerlich.

Knorre nickte langsam. »Ja. Die Aufzeichnungen meines Vorfahren waren genau genug dafür. Nur würde ich es nicht wagen. Ich mag ebenso wahnsinnig sein wie er, aber anders als er kenne ich die Grenzen.«

Er sah Elyra an, und in seinen Augen war eine Verzweiflung, die Argor wegblicken ließ. »Wisst Ihr, dass er einst Mistral diente? Und dass er die Göttin bat, ihm die Mysterien der Magie zu offenbaren? Ohne seine Gier nach Wissen wäre Lytar niemals so mächtig geworden. Er war es, der diesen Damm erschuf und damit den Grundstein für das Verderben legte.«

»Wie das?«, wunderte sich Argor. »Ich weiß zwar auch nicht, warum man so viel Wasser aufstauen muss. Ein Fluss sollte fließen, wie er will ... Aber was hat das mit der Macht der alten Stadt zu tun?«

»Tief unter uns fließt das Wasser noch immer durch ein Werk aus Kristall und edlen Metallen, das die Macht des Wassers nimmt und sie umformt in die Macht der Magie. Selbst jetzt noch, wo alles halb zerstört ist, speist dieses Werk die Magie der alten Stadt und macht aus dem, was nur noch eine Ruine hätte sein sollen, den verfluchten Ort, der alles verdirbt, was sich ihm nähert.«

»Das Wasser des Sees ist also die Quelle für die Magie der alten Stadt?«, staunte Argor. »Die Ursache der Verderbnis?«

»Wie konnte er das nur tun?«, rief Elyra. »Wisst Ihr den Grund für diesen Wahnsinn?«

Knorre lachte bitter. »Er wollte Gutes tun. Zu seiner Zeit lebte die Stadt von der Arbeit Tausender von Sklaven, zusammengeraubt aus allen Winkeln der Weltenscheibe. Es war ein wahrhaft elendiges Schicksal, das diese Sklaven hier ereilte. Er schuf magische Werke, um ihnen die Arbeit zu erleichtern, und hoffte, dass man sie dann schonen möge. Dass der Wahnsinn, jeden Winkel der Welt unterjochen zu wollen, ein Ende finden würde! Wenn man in Wohlstand lebt, so dachte er, muss man keine Kriege mehr führen.«

»Warum kam es anders?«, wollte Elyra wissen. »Bei uns im Dorf hat ein jeder sein Auskommen. Und wir führten tatsächlich niemals wieder Krieg. Es gibt keinen Grund dazu, denn wir haben alles, was wir brauchen.«

»Bis auf den Frieden.« Knorre schüttelte den Kopf. »Es kam anders, da mit dem Reichtum auch die Angst wuchs, all das wieder zu verlieren. Man selbst hätte danach gegiert, wenn ein anderer es besessen hätte, und so dachte man im Umkehrschluss, dass die anderen es ebenso auf Lytars Reichtum abgesehen hatten. Um sich davor zu schützen, musste man die Welt nun vollends unterjochen.«

Knorre lehnte den Kopf müde an den Stein hinter sich und schloss die Augen. »Kein Wunder, dass mein Vorfahr wahnsinnig wurde. Während er sich im Dienst der Göttin wähnte, schuf er ein Übel, das auf der Welt noch immer seinesgleichen sucht.«

Argor musterte den hageren Mann vorsichtig. »Das erzählt Ihr nicht ohne Grund, Meister Knorre. Was wollt Ihr uns eigentlich sagen?«

»Wenn ihr gewillt seid, den Preis zu zahlen, zeige ich euch den Weg, die Schlacht zu gewinnen und die Verderbnis der alten Stadt zu besiegen. Es wird Jahre, vielleicht Jahrzehnte dauern, aber die Verderbnis wird vergehen, denn sie ist von den Göttern nicht gewollt und wider die Natur.«

»Wie meint Ihr das?«, fragte Elyra leise, doch Argor hatte verstanden.

»Es ist dieser Ort, nicht wahr? Der Damm ...« Plötzlich verstand der Zwerg. »Dies war der Grund, warum Ihr mit uns gekommen seid. Es hat mit dem Damm zu tun, nur was habt Ihr vor?«

Knorre nickte. »Dieser Damm ist ein verfluchter Ort. Durchzogen von wabenförmigen Kammern und wasserdichten Türen, von gefluteten Gewölben und einem Raum, in dem die Macht des Wassers noch immer durch Röhren gepresst und unter die Stadt geleitet wird. Dort leuchtet die Magie so hell, dass sie die Augen verbrennen kann, sobald man hineinsieht. Der Damm ist zerstört und mit ihm all das, was einst dazu diente, ihn zu befestigen. Öffnet man also die Schleuse in jenem Raum, in dem die Magie tobt und Funken schlägt, wird es diese überlasten und eine Entladung herbeiführen, mit der sie sich selbst zerstört.«

Er sah Argor offen an. »Auf dem freien Platz nahe dem Hafen, dort, wo das Heer lagert, standen einst Gebäude, die hinweggespült wurden, als der Damm brach. Wäre nicht ein Teil des Hafengrunds mitabgesackt, so könnten in dem Hafen keine Schiffe mehr anlegen. Wenn der Damm nun zur Gänze bricht, und das wird geschehen, wenn sich die Magie entlädt, dann werden die Fluten des Sees, gestärkt durch das Gewitter, den Feind hinwegreißen und ins Meer spülen.«

»Und welches ist der Preis?«, flüsterte Elyra, in deren Augen die Angst vor der Antwort deutlich zu erkennen war.

»Ich war vor Jahren schon einmal dort unten und habe mir alles angesehen. Ich wollte zerstören, was mein Vorfahr schuf, um die Verderbnis aus der Welt zu nehmen. Das war, bevor Belior hier erschien. Doch um das zu tun, braucht es zwei kräftige Männer, um die beiden Räder gleichzeitig zu bedienen. Und es ist ungewiss, ja sogar zweifelhaft, ob es ihnen gelingen wird, sich in Sicherheit zu bringen, wenn die Magie anzuschwellen beginnt. Es ist Selbstmord, Elyra, Priesterin der Mistral. Das ist der Preis, der gezahlt werden muss. Dort unten, vor dem Damm, wird es den Tod bedeuten, und dort befinden sich eure Freunde, Garret und Tarlon. Und Hendriks, der zwar ein Mann ist, den ich nicht mögen kann, der aber Ehre besitzt. Ihr könnt Euch die Macht des Wassers nicht vorstellen, die entfesselt wird, wenn der Damm bricht. Eure Freunde werden es nicht überleben, genauso wenig wie der Feind.«

Er atmete schwer durch. »So könnt Ihr diese Schlacht gewinnen. Ihr seid zu schwach dazu, Elyra. Ihr habt nicht die Kraft, das Rad zu drehen. Wenn Argor gewillt ist zu sterben und wenn Ihr gewillt seid, den Tod Eurer Freunde auf Euer Gewissen zu nehmen, dann habt Ihr hiermit den Preis, den es kostet, diese Schlacht für Euch zu entscheiden und die Verderbnis aus der Welt zu nehmen.«

»Ihr selbst seid bereit dazu, nicht wahr?«, fragte Elyra leise.

Knorre nickte. »Ich bin alt, und nur ich weiß noch, wie man die Verderbnis besiegen kann. Früher oder später wird es geschehen, und der Damm wird brechen, auch wenn wir es jetzt nicht tun. Doch es kann noch Jahrhunderte dauern. Und mich friert bei dem Gedanken, welches Unheil bis dahin noch angerichtet werden kann!« Er sah sie direkt an. »Wenn Ihr mir den Segen Eurer Göttin gebt«, fuhr er dann fort, »werde ich es tun, ohne eine Sekunde zu zögern, und dankbar für die Chance sein, das wieder zu richten, was mein Vorfahr verbrochen hat.«

Knorre nahm das kleine Buch heraus und hielt es hoch. »Der letzte Eintrag seiner Aufzeichnungen zeigt, wie verzweifelt er darüber war, dass er Mistrals Gnade verloren hatte und sich ihr Geschenk an ihn in diese Verderbnis wandelte. Für den Segen Eurer Göttin hätte er diesen Dienst erbracht, und mir geht es nicht anders. Nur ich kann richten, was hier verdorben wurde, doch kann ich es nicht allein.«

Argor schluckte. Und schluckte dann erneut. Wasser, Stein und Magie. »Saht Ihr mich auf diese Weise sterben?«, fragte er dann langsam.

Knorre nickte. »Dies ist Eure Chance, dem prophezeiten Schicksal zu entgegen. Geht weg und schaut nicht mehr zurück, dann werdet Ihr noch Jahrhunderte leben.«

»Jahrhunderte, in denen ich mir den Bart Tag für Tag werde abrasieren müssen«, sprach Argor bitter. »Wie kann man so etwas entscheiden?«

»Es muss getan werden«, entschied Elyra mit belegter Stimme. Sie hob entschlossen das Kinn, während ihre Augen feucht wurden. »Was Ihr fordert, Meister Knorre, ist hart und grausam, doch wenn Ihr Euch sicher seid, dass es tatsächlich geschehen wird und der Damm wirklich bricht, ist es das, was getan werden muss. Um unser Dorf zu retten und der Verderbnis die Grundlage zu entziehen. Das allein gebietet es, denn auch die Macht meiner Göttin wird hier verdorben. Ich werde mit Euch in diese Tiefen hinabsteigen, und der Segen der Göttin wird es uns allen leichter machen, zu ihr zu gehen.«

»Das werdet Ihr ganz bestimmt nicht tun«, sagte Knorre fest. »Es liegt kein Sinn darin, denn Ihr müsst leben, um die Hoffnung aufrechtzuerhalten. Ihr seid die erste Priesterin der Herrin der Welten, die Lytar seit Jahrhunderten gesehen hat. Dies ist die Last, die Ihr zu schultern habt, Elyra. Ihr tragt den Willen der Göttin unter die Lebenden. Das und nichts anderes ist Eure Bestimmung.«

Auch Argor schüttelte den Kopf. »Ich kann es ebenfalls nicht zulassen, Elyra«, sagte er ungewohnt sanft. »Ich werde in den Tiefen dieses Gemäuers meinen Hammer nicht brauchen. Jemand muss ihn zu meinem Vater bringen. Ich habe einen Cousin, der ihn tragen wird.«

Elyra nickte langsam, und als er ihr seinen schweren Hammer hinhielt, nahm sie ihn mit beiden Händen. »Ich werde gut auf ihn aufpassen«, sagte sie dann.

»Das weiß ich«, gab Argor zurück. Es war ihm beinahe peinlich zuzusehen, wie ihre Augen feucht wurden, daher wandte er sich abrupt zu Knorre.

»Gibt es einen Grund, noch zu warten?«, fragte er den hageren Mann und sah zum Treppenabgang hinüber, der nun für ihn das Unheimlichste darstellte, das er jemals gesehen hatte. »Ich fürchte, meinen Mut zu verlieren, wenn ich zögere.«

»Nicht wirklich«, entgegnete Knorre und erhob sich, um an Elyra heranzutreten. »Jeder Zeitpunkt ist schlecht, um zu sterben. Es macht keinen Unterschied.« Er sah Elyra tief in die Augen. »Es wird Eure Freunde töten. Könnt Ihr diesen Preis wirklich bezahlen?«

Sie sah ihn fast schon verzweifelt an, ihre Zähne hatten sich tief in ihre Unterlippe gegraben, die sogar leicht blutete. Doch sie nickte langsam.

»Ich werde beten, dass die Göttin ihnen Schutz gewährt«, sagte sie dann mit leiser, aber entschlossener Stimme. »Es ist nötig, dies zu tun. Und ich kenne meine Freunde. Tarlon …« Sie holte tief Luft und sprach tapfer weiter. »Auch er würde so entscheiden. Er hat sich noch nie gescheut, das zu tun, was getan werden muss. Und Garret ebenso wenig. Jeder würde zustimmen und die Entscheidung als richtig ansehen, jeder würde den Preis bezahlen. Allein diese Sicherheit erlaubt es mir, so zu entscheiden. Und doch …« Sie berührte das Amulett auf ihrer Brust. »Ohne dies und meinen festen Glauben könnte ich es nicht. Ich spüre einfach, dass es das Richtige ist.«

»Dann«, sagte Knorre entschlossen und kniete sich vor ihr nieder, »gebt uns den Segen, damit wir die Kraft finden, das zu tun, was getan werden muss.«

»Oh, verflucht«, begehrte Lamar auf. »Wie könnt Ihr das so trocken erzählen!« Er nahm einen tiefen Schluck von seinem Wein. »Ich habe angefangen, sie zu mögen! Sogar diesen Garret!« Er sah den alten Mann vorwurfsvoll an.

»Es ist ihre Geschichte«, gab der alte Mann zur Antwort. »Ich erzähle sie nur. Und sie ist noch nicht zu Ende.«

»Ich weiß gar nicht, ob ich das Ende noch hören will«, meinte Lamar.

»Ich kann auch gerne schweigen«, erwiderte der alte Mann und lachte, als er Lamars Blick sah.

# 30

*Der Sturm*

»Ein solches Gewitter habe ich noch nie erlebt«, bekundete Garret andächtig. Er stand auf Tarlons Schultern und sah durch das vergitterte Fenster hinaus. Abermals erleuchtete ein Blitz ihre Zelle, und der Donner rollte über sie hinweg. Das Gitterfenster führte nicht nach draußen, denn die Zellen waren nachträglich in einen Raum rechts des Eingangs der Börse eingebaut worden. Doch wenn er sich reckte, konnte Garret durch das vergitterte Fenster jenes anderen Raumes schauen. Selten hatte er solche Wassermassen herniederkommen sehen. Wieder leuchtete ein Blitz auf und blendete ihn. Es schien, als ob die Götter selbst wetteiferten, wie viele Blitze sie in einem Atemzug zur Erde hinabschleudern konnten.

»Ehrlich gesagt, interessiert mich das Gewitter nicht«, bemerkte Tarlon. Er stand mit dem Rücken an der Wand unter dem Fenster, und auch wenn er Garret ohne große Anstrengung tragen konnte, war es doch nicht sehr bequem. Wenigstens hatte sein Freund keine Stiefel an, denn die Absätze hätten den Balanceakt für seine Schultern deutlich unangenehmer gemacht.

»Nun, ich habe auch nicht wirklich Übung darin ...« Garret konzentrierte sich und versuchte, sich an die Lektionen der Dame im Brunnen zu erinnern, während er die Fingerspitzen beider Zeigefinger fest an das untere Ende des mittleren Gitterstabs presste. Das gleißende Licht des nächsten Blitzes überdeckte das Leuchten, das aus seinen Fingern in das Metall des Stabes floss. Es war nicht das erste Mal, dass er es versuchte, und die Anstrengung war enorm. Zeitgleich mit dem nachfolgenden Donner riss er mit beiden Händen an dem Stab, und diesmal löste er sich!

»Na also«, keuchte Garret zufrieden.

»Was sagtest du?«, fragte Tarlon von unten.

»Hier«, rief Garret triumphierend und brach den Stab aus der oberen Verankerung. »Sie wissen einfach nicht, wie man vernünftig baut!« Er hielt den Gitterstab nach unten, und Tarlon nahm ihn entgegen. Es war keine besonders gute Waffe, aber besser als nichts.

Er spürte, wie der Druck auf seinen Schultern nachließ, dann hörte er Garret fluchen. »Was ist?«

»Ich habe mich verbrannt ... Es ist noch heiß hier! Götter, tut das weh!«, fluchte Garret. Dann sah Tarlon nur noch, wie die nackten Füße seines Freundes durch das Fenster verschwanden.

Es waren zwar Wachen im Raum mit den Zellen postiert, aber vor einer Weile war ein Blitz in der unmittelbaren Umgebung eingeschlagen und hatte irgendetwas in Brand gesetzt. Kurz darauf waren die Wachen abberufen worden, wohl um beim Löschen zu helfen, und sowohl Tarlon als auch Garret meinten, dass man diese Chance nicht ungenutzt verstreichen lassen sollte.

Einen Moment später klackerte der Riegel, und Garret stand, von einem Ohr zum anderen grinsend, im Türrahmen.

»Wir sind zurzeit die einzigen Gäste hier, und rate mal, was sie freundlicherweise für uns in der Nachbarzelle aufbewahrt haben!«

»Später«, sagte Tarlon. Er schob den überraschten Garret zur Seite, schloss von außen die Zellentüre so leise, wie es ging, und legte den Riegel wieder vor.

»In die Nachbarzelle, unter die Pritschen!«, flüsterte er. »Es kommt jemand!«

Er rannte zum Fenster des Raums hinüber, öffnete den Innenriegel der Vergitterung und sprintete dann in die zweite der drei Zellen zurück, wo er die Tür hinter sich zuzog und sich unter die andere Pritsche warf.

Es war keinen Moment zu früh, denn schon hörten die beiden, wie die Tür des Raums geöffnet wurde. Dann ertönten die schweren Schritte von mindestens vier Wachen und das Geräusch des Riegels, der zurückgezogen wurde, gefolgt von einem lauten Fluchen.

Hastige Schritte stampften zum Fenster, dann ertönte ein erneutes Fluchen, und schließlich wurde die Tür zu der Zelle aufgerissen, in der sich die beiden Freunde versteckt hatten. Schwere, mit Metallplättchen verstärkte Stiefel erschienen in ihrem Sichtfeld, als einer der Soldaten die Kiste öffnete.

»Alles noch da«, rief er dann. »Die müssen so, wie sie waren, geflohen sein!«

»Verdammt«, fluchte eine andere Stimme. »Das gibt Ärger!«

»Wo sind eigentlich die Wachen? Es gibt überhaupt keine Kampfspuren«, fragte eine dritte Stimme.

»Sie wurden vermutlich abgezogen.«

»Dann möchte ich nicht in der Haut des verantwortlichen Korporals stecken.« Ein tiefer Seufzer folgte. »Wir sollten Bericht erstatten. Hoffentlich lässt der Graf nicht auch diejenigen verfüttern, die ihm die schlechte Botschaft bringen.«

Die Schritte entfernten sich, eine Tür ging zu, danach war wieder Stille.

Einen Moment lang warteten die Freunde noch, dann erst trauten sie sich unter den Pritschen hervor. Die Kiste enthielt ihre Ausrüstung und die von Hendriks. Tarlon sah auf seine Sachen herab und schüttelte den Kopf.

»So kommen wir nicht weit. Wir würden zu sehr auffallen, ich habe kaum Zivilisten hier gesehen. Wir brauchen die Rüstungen der Wachen.«

»Wir können noch nicht gehen«, wandte Garret ein, während er seine Stiefel aus der Kiste fischte und das gefaltete Tuch des Händlers aus einer Innentasche des rechten Stiefelschafts hervorzog, in der er es vor ihrem Aufbruch in die alte Stadt verstaut hatte.

»Ich muss zuerst noch meinen Bogen und mein Schwert holen«, fügte er hinzu und entfaltete das Tuch. »Wir nehmen am besten die ganze Kiste mit.« Tarlon nickte, angelte sich ebenfalls seine Stiefel sowie Hendriks Schwert aus der Kiste und half dann Garret, diese in die magische Kammer zu legen. Es kam ihm immer noch unheimlich vor, als sein Freund das Tuch wieder zusammenfaltete und in seinem Stiefel versteckte.

»Ich habe ein paar Türen weiter eine Rüstkammer gesehen«, berichtete Garret dann. »Wollen wir es dort versuchen, oder sollen wir ein paar Wachen überwältigen?«

»Es hängt wohl davon ab, ob wir die Rüstkammer unbemerkt erreichen oder nicht«, lachte Tarlon. Er wiegte das Schwert des Söldners in seiner Hand. »Diesmal jedenfalls werde ich meine Haut teuer verkaufen. Lieber sterbe ich im Kampf, als gefressen oder zu Tode gefoltert zu werden!«

Es war knapp, und wäre die Rüstkammer besetzt gewesen, wäre es wohl zum Kampf gekommen, so aber vermochten es Garret und Tarlon, die Tür der Rüstkammer gerade noch rechtzeitig hinter sich zuzuziehen, bevor ein größerer Trupp Wachen eilig vorbeigerannt kam.

»Das war Maßarbeit«, keuchte Garret und lachte leise. »Sie werden sicherlich bald merken, dass die Kiste weg ist.«

»Ein Grund mehr, uns zu beeilen«, erwiderte Tarlon, während er die Regale mit den Rüstungsteilen musterte. Für seine Körpergröße gab es dort wenig, aber es musste reichen. Schnell halfen die beiden Freunde einander, sich anzukleiden, und selbst passende Stiefel und Hosen fanden sich schließlich. Garret hätte beinahe das Tuch vergessen, doch im letzten Moment dachte er daran.

Mit aufgesetztem Helm und vollständig ausgerüstet, machten sich die beiden Freunde auf den Weg und waren keine zwei Schritte weit gekommen, als ihnen ein Soldat über den Weg lief. Dieser jedoch schenkte ihnen keine weitere Beachtung.

»Das ginge bei uns im Dorf nicht«, flüsterte Garret. »Da kennt jeder jeden.«

»Es gibt hier mehr Soldaten, als Lytara Einwohner hat«, gab Tarlon leise zurück. »Und in den Rüstungen sehen alle gleich aus. Ich glaube, hier ging es lang.«

Sie passierten ein Fenster und sahen nun, was bei dem Blitzschlag Feuer gefangen hatte. Eines der Schiffe im Hafen brannte lichterloh, und Dutzende von Soldaten versuchten, es zu löschen und zu verhindern, dass auch die anderen Schiffe Opfer der Flammen wurden.

»Ich hoffe, sie saufen alle ab«, zischte Garret. Eine weitere Wache kam ihnen entgegen, und Garret sprach sie an.

»Sagt, wisst Ihr, wo der Graf ist? Ich habe Nachricht für ihn vom Hafen.«

»Keine Ahnung. Ich hörte, er sei beim Feldscher, weil ihm sein Schoßhund auf den Fuß getreten sei. Nichts Schlimmes offenbar, aber gut gelaunt ist er nicht. Ich hoffe, es ist eine gute Nachricht?«

»Nein, ist es nicht«, gab Garret zerknirscht zurück, und sein Gegenüber schlug ihm kumpelhaft auf die Schulter. »Kopf hoch, ich hörte, der Drache wäre bereits satt!«

Tarlon sah dem anderen nach, dann wandte er sich wieder zu Garret. »Musst du das Schicksal immer herausfordern?«, flüsterte er.

»Nun wissen wir wenigstens, wo der Graf nicht ist.«

»Das wussten wir auch so«, gab Tarlon zurück und wies auf die große Flügeltür, die gerade in Sicht kam. »Keine Wachen!«

Sie hatten Mühe, die Tür zu öffnen. Was auch immer der Mechanismus war, der sie zuvor wie von Geisterhand hatte aufgleiten lassen, sie fanden ihn nicht. Aber es reichte für einen Spalt, durch den sie sich hindurchdrücken konnten. Beide atmeten erleichtert aus, als sie ihre Waffen samt Garrets Bogen noch auf dem großen Tisch liegen sahen.

»Und jetzt?«, fragte Garret, als er sein Schwert umgürtete.

»Dort hinten ist eine Tür ... vielleicht führt sie zu einer Treppe.«

»Warum nicht einfach zur Vordertür hinausgehen?«, wandte Garret ein. »Bei dem grauenhaften Wetter können wir uns einfach davonmachen, und keinem werden wir auffallen.«

»Nur, wenn sie deinen Bogen ignorieren. Überleg mal, wie viele Bogenschützen hast du hier schon gesehen? Er ist zu auffällig, Garret. Wir brauchen den Schutz der Dunkelheit, und bis dahin müssen wir uns an einem Ort verstecken, an dem uns niemand sucht.«

»Und wo wäre das?«, fragte Garret.

»Beim Drachen«, meinte Tarlon wie selbstverständlich. Garret sah ihn nur verblüfft an. »Keine Angst, ich hatte nicht vor, in seinem Maul zu schlafen«, fuhr Tarlon fort. »Aber so, wie die Leute hier von dem Drachen reden, halten sie offenbar möglichst großen Abstand zu ihm.«

»Aus gutem Grund«, bemerkte Garret, folgte dann aber seinem Freund, der bereits dabei war, die hintere Tür zu öffnen.

Das Dach der alten Börse war flach, wenngleich es nicht leer war. Der Drache lag in einer Ecke und schien zu schlafen. Außerdem standen vier schuppenähnliche Gebäude auf dem Dach verteilt. Eines der beiden Gebäude in ihrer Nähe hatte ein kaputtes Dach, durch das der Regen hineinblies, das andere war noch intakt genug, um ihnen einen trockenen Platz zu bieten. Zudem hatten sie durch die Fensterhöhlen einen Ausblick auf die Stadt und den Hafen.

Doch im Moment standen die beiden Freunde an der Brüstung des Dachs und versuchten, sich ein Bild der Lage zu machen, wobei sie den Drachen, so gut sie konnten, ignorierten.

»Schau mal«, sagte Garret und wies nach Süden. »Ich habe noch nie Gewitterwolken gesehen, die bis zum Boden reichen!«

»Mich freut es eher zu sehen, dass ein weiteres Schiff Feuer gefangen hat«, knurrte Tarlon grimmig. Ein Windstoß ließ seinen Umhang flattern, und der Regen blies ihm wie mit Nadeln ins Gesicht. »Das ist wirklich mal ein Sturm«, bemerkte er dann.

»Gut für uns«, erwiderte Garret. »Es ist kaum jemand unterwegs, sie haben sich alle verkrochen.« Die dichte Wolkendecke und die einsetzende Dämmerung ließen es schnell dunkler werden. Von ihrem Standpunkt aus beobachteten sie, wie ein Verletzter aus der Löschmannschaft in eines der Gebäude neben der Börse getragen wurde.

»Das dürfte das Lazarett sein«, stellte Tarlon fest. »Ob sich Hendriks noch dort befindet?«

»Wir können ihn nicht befreien, wenn du das meinst«, bedauerte Garret. »Er wurde schwer am Bein verletzt, wir müssten ihn tragen. Wenn er überhaupt noch lebt. Auf ihn nahmen sie jedenfalls weniger Rücksicht. Offenbar wollte man nur uns gefangen nehmen!«

»Das war die Idee des Kriegsmeisters«, erklärte Tarlon. Er löste sich von der Brüstung und schritt zu dem leeren Gebäude hinüber, konnte es sich aber nicht verkneifen, dabei einen Blick auf den Drachen zu werfen. Er erschrak, als er feststellte, dass dieser ihn ansah, und war froh, als er das Gebäude erreichte und nicht mehr seinem Blick ausgesetzt war.

»Nicht blöde, das Vieh«, meinte Garret, als er nach ihm den Schuppen betrat. Auch er war etwas bleich geworden. Dann seufzte er. »Ich würde gerne noch sein anderes Auge erwischen, aber bei dem Wetter könnte ich es verfehlen, und dann bleibt er bestimmt nicht mehr in seiner Ecke sitzen.«

»Ehrlich gesagt, wäre ich froh darüber, wenn du ihn in Ruhe ließest«, meinte Tarlon. Er trat ans Fenster heran. »Sieh mal«, sagte er leise. Garret stellte sich neben ihn, wusste aber zunächst nicht, was Tarlon meinte. Dann aber sah er, wie ein Blitz zweimal hintereinander tief an der Basis des alten Damms einschlug, der sich über ihnen erhob.

»Schlagen Blitze nicht normalerweise oben ein?«, fragte Tarlon leise, als erneut ein Blitz in das Fundament der Staumauer fuhr.

Garret nickte nur. Fasziniert sah er zu, wie auch die nächsten Blitze an der gleichen Stelle einschlugen. »Und ich habe noch nie einen von ihnen schräg einschlagen sehen«, fügte er ehrfürchtig hinzu.

Die Blitze schienen immer schneller herniederzuzucken und trafen immer wieder denselben Punkt. Kaum war der eine erloschen, erhellte bereits der nächste die Nacht. Tarlon sah sich um. Sie standen auf dem höchsten und stabilsten Gebäude im Umkreis. Unten im Hafen versuchte man noch immer zu verhindern, dass der Brand auf weitere Schiffe übersprang. Das erste war bereits bis fast auf die Wasserlinie abgebrannt, und auch das zweite hatte sich schon etwas zur Seite geneigt.

Tarlon warf einen Blick hoch zum Damm, und seine Augenbrauen zogen sich zusammen.

»Komm mit!«, sagte er dann. »Und lass deinen Bogen hier!«

»Auf keinen Fall!«, begehrte Garret auf, doch Tarlon schüttelte den Kopf. »Lass ihn liegen, wir kommen wieder her. Aber jetzt müssen wir uns beeilen!«

Er wandte sich um und lief auf den Treppenabgang zu.

Garret zögerte kurz und rannte ihm dann nach. »Was hast du denn vor?«, rief er ihm im Laufen zu.

»Ich will Hendriks holen. Und ich weiß auch schon, wie.« Mit einem letzten Blick auf die gleißenden Blitze, die nun in deutlich schnellerem Rhythmus das Fundament des Dammes trafen, rannte Tarlon weiter.

Es dauerte nicht lange, bis sie unten aus dem Haupteingang herauskamen. Tarlon warf einen Blick hoch zum

Damm, der nun von den Blitzen hell erleuchtet war. Inzwischen standen überall Soldaten herum, die dem Schauspiel teilweise mit offenem Mund zusahen.

Das Spektakel selbst interessierte Tarlon wenig, es reichte ihm zu wissen, dass die Blitze noch immer einschlugen, und so eilte er zusammen mit Garret weiter in das niedrige Nebengebäude.

Zwei Wachen saßen dort an einem Tisch und spielten Karten, im Hintergrund hörte man jemanden stöhnen und einen anderen fluchen.

Zufrieden stellte Tarlon fest, dass die wachhabenden Soldaten die Rüstungen der gewöhnlichen Fußsoldaten trugen, während er als Wache der alten Börse erkennbar war, die, wie er vermutete, einen höheren Rang hatte und damit Befehlsgewalt besaß.

»Sagt, lebt dieser Söldner noch?«, fragte Tarlon ohne weitere Vorrede, als die Kartenspieler aufsahen. Einer der beiden, dessen Gesicht rund war und eine Nase aufwies, die von übermäßigem Weingenuss zeugte, nickte. »Der ist ein zäher Bursche. Der Feldscher meint sogar, er wird überleben.«

»Das glaube ich nicht«, erwiderte Tarlon. »Der Graf will ihn sprechen und dann an seinen Haushund verfüttern.«

Die beiden Soldaten sahen einander an. »Armes Schwein«, sagte der mit dem Pfannkuchengesicht. »Er liegt auf der Pritsche hinten rechts.«

Tarlon nickte nur und eilte in den großen Raum. In einer Ecke war der Feldscher im Schein dreier Öllampen damit beschäftigt, den bei den Löscharbeiten verwundeten Soldaten zu versorgen. Fünf Männer hielten den Unglücklichen fest, als der Heiler mit spitzen Zangen das verbrannte Leinen von der geschwärzten Haut zog. Der Gestank von versengtem Fleisch war widerlich, doch am schlimmsten muteten die gurgelnden Schmerzensschreie des Mannes an. Die meisten Betten waren leer, und so war Hendriks bald gefunden. Der Hauptmann lag mit geöffneten Augen auf seiner Pritsche, und seine Arme waren mit Lederriemen an den stabilen Rahmen gebunden.

»Du lebst. Also kannst du auch laufen«, fuhr ihn Tarlon barsch an. Im Licht der Öllampen sah er, wie die Augen des Hauptmanns sich weiteten. Schnell zog Tarlon die Lederlaschen auf, dann griffen Garret und er ihn grob bei den Armen und zogen ihn hoch. Der Hauptmann war bis auf die Bandagen nackt und wollte protestieren, doch Tarlon zog ihn herum, als wäre er nicht mehr als ein kleines Kind.

»Ihr da!«, rief der Feldscher. »Was macht ihr mit dem!?«

»An den Drachen verfüttern, wie es aussieht!«

»Verdammt!«, knurrte der Heiler. »Das hätte man mir vorher sagen können, dann hätte ich mir die Mühe nicht zu machen brauchen!« Der Mann vor ihm auf dem Tisch stöhnte, und der Heiler wandte sich wieder ihm zu, während er eine ungeduldige Geste mit der freien Hand machte.

Tarlon und Garret ließen sich nicht zweimal bitten und zerrten den halb ohnmächtigen Hauptmann aus dem Gebäude heraus und hinüber zur Börse. Dass es Nacht war, konnte man nur noch erahnen, denn die Blitze schlugen nun in so rascher Folge in den Damm ein, dass sie zu einem gleißend hellen, flackernden Licht verschmolzen, das messerscharfe Schatten warf. Die noch immer umherstehenden Soldaten ignorierten Garret und Tarlon, nur einer sah ihnen hinterher und lachte. Es war der Fahrer des Karrens, der sie hergebracht hatte.

»Wir müssen zurück aufs Dach«, presste Tarlon hervor, als er fast allein den schweren Körper des Hauptmanns herumwuchtete. Selbst hier, tief im Innern des Gebäudes, warfen die Blitze noch Schatten, und der Donner grollte unaufhörlich.

Doch dann wurde es plötzlich dunkel und still. Tarlon fluchte und warf sich den Söldnerhauptmann kurzerhand über die Schulter, dann rannte er die breiten Treppen hoch, die im Dunkel fast nicht mehr zu erkennen waren. Garret wollte ihn schon fragen, was die Eile zu bedeuten hatte, als er unter seinen Sohlen ein Vibrieren spürte, das von einem fernen Grollen begleitet wurde, welches immer stärker anschwoll. Er entschied sich augenblicklich, schneller zu rennen.

Für Argor war der Abstieg in den Bauch des Damms das Schlimmste, das er jemals getan hatte. Dies war etwas gänzlich anderes, als den Stollen einer Mine zu betreten, denn hier war das Wasser allgegenwärtig und ließ ihn keinen Augenblick lang vergessen, dass auf der anderen Seite dieser mächtigen Mauern ein riesiger See gegen das Bauwerk drückte. Überall lief das Wasser an den Wänden herab, sprühte aus feinen Ritzen hervor oder tropfte von der Decke und überflutete so den Boden, von wo es in kleinen Bächen die Treppen des Schachts hinunterstürzte. Das Licht des Stabs, den Knorre in seiner linken Hand führte, war für Argor hell genug, um die Ablagerungen von Kalk zu erkennen, den die Feuchtigkeit im Laufe der Jahre aus dem Stein getrieben hatte. Die Risse, aus denen das kalte Wasser des Sees hervorsprühte, schienen ihm größer zu werden. Einmal wurde er so hart von einem Strahl getroffen, dass er zur Seite geworfen wurde und seine Rüstung sich verschob.

Indes führte Knorre ihn wortlos immer tiefer in das Innere des Damms hinab. Auch Argor wusste nicht, was er noch hätte sagen sollen. Es war alles schon gesagt. Am unteren Ende mündete der Schacht in einen Gang, der, für Argor brusthoch, mit eiskaltem Wasser geflutet war. Der junge Zwerg holte tief Luft, fluchte einmal leise und stieg dann in die eisigen Fluten. Das Wasser machte es ihm schwer voranzukommen, sodass Knorre ihn sanft vor sich herschieben musste. Ein wenig später kamen sie an eine verrostete Tür, die sie mit vereinten Kräften öffneten. Sie führte zu einem weiteren Treppenschacht, und Knorre erklärte, dass man zunächst ein Stück weit unter Wasser hinabsteigen müsse, um auf der anderen Seite wieder nach oben zu gelangen. Argor blieb stocksteif stehen und fuhr sich mit der Hand über seine Bartstoppeln, dann holte er mehrmals tief Luft und schritt entschlossen voran. Nicht einmal als die kalten Fluten über seinem Kopf zusammenschlugen, zögerte er.

Nach der Passage durch den wassergefüllten Tunnel war noch ein letztes verrostetes Tor zu überwinden. Lange Zeit hielt es ihren gemeinsamen Bemühungen, es zu öffnen, stand, bis Knorre schließlich seinen Stab mit beiden Händen nahm und einmal kräftig zuschlug. Die dabei ausgelöste gleißende Entladung ließ es in Argors ganzem Körper kribbeln und schleuderte das schwere Tor wie durch den Fußtritt eines Riesen nach innen in einen Raum hinein, wo es mit lautem Platschen und wildem Zischen von heißem Metall in dem hüfthohen Wasser versank.

Die Augen des Zwergs weiteten sich, als er sich in dem großen Raum umsah, der bestimmt sechsmal so groß war wie die Schankstube des Gasthofs von Lytara. Sechs massive Röhren von gut acht Schritt Durchmesser führten von der Wand in ihrem Rücken zu großen Zylindern hinüber, die aus Gold, Silber und Kristall gefertigt waren. Argors

Blick verirrte sich im Geflecht der Formen, die sich hier ineinanderwoben.

Über ihnen an der Decke des Raums drehte sich langsam ein Licht, das hell war wie tausend Blitze. Knorre hatte ihn davor gewarnt, direkt hineinzusehen, aber auch aus den Augenwinkeln erkannte er in dem Gleißen helle Schlieren, die sich bewegten, sodass das Licht langsam zu pulsieren, ja fast lebendig schien. Argor bildete sich sogar für einen Moment ein, es wolle ihn verschlingen. Der Boden in dem Raum vibrierte und ließ seine Füße kribbeln, während der Lärm so groß war, dass eine akustische Verständigung unmöglich schien.

Knorre zögerte nicht und führte ihn auf ein verrostetes Metallgerüst hinauf, das an der Hinterseite des Raums stand. Oben auf der Plattform kam ein monumentales Rohr aus der Wand heraus, das aus demselben Material gefertigt war wie das Tor zum Depot. Auf jeder Seite des Rohrs befand sich ein etwa mannshohes Rad. Als Argor dem Verlauf des Rohres mit seinem Blick folgte, sah er, dass es sich in die sechs Rohre spaltete, die zu den glitzernden Zylindern führten.

Knorre wies mit seinem Stab auf das eine Rad und arbeitete sich selbst vorsichtig zu dem anderen vor, um es dann mit beiden Händen zu greifen. Da auch die Räder aus dem dunkelgrauen Metall bestanden, waren sie nicht verrostet, doch wirkten sie, als bräuchte es einen Riesen, um sie zu bedienen.

Für einen langen Moment stand Argor da, versuchte sich die Gesichter seiner Freunde vorzustellen, die bald zusammen mit ihm ersaufen würden, und hoffte, dass sie ihm vergeben konnten. Er empfahl seine Seele den Göttern und griff beherzt zu.

Am Anfang schien es, als ob keine Anstrengung der Welt die Räder würde bewegen können, und Argor wusste nicht, wie lange sie schon mit dem steifen Metall rangen, als sie sich dann doch knirschend aus ihrer Arretierung lösten. Mehr hatte es offenbar nicht gebraucht, denn nun drehten sich die Räder beinahe von allein. Während sie weiter aufdrehten, konnte Argor bereits die Veränderung ausmachen.

Das Tosen des Wassers wurde lauter, und das mächtige Rad unter seinen Fingern vibrierte mehr und mehr, bis dem Zwerg sogar die Fingerspitzen taub wurden. Mit einem Knall löste sich plötzlich an einem der Zylinder eine Niete, und ein daumendicker Strahl schoss schräg in die Höhe. Er traf die Decke über ihnen so hart, dass sich dort Steine lösten. Doch sie drehten unbeeindruckt weiter. Die Vibrationen im Boden unter ihnen nahmen beständig zu, und aus der Wand zu ihrer Linken brach plötzlich ein Wasserstrahl hervor, der fast so umfänglich wie Argors Hüfte war und sich in den Stein auf der gegenüberliegenden Seite der Halle bohrte. Das Licht über ihnen pulsierte nun immer schneller und nahm sogar noch an Leuchtkraft zu.

Gut drei Dutzend Male mussten die mächtigen Räder gedreht werden, bis sie mit einem dumpfen Schlag wieder gestoppt wurden.

Argor sah, wie Knorre mit dem Stab auf die Tür wies, durch die sie gekommen waren und sich sein Mund zu dem Wort »Lauf!« formte. Er rannte los, der Arteficier dicht hinter ihm, doch dann gab neben ihnen die Wand nach, und das Wasser riss sie beide mit und spülte sie tief in den gigantischen Raum hinein. Prustend kam Argor nach wenigen Augenblicken wieder hoch. Das Wasser stieg nun so schnell, dass er dabei zusehen konnte. Dann wandte er sich nach Knorre um, der neben ihm den Kopf aus dem

Wasser streckte, aber in einer sitzenden Position verblieb, sodass ihm das Wasser bis an den Hals reichte.

Erneut machte der hagere Mann mit seinem Stab eine Geste in Richtung Tür, doch Argor bückte sich unter Wasser und sah, dass Knorres linker Fuß unter einem mächtigen Steinbrocken eingeklemmt war. Er tauchte auf, doch als Knorre abermals mit dem Stab in Richtung Tür wies, schüttelte Argor nur den Kopf, umfing Knorres Brust mit den Armen und zog, denn er hatte gesehen, dass der Stein nur lose auflag und den Fuß nicht zerdrückt hatte.

Knorre rammte indessen seinen Stab gegen den Stein, woraufhin eine Welle gleißenden Lichts das Wasser erleuchtete und es transparent werden ließ. Einen Moment lang schien die Welle den schweren Stein anzuheben, und der Zwerg zog, bis sich der hagere Mann mit schmerzverzerrtem Gesicht zur Seite warf. Argor legte einen Arm unter seine Achseln, um ihn zu stützen, und gemeinsam humpelten sie zur Tür hinüber, während das Wasser unablässig stieg.

War bereits der Abstieg ein Albtraum gewesen, so war der Aufstieg noch schlimmer. Nur mit Mühe vermochten sie mit dem steigenden Wasser Schritt zu halten. Immer lauter wurde das Dröhnen, und immer stärker vibrierte der Boden unter ihren Füßen, dann brach über ihnen ein Teil der Treppe weg, und ein faustgroßes Stück Stein traf Meister Knorre am Kopf. Er strauchelte und geriet in die Bahn eines mächtigen Wasserstrahls, der den hageren Mann von der Treppe riss, ihn unter Wasser drückte und tiefer nach unten in den Schacht spülte. Ein letztes Mal sah Argor tief unter sich im Wasser das Licht von Knorres Stab aufblitzen, dann war es dunkel.

In den Stein, der ihn umgab, schien nun Leben zu kommen. Er pulsierte langsam und wurde zusätzlich von hämmernden Schlägen erschüttert. Argor war es gewohnt, sich im Dunkeln zurechtzufinden, aber hier war es nicht nur dunkel, vielmehr herrschte eine Finsternis, wie er sie nicht kannte, eine völlige Abwesenheit von Licht. Als ein Stein ihn an der gepanzerten Schulter traf, drängte er sich in eine Ecke und fing mit lauter und fester Stimme an zu beten. Der Boden unter seinen Füßen bewegte sich, erst leicht, dann stärker, bis ein Brüllen und Tosen, so laut, dass es wie ein körperlicher Schlag war, ihn erschütterte, während das Wasser rasend schnell über seinen Kopf stieg. Es gab nun keine Treppe mehr, und er konnte nicht einmal versuchen zu schwimmen. Doch Argor wollte nicht aufgeben. Er hielt so lange die Luft an, bis es nicht mehr ging. Auch unter Wasser war das Getöse so laut, dass es schmerzte. Beinahe schien es ihm, als ob der Lärm ihn umbringen würde, noch bevor er den Atem verlor, doch dem war nicht so.

Seltsam, dass das Loslassen so leichtfällt, dachte er, als sein letzter Atemzug entwich und kaltes Wasser seine Lungen füllte. Es war, wie man sagte ... sogar das Licht erschien und darin eine Gestalt, die seinen sterbenden Sinnen bekannt vorkam. Ein mächtiger Schlag erschütterte das Gestein und den Körper des Zwerges, die Welt drehte sich ... Dann war es vorbei.

Hoch oben, auf dem Hügel über der östlichen Flanke des Damms, stand Elyra. Der Gewittersturm wütete noch immer, Regen und Wind zerrten an ihren Gewändern und peitschten ihr die Haare ins Gesicht. Doch mit einem Mal versiegte das Gleißen an der Basis des Damms, das die ganze Stadt unter ihr taghell erleuchtet hatte, und der Donner verhallte. Stattdessen war im Stein unter ihren Füßen nun ein Zittern zu spüren. Ungläubig sah sie zu, wie plötzlich ein Steinbrocken von der Größe eines Hauses aus dem Damm geschleudert wurde, während ein gleißender Lichtblitz aus dessen Innerem hervorschlug und die Straßen der alten Stadt entlangzulaufen schien, bevor er schließlich verlöschte. Dann gab der gesamte untere Teil des Damms nach.

Eine Wand aus Wasser stand einen Moment lang wie schwerelos über der Stadt, dann stürzte die schwarze Flut mit einem Brüllen und Donnern, das ihr fast die Sinne nahm, hernieder. Im Licht der nun wieder einsetzenden Blitze vermeinte Elyra zu erkennen, dass die Menschen unter ihr wie angewurzelt verharrten und gar nicht erst versuchten, der Flut zu entgehen. Auf dem Dach der alten Börse richtete sich indessen der Drache auf. Ein Blitz zeigte eine kleine Gestalt an seiner Seite. Der nächste enthüllte, wie sich Drache und Reiter in die Luft erhoben, und ein weiterer, wie zwei gerüstete Soldaten auf dem Dach erschienen, die einen Verwundeten trugen.

Im Schein der Blitze sah sie auch, wie sich die Wassermassen dem Lager näherten, während eine unsichtbare Hand die Zelte platt zu drücken und wegzufegen schien, bevor die Woge über das Lager hinwegrollte und sich dort, wo soeben noch Zelt und Mensch gewesen waren, eine graue Front erstreckte. Wenige Blitze später hatte die Welle den Hafen erreicht, wo sie ein Schiff durch die Luft wirbelte, als hätte ein Riese es geworfen. Gischt und Brandung schäumten auf, wo das Wasser Häuser wie in einer lässigen Bewegung beiseitewischte. Selbst die alte Börse war nicht hoch genug. Die Welle raste auf sie zu, und ein weiterer Blitz zeigte die Schaumkrone der Flut, die hoch über dem Dach des Gebäudes aufragte. Dicht über dem Wellenkamm vermeinte Elyra ein Glitzern wie von metallenem Gefieder zu erkennen, doch womöglich war es nur ein Nachleuchten der Blitze in ihren geblendeten Augen.

Als die Welle in die offene See hinausrollte, glaubte sie in der Ferne noch Glocken läuten zu hören, dann wurde es ruhig und still. Ein letzter Blitz zeigte einen leer gefegten Platz, an dem nur noch die alte Börse stand, aus deren hohen Fenstern sich das Wasser in Sturzbächen ergoss. Kein Leben regte sich mehr, als der Sturm, seiner Macht beraubt, verebbte und die dunklen Wolken davonzogen.

Am Himmel stand ein Stern mit einer atemberaubenden Klarheit, Mistrals Stern, der Stern der Göttin der Welten.

*Im Gasthof war es absolut still, als der alte Mann innehielt, um sich seine Pfeife in die Westentasche zurückzustecken. Auch Lamar konnte nichts sagen, und so war es ein junges Mädchen, das die Stille brach.*

*»Großvater«, sagte sie leise, »sind sie alle tot?«*

*Der alte Mann lachte und schüttelte den Kopf. »Nein, Saana, das sind sie nicht. Sonst wäre die Geschichte ja schon zu Ende! Erinnerst du dich daran, was Knorre Tarlon und Garret prophezeite?«*

*Das Mädchen nickte heftig.*

*»Nun«, fuhr der alte Mann fort, »Garret behielt recht. Was Knorre ihnen prophezeit hatte, war bislang nicht eingetreten. Wie also hätten sie dann sterben können?«*

*Sie sah ihn mit großen Augen an und strahlte dann. »Ja, das hatte ich vergessen ...«*

*Lamar schüttelte sich. »Wollt Ihr etwa sagen, dass ...«*

*»Es war allerdings recht knapp«, lächelte der alte Mann. »Tarlon und Garret standen auf dem Dach ...«*

»Götter«, hauchte Tarlon ehrfürchtig, als er sah, wie ein gewaltiger Steinbrocken aus dem Fundament des Damms herausgeschleudert wurde und sich die schwarze Flut schäumend ihren Weg bahnte. »Sieh dir das an! Genau so etwas habe ich befürchtet!« Er stützte den Hauptmann, der seinen Blick ebenso wenig von dem herannahenden Unheil wenden konnte.

Garret fluchte, dann rannte er in den Schuppen auf dem Dach und kam mit seinem Bogen in der Hand wieder zurück. Hastig zog er diesen aus der schützenden Ledertasche und spannte ihn. In der Luft über ihnen schrie der Drache auf. Es war ein markerschütternder Schrei, der jedoch im Donnern der Fluten unterging, die das Tal hinabstürzten.

»Da geht er stiften«, meinte Tarlon, als der Drache sich höher schwang, wobei er fast panisch mit den mächtigen Schwingen schlug. Für einen Moment sah es so aus, als ob der Reiter sich nicht auf seinem Rücken würde halten können. Doch dann fand er zwischen zwei Rückendornen sicheren Halt, und mit drei weiteren Schlägen seiner mächtigen Schwingen verschwanden der Drache und sein Reiter schließlich in der Dunkelheit.

»Dies ist das Ende der Welt«, rief Hendriks, dessen Stimme fast zu schwach war, um von den beiden anderen gehört zu werden.

»Es ist faszinierend!«, brüllte Garret über das Getöse hinweg und lachte wie ein Besessener. »Faszinierend und absolut verrückt! Es *muss* Knorre gewesen sein, niemand sonst denkt so! Es ist sein Werk ... Er spült unsere Feinde hinweg!«

»Uns allerdings auch!«, brüllte Tarlon zurück. »Wonach schaust du?«, fügte er hinzu, als er sah, wie Garret seinen

Bogen an einem Ende nahm und sich dann suchend in der Luft umsah.

»Ich warte auf die Krallen!«, rief Garret und lachte erneut. »Dort drüben!«

Ein Blitz erhellte den goldsilbern schimmernden Falken, der mit angelegten Flügeln und weit geöffneten Krallen zu ihnen herabstieß. Flüchtig nahm Tarlon noch die rot leuchtenden Augen und den riesigen aufgerissenen Schnabel wahr, der das grimmige Gesicht seines Freundes Marten halb verbarg, dann schloss sich eine Kralle um seinen Körper. Hätte er sich nicht im letzten Moment zur Seite gedreht, hätte ihn die metallene Kralle gewiss durchbohrt. So jedoch umfasste sie ihn wie ein stählerner Käfig, der ihn sicher verwahrte.

Gischt schlug bereits über die Brüstung des Daches, an der Garret mit hochgerecktem Bogen stand. Als der Falke auf Garret zuflog, schob Tarlon seinen gewappneten Arm gerade noch rechtzeitig in den Winkel des gespannten Bogens, bevor ihn die mächtigen Schwingen nach oben rissen. Während Hendriks und er eine Beute der Krallen geworden waren, hing Garret nun, an seinem mächtigen Bogen baumelnd, unter ihnen und lachte wild, als er die Beine anzog und die tödliche Welle unter ihm hindurch über das Dach der Börse schwappte.

Als Ralik Hammerfaust an der Spitze der Männer und Frauen aus Lytara die Königsbrücke erreichte, erwartete ihn dort ein unvorhergesehenes Bild. Den Hintergrund bildete der mächtige Kriegsfalke, vor dem sich Marten in seiner kupferfarbenen Rüstung sowie Garret und Tarlon in den schweren Harnischen des Feindes aufgebaut hatten. Zu ihren Füßen lag ein unbekannter Mann in Decken gehüllt, dessen Anblick Helge, dem Heiler ihrer neuen Verbündeten, einen Laut des Erstaunens entlockte. Zuvorderst stand stolz und aufrecht mit erhobenem Haupt Elyra, deren lange feine Haare ein Spielzeug des Windes waren. Auf dem Kopf trug sie den Stirnreif einer Priesterin, und an ihre Brust gedrückt hielt sie den mächtigen Hammer Argors, jenen Hammer, den einst er selbst, Ralik, im Kampf geschwungen hatte.

Ein Raunen ging durch die Reihen der Männer und Frauen hinter Ralik, als die Leute verstanden, was dies zu bedeuten hatte. Selbst die neuen Verbündeten, die Lytaras Streitmacht verstärkten, schwiegen betreten, während sich eine schlanke Gestalt aus ihrer Mitte löste und auf den am Boden liegenden Mann zurannte.

Gemessenen Schrittes ging Ralik auf die Priesterin der Mistral zu und suchte durch seine Tränen hindurch das vertraute, doch nun so fremde Gesicht, in dem er Augen fand, die klar wie der Himmel waren und fest wie Stein.

Er kniete vor ihr nieder, und langsam legte sie den Hammer seines Sohnes in seine ausgestreckten Hände.

»Euer Sohn Argor war es, Meister Ralik«, sagte Elyra mit leiser Stimme, die jedoch so klar war, dass sie jedes Ohr erreichte, »der zusammen mit einem anderen Mann sein Leben gab, um den Feind ins Meer zu spülen und die Schlacht für uns zu gewinnen. Was an Gegnern verblieb, hat keinen Kampfesmut mehr und wartet auf Euer Urteil. Dies ist der Hammer Eures Sohnes. Er gab ihn mir, dass Ihr ihn weiterreichen mögt an den nächsten großen Mann.«

Während Ralik seinen Tränen freien Lauf ließ, legte ihm Elyra sanft eine Hand auf die breite gepanzerte Schulter und fing an zu singen: von der Gnade der Götter, von dem Mut eines Mannes, von der Weisheit Mistrals, die gab und nahm, und vom Frieden, der nun jedem rechtschaffenen Menschen versprochen war.

Während ihr Gesang in den Himmel stieg, knieten die Menschen aus dem Dorf nieder und beteten dafür, dass ein solches Opfer niemals wieder nötig würde.

Als sie zum Himmel emporblickten, sahen sie eine Möwe im Wind gleiten, zum ersten Mal seit Jahrhunderten, zum ersten Mal, seitdem die Strafe der Götter die alte Stadt ereilt hatte.

*Lamar zog sein Tuch aus dem Ärmel und schnäuzte sich. »Das, alter Mann«, sagte er ergriffen, »war eine Geschichte, die mich wirklich mitriss! Ihr solltet Eure Kunst am Hofe des Königs zu Gehör bringen.«*

*Der alte Mann legte den Kopf in den Nacken und lachte schallend. »Was will ich da, Freund Lamar?«, sagte er und grinste dann breit. »Die Hallen dort sind mir viel zu zugig!«*

# Epilog

*Tief im Hintergrund der Schankstube zog ein grauhaariger Mann seine junge Vermählte auf den Schoß und lachte leise in ihr Ohr.*

*»Er kann es nicht lassen«, sagte er dann. Sie drehte sich in seinen Armen herum, fuhr ihm sanft über die faltige Wange und lächelte.*

*»Er ist nun einmal so. Es wäre schade, wäre er anders. Was hältst du von ihm?«, fragte sie, und er wusste, dass sie den Fremden am Tisch des Alten meinte.*

*»Saana mag ihn jedenfalls«, lächelte der grauhaarige Mann und sah liebevoll zu seiner Enkelin hinüber, die auf dem Knie des alten Mannes Platz gefunden hatte und den Fremden neugierig musterte. »Aber ob er bekommt, was er sucht, wird unser Geschichtenerzähler entscheiden müssen. Bislang jedenfalls hat er in seiner Wahl immer richtig gelegen.«*

*Er spürte, wie sie in seiner Umarmung lautlos lachte. »Dass du das einmal sagen würdest, hätte er sich wohl nicht einmal im Traum gedacht.«*

*Das Lachen des Mannes im Hintergrund erweckte die Aufmerksamkeit des Geschichtenerzählers. Er stand auf, nahm Saana an der Hand und lächelte übers ganze Gesicht. Dann verbeugte er sich vor seinem Publikum.*

*»Und jetzt«, rief er, »habe ich Hunger!«*

# blanvalet

# Immer kämpfen, niemals siegen – der Fluch des Medicus Alejandro Canches …

**Die siebte GEISSEL**
ANN BENSON

Roman. 640 Seiten. Übersetzt von Elke von Scheidt
ISBN 978-3-442-37005-4

**Die brennende GASSE**
ANN BENSON

Roman. 576 Seiten.
Übersetzt von Elke von Scheidt
ISBN 978-3-442-37006-1

**Der Fluch des MEDICUS**
ANN BENSON

Roman. 714 Seiten. Übersetzt von
Gabriele Werbeck & Andrea Stumpf
ISBN 978-3-442-36786-3

Lesen Sie mehr unter: **www.blanvalet.de**

# blanvalet

# Die neue Drachen-Saga voller Abenteuer, Magie und großer Gefühle!

Roman. 420 Seiten. Übersetzt von Katharina Volk
ISBN 978-3-442-26576-3

Roman. 420 Seiten.
Übersetzt von Katharina Volk
ISBN 978-3-442-26577-0

Roman. 420 Seiten.
Übersetzt von Katharina Volk
ISBN 978-3-442-26578-7

Lesen Sie mehr unter: **www.blanvalet.de**

**blanvalet**

# »Temeraire ist ein wunderbares Geschöpf!«
*Terry Brooks*

**NAOMI NOVIK**

**DRACHEN GLANZ**

Die FEUERREITER Seiner MAJESTÄT

Roman. 512 Seiten. Übersetzt von Marianne Schmidt
ISBN 978-3-442-26572-5

Lesen Sie mehr unter: **www.blanvalet.de**

**blanvalet**

# Ein Junge, ein Drache – eine Welt voller Abenteuer!

Roman. 608 Seiten. Übersetzt von Joannis Stefanidis
ISBN 978-3-442-37010-8

Roman. 800 Seiten. Übersetzt von Joannis Stefanidis
ISBN 978-3-442-37011-5

Lesen Sie mehr unter: **www.blanvalet.de**

*Das Fantasy-Epos geht weiter...*

# Band 2 der großartigen Trilogie um das Reich von Lytar!

**CARL A. DeWITT**
**Das Erbe des Greifen**

Deutsche Originalausgabe
Hardcover
mit Schutzumschlag
636 Seiten
**€ 16,95** [D]
ISBN: 978-3-939674-17-7

Trotz des Sieges über das Reich von Thyrmantor wissen die Lytarianer, dass der düstere Belior noch lange nicht besiegt ist. Seine Männer schicken sich schon bald an, Berëndall, die mächtigste der noch freien Städte, zu erobern. Damit wäre der Weg nach Lytar für Belior frei... Die einzige Hoffnung stellt die Krone von Lytar dar, das mächtigste Artefakt aller Zeiten, das noch immer nicht gefunden worden ist und das allein die Macht hat, Lytara zu retten. Und so erteilt der Ältestenrat Tarlon, Elyra, Garret und Argor erneut einen Auftrag, von dem keiner der Freunde weiß, ob er ihn überleben wird.

# fredeboldundfischer
derdeutscheautorenverlag

mehr unter: **www.fredeboldundfischer.de**